御製

佛光恩照　三千大千　隨緣徧滿
恒沙法界　普度衆生　悉證菩提
身心安泰　年時豐稔　風雨調順
日月升恒　乾坤清寧　百昌蕃熾
上下樂利　中外協和　庶物咸亨
萬善圓成　情與無情　同登正覺

大清雍正十三年四月初八日

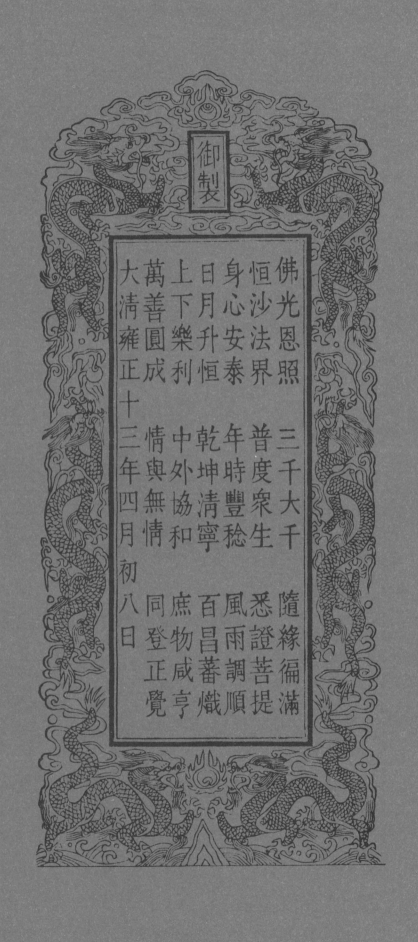

第一五六册　此土著述（四六）

憨山大師夢遊全集

侍者福善日錄　門人通炯編輯

清刻龍藏佛說法變相圖

憨山大師夢遊全集卷第三十一

侍者福善日錄　門人通炯編輯

題跋

題瑞之麟禪人刺血書華嚴經後（在圜中作）

雜華統法界之經也直指毘盧果海性德圓融無礙廣大自在細微莊嚴以示衆生日用現證平等心地法門欲因之以廓塵習昭眞境不離當處頓得無量受用耳觀夫佛等衆生等剎土塵毛染淨等劫念往來三際等迷悟因果理事等法爾如然居然自在其所以不等者良由吾人自昧於一念之差究竟有天淵之隔所謂情生智隔想變體殊故曰奇哉奇哉一切衆生具有如來智慧德相但以妄想顛倒執着而不證得若離妄想執着則自然業智當下現前如一微塵具含大千經

卷智人明見剖而出之則利用無窮由是觀之無論衆生心具不具只在當下眼明不明耳豈更有他哉是以文殊舉之以爲智普賢操之以爲行善財挾之以發心彌勒帶之而趣果四十二位之各證五十三人之全提月滿三觀星羅十門行布圓融事理無礙以極塵毛涉入依正互嚴種種言詮重重法象火聚刀山之解脫臥棘牛狗之堅持乃至異類潛行分身散影無非遊刃微塵之利具也由具利則塵易破塵破則經卷出經卷出則性德彰性德彰則果海足果海足則無不足矣斯則六千道成于言下猶是鈍根三喚普賢於目前豈爲智眼信乎聾瞽封蔀識情衆生日用而不知也知則根塵識界草芥塵毛通爲法界眞經屈伸俯仰咳唾掉臂總是普賢妙行以如是經海墨積書而不盡以如是行日用現前而有餘只在當人一念回光返照之力耳今麟禪人用滴血書此經是明見而後書之耶抑因書而後明見耶猶然書之欲見而未及見耶若明見而後書則不待操觚全經已具如臨寶鏡又豈淋灕翰墨區區於簡牘文字之間耶若因書而後明見則現前日用妙境全彰似懸珠網又豈昏沉業識茫茫於水月空華之界耶若書之欲見而未及見則析骨爲筆剥膚爲紙刺血爲墨點染太虛揮灑金屑豈不重增迷悶枉歷辛勤一葉落而天下秋回管灰飛而大地春起是則書與不書全經自在見與不見明昧一如悲夫夜壑藏舟力者負之而不覺覺則透出毘盧全彰法界昭昭然毫端眉睫之間物物頭頭

而與普賢交臂也休師有言華藏性海與我同遊者舍子其誰歟否則暫閉閣門試請迴途重參曼室大力子行矣無忘所囑

題書華嚴法華二經後

毘盧遮那證窮法界富有無量功德之藏是與一切衆生同有而應得者故視一切衆生如一子地必欲全付自得所有而始快雖衆生茫昧而不覺乃設無量方便種種調伏必使諦信不疑而後已譬如長者具有無量富饒止有一子幼而逃逝子雖背父而父未嘗一念忘子也日月既久子以傭賃歸來而不識其父父既知子必降身辱志與子同事相親而漸通其情實直至心相體信父子情忘然後親爲囑書全付家業而後死方無憾也由是而知雜華乃我如來法界藏中之典記

法華如長者委付家業之囑書入此二種法門方爲克家之子也善男子吳大靜手書二經豈非能知本有料理如來家業者耶由是必有應得之日矣

刺血書金剛般若經跋

般若出生諸佛故爲諸佛母而爲衆生之佛性是則般若所流源源無盡如海水潛流四天下地諸佛衆生覿體無二是知衆生四大根本身肉骨血皆般若所流遡其本源一體無二居士賀學仁氏刺血書寫金剛般若以報其親如引細流而歸於海可謂善於返本而報本者也世之言大孝者能有過於此者乎

又

梵語般若唐云智慧此乃一切諸佛衆生之

大本也迷之爲生死悟之爲涅槃諸佛證之爲根本智衆生背之爲無明流其實體一而明昧異耳故我世尊出世特爲開示此智以法大機小不能領荷故二十年後方說此經業已多方開示必欲諦信此智而不疑用爲成佛根本而此經以金剛名者以智乃佛之所證金剛心耳方將以果地覺爲我因心故以般若爲入大乘初門是知特以金剛名經非假喻也嗟乎一切衆生迷此本智流浪生死其來久矣觀者但以經義深奧文字重複爲不易入殊不知以空爲宗以頓斷疑根直心正念爲本元無文字可立故黄梅以此印心我六祖大師一聞應無所住而生其心便能頓破歷劫疑根及見黄梅即能道本來無一物是乃從此經得入之第一榜樣也是則此經爲禪宗的訣學者槩以文字目之故知之者希惜哉末法正眼難逢今愈見其難也經云若有讀誦受持書寫者不於一佛二佛三四五佛而種善根已於無量萬億佛所種諸善根由此觀之即信受書寫亦非淺淺因緣也曹溪沙彌方覺刺血書此卷異絡身受持焚香作禮請予題記因感而言曰六祖入滅千年曹溪道場化爲狐窟即出家兒爲樵兒牧豎矣予來力捄其弊辛苦十年修崇梵宇漸次可觀而魔僧作孽内自破壞人且謂佛祖無靈即予亦無以自解也今見沙彌方覺乃能刺血書此經則予心渙然氷釋矣何也以經云若人以七寶莊嚴恒沙佛土不如受持此經一四句偈以彼有爲功德終成敗壞不若無爲之勝益也以此般若爲成佛眞

種子故佛言若使一人發菩提心寧可我身受地獄苦以其信心難發也今覺沙彌一人能以般若爲心寔予十年辛苦所致又何以修崇有爲功德爲重而以成壞爲念乎因有感于此故併記之

題三峰禪人血書法華經

衆生迷佛知見遠逝五道周流惡趣其來久矣釋尊出世特爲開示使其悟入警其歸志政若慈父念子望其委付家業故說此經使人速達故鄉耳昔有老宿繫蓮經七軸於梁間人或問之答曰此家書也常熟三峰比丘刺血書寫此經豈特見家書而思歸者邪良以幻化空身即法身此經已有如來全身今以血書如世之眞子辦嫡父血滴枯骨必見滲入是則楮乃法身之枯骨乎因贅以偈輕抛故國不知年一紙家書特特傳齧指忽然心痛處思歸徹夜不成眠

題公全禪人血書法華經後

惟我本師和尚遠自大通智勝佛時爲十六王子講說此經已下一乘成佛之種而諸聞者迷淪塵點劫來流浪生死直至今日靈山會上方乃悟入各爲受記將來成佛是爲一代時教究竟之極談譬如窮子久逝他方今始歸來見父心相體信堪荷家業此經大似長者委付家業之囑書故云凡有聞法者無一不成佛是以天台獨重五種法師受持讀誦書寫者皆爲成佛之眞種以其一悟此心從眞所流則凡有所作皆眞實行殆非妄想攝持者比也今公全禪人發無上心刺血書寫此經則使幻妄身血滴入法性海中等同

一味莊嚴毘盧法身之果而又發願更書華嚴大經以爲究竟莊嚴是猶窮子既得家業之囑書則披閱庫藏之典記按圖求索是則華藏世界無盡妙好莊嚴皆禪人本有受用之大業如此豈非究竟一大事因緣哉禪人親持所書之經具陳本願請益老人故爲具述本末因緣如此

血書梵網經跋

梵網經者乃我法王應運首創之露布也即其所制皆性戒耳故三藏之設從凡至聖所歷諸位皆依金剛心而建立之此戒即所謂金剛心實成佛之大本緬惟吾人遭此末法去聖時遠茍願出生死證眞常非此戒不足以證之然此戒非金剛心又不足以持之葢一切衆生所以久沉生死而不能自出者良由著我以我見重故諸業交作業作故苦即隨之如影響形聲理不可逭故修行要門無論大小三乘皆以破我爲本我空而業無所繫然破我之具非金剛心斷斷乎難矣諦審佛意既曰戒乃自性清淨心又何持犯之有第迷之而爲幻妄蘊葢情塵所蔽不得不揭而袪之此戒乃裂見網之利器不得不施於最初之創而初學菩薩即上根利智不得不秉此爲最初地也學人眞照以夙習般若緣深自願出家依吾法兄雪浪聽習有年謁余於那羅延窟余政悲末法務本者希乃爲諸弟子誦梵網戒照聞而有感遂哀請授戒且發深重大願刺舌根血書此經志畢命受持余深慨焉因謂吾本師盧舍那佛從初發心以至成佛精進不退以不可說不可說身命

而爲布施剥皮爲紙析骨爲筆刺血爲墨書寫經典積如須彌爲重法故不惜身命子苟知生死難出愛根難斷佛果難期依佛所行如佛所願又何患不成佛從此以往生生世世以此身血書寫此經當布滿大千又不止如須彌之高廣即見聞隨喜發心修學者當如菽粟遍十方刹土又何止此一會一人一衆而已耶子宜勉旃特書此以證子之願仍願此經至盡未來際當處處現身如多寶也子其志之

重刻華嚴經題辭

毘盧老人于一微塵裏冷坐不禁於青天白日忽爾肫睡墮入緣生妄想夢中引起歷劫情塵種種幻網境界盡無盡大光明藏重重交羅如天帝籐珠互遞影像炳然歷別且自生大奇特想亦乃驚怪普告十方一切天人極十虛爲口門以大地爲長舌説夢中事使諸聞者瞠目相視有眼者盲有耳者聾其登地大士自負親爲當家長子親履其中尋無一物了不可得展轉告之傍人但云如空中鳥跡耳禪人乃又願於一毫端頭欲令人頓入此中蓋亦難矣雖然大地衆生無一人而不沉埋此一塵也只須大智慧人冷眼生華妄想恁麼如是如是種種奇特莊嚴且在一切衆生日用妄想網中種種光明時時頓現各各日用而不自知所以不知者但夢未破耳今於路傍草莽間猛地一人踍跳攘臂大呼頓使十方世界六種震動同時各各相謂歎曰奇哉奇哉不知此中果有如斯大希有事遂剖而出之大家携手通同遊戲自在無

礙無所希求竟亦不知誰之力也知恩者當自重之

菩提心願文跋

一切聖凡皆本自住金剛心地具足如來不思議智但以習氣熏發轉變之力而得成熟故一切衆生各各八識田中具十法界種子特隨緣熏發故先後遲速不同耳華嚴經云菩薩有十種習氣見佛習氣於清淨世界受生習氣行習氣願習氣波羅蜜習氣思惟平等法習氣種種境界差别習氣若諸菩薩安住此法則永離一切煩惱習氣得如來大智慧習氣非習氣智故知染淨二業昇沉兩門皆從熏習而生不是無因而得是知從上佛祖善知識教人原無實法與人亦無法可傳可授但凡有親近者獨覩其染淨習氣之厚薄因其病而調伏之惟執勞辛苦三二十年耳提面命朝夕參承乃至困辱萬端逆順千狀種種施設無非以大般若光明熏蒸無明業習令其轉染成淨使其自知本有耳苟能自知其本有智光内自熏發日增月盛一旦如大火聚則向之煩惱業習燎之如紅爐片雪如此則日用頭頭遇境逢緣皆大智用是所謂轉染污業習而爲般若智習矣若轉之淨盡徹底窮源與十方佛祖轉處無别則但印可之曰如是如是惟此而已豈此外更有别法耶由是觀之則從上三賢十聖皆能轉之而未盡者故從般若所發十種習氣爲金剛種子以之刼刼生生熏變無明不淨不休終竟透皮而出此所以毘盧世尊重願行也德宗始發跡於蒲從法親妙峰師因得事老

人於清涼以至海上將二十餘年矣所歷辛苦不可殫述爲法懇誠之心未嘗一念稍間老人唯以不思議智炬照之而已竟未一啓齒向上事也待其自信自肯方不自負已靈耳渠以本願請老人爲敷揚者有年老人未之首肯甲午冬日從老人于京之大慈壽寺雪夜請益哀泣自叙其志願云云老人爲信筆書此明年春二月老人即以弘法因緣致聖天子怒逮及於渠實出九死余成雷陽宗復自蒲萬里問老人於瘴海間相值五羊乃出此卷老人展之則見其光明奪目也遂贅之以此

普賢行願品題辭

毘盧遮那如來居華藏界菩提場中爲地上菩薩說華嚴經有三千大千世界微塵數偈一四天下微塵數品即龍勝大士盡出世間智不能數其品目而此品者略本之略本也惟我盧舍那如來曠劫所修廣大因行所感華藏世界殊勝莊嚴其因地本行不出普賢十種大願而此願者乃稱法界心極法界量包攝無遺故曰願王然修行之要成佛之速無越乎此所謂一念消滅無量惡業一念成就無量善根者譬若金轉輪王夢入阿鼻地獄受大劇苦無可哀救怕怖慞惶奔馳狂呼欲逃而不得一旦叱咤極力猛醒向之苦事求之而不得現成受用種種本自具足此所謂夢幻法門以智而入唯在自心不假外求故曰心淨則佛土淨門人鄭㨟發菩提心皈依淨土余教之以專誦此品一旦生死夢破何患不覩華藏現成受用乎

題安樂行品後

余少讀四教儀見天台大師判五種法師爲觀行位竊有疑焉既見法門之有以持經爲行者動則誦法華經百千部及察其律身持心多未能與經溜合是知持經之難矣及予述法華通議至佛讚法師之功德有供養者其福過於供佛有毀謗者其罪重於謗佛此我世尊金口誠言及見持經之法師現在父母所生肉身即得六根清淨按六根清淨當在七信菩薩不退者以求不退墮生死也何持經之功一至此耶是知持者不在紙墨文字而在離言妙契佛心佛之慧命由是相續而不斷者宜其功德殊勝然矣其人受持此經於安樂行中有所契入故專持之此乃世尊教諸末法持經弟子第一妙行即如來之家法也從是而入法華三昧悟佛知見固無難矣

題刻藥師經後

經以藥師名者蓋依本佛而稱也至聖無名以德彰名然佛爲三界醫王善治一切衆生心病故稱醫師是則一大藏教乃對症之妙藥而衆生之病以痴愛爲根病根不除而欲出生死渡苦海者詎可得乎問曰經云求官位得官位求男女得男女求長壽得長壽求安樂得安樂皆衆生之痴愛也佛意本欲衆生離之今有求而必遂者豈非增益痴愛耶答曰非增益之實欲離之耳以衆生不信自心是佛故顛倒迷途溺於愛河佛以廣大慈悲而拔濟之不能頓出特設方便以引攝之即其所愛而誘進之所謂以楔出楔以毒攻

毒故云先以欲鉤牽後令入佛智則世間之愛可潛消而默化矣衆生始以不信自心之惑如貪財者而夢金寶生大歡喜致大欲樂且金寶欲樂豈自外至耶衆生處此夢宅種種希求佛以如夢幻法門而調治之痴愛重則信佛愈極信至極則自心癡愛化而爲佛知見矣又如置酵於乳而成酥酪必轉醍醐此經是佛以醍醐甘露之藥施衆生能服之者豈不頓祛百病獲長壽哉居士劉嵩刻經以施多人正若長者於四達通衢以妙藥施人但能信受而服之者則心病頓瘳而隨求必應其藥師之號豈虛稱哉既信自心則觀此經不屬紙墨文字矣

白衣陀羅尼經後跋

白衣陀羅尼經乃我圓通大士從大悲心中實際流出故世之善男子女人苦於無嗣志心持此求無不感應如響且往往應之者非一而不信者亦非一又有持而不應者亦非一此何以故以我大士依本師觀音如來授如幻聞熏聞修金剛三昧現三十二應身十四無畏功德與十方三界六道衆生同悲仰故法界衆生欲求男者誕生福德智慧之男生者皆白衣重胞以示大士不誑衆生之驗也雖然此男者果何自而來耶若即大士現身而大士不迷安得所生之男一一如慈悲現身之士若非大士現身又何以求大士而得生此理難窺故信之者希不知大士既與一切衆生共一悲仰是則大士悲仰之心即衆生願求之心也其求者果如大士之心而大士之心亦即求者之心如鏡交光影影互

現又如谷響聲呼聲應未有自心而不應自心者故曰自心取自心非幻成幻法是則所求之男實是求者自心所變現不如是求故不應耳所以求而得智慧福德何也葢尋常男女純以婬慾之心求之故多愚痴元非智慧心所生也今不以婬慾心求而求之于大士則是元出智慧智慧福德之本也所生福德智慧之男所謂聲和響順形直影端其理無疑也子寅周伯子篤信此法一日入山焚香作禮乞書此經然我亦從大士耳門而入三昧者第恐子寅不能作如是觀故書寫已又從而解說之

跋姜大隱百城煙水卷

余嘗讀清涼傳至無著入金剛窟與文殊茶話間見諸大士自雲中冉冉而下因問此衆龍象何自而來殊曰此吾窟中一萬眷屬各於十方世界利生緣畢而歸也又問世何不知殊曰或現帝后妃女國太母身或現宰官居士黄門長者比丘僧尼隨類皆入化化無窮安可以迹較之耶今觀聖慈御筆賜姜常侍百城烟水卷及諸大宰官題咏詩則不必更疑文殊也姜公别號大隱爲慈寧宫侍中其所以荷擔如來輔弼聖化建立三寶者功最居多故能獲此寶印不減髻珠之賞公當持此以爲利生之券他日歸來窟中想文殊見之必合符驗也

佛頂尊勝陀羅尼呪跋

諸佛同證秘密心印得成無上菩提含之以爲三德秘藏吐之以爲萬行莊嚴持之以爲利生事業誦之以爲潔已妙行是故一切諸

佛因之而成道一切菩薩因之而轉邪此則凡所謂密咒者皆稱尊勝而此咒者出自毘盧灌頂爲法身所演又尊勝中之尊勝者也若書之幡幢風之所到影之所臨觸之者皆能離苦得樂又況行之持之於心含之而爲心印者耶故首楞嚴曰若有衆生欲習難除但當一心誦我佛頂光聚秘密神咒婬火頓除如湯消氷應念化成無上知覺噫一切衆生皆以婬慾而正性命今一持此咒則命根頓斷生死永離又何況彼區區貪瞋癡慢不化爲無上菩提眞種子耶行人明寬持此有年今乞海印老人書寫此卷將終身佩帶持誦不忘老人嘉其志行助其堅强乃爲書之又贅之以此將以策前程示來學者

八大人覺經跋

此八大人覺經予昔居海上時時書示弟子輩持誦今來忘矣昨達觀師偶以元雪菴大師擘窠大書刻本寄予讀之恍然如覩故物一向藏之篋笥未嘗拈出示人茲小金山鏡心上人偶持此册來乞書法語余乃躍然爲書此經一過因歎曰此足以占感應道交時節因緣所會耳佛爲衆生說法唯待機宜故曰久默斯要不務速說所以未曾說說時未至故予初入粤未見有僧徒酷嗜佛法者偶一日過金山上人乃持所請諸名公共書四十二章經一册請予跋語自是緇白弟子書四十二章經者數人予因爲菩提樹下新學沙彌講說一過得聞此經者不啻百什人矣其機蓋自上人發也此經乃一切世間諸天及人所希聞者予生平喜以此經施人而獨

於此地其機不發今又因上人而發之其事葢亦奇矣何也以佛說法唯待機而動迫不得巳而後應如洪鍾簴受隨扣而響是知此段因緣非特爾也良以一切衆生寢此大光明藏而沉瞑於長夜之夢從來不覺久矣非大覺不足以破大夢非破大夢不足以稱大人不唯能覺人者爲大人而能奮力勇猛自覺者亦大人也是則能大覺而後爲大人唯大人而後能有大覺以一念之覺而破永夜之夢豈細事哉嗟乎予觀大地衆生同禀此覺無非大人第無大人以開覺之耳吾佛世尊獨稱大人其靈山一會英傑之士與夫拈花之破顔少林之面壁以至六傳五派千七百人皆所稱自覺覺他而爲有力大人者也是皆與人同耳嗟乎一切衆生皆證圓覺所以迷悶而不入者非覺違拒諸能入者要之於此八法不能覺悟故於生死關頭不能掉臂由此甘受沉淪驅馳苦趣伶跰辛苦客作賤人不能得稱爲大人耳上人能傑然觸發此機豈非千金之子流落窮途一旦而發思歸之念者耶吾今所書此八大人覺經實爲足家音展之即得故鄉消息試時時展之勿暫忘歸計致慈尊盼盼於常寂之鄉而倚般若之門也

釋迦觀音志跋

釋氏之學以全體大用盡法界量爲極則所謂毘盧遮那海印三昧威神之力平等顯現是故一切諸佛之始終一切菩薩利生之事業乃至世諦語言資生之業無不從此三昧流出而有廣大不思議力福慧莊嚴皆悉具

足乃見法界之妙且一切聖凡統不出此是知吾祖乃三昧中之一人所輯釋迦觀音二志乃述三昧之境界轉爲利生之方便即述一代時教之法門又爲三昧中之三昧豈可以世諦文字目之哉智者觀之豈不躍然入此三昧嗟予小子亦從三昧而興讃歎者也詎可以恒情而擬議耶

題普念佛求生淨土圖

世人歷劫久沉生死苦海輪迴三途皆因自心妄想煩惱造種種業故無出頭之時佛說西方淨土一門引攝衆生出離苦趣是爲最妙法門一生取辦楚僧海慧單勸十方眞實爲生死人一心念佛更無別緣以衆生煩惱深重妄想甚多皆生死根然非多多之佛不能度多多之人今聞汝東居士刻接引彌陀佛像一尊通身約圈一千八百每念佛千聲以朱塡一圈念完佛身則計念佛一百八十萬聲雖積劫百八煩惱仗佛消除而淨土可期生死之苦可永脫矣且願所勸念佛之人亦如念佛之數更望大信心檀越施紙印散亦相若惟此功德圓滿則施者念者同歸極樂無疑矣

題化城募緣疏

刻藏盛舉乃自佛法入中國二千餘年一段大事因緣令末法無量衆生種成佛眞因乃至深山窮谷無佛法處亦得共覩釋迦如來大事全藏惟此功德實震旦第一希有之勝事非大悲願力者不能發此心然又非大願力者不能克全其業今方過半已費數萬計故非一人一手一足之力也刻板之地始議

五臺苦氷雪次遷徑山苦霧濕皆非久計未遷化城可謂得所其建議始馮太史恢復得吳中丞克荷者未得澹居鎧公皆莫大之願力也但貯板之房須高廠架使離地透風不致易壞即板成而安置之功殊非一人一力可措也今觀馮吳二公疏意甚至頭目髓腦之不惜此何等苦心哉予嘗謂世有一代之人皆同心夙願業已久在如來光明藏中所謂緣熟即現今行乞之僧大似執舊劵以訪同願固知一見而興起者皆往昔同盟且謂當來同會也其所施又何計金錢幣帛哉心與此法量等虛空而福亦量等虛空界矣

題雲棲大師小像

至人無身以願力爲身至人無事以利生爲事故身非我有事非已爲此所以身不能拘事不能累觀師住世八十餘年建立度生事業者過半知其未出世前皆操爲人之具也即其法門攝受無量衆生而同出生死者不知其幾何人是則師雖隨緣去來幻化死生而法身常住與山川相爲悠久又豈可以此色相求之哉瞻者當如空生晏坐石室眞見如來必致天帝散花而興讃歎也

放生文跋

聖人之教以五常治世仁爲首不殺曰仁佛設五戒以不殺第一是知聖人之心以慈爲本經云孝名爲戒斯則戒以孝爲本以一切衆生有知覺者皆有佛性若殺生則斷絶佛性又不止於寃債相尋而已是故凡在長刼生死之中往來六道何趣不至何身不受即其所殺之生皆過去多生之父母兄弟妻子

六親可知也今殺其命而食其肉豈非骨肉自相呑食乎佛以孝爲戒故知不殺則孝之大者豈止惜物命已也悲夫世人之迷相習食噉而不悟豈不痛哉故聖人戒以不殺以全佛性此又不止世間之孝而已此蓮池大師所以普勸放生以稟佛之心人能遵而行之非特得師之心適足以盡大孝全佛性而爲成佛之因矣豈細事哉刻此書以廣化多人此不獨廣大師之心實廣佛之慈悲非世之尋常口語也宜篤信之

題殺生現報録

佛言一切衆生蠢動含靈皆有佛性又云衆生從無量刼輪廻生死無一類而不受生身是則現見諸有命者非獨慧命皆過去之親因迷而不知也衆生痴迷又不唯食噉而且以他命網利以養已養親是所殺者豈唯斷佛慧命抑殺害親因向說報在來世今觀此録則明明目前現報人人共所見聞斯則非斷他慧命殺已親因實殺已身而自速其死也何待未來可不懼哉觀此録即佛說此是花報果在地獄能持而奉行之即奉三世佛法矣

刻五大師傳題辭

予頃讀錢太史集護法録見宋學士作國初高僧傳法門之盛何其偉歟恭惟我聖祖開基創業建立三寳崇重法門超越百代而一時名德光揚佛祖之道不滅在昔蓋千載一時自此而降漸漸寂寥而嘉隆之際極矣何幸先皇太聖母身式聖主與揚佛事遍滿宇內四十餘年未嘗暫息亦從前所未有也若

法門龍象五大師際會一時雖體用不同理事各別其所以扶樹宗教開人天之眼目作長夜之智燈未嘗不與佛祖同途合轍况巍巍堂堂爲大光明幢哉予幸從諸師之後獨愧薄劣不能拈一莖草第申讃歎願流光不昧照耀末世故作三銘二傳以俟後之執僧史者有所采焉

題法雷遠震卷贈五臺空印法師開化雲中 已下東海遺稿附

佛未出世祖未西來一塵未剖大地凝然萬象露法身之體虚空演無字之經見之者盲聞之者聾靡不悶悶靈明昭昭業識若昏夜而履礁巖赤身而臨毒螫慈眼視之有不堪其憂者躍然而起影落此中則萬死一生甘苦同受忉忉三藏廣長舌爲之乾焦咄咄一拳老婆心爲之滴血此我大師不得已而臨蒞三途現身異類或師子頻伸或象王迴顧將無作有弄假成眞幻化人天顛倒豪傑此甘露門以之而開大法雷因之而振頓使寒谷生春萌芽漸發三草二木引蔓抽條上中下根花果敷實者不可得而勝數矣即應緣施設敲唱齊行節拍成令無非將機就機以楔出楔豈有實法與人哉後之覰場者認不眞爲眞執無説而説然而舌亦爲之乾焦心亦爲之滴血悲夫誨者諄諄聽者莫莫且而恃爲眞宰將伐全功竟無尺寸之賞方嬰長刼之羈者此何以故葢亦將無作有弄假成眞以不知幻化人天以致豪傑顛倒耳醍醐毒藥生死由誰惟此未嘗不涕下也嗟乎吾師之心誰能師之吾師之行孰能行之能師

者謂之慈父孝子能行者謂之法王忠臣親親尊尊此余生平扼腕而求之者難見其人惟法師澄公者宜其人也公早禮空王不躭人僞長超諸有嚴淨毘尼翩翩濁世挺挺青蓮寂寂空山崚崚氷雪滿腔肝胆生鐵鑄成三藏微言一串穿却與文殊爲友故棲遲於文殊之塲以師子爲兒乃戲遊於師子之窟釀慈雲於空谷垂靉靆於清涼今也一管灰飛不萌花發將見春回大地欣看草木皆榮法雷振于雲中甘露灑於刼外吐青蓮於舌根溉醍醐於心地直使盲者明聾者聰昬者惺死者生花者實枯者榮不恃不伐不攝不驚執金剛劒據涅槃城使諸魔衆盡稽首而皈命此何以故良由師吾師心行吾師行知將無而作有解矣假以成眞故亦能顛倒豪傑幻化天人望受繫珠之賞將解長刼之嬰可謂慈父之孝子法王之忠臣苟如是始可報吾師之恩與公把臂同遊於不死不生不然則但聞其聲不見其形又何稱爲有力大人公其不然請聽空中十方諸佛謦欬之音

題國朝高僧行脚卷贈慧菴鑒上人

古人爲生死事大故割愛遺榮登山涉水參訪知識相求於苦空寂寞之濱決擇巳躬發明向上每於明眼人前揚眉瞬目一棒一喝之下忽然迸裂身心脫落如冷灰豆爆使無量刼來生死情根一時頓拔當下如斷索師子跳擲縱横自在遊戲了無纖毫羈絆所以稱爲大力量人此吾出家兒發足超方第一步行徑也自鼻祖西來首行此令凛凛寰中如唐之馬祖南嶽臨濟德山趙州雲門宋之

永明大慧元之雪巖中峰諸大老一脉相傳如閫外將軍風行萬里故每遇鉗錘遺毒手者靡不通身粉碎骨肉俱融悲夫去聖時遙此道寥寥知音者稀惟我朝漠然無聞居常以此痛心將謂獅弦絕響矣偶乞食王城幻住慈氏樓閣一日居士閻君持國初尊宿送僧行脚偈十八首觀季泐潭大師上堂數語風規自足不減古人余歡喜讃歎何幸二百餘年生此末運獲覩先覺廣大三昧於一毫端頭良夙緣也此卷業已進之秘府因跋數語願將此話流布人間適唐抑所袁玉蟠王袁白三太史公過訪談及將欲修國朝高僧傳正博采法門行脚事遂將此托之時慧菴鑒公見而懇之惟公幼入黃門錦玉叢中志痛生死一旦棄如涕唾遠遊名山叅訪知識廣求决擇今隱居伏牛意其必曾遭毒手如古人者故見此語相親乎不然則如嚼木札羮咬鐵飣飯耳公將歸故山余亦東還窟中不惜疲勞爲書一過公能于此一言洞見古人方始不負出家之志可作出塵標格不然不但不重巳靈抑且累及海印也

題竹林大師示門人振宗法語後

宗禪者多毀教習教者多昧禪是以禪教話爲兩橛古之師匠竟不能一其指歸即圭山和會宗教猶以爲隔羅見月上下千百年來學者無能一其趣向此無他乃乏正眼師承爲之剖破藩籬所謂不是無禪只是無師以禪宗者乏多聞宗教無正眼此大道所以難明也清涼竹林大師踞華座萬指圍遶善說法要號當代義龍尋常履踐不涉玄途觀其

示門人語句大有宗門作略苟無正眼安能出詞吐氣如是之雄徤乎可以文字師槩目之耶嗟乎學者久墮知見網中非金剛王劒不能一揮裂之大師以此示振宗學人是必爲當家種草定不負此一段因緣若以尋常葛藤視之不唯當面錯過抑且辜負法恩多矣

題三山眞侍者行脚卷後

此國初十八高僧示行脚僧語也余竊謂禪源一脈自中峰後閴其無人空谷而下多帶廉纖無復古人作略如脫索獅子也甲午冬寓大都慈壽方丈西雲閣公持所録前偈致予予讀之三復歎曰人天眼目猶在不滅惜乎不見諸老手澤遂記而藏之明年三月予即以法罹難遣雷陽于是年十月出覩侍者福善収予海印草負笈隨度嶺就行間往來瘴海及曹溪者十有五年矣庚戌春王正月予喜謝曹溪負身得自由善欲歸省上元後五日持予數年積草于濛江舟中檢拾殘楮偶得此卷讀之慨憶當日題墨未乾即有萬里之行詎意今忽得此故物耶古人云欲識佛性義當觀時節因緣豈非佛祖冥加以神力而攝受之耶不然何以始終見此如出方網三昧彈指謦欬時也燈下展卷喜而不寐乃爲侍者重書一過嗟予老朽固不堪與諸老把臂共行善當不減三山眞侍者行脚事也古人閒垂一言半語如天普葢似地普擎老人信手拈來于一毫端作大佛事則諸大老似掩耳偷鈴老漢未免畫蛇添足善侍者縛作一束擲向東洋大海尤較三山百歩否

則未免祖禰不了殃及兒孫也

題達觀禪師送三禪人遊方卷後

從古出家兒爲生死大事不能自決故辦草鞋登山涉水訪求大知識決擇之然其大善知識如踞地師子一毛不敢攖傍纔傍則命根頓斷凡垂一言半句如晴空霹靂閃電使人耳聾眼花自救性命不暇況又敢弄佛法禪道乎此中利害知之者希嗚呼二百年來行脚僧不少犯此令者幾何其人今其三禪者以行脚事自負其志可佳既見達觀禪師爪牙已露命根不斷又欲別求知識余見此卷而笑曰三禪者持此卷行脚如請上方劒討賊不知他時後日何以繳報

題達觀大師祭徧融大和尚文後

昔延陵季子挂劒於徐君墓謂心許於生前報知於身後以爲義高千古世諦如此況出世乎古人爲生死事大割愛辭親參訪知識而決擇之每於一言啓迪施者如天普蓋受者如地普擎投機於石火電光之間而生死情塵迸然雷裂豈偶然哉故其恩深似一滴入海當與之同枯矣豈值生前身後而已耶予觀達師祭徧老文深有感焉噫且一飯千金莫報以爲奇事一語窮刼不泯又豈等閑嗚呼徧老度生六十餘年法施將滿大地至若知恩報恩人間幾幾藉令人人如達師者則大通之因地又不必取於墨刼之前也然其徧老之不朽者賴一語一語之不朽者墨點存焉觀者知此可謂不辜本有矣

佛奴歌跋

吳年少比丘大川發大心願以一鉢供十萬

八千衆其行最苦是故諸長者居士聞而歡喜感皆讚歎唯顧實甫歌有蕭梁求爲佛家奴之句葢標其能忘身三寶以畧恥天下之自重不若蕭梁者達觀可禪師見而異之乃盡力奴狀聲爲歌以發之余長歌三疊而歎曰藉令黄面碧眼觸此亦當捧腹絶倒况奴奴者乎以宗門向上事不涉玄途尊貴無匹即以尊貴自居猶是奴兒婢子呼爲頂墮况種種意想攀缘流注諸行耳雖然少年比丘何爲處此常憶昔有富主性不易事唯一奴當心其晝主極欲以使奴奴苦無當其夜主夢爲奴奴夢爲主亦極欲以使奴奴亦無當然夢覺等而苦樂異復何怪哉今此比丘將以白晝之奴求爲夢中之主其所供十萬多衆豈亦白晝之主將爲夢中之奴耶噫生死涅槃猶如昨夢比丘知此可以滴水供養十方恒沙世界諸佛衆生受用無盡矣何區區十萬八千爲其無以限量心自劃如來無量境界也

壽昌語録題辭

壽昌老人生平行履唯放身捨命於空山寂莫之濵墾土地博得滿腔氣息尋常潑撒向人天衆前如撾毒鼓使聞聲者聾中毒者死而中毒者幾何人哉憶昔黄面老子在靈山會上領一隊懵懂漢逐日著衣持鉢沿街過巷乞得一摶冷飯歸來飽飡後洗鉢收衣趺座而坐閒打葛藤如此以爲家常過活若是者三十餘年而人天大衆瞢然畢竟不知所爲何事偶於一日被空生覷破遂發歎曰希有世尊世尊見其眼目動定遂爲盡力胡亂

一上直使空生纖疑盡淨命根斷絕而後已故空生感悟切心涕淚悲泣痛哭稱歎而不容口至此黃面老子氣悶少舒始不負從前一片婆心今觀壽昌钁頭大似黃面衣鉢此語不減靈山葛藤當知此話大行如毒鼓聲不知中其毒者能幾何人至其感悟流涕如空生者又不知能得幾何人也諺語有云相識滿天下知心能幾人後之讀此語者若作言語話會則有負壽昌若不作言語話會則有負自已若兩不相負當於未舉已前把钁頭處薦取始得

跋可禪人行脚卷

昔法照齋次見萬佛菩薩現形於鉢中不知何以故乃問僧云此五臺文殊化境也遂發足履五臺願見文殊乃至果見文殊授以念佛法門照可禪人先從雲棲得念佛三昧今欲往求文殊印證則可倘問南方法衆不可被前後三三當面瞞卻也

又

照可禪人初住黃山以華嚴爲業所謂於一塵中入正定也今從他方起處欲破塵出經將誅茅於西湖之上意須長者揷一莖草老人直謂之不然以無礙法界遇緣即宗隨處具足但稟明於心又何假外耶

憨山大師夢遊全集卷第三十一

音釋

蔀 裴古切障也　緬 音勉遠也　酵 居効切　簴 臼許切　碪 諸深切

憨山大師夢遊全集卷第三十二

侍者福善日録　門人通炯編輯

題壇經首示智境禪人

從上佛祖爲生死大事出現世間靡不大捨身命歷盡艱難自萬死一生中來觀吾本師和尚釋迦老子曠大刼來爲此法故捨頭目髓腦不啻恒沙即此番出頭猶向雪山凍餓六年以至馬麥金鎗何所不受剛剛博得四十九年粥飯氣息而已猶未見有奇特處且又末後惹得一場笑具至今流布寰區乃教碧眼特特西來把作實事賺他神光誤墮一臂及至老盧俗漢子被他一語調弄剌向黑漆桶中悶絶至死者又不止萬萬也自黃梅夜半放下腰間石頭拾得一些子破落索當作奇貨豈料被他累至於死者又萬萬矣且幸自獵叢跳出滿目羞慚每每向人申說平生負墮處即以太虛爲口猶吐露一點不出直令話柄流落江湖傳者又爲實事悲哉余亦爲此法故上干宸怒實出九死幸爾絶處再甦蒙恩貶雷陽以萬曆乙未冬日出帝都冐雪南行至白下携弟子智境如廣作形影及至雷陽瘴癘大作飲者萬萬無完人余與從者俱冐毒癘病而廣竟不起境則再死而復生苟非仗諸佛神力加持及自願持之益萬萬無遺類矣境病稍瘥余即遣歸盧山省乃師且以借萬頃湖光千尺瀑布以洗未盡習氣也臨行無以爲屬案頭纔拈此卷遂以付之將見古人大死後如此消息但非真死者莫可得境當持之於孤峰頂上萬丈巖前試在措手處定當看苟能眞箇大捨身命如

古人則不但不負老人今日之事抑且不負自已萬刼千生種來最勝金剛種子也爾其勉旃無忘所囑時萬曆丙申長至月十九夜燈前記于五羊東郭之壘壁間

觀楞伽記略科題辭

科以分經從古製也昔道安法師以三分科經時人譏其離析經義及親光論至果以三分斷其全經時乃歎其雅合葢經經各有綱宗科乃提綱挈要使觀者得其要領庶離言得意而悟入之令捨筌蹄殆非支分節解遑臆斷也後之義學昧於離言之旨各恃己見駢枝其說以取謗法之愆使學者莫之適從正所謂以多岐亡羊耳楞伽以離言說第一義爲宗文博義幽舊解但科其文而未盡挈其義於通途一貫之旨未暢使觀者猶文而失義以致修心三觀不得其門而入雖古今講演流通盡大地而依之造修者鮮知其要有負如來開示正修行路也今予妄爲通議直欲發心條貫使學者一覽便見指歸其略科但先撮要義以示文外之旨使知問答来源融會一貫了然心目冀可忘言得義不以文句爲障礙耳然即此已爲剩法後之學者劫不得以此爲欠而更增益其說自取謗法之罪不淺矣萬曆戊戌孟夏佛成道日沙門德清題於五羊之青門壁壘間

題金剛經注解後

佛性之在纏如珠之在懷水之在地然雖固有不指不知不鑿不得也是則善友知識乃指珠之人無量法門特穿鑿之方耳豈實法哉如來出世爲一大事因緣所謂開示悟入

佛之知見佛知見者乃衆生之佛性即般若之眞智也且此眞智吾人本自具足曾無增減正猶衣底之珠本無明昧地中之水源有淺深此其法無頓漸悟有易難由根有利鈍障有厚薄耳上根利智障薄德厚者一觸便了此悟之易故稱爲頓如六祖大師聞應無所住而生其心一語頓悟本有便悟無生是多刼般若緣熟當機一觸即了然自信如拔襟見珠原自本有不假外求此豈易見哉嗟乎人者無明之地堅固法性之水益深疏鑿之功未著求其乘順流而歸智海益亦難矣是以聖人不得已而施設因五性而立三乘循利鈍而開頓漸此八部般若之談猶爲創入大乘初步而此經者特八部之一所稱金剛取其能斷耳蓋直指當人佛性堅固不壞頓斷無明離一切相如如不動正若衣珠從來不昧第指示須人悟之在已是則經乃指知之方注特穿鑿之法耳若夫吸滴水而獲清涼除熱惱而解渴愛爽然意消神釋處是飲者自知殆非可以向人吐露也蘇君叔達夙具般若種性生平酷嗜此經與焦太史諸大知識遊自信彌篤得此注本如獲至寶即壽諸梓以廣法施余見歡喜合掌而讚曰娑竭龍王能以滴水霔滿閻浮潤焦枯而成百物斯特業力變化乃爾況般若神智所熏發乎因是而知蘇君法施之功大矣

書金剛經頌後

右金剛頌十七首蓋余已酉季秋在曹溪寶林爲諸來弟子講金剛般若而作也嘗念六祖大師聞此經一語即見自心如觀掌果直

到不疑之地故從黃梅已來單以此經爲心印予向隨波流未達彼岸以不知話頭落處槩以文字目之故返爲作障礙耳頃於空生嘆希有處猛然覷透始信古人不欺之地皆從現前日用疑根發耳靈山會上諸大弟子親近如來晝夜無間者三十年竟如盲若聾故於世尊日用揚眉瞬目行住坐臥中未覩一毛至於種種開示皆墮疑網若非空生今日看破則終當面錯過矣何況末法中志求道者親近師友豈易信哉六祖一入黃梅之室徹信不疑臨濟初入黃檗之室三度喫棒正似靈山三十年前弟子也及從大愚處命根斷後再見黃檗便能道只爲老婆心切一語此正若空生冷地看破世尊便歎希有時也嗟乎自古師資授受之際誠不易易所謂見過於師方堪傳授似水投水如空合空覩空生對世尊時莫道不疑只是就世尊舉揚處如良馬見鞭影而行比未開眼時天淵矣此須在空生分上大似畫蛇添足且喜見空生肝膽如空生見世尊處不異如爲幻人歌者擊節耳善侍者執持老人二十餘年其爲日用舉揚此事不減靈山而從患難艱虞又與空生遠矣若此心不似空生見處何能消受種種苦惱耶時以魔業繫芙蓉江上一葉舟中寒夜書此付之大似寒空鴈影耳

物不遷論跋

予少讀肇論於不遷之旨茫無歸宿每以旋嵐等四句致疑後有省處則信知肇公深悟實相者及閱華嚴大疏至問明品譬如河中水湍流競奔逝清涼大師引肇公不遷偈證

之益推其所見妙契佛義也予嘗與友人言之其友殊不許可反以肇公爲一見外道廣引教義以駁之即法門老宿如雲棲達大師諸老皆力爭之竟未迴其說予閱正法眼藏佛鑑和尚示衆舉僧問趙州如何是不遷義州以兩手作流水勢其僧有省又僧問法眼不取於相如如不動如何不取於相見於不動去法眼云日出東方夜落西其僧亦有省若也於此見得方知道旋嵐偃嶽本來常靜江河競注元自不流其或未然不免更爲饒舌天左旋地右轉古往今來經幾徧金烏飛玉兎走纔方出海門又落青山後江河波渺渺淮濟浪悠悠直入滄溟晝夜流遂高聲云諸禪德還見如如不動麽然趙州法眼皆禪門老宿將傳佛心印之大老佛鑑推之示衆發揚不遷之旨如白日麗天殊非守教義文字之師可望崖者是可以肇公爲外道見乎書此以示學者則於物不遷義當自信於言外矣

重刻佛頂首楞嚴經跋

首楞嚴經者乃無上頂法文該三藏教攝五時徹迷悟之根源究聖凡之要路眞修妙門無尚於此故參禪之士不入此法則正眼不明探教之徒不通此經則重關莫闢自入中土解者固多而通途大旨總未究竟近有邪解之徒甚至曲引玄言以附外論壞正見世莫能辯爲害非細荷擔慧命者爲之寒心頃楚萍圓上人久居豫章攝受有緣深悲邪見之熾難拔乃集緇白法侶捐刻本文梵册將以豎正法幢冀諸有志法門賢哲之士深究

佛意不墮闡提則法海津梁此爲帆楫其護法之功豈小補哉敬題此以爲先唱

刻起信直解題辭

此論乃禪宗關鑰爲大教之宏綱也覩教者非此無以知宗要叅禪者非此無以開正眼實性相二宗之指南也文簡義深法界一心理事因果修證頓漸包括無遺故法門學者捨此而求悟入是却步而求前也賢首舊疏精詳委悉而長水記亦浩瀚無涯淺識者茫無歸宿予先取本疏略去繁科纂成疏略業已刻行時爲初機指點猶以爲艱故復用疏義隨文直解貴在一貫不假旁引枝蔓而一心真妄迷悟之義了然畢見如眡白黑其實祖述前意不敢妄越但取隨文易會不煩鉤索而直達本源以爲新學之一助云

刻百法論八識規矩跋

百法八識乃相宗指南爲入大乘之門也以佛說惟心唯識道理遍該一大藏經而彌勒約爲六百六十而天親約爲百法識論百卷三藏法師約爲頌四十八句可謂至簡至要乃法界之綱維也以一切衆生迷一心而爲識無明障蔽現前日用而不知自心之善惡樞機若覩教者展卷則見文字遮障而不知所說皆自心本有之佛性叅禪者抱持妄想盲修瞎練而竟不達生滅根源是皆不知此論之過也然論約剛五百言而頌止四十八句統收一大時教世出世法無不該盡若教若禪無不揭示正修行路學者有志不費期月之功而通徹無遺嗟無志者不能潛心於此而甘爲愚蒙可不悲哉此論古今解者多

引識論本文初心難入且不便於俗諦故子取其義而變其文以便初機使其易入文似闕而義實具是亦隨順說法非敢妄損古德成言以取謗法之愆也

書四十二章經題辭

此經乃吾佛世尊初成正覺所轉根本法輪也其旨以一心爲宗故曰識心達本號爲沙門以斷慾出塵爲用故曰離慾寂靜最爲第一又曰愛慾斷者如四支斷以酪爲教相以醍醐出於乳酪而無上佛果皆本於眞妄一心也良由心爲法界之本欲爲衆苦之源今將離苦得樂故以斷慾爲先世出世間修行之要無外乎此故爲根本法輪也孔子曰孝弟也者其爲仁之本歟且順親爲孝敬長爲弟吾佛亦曰孝名爲戒孝順三寶父母師僧孝順至道之法豈非以隨順覺性而爲復性之本耶嗟乎一切衆生皆以婬慾而正性命顛瞑於此其來久矣然性與欲若微塵泥團耳苟非雄猛丈夫以金剛心而割斷之可以出大苦得至樂乎孔子曰人有欲焉得剛不剛則於此法門猶望洋也是以吾佛出世最初說此離欲法門是猶痛處劄錐耳故經中以此再三叮嚀致意焉凡學佛道有志於究明此心者捨此而言行是猶却步而求前也

題十六妙觀後

十六妙觀始因韋提希夫人爲逆子阿闍世王所苦求佛哀救故佛親詣幽宮放眉間一光遍照十方佛土令夫人自擇隨願往生夫人獨愛西方極樂世界是以世尊特爲說此十六妙觀以爲往生之資但得一觀成就必

得如願是故淨土一門最爲超脫生死之徑路古今造修而取證驗者不可勝數或者槩以爲中下根設非也佛以一光頓照十方佛土了然目前豈中下根人之境界且一生頓脫無量刧之生死豈中下根人所能哉嗟乎末法人多妄誕但縱口耳以資談柄雖上上根人何益耶語曰藥不必扁鵲之方愈病者良況法王親垂證驗之法門韋提已效之妙行修行捨此而別求玄妙非愚即狂實是自作障礙耳悲夫吾徒沙門釋子身既離塵而心源混濁日夜馳想於五欲場中曾無一念囘光返照於自心且又妄談般若輕欺法門目心泥犂而不省者豈不悲耶門人某請益老人特書此頌以爲淨業之資將期實行實證庶不負此生出家之行脚事耳若捨此法門別求向上則佛豈誤人而永明大師又豈欺人耶

題諸祖道影後

諸祖乃傳佛心印之宗師也憶昔世尊說法靈山常隨弟子千二百五十人及佛末後拈花迦葉破顔微笑遂傳心印爲教外別傳之旨是爲禪宗二十八代至達磨大師遠來東土六傳而至曹溪下有南嶽青原以分五宗由梁唐至宋元得一千八百餘人皆世挺生豪傑之士塵垢軒冕薄將相而不爲故歸心法門一言之下了悟自心使歷刧生死情根當下頓斷遂稱曰祖豈不毅然大丈夫哉嗟此末世去佛時遥既不預靈山嘉會而此土諸祖出世又不能親近入室故沉迷至今而不返者亦可悲矣久聞大內藏有歷代諸祖

道影新安高士丁雲鵬者丹青之妙不減僧繇道子偶得內稿本八十八尊達觀禪師命畫四堂其一置西蜀峨眉其一置金陵祖堂其一置匡山五乳一置南嶽曾儀部金簡居士請歸湖東觀察備兵吳公生白一日過訪隨喜見而歎曰此眞光明幢也會荊門畫士史宋善肖像遂命臨一册竊覩公丰彩高遠有翩翩出塵之度故望影而歸命葢亦曾親近入室中來昔裴休見壁間高僧眞儀問黃檗曰眞儀可觀高僧何在檗呼曰裴休休應諾不覺豁然遂大悟予想公夙種般若深根悟心不在裴丞相後故爲集諸祖略傳各爲賛以致公將爲家傳心印也

題所書佛心才禪師坐禪儀後

余每向學人說修行法唯教以放下妄念撇脫情根不隨生滅心轉如此二六時中一切遇境逢緣逆順關頭愛惡貪瞋習氣發時當下一念回光返照決不爲他遮障遷流一口咬定如咬鐵釘相似如此是謂具金剛心名爲狼心漢即此可名叅禪人手段如力士打拳渾身上下左右都照管到一些滲漏不放空如此乃可謂善用其心是爲勇猛伶俐衲僧此老人尋常以此一段說話示人恰似十字街頭賣平頂冠一般數十年來空受了許多起早睡晚不曾博得一文錢買冷飯喫今日看來不如才老佛心禪師說坐禪儀大似狀元郎教童蒙上大人丘乙巳相似如此工夫東道不少果能學得不怕不到狀元地位回看老憨依舊還是一老骨董也具出世志正好放下心腸依此老榜樣死做一番豈不

以今日此一片紙作破魔軍出生死一道符驗耶快叅快叅

題寶貴禪人請書七佛偈後

此七佛偈乃佛佛傳受心法也一大藏經千七百則公案乃至一切衆生日用現前境界以及蠢蝡蜎飛凡有識者皆向此中流出自有佛法以來聞見不少而知之者希但益多聞增長知見未有一人能向此中著脚者洪覺範禪師被放海外無佛法地寓於廢寺破壁間見一毘舍浮佛偈範持之久自云平生學道獨於今日得大歡喜方到休歇安樂之地由是觀之佛法信乎無多子學者政不在廣見博識增益多聞障耳昔山谷老人善擘窠大書凡有以佳紙精素求書者必書此偈以遺之足知古人於此中得真意者别自有解脱門非言語可到也余於辛丑夏日病起趺坐藤床寶貴以此紙求書七佛偈余是夜夢侍一偉人作書余初握管自書有矜持狀其人笑謂之曰書法政不爾字始於蟲文鳥跡原非有意求好也余在夢中觀其用筆之妙運動之勢非凡情可想象者覺來猶恍憶遂乘興書此乃學夢中人也

又

余始學佛法謂諸法如夢幻觀乃入道第一妙訣枯坐山林三十年來未曾離此一念今觀此卷恍如夢事以此印心則諸法皆然即此而推水月鏡像空華陽燄種種境界頭頭皆解脱門也嗟嗟塵俗中人欲以有思惟心不清淨見求入諸法妙門難矣自無受用地安能令人歡喜乎後之觀此卷者能作如是

觀不獨入書法亦可入佛法矣寶貴裝潢卷成見有餘地復作書尾

又

余每謂此七偈乃佛祖相傳心印也極喜書施諸方不下數百幅矣往往自爲題跋以示爲禪門關要但未知翻譯來源今於護法録中見宋公此跋足爲禪門千古公據故併書之以曉近日叅禪者懷增上慢不親教旨之輩爲秦鏡云

丁右武大叅浮海四詩跋

聞之古人有言曰兕虎不能撓其神獵士之勇也蛟龍不能動其色漁父之勇也死生無變於已達人之勇也死生無變於已而況利害之端乎海内識者皆以右武剛腸直烈雄才大略稱知已余觀右武當百折之餘投之海涯曠然不亟於色及赴廣海戍度崕門風濤大作桅折蓬飛顛覆萬變傍人束手公方倚舷諷詩諸豎子羣起而譟曰舟覆矣公曰且住且住待我詩成頃四詩剛成而舟膠於沙遂得無覆公乃大笑曰豎子幾悮乃公詩噫此豈剛腸直烈雄才大略所可及哉是有大於此者卒然臨之而本體自現在公寢處葢亦不自知其安也故曰造適不及笑獻笑不及排此之謂歟予因爲公刻此詩於海珠而書其後如此

爲右武書七佛偈題後

七佛偈乃從上佛祖授受心印也古人悟此者如大火聚一切死生禍患情塵爒然不可攖觸是稱雄猛丈夫秉般若鋒執金剛劍者也右武居士賦性如此豈非多生習此法門

乎余同難行間相與旦夕遊戲以法爲娛偶索書遂以此狀其本色

得包公硯書心經跋

往聞包公守端州一硯不留之說視爲漫談及予來粵詢之父老云昔包公治端革貴硯之弊偶得一美者携之歸過羚羊峽口風波大作公云吾生平無愧心之事無虐民之政何以有此因視其硯云豈山靈恪此物耶遂投之水中風波乃止自後時時光怪發於水上爲漁人網得之自爾光怪不復見羅生持此硯至余撫摩良久喜而歎曰神物隱顯固自有時得欣賞者亦非偶爾語曰至誠可以貫金石視此頑石包公心光能煥發於此况般若所熏乎其歷千劫而不朽者宜矣因試墨遂書心經一卷以付羅生

題東坡觀音贊

曹溪云佛性無常紫柏跋東坡觀音贊亦云苦樂無常然苦樂乃佛性之變也聖凡又苦樂之聚也以佛性有受則苦樂以之不受則聖凡泯矣斯則佛性隨苦樂現故衆生之苦樂以不受者受之則知苦樂者苦樂所不到也衆生有苦以不受者而呼則同不受者而應如空谷答響人若以不受者而遇苦則如湯消氷應念化成無上知覺何假他力哉是則受以不受爲母生以不生爲君壹生知所重則超苦樂而生爲贅矣

題鬼子母卷

我觀鬼母愚癡無比秖知貪他不顧自巳巳之所愛不捨一絲如何於他絕無慈悲一切母子本同一體若能等觀癡心早止若非如

來拔其癡根直至窮劫尚墮沉淪縱有神力總出曠癡用不得處方乃自知愛力極處癡心頓歇鑊湯爐炭當下消滅

書元旦大雪歌跋

予昔同黃龍潭徹空師居五臺叶斗峰前之龍門時冬大雪風捲埋屋積丈餘擁衲對坐只覺夜長及起開門則雪堵矣急撥火取燈相視而嘻將謂活埋適北臺主人探而知之乃領行者數十操作具裹乾糧而來救除隧道而入入門相見其樂融融如在黃泉之下也自予放嶺外二十年中每一思之頓破炎蒸毒熱者仗此一念氷心也頃予逸老匡山初得憨宗珏公指五乳以棲之公乃徹師之的骨孫公視予如若翁予每一見公即如對徹師於雪窖時也天啟改元歲旦大雪三尺萬山連凍不減窖中予自別五臺三十餘年未見此境故感而爲之歌即以書似珏公益不忘徹師相與死生之際也今珏世黃龍之家聲能體現前事事皆從乃翁忍凍餓中來則何熱惱之不清涼何道業之不成辦哉諺語有之創業非難守業難苟知祖翁田地時時耘耨不致荒蕪則知我本師釋迦和尚百千萬刼捨身命財在雪山六年凍餓博得四事供養以貽兒孫吾徒日用所食粒米莖菜皆我本師之通身毛孔滴血也審此又能甘心虗度此生乎然因寫雪詩而及此者大似因漁父而得見大海波濤也公其志之天啟元年立春日

題從軍詩後

雷陽正當南極東坡題曰萬山第一所謂水

窮山盡處也形家稱爲盡龍故古之忠臣義士被謫者多在於此氣使然也寇公居之未久至今父老侈談昔東坡謫儋耳子由亦遷至而西湖遺事寇公有祠蘇公有亭山川之勝景物依然然僧來戍者昔宋之大慧徙梅陽覺範戍珠厓憶二老去余五百年矣今余蒙恩遣至此葢亦上下千載竒事惟我聖朝僧戍者獨我始祖南洲洽禪師爲護建文駕獲罪成祖赦之以其弟子德録戍於此尋即放還及其二百餘年矣頃亦爲國祝釐獲罪而至此豈無謂哉余至主於城西古寺坡公亭中士子爭談坡公如昨日及訪覺範故事則杳然矣天南風物迥異中洲四時之氣亦不與天地準如乾之純陽變而爲離離火方也萬物皆相見鬱爲炎熱鬯爲文明人但見景物之鬱不見通暢之妙故於文章詞賦不能盡其造化之微余初至時遭歲厲遂於此中注楞伽經自謂深窺佛祖之奥葢寔有資於是也向不求工於詩自從軍來此詩傳之海内智者皆以禪目之是足以徵心境混融有不自知其然者由是亦知古人之詩妙在於情真境實耳紫垣君侯出册命書之聊書之以供覆瓿并發一笑

題十二首卧病詩後

沙門從戎昔亦有之如大慧禪師戍梅陽冠巾說法寂音尊者戍崖州箋註楞嚴二大老以如幻三昧處患難如遊戲予少年驅烏烏時即知其事想見其人不意予年五十時亦遭此難蒙恩賜謫雷陽其地葢在二老之間自慚非其人也然恒思其風致初至戍所即

註楞伽蓋有感焉所寓之時與境未審較昔何如而以僧體慧命爲懷一念保持兢兢弗忘自謂禪道佛法不敢望二老門墻至若堅持法門孤忠耿耿實有嚙雪吞氊之志而山林故吾之思形於聲詩者眞繫鴈足帛書也千秋之下讀此詩而想見予者能若予之想二老乎嗟予老矣書貽侍者廣益持此足見家範也

六詠詩跋

佛法宗旨之要不出一心由迷此心而有無常苦以苦本無常則性自空空則我本無我無我則誰當生死者此一大藏經佛祖所傳心印蓋不出此六法總之不離一心若迷此心則有生死無常之苦若悟此心則了無我無我則達性空性空則生死亦空殆非離此心外別有妙法而爲眞空也從前有志向禪者多槩從心外覔玄妙於世外求眞宗所以日用錯過無邊妙行將謂別有佛法殊不知吾人日用尋常應緣行事種種皆眞實佛法也但以有我無我之差故苦樂不同而聖凡亦異端在迷悟之間耳以我爲衆苦之本也明府索書禪語故録舊作六詠詩復記其事且爲他日證此法門之左券云

書懷李公詩後

右詩十首作於乙巳長至月望明年丙午孟冬時在曹溪喜重修祖庭翻然一新禪堂乃六祖大師說法南嶽青原諸大祖師安居之所世代變遷化爲鼠壤狐窟今余力求以復舊制規模軒豁不減昔時而經營佽助則林叅軍知足居士一力以肩之也因思昔日東

海莊嚴妙麗將與法道之際而余遂嬰難放流嶺外豈意又復幻此道場以開幻衆作如幻佛事度如幻衆生耶況蒙恩詔湯網大開當初執縛之始即今解脫之終一期周圓平等無二所謂東方入定西方起比丘身中入正定居士身中從定起是名方網三昧者非耶余今難忘李侍御公最初一念歡喜心適遂書懷李公詩以付居士以是見區區不爲險難傾奪不爲境界遷移不以殊形異趣不以去就介懷不被惡魔之所搖動者如此非夫踞忍辱地坐寂滅場者何易致此哉箇裏機緣又爲老人傳家之秘殊非文字所能述居士其能得此乎

書山居十首跋（此詩書於入滅十日之前乃絕筆也）

此詩蓋作於匡山五乳在壬子春日也侍者深光即以此卷請書老人慵於筆硯故束之高閣及復之曹溪濵行付侍者廣攝持來藏之久矣癸亥秋九月光以書來省因督攝未完時老人以足疾舉痛且苦於應答攝乘間頻請老人因念老矣恐作未來之欠故勉強力疾書之以歸可謂爲憐三歲子不惜兩莖眉豈非婆心哉若以詩字觀之則辜恩多矣

時癸亥冬十月朔日

紫栢老人觀病偈跋

紫栢老人居常以無性義示人如弄丸之手觀者莫不心駭目眩此指自雪巖中峰諸大老後知者尠矣惜乎道與時違未遂振起之願此老人生平之所苦心者嗟乎哲人往矣後生晚輩安能復覩宗門之標格乎峨嵋海默禪人持觀病偈予見之不覺潸然泣數行

下手澤依然寶之當作光明種子也

書范蠡論後

此論蓋予於己酉秋日舟泊珠江之滸李泰軍以范蠡歸湖圖請贊余因是有感而作也嘗謂古之文人評論古人物若三蘇之作燦然槩不及此何哉是知求知己於千載之下古人所難而期有旦暮之遇者非偶然也蠡之心固難見以予言而發之則蠡亦將瞑目矣奚有古今去來哉余謂丈夫處世抱超世之見者必不易見知於世故龍與麟舉世三尺之童皆知其爲神且瑞此約不見而爭誇之也即旦見龍人將以爲蛇麟一出必見災於虞人又何怪哉余居曹溪之十年蓋嘗一龍一蛇矣唯不免一災時有匡人之圍者兩旬當己酉寒露降霜之候清夜興發侍者某偶於篋中檢出此素卷余乘興捉筆其論適在案頭遂書之併識其意如此

題書法華經歌後

余少時即知誦此歌可謂深入法華三昧者每一展卷不覺精神踴躍頓生歡喜無量往往書之以貽向道者頃來曹溪爲六祖整頓道場業將十年忘形從事百廢具舉山門改觀不意魔僧内障自壞法門顛倒狂惑搆訟公府以致予羈棲郡城悠悠二載時在郡歸依護法者獨黃居士二年一日朝夕無間祁寒溽暑奔走不爽毫髮予因感昔覺範禪師遺海外親知朋友鳥驚魚散獨胡强仲一人爲之周旋送至韶陽師爲序以别之即今讀其文想見其爲人今予以流離患難之身孑然處污辱是非之場有居士爲之木舌公庭

之事了然如揭日月此緣豈淺淺哉今事竣將行予乃爲書聽誦法華經歌一首以貽之令其誦習以結法喜之緣且以此紙傳之子孫使後世亦知乃公能與憨山老人眉毛厮結即以此善根福及子孫世世享之可謂不虚此會良緣矣故併記之

又

予放嶺外親友疎絕如隔天上萬曆巳酉夏日大都慈善寺長老義天孝公特來相慰於曹溪松下一見悲喜交集如異世人也憶予昔乞食長安時過公宣明室洗滌客塵今在炎荒火宅每一思之頓入清涼地當茲塵土欲求滴水盥身心豈易得耶秋初予有事於端州因拉公同行登寶月臺納涼旬月復之五羊食鮮龍眼飽飡而歸信可樂也舟行北風泝流艱澁公出此卷乞書遂寫此歌公還日令諸弟子一一如盤陀石上之僧誦白蓮經以爲常課不唯不負修雅則老人八千里外猶然如在月明松下側耳聽誦時也

題雪浪恩公所書千字文後

予與雪浪恩兄生若同胞少共筆硯予嬾且善病竊慕枯禪兄苦志向學無論刻意教乘即遊心藝苑博問强記食息不倦染翰臨池晝夜無間者二十餘年及登座說法迥邁前修而辭翰擅塲亦稱二妙我明二百餘年緇衣之駿指不再屈此予生平心服而敬事者自愧福輕業重至老揆携惜兄耳順之年竟成千古嗟余苟延七十無補法門偷生何益予隱居南嶽非石禪人携此卷來予一見之不覺興悲三復長歎嗚呼其人往耳手澤如

生覩此端若寂光覿面也

題筆乘顧寶幢居士事後

記云金陵顧寶幢居士名源字清甫少豪雋不羣詩書畫皆不泥古法信筆點染天趣逈絕然實自古法中來一日與余論書曰書須古法四分己意六分乃妙不然縱筆筆能似古人終成奴書不足貴也中年究心禪理大有悟入然未嘗以得理而薄修因晚節與名僧舉西方會社戒律精嚴無與爲儷臨終端坐而瞑舉室聞蓮香三日始歇居士嘗手書數絕句余今筆於此十箇蒲團九箇穿誰家枯井雪難塡如今法法成三昧聲色無妨到耳邊松火炊羹香滿衣雪寒豪士古長飢明珠不換黃虀甕滿吐光爭日月輝冐食何人曉夜忙全機隨處好叅詳漁竿不負秋如錦兩岸黃花撲棹香短褐長鑱老石門蔬盤容易度朝昏百年智巧消磨盡慚愧人傳粉墨痕腕上雙刀照雪花少年曾醉魯朱家揣摩未展男兒志頭白都門學種瓜雪屋寒葅有歲華黃金過斗未須誇若言竹帛功難朽也是空添眼上花藤葉青莎稱體長菊花新酒滿瓢香時人若訪龐居士萬樹雲蘿護草堂布髮曾爲授記人草衣隨處屬閑身十年朋舊塵勞破香火同酬野寺春雲裏青山古檜叢枝柯如屋蔽霜風男兒有志投踪跡瓦鉢依稀在手中此焦氏筆乘所載也余留年聞寶幢居士初爲諸生時氣甚豪宕才情敏捷中年一旦盡棄所習遂長齋繡佛前搆一小樓獨坐其上唯小童奉香花淨水家人女子絕不見面親知杜絕往來居然一深山頭陀

也每夜五更擊大木魚高聲念佛居士家近市多屠者有一惡少年每聞魚聲即起宰殺一日遲責其妻妻曰道人打木魚念佛爾聞殺牲自不悟乃責我耶少年即折刀杖改心爲善一時屠兒回心者衆士曰我抱木魚終夜打驚回多少夢中人予年十九依長干西林祖翁出家雲谷先師當代法眼也住棲霞與居士往來特密即乘中所云名僧者師爲予談此事因問居士何如人師云今時龎公也一日偶與同儕閒行松園望見一道者入山門貌清古而雅甚閒閒如孤鶴翔空超然塵表及近而觀之其目不瞬若無意於人間世也余驚喜曰此何人斯若是之都也識者曰此寶幢居士也余欲作禮而懼焉乃躡而視其所之則見其入寺殿廊之掖門禮如來舍利塔也余竊觀之五體翹勤懇倒不可名言及觀塔殿巍峩人雲五色相鮮返照回光赭如寶錯忽悟此境殆非人世也而猶未知所以然既而余問雲谷先師師云此居士觀此作西方淨土境將以資觀行耳自後因先師而得入室焉及臨終時與先師同數名僧相對念佛數晝夜懸西方境於室中余隨衆中正作佛事時居士內人報云滿宅聞蓮花香衆皆驚喜居士恬然無異也此筆乘所載皆余目擊其事也居士有子皆諸生素不信佛至是乃涕泣牀前叩首而請曰父即超生死居淨土豈不念及兒孫輩作度脫乎何無一言相囑居士笑曰汝輩將謂我生耶死耶而獨不觀於日乎日出于東而沒於西是果沒乎果不沒乎吾之生死亦猶是也拈筆書

此擲筆端然而瞑此余所覩記乘不及此一日偶展乘簡見此因緣遂感而更筆之且以告知言者

題南皐居士書萬法歸一卷

從上佛祖原無實法與人就向衆生妄想夢中一椎打破使其囫地一聲忽然夢覺兩眼睜開回視夢中境界了不可得若於不可得處措心亦是夢事由是觀之豈有一法可當情耶所以道不見一法即如來此則名爲觀自在故云離相離名不墮諸數若喚作一則墮之又墮矣南皐居士潛符此道受用自在葢巳有年切念知音者希特拈古人此則公案往往舉似示人欲人自知落處觀者若向居士未舉以前快便薦取猶在半途若更向萬法一法上團圞大似癡人面前說夢慧菴主久叅居士時入方丈聞說不二法門葢巳習熟且道此則公案與維摩默然處是同是別叅

題圓覺頌

鄒太史公世講陽明之學其子子徹得家傳衣鉢癸丑春謁予於五羊之青門問西來大意予令盡屛胸中宿習知見默坐七日乃爲發藥子徹一聞頓契忘言之旨自信向墮光影門頭躍然而歸及余之南嶽得乃兄子尹書來企稱子徹悟脫近不幸往矣予愴然心悲者久之及予逸老匡山越九年辛酉冬乃郎育侯寄所著圓覺頌一編予閱之是知子徹雖長逝端然未出大光明藏可謂深種般若正因矣倘天假之年其所造進未可量也惜哉

題幻予本公塔銘後

幻予本公先參本師雲谷和尚與予同條生也辛巳歲相晤於五臺見其道貌清臞弱不勝衣其心如大地有荷負衆生之力故能忘身爲人未嘗一念存我相也以善醫視病僧至割肉爲劑可知已予坐氷雪中一日凍餓而死師急捄而生之予則以醫王頌公別來三十餘年公入滅廿三年矣向以刻藏因緣故留靈骨於雙徑之寂照丙辰冬予以達大師入塔因緣至公之上足杲公亦乘此葬之予是得以爲公卜地厝骨入土噫此大奇事豈非宿緣哉讀洞觀居士爲公塔銘恍如坐金剛窟對談時也乃詩以挽之曰寒巖凍餓有誰知絕後重甦賴阿師今日五峰窺塔影恍然猶對坐談時念兹山爲東南法窟入十八代知識說法其中公何夙緣得從達大師後究竟歸寧於此愧予與公同條生不同條死安能得此一掊土覆枯骨乎想公將來出世不知爲何代主人倘得宿命必見老朽於除夜篝燈書此語也

廬山金竹坪千佛寺接待題辭

廬山甲江左之勝自晉遠公開山及唐宋諸祖說法道場獨勝於天下其山形似水上青蓮而金竹坪宛坐花蕋昔爲荒榛近日恭乾法師結茅單棲弔影寒巖其徒續芳聯公苦心竭力以供事之每行乞郡城日往夜歸風行露宿飢寒困苦靡不備歷不十年開荒闢土始建屋宇而乾師謝世聯公守其遺訓忘身竪立遂成叢林三十年中與衆同甘苦共臥起粒米莖菜不私作務以身先之至今老

矣坐長連牀絶無寢室眞得古人匡衆之體故十方衲子至者如歸然公不以佛法禪道標榜唯以一味平等慈悲以法門爲心未嘗以粥飯氣息皷諸方矜巳能此又深得無我三昧者是故親近隨喜者無不觀感而心化也每歲食指數千計公澹然無懷不以四事爲巳憂不專化主但在叢林少有願心者無不自肯奔走効力行乞以募十方風聲感召歲計亦未嘗少缺此又深得吾佛隨緣之至教當此末法諸方建立其人或指難再屈也老人適來隨喜讚莫能窮且見諸行者行乞歸來絲毫不昧因果不負檀越信心諦觀諸方幹蠱叢林之行人亦未有如此之眞實者此葢主者眞心所感以致龍天響應非偶然也老人感念無巳故槩書此以告諸檀越至若四事供養七寶布施如須彌山亦可消受自有大心菩薩在非老人所敢必也

題臺山竹林師卷後

老人昔居金色界中獨與竹林老漢眉毛廝結臨行將把糞埽箒子委托叮嚀爲作曼室奴郎別今三十餘年及老人業遷炎荒巳二十餘年雖萬里相懸出息入息未嘗與這老漢絲毫相隔今忽見此卷竹林老漢身在老人眉毛上放光照曜誰謂這老漢入滅殊不知方網三昧東方入定西方起臺山入定匡山起正是這老漢家常茶飯且道竹林來也好著爲諸人依前埽糞學人持此日用一切處不許污却掃柄始是知恩報恩

題壁光童子沇大裕傳後

衆生本有佛性名般若具大光明常然不昧

良由無始無明故昧而不覺無明深厚故常寢生死而不自知所以菩薩修行但以智慧光照破無明即爲出生死時也故修心之士名爲習般若行世之人智慧明利者從般若中來發而爲忠爲孝性使然也以至死生不見去來之相者常光然也觀沈童子大裕出世八歲種種云爲皆前世習般若行至臨終一念烱然常光不昧此般若現於方死之際足見般若强勝之力也嗚呼觀此豈墮生死之人耶而父母以愛視之是返轉般若爲生死根豈不爲童子所笑乎本以見度而更見累自負童子來意多矣丁巳三月六日其父爾候居士以此傳相示憨山老人題之以此是以楔出楔也童子有聞定發一噱

題血書金剛經後

此經乃華亭康孟修妻張氏安人刺血所書者安人王司馬公元美之甥也公之姊適張氏生安人早逝王太夫人自育之幼延女師習詩書工翰墨事康母孀居廿年敬順如一日天生篤孝雖産富貴之室性澹泊不事鉛飾康母老年奉佛益謹禮達觀大師安人從事齋素喜捨王太夫人命司馬公兄弟視安人如己子所分家資以萬計皆悉捨爲福田歸心淨土如蓮花中人晚年刺血書此經一卷臨終命舉家高聲念佛連日夜安然而逝余被放嶺外康君弟季修與余爲方外交頃入粵孟修走書以安人所書此經屬題予覩其手澤端嚴精楷筆意師古纖毫不苟絕無軟暖氣此亦丈夫所難者撫卷三復喟然而歎曰斯益心光流溢也夫般若名智慧乃一

切聖凡均賦而同禀者諸佛證之爲金剛心地現爲神通妙用衆生迷之爲生死根本發爲妄想塵勞性同而相異若欲轉塵勞妄想而爲神通妙用非仗般若勝力不能也故曰若有能信此經者巳於無量億佛所深種善根由是而知安人生平住世猶如蓮華處淤泥而不染篤信三寶諦奉此經受持不疑自非多生久習般若純熟何能精進之若此悲夫世人咸禀靈明之智負此丈夫血肉之軀但恣貪瞋造無涯之黑業以取沉淪苦趣者多矣誰能灑滴血於智海而與法性同流乎金剛以不壞得名文字般若即法身常住光明赫奕照耀無窮所謂金剛種子歷刼不磨豈直爲傳家寶巳耶

題朱太史修南潯報國寺疏後

湖州南潯報國古刹始建於宋五百餘年殿圮久矣緇白過而不問無唱導者寺沙彌某發願重修誓斷一臂以堅衆志朱太史爲文以邑之寺僧持過徑山予三復之大有感焉謂帝王陵墓多屬丘墟而佛刹雖頽尚在即金谷銅駝類可知矣諺云千年田地八百主人誰氏之子能守數百年之業者乎抑有後能如沙彌之捨身世業而重輕者乎經云佛刹堅固金剛所成以有龍神守之弟子世之推原其始皆衆施資財即千秋不泯以較世業之久近皎然明甚人皆知沙彌斷臂誓興佛刹殊不知沙彌一臂爲衆檀那世守不朽之業也明哲君子能捨不堅之財置堅固地則後千百年功德不朽頼沙彌一臂以守之尤勝子孫伯什也况福量如空乎公云荒塚

頼佛寺以久存誠爲法眼子知達人先唱則衆起而響應觀此金刹立成當若天帝之拈一莖草即是沙彌現千手眼也

題華山隆昌寺銅殿二碑文後

予友妙峰師早從法界觀入道故生平建立昔從普賢行願法界心中流出無論一往功德即銅殿因縁可見矣以峨嵋普陀五臺三山乃三大士菩提塲爲眞丹利生最勝處各範銅殿一座以奉尊像其南海偶以縁阻遂置於金陵之華山葢頼聖祖寵靈故感聖母聖上洪慈爲布金檀越得與三山並縁亦希有其莊嚴妙麗殿堂廣博予以業力遷訛未獲瞻禮適於焦太史黄祠部二宰宫碑文亳端三眛具見一毛端頭現寶王刹詎不信歟三災彌綸行業湛然葢願力所持當與法界等矣

題盂蘭盆眞慈達孝卷

經云大孝釋迦尊累刧報親恩以釋迦多世修行之時皆是報親之地故梵網經云孝名爲戒謂孝順父母乃至一切衆生然戒爲成佛之本而孝又爲戒本是知諸佛菩薩救度衆生出諸苦惱皆修孝順之行也以衆生歷刧生死出沒六道捨身受身無一類而不經過是無一類而非曾經之父母且衆生度盡方受證菩提故所度衆生一一出苦皆菩薩所盡孝道之心也又豈可以一生一身而言哉即目連所救一生之母未盡如來之達孝也教有水陸齋會爲報親設以盡法界所有水陸空行乃至三途六度無不願出苦淪此雖像教是行如來大孝之本也京僧離幻持

建盂蘭盆卷請益予題之曰真慈達孝益盂蘭以廣戒本之意緇白知此豈可以泛泛世法觀之耶

弔遼陽將士文題辭

幻人哀朽骨立匿影空山掩室以休適豫章陶君相如過訪語及時事及出和張太史弔遼陽將士文且屬爲引幻人三復而歎曰此古今豪傑忠義之士精神相感於形骸之外固非世諦恒情也故曰志士仁人無求生以害仁有殺身以成仁仁者何也即此心之性真也光明廣大終古常然若認假而失真則與草木同腐朽雖生不生何益哉苟能守志忘形形忘而心存當與日月爭光矣此古忠臣義士以身殉國則國爲身以身殉天下則天下爲身所以忠義之氣充塞宇宙凜凜而不昧者固其所也今觀兩將軍之死得其所則能與一時仁人君子之感不奪者志不晦者心所謂求仁得仁雖死可無遺憾矣予讀太史之文心血迸灑慷慨悲歌激烈之氣蕭蕭如在易水之上也將見豪傑之士由此一鼓而興起者竦動義概竭忠効死以捍社稷端有望於今日也豈直爲文而已哉

題龍樹庵主濟川傳公傳後

歷觀古豪傑之士以一身殉國家之急卒以忠義表於世以丈夫稱者古今不多見豈獨方內然哉方外亦以之予讀傳公傳深有感焉若夫伽藍所在乃法界之封疆也吳門之華山封疆之一隅也時公爲居士遂毅然棄妻子薙髮爲弟子以身殉佛土竟保全以棄去豈非丈夫之事哉若夫功成而不居又古

之所難也語曰夫惟不居是以不去公實有焉

憨山大師夢遊全集卷第三十二

音釋

眂音低視也　厓音涯山邊也　䤗蒲候切小缶也　佽音刺利也　便潸師姦切涕淚流也

憨山大師夢遊全集卷第三十三

侍者福善日錄　門人通炯編輯

贊

然燈古佛贊 有引

然燈古佛釋迦之師也往昔有緣無心而遇因布髮掩泥持青蓮華而作供養得蒙授記遂證菩提今睹光像欽渴翹仰焚香作禮以偈贊曰

稽首然燈吾師之師妙用無極故我皈依白日麗天萬象斯鑒滿月寒空衆星齊現明所不明照其不照惟此智燈光明朗耀秉法王令佩實相印磐石晏安十方鎮靜其心如空靡所不容有扣之者響若洪鐘其容湛寂恬然凝謐瞻之仰之諸障頓息緣會而遇無心而得紺髮滿頭青蓮一葉布髮掩泥志誠皈命持華作供貴乎清淨無上菩提當蒙授記罔象玄珠不容思議心心相印光光互融慧命無量功德無窮

貝葉佛母贊 有引

粵東爲法道原流達磨航海而來六祖應讖而出盇喇刺臂而裹海眼跋陀忘形而挾楞伽皆首出仙城初開法運自爾以來寥寥千載豈出彼沒此古人獨負而今人絕分耶固在導之者何如耳故曰不是無禪只是無師斯言有味哉余蒙恩竄嶺海觀察海門周公以視鹺至公當代搢紳中具正法眼人也與余以法相親每談必以第一義示人爲事仲春十之三日同查汝定過朱氏草堂劉萬諸子畢集大爲發揚此事諸子各發無上道心季子乃曰向不

知佛今也知心既心即是佛吾當以佛爲事仲子請越之高士蔣不任寫此像余歡喜稽首爲贊曰

佛體如空無處不容牆壁瓦礫達之者通秋水瀲瀲朝霞爍爍景落波心光浮素練識之不見見之不識瞖目空華太虚鳥跡貝葉無文法身非有萬壑松聲作獅子吼碧眼鬍腮維摩病骨漏逗形骸分明眉目咦百花深處鷓鴣啼一聲叫破春山緑

西方三聖贊

稽首寂光主無量壽大師能以寂滅心現形十方界徧入有情身而作生死宰譬如日月光無心而成照蒙光照燭者無不遂其生又如慈乳母能達嬰兒心飢飽各適時不以乳爲病我覩世間人病痛必呼母以母爲自心不呼不自解是故三有中凡在有情者苦樂不自釋適然念我師以師慈力光先入衆生心故能一照間必出生死苦況復有大勢而復得大悲相比而化物物無不化者刀山并劍樹忽變作寶林鑊湯及爐炭偶成八德水皆以自心爲轉變一念中如酵入乳酪醍醐不外求何況荆棘林不爲清淨土是故念我師必若子憶母子母相憶時無不相見者念極諸想滅身心頓脱空寂光忽現前照用一時發即此苦穢軀便成極樂國始知日月中無不極樂者

化佛贊

似人非人日向月向從何處來者裏出現見時不識識時不見病眼空華太虚閃電逢人箇箇歎奇哉看行一味行方便

雪山苦行佛贊

肝膽氷霜形骸土木生來俊俏天然奇骨不是不捨皇宮秖因不愛喫肉走入萬疊寒巖受盡淒凉寂寞一朝餓得眼睛華錯把明珠换魚目渾身惹得是非深直至而今抱冤屈幾度逢人話本懷纔欲開言雙淚濮雙淚濮不知那箇是知音但得相逢心願足

又

不戀王宮不住兜率脫却珍御衣埋身千丈雪瘦骨如柴剛腸似鐵六年凍餓口難開幾度思量心未瞥一朝驀地睹明星從前妄想都休歇便欲挨身入鬧藍滿目風塵徒躉躉返惹時人話短長誰知弄巧翻成拙直至而今然未申通身是口難分說休分說費周折肝腸瀝盡空饒舌無限春光百鳥啼杜鵑叫徹空山血

又

身墮雪濤心寒秋水内外洞然又何彼此思之不及類之難比夢想不到誰能議擬若欲求之是非鋒起但莫思量自然法爾

又

骨如柴心似雪念如冰面似鐵不是剛腸疾惡人爭肯拋家輕失業幸賴明星喚出頭免教笑折傍人舌

又

世念已枯諸緣盡撤千尺寒巖萬年冰雪一片身心放下時從前妄想都休歇都休歇但看幾點踈星一輪明月

又

骨瘦心寒冰枯雪老不是者翻畢竟不好六

年凍餓實難當可幸明星上得早當初錯愛者些些使得兒孫卧荒草

又

抛擲金輪王如棄捨殘涕埋身雪山中絕無一毫事端坐苦思惟不知竟爲誰只待明星上當頭下一椎何似當初未醒時皎皎月挂珊瑚枝

舍那如來法身贊有引

余寓旅泊菴中爲諸白衣談楞嚴適門人王安舜持舍那如來畫像一幅高三尺許徧身衣紋并頂上圓光通書華嚴經一部字如鍼鋒芥孔而點畫分明行如遊絲飄如散髮其身當胸闊一尺二寸則計字二百二十行有奇其圓光邊約二寸圍則字幾百行其微密細緻又過於身眞有不可得而思議者焉以色古而不可讀侍者諦視於左臂辯出一一塵中一切佛則知其經爲雜華無疑矣余見之歡喜踊躍而歎曰此非蒙如來甚微細智而加被者決不能至此然豈麤浮想相而可得耶因焚香稽首以偈贊曰

我聞諸佛微細智以此證得妙法身徧在衆生心想中而能造作難思業今見衆生微細智徧入如來法身内於一微細毛孔中莊嚴難思法性海一毛一塵本性如具含無盡功德藏猶如清淨琉璃缾内盛微細多芥子炳然顯現無障礙無壞無雜各安立假離婁眼極最明窮盡目力不能辯始觀法身本無相今見佛以法爲身法身本不離衆生故從微細想中現是衆生心與如來無二無別互相

入如是微妙淨功德久墮沈昏諸暗冥譬如微塵含大經苟非智眼不能見善哉佛子智力雄一見即生眞實信剖破微塵出此經令我頓入華藏海佛心旣即衆生心我入即同衆生入我身與佛及衆生互相攝入如珠網如此圓滿大法界全憑佛子信力持以此信力作佛事展轉攝化廣無邊見聞隨喜禮念間彈指即能成正覺是故我贊佛子德廣大如空不可量我願法界諸衆生普入佛子信心住

思惟佛贊

稽首吾師何爲獨步三七思惟如何可度不用思惟但行平等儻遇知音自然猛省

思議佛贊

默然思惟所思爲誰思之之地人孰知之十方一念衆生一心但有知者即是知音明月在天影現衆水不出不入無彼無此如雲浮空無心而偏於一毫端十方齊現一切圓成萬緣具足但不思惟即如如佛

無量壽佛贊有引

余昔誦十六觀經以佛觀爲第一故修淨業者靡不從事至若工繪家各有所本而於佛像尤難之蓋以垢濁心鏡現妙相影豈易致哉越人蔣生太清英年而獨精此技豈夙觀行所致耶余入粤之二年戊戌春蔣生亦至所繪佛菩薩不滿十幅獨遺蓮阜居士陳元譽三聖像精妙絶倫蓋居士長齋繡佛有年亦精神感通而致耶嗚呼蔣生尋與物化睹此遂成千古矣居士焚香稽首請贊余邈焉興懷贊曰

稽首無量光徹照十方際湛然不思議永破癡暗冥我觀寂滅境清淨絕纖塵大地及山河竟從何處起刀山及劍林是誰之所造良以自心迷堅固妄想結譬如水成冰業風鼓扇力于受想夢中屬此燒炙苦我師冷眼看自心不耐細觀此比丘身急撾涂毒鼓令諸耳之者一觸生死絕猶如妙蓮華扶疎出秋水又以大悲勢左提而右挈直使恐畏涂翻成極樂土妄想歇滅處正覺即現前猶如湯消冰但由轉變力奇哉善男子夙習般若深能以一毫端現此希有事儼若大願時翹勤共悲仰皎如淨滿月遊於畢竟空心水垢濁澂光影一時現熱惱即清涼諸想頓寂滅真常妙樂地本不假外求即此幻化身便登安養國具此難思力是故我歸依願此盡未來永作大依怙

又

稽首無量壽端居常寂光普照法界空攝受有情者衆生迷本有逐諸生滅轉輪迴六趣中如亡子背母慈母憶其子未嘗一念捨子若暫迴光無有不見者以我出苦願入佛攝受心猶如空合空似以水投水衆生無明暗即是常寂光妄想一念歇常光當下現生滅無去來法性本不動見此法性身無量壽常樂

接引佛贊

稽首慈尊大光明聚淨法界身不可思議諸苦衆生入大悲眼眼淨無塵圓明赴感入衆生心如月墮水心水澂清故無彼此不接而來無生而至是故我師常住在世

又

冷地不禁入廛垂手分明示人人不知有但肯一念暫廻光蓮華頓現非良久

又

稽首寂光主清淨妙法身如月現星中湛然印衆水以愍衆生故不受法性樂示現微塵刹屈垂方便手俯提弱喪者同歸極樂土以衆生即心土亦非心外惟以心印心如以水入水是故見聞者一念即歸依但即自心觀本無心外佛色相如空華猶是瞖眼見惟以清淨空寂然了無相以此見自心即見如如者

又

踞常寂光坐清淨土垂手入廛爲衆生故以本法身現衆生心故十方界悉知其名憑悲願力普皆攝受故稱念者必得成就九品蓮臺爲衆生母不借他緣作箇中主

又

稽首無量光徧滿法界身普接諸衆生同歸寂滅海土本無淨穢淨穢從心變心垢若消除淨境應念現佛在衆生心以垢蔽不現垢除佛現前不用他接引自佛自度生元無彼此相若能平等觀即是寂光土

卧佛贊

無事打眠快活欲死十方界中誰能如此

阿彌陀佛贊

心似寒空而如滿月坐寶蓮華出廣長舌水流風動熾然常説六道四生無機不攝但有稱名即得解脱只爲當初願力深十方盡是無生國

又

稽首大師光明無量具足二嚴號尊中上以慈攝心心包沙界衆生即心本來無外是故稱名即求自己願見我師如是而已

長齋繡佛圖贊

神存理觀妙契法身想澄淨土即俗而眞不住於相解脫諸塵應如是住降伏其心是則名爲無事道人

釋迦佛贊

稽首本師面如滿月清淨法身湛然常寂是身若空其心若水空水連天月光如洗月不離天水不離地以空合空上下無際雲起長空風行水上彌滿波瀾廣長舌相不信但聽海潮音翻出龍宮祕密藏

又

唯我世尊妙功德聚如空中華隨緣應世法音若雷聽者心碎不是王宮割捨來誰作利益人天事

又

從兜率來不是無因爲一大事特現此身纔出母胎大驚小怪走向雪山翻成納敗幸有明星一聲喚醒若不回頭幾墮陷穽復到人間漏逗不少本大利微空懷懊惱末後掀翻和盤托出得遇知音方纔雪屈舌上蓮華目前生事肝膽相投虛空粉碎是故智者深知苦心故拌身命常轉此經

又

法身之光如日之影照破世間令人夢醒明暗一空聖凡一覺不透頂𩕳是爲決縛

刺繡釋迦佛贊

稽首大能仁救護衆生者現身濁惡世如連華出水妙相三十二功德總莊嚴是故見者悦如覩慈父母良與衆生心平等無差別故從巧思惟儼隨指端現衆生妄想絲織成惡道形佛在妄想中化出微妙相手引妄想絲鍼刺光綾素鍼鍼見法身念念成正覺於此和合緣頓見不思議是知法界空佛種從緣起我願諸衆生從妄想鍼綫念念見法身無不成佛者

毘盧佛贊

於一毫端現微妙相如空中華似鏡中像欲隱彌彰纔收便放是知我師光明無量

觀佛贊

稽首淨法身無量光明聚最勝蓮華王故號聖中聖湛然寂滅海應現微妙相端居極樂國攝化諸衆生以一心普印一切衆生心是故衆生心即是如如佛心佛與衆生三本無差別見心即見佛念佛即念心一睹殊勝容便悟眞實性故從一毫端現此希有事禮念暫皈依頓獲常住果

經行如來贊

惟我大師胡爲現身爲衆生故作主中賔廣長舌相如風行空雷音長夜喚醒羣蒙來無所從去無所至要見我師如是如是

又有二弟子隨之

如來宴坐何爲經行瞥然念起爲度衆生尊者隨之捕風捉影衆生度盡熱夢未醒

栴檀毘盧佛贊 有引

曲阿長者孫雲翼字圖南宦遊南海適遇栴檀香一枝徑可尺餘長八尺許世爲希

有喜而購之意效優闐故事持歸施置邑之廣福道場比丘通漆荷擔遂成毘盧妙相建閣以奉復請大藏經一部共成莊嚴余時休老南岳漆持書乞贊余雖未面長者喜其功德難思乃略述其事以贊之曰海岸栴檀其價無外一銖之微值大千界何處移來至震旦國但有聞熏無不欣悅爰有長者無心而遇欲效優闐作妙相具傾心易之願即成佛擇地而施遂獲廣福時有比丘具大信力發荷擔心衆妙嚴飾三十二相手出一人如從兜率示現威神圓滿毘盧大功德聚無量光明徧一切處如剖微塵以善方便一時涌出大千經卷佛本無相隨心而成法本無住應緣即形以長者心乘比丘願世間三寶於是出現法界蒙熏觸者離垢凡有歸依頓空諸有法身常住國土豐樂鱗甲羽毛俱蒙解脫草芥微塵同歸華藏故我如來現尊中上

熾盛光如來贊

稽首熾盛光明王普照十方塵刹中所有日月四天下一切衆生皆蒙益有情無情共一禮同入如來光網中身心毛孔及微塵一切洞然無不徹衆生夢想顛倒心盡是如來光明藏是故七曜及四餘二十八宿各分布共作衆生有相身生死去來皆寂滅衆生之苦即佛心佛即衆生煩惱海以斯二者無分別是故苦樂隨念轉善哉佛子契佛心能持如來祕密印念念常放大光明能破無始煩惱暗一切妙用悉現前流入如來大願海普使見聞及稱揚盡塌涅槃常樂地

睡起彌勒贊

終日沿街走兩脚不休歇困來樹下眠肚裏黑如墨被誰喚醒來夢語尚未徹通身疲倦骨頭酸左右欠伸消不得者等邨僧懶斷筋如何喚他作彌勒

行脚彌勒贊

横擔拄杖挑箇布袋一包破碎絡索當作奇貨買賣逢人就乞一文錢不知都是來生債指著龍華樹下莊折合將來還欠在

坦腹彌勒贊

爲甚開口大笑不歇坦腹赤肚想是怕熱

布袋和尚贊

諦觀胸中不有看來手中不無生成如此褦襶翻却笑人糊涂肩頭横擔拄杖脚跟自在無拘若不被小兒搬弄則可稱雄猛丈夫

辟支佛贊

磐陀之上長松之下端悟無生水流花謝

三大士贊

惟三大士隨類現身在天而天在人而人如月處空影落衆水水有清濁月無彼此智度爲母故多其子慈能與樂如如意旨大願無盡眞經非字大士之心如虛空是

文殊大士贊

金色界裏月五臺山上雪雲端獅子見空中霹靂舌誰識飲牛翁元是甘露滅宴坐金剛窟似踞猛虎穴玻瓈一盞茶聊清煩惱熱借問窟中多少人前後三三非浪說

又

居寂滅地建大法幢擊涂毒鼓聞者心降七佛之師衆生之父如獅子王大方闊步

普賢大士贊

蓮華半卷經峨嵋一輪月世界燦如銀頭顱白似雪萬壑吼松風盡是廣長舌法界任掀翻空花從起滅佛刹入毫端十方置眉睫香象奔騰跨步行蹴踢盲驢與跛鼈

又

稽首普賢法界爲身塵毛國土坐卧經行於法性空大雲彌布以普徧故了無去住故微妙相曾無隱顯若有見者須是普眼乘大象王其體純白以本無染是眞淨潔一切聖凡不離毛孔通身徧身如海潮涌大士觀我我觀大士以空合空本來無二故我敬禮大法界空願一切時處處相逢

又

稱法界身萬行之宗毛孔刹土何所不容象王遊行十方無礙稽首如空廣大自在

普賢洗象圖贊

法界爲身何所不往乘此象王翻成鞅掌象體純白本來無染無故洗之更增塵點水不洗水白不染白二者求之了無分別何勞奴兒枉費其功有不到處轉見不通以我觀之現成最好人象兩忘聖凡齊埽

又

象體潔白何處染塵眼中著屑其污通身以水洗之返增其污不洗自淨莫知其故水不增潔潔不用水兩不相到本來若此大士三昧圓融法界何於此塵而生障礙存之非染去之非淨此幻法門是名無諍

普賢乘象贊

大行闊步十方踏徧毛孔微塵何處不現獨

行獨坐何等輕快要假他力便成狼狽脚下蓮華鼻孔繚繞不是者些被他累倒身命相依往來已熟雖是累他却閒我足

普賢大士加持像贊

惟我大士法界爲身有持經者即現其形不是神通亦非好逞要使衆生當下猛省

大悲觀音像贊

我聞大士本無住但在衆生心想中衆生既即大士心如何顛倒若不見若言大士心顛倒如何能化顛倒人衆生若是不顛倒何勞大士强説法嗟哉人無智慧光猶如白日酣酒卧種種夢想恐畏途怕怖慞惶不能脫驅馳逃遯不可得又如渴鹿奔陽餤愈奔愈渴心力疲猶不自知在夢想惺眼觀者悲愍生極力叱之苦不覺不但不覺苦生瞋又復夢見追逐者畏前怖後盡力呼一呼忽然攘臂起從此一覺覩夢中始信自心生顛倒如是大士能救苦大都亦似惺眼人縱能恒順諸衆生疑者反更生驚怖當人若肯暫迴光猶勝大士千手眼善哉佛子何顛倒若不自求向他覓若從覓處見自心我亦名爲觀自在

又

至人無名名之在人耳中見色眼裏聞聲六用惟一一亦不立徧界徧空無處不入皓月在天光印百川如草頭露顆顆皆圓於一毫端現微妙身坐微塵裏轉大法輪火聚刀山鐵牀銅柱絕吽一聲忽成淨土不擇淨穢何分男女若欲求之在我而已

又

我聞大士化身萬億眼見耳聞不知誰是有

苦便𠰒𠰒即不受不見去來不知誰救我今思惟大士無我六根門頭觸者如火火不燒火塵不染塵無彼此故名觀世音

又

惟大士身在衆生心𥨊而不雜離而不分故我有求隨聲而應匪大士來實我自證我不知苦何以能求即知苦處是爲返流我流既返大士即我以我求我於何不可

又

我觀大士身本離一切相以本離相故故能現衆身譬如摩尼珠隨緣明衆色是故佛菩薩及六道衆生乃至異類形一切無不入如何男女身而作分别見若見大士身平等無二相了知法性空光明如滿月能令煩惱暗一切當下除故我依大士頓出生死苦

水月觀音贊

身若浮雲心如水月不動而應無言而説呼之有聲覓之不得凡有苦求皆得解脱

又

水月之姿空花之表谷響之聲摩尼之寶到處相逢即現形往來六道無昏曉一片身心只爲人若箇阿師何處討

又

鏡像水月太虚閃電觸而動之瞥然影現

又

一塵不染十方露布通身手眼不須回互

又

心本無事爲誰苦思有來問者自亦不知

又

大士無心如響應聲凡有求者隨𠰒隨應

又

以無相身應有求心無處不現名觀世音

又

水流在海月不離天不思而應爲自在禪

又

無相之相相不在我隨應而現如薪遇火三

十二應猶是瑣瑣百千萬億有何不可

又

大士身心衆生即是所以願求隨感而至

又

至人無形真悲無聲感應道交沙白水清

又

以慧爲命以物爲心尋聲救苦名觀世音

又

身心洞徹猶如琉璃表裏俱淨如月臨池不

感而應不求而至是故我師名不思議

又

無聲而說有求而應如答谷響似臨寶鏡是

則稱名觀世音所修三昧名真淨

又

以寂滅心現微妙相滿月寒空光明無量我

以精心如澄濁水水清月現不須議擬月不

離水水不離月以無去來兩皆寂滅我心既

寂大士即我故我所求應念而果

又

如鏡中像如水中月視之似有取之不得以

海潮音出廣長舌此我大士說法之則

又

法身如雲充滿十方從空中生如水月光以

身無外故心無礙所以應物得大自在三十

二應人謂是實在我大士如海一滴衆生煩惱如火之狂甘露見洒應念清凉

又

我觀大士如水中月楊柳一枝稱甘露滅十方世界普霑濡能解衆生三毒熱

又

無慮而應不思而徧春到花開水清月現手捉足奔眼聞耳見遠而愈親淡而不厭丈夫若下苦心腸相逢即遂平生願

又

大士之身本來無相隨心應現不狀之狀電影空花鏡像水月作如是觀忽然超越

又

畢竟空中懸清凉月影沉衆水不容分別故大士身與物無二隨所見聞無處不是

又

大士本無身身隨衆生現如月映衆水不分垢淨故昏明在清濁非月有揀擇是故現大士應以淨心觀觀者心既淨衆苦悉皆空若知救苦心應即是觀者

又

大士無思其思以慈爲衆生故兀兀如癡癡與衆生膠漆附離兩者相合俱不可知故能救苦影響同時是故大士悲深願重衆生界空其癡無用

又

我觀大士如月在空凡有水處皆現其中不擇淨穢元無彼此以水性空故無塵滓衆生心水亦復如是故有求者應念即至以有衆水知月普照以有衆生見大士妙

觀音大士化比丘像贊

有爲而然無方而應何故捨他現此眞淨以佛非法非法誰傳若無傳者聾瞽皆眠是故比丘即法即佛以心如空似響出谷以空無形盲者能視其響無聲聾者得意視聽不住聲色兩忘以三昧力醒彼癡狂塵中作主火裏生蓮稱名禮敬應念現前我師方名得自在禪

蓮葉觀音贊

苦海無涯誰爲彼岸一葉紅蓮隨流汎汎以此舟航無處不徧萬類有求隨感應念是故稱名普門示現

又

苦海無涯欲流不竭至人所憑青蓮一葉彼岸非遥涂程不涉身若空雲心如水月能如是觀何法可說

慈聖聖母刻瑞蓮觀音贊

聞彼曇華千年一現有聖人出以爲瑞驗惟皇聖母闕産此華以此徽德又何以加

蓮華觀音贊

至人應物如優曇華見之者稀故以爲誇青蓮出水根從淤泥見之者衆不以爲奇是故我說法身周徧十方皆稱普門示現如此周帀人何不識只在目前建大法幟苟非眞淨無以致此故大士身聊復爾爾

又

三界無安猶如火宅至人處之如清凉國五欲淤泥猶如糞壤蓮華挺生枝葉自長摩尼寶珠體淨圓潔墮溷厠中光明不缺佛性在纏染而不污泥中之蓮厠中之珠日用行藏

昭昭不昧火裏蓮花故稱爲瑞

禪定觀音贊

以思惟心入衆生想打水成痕敲空作響叅而不雜離而不兩雪裏鷺鷥珠中象罔以如是觀名尊中上

又

以如幻觀無作妙力從聞思修入三摩地

又

大士無心何有寂亂衆生無情了無干絆應緣而度元非有心諸苦無住如空谷音是故大士其悲最廣如空合空似響答響本無去來亦無起滅大士神通故不可説

白衣觀音贊

衣白心赤已無他有使一切人念不下口

又

本來無染今亦無垢能如是觀十方通透

又

無形之形隨感而現只在一毫光明普徧

又

折竹之枝當吉祥草坐斷十方海枯山倒

又

海竭蓮枯塵消覺證全憑楊枝洒埽清淨

又

我觀大士心欲潔衆生染故自白其衣遮護衆生短如水但洗塵水不自洗水大士與衆生其實無彼此若見自己心便識大士面孽破一微塵大士光明現

又

大士中赤而外白與衆生心全不隔聲叫聲應即現前猶如濁水涵明月衆生心垢不易

除大士以身爲洗潔日用如觀大士容色相求之即不得只在聲前一句明耳見眼聞不可說

又

大士潔白以本不染故入衆生其心不淺如水清珠投之濁水珠不留影水清見底明月在空水清即現不邀而至不應而徧故衆生苦爲大士身凡有所求即大士心身心無外彼此不二應念現前名不思議

又

湛湛寒空澄澄秋水大士法身實同於此月不離空空不離水似有兩般實無彼此心本無染衣非愛白以不白者瞻之即潔大士無心衆生有想相從想生如月在掌是故有求隨念即應元無去來自心現證

又

惟我衆生苦即是大士悲由苦與悲合故我願無違假使百千億隨求一時應何况智慧男於我而獨恪如水銀墮地顆顆總皆圓我所求一事事事亦復然我觀大士身如空谷覓響大士觀我心其如視諸掌

魚籃觀音贊

籃兒在手脚不住走十字街頭要人知有

又

手中一物常放不下赤心片片爲人不假是故我說真慈悲者

又

手提魚兒街上賣眼裏尋人只圖快中心不愛半文錢多因要了慈悲債

紫竹觀音贊

紫竹林七寶地普陀巖金剛際十方坐斷鎮常閑有求之者隨聲至不是吾師觀世音誰能箇箇皆如意

又

紫竹無林大士非身今所見者皆出自心

南海觀音大士贊

碧海蒼崖黃花翠竹魚鼈蛟龍夜叉鬼窟隨類現形沿流出没如空在地無處不足此是觀音自在身不枉稱爲過去佛

又

踞磐陀石觀寂滅心即彼羣動出微妙音法離諸相眞經無文惟我大士現身如雲有求必應無類不往以大悲心全同妄想

巖龕大士贊

蒼巖片石苔封雲護大士法身於中顯露觸目分明略無回互而人别求此何以故

又

片石孤峰清池白月自在法身元無起滅形不自形本來如幻瞖目空花晴虛閃電非闡大士有心要爲實由幻者妄想思算欲見大士眞本來面但莫思量全體自現

巖樹觀音大士贊

瞻彼蒼崖巍巍不動實我大士法身孤迥盼彼崖樹枝葉扶疎維我大士慈蔭開敷晏坐其中無説無求示三十二妙應普周羣蒙驚起不出大定拔盡諸苦悉令清淨我觀大士了無諸相於幻化身號尊中上出廣長舌山高水深日夜常説名觀世音

觀音大士應變相贊

大士之身如摩尼寶五色互現隨緣即了在

天而天在人而人既稱隨求何不現形若有求男便應男子福德智慧莊嚴無比只在求者一心顯現是故名爲不思議變

自在觀音贊

稽首大悲主圓滿自在身鏡像水月中而作難思事微細法界塵一塵一切刹刹刹如塵衆無處不現形衆生一念間一時平等應如圓通所説猶是分量數唯我心自知大士全不覺

又

月影鐘聲妙音色相耳視心聞功德無量

御刻觀音大士贊

惟我大士法身普應從耳根門圓通妙證十方擊鼓十方齊聞於法界空現形如雲天上天下無類不入是故求者隨心自足惟我聖慈宿秉悲願如大士心廣行方便以此妙相普施羣生令有所願如響應聲

普陀觀音大士贊

我聞大士不思而徧應微塵國廣行方便衆生即心心即衆生故有求者聲叫聲應水長船高泥多佛大苦劇悲深應接不暇踞補陀巖住生死海虛空縱銷此心不改

又

踞補陀巖觀寂滅海普震潮音名觀自在出廣長舌十方周徧故有求者應念即現衆生具足何勞往救水澄月現不前不後

憨山大師夢遊全集卷第三十三

音釋

拌 音潘棄也

購 居候切

褦襶 上奴代切下丁代切

憨山大師夢遊全集卷第三十四

侍者福善日録　門人通炯編輯

天衣觀音大士贊

稽首大悲主圓滿具足尊晏坐法界空皎若星中月普應衆生心如月臨衆水衆生日用中不知大士力欲現微妙身故借畫工手畫工與大士同入不思議影現一毫端如春在百花於最微妙中全體一齊現莊嚴極妙麗瓔珞百寶光天衣覆其身如薄霧籠月宛在白毫中覩此希有相故我一瞻依頓入寂滅海是知求者心清淨如止水感此微妙身隨念悉成就以此願所生同證金剛體常住照世間解脫一切縛

草衣觀音大士贊

大士無相胡爲示俗草衣蒲團隨意具足鬚髮抓搔不是不翦故意留之刺俗人眼大士非俗俗在觀者如空中花瞖之過也能除我見大士即我既隨類應有何不可又如痛處痛者自知若知大士真俗皆非

海潮觀音大士贊

森羅普印性海湛然境風一擊波浪滔天圓滿法身端然常住於波浪中光明彌露是故衆生識浪作惡法身潛爲見聞知覺是故智者於見聞中一念返觀業海頓空大士救苦匪從外來自心顯現不假安排既唯自心何用外尋但聞聞性名觀世音

海月觀音贊（海中一月大士坐於滿月之中）

唯我大士圓通妙應入生死海如月普印清淨光中法身湛然煩惱波浪一任滔天煩惱愈盛法身益顯故於衆生隨順不遠如水涵

月月不離水光光相照元無彼此我觀大士不離此心故求之者如響應聲常光不昧死生不隔寂滅現前自然超越

空海大士贊

生死若海世界如空一片身心放捨此中空水混融波濤不惡此唯我師是眞解脫

現天大將軍身贊

諸佛所證圓通門實從衆生六根入六根一際有淺深獨有耳根最圓滿大士故從耳門入根塵兩忘觀亦捨生滅滅已寂滅現一念與佛衆生等法身平等無不融十法界身一齊現但隨所願即得見猶如空谷答衆響是知天大將軍身求者有心即應手一身即具一切身如海水具百川味智者能離色相觀一切根塵俱寂滅

降伏六魔大士贊

我觀大士不思議常在生死苦海中身心普入諸有情降伏魔寃利含識諸魔不止八萬餘都以六根爲橐籥六門寂滅妙用全即是大士威神力魔與大士本不二猶如虛空與日光若空與光有差別大士即爲魔所攝是故禮拜及稱名不思議力應念現蒼崖翠竹等法身如如不動眞解脫

降十二魔大士贊

佛未出世魔界空佛一出世魔即有佛魔本自無差別但從衆生顚倒見根塵對待魔壘封心境兩忘魔隊滅是故觀音妙智力降魔但只淨根塵六門洞達法界空佛魔一時俱不現我今頂禮不思議願以無畏施衆生令我頓入圓通門常使諸魔爲法侶魔能隨念

建法幢始感大士威神力

圓通大士贊

惟大士身無處不在故大士心圓通無礙十方衆生元非分外色裏膠青水中土塊既無彼此難分疆界所以應求如此便快

刺繡大士贊有引

嘉禾夏母范氏年五十二持齋三十五年日夜誦金剛經偶患癱瘓苦劇婦馮氏性至孝願以身代乃刺繡觀音大士三年無懈成二十餘幅母疾果愈步履勝常婦竟病且死母思婦言笑如生其子錫書乞爲之贊贊曰

以無緣慈其身普徧入衆生心如鍼引線媳代姑病刺大士身隨手而應若影與形姑病既愈其媳亦死足見體同元無彼此媳託大士死亦不滅絲絲縷縷出廣長舌

又

法身本無形形隨衆生有衆生妄想與法身即出現故此有心人不憶念別事專注妙法身皎潔如光素乃以觀念針牽引妄想絲念念透法身絲絲成妙相精誠入微細毫髮無滲漏儼於一真地幻出無相身圓滿清淨心成就圓通根是故我瞻依頓入不思議

繡渡海大士贊

三畫海中波濤正惡頂顙上行全不濕脚入衆生心無處不徧從妄想絲法身出現念念不空心心要透普門示現自然成就

千手大悲菩薩贊有引

古婁居士正法以夙習緣一心頂禮千手大悲菩薩心持神呪精勤有年冀仗威神

一生取辦因思諸佛菩薩救護衆生元無定法如溺大海隨得何物依憑必登彼岸又如雪山衆草無不是藥是知衆生有能願出生死者不論參禪念佛持呪誦經苟能的信自心堅强不退未有不出生死者況恃大士同體大悲加持之力及神呪力豈不一生取辦乎居士來參匡山請益老人無法可說乃爲作此贊貽之若了明暗不二之旨則聖凡路絶生死情枯則日用頭頭通身毛孔皆大士手眼光明赫奕時也居士應如是觀一心具足不假外　也贊曰

衆生煩惱八萬四千以黑暗故六道周旋在大士身變成手眼毛孔光明隨黑暗轉是故衆生有苦必呼隨呼而應其暗頓無衆生大士元非兩般明來暗去應念現前諸有智者但求諸巳凡聖二途本無彼此如燈破暗兩不相到以無二故乃見其妙能如是觀大士即巳禮拜持名如水入水但從衆若極處一提光明照耀日夜無虧

四臂觀音大士贊

通身手眼何只有四於無盡中聊爾如是實杵空魔眞經無字總是神通不思議事

禮空中如來大士贊

空中如來從何出現恰與大士當頭覿面自蚤成佛何必禮他將他顯巳畢竟如何示現不一禮念不二普現色身眞不思議

火光三昧大士贊

般若光明如大火聚大士此中入清涼地衆生煩惱乃般若光是故大士妙應無方

寶掌菩薩賛

問師是誰自稱寶掌伸手摩空忽然作響空響何聞手摩何觸倘遇毒龍一時難縮

準提菩薩賛

我聞諸佛出生處本從微妙祕密印密印即是諸佛心散入衆生妄想夢夢想若破諸佛現猶如寒空見日光若破衆生煩惱雲現仗如來密咒力持咒即持諸佛心我心元是祕密咒三縁會合本不二是故一念悉具足但能日用常現前如子得母不捨離佛心旣入持咒心不用求佛自解脫

日光菩薩賛有引

曲阿邑東之觀音山廣福寺者有宋神僧號日光菩薩所建也菩薩初示逆行比丘不撿戒律時人眇之且責以建立道場乃處處現身一時募化尋其跡者猶然未出山門也四方感而異之遂成寶坊臨終自露其名至今號爲日光菩薩寺廢住持通漆新之立相安奉請余賛曰

惟日在天光明朗耀山川幽谷無處不照垢不能濁晴不能昏如水中影似鏡中痕心在衆生至神至靈與佛無二况比丘僧蓮出淤泥香潔不染摩尼處穢光明不滅是故至人超乎垢淨不處形骸豈拘凡聖破壞威儀示同遊戲肉眼著相不知誰是不出戶庭身徧十方本無去來如日之光即生盲人賴以成事色相莊嚴猶是唾涕其跡如空其應如風隨處示現不約而同一日千古一心萬劫是故大士其神不竭

維摩大士遊戲園林賛

不見淨土故不愛住不見穢土故不厭居僧俗相狀是實是虛男女雜遝是有是無口大如空舌大如口不會說法以默遮醜身不是病以病病身苟非借用可笑殺人文殊未至安排等待及至到來一場敗壞千古被瞞見者圖度不是世尊大難摸索三十二人都被掉弄幸有文殊閉撕打鬨我不識渠渠不識我且待彌勒下生勘破方纔散夥

陳如尊者贊

象王遊行象子隨至聲氣相求緣會而聚以冤最重爲道至親如車合轍是必有因

三十三祖道影贊

初祖摩訶迦葉尊者

金色之形金剛爲心奉持慧命常轉法輪世尊拈華破顔一笑至今令人思議不到

二祖阿難尊者

多聞如海飲縮法流諸佛出沒不離舌頭鼓簧法化節拍成令是故我師爲偏中正

三祖商那和修尊者

般若靈根夙生已證故師將出瑞草先應以心印心如火投火狹路相逢定沒處躲

四祖優波毱多尊者

一人心空魔宫震動握金剛鋒誰敢輕弄若肯回光狂心頓歇禮拜歸依諸罪消滅

五祖那提多迦尊者

已悟本心如日照夜示生死夢光明超越師法本無我心不有如空合空舌不出口

六祖彌迦尊者

都因此來不爲別事鬧市相逢自示其器縣見未然蚤知今日當行買賣不論價值

七祖婆須蜜尊者

從熟路來忽逢親友一言論義頓知本有乞甘露味示虛空法若謂有得落七落八

八祖佛陀難提尊者

不是不言言之不及不是不行本無踪跡今遇其人乃可開口從此便行不墮窠臼

九祖伏䭾蜜多尊者

住母胎中經六十年只待師來方遂前緣頂上光明元是本有一刮便透如獅子吼

十祖脇尊者

指地變金隨手而現聖人即至何等快便似呼空谷應聲答響是知我心本無來往

十一祖富那夜奢尊者

佛不識佛眼不見眼更向他覓故遭檢點將謂渾全蚤被解破猛省將來方知話墮

十二祖馬鳴大士

馬之悲鳴固自有因地涌女子元非其人魔本非魔佛亦非佛正眼看來竟是何物

十三祖迦毘摩羅尊者

從異中來得正知見路逢毒蛇慈悲心現更問毒龍都要調服眼見心知如響出谷

十四祖龍樹尊者

龍中化龍以毒攻毒尊者妙手一言調伏佛性三昧體若虛空百千法門盡入其中

十五祖迦那提婆尊者

以鍼投盋妙契亡言示佛性義滿月現前至長者家將鍼引綫假他因緣爲已方便

十六祖羅睺多尊者

尋流得原水窮山盡忽見其人知其爲聖香飯擎來分坐供食大衆同飲甘露如蜜

十七祖僧伽難提尊者

不樂王宮天開一路直抵窮源不知其故紫雲之下聖者所依果得童子會諸佛機

十八祖伽耶舍多尊者

七日而生不墮諸陰其體香潔本來清淨扣門一語答無者誰猛然喚醒當下知歸

十九祖鳩摩羅多尊者

既生天上不應起愛一念未忘便不自在以般若力復升梵世故來傳燈是其家事

二十祖闍夜多尊者

無生本具不用求眞遇緣而發如花逢春求之太急去道轉遠當下知歸就路而返

二十一祖婆修盤頭尊者

明暗同體聖凡一路來處幽微莫知其故熟處難忘更求伴侶忽爾相逢肯心自許

二十二祖摩拏羅尊者

從受記來不爲別事同類相從緣會必遇嗟彼鶴衆蜚鳴既久一言之言頓知本有

二十三祖鶴勒那尊者

從須彌頂持金環來嗟彼鶴衆其情可哀得獅子兒作大哮吼有氣貫天試驗其後

二十四祖師子比丘

相見索珠開手便有以先所仅別來不久知有夙欠特來奉讎將頭臨刃白乳横流

二十五祖婆舍斯多尊者

秉般若劒握如意珠雖云暫到此行不虛偶遇惡人恰得好伴因邪打正兩得其便

二十六祖不如蜜多尊者

從刹利種續傳燈燄眞嗣不明幾乎失陷從鬧市中忽逢故人函蓋相合乃得其眞

二十七祖般若多羅尊者
莫謂無因相逢便見來處自然不假方便令
因其珠乃得其人開池得月買石饒雲
二十八祖菩提達磨大師
師心甚急其來太早一語不投此心不了冷
坐少林幸得神光一臂墮落其道永昌
二十九祖慧可大師
航海特來多少苦心大唐國裏祇得一人覓
不可得如水任器以此傳家是爲第二
三十祖僧燦大師
通身是病不知來處忽逢醫王猛省其故心
空骨剛且便行脚遇有力者一擔付託
三十一祖道信大師
少年出家利根捷疾六十餘年脇不至席學
侶雲臻何待小兒以有夙約觀者不知

三十二祖弘忍大師
來歷不明出身恰好一件未完兩家都了破
頭山中黄梅路上往來自由具大人相
三十三祖慧能大師
樵斧纔拋以石墜腰靈根久植從此抽條源
出曹溪横流大地直至如今無處不是
十八尊者贊有引
昔李龍眠白描十八尊者精妙入神觀者
目炫獨趙松雪做之逼眞近代歙人丁南
羽畫諸祖道影不讓古人而白描亦稱擅
美余嘗請作厲揭圖竟未能得頃在五羊
南海侯約我王君出此卷索贊展之光明
奪目神情超越如坐蓮華藏中聽如來說
自性法門時也詰其作者乃黄梅伯羽汪
生敬焚香稽首總爲之贊曰

清淨界中出生衆妙大地山河總歸圓照鱗介羽毛普現三昧何獨應眞爲希有事諸阿羅漢皆幻化身見之不識豈得其眞遊戲神通咳唾掉臂俛仰屈信皆成佛事師子頻呻凝神壁觀林下水邊生涯無算搦拳手酸降龍費力但歇妄心自然閒寂抱膝凝眸看他作怪不若持珠念佛自在坦腹熈怡貝葉在掌揮麈默談敲空作響聽之如聾說者似啞不比尋常之乎者也倦倚長松瞌睡打盹伸手從空忽然提醒骨瘦眉長腰曲脚直動步全憑荷負之力晏坐林間心閑不過偶爾看經便成話墮盋盂一具蓮華七軸即此是寶何須別物自受用處唯此而已天龍恭敬不以爲喜由人愛憎任他束縛一味隨緣自性解脫只在毫端現此神力水底魚蹤空中鳥跡鏡像空花乾城水月作如是觀妙不可說

又

業識不枯漂流毒海魚鼈蛟龍夜义鬼怪可笑爾輩一味駕空不敢類墮謂是神通苦被佛呵怕見摩詰幸爾此間躲過黃檗渺渺長波滔滔巨浪不肯放身是何模樣自巳占乾教他下水縱是便宜能得幾幾雖云遊戲終成虛誑喚不回頭倍增惆悵看爾鬬到龍華會中將甚鼻孔見我本師和尚

又依次第合贊

人持一經俱在目前道路各別養家一般踞地而坐兩眼瞪空有何所見樹此門風懸崖之下以杌爲几香篆騰空如雲作雨骨瘦如柴精神巳竭還要看經此心不歇背癢難抓聊假一手在恰好處妙不容口有何神通藏

龍在鉼手鬆放出任其飛騰猛虎踞地威不可觸用盡神力如貓捕鼠經非文字當人不少莫道眼困昏沉不好耳中作聲似有一物及乎取之拏掇不出明月當空抱膝而坐如是清閑何等快活眉長累墜時時遮眼老手無力翻費撩捲肚大難遮甚是襤襶只須放下方得輕快破衲藍衫費心連補一鍼一綫十分辛苦手持明鏡自照其醜忽遇獅子一聲號吼同行渡水脚跟到底何必又要累人累鬼

又園林遊戲圖合贊

吾師神通自己有限全仗大家團頭聚面龍不可撓賴此一盔不是者些縮手縮脚手掐數珠假此念佛捨己從人轉見忽突持一瓣香供養者誰有爲功德不若無爲擎拳合掌遞相恭敬臨鏡見頭空嚮谷應手執如意非無意手觀未執時本來何有猛地廻頭爲何顧佇待伴同行便非大步軍持之中不見傾注想是玻瓈内盛甘露少不努力老不歇心撥起眉毛還要看經以我觀來都成漏逗雖會騰雲未離窠臼前者已去後者未來趁步不上未免罣懷急走不動恐天落雨先戴篛笠又添辛苦貝葉無文眞經無字只解口持不知心悟爲他有塵故持白拂彼淨此污兩皆不足擎拳合掌同行獨往看他如意好借爬癢白羽扇頭皎潔如雪已斷煩惱如何又熱爲問盔盂有無齋飯若遇肚饑施主便辦猛虎爪牙大開血口幸遇我師馴伏而走一卷眞經有無量義未展開時先已見諦種種遊戲皆成虛誑試看虛空是何模樣

又波海圖贊

苦海無邊惡浪拍天横身直過誰敢當先惟諸尊者神通自在拌命不顧往而不害以我空故無害我者内外無物故無可捨視困如陵履險若平隨心而至寓目不驚縱有蛟龍夜叉鬼怪皆爲我用以絶對待是知至人處生死中不與物忤物無不容由是觀之法本寂滅但不生心稱爲妙絶

又各隨其狀而贊之

一右手擎金剛塔左手竪掌如作觀想以金剛塔聊表此心竪掌諦觀想念甚深

二老病據梧童子擣藥

此身不有病從何生對證之藥不知何名

三手執如意安然晏坐

手執如意如意累手𪑇然自觀畢竟何有

四擎盋伸空若有所乗

本來無物向空妄求求無所得豈不含羞

五六老清癯若不勝衣倚賴少年扶曳而行

老瘦難行自宜休息何苦累他施曳費力

七手持貝葉迅疾而行回顧老者若有所待

獨行快便替人著急手中貝葉幾乎打失

八九老前行扶仗童子少持香相隨作供旁有鬼若皈依狀

步履艱難所賴童子此一炷香非爲山鬼

十飛錫陵空驚起山神尊者徐行回頭顧盻

飛錫陵空山神驚起吾師且任法幢在此

十一降龍

因龍性猛師乃現麄但調其性不爲其珠
十二老邁無力手撫孤松
一生行脚于今老矣身若枯松心如止水
十三伏虎
猛虎在山威振林木吾師道高自然馴伏
十四看經
眞經無文牛皮遮眼若鑽不透終難放膽
十五自在安禪獮猴獻果
寂然澹泊胸中無物獮猴最狂亦知歸服
十六朝陽補衲十七坦腹相對笑視而
巳
鍼綫工夫固是綿密大眼看來終是費力
十八端然禪定
大休歇處安閒自在冷眼看他都是揑怪
又

可笑此僧奈閒不住兩手捉摩不知何故
佛戒威儀端嚴瀟洒張拳舞脚甚是不雅
枯坐壁觀是渠本分如此欠伸想是心悶
雄猛到此弓折箭盡猶張空拳徒勞發憤
袈裟著身本來自在又假按摩似爲揑怪
伸手縮脚左撈右摸元有一物竟捉不著
乞食街頭失却一物尋覓不見槌胸頓足
不愛打眠去弄石頭儻磕破手惹一場愁
反手槌背想是脊痛少年不覺老來沉重
挺挺孤松是僧榜樣如此兒戲是何相狀
雙手抱頭老大龍鍾不是偏風便是耳聾
尊者容儀甚爲雅肅但露脚跟者些不足
瞌睡起來夢境未撇兩眼睜睜望空著楔
是誰趕渠惡氣滿肚忙忙急走恐怕捉住
不善經行平地喫跌縱跳起來巳成敗闕

四肢如拳百骸似緜想遇天寒凍餓使然
請問尊者耆年幾何但看兩眉世上不多
本來安穩自討事做如浪中船是誰之過
又
一對經卷爐香兀然端坐
兀爾忘緣無思無慮經卷爐香是閒家具
二看經
持一卷經貴圖遮眼牛皮若透將長補短
三横擔拄杖而行
拄杖横擔獨行獨步但驀直去何須回顧
四倚杖觀瀑布
倚杖閒看千丈瀑布問從何來不知其故
五撫麋鹿坐觀蛺蝶
麋鹿忘機閑來伴坐蛺蝶蘧蘧熱夢未破
六手執如意坦腹而坐
坦腹頽然百無所有可惜未忘執如意手
七手執經卷而行
既登解脱無礙無罣手中者些翻成話欛
八坐桃花下回首看經
花下諦觀想不爲别要使人知空即是色
九伸手盋中撈月
盋中有水水中有月伸手捉拏畢竟不得
十遥空作禮
平地作禮目前無物莫認虚空是法身佛
十一降龍
雲中之龍變化自在何故降他翻成捏怪
十二無樹觀泉
獨撫枯樁静觀流水盡世間人閒不過爾
十三仰觀高山流水
流水高山知音者少吾師得之出入意表

十四策杖閒行
策杖閒行信步騰騰世間少有此無事僧
十五騎虎而行
猛虎難馴見之者避吾師跨之視如兒戲
十六坐觀水月
皓月寒潭光明徹底此中著脚翻成塵滓
十七以指點空
以手指空空中何有雖爲點破似揚家醜
十八持杖坐磐石上
已到忘懷快活無那手中拄杖何不放下
又金畫騎獸十八尊者遊戲贊
三毒已除生死不繫故得神通自在遊戲猛獸獰龍各各馴伏信意乘之任其馳逐以已忘機物亦忘我兩得其忘如火入火十方遊行往來無礙不相識者見之驚怪但瞞愚人難逃智眼若遇維摩定遭檢點於虛空中妄生分別縱是金塵亦眼中屑
十六尊者應眞圖贊
欲行不行若有所思所思爲誰吾師自知
拄杖橫擔腰包肩荷猛地回頭恰是者箇
跫然而立望之若遺遙空舉手對面是誰
骨瘦如柴衣寬若袋不是忘形誰堪襤襶
盋中之水空中之龍挐雲之手別是神通
兀然而坐半恨半思盋水湛然投鍼者誰
飄然若狂愕然若怒縱是無心也落顧佇
猛虎易馴迷心難解不是吾師幾成敗壞
骨瘦神疲眉長累極終日撥之手酸無力
怯寒擒衲抱膝若思掉頭不顧思之何爲
物之在空與爾無競無故索之豈稱爲聖
鞠躬低首合掌向空見法身故作禮眞容

篛笠如空柱杖如龍逍遥物外頓脱樊籠
瓶本無物何來光怪自放自收無人管帶
雙手徒搏兩脚急走雖爲他忙却揚自醜
衲被蒙頭冷眼偷覷香煙起處只者便是
十四尊者贊
一衲被蒙頭合掌低頭
一衲蒙頭諸緣坐透合掌稽首如是信受
二降伏獅子抱獅子兒引之奮迅
獅子奮迅大威猛力奪獅子兒豈不返擲
三卓錫擎拳獨行獨步
一錫撑空兩拳搦骨法力無邊稱南無佛
四三人共坐如說法狀
無舌而說無耳而聽法音如雷無人肯信
五默然端坐
歷劫妄想忙中不見正默坐時一齊出現
六禪定
衲被如空脊梁似鐵坐斷十方翻成黥額
七擎盔
雙手擎盔滿盤托出汝試諦觀此中何物
八大肚坦腹
肚大難遮脚長難縮爾自生嫌非關我錯
九月下看經
月明如晝老眼不困起來誦經聊當解悶
十坐具敷坐
展開坐具畧放一線不爲坐禪和身打欠
十一布袋行脚
肩上郎當手中褦襶如此行脚可憎可怪
十二手持如意
手執如意如意累手身著袈裟聊遮其醜
十三持珠念佛

佛自念佛向何處躲以我求我于何不可

十四折蘆渡江

苦海無涯脚跟難站憑此一葉便到彼岸

又

苦海無際蓮葉爲舟倚他當命老不知羞
蘊空愛身心空有質如此顛倒莫道不識
手中如意脚跟蘆葉忙忙碌碌幾時休歇
怕海中怪踏金剛杵張拳努目如見老虎
空中放光脚下踏經笑人長短豈稱爲僧
蠡中測海枝頭尋春覿面不見何名應眞
倒海移山伸手縮脚自在神通誰人敢説
自踢實地看他下水穩穩當當乖不過你
神龍之性元不可觸先奪其珠故不敢忤
大海之中即得淺處念彼觀音時來救護
快活不受被人拖帶老老大大不會自在

衲被蒙頭快活欲死任他神通總不如爾

十二尊者厲揭圖贊

一攬衣渡水

行脚遇水路頭差錯沒處廻避直須要過

二能涉負不能涉者

膽大不怕膽小怕倒幸肯負戴兩家都好

三四先登彼岸以杖接不能者

十分過九一步不及賴他拄杖甚是得力
已到彼岸復顧其伴極處一提何等方便

五旣涉濕衣童子扭之

不知淺深信步奔行濕透衣裳返累别人

六已到樹下卸衣結束

衣衫絡索泥水汨沒雖是拖過翻勞結束

七跣坐樹下作嚏解盹

費盡力氣閒坐打盹鼻孔撩天一嚏頓醒

八神疲力倦仰視跪者
神思雖疲兩眼尚開看他昏者甚是癡獃
九繫裾
正涉水時怕他纏身旣脫又著枉費精神
十倚杖箕踞而坐
箕踞石上神精軒豁忘却疲勞十分快活
十一閑坐以如意爬癢
自巳癢處他人不知如意在手任我爬之
十二倚杖危坐回看行者包裹衣盋
到休歇處何不放下累他包裹好沒傝㑁
補衲尊者贊
破落徧身從新要補鍼線工夫不辭辛苦
又
一領破衲百綴千補一鍼一劄甚是辛苦鍼
鍼要透不透不休縱然補得只好蒙頭

看經尊者
自巳不明却鑽故紙淸淨界中翻成渣滓
又
生不識字强要看經耳聾眼花說與誰聽梵
筴多年蛀蟲鑽透字脚不眞都是滲逗
降龍尊者贊
多瞋之物捉拿不住一味慈悲觀想凝注
又
驪龍正睡珠被師偷若值醒時怎肯甘休
伏虎尊者贊
惡性難調威猛無敵放捨全身費盡神力
又
爪牙巳露猛氣未逞不是吾師幾驚市井
調獅尊者贊
法窟爪牙誰敢摩觸吾師神通視爲玩物

浮海尊者贊

業海無邊滔滔不竭直登彼岸青蓮一葉此身非身荷擔錫杖空水連天無相之相空非有外水外無流誰能一喝截斷兩頭踏破太虛踢翻滄海線斷脚跟心無罣礙

渡江尊者贊

越無明流猶在半途妄想未斷水上葫蘆截流而過向可超越何故又憑貝多一葉芭蕉虛質雖是速朽不是借他幾乎出醜脚跟未穩瓦器不堅摇摇蕩蕩幸爾兩全獨往便休何爲迴頭若等箇伴就不唧嚠貝葉在掌碧眼撐空高跨獨步吾師猶龍

燒香尊者贊

老不歇心少不努力撥火燒香不放一息本來沒事自尋忙如何到得無生國

憨山大師夢遊全集卷第三十四

音釋

瞠抽庚切直視也　馴詳勻切　蛺蝶上古協切下徒叶切　擺必嫼切把也　獰奴登切犬惡也　跫許容切人行聲

憨山大師夢遊全集卷第三十五

侍者福善日録　門人通炯編輯

達磨大師渡江賛

十萬里西來端的爲何事老蕭乍見時胸中尚疑似一語不投機掉臂且休去折得一莖蘆欲將横大地九年面壁坐寥寥没意趣博得神光臂一支通身化作光明聚相逢不必問前程丈夫自有冲霄志

又

不是徒來胸中有事不遇其人吞聲忍氣撩起便行絶無顧佇滔滔長江截流而渡折蘆一枝五葉浮空聊以代步豈是神通前程未定不知何往誰料少室巖前又落九年妄想

又

特來覔知音相逢不相遇一語不投機抽身便休去折蘆渡長江脚跟不點地不是少室巖幾乎大失利幸得赤心兒聊以遮羞愧賺殺後來人唤作西來意

又半影賛

狀似蒼鷹心如攫兔不是無身不欲全露

又西歸賛

來太忙歸太速憔悴精神慚惶面目落得一隻破鞋恰又有皮没骨看爾回見尊堂將甚言句報覆阿呵呵屈不屈惹得兒孫望空哭

又

此事人人有分何勞特特西來只道將本求利誰知返見疑猜歸去凄凉無限思到家始恨手空回

又繡像賛

本無面目枉費針線貫穿將來一毫不欠縱

是全身只得一半梁王殿上少室巖畔决無如此許多思算人道是鼻祖西來我説是婆心出現

又達磨大師賛

一片苦心腸遠來當大事不遇箇中人好生没意趣九年面壁坐氷枯雪巳老不得斷臂漢此心終不了只爲當初自著忙今日始知來太早

又

其來甚遠其心甚苦不遇作家多遭輕侮其道既光其澤愈溥懸絲命在一莖蘆博得兒孫不可數普天匝地盡皈依此是吾師眞鼻祖

又

有事在心忍俊不禁十萬西來誰是知音一語不投九年面壁不是神光幾乎狼籍苦海無涯掀天波浪擬之即墮蹈之即喪五葉浮空一花不改是知我師至今如在

又

氣蓋乾坤心包六合十萬里西來特特爲者著不是不肯承當止因不愛摸索一語不投便渡江過水何曾不濕脚九年面壁冷啾啾謊得神光一臂落至今大地血横流無限家私都抛却人道是直指單傳我道是閙家過活

又

碧眼胡碧眼胡十萬里來胡爲乎一語不投忙折蘆掉頭不顧羞殺吾嵩山石室氷雪枯九年面壁嘴盧都不楸不采心何孤忽睜兩眼雙糢糊問道立者誰之徒擬待開口喪其

軀一臂墮落心膽蘇滴血横流滿江湖且道此事誰人無問君畢竟胡爲乎

又

特特而來尋人不遇忙折一蘆抽身便去少室巖前全無滋味賴有神光少吐其氣剛留一隻臭皮鞋惹得兒孫嫌破碎何似當初未到時長空明月無纖翳

又

其徃太速其來太早知之者希空增懊惱不是少室巖前幾乎此心不了雖云直指單傳畢竟門前之繞兒孫至今播揚狼籍家私不少咦東風吹破樹頭春落花滿地無人掃

又石室達磨大師贊

蒼巖石室九年面壁非是無心祇爲不識太無聊沒端的直待神光雪沒腰平空一語成狼籍五葉花開大地春至今滿眼生荆棘

又贊

旣赤手來包裹何物把作贓私便成塗毒分踈不下至今負屈

六祖大師肉身贊

一陽來復暖氣漸臨三陽滿足萬物皆春一陰初至流火内凝三陰始交草木頓零有力造化尚使枯榮何况無生念念熏蒸以有入空四大俱融以空入有有則不朽空有兩忘適同金剛山河大地盡常寂光是故我師爲法中王

永明大師贊有序

清幼讀心賦唯心訣即知師爲光明幢也旣而從雲谷先師聞説大師日行一百八件方便行將謂尋常勤勞事耳竊慕而行

之因是寓目無遺法以爲善用其心矣及
垂老至西湖淨慈入宗鏡堂禮大師塔影
訪其行事弟子大壑出自行録清展卷黙
然自失歎曰此廣大無邊微妙法行誠非
金剛心普賢願不能持其萬一也況揭心
宗而鎔教海示法性而攝羣情非稱法界
三輪何能臻其閫閾哉清感歎難思稽首
爲之贊曰

稽首大師光明幢普照法界清淨藏乘大願
輪示三業特爲羣生開正眼親傳佛祖祕密
印融通教海歸一心陶鎔聖凡非比量頓入
實相三昧海百千妙行顯唯心萬善同歸一
眞諦思惟自有三寶來此土唯師能護法是
故華夷悉歸仰盡入慈悲心念中飛潛動植
攝無遺即以已身代受苦若非寂滅平等觀
何能了無彼此相悲哉末法諸愚蒙不知盡
被願力攝懸此宗鏡照萬法目前何法非佛
事即此放生一種德便入毘盧法界門自心
先入衆生心衆生何能逃淨土我以湖山爲
筆研不能寫師一毛孔普願隨喜見聞者同
證吾師大心力

諸祖道影畧傳贊

康祖僧會贊

法身舍利普徧大地光明照耀無處不是爰
有至人尋光而來懇求出現梵刹初開

天竺佛圖澄和尚贊

至人隱顯其行莫測透體光明其用自别出
入帝庭如狎鷗鳥脫然歸去由來時道

廬山東林遠公贊

曠志高懷遊心淨土創開東林以爲初步蓮

漏清聲流韻至今凡有聞者靡不歸心

寶誌公贊

至人潛行跡不可知從何處來爲鷹之兒遊行世間人莫能測擘破面皮又何必說

傅大士贊

道不在冠儒不在履釋不袈裟無有彼此但能不生分別心三教宗師即是你

章安法師贊

影響法化雲龍風虎凡立幟者必有其伍一家教觀至師大昌入多聞海源遠流長

法智法師贊

台之一家遠宗龍樹教觀分明觸者多悟五百年來其維不張實生吾師大振其綱

不空三藏法師贊

毘盧灌頂是爲心印正令全提佛魔聽命奔走龍神潛消百怪是故智者得大自在

賢首法師贊

大法界網聖凡羅列獨有一綱唯師能挈引萬派流同歸性海五教齊收終古不改

清涼國師贊

秉大智印範圍法界入總持門具四無礙九尺長軀百年住世七帝門師事不思議

圭峯禪師贊

萬里封侯投筆而取吾師一投直出生死性海同遊真子之印入法界門是稱亞聖

法照國師贊

曼殊大士將期一見故金色界鉢中先現及至入門如從舊遊直指極樂是所歸投

玄奘三藏法師贊

大教東流其法未普爰有應真委命往取般

若流光相宗大啓苦海舟航利濟無已

窺基法師贊

唯識幽宗義深且玄惟師揚之如日麗天定從兜率預稟彌勒不從中來安知其訣

道宣律師贊

如來設教三學爲師定慧所發以戒爲基大法東流此教未光南山傑出一振其綱

一行禪師贊

顯密之宗讖緯之故大衍一成陰陽合度世出世法靡不該練五地之行於師乃見

南嶽懷讓禪師贊

氣槩冲天心虛没量攪曹溪水興波作浪曬著馬駒一轅打起蹴踏横行觸者皆死

青原行思禪師贊

天然尊貴不落階級一語投機如蠡得窜曹溪一脉枝分派衍從此兒孫雷驅電捲

永嘉無相大師贊

金錫孤標生龍活虎不是老盧幾遭輕侮言前薦得一宿便行縱然超越猶是兒孫

西江道一禪師贊

馬駒如龍牛行虎視百三十人一脚蹋地法流西江百川東倒一滴瀰漫潤兹枯槁

石頭希遷禪師贊

獨獠佛性元自有因一尋思去即得其眞踞坐石頭其路甚滑縱能行者也喫一蹋

越州大珠慧海禪師贊

自持寶藏更向他求一言指出應用自由越有大珠圓明通透隨方照耀不落窠臼

天皇道悟禪師贊

那邊不住從何處來一見石頭八字打開以

此示人只貴知有顛倒拈來如弄丸手

潭州溈山靈祐禪師贊

百丈壁立來者望崖惟師直入撥火心開作
水牯牛異類中行仰山勘破父子家聲

杭州鳥窠道林禪師贊

乘日光來依自性住故纔出頭天然妙悟巢
居長松人道是險但看他人不自撿點

洪州黃檗希運禪師贊

大雄山下有一大蟲哮吼一聲聞者耳聾疾
雷之機掣電之眼西來門風從此太險

鎮州臨濟義玄禪師贊

黃檗師子爪牙纔露大愚之機如鷹拏兔脇
下三拳腮邊一掌適犯其鋒非爲麤莽

瑞州洞山良价悟本禪師贊

本來面目一摸便見無情說法似乎還欠既
見雲巖掀翻窠臼過水覩影方始通透

撫州曹山本寂禪師贊

越格之資不存名跡超方之眼一見便識五
位虛玄宗旨綿密是故至今猶黑似漆

福州雪峯義存禪師贊

熟處難忘蔬筍習氣鐘梵經聲聞之心醉師
棒如龍友嘴如鐵故此出身自然超越

雲門禪師贊

纔見睦州閉門推出挨身一撥頓折一足從
此轉身蓋天蓋地雪峯未見早巳心契

法眼禪師贊

一切現成了無顧佇萬象之中堂堂獨露一
味平懷目前即是纔落思惟便落第二

汝州首山省念禪師贊

七軸蓮經持之巳久一言放下即知本有不

説之説舉著就見拂袖而行何等快便

越州天衣義懷禪師贊

本性慈悲來酬夙帳見了魚兒隨手便放一出塵網便登覺地擔折桶脱虚空粉碎

潭州石霜楚圓慈明禪師贊

西河逆機見者不識親遭掩口鼻孔打失其機迅發脱不可羈明眼稱之眞獅子兒

隆興府黄龍慧南禪師贊

西河獅子父子門風倒握太阿誰敢當鋒師一攖之聖凡情盡室中三關全提正令

袁州楊岐方會禪師贊

荷擔大法綱維叢林狹路相逢一語見心異時兒孫徧滿天下源遠流長根深枝大

舒州白雲守端禪師贊

久把明珠祕爲奇貨及遇作家一笑便墮看破笑處自亦絶倒信手拈來無非是寶

蘄州五祖法演禪師贊

出門不利即撞擔板逢人便問祇好遮眼幸遇作家一椎打破掉轉頭來方知話墮

杭州慧日永明延壽智覺禪師贊

乘大願力出爲法瑞總持門開衆行畢備懸一心鏡朗照萬物佛日中天無幽不燭

天目高峯禪師贊

雪巖之險壁立萬仞惟師登之得其捷徑死關之險又踰於巖故望之者猶如登天

天目中峯禪師贊

天目窟中眞獅子兒爪牙纔露百獸奔馳孤風凛凛法海洋洋是故我師稱僧中王

又

居天目之高峯透空中之鐵壁破佛祖之重

關小刹塵之知識示如幻之身心展那伽之定力打碎衆生生死窠縱是相逢無處覓

千巖禪師贊

問佛何在尋之不見鼠翻猫噐忽然出現躍身如空應聲若響不是者番幾沉妄想

佛印禪師贊

文字習氣生來漏逗横口説禪不落窠臼預晝笑容不知何爲軒渠而化只者便是

徑山無準禪師贊

一語投機十方通透舌根雷奔衲僧雲湊兩入内庭提挈萬乘不假他力全憑正令

寂照圓明禪師贊

世道交興眞人應運雲龍風虎莫之能禁眞金出礦古鏡生光精明既發照用無方

白雲覺禪師贊

坐白雲峯轟霹靂舌性海波翻義天星列奔走龍神潛消魔孽一點清凉破除瘴熱好箇阿師十分標格若不是者滿嘴鬍鬚人定認作靈山迦葉

金剛塔贊

稽首金剛幢般若光明聚一切衆生心故稱諸佛毋普入微塵中能作利益事善哉妙智人從微細心想建此最勝幢猶若蓮華藏幢依微塵立一塵書一字塵塵世界圓字字光明現即於此一幢一一微塵聚具足般若緣不增亦不減是知衆生心各各皆具足我觀我此身不異此勝幢日用微細心盡憑般若力若一念瞻依一切皆具足念念不離心功德皆圓滿

三教圖贊

即一而三赤子身穿花布衫即三而一没韻曲吹無孔笛詤謊面不慙瞞人心似漆莫道肝腸有兩般誰能識破真消息一腔心事總難言杜鵑血染春山濕

文昌帝君贊

造化之精煥而為文炳乎長夜日月代明莫匪爾極寂然爾寧有叩之者如簨斯聲淵淵不竭若谷似盈帝出乎震此之謂至神

老子騎牛贊

紫氣東來青牛西逝不是尋人端為何事

老子出關贊

心存太古道違澆俗光而不耀虛而不屈致虛守静少思寡欲恬惔怡神蕩然無物羣雄競爭方事馳逐鼎沸中原緬懷西竺才駕青牛便騰紫氣關令早知真人將至拜命瞻依請發幽祕垂五千言道全德備不居物先不為禍始謙道無我知足知止混俗和光莫知其紀故稱猶龍為柱下史

孔子贊

百王之師千聖之命萬古綱常羣生正性一力擔當全無餘剩不是吾師没量人誰能求使人倫正

彭祖贊

色若嬰兒氣若哇吸風吹露但餐霞蟠桃一熟三千歲曾記為童尚折花

吕純陽贊

宇宙在手萬化生身稟三才之至粹得二氣之精純負青蛇而遊戲無礙見黄龍而妙悟乃真朝遊蓬島暮宿崑崙壽同天地德比陽春夫是之謂人中之聖抑仙中之神者也

漢壽亭侯贊

凜凜若生明明若在耿耿孤忠堂堂氣槩面上精神胸中磊塊處處逢人愛現身多應未了英雄債

清涼山玉峯和尚半影贊

明月半輪浮雲一片雪老氷枯水清沙浅人傳作鼻祖兒孫我説是文殊侶伴八十年苦行無窮百千劫圓成一念不知那世舊寃家來此人間償夙欠晚得箇俗不俗阿郎却做出眞不眞皮面咦今朝一笑再相逢直待龍華初會見

寳峯和尚贊

是眞非眞無相不相如珠中色似鏡中像大千遊徧没行踪十方壁落無遮障爲打陜府鐵牛觸折邛州竹杖塞北山寒雪正飛天南地煖花初放相逢不肯露全機只道有無俱是謗借問何處者没巴鼻阿師人是天子門前寳峯和尚

紫柏大師贊

法界網裂其維不張適生大師力振其網踞獅子窟斫旃檀樹奮迅未伸爪牙已露擊塗毒鼓釃甘露漿飲之者醉耳之者狂寂滅性空轟霹靂舌奔雷捲電觸者褫魄以大地心竪金剛骨眼裏有筋胸中無物臨濟不死黄檗猶生誰知大師不受其名大方濶步不存軌則翻身擲過須彌峯一拳槌碎無生國

又

獨坐孤峯披襟藏海咄醒魚龍潛消鬼怪拄撑如意雙眼空十方世界無遮蓋莫道春風處處同氷枯雪老寒巖在

又

定乾坤眼如懸寶鏡有臨之者妍媸莫遁倒握太阿與人不恪魔外攖之喪身失命無手行拳拳不在手無舌解語語不在口鬚眉畧露其形似有若扣其中自不能剖

又

面如月心似鐵短髮長鬚丰神自別拳頭一捏雙眼空脊梁纔豎諸緣歇槌碎金剛圈圓成甘露滅十方世界沒遮攔一道神光開不徹驀地相逢鼻孔酸心中有痛難分說

又

通身血汗如獅挼絆迸斷情根卸却重擔外雖城府内無崖岸兩眼睜睜只見者漢

雲棲大師賛

乘願力來居堪忍界開淨土門了慈悲債建光明幢秉金剛戒八十年餘半利生臨行落得空無礙若識吾師住世心是則名爲觀自在

又

我觀大師渾身活潑諸毛孔中光明透脫不見面目如何描摸縱饒畫得畢竟不著晏坐如空說法如風捕風捉影不得其蹤闖空中風見水中影多少癡人開眼打眊

又

以空爲居以慧爲命入衆生心行普賢行不論鱗甲羽毛同入平等法性一味慈悲十分清淨若問吾師甚法門此中三昧名無諍

又

心若空中月形如鏡裏像此是吾師四十年隨順衆生眞榜様

又

其容寂其心密無内外不出入百千三昧眼裏空花一切行門空中鳥跡不信分身萬象中癡人却向毫端覓咦

無明和尚圓相贊

久嚮無明名未識無明面突出大好山千里遙相見生涯在钁頭說法如奔電提張没弦弓慣用石鞏箭只要射箇人應弦早奔竄忽撞頑石頭鏃羽一齊陷抛出鐵渾淪見者絶思算此是吾師老面皮相看只許言前薦若問當陽向上機雲山滿目難分辯

無邊和尚贊

刹海無邊一塵不立脚跟到處因緣會集隨身叢林家常茶飯來者充足任意斡辦一蹋吳江刹竿纔竪龍象奔騰全無回互雙徑雲生單傳月朗誰人大呼師答其響於一毫端現寶王刹八十八代都没合殺道運全機賴師一撥鼻孔半邊誰曾摸著

清涼山空印法師贊

金色界中常隨萬衆唯師匡徒潛施大用五頂峯高經行顧注萬壑風猋法音彌布遊寂滅海坐雜花林如師子戲頻欠頻伸名聞九重風清寰宇十方歸依如海吸水形不象心眞不混俗但見其皮誰得其骨法幢既傾教網不密師振其綱如天絲織哲人徃矣寂寥千載天實生師儀形未改千尺寒巖萬年氷竇我居其前師躡其後我以業驅師以願持炎涼雖異此中不移劫火洞然氷枯雪老幻瞖既除空花亦了浮雲散盡碧天高一輪明月當空皎試問金剛窟裏人前後三三是多

少

又半身贊

問者老漢從何處來不知爲甚滿面塵埃千尺氷雪凍不死留得一半令人猜可怪獅子項下鈴自繫自解眞奇哉

紹覺法師贊

以法爲身以慧爲命以三界爲家以衆生爲性其形骸也槁木其三昧也無諍火宅寒灰塵勞氷穽以城市爲山林從語言入正定故熾然常說而不休者以智海横流自不能禁無怪乎阿師口門不正

靈徹法師贊

骨崚嶒心寥廓鼻孔昂藏眉毛卓索湛若碧沼青蓮挺若長松孤鶴舌根不動語如雷時人莫道無言說

自光長老贊

從金剛窟來王舍城更無別事只爲衆生一身叢林十方粥飯來者同餐不分主伴以無我心作衆佛事遇縁即宗平等無二若求其眞眞不在此但看現前即眞佛子

大歇耆年贊

早年即知離俗老年方能出家以漚和爲妙行以佛事爲生涯五濁世中了無半點星礙清淨界裏只有一朶蓮華此便是優婆塞衆中第一作家

定宗老宿贊

少入千佛巖即依千佛住起坐常不離人不知其故雖過八十年猶是最初步步入雜華林始是歸家路

雪嶠山主贊

坐斷雙髻峯揑出秤椎汁打破金剛圈咬碎鐵栗棘幾番凍餓死復生剛博得些閑氣息不是殺父寃讐爲甚著者死急落得一條性命却又東抛西擲走向雙徑峯頭不解埽踪滅跡露出者箇形容也是眼中著屑縱饒雪上加霜須知炎天赫日試看端的橫眉鼈鼻杜鵑聲裏雨如煙東風吹落花狼籍赤脚鬔頭下翠微相逢誰是眞相識

凌霄峯梵懷慧山王贊

從空中來求實處住故向凌霄別行一路身已在空足未離地若欲超然必須粉碎雲山滿目葛藤不少雖無干絆終是纏繞一物不將只須放下小處不存乃見其大不向外求不從人見本有現前一切眞實知見消亡玄妙不立一念直透銀山鐵壁

衲雲師贊

其脊如鐵其心如空一衲如雲萬事如風早入方山之室晚荷清涼之宗老而愈壯淡而不窮非窟中萬人之一安得振如此之高蹤是以思之而不見寫之而難形容依稀彷彿似池上放牛之翁

虛谷公贊

外若浮雲中如谷神心爲常住故以爲身七十九年若夢百千億劫如生留得一片清淨田地傳之子子孫孫咦珊瑚枝上撐明月海底波斯夜嚼氷

月岸公贊

其出也不來其沒也不去生平覿面人無覔處雲駛月運舟行岸驚咦一聲長嘯海空秋金烏夜半啼天曙

雪嶺公贊

面如滿月骨似氷雪望之稜稜層層其中必定崎崎岖岖咦白雲横斷曉峯青杜鵑啼徹春山血

澹居鎧公贊

骨稜層心寥廓氣昂藏機活潑那一半没描摸佛祖郎當衆生絡索拌命横身一力擔不負家傳者一著

自贊

看教不徹叅禪未瞥一味癡憨十分蠢拙没量如空剛腸似鐵且喜早入寒巖滿拌放身休歇忽遇一陣黑風飄墮羅剎鬼國抛入大冶紅爐擲向炎方火宅仰仗佛力加持者條性命拾得滿面風塵一腔氷雪不爲行脚操方多是酧償夙業就中一片苦心開口向人難説只待龍華會中那時方才明白縱饒描寫將來不是孃生骨血

又

坐楞伽山踞磐陀石聽海潮音入無生國早從金色界中來老年誤作雷陽客馬後驢前風餐露食歷窮火聚刀山且喜干戈寧息感荷君恩復放還一條性命拾得翻身直上萬峯頭晝夜打眠無間歇衆魔心空諸佛耳熱時人若問箇中機鼎湖山上雲長白

又

形似片雲太虛不住來去無心隨風一度坐鼎湖之高峯笑曹溪之露柱任他苦海波翻自信肝腸鐵鑄叵看火宅炎蒸何似白雲深處

又

爲僧久慣還俗了欠習氣難忘修行不辦幸入聖天子大治紅爐鑄成一箇生鐵羅漢抛向火宅炎荒大似鑊湯爐炭煉得通身骨肉鎔剩得慈悲心一片深知恩大莫能酧要報須憑眞實願

又

心非在家形還混俗眼裏有珠胸中無物聞名時是是非非見面後嚷嚷咄咄任他描寫百千般只有一點畫不出

又

非俗非僧不眞不假肝膽氷霜形骸土苴一味癡憨萬般瀟洒若不是聖天子破格鉗鎚如何得隨伴著將軍戰馬看他別有一種精神恰不屬之乎者也

又

拄杖長戈鉢盂刁斗一等生涯何分妍醜但看水月空華此外於吾何有

又

少小自愛出家老大人教還俗若不恒順世緣只道胸中有物聊向光影門頭畧露本來面目鬚髮苦費抓搔形骸喜没拘束一縛楞伽一炷香到處生涯隨分足

又

心不在髮形不在僧人不足道名不足稱百無可取一味可憎忍辱法門唯此獨能

又

愛山不高愛水不深僧不去髮俗不冠巾文不識字武不談兵實無可取虛有其名此箇没用頭阿師只宜貶向雷陽隊裏著他驢前馬後者一著最能

又

獨行獨坐快活無那凡事無爲佛也不做萬里雷陽一擲便過若有相逢問是誰兜率殿中第一座

又

心不在道形不入俗脚無干絆口無拘束如風行空如響答谷一味癡憨千般埋没幸藉菩提樹一枝此生千足與萬足

又

少小出家老大還俗裝憨打癡有皮没骨不會修行全無拘束一朝特地觸龍顔貶向雷陽作馬足而今躲懶到曹溪學墜石頭舂米穀

又

此老無狀是何模樣打之不痛抓之不癢罵之不羞謗之不枉兀坐不會參禪一味胡思亂想作佛無分作祖有障只好發付無事甲裏做箇老軍隊長

又

俗不知名僧不在數佛祖隊裏不容衆生界中不住白手操戈赤身露布怕死入地無門要活上天無路都道是没伎倆的阿師誰知是不識字的大措

又

霜鬓蓬鬆氷心冷淡鉗口結舌奔雷捲電作東西南北之人受百千萬億之難號是憨僧呼爲鐵漢形影相看瘴海濱莫道斯人無侶伴

又

出世六十年當軍三千日住山二十秋畢竟

没巴鼻爲僧不解修行涉俗又無拘忌是何等業緣作者般蟲豸最喜是一片癡心把佛祖門庭當自巳家事煩惱無邊苦海無際歷盡風波隨行逐隊荆棘林裏横身戈戟場中作戲到如今不肯田頭閻老子豈不生氣想待彌勒下生那時方纔理會咄春山夜雨子規啼聲聲叫人且歸去

又

其狀龍鍾其中空空佛祖界中不住衆生隊裏難容諸緣不會一法不通只將尋常茶飯當作豎立門風枉費癡心没底落得煩惱無窮不若貶向無生國土披白雲以高卧抱明月而長終一切不顧依稀成就箇眞正憨翁

又

爲六祖而來因讓師而去來去雖似奔忙法門本來無住秖爲撑支父子門庭不是妄生閒氣歷盡艱難參殘竹篦落得滿面風塵當作西來祖意到底一片金剛心尚留再布曹溪地

又

兀兀無知百無所思全没伎倆一味憨癡豈是人天眼目元來粥飯阿師只有一種奇特處皎皎月上珊瑚枝

又

曾向鉢中見有萬衆問是文殊被他掉弄直到五臺親承奉重聞說淨土法門恰似開眼作夢想是此老前身今日重來打鬨

又

七十年來夢遊人世隨身叢林空花佛事不顧危亡全無避忌一朝觸犯龍顏撈得虛空

粉碎擲向萬里炎荒依舊逢場作戲只至于
折箭盡那時方纔歇氣而今正眼看來落得
一覺熟睡

又

月挂長松影沉秋水有相可窺無物堪比不
可得而親豈可得而取引萬里之長風縱洪
波之一葦大似少室巖前不是毘盧城裏清
絶塵埃了無渣滓聲吼泥牛花開碓嘴從他
相識滿乾坤脫體承當能幾幾

又

如鏡現像似雲浮空虚谷聲響止水魚蹤有
眼不見有耳如聾旣無可以贊嘆又何可以
形容喚作一物即不中此其所以爲憨翁

又

威威堂堂澄澄湛湛不設城府全無崖岸氣
蓋乾坤目撑雲漢流落今事門頭不出威音
那畔無論爲俗爲僧肩頭不離扁擔若非佛
祖奴郎定是覺場小販不入大冶紅爐誰知
他是鐵漢只待彌勒下生方了者重公案

又

五臺氷雪枯東海波濤惡炎荒瘴癘深曹溪
緣分薄只待心疲力倦赤身走歸南嶽七十
峯頭睡正濃醒來兩眼空落落坐倚長松獨
自看白雲一片生幽壑

又

不屬聖凡本來面目從何處來向毫端出水
澄月照面雲開山露骨要知淵默雷聲大似
響傳空谷有人若問西來的意但向伊道即
心即佛

又

面濶口窄眉横鼻直任爾描摸全無氣息文彩未露時那箇知端的不向人天路上來問君何處曾相識

又

此老其中空無一物不聖不凡非心非佛兎角杖撈水月蹤龜毛繩縛虗空骨喚作憨山則背不喚作憨山則觸仔細撿點將來恰似枯樁榾柮只是别有一種惺惺畢竟描摸不出咄咄咄月落不離天烏歸樹上宿

又

坐五臺之氷雪聽東海之波濤飲炎荒之瘴毒卧南嶽之高峯拈雙徑之竹篦吹雲棲之布毛且看者些行脚恰似月上松梢若問大人作畧全没半點求其衲僧巴鼻絶無一毫只有一副肝膽痛癢不在皮毛再三捫摸仔細抓搔求之不得切處難撓且道畢竟如何咦巫峽猿啼霜夜月斷腸聲使夢魂銷

又

四十七年前曾向江心住今過七十二重來第二度如空雲去來竟莫知其故相逢舊時人請問歸家路識破夢幻身便是第一步若問末後句看燈籠露柱

又觀海圖賛

巨石長松洪波宜壑仰之彌高望之彌濶中有一人神情軒豁時聽潮音說普門親證耳根眞解脱

又行脚賛

錫杖無環草鞋没締十方往來隨足所至世出世間兩不相似水月道場空花佛事若問生涯如是如是

胡中丞像贊

僧不僧俗不俗一様心腸兩般丰骨若問宰官比丘恰似生米作粥今朝狹路相逢依舊二三如六不拘南北東西鯛著如釘入木往來生死路頭不知何處歸宿但願同生兜率天此心千足與萬足

王宗伯像贊

水月襟懷空花眼界鐵石肝腸風雲氣槩記得未入胞胎不是者箇摧穢就中沒處描摸看來有些古怪當初不合杜口毘耶今日却來酧償夙債塵勞中轉無盡法輪毛端上現百千三昧捨己爲人將金博塊時人盡道宰官身我說是名觀自在

憨山大師夢遊全集卷第三十五

音釋

犇音奔　哇烏瓜切淫聲也　磊魯偉切衆石狀　褫尺里切　鞏居竦切　猋卑遥切犬疾走也　鶩無暮切

憨山大師夢遊全集卷第三十六

侍者福善日録　門人通炯編輯

頌

佛祖機緣三十則

釋迦牟尼世尊初生一手指天一手指地周行七步目顧四方云天上天下唯吾獨尊後雲門云我當時若見一棒打殺與狗子喫貴圖天下太平瑯琊覺云可謂將此深心奉塵刹是則名爲報佛恩頌曰

纔出頭來便着忙虛開大口説行藏秪知要吐心中事番惹傍人話短長

世尊因調達謗佛生身陷地獄佛勑阿難傳問云汝在地獄中安否云我雖在地獄如三禪天樂佛又令阿難傳問你還求出否云我待世尊來便出阿難云佛是三界大師豈有入地獄分云佛既無入地獄分我豈有出地獄分頌曰

地獄天堂有甚差受恩深處便爲家人生適意即爲樂何用閒情檢點他

世尊因黑齒梵志運神力以左右手擎來合歡梧桐樹兩株至靈山獻佛佛云梵志志應諾佛云放下著志放下左手一株佛又云放下著志放下右手一株佛又云放下著志云我兩手盡空未審更放下个甚麼佛云吾非教汝放下其華汝當放下内六根外六塵中六識無一可捨是汝免生死處志忽然大悟頌曰

擎來平地起干戈放下教伊没奈何直到水

窮山盡處縱無一物也嫌多
世尊昔至多子塔前命摩訶迦葉分座令坐以僧伽黎圍之遂告云吾有正法眼藏密付與汝汝當護持傳授將來勿令斷絶頌曰
分明大地露堂堂一片袈裟豈葢藏纔說密時元不密舌頭遍地太郎當
文殊師利在靈山會上諸佛集處見一女子近佛座入於三昧文殊白佛云何此女得近佛坐佛云汝但覺此女令從三昧起汝自問之文殊遶女子三匝鳴指一下乃至托上梵天盡其神力而不能出佛云假使百千文殊亦出此女定不得下方過四十二恒河沙國土有罔明菩薩能出此女定須臾罔明至佛所佛勑出此女定罔明即於女子前鳴指一下女子於是從定而出頌曰
佛前女子路頭差不是文殊力不加縱有拿龍捉虎手無如打鼓弄琵琶
達磨初至金陵見武帝帝問如何是聖諦第一義諦磨云廓然無聖帝云對朕者誰磨云不識帝不契遂折蘆渡江至少室面壁九年頌曰
遠來一片熱心腸只道他鄉似故鄉豈料相逢不相識掉頭冷坐最凄凉
二祖至少林衆承達磨立雪斷臂問曰諸佛法印可得聞乎磨曰諸佛法印不從人得祖曰我心未安乞師安心磨曰將心來與汝安祖云覔心了不可得磨云與汝安心竟祖於是悟入頌曰

齊腰大雪臂摧残特地將心强要安借爾拳頭築爾嘴何曾添上一毫端

六祖大師叅黄梅五祖着入碓房舂米一日因五祖索偈欲付衣法師書偈於壁曰菩提本無樹明鏡亦非臺本來無一物何處惹塵埃祖默識之夜呼入室密示心宗法眼傳付衣鉢令渡江南歸曹溪頌曰

碓頭柴斧有何差又向晴空眼見華剛道本來無一物如何又拾破袈裟

未到黄梅早已知三更入室又何爲秪將衣鉢爲奇貨引得兒孫箇箇癡

南陽忠國師一日喚侍者者應諾如是三召皆應諾師曰將謂吾辜負汝却是汝辜負吾頌曰

三呼三應太分明辜負何曾有重輕試向未呼前勘破長風日夜吼松聲

南嶽讓禪師初叅六祖祖問甚處來師曰嵩山來祖曰什麽物恁麽來師曰說似一物即不中祖曰還可修證否師曰修證即不無染汚即不得祖曰即此不染汚諸佛之所護念汝既如是吾亦如是頌曰

遠來意氣甚揚揚問著何如雪上霜早向太陽門下立何須撥火更澆湯

馬師一日陞堂百丈收却面前席祖便下座頌曰

大將登壇八面風捲旗息鼓四壘空太平氣象清如許方見王師不戰功

馬師不安院主問和尚近日尊位如何

祖曰日面佛月面佛頌曰
病在膏肓不可醫閉門暗地自尋思傍人不
解難禁處纔問如何已失時
趙州因僧遊五臺問一婆子曰臺山路
向甚麼處去婆云驀直去僧便去婆曰
好箇阿師又恁麼去也後有僧舉似師
師曰待我去勘過明日師便去問臺山
路向甚麼處去婆曰驀直去師便去婆
曰好箇阿師又恁麼去也師歸院謂僧
曰臺山婆子爲汝勘破了也頌曰
斜陽芳草正萋萋漫把王孫去路迷多少迷
中留宿客五更夢破一聲鷄
趙州問新到曾到此間麼曰曾到師曰
喫茶去又問僧僧曰不曾到師曰喫茶
去後院主問曰爲甚麼曾到也云喫茶
去不曾到也云喫茶去師召院主主應
諾師曰喫茶去頌曰
趙州一味澹生涯但是相逢請喫茶若向梅
花探春色一枝墻外過隣家
遠來經涉路迢遙壘塊塡胸氣正驕不用靈
丹幷妙藥只須一碗熱湯澆
趙州因僧問如何是祖師西來意師曰
庭前栢樹子曰和尚莫將境示人師曰
我不將境示人曰如何是祖師西來意
師曰庭前栢樹子頌曰
大千經卷剖微塵朧盡陽回大地春拈出庭
前栢樹子西來祖意又重新
南泉因東西兩堂各爭猫兒師遇之白
衆曰道得即救取猫兒道不得即斬却
也衆無對師即斬之趙州自外歸師舉

前語示之州乃脱草鞋安頭上而出師曰汝適來若在即救得猫兒也頌曰

太阿出匣絶無情觸著須教斷死生偶遇白牯誇好手却將驢糞換雙睛

睦州示衆云大事未明如喪考妣大事已明如喪考妣頌曰

長江無際渺風波一任輕帆帶雨過到岸回頭看白浪愁心轉比在船多

德山一日飯遲托鉢下堂時雪峰作飯頭見便云這老漢鐘未鳴鼓未響托鉢向甚麼處去師便歸方丈峰舉似巖頭頭云大小德山不會末後句師聞令侍者喚來問汝不肯老僧那頭密啓其意師乃休去至明日陞堂果與尋常不同頭至僧堂前撫掌大笑曰且喜老漢會末後句雖然如是只得三年果三年而没頌曰

閒看師子漫調兒顛欠頻呻力盡施觸着翻身聊一擲低頭歸去令全提末後句莫狐疑自在遊行更讓誰萬古長空風月在三年未必是歸期

德山因廓侍者問從上諸聖向甚麼去師曰作麼作麼廓曰勅點飛龍馬跛鱉出頭來師休去明日師浴出廓過茶與師師撫廓背曰昨日公案作麼生廓曰這老漢今日方始瞥師又休去頌曰

慣戰深藏陷虎機窮追焉敢犯重圍縱然保得全身去折盡旗鎗已喪威

馬祖與百丈西堂南泉玩月次祖曰正與麼時如何丈曰正好修行堂曰正好

供養泉拂袖便行祖曰經入藏禪歸海
唯有普願獨超物外頌曰
月到中秋分外明幾家歌管不停聲漁翁歸
去蘆花宿睡熟江天夢不成
長沙因張拙秀才看千佛名經問曰百
千諸佛但見其名未審居何國土還化
物也無師曰黃鶴樓崔顥題後秀才還
曾題也未曰未曾師曰得閒題取一篇
頌曰
黃鶴樓前江水深風波日夜吼雷音百千諸
佛同搖舌覿面何勞別處尋
夾山參船子子纔見便問大德住甚麼
寺山曰寺即不住住即不似子曰不似
似個甚麼山曰不是目前法師曰甚麼
處得來山曰非耳目之所到師曰一句
合頭語萬劫繫驢橛師又曰垂絲千尺
意在深潭離鉤三寸子何不道山擬開
口被師一橈打落水中山纔上船師又
曰道道山擬開口師便打山豁然大悟
乃點頭三下師曰竿頭絲線從君弄不
犯清波意自殊山遂問拋綸罷釣時如
何師曰絲懸淥水浮定有無之意山曰
語帶玄而無路舌頭談而不談師曰釣
盡江波錦鱗始遇山乃掩耳師曰如是
如是頌曰
蘭橈獨倚把關津釣線閒垂釣錦鱗偶遇獰
龍纔一撞滔天浪裏解翻身
趙州因僧問狗子還有佛性也無州云
無頌曰
長江一望渺寒烟極目中流思惘然可惜夜

深明月下更無人問渡頭船

趙州因僧問萬法歸一一歸何處師曰老僧在青州做領布衫重七斤頌曰

路到懸崖没處行轉身一步脚頭輕要尋挂角羚羊跡有眼饒君亦似盲

雪峰因三聖問透網金鱗未審以何爲食師曰待汝出網來向汝道聖曰一千五百人善知識話頭也不識師曰老僧住持事繁頌曰

扁舟使盡一帆風到岸何勞又轉篷若問漁翁何處宿放歌歸去月明中

僧問雲門不起一念還有過也無門云須彌山頌曰

天寒霜落月沉西清夜迢迢鶴夢迷海底日輪紅似火行人猶聽五更鷄

雲門上堂光不透脱有兩般病一切處不明面前有物是一又透得一切法空隱隱地似有箇物相似亦是光不透脱又法身亦有兩般病得到法身爲法執不忘已見猶存坐在法身邉是一直饒透得法身去放過即不可子細檢點將來有甚麽氣息亦是病頌曰

天街華月影珊珊沉醉東風獨倚欄朝罷九重人静後六宫猶整尚衣冠

曾祖尋常見僧來便面壁南泉聞云我尋常向師僧道佛未出世時會取尚不得一箇半箇他恁麽驢年去頌曰

寒巖雪壓一枝梅無限春光不放開却被東風輕漏泄暗香吹入夢中來

潙山示衆云老僧百年後向山下作一

頭水牯牛左脇下書五字曰潙山僧某甲此時若喚作潙山僧又是水牯牛喚作水牯牛又是潙山僧喚作甚麼即得

頌曰

馬腹驢胎佛祖家大人行處路途賒牯牛若較潙山老頭角崢嶸更讓他

雲門因僧問如何是佛門云乾屎橛頌曰

山河國土露堂堂瓦礫叢林總放光若使一塵當面立恒沙諸佛盡遮藏

金剛經頌十八首

世尊著衣持鉢空生嘆希有

著衣持鉢只如斯飯食經行有甚奇何故空生歎希有令人特地更生疑

應如是住

窮途白眼正悽惶忽漫相逢是歇場放下便爲安樂地何須忉怛費商量

如是降伏其心

壁間燈影弄孩兒黑夜翻疑有鬼隨試到天明親看破許多驚喜向誰提

實無衆生得滅度者

夜來夢到鬼門關無數羅叉擁鐵山唱罷寒鷄天大曉回頭一笑破愁顔

不住於相

乾闥婆城落鏡中樓臺殿閣滿虚空但看無數登臨客倚檻披襟送去鴻

應無所住而生其心

鳥跡魚蹤莫浪尋電光石火豈容心時人但聽春禽噪誰信頻伽𣪍裏音

無我人衆生壽者

傀儡登壇待鼓鑼大家相聚聽高歌不知線
索經誰手線斷羞慚最懡㦬
四果不作是念
長途客店暫招商一宿休閒豈久長夜夢忽
登舩率界回頭空費好思量
然燈佛所於法實無所得
少携書劒走他鄉主意將來赴選場偶向街
頭遇占卜報言當作狀元郎
持四句偈其福甚多
年年鬼祟請神巫送退還來作穢汚太上老
君如律令諸邪從此一齊驅
須菩提感激流涕
心頭痛處有誰知國喪家亡說向誰回首故
鄉消息斷不堪重聽鴈聲悲
歌利王割截身體

穆王心愛偃師人歌笑歡娛當是真一怒頓
教支解後始知膠漆合成身
一念信心即得菩提
莫道夷門薦狗屠一言然諾許金軀提鎚直
入中軍帳奪得將軍肘後符
三心不可得
寒空落落鴈孤征望眼昏迷里數生自是本
來踪迹斷勸君不必計途程
無法可說
幻戲場中伎倆多歌聲不斷舞婆娑可憐觀
者增悲喜曾見其中一線麽
如來說非衆生是名衆生
畫工隨意寫形容狀貌衣冠各不同好醜任
他分別盡到頭不是主人公
凡夫者如來說則非凡夫

貴賤元無定準程從來白屋出公卿一蒙天子親宣詔便是當場第一名

如來者無所從來亦無所去

夢向華胥國裏遊到時歡喜轉時愁一聲鷄唱霜天曉枕上空華落兩眸

淨土十六妙觀頌

第一日觀觀落日如懸鼓

白日西沉寄所思夕陽盡處有心知一從別後無消息自此常如見面時

第二水觀觀大水澄清凝氷映徹作琉璃想

清凉心地碧澄澄瑩徹猶如水結氷一片琉璃光潔地休教埋沒老胡僧

第三地觀觀氷琉璃成就地想

遊心何處可經行寶地琉璃一掌平未動脚跟前一步看來元不涉途程

第四樹觀觀琉璃地上作寶樹想

行樹重重七寶林目前羅列氣陰森花含無量摩尼聚風動常宣妙法音

第五池觀觀七寶池中有八功德水想

如意珠王出涌泉水含八德注花間金剛池底金沙布念念心開七寶蓮

第六總觀作寶樓閣想

寶嚴樓閣影重重無量諸天集此中不鼓自鳴天樂動法音盈耳樂無窮

第七座觀觀七寶蓮華中含金剛臺想

七寶華含七寶臺摩尼華蕋結胞胎隨心一片光明藏自有金容出現來

第八像觀觀一佛二菩薩想

相好光明水月身恰如亡子見慈親從今一

識娘生面不作悠悠行路人

第九佛觀觀佛相好想

毫若須彌目若蓮重重相好總無邊通身毛孔光明聚照徹三千及大千

第十觀音觀作大士形像佛立頂冠想

長大無邊大士身頂光化佛等微塵細看毛孔含生土觸目分明是故人

第十一勢至觀作端坐手執蓮花想

光明色相總非差頂上天冠百寶華華裏淨含諸佛土不知誰是主人家

第十二普觀作自身往生蓮華開合想

心想蓮華量若空託身深處密難通光明照破華開後醒眼依然似夢中

第十三雜觀作佛大小不定身想

百川月落影參差來去隨人任所之只道兩頭分二路誰知動處不曾移

第十四上三品觀

心想遙登兜率宮莊嚴妙麗境重重親聞彌勒談真諦只恐相逢是夢中

第十五中三品觀

天子求才選孝廉鄉評大小共稱賢一朝特地登金殿白屋公卿豈偶然

第十六下三品觀

劍樹刀山在目前回光一照變金蓮椎埋拜將英雄事始信爲官不是錢

本住法頌壽黃檗山無念禪師八十有引

今上御宇之三年癸亥仲春二月十有七日迺黃檗山無念禪師四百八十甲子之辰也惟師少志向上早悟自心開頂門之正眼豎無畏之高幢法門歸重衲子趨風

莫不指歸第一義令入自信之地誠末法之津梁長夜之慧炬也宗門寥落賴師獨振其家聲不慧雖未承顔而心光相照不隔一毫以法忘情無彼我相爲日久矣嗟今老矣愧不能一接麈尾以結法喜之緣耳今幸值師示生之辰十方宰官居士緇白衆等各持供養而興慶讃不慧聞而歡喜私謂悟無生者離壽者相非四相之可還安可以世諦而擬之耶乃說本住法頌敬遣侍者遥持香花用申讃歎是以滴水而稱大海以一隙而覩太虛非敢盡其涯量聊見微忱以法供養之意耳而說頌曰

諸法自性常寂滅湛然不動如虛空世界森羅及萬象唯此一法之所印佛未出世祖未來此本住法無欠闕草芥塵毛體自全白牯黧奴亦知有何况衆生各具足而與諸佛性平等平等自性無生滅又豈四相之可遷不來不去無始終是故名爲本住法若人悟此體如如一超頓絕凡聖見正眼開時生死空迷悟兩關當下闢已過關者掉臂行獨蹈大方無滯礙猶如師子自在遊非是野干可隨逐揭開五蘊封蔀茅露地披襟坦然坐是名無畏解脫人從此常依本法住惟師了此本住法獨踞黄檗最高峰巍巍不動若須彌萬象森羅齊額手日月遊行若電光世界山河鏡中影良以心空身亦空混融萬法無起滅是故一塵與空合即與虛空共一體一切微塵亦復然身與微塵等無二身塵既入法界空自性體與虛空等此空即是本住法入此法者壽無量空中世界任起滅一切聖凡從

去來是法不動相常住此是大地衆生壽衆生既與諸佛同吾師豈與衆生別但願吾師常化生證入衆生無量壽

箴

座右箴示黄生

欲不可縱志不可蕩性不可僻心不可放身不可逸學不可浪理不可蔽思不可妄勿佚豫而外馳勿嗜好而内喪恬憺自居百骸無恙不爲物誘其神自王

定志箴示江生

勿汩汩於物欲勿鬱鬱於亂想勿矯矯於浮雲勿逐逐於世網宜定志以素居冀凝神而靜養藜藿澹以自茹山水清而獨賞披立易以窮化覽春秋而鑒往誦南華以銷憂叩西墳而破障觀世態若陽焰聽是非如谷響視衆物若蟲臂看此身如鼠壤富貴於我何求得失於人翻掌明明在前昭昭在上不妄不虞何惚何恍形似木鷄心如象罔孔子曰不忮不求何用不臧此之謂善長

我箴

一切愛憎皆由我障我障若空光明無量逐境心生隨情動念心境兩忘物我無辨物無妍醜由我是非我心不起彼物何爲動靜等觀貴賤一視凡聖齊平名不思議

身箴

敬咨爾身爾何爲者四大合成内外虚假聚沫芭蕉塵埃野馬衆苦稠林生死曠野昧之者多識之者寡一息不來贅疣土苴

心箴

爾胡爲心恍惚杳冥爲物之則爲人之靈昭

昭不昧耿耿常惺善惡之府賢聖之庭無爲欲蔽勿使長榮恬憺寂寞其神自寧

性箴

爾體圓明爾形精奥不動不遷無相無貌如水之濕如火之燥萬化不移名言不到去住來今閒忙靜躁卓爾獨存是名真道

命箴

咨爾何從實惟天顧壽夭窮通聽其所遇不忮不求無怨無惡鶉居鷇食龍雲豹霧信乎爾神浮沉有數安以俟之無容外慕

銘

母子銘 并序

清因弘法致難上干聖天子怒聲若雷霆私念老母聞之必驚絶矣乃蒙恩宥不死遣戍雷陽道經故鄉迎老母於江上一見歡喜談笑音聲清亮胸中畧無纖毫滯念因問老母聞兒死生之際豈不憂乎乃曰死生分定耳我尚不憂何憂於汝但人言參差於事無決定見爲疑念耳相與侍坐達旦即作永訣老母囑曰汝善以道自愛無爲我憂今亦與汝長別矣欣然就道了不相顧余因感天下之爲母有如此者豈不頓盡死生之情乎乃爲之銘曰

母子之情磁石引針天然妙性本自圓成我見我母如木出火木已被焚火元無我生而不戀死若不知始見我身是石女兒

澄心銘示丁右武

真性湛淵如澄止水憎愛擊之煩惱浪起起之不休自性渾濁煩惱無明愈增不覺以我取彼如泥入水以彼動我如膏益火彼亂我

真亂實我生我若不生刼焼成氷是故至人先空我相我相若空彼從何障思我之功在乎堅忍習氣纔發忽然猛省省處即覺一念回光掃蹤絶跡當下清凉清凉寂静挺然獨立恬澹怡神物無與敵

觀心銘

觀身非身鏡像水月觀心無相光明皎潔一念不生虚靈寂照圓同太虚具含衆妙不出不入無狀無貌百千方便總歸一竅不依形氣形氣窒礙莫認妄想妄想生怪諦觀此心空洞無物暫爾情生便覺恍惚急處迴光着力一照雲散晴空白日朗耀内心不起外境不生但凡有相不是本真念起即覺覺即照破境來便掃掃即放過善惡之境隨心轉變凡聖之形應念而現持咒觀心如磨鏡藥塵垢若除此亦不著廣大神通自心全具爭土天宫逍遥任意不用求真心本是佛熟處若生生處自熟二六時中頭頭盡妙觸處不迷是名心要

師心銘

人性本大超乎形器直以有我自生障蔽習染濃厚故爲物累問學不廣故多自是見理不明驕矜恃氣輕内重外逐物喪志嗜慾戕生不知避忌棄已忌真孰稱爲智達人虚懷應緣無滯與時遷逝龍蛇玩世得失靡驚貴賤無預恬憺怡神省思寡慮力其未能謹其未至學其無爲行其無事聽其無聽視其無視返觀内照念念不住諸妄消亡精一無二此乃至人師心之秘在我求之恢有餘地不如是觀名爲自棄

覺非銘

萬里之行步步皆非維人不覺寸步不移人生百感念念不住昧者冐然孰分新故善惡迭遷如環無端莫知其極誰使之然使者不知愈新愈迷脚跟罔措舉足成疲疲之既久失其故有變怪百出不見其醜以迷爲覺大地皆錯嫫母效顰恬然自樂霎時臨鏡忽然猛省但歇狂心不勞施粉天然秀媚眉目清朗本來面皮毫髮無爽無論美惡不須雕琢只任現成自然還樸覺不覺是不知知非是非俱唾萬物齊歸

夢覺銘

善惡無端一心返復聖凡不隔唯存夢覺以覺入夢顛倒滋重以夢入覺當下解脫夢覺俱非寂爾靈知不生不滅何慮何思幻化百千唯在一念念起不覺太虛閃電煩惱不結業即不生愛憎堅固實生死根因果報應捷如影響根若不生枝從何長業有多種以殺爲先好生惡死彼此皆然軀殼雖異佛性是同但平等觀殺念自空心鏡塵埋習染既厚以覺消磨光明自透漸磨漸薄念起即覺覺至無生心境空廓妄想馳逐究竟無益諦審思惟死生迅疾生死來往大夢冥冥但隨業轉如不有生有生不著須從夢覺醒眼看來無繩自縛念念廻光心心返照但不隨情是名要妙

忘緣銘

情有智愚性無明昧凡聖之分實存向背如臣事君如子侍父一念精真不容顧佇顧佇則移移則造迷迷之既久其神日疲不移即

悟悟則不顧獨立湛然妙用常住應緣若響處世如空逍遥物化頓脱樊籠不出不入無去無來空華世相水月襟懷

觀世銘

四大幻身本無一物愚者執之愛憎桎梏妙圓覺心彌滿清淨妄想積迷顛倒增病渴鹿逐燄愈逐愈渴看破即休始知是錯遊戲神通不離日用貴賤好醜任其擻弄達人大觀洞然明白離合悲歡了不可得六塵境界如夢聚實無量貪求一覺便了音聲色相風月行空于斯不著豈是盲聾以此處世有何罣礙身雖凡夫名觀自在

六根銘

身爲業媒心爲業種從六情根貪奔愛涌眼流於色失其真明耳流於聲遺其本聞舌非爽味實多妄語恣意縱情識風内鼓習發竅鳴如簧有聲不知所自聽者震驚出口入耳愛憎斯起聲已消亡禍方資始如雷擊糞忽生毒菌愚者食之誤傷其命維鼻合身同爲一覺總是浮塵身多過惡意乃樞機波流毒海爲彼所漂汩其真宰是故世人雖生不生若能返觀各得精真精真若復六根無物似雲浮空如響出谷不被形拘不爲心礙逈出情塵超然自在

念佛三昧銘

念佛念心念心念佛佛不外心心不是物自性光明心心照燭妄想潛蹤形骸空谷淨土不離目前蓮花常襯兩足何必待身後方生即現前不出不入此正是普光三昧只在當人一唉

正心銘

心本光明欲蔽故暗天然之體隨情耗散今欲正之袪慾制情一真既復諸妄不生

誠意銘

意乃妄根乘虛日鑿密察其原潜乎不覺覺則不妄妄息即真至誠無息其善乃敦

修身銘

只體之慾縱情之本酒色之迷陷身之穽迷欲不返身心不固徒有此生誠爲虛度

齊家銘

齊家之要惟儉與勤義禮若豐澹薄自醇勤儉傳家澹薄寧志是乃聖賢處世之秘

六妙銘 并引

雪嶠山主結廬雙徑之朝陽峰下千峰如指故顔曰千指前峰縈抱彎環如角子名之曰麟角且喻獨也菴前有池俗呼洗硯蓋東坡嘗三遊玆山特附諱乎予易曰來月古人喻道曰池成月自來池上有齋予扁曰洗月喻心境也齋後有泉味甘冽而醇予題之曰過乳以昔聖言劫初之水味過於乳以從金剛際來今峰頂之水其源必深可喻道脈欲知本也菴後有石子名大歇謂阿蘭若眞修行處爲寂滅場乃大休歇地也此景天然故題稱六妙而卷首書曰六通四達欲此境中人老人隨不爲妙縛也直須雙奪故曰通達耳手而各爲之銘志不思也不作境會不落言思是在賓主自得耳

千指菴

千峰卓立直指此菴此菴如空了没遮闌問

菴中主不出不入有來叅者空中一咄

麟角峰

羣走奔騰一麟自足惟麟所重在乎角獨片石如鱗萬木若毛可笑騎者不動一毫

來月池

月元不來水亦不去驀爾相逢不知其故水底之天池中之月去來之相了不可說

洗月齋

月本無塵水自清潔從何處洗求之不得月墮水中水涵月影可惜觀者熟夢未醒

過乳泉

水中擇乳須是鵞王此不須擇在乎善嘗不許入口要先知味惟知味者飲之心醉

大歆石

石不善走爲何要歆歆之大者爲本寂滅趺坐此中不動不搖吐廣長舌松風夜號

般若軒銘 并序

軒因閱此經以得名也爲吳門居士朱鷺王在公棲息所鷺故奇士在公舉鄉進士爲郡司馬唾軒冕棄妻子結隱於天目無何復過雙徑居此軒閱般若經人有省發予自南嶽來以達大師末後因緣得至此山居士見而歡喜執弟子業予歎曰非大力量欣寂滅之樂者何能頓脫塵累而至此耶因名朱曰大力王曰大鐡顏其軒曰般若乃爲銘以紀之銘曰

咄哉此軒光明透脫內外洞然了無縛着六根門頭圓通虛豁世出世間一齊拋却此軒之味恬憺寂漠軒中主人身心快樂一切情塵火聚太末問此法門名不可說

毘耶室銘 有序

居士管覺僊生長吳門早歸三寶不畜妻子不治生產唯結一室顏曰毘耶以延十方以無法可說但以香飯而作佛事老人過其室因請銘之銘曰

毘耶離城堅固綿密雖居市鄽而無塵跡中有居士獨寢一室門不通風六窻虚寂唯有十方不時雲集有問法者止是一默香飯不請隨緣搏食座不用借露地爲席諸有屏空一塵不立身心兩忘世界齊擲萬累俱捐諸緣頓息在塵出塵斯爲第一

鐵如意銘 并引

予别雙徑雪嶠山主以鐵如意并香奩爲供感而爲銘

維此如意代我心口我不能談借爾善吼爾言不無我法非有兩者既離一亦不守唯法身香與爾作耦託此金剛用垂不朽

憨山大師夢遊全集卷第三十六

音釋

迺音乃　忱與諶同誠也　贅之芮切　疣于求切瘤也　戕慈良切

憨山大師夢遊全集卷第三十七

侍者福善日録　門人通炯編輯

偈一　七十二首

唯心偈

淨妙不思議圓滿眞實心廣大具威神變現無量事其體離諸垢不捨染淨緣世與出世間成就衆善業衆業若空華本來無所有以無所有故說卽眞常善達業性空不爲幻技惑不著亦不厭如理諦實觀起虛卽無生當念自空寂了無前後際一念若須彌動靜平等如境界風不動寂滅妙常樂清淨若蓮華深入塵勞泥不染世間垢懷此如意珠隨求無所乏神光照暗冥普覺諸含識

居山偈

借問山中人居山有何趣日飽三頓粥長伸兩脚睡磐石作禪牀雲霞爲葢被微風吹幽松發明西來意撥落雲裏華刮除眼中瞖一念絕中邊了無前後際覺來雙眼空回視夢中事撈摝水底月却翻成鈍滯凡聖一齊拋方脫孃生累一物不將來猶是第二義透出無事關始遂居山計

大澤禪人三度嶺海叅禮因示

萬里爲誰來來復爲底事韡裏摸指頭元不在別處若向外邊尋走盡天涯路來來去復來此法元無住試問曹溪僧菩提可有樹若不得一枝枉費靑鞋布

示道脉原禪人

叅禪無祕訣要爲生死切生死挂眉毛念念不暫輟提起金剛圈脊梁勁似鐵努力望前追直使命根絕妄想頓潛踪身心當下撇要

見本來人如空中釘橛打破黑漆桶方是大休歇

題恆河圖示恒一林禪人

佛住恆河岸常對河說法至法難思處即以河沙喻若以沙數多猶未盡佛意直以比法身乃顯真實義法身常不變隨流性不遷雖以種種穢體性常清淨乃至劫火燃究竟體不壞是故法身常自性無生滅佛子識此義了悟自性身如彼恆河沙永劫性常一是名金剛地佛子善安住

觀緣偈

諦觀此身無始來皆從顛倒妄想生輪迴六道苦趣中往返人天無量劫妄念不止苦無涯妄境不空業如海若能一念暫迴光當下即令登彼岸妄業積聚如須彌人我是非苦堅固結成生死鐵圍關百劫千生不能出鑊湯爐炭本來無只從一念瞋心起若于起處即消除火裏金蓮真解脫現前境界若空花鏡像水月不可喻世人癡迷無慧目錯認爲真顛倒見妄將四大以爲身六識三毒爲主宰貪瞋我慢不自知妄逐驅馳諸苦趣自性清淨即彌陀六塵不染蓮花土一念不生生死空日用現前真極樂

示念佛

念佛本爲超生死先須要識生死心癡愛便是生死根不拔其根難解脫癡愛即是念佛心即將念佛斷癡愛癡愛若能念念斷心心彌陀全身現即此便是真精進不可一念暫忘卻淨土就在淨心中不得向外別尋覓

圓明偈示畢一素失明

心光圓明本無量苦彼浮塵眼遮障隔紙不能觀外物返視何曾見五臟譬如白日麗虛空人處暗室如生盲暗中人亦有兩眼如何不與日光通我此四大如茅屋心在身中鳥在籠誰能撤去茅屋封光明照耀元無窮若能自見心光湍了了常明不用眼此是無生無滅光不與四大同流轉君今何幸天見憐特扳遮障天光全不須白晝怨不見只如有眼黑夜眠夜眠有眼亦如此心光圓明宛自爾若離明暗見自心圓明頓發超生死舉世誰知無眼好昔人曾恨盲不早頓拋四大光明全此是吾家如意寶

登崐山示同遊諸子

崑山城中一拳石大似須彌納芥子我來策杖一登之頓入蟭螟眼孔裏時人一望忽不見紛紛四衆皆驚起忙來試問空中人依然指出舊時底

梁壓譚生示之以偈

屋梁倒塌壓譚生譚生被壓何不死梁若到身身郎碎身若到梁梁不避兩者既到何不干試問不干之所以目前幻境不比梁譚生何苦先惶憚若要不惶憚看逼狗跳墻

示福智字本明修淨土

但觀一句彌陀佛念念心中常不斷若能念念最分明郎與彌陀親見面只想淨土在目前日用頭頭無缺欠佛土全收一念中便是往生真方便只在了了分明時不可更起差別見

觀身

是身如水泡乍現亦不久癡兒以爲珠取之

不盈手況復于此中多貪爲罪藪唯在智眼觀畢竟何所有

觀心

此心本無形視之不可見起滅了無端迅若空中電妄想逐塵勞渴鹿奔陽燄堪嗟今古人都壓良爲賤

示衆

幻海無涯没盡頭塵勞妄想幾時休應知世相空中電須信人生水上漚唯攝一心歸淨土全憑萬行作眞修目前總是菩提路念念常登般若舟

示無相老衲

見爾初年六十餘別來十載近何如光陰有限頻頻覺妄想無邊念念除淨土蓮華禪水灌心田愛草慧刀鋤百千萬劫俱空度莫使今生又涉虛

示沈生成德二首

濕寢人必病鰍得方不死物性各有宜苦樂何憂喜

物本無可欲而人自欲之甘苦味不同嗜者以爲奇

示六一居士二首

世事忽如夢人情空若雲誰知塵市裏心靜即離群

迹近寧遠俗心空豈在家但看汚濁水湛湛出蓮華

示普聞禪人

不辭行脚苦萬里涉山川今到曹溪路誰酬不惜錢

示金山貴禪人三首

白髮愁難解紅塵路不通身居人境内心在
萬山中日日塵勞裏朝朝愛惡場不知因甚
事專一爲佗忙苦海深無底浮生事有涯不
知三界内何處是歸家

贈本淨禪人結菴白雲

獨坐千峰裏慵披百衲衣靜聽流水響閒看
白雲飛

示本昇字俛無

有我必自高驕矜還恃氣俛而至于無便入
清凉地

示慧珊字海月

大海聚衆寶撐拄唯珊瑚明月時來往清光
並夜珠

示淨堂禪人

一鉢隨孤杖三山結衆緣曹谿涓滴水酬盡

草鞵錢

示劉生四休

一味常知足多求總是差飯蔬食飲水只此
了生涯

菩提菴八景有引

菴在嘉禾之石門顏生生居士所建爲智
河行公安居予之徑山過此因而有題

菩提山

不到菩提山安識菩提境獨有山中人忘言
心自省

翠城

蒼翠繞法城宛似金剛圈佛魔俱不入其中
空空然

古觀音像

觀音有後先法身無今古以絶去來心故能

常救苦

羅漢松

挺挺孤松樹堂堂應眞相若問涅槃心枝頭
明月上

蓮花灣

蓮生淤泥灣其性本香潔瞻彼花中人端坐
無言説

放生池

一片無生心全彰放生處令彼鱗甲類盡踴
無生路

漚生塔

漚生本不生漚滅元不滅獨留無縫塔寒空
照明月

槵樹

以患能除患槵樹愛生長見此槵子珠顆發
離患想

山居示衆二十五首

獨坐一爐香翛然萬慮忘靜看階下蟻畢竟
爲誰忙

寂寂離知覺昭昭泯見聞三更天外月一片
嶺頭雲

世事一局棊著著爭勝負黑白未分前幾个
能惺悟

清淨光明藏俄然一念興無邊生死海盡向
此中生

紅塵路更長青山閒不了試問往來人誰識
山中好

湛湛青蓮花居泥而不染明明出世心雪在
玻璃盞

傀儡夜登場觀者生欣嘆衹合醉中心難禁

醒眼看

四大衆緣合妄自分姸醜試看幻化人情識

從何有

微塵含世界不信盡包容莫道微塵小應知

世界空

枯木巉前路行人到此迷應登別峰頂更上

一層梯

岸樹懸崖塴枯藤古井深那堪二鼠齧況被

急流侵

炎炎火宅中熱惱無迴避一念放下時頓得

清凉地

舉世要多求求多轉生惱唯有知足心便是

如意寶

淨土唯心現蓮花性地香目前常不昧卽此

是西方

妄想沈淪趣清心解脫塲迴光時返照覿面

禮空王

逐逐奔陽燄行行入火坑儻能開隻眼當下

了無生

世路多纏縛虛名最困人脚跟絲綫斷方許

出紅塵

山林多寄興寂莫幾能甘不到眞休處終成

落口談

我相眞難破佗非甚易求一生閒檢點到底

沒來由

自性天眞佛都爲妄想纏但能一看破立地

証金仙

萬法唯心造千涂一念差不知未起處苦海

正無涯

寂寂忘緣處心心放下時西來無別意只在

自知之
大海一滴水具足百川味法性本自同昧者見各異
人道百年長我道百年短枕上夢三更醒人未轉眼
一片閒田地多爲蕪草侵但能時刻却便是出塵心

示衆十首六言

死盡偷心活計做成没用生涯收拾無窮妄想換將一朶蓮花
四大支持骨立寸心寂莫寒空獨有綿綿一息遍毛綫繫長風
却說百年如夢誰曾兩眼睜開縱是機關使盡到頭總是癡騃
可惜清凉心地無端迸出貪瞋霹靂心中火起燒殘自性天真
身是衆緑假合四大圍一虛空動作呼爲真宰不知誰在其中
陷穽機關自造刀林火鑊誰當只道目前慶快安知身後苦長
貌是超塵儀表衣爲出水蓮華試看胷中何物莫教妄想輕遮
蠶蛹自生纏縛燈蛾誰使焦然將謂投明用巧豈知業力相牽
名是假名非實毀譽入耳如風試聽呼爲賊草猶人漫罵虛空
荆棘林中掉臂是非場裏抽身落得無窮冷澹者般全不饒人

偈二三百八首

園中讀圓覺經四相章

我相

鐘鼓鈴鑼不斷聲聲聲日夜説無生可憐醉夢傷生者鏡裏相看涕淚傾

人相

突兀巑岏聳鐵城刀林劒樹冷如冰誰知火向冰山發燒盡冰山火不生

衆生相

鐵門緊閉杳難開關鎖重重亦苦哉可怪呻吟長夜客不知因甚此中來

壽者相

一條血棒太無情觸著須教斷死生痛到徹心酸鼻處方知王法甚分明

出圜中過長安市四首

長安風月古今同紫陌紅塵路不窮最是喚人親切處一聲鷄唱五更鐘

體若虛空自等閒纖塵不隔萬里山可憐白日青天客兩眼睜睜歎路艱

飄風聚雨一時來無限行人眼不開忽爾雨收雲散盡太虛元自絶塵埃

空裏乾城野馬人目前彷彿似煙郵直須走入城中看聲色元來不是眞

過吳山經堂寺遇明通禪人禮華嚴因示

到處山河郎本眞大千經卷一微塵閒來剖破輕拈出莫道文殊是智人

過鐵佛菴贈鄒爾瞻給諫

江上青山不斷春門前流水淨無塵開門忽見菴中主恰是金剛不壞身

示沙彌照理

出家本意緣何事割愛辭親豈等閒不向袈

叅求解脫松門刱作鐵圍關

題東山寺壁

咫尺東山入翠微深林晴日雨霏霏市塵流
水聲相和觸目分明向上機

中盤旅邸壁間見達師偈併題

君到曹谿我不來我到曹谿君已去來來去
去本無心誰知狹路相逢處

避難石

無端一念惹膻腥從此形骸累不輕十載獵
叢張網處石頭滿眼盡無生

命小師大義讀楞伽

五綫金鍼不易穿休從明月問青天玄關路
斷無消息爾去逢人莫浪傳

問丁右武大叅病

舉世誰知病裏身維摩獨坐見偏真從教大
智懋河辯一默昭回萬象春

示果弘福堂二侍者歸故山

萬水千山枉問人脚跟一歩最爲親莫教錯
落懸崖去縱出頭來已失真
渺茫煙水望何孤底事逢人問有無回首萬
山清徹骨尚餘春色滿平無

贈蔭亭上人請藏經歸南雄延祥寺

一自南能度嶺時曹谿御墨尚淋漓于今重
載琅函至佇看炎荒雨露垂

送詰禪人歸慈化

杯浮一葉淼無垠煙水茫茫苦問津歸去家
山生意滿百花深處鳥啼春

示查汝定

涉水登山亦壯哉芒鞵遙自敬亭來入門一
笑忘賓主莫道維摩口不開

題雪山苦行佛

萬山氷雪連根凍一片身心徹骨寒不是死
中重發活如何能得識情乾
無端棄却金輪位特爾令生大地疑自是九
重深密事從來不許外人知
輕抛兜率入王宫一顧迴頭思不窮走向萬
山千丈雪埋身八面不通風
心似氷霜骨似柴六年凍餓口難開誰知忽
睹明星上落得盈盈笑滿腮

答定齋賀明府

函蓋乾坤一句新晴空霹靂淨煙塵箭鋒在
處難回互狹路相逢是故人
青師白象駕雲中金色銀光出處同若問無
生端的意空山風雨吼長松

示歐生羽仲傳經訶林

斯道幽微若一絲全憑信力以維持茍非一
片金剛地難使菩提葉葉輝

送樂天法師還匡廬

山色湖光一鏡開曼殊誤落此中來莫教師
子輕彈舌恐震當年舊講臺

贈西來梵僧

十萬西來碧眼胡渡江曾折一莖蘆只今石
室猶留影試問前身是有無

輓本來和尚

五年三度叩禪關此日尋師去不還不是白
椎兜率院多應聽法五臺山

送如證禪人造旃檀像還五臺

火雲赤日滿炎荒金色光含古道場不是曼
殊親出現誰知隨處是清凉
海岸旃檀淨法身無邊相好隱微塵分明剖

出諸人看覿面當機一句新

寄大千法師

三十年前同法席別來消息斷佗鄉忽聞近住千峰裏想巳心空聞妙香

示曹谿塔主

香火千秋似一朝兒孫終夜守寥寥茶湯宛若生前供不負當年石墜腰

勉曹谿諸弟子十首

千僧和合似靈山大衆依皈豈等閒不是曾蒙親囑付如何得入祖師關

肉身現在卽如生朝莫茶湯出志誠鐘鼓分明常說法不須苦口再叮嚀

福田種子要深栽因果如臨明鏡臺親到寶山千萬次者回不可又空回

辛勤作務莫辭勞可想當年石墜腰一息不來千萬劫善根不種苦難消

莫教輕易過平生如箭光陰實可驚只恐氣銷三寸後幾時再到寶山行

功德園林不可輕脚跟步步要分明莫教錯落隨他去免使盲人又夜行

寸椽片瓦衆緣成信施脂膏不可輕切莫貪他驢糞橛等閒換却一雙睛

信心膏血重須彌粒米莖薪不可欺但看披毛并戴角酬償夙債苦泥犂

幸生中國蚤離塵身著袈裟遠六親受用空門清淨福如何能報祖師恩

火小能存向上心毫芒終長到千尋只須歷盡氷霜苦始得成材出鄧林

示曹谿沙彌能新智融達一淨洗通文方覺書華嚴經七首

剖破微塵出大經無邊刹海遞相形松風鳥
語分明說只在當人著意聽
佛境重重不可量毫端三昧豈尋常須知舉
手通身現觸處全彰海印光
行行鴈影落寒空直豎橫斜但信風莫問普
賢求妙行先須識取主人公
毘盧樓閣幾時開彈指應須待善財項見閣
中無盡藏重重佛境甚奇哉
福城東畔禮文殊知識遥參到海隅五十三
人同一調不勞遠涉費程途
海波爲墨亦須乾筆若須彌舉不難描寫毘
盧華藏界最初一字許誰看
紙墨文言總不真真經全在剖微塵但能字
字光明現莫道文殊是智人

輓萬固寺一山和尚

二十年前問起居相逢猶是在生初只今遣
望中條月獨有清光照竹廬

寄高常侍

憶昔長安話別時雪中把臂立臨岐而今萬
里炎荒外一念清凉君獨知

贈訶林裔公

菩提樹下久樓遲時復經行繞樹思遥想當
初栽樹日曾經親手一封泥

贈顔杏園醫士

雪山衆草鬱菁葱信手拈來用得工不是等
閒醫國手肯教狼藉怨春風

贈太和老人

金剛堀裏舊相逢雪鬢鬖鬆氣更雄一盞玻
璃茶尚醉依稀猶記放牛翁

送暹侍者遊五臺兼訊空印法師

逕從火宅入清涼萬里休言道路長儻見文殊問消息堀中今空幾禪牀

過法性寺菩提樹下禮六祖大師

菩提樹下舊相逢千載重來氣尚同鐘鼓聲沈香不斷兒孫何處覔玄蹤

送離際禪人叅方

汝持一鉢曹谿水徧灑諸方五味禪莫道老憨無法說而今不直半文錢

送若惺炯公禮普陀

波流不動白華山湍月寒空大士顏若向巖前相見處瞻依須聽普門還

喜法侄行廣至

憶昔離家別祖年爾應猶是未生前今從萬里相看處一笑還追宿世緣

問游石陽病

借問毘耶病裏身就中檢點孰爲真只須剥盡重陰後始見陽和大地春

送惺來裔公行脚

瀰漫煙水淼無窮回首山城歷百重祗爲尋師叅底事德雲不在妙高峰

懷大都千佛寺

憶昔千華七寶臺一華一葉一如來不知近日華間佛可似當年震法雷

示能哲禪人

爾到曹谿路不差眼前行脚未爲賒試看初出門前望芳草漫漫何處家

寄王居士

清涼雪夜共談禪一別于今二十年常憶毘耶真面目寒空明月幾回圓

再過法性寺喜炯公禮普陀歸

三年不坐菩提樹一念常懸般若燈莫謂頭
陀慵說法道緣不似獵叢僧

詠楞伽室寄天與孔居士

滔滔毒海湫無涯夜刹羅叉此是家獨有楞
伽無價寶光明日夜照恒沙
八面光明體最圓金剛雖利不能穿時時安
置心王殿照破三千及大千

曹谿雪茶寄金山珍公

摘得先春葉一枝寄將鶴骨病阿師試烹一
盞親嘗過可似初參趙老時

甲辰春奉檄還戍舟泊支江逸烱二公

啟南羽仲仲遷諸子過訊因示

暫繫孤舟旁柳陰端居恰似逝多林菩提樹
下常隨衆怪道能來問法音

示堪輿梁生

山河大地一微塵法眼圓明始見真自是要
求歸著處肯教埋沒世間人

示羅浮山主印宗

羅浮山下繞恒河河畔祇林似普陀若問華
中觀自在試看明月墮清波

贈周相士

落魄江湖一蒯緱相心神術自壺丘逢人若
問榮枯事一段真光在兩眸

示性如濟禪人

底事南遊學善財為尋知識久徘徊妙高峰
頂無蹤迹莫道文殊錯指來

示普陀勝林禪人

普陀山下白華邨日夜潮音說普門試問菴
居何所有但聞鸜鵒報黃昏

聞惺來裔公于雲棲受具歸以偈訊之

一條拄杖活如龍相伴曾登天竺峰自向雲棲聞法後諸緣可頓一時空

山中夏日

竹牀瓦枕足松風午睡沈酣夢想空四肢百骸俱作客不知誰是主人公

靜夜鐘聲

鐘聲清夜響寒空一擊如吹萬竅風不是閒催龍聽法多應喚醒主人公

示泰和周生

大道從來在目前却于死處覓枯禪誰知日用頭頭事盡是無生最上緣

道力何如業力强就中生熟好思量臨機遇境能回互頓息迷涂演若狂

示圓通總持長老

西江一派自曹谿馬祖頭疼孰可醫若向圓通覓生藥死貓頭話最堪思

示龔生伯起

數千里外訪知音只爲從人覓此心及至相逢親見面始知昔日費追尋

示慈明賢禪人

一錫遥從多寶來南詢煙水獨浮杯歸涂若過曹谿路路滑休行雨後苔

戊申夏日重過羊城偶成

仙城已度十三載人世今過六十年回首塵寰如夢事不知究竟屬何緣

當年一鉢歷諸方到處名山是道場喫盡檀那無米飯至今酬價費商量

五臺千尺雪蒙頭只道寒灰死便休誰想一星星火種焚燒大地更横流

東海曾衝萬里濤奔雷破石浪頭高輕乘一

葉隨風去直路三山釣六鼇

示正位侍者

極盡懸崖百尺竿動移一步最爲難只教撒手翻身去不作貍奴白牯看

示悦禪人誦華嚴經

百城煙水望如天何處相逢問普賢想向妙峰山頂過不知曾說此因緣

示飯頭

德山託鉢幾時來去来存沙莫浪猜休向上方香積借火爐邊事亦奇哉

寄五臺妙峰師

玻璃世界水晶宫金色銀光處處同獨跨金毛師子步遊行八面不通風

氷霜鶴骨髮如銀誰識曼殊最後身一自堀中相别後至今不隔一微塵

拄杖横挑刹海遊無邊刹土一塵收閒來擘破微塵看落盡空花剩兩眸

千丈寒巖百尺氷當年相對坐崚嶒即今火宅清凉界一个維摩一个僧

寄五臺空印師

遥思遊戲雜華林獨坐旃檀寶樹陰不動舌根常說法萬人時聽海潮音

一自抛身瘴海瀾蠻煙毒霧儘加餐歸來渴飲曹溪水不減清凉徹骨寒

示曹溪紫笋莊莊主

一夕東風紫笋肥無邊春色到柴扉桃花滿眼無人問誰薦當陽向上機

寄枝隱

白門深隱一枝安山水娱情世念殘曾入維摩方丈内百千三昧一毫端

示杲禪人閉關
六窓緊閉不通風何事藏身入此中試向文
殊彈指處直教撥破太虚空
贈融禪人住持泰和大司馬郭公忠孝
寺
脱體元從瘫瘓天三生又結宰官緣維摩丈
室渾無語莫道無言不是禪
示懐愚修堂主
向上三玄動步疑言前一句許誰知若非擦
手懸崖去辜負孃生兩道眉
寄靈山桂峰師
靈山一會儼然存松栢雲霞滿鹿園自是法
身常説法分明鐘鼓報黄昏
寄東海劫外法師
親受靈山付囑來法筵今向海濱開楞伽山
頂魔羅衆幾度聞經到講臺
示南禪人
爲問毘耶病裏身不知誰是病中人二時粥
飯三餐藥喫得分明意最親
寄賴古軒居士
長齋一室事空王心地時焚般若香遥想日
長趺坐處静聽鳥語出山光
寄謝青蓮居士
常憶青蓮居士身夢魂時對鏡中人知君深
得無生意自信居塵不染塵
咼湖山居
歷盡風波總是非此心久已習忘機翻身直
入千峰裏坐看閒雲白晝飛
寄明宗法師
曾從兜率白椎來一受金篦法眼開會向令

時傳露布只教平地淨塵埃

寄蘊法師

江頭促膝别君時回首青山入夢思爲問華臺千百衆言前一句幾人知

寄巢法師

披雲帶月飽風霜清夜迢迢鶴夢長讀罷伽香篆細知君無物可思量

寄雨法師

久從鷲嶺現當機誰問雲興華雨飛莫道法筵今寂寞堀中君作衆皈依

示中孚表禪人

世緣看破解歸來火裏蓮華不易開直把根塵都洗盡莫教再入者胞胎

示無知鑑禪人

明明佛性本無遮自是從前一念差失脚久沈生死海者回切莫負蓮華

示微密禪人

鉢囊遥自伏牛來度嶺寒梅華正開若問曹谿親切句菩提無樹鏡非臺

示凝知瀚禪人

圓頂方袍八寶身出家本意要超塵若爲煩惱輕埋没再出頭來已失真

寄湛禪人住伏牛

曾持一鉢到曹谿跋涉寧辭獨杖藜聞道萬山深隱處夕陽斜照鳥爭啼

寄題郭次公如是院

舍衛曾開祇樹林君今重擬布金心法王如是全提處獨許文殊是賞音

答郭允叔

曾向曹谿問上乘西來密意屬南能莫言杜

口維摩詰不是當年有髮僧

寄題郭叔子太乙囊泉亭

清池明月影沈沈囊水江湖濟度心試問遊魚眞樂處濠梁未必是知音

示弘範禪人

禮謝千華寶座前却從臨濟覓三玄今來更問曹溪路雲滿青山月滿天

寄衲雲法師

當陽剖破一微塵拄杖閒提用處親明月夜深崖下虎歸依猶似昔時人

送僧造旃檀像歸茶陵

南海旃檀香一枝法身隨處現雙眉迎歸寂寂松陰下猶似拈花不語時

贈郭生凌鳥

長齋繡佛禮空王火宅翻爲選佛場夜剔明燈心寂寂蓮花不必想西方

將之南岳留別嶺南法社諸子十首

一落風塵二十年相逢須信是前緣自從衣鉢南來後今日重拈直指禪

底事分明在巳躬不須向外問窮通但能觸處回光照莫被塵勞困主公

大道從來絕本眞多因分別强踈親直須看破娘生面方是塵中特達人

瘴烟飲盡齒猶寒不記從前道路難此去萬山深密處雲霞五色座中看

廿載驅馳走瘴鄉年來不覺鬢如霜今乘一葉扁舟去蹤迹應從萬壑藏

塵勞混迹久和光只爲拈提此事忙千尺釣竿幾斫盡海天回首更茫茫

一自歸依繞法壇時時爲乞此心安莫言別

去三千里明月中天覿面看

時把綸竿見素心竹枝唱罷幾知音扁舟歸
去霜天夜明月蘆花何處尋

寒空歷歷鴈聲孤蹤迹從今落五湖無限烟
波寄愁思片駅天際是歸涂

爲法寧辭道路賒豈云瘴海是天涯頻將一
滴曹溪水灌溉西來五葉花

憨山大師夢遊全集卷第三十七

音釋

坼耻各切裂也　撽刑狄切　駅符咸切馬行貌又馬疾步　賒詩遮切遠也　溉吉器切灌也

憨山大師夢遊全集卷第三十八

侍者福善日録　門人通炯編輯

示鄒生子亂十首

此事明明絶覆藏普天匝地露堂堂男兒不
突金剛眼覿體相看若面墻
見聞知覺總空花翳未除時見轉差只待晴
空清淨眼方知別有好生涯
聲色場中豈偶然自將荊棘苦參天何人一
擲翻身出始信隨緣自在禪
妙性圓明自本眞從來皎潔絶纖塵不教妄
染輕遮障便是超凡大力人
道心原不離尋常待客迎賓底事忙試看箇
中關捩子何曾移動一毫芒
五蘊山中寂滅場六窓虛敞夜生光只須喚
醒菴中主莫使昏沉自葢藏
湛湛心光本不迷秖因情想自睽携但看起
處無消息一任猿聲日夜啼
性天雲淨月輪孤身世何須問有無但得塵
緣蹤迹斷不勞名字挂江湖
世緣逐逐幾時休棄却家山向外求衣底明
珠任埋沒長途空自抱窮愁
太虛閃電不留情憎愛何容逐隊行擘破孃
生眞面目肯教埋沒過平生

寄袁生

曾將書札寄南能問法遥參最上乘三昧知
從文字入不知可記昔時僧

示水天禪人

知識相逢豈易哉箇中消息口難開妙高峰
頂經行處不是平空賺善財

示譚復之

曾從授記向靈山今日重來一扣關爲問拈花當日事頭陀不是易開顏

示鍾生衡穎

曾過曹谿已十年相逢知識總前緣阮生何必窮途哭自有西來最上禪

示方生覺之

心光獨露形骸外祖意能參機語前想聽匡山蓮漏熟故來重理舊因緣

示常達禪人

南嶽曹谿一脉來相傳明鏡亦非臺金剛正眼人人共須向磨甎一句開

示宗玄禪人

幻成五蘊本來空必欲求之似捕風試向渾身消散後應須識取主人公

示南嶽庸質山主

萬山深處一茅菴朝暮雲霞當小參最是谿聲關不住廣長日夜語喃喃

南岳山居

七十年來夢裏過江湖蹤迹總蹉跎而今喜得閒田地莫問從前事若何

脚跟蹋徧水雲鄉未離清凉古道場筋力漸衰心已倦安眠飽食是行藏

大休歇處不尋常妄想消時世已忘都向別求眞極樂誰知當下是西方

但見無生寂滅心了無妄想敢來侵根塵總是空花影佛祖何須向外尋

觀心生處了無生閃電光中眼倍明爲問西來成底事今人都只解貪程

示盧陵僧客潔公

盧陵米價近如何問着休全舉似他一粒但

能輕嚼破始知佛法總無多

示杜言禪人

西江一派馬師禪聞道而今久失傳莫言磨甎堪作鏡自然不墮路途邊

示定水禪人

久依華座覔眞詮鐘鼓分明句句玄若問西來端的意從前佛祖未曾傳

示量空禪人接待武昌

闢開梵刹向江湄來往風帆正渡時爲問華亭垂釣者離鈎三寸幾人知

題方覺之離垢菴

一芥菴中絕點塵從來無物可相親靜觀寂滅清凉地頓見如來妙法身

題羼提菴

物我如空不可求無邊大海一浮漚但看起處無蹤迹苦樂從教當下休

示天淵禪人

巳躬下事甚分明不用尋師費遠行只向目前親薦取是誰見色與聞聲

示六義禪人

死生大事莫商量說起愁心可斷腸無量刦來都錯過者回豈恐負空王

寄若昧法師

蓮花峯下住菴人日與雲中五老親瀑布從空霏玉屑恍如賔主對談論

示雲居常元禪人

出世原爲究此心非圖名字挂叢林話頭叅到無心處不向他家外面尋

寄海會菴主

十方海會此爲家來往經過路不差香飯飽

飡回首去出門煙水更無涯

答雨法師寄法華新疏

靈山一會費商量四十餘年久覆藏今日通身全吐露分明只在一毫芒

閣門緊閉不通風多少躊躇歎路窮不是輕勞彈指力安知裏許量如空

窮子歸來見父時此心相委信無疑縱將寶藏全分付若不掀翻總不知

無邊刹海總蓮花可歎從前盡數沙君向毛頭親點破自今常御白牛車

示素璞禪人 有引

禪人向叅予于曹谿尋歸吳門項巢雨二法師以予與若師雪浪爲法門兄弟命禪人持書遠走南岳迎予終老予感二公高誼念禪人遠勞因成二偈用以志懷

曾禮曹谿走瘴鄉皈依三匝繞禪牀分明一句無生話莫道當時有覆藏

遙持一紙故人書特向空山問卜居一片身心全仗託餘生不必問何如

答巢雨二法師

法門義氣信非常自是青山骨肉香擬向通玄峰頂上忘言相對一繩牀

吳門山水最幽清二朗高風久著聲儻得煙霞期共老安眠飽食遂餘生

示浮刹禪人

遙向千峰問嬾殘口邊寒涕未曾乾火中黃獨初煨熟把似君前不易飡

示大智禪人

竹杖芒鞵過萬山遠從南岳扣松關石頭路滑難逢步莫道叅方是等閒

題别峰相見卷

百城南望盡煙波峰頂相逢事若何不是善財無面目秖緣知識信諸譌

訊專愚衛公病

四大幻觀如泡影病魔何處可潛蹤古人自有安閒法只在無生一念中

示若拙禪人

行徧天涯覓此心從來都向外邊尋縱然未出門前路須信漫漫草更深

寄徐菶莪

時問維摩病裏身門開不二露天眞飽餐香飯忘言後方信離情道始親

示心聞禪人

本來自性量如空見色聞聲樹過風但使浮雲消散盡幾曾一物著其中

示三昧眞禪人遊峩嵋

歷徧諸方好歇心不虛名字挂叢林歸來滿面峩嵋雪雲白山青何處尋

示徑山靜主

電光石火豈爲眞瞥地相逢未可親若是本來消息斷大千隨處現全身

若野音禪人從黄梅走南岳復叅雙徑示之以偈

遠行南岳覓行蹤喜得黄梅一綫通别向五峰相見處萬山雪擁白頭翁

示無瑕禪人

策杖遥來雙徑深别峰相見是知音故人若問餘生事萬疊雲山一片心

示念西居士

南詢煙水百城過知識相逢事若何更向五

峰深處見須知佛法本無多

示勤如禪人禮峩嵋

遠從雙徑禮峩嵋涉水登山爲阿誰儻見普賢眞面目莫教辜負一雙眉

示徑山堂主

雙徑單傳佛祖心蒼崖翠竹古叢林應知正令常新處鐘鼓時宣妙法音

輓幻予師

寒巖凍餓有誰知絕後重甦賴阿師今日五峰闗塔影恍然猶對坐談時

示仁安法師

身心一片似氷壺試看其中是有無妄想不來消息斷何須此外見工夫

過菩提菴喜逢智河禪友

元是菩提樹下人到來恍忽見前身谿聲常說無生法可惜時人聽不眞

樹下相逢舊有緣別來不記幾生前入門一笑心相契始信無言是祕傳

示詢南禪人看病

出世何爲最勝因目前看破病中身知他痛癢相關處萬行無如此念眞

示德門禪人校經

海眼從來絕點塵大光明藏可安身只須子細從頭看纔著纖塵便失眞

示非立曉禪人

曾向慈恩理教綱釣竿拋却歷諸方于今若識孃生面不必將心問法王

過甘露接待寺

登山涉水總迷途未審前村是有無驀直忽逢甘露灑纔沾一滴破焦枯

示承拙禪人持明密行

烈火炎炎妄想流醍醐須灌頂門頭會教一滴周毛孔始是持明祕密修

澹泊齋示雲山居士

鄽中一室冷如冰趺坐長明午夜燈來往應眞時滿座人人知是在家僧

示蓮西居士

妄想生時當下休了無一念挂心頭忘機便是眞安養極樂何須向外求

題達大師書經墨光亭

聞道蓮華筆底生墨光猶是照虛明閒來爲問華中主滿耳秋濤說法聲

示曹生錫鄉

丈夫立志豈尋常刺股懸梁苦備嘗但使六根無垢濁管教心地自生光

遊浮山於妙高峰下聞智燈禪人誦法華經因題於壁

水上蓮華舌上經一菴深鎖萬峰青松風日夜常宣說可惜時人不解聽

示眞嗣沙彌

生死無常一息間好將心志在青山但能不作紅塵業羸得終身物外閒

匡山喜陳赤石大叅過訊

萬疊青山一片心目前處處是雲林不須更問西來意水鳥時宣妙法音

示修六逸公掩關金輪峰

萬仞峰頭獨坐時身心放下是全提銀山鐵壁須鑽透徹底分明不許知

送悟心融首座還京口

空山擬伴老餘年何意東歸上法船好待海

門孫月上話頭一爲老僧圓

示達本禪人

勘破塵凡萬劫心歸來遥向白雲深金輪峰下松濤急日聽無生妙法音

示本懷禪人

身心久在白雲中何事隨緣任轉蓬收拾歸來全放下萬山高卧日頭紅

示行素侍者

抛却身心禮法王前程不必問行藏但能識得孃生面草木叢林盡放光

示頻利禪人遊五臺

一條拄杖曳單瓢叅禮休辭萬里遥儻遇曼殊齋會日休教惡水驀頭澆

示寂知慧林二禪人

學人不必苦馳求妄想消時得自由但自披衣閒處看心心不斷是誰流

空山寂寂絶諸緣不學諸方五味禪叅者不須求向上但能放下自天然

示恒一禪人

此事從來不外求見聞知覺有來由但知日用頭頭現莫落隨緣第二籌

示克文禪人

空花起滅本無端爭奈人人瞖眼看須信晴空無處覓丈夫切莫被他瞞

示巨鏊禪人

坐斷千峰不問禪爐香經卷是生緣但能此外無餘事自是塵中極樂天

若惺炯首座遠來相訊因示

苦海相從二十年重從廬岳禮枯禪相看莫問餘生事五老雲霞在目前

念雲禪人遵乃祖命接待吳江今逢六
十初度偈以壽之
塵中覺路敞雲堂徧布身心滿十方一片祖
翁常住地願教永劫作津梁
示眉子
火宅炎炎不易清六根消爍可憐生但能一
念如氷冷便是超凡第一程
送昧法師應講維揚
偶乘一葦截江流法鼓雷鳴彼岸頭無數羣
生開天夢歸來毫相不曾收
示鄭白生居士
一片身心放下時直教内外似琉璃其中無
著纖塵處日用頭頭只自知
示曹谿堂主俛無昂公
常想新州戴髮僧不知一字有何能肩頭柴
擔腰間石博得西來無盡燈
道場不必向他求只在當人一念頭自性但
能全體現何愁法海不横流
示見空禪人
出塵本意在山林四十無聞愧此心今喜脚
跟綠綫斷萬峰深處更宜深
示禪人禮峩嵋
無邊法界以爲身觸處相逢意最親若向峩
嵋峰頂上雲霞滿目更迷人
西望峩嵋雪似銀普賢端坐一微塵無邊剎
海都含攝應現隨緣喜見身
示冶師鑄鐘成
天地爲爐萬象銅鎔成衆竅吼長風一聲響
徹三千界喚醒人間大夢中
示李生

浮世光陰苦不多已躬下事竟如何今生若
不求歸宿依舊從觸墮愛河

示朴行者乞食

市遠山深乞食遥單持一鉢路迢迢莫因曲
折生疲厭應想黄梅石墜腰

示無隱法師

昔依華座繞空王文字時生般若香今向一
毛觀刹海逢人不必細商量

示幻宗老衲印造華嚴經

剖破微塵出大經法門珠網遞相形分明託
出蓮華藏觸處令人夢眼醒

贈堪輿響山老衲

大地山河入眼空一條拄杖活如龍分明指
出無生路直與西來一脈通

示體具禪人

趙州無字宛生關鐵壁銀山冷眼看但向未
生前覷破自然不被舌頭謾

示悦禪人清凉菴捨茶

楊枝甘露灑焦枯一滴纔沾熱惱蘇直指西
來端的意相逢但問喫茶無

寄博山無異來公

襟期不隔一毫端千里雲山覿面看最是思
君親切處夜深明月照人寒

示壽昌長老

瓦礫翻成大道塲祖翁田地莫教荒應思冒
雨衝寒句粒米莖薪可斷腸

示壽昌闃然謐禪人

堀中師子乂調兒轉擲翻身未易知莫使野
狐蹤迹近爪牙切記在當時

示碩石禪人

埋身八面不通風兆盡偷心始見功但向未
生前著力方知海底日頭紅
示碧霞老衲
他方行徧又歸來梵刹家山坐地開衲子入
門無別事喫茶洗鉢亦奇哉
示玄樞禪人
已躬下事要分明一念單提莫記程但使妄
情消盡處管教心水自澂清
示蘄陽歸宗老衲
觸目明明般若光六門常放未遮藏若能當
念根塵斷日用端居大道場
示慧鏡禪人
心見光明不在根從來諸暗不能昏三千世
界如觀果那律親登此法門
示六如坤公掩關

收攝身心緊閉關塵中不異在深山好將妄
想都抛却從此勤求出世間
示戒深濬侍者
憶昔携缾逐杖藜幾回爲法到曹溪今來直
入千峰裏更向堂前乞指迷
示有了明重禮五乳
昔年条罷禮清凉一見文殊返故鄉不識三
三多少衆故來重請爲敷揚
鄭白生重条五乳因示
昨來問法過匡廬一句全提會也無但只不
忘歸去路自然超出聖凡途
聞沈朗倩掩關城中寄示
鄽居一室豁如空凡聖交条落此中獨有主
人常寂寂十方坐斷不通風
示丹陽觀音山慧空禪人

祇園門外郎迷津來往風波過客頻高揭慧
燈常不昧直須照破一微塵

示岸度禪人

幻海無涯浪未收全憑智檝駕慈舟中流高
挂輕帆去直到菩提彼岸頭

寄金貞度

同坐祇園飯食時別來每憶善思惟法緣應
似維摩詰不二相談近是誰

寄普陀昱光禪人

白花山下乂跏趺水月光中一念孤正使十
方俱坐斷海枯石爛恰如無

酬心光法師

空山一室白雲封鳥道玄微入萬重不是直
通霄外路安知步步絕行蹤

示深光侍者省親

爾別慈親已廿年要明父母未生前而今復
作思歸夢此去應須斷愛緣

示姚星陽居士

心在塵中願出塵直須不昧本來人時時常
想皈依處七寶花開有後身

示了此老衲增朧

濁世浮生莫問年法身三際不能遷但須一
念常光現華藏莊嚴在目前

示護關侍者

擎茶奉水要真知動靜周旋看是誰須向目
前三喚處莫教辜負一雙眉

犀牛扇子骨皮全急喚將來不解拈一語痛
如三頓棒幾能脇下會還拳

示新安仰山本源禪人

割愛應知出世因肯教心地著纖塵直須念

念回光照莫昧當人淨法身
圓明一念沒遮藏觸處逢緣盡寂光拈起一
塵含法界更於何處覓西方
寄鷄鳴寺冲虛上人
湖光山色照牀前樓閣渾如出水蓮遥憶故
人行樂處花中白日坐安禪
寄黃檗山了心上人
禪從黃檗最難參纔着言詮落二三唯有風
光當一掌至今山水語喃喃
寄樊山主
隨緣示現小王身心似蓮花不染塵宴坐深
宮常說法直教不昧本來人
寄袁居士
一向此身都是客而今掉臂始歸家回看奔
走紅塵道何似棲心白藕花

示明海禪人
袈裟之下豈尋常不自求心最可傷曠劫漂
流至今日者回眞是好商量
示心悟禪人閉關九年
閉關枯坐九年期好似嵩山面壁時縱有齊
腰三尺雪安心一語幾人知
示性通行人
負舂腰石似黃梅夜半何曾正眼開但信本
來無一物方知明鏡亦非臺
送克文禪人少林禮祖
斷臂巖前雪尚紅西來一脉許誰通此行但
得安心法便振當年鼻祖風
輓巢松法師
元從兜率白椎來此去還應坐講臺若待慈
尊丁生日知君重理舊胚胎

寄融首座

西江不斷往來船別後音書竟杳然惟有牀
前松上月夜深影落在君前

寄孫圖南居士

又落江湖不定蹤別來今已盼千峯誰知破
盡人間夢唯有空山靜夜鐘

示深愚字以訥

大道西來本絕言好從愚訥遡眞源直須叅
到忘緣處方信毘耶不二門

寄三白禪人

何時杖錫過東林入室重論出世心莫負千
峯秋夜月清光獨照影沉沉

示廣鎧侍者持法華經

一自親聞墨劫前是時已結大因緣從今重
理多生句字字心開舌上蓮

示海藏行人禮法華經

多寶如來舊法身從空湧出示諸人若能當
處無生滅法法元來總是眞

示江州孝子左福念

佛本多生孝道人常持一念奉慈親若將孝
道求成佛萬行無如此念眞

示鳴明禪人

遥來爲法到匡山幾度晨昏一叩關若問西
來端的意白雲飛去又飛還

示明華禪人字道果

一葦西來五葉花從玆道種自生芽但將智
水勤澆灌果證菩提定不差

示歸宗堅音長老

荷擔正法古叢林須用金剛護法心但得光
明全體現頭頭物物盡知音

示王居士

父子家傳淨業禪曾從瘴海問眞詮而今重入匡山社見面還如未别前

武夷默初禪人遠來禮請病不赴因示

遥來爲法到匡山瞻戀殷勤重往還莫道老僧慵說法白雲不放出松關

莊嚴華座擁諸天只待光臨啟法筵莫謂法身曾不動舌根蚤已徧三千

寄示觀智雲禪人

遠持一鉢走他方到處隨緣是道場莫謂塵勞非佛事原從苦海泛慈航

示鏡玄禪人

當體圓明般若光六根門首沒遮藏若能念念無生現觸處無心解脫場

示禪人八首

當人一念要精持歷歷孤明不昧時獨有未生前一著從來不許老胡知

死生大事最堪悲急下功夫蚤是遲但向自心求解脫不須此外更尋思

往來生死久跉跰未悟無生不暫停誓向此身應度脫莫教回首再沈冥

圓明一性絕纖塵只爲從前錯認眞但使斷除煩惱障自然得見本來人

欲海波騰無盡流誰將彼岸一回頭直須高挂輕帆去不到窮原未肯休

世緣無盡苦無涯一念回頭便到家識得本來眞面目方知不負此袈裟

此心不必外邊求只在當人一念休身世但從空處看恰如湛海一浮漚

六根門首六塵多舉世人人沒奈何但肯心

心常照破自然日用不隨他

示修淨土六首

衆緣消盡絶踈親老眼何容著點塵莫使六時蓮漏斷花中已有未來身

初因愛念感娑婆淨土應須出愛河要得蓮華爲父母全憑念念見彌陀

見聞知覺盡常光心地蓮花暗唾香若使六根無染着自然觸目是西方

眉間一道白毫光諸佛衆生總覆藏但得現前常不昧蓮花心地暗生香

五濁塵勞可厭離西方淨土是歸期直須念念光明現便見華開七寶池

淨土元來不外求當人一念要知休回觀妄想消融處便是西方第一籌

大雪

萬山氷雪連根凍一片身心徹底寒回想六年飢餓處令人不覺鼻頭酸

答劉三界大叅

千里雲山見此心聊將一語寄東林儻君不負蓮華約白社幽期尚可尋

華宇居士持華嚴經令甥覺之來請因寄

華藏莊嚴妙絶倫無邊佛刹一微塵若能念念光明現便是隨緣解脱人

示在珍行童

生死途中苦最長好從知識覓良方若能掉臂安然去須向空門禮法王

蘊眞禪人時從五臺來叅雙徑

金剛堀裏舊行蹤別後雲山隔萬重今夜長空千里雪當年曾把洞門封

付顆愚禪人行道

法意簷前草拈來覆大千付君須自重花發利人天

憨山大師夢遊全集卷第三十八

音釋

湄謨杯切水諸謁上胡茅切言不恭謹苯草之交也下五各切傳謬也莪上蒲紅切草木埜野蓦莫白切

峩鈘䶩下牛何切

憨山大師夢遊全集卷第三十九

侍者福善日録　門人通炯編輯

說

雜說

滾滾紅塵漫漫世路多少英雄盡被擔誤賞心樂事詩酒忘憂琴書雖雅猶讓一籌金谷蘭亭於今荒矣縱有虛名與人俱已竹下逢僧目中何有豈但偷閒徒爲借口是知出世最上一著可惜時人昧而不覺五欲場中種種惡緣如沸湯烈火能發一念爲生死心如火中生蓮甚難得也苟不深生厭懼求出離道難免燒煮

世之聰明之士生來但知世間功名富貴妻子愛戀之樂以爲人生在世止此而已不知大有過於此者古之豪傑之士直出生死者無佗特看破此耳

佛言我於然燈佛所實無授記若有授記卽爲著我作佛猶恐著我況生死事業乎

但願空諸所有切勿實諸所無此語不獨爲老龎家傳之祕佛祖皆然

前聖所知轉相傳授妄想無性若妄有性則佛祖無出頭處剎那剎那生滅之稱也悟無生者方見剎那此語疑殺天下人

如幻三摩提金剛王寶覺彈指超無學此法神速若是仰山夢升兜率天白槌與文殊貶入鐵圍山公案是同是別世尊偏向魔王宮中說心地法門可笑別無淨土耶

一切諸病從癡愛生癡愛不生顛倒想滅名爲涅槃一切法不生我說剎那義當生卽有滅不爲愚者說是可與愚者說耶

夢幻泡影露電陽燄鏡像水月乾城芭蕉此十種喻爲入道基本知之者希妄想興而涅槃現煩惱起而佛道成此法唯五眼圓明方許知見

三寸氣消誰是主百年身後漫虛名此語如來二十年破執之談無以過之

眞歇了禪師臥病詩云病後始知身是苦健時多爲别人忙誠哉是言也性空非水火寒熱自然生此予昔居海上時病中詩也今寄居海外故病忽作宛若舊態葢病不因地異情不爲境遷而趣味自别難以語人

東坡云凡有所好必有所蔽余讀居儋耳集覺範後至海外就舊館訪其遺事有老嫗答曰蘇相公無奈好作詩何老嫗尚知其好豈非蔽耶

東坡初被放至嶺外食荔枝美因云日啖荔枝三百顆不妨常作嶺南人余始誦之將謂其矯余居此幾六年矣每遇時新一度不覺誦此語什伯過

余平生愛書晉唐諸帖或雅事之宋之四家猶未經思及被放海外每想東坡居儋耳時桄榔菴中風味不覺書法近之獻之云外人那得知此語殊有味也書法之玅實未易言古來臨書者多皆非究竟語獨余有云如鴈度長空影沈秋水此若禪家所說徹底掀翻一句也學者於此透得可參書法上乘

昔人論詩皆以禪比之殊不知詩乃眞禪也陶靖節云采菊東籬下悠然見南山山氣日夕佳飛鳥相與還末云此中有眞意欲辨已

忘言此等語句把作詩看猶乎蒙童讀上大人丘乙巳也唐人獨李太白語自造玄玅在不知禪而能道耳若王維多佛語後人爭誇善禪要之豈非禪耶特文字禪耳非若陶李超乎文字之外

余少時讀陳思王洛神賦翩若驚鴻婉若遊龍只作形容洛神語常私謂驚鴻可睹遊龍則未知也昔居海上時一日侵晨朝霞在空日未出紅萬里無雲海空一色忽見太虛片雲乍興海水倒流上天如銀河挂九天之狀大以爲奇頃見一龍婉蜒雲中頭角鱗甲分明如掌中物自空落海其婉蜒之態玅不可言世間之物無可喻者始知古人言非苟發因回思非特龍也佛之利生威儀具足故稱大人行履如龍象云

知止

吾師佛聖人出家學道乃止雪山修行及成正覺卽據菩提場中說法葢雪山清凉處也意其衆生同處五欲都爲煩惱之火晝夜燒煮熾然不息而吾人獨欲出離非夫置於盡絕之地埋此身心於萬仞氷雪之中使之徹骨嚴寒以之凍餓大死而後蘇者又何以止烈燄免銷鑠哉故吾師止此而修行菩提覺場且曰其地金剛所成乃極堅固處也其所說法乃性海法門原夫智海無性迷之而爲業爲識故曰藏識海常住境界風所動悟之而爲覺爲智故曰覺海性澂圓圓澂覺元玅意顯衆生同此法性之原妄有動靜迷悟之別欲令吾人卽動以觀靜卽迷以照悟不爲魔外之惑所傾不爲境界之風所動非夫據

乎最極堅固之地又何以摧邪外建大業哉故吾師據此而說法由是觀之吾師之所據欲吾人之共據也故予有意于那羅延那羅延堅固也處臨大海儼乎法門居名海印炳乎三昧語曰於止知其所止吾人止此可謂止其所止矣又曰里仁爲美擇不處仁焉得知又曰緜蠻黄鳥止于丘隅可以人而不如鳥乎

安貧

語曰貧而無諂富而無驕驕則失富諂則辱貧是故未若貧而樂也貧而樂則無不樂是以顏子之陋巷原憲之環堵子路之緼袍榮公之帶索豈無所樂而樂哉苟得其樂則雖天下不易已也噫宜乎許由務光巢許披衣而荷决絶之行焉孔子亦曰飯蔬食飲水樂亦在其中矣不義而富且貴於我如浮雲

學要

嘗言爲學有三要所謂不知春秋不能涉世不精老莊不能忘世不叅禪不能出世此三者經世出世之學備矣缺一則偏缺二則隘三者無一而稱人者則肖之而已雖然不可以不知要要者宗也故曰言有宗事有君言而無宗則蔓衍無統事而無君則支離日紛學而無要則渙散寡成是故學者斷不可以不務要矣然是三者之要在一心務心之要在叅禪叅禪之要在忘世忘世之要在適時適時之要在達變達變之要在見理見理之要在定志定志之要在安分安分之要在寡慾寡慾之要在自知自知之要在重生重生之要在務内務内之要在顓一一得而天下

之理得矣稱理而涉世則無不忘也無不有也不忘不有則物無不忘物無不有物無不忘物無不有則無入而不自得矣故曰天地與我並生萬物與我爲一會萬物而爲巳者其唯聖人乎噫至矣盡矣玅極於一心而無遺事矣是故學者固不可以不知要

牧心

安心在乎虛持心在乎平用心在乎照悟心在乎忘心體本虛物欲交錯妄想集積了無一隙是以氣蒸體昏熠熠炎炎而不安矣故曰物撤疏明不撤則不虛不虛則不明不明則不安故安心在乎虛心本如如內外平等其不平者由乎重輕是以愚者重其外智者重其內聖人重兩忘重外者墜重內者矯兩忘者平平則無不中故持心在乎平心體本明無所不照由其汩昏故有所不照觀夫世人日益其汩昏雖用卒無以自鑒耳故用心在乎照心本不迷由失照故迷迷袪則照泯矣故悟心在乎忘

觀心

觀心第一微玅法門也夫心爲一身之主萬行之本心不明欲身正而行端者鮮矣是故世間一切種種苦惱皆從妄想顛倒所生若顛倒不生則生無生矣無生則雖生而無生生而無生則念亦無念無念則顛倒何起有起則非正觀也正觀則無不正

讀莊子

真宰本無形超然塵垢外忽爾一念迷闖入者皮袋如被裹猿猴左右不自在起坐要奉承飢渴索管待名利爲他忙田園盡典賣更

有一種癡將臉要人愛脂粉摸臭皮恰似精鬼怪箇箇都爲他惹下來生債傷嗟今古人誰肯自驚駭惟有漆園生此味少知解

圓扇說

予已丑夏日偶爲狂士所黷寓墨之東郭有出扇索書者因信口爲說以記之

大大横流銷金爍石龕牖兩間者匙不爲其燒煮矣嗟乎人者苟得吾皮骨以自持之則食息起居唯命是聽使清凉之樂頓生於肘腋炎蒸之疾即解於肌膚蝨蚋之隊指揮而立退嘬嗜之苦譬畫而潛消又何誇生羽翮以御冷風乘飛雲而遊六合悲夫凉飈一至委成弃捐霜露纔興視爲長物是豈非爲而不宰功成而不居者夫何以與此哉

寂寞說

寂寞之爲言易而履之爲難其自得於心尤難於履行焉即溜溜世故無論其低昂然在古豪傑士或出或處行顯而心隱誠難以概迹見非夫具超方之眼而持圓照之鑑者又何以壯其形容哉噫宜乎楚狂行歌於仲尼許由掉頭於堯舜雖然豈二子之是而三聖之非耶是各是其是而以是爲得者原於大道皆影響耳惡影而和響者其難語寂寞之旨向道君子有寢處焉

誠心說示曇支

心不誠不明性不静不定精不聚不完神不凝不逸志不壹不篤氣不養不和忿不懲不平慾不窒不寡學不講不博問不辯不通節不立不堅操不持不勁是故君子之學在重其人所輕益其人所損取其人所弃得其人

所無故道大德弘身裕名貴超然而無對者也

澤山說

聞之莊生有言曰藏舟於壑藏山於澤謂之固矣然有力者負之而趨昧者不覺葢言有所藏則有所負無藏則無負矣雖然以無藏爲至愚意有所藏則較不藏者勝焉故曰山懷玉而草木潤川貯珠而岸不枯豈非內有所藏而外有所光者耶是故君子貴藏器於身待時而後用也且夫山之積也厚故高而衆美具澤之積也深故下而衆德歸取象君子又有以焉

覺夢說

幻人方乘一葉而泊幻海之隩將與窈淼之衆居廣漠以休焉適有浮遊先生者觸而問曰嘻異哉吾覩子之難窮也望其形也飄若雲目其容也凄若氷叩其中也空空卽之也温繹之而囦且深緘乎若悶汎乎若乘擬之而似人非人何居何事而至此乎幻人無以應唯唯默默無知無識無示無說與之寢息坐臥飲食起居寤寐無間者旬日先生心爍意消而將與之俱化先生且行有請于幻人曰予風波之民也願假舟檝卽浮遊而之彼岸者以憑師無意乎曰居是何說也子獨不見夢人乎方其長夜之寢也必沈酣顚瞑精神昏瞀魂慮變慴形若尸解而心若魍魎居不逡席而百怪生焉時不加頃而千載邈焉至其冥冥漠漠徬徨四顧或登無極之巔或臨不測之淵毒龍在前猛兕在後進之而履危卻之而迫險入之而無罅升之而若墜且

將攀枯枝而挹朽藤加以蠭蠆攢蚺蛇蠍繫足當是時也窮心困智出之而無方脫之而無術救之而無人呼之而誰與爲親是何惶惶業業現諸形色而發乎呻吟即有覺者竟何以寧惟其猛然叱吒躍然而起一覺而大寤之回視夢事若依俙彷彿然求之而不得語之而不及也是必將與覺者一笑而釋之矣噫豈獨夢人哉世盡然也先生試將持此自覺以覺諸夢者

醫說贈李高士

余被放之八年癸卯冬偶自曹溪隨緣乞食於淩江水西適有丈人龎眉皓鬚訪余於旅泊覩其狀頎偉然知爲隱者也扣其業則曰岐黃余是知爲達士也或曰昔人有言達則爲良相不達則爲良醫余謂不然葢達爲醫而不達爲相耳何者夫相之任爕陰陽而蕃元氣劑衆物而仁群生致人君於泰定措天下於乂安此其職也而未必盡即盡而功未必忘以其先己後物因利輸忠且必外假人主之權資衆多之手以濟其事況兢兢於得失是非榮辱之場終身卒業而道未必光日夜營營勞神焦思以至戕生傷性老死而不悟者衆矣奚其達若夫醫則反是其職也以命爲任以仁爲心以義爲質以物爲已以去邪爲務以正氣爲理以經爲度以權爲用故其治也必致心君於晏然措四肢於調適凡遇危履困運獨斷之智持特立之操不惑於衆口不避其群邪多方緩急進退合宜以大中爲準以至靜爲先及其奏效也不計其利不伐其功斯豈爲而不宰功而不居者耶非

天下之至達者又何以與於此由是觀之忘已之功大忘利之名高不忘者顯報而幽罰兼忘者先微而後著足知忘功者後必大也嗟乎人者苟能操良醫之心以治國則何國不治持忘已之心以御物則何物不容物容則并包國治則兼善此聖人之成功丈夫之能事也斯則術異而功一名異而實同又何以顯晦計其等差貴賤擬其神明者哉以丈人高其行而神其醫余因論醫之秘以贅丈人之行李龔觀者不獨知丈人之醫且因醫以進君子之業將施之於天下國家共覩軒黃之化也丈人達者也知丈人之心則無往而不達矣

此光樓說

曲阿日鶴溪爲紫柏大師演化地居士賀氏聚族而奉師最謹有雲峰長者先於丁亥歲建樓一區以奉三尊越丙申大師過而看之曰此光乂二十年大師入滅已一紀老人自嶺外走雙徑會大師入塔期取道溪上諸長者居士見老人如見師悲喜交集齋款連日有長者子懋謙得承此光未達本有作禮乞說志不忘也老人欣然謂曰此大師以斯樓作廣長舌也且盡十方是常寂光一切衆生用此光於六根門頭照天照地是故山河大地日月星辰草芥人畜鱗甲羽毛無不從此光中顯現斯則樓即此光光即此樓包含萬象無不融攝居此樓者敬事三寶禮念皈依磬聲佛號乃至妻子團圞食息起居十二時中折旋俯仰戲笑譏呵一切動容無非此光之妙用雖夢想顛倒猶是此光之所發揮苟

能一念知歸則此光固是吾家本有天然自在不從外得如是現成一切受用豈可自昧甘爲光外之人耶懋謙日用眞見善能應用不孤本有不唯大師法身常住說無盡法門盈耳洞心卽可不出塵勞端居極樂矣又何於光外別見此樓耶卽老人此說大似日下挑燈畫蛇添足耳士其識之

無情佛性義說

予養痾匡山閉關謝緣空一子扣關而請曰某甲乞食人間聞士君子談佛性義有不信無情說法者有謂衆生佛性各各分具如大海漚不信圓滿具足者願請大師爲決所疑予曰固哉此義甚深難解難入非宿具上根種子者未易信也卽其所見亦佛所說但非了義之談耳茍不證信了義大乘衆請明眼知識未悟唯心之旨者則鮮有不作如是解也無情說法教有明言華嚴經如來出現品云辟如諸天有大法鼓名爲覺悟若諸天子行放逸時於虛空中出聲告言汝等當知一切欲樂皆悉無常虛妄顚倒須臾變壞但誑愚夫令其戀著汝莫放逸若放逸者墮諸惡趣後悔無及諸天聞已生大憂怖慚愧改悔且天鼓音豈有情耶而能說法覺悟諸天至若光明雲臺寶網各出妙音說偈讚佛乃至塵說刹說此又誰爲舌相耶卽光音天人全無覺觀語言但以光中出音各各辦事且光中之音豈從口出耶是皆無情說法之實證也又若宗門香嚴聞擊竹以明心靈雲覩桃華而悟道又從何善知識口門而入耶又云衆生佛性各各分具此亦教中有說但爲三

乘劣機覆相之談非究竟一乘極則語也即如華嚴經云我今普見於一切身中成等正覺且毘盧遮那一佛也一切衆生非一人也若衆生佛性各各分具則一切衆生各成一佛是則齊成有多佛矣若止一佛且是各具又何言一切衆生身中成正覺耶又云奇哉奇哉一切衆生具有如來智慧德相然如來德相法身全體也衆生具有豈分具耶三祖云圓同太虛無欠無餘此言人人與佛同體非但言佛也圓覺經云一切衆生皆證圓覺非特具也故阿難云我與如來寶覺明心各各圓滿所謂諸佛法身入我性我性還共如來合一月普現一切水一切水月一月攝一室千燈光光交映如此圓滿廣大法門昔二乘在座如盲如聾宜乎曲見驚怖其言而不

信也惜乎俗諦學佛法者多習口耳知見未有眞參實究工夫未悟廣大圓明之體即有所見但認昭昭靈靈識神影子把作實事且又執定血肉之軀封爲我相其實未開隻眼故生種種分別以權詮爲了義以已見爲究竟耳今不必論無情說法不說法佛性各具不各具豈不聞法界觀頌云若人欲識眞空理心內眞如還徧外情與無情共一體處處皆同眞法界但將此偈蘊在胸中一切日用六根門頭見色聞聲處一印印定久久純熟自然內外一如有情無情打成一片一旦豁然了悟是時方知山河大地共轉根本法輪鱗甲羽毛普現色身三昧心外無法滿目青山到此方信趙州有時拈一莖草作丈六金身用有時將丈六金身作一莖草用古德示

衆云大衆見麼即今十方諸佛歷代祖師一齊向老僧拂子頭放光動地斯乃禀明於心不假外也又何向含元殿裏覓長安耶空一子聞說歡喜踊躍作禮而退

四願齋說

四願者衆生無邊誓願度煩惱無盡誓願斷法門無量誓願學佛道無上誓願成之四者乃吾佛弟子修菩薩行者之所發也然菩薩非別人乃大心凡夫於塵勞中有志上求作佛者承教有言若要上求佛果必須下化衆生欲化衆生必先志斷煩惱欲斷煩惱必先廣學法門故此四事相與而有衆生乃佛之對也煩惱者衆生之本也法門者治煩惱之藥也以衆生無邊者因煩惱無盡也以煩惱無盡故法門亦無量也難度者願度難斷者願斷難學者願學三者既能則佛道雖無上亦可成矣是所謂四弘誓願有大心者方能發此大願具大願者方能建大業立大功成大名是皆以大行資願非虛願耳是四者非假外求乃求諸已而已矣何以明之以吾人自心本來是佛與衆生元無二體也因一念有我我一立則敵我者皆人人又一我衆我聚而衆生成矣衆生所本本乎煩惱煩惱堅執則我相益固我相固則人不亡我喪則人不立人不立則煩惱空是則我心煩惱若盡則返觀人我如空華耳我若空華則覓衆生若邀空華而結空果彼此求之了不可得矣所謂煩惱盡而衆生空斯則不度而自度矣是相與而無也然舉世之人莫不有我有我者皆以煩惱煩惱用事非眞心也然煩惱者

情也若斷煩惱而以煩惱之心斷之是借賊兵而齎盜糧也以情入情如以火投火名曰益多求欲斷之不可得也故不得不學法門耳法門者乃出情之法爲消煩惱之具所謂空法也空法者佛之心也所明之事佛之行也學佛者以吾人之心體佛之心以日用之事效佛之行是以自心之佛心學自心之佛行斷自心之煩惱度自心之衆生則如湯消水不勞餘力矣是則四願固難若返求之吾心中無不具足自不假於外也若知不假於外則吾人現前此身是有我也近而一家之兄弟妻奴遠而天下國家生民物類皆衆生也返求自心現前日用若以煩惱之心而爲之然於自身六鑿相攘况家齊而國治天下平乎苟即此一念現前以空法而用事則念念煩惱轉爲智光照了衆生同歸自性則與佛同體此則煩惱空而衆生盡衆生盡而佛道成民胞物與浩然大均又豈願爲徒設哉由是觀之出世之法在卽世而成吾人自今已往凡所作爲無論致君澤民未嘗一事一行不出四弘誓願無非成佛之行豈特爲操虛尚事耳目寄與而已哉某以此見志其有得於此乎

感應說

佛說一切世間善惡因果報應如影隨形毫不可爽而世人不信者謂爲虛談孔聖安命之說世有信者每每推算但求福利勝事則喜而惡聞其災患此惑之甚也殊不知死生晝夜三世輪迴如昨日今朝之事耳請以近事喻之譬夫請客凡設席之物無論精麤豐

儉色色預備現成則臨時陳列一一具足若少有欠闕必不全美此一定之事也人生一世正報身命延促依報家產資財功名貧富貴賤秋毫皆是前生修定今生所受用者不從外來盡是自作自受耳故曰若知前世因今生受者是若知未來果今生作者是世人自恃智能才技可以致功名富貴殊不知功名富貴非才智可致以吾前世修定今世偶因才智會合而然故得之而喜者惑也又吾固有之富貴功名而爲人之所破壞者則疾怨其人深恨其事殊不知我之福量所包者止此其破壞者皆非我分之所宜有亦或少欠彼人而失之以爲憂者則反怨天尤人以致結冤而不解者過也是知孔聖之安命卽吾佛之因果若知安命則貧富得失一切委之前定皆我自造則窮達壽夭皆吾命之固然若明信因果則今生受用一切皆我前世修成元非他人之可與亦非智力之可能卽有才智而致之者亦是我分之固有也如此又何計較得失而勞苦心慮妄積恩怨於其間哉若明智之士的信因果報應不必計其前之得失但稱今生現前所有以種未來之福田如世之農者擇良田而深耕易耨有種及時則秋成所穫一以什伯計此又明白皎然者但在所種之田有肥瘠之不同耳佛說供養佛法僧三寶爲勝田孝事父母爲敬田濟貧拔苦爲悲田吾願世之智士不必計已往之得失但種未來之福田苟能省無益過度之費節身口侈靡之財種之於三田之中不惟增長未來福德莊嚴則將現世亦身安

心樂爲第一福人也若能種福於三田再能留心於佛法以念佛而消妄想以慈悲而轉貪瞋以軟和而化强暴以謙光而折我慢如此則是大心菩薩之行也居士果能信此當稱最勝勇猛丈夫

張孝子甘露說

余嘗讀方外志謂混沌初分而人始生體有光明飛行自在吸風飲露不產五穀泉涌露降凝結如脂名曰地肥味若醍醐人食之甘嗜而無厭其體漸重不能自舉故地肥薄而五穀生五穀生而地肥絶矣人始穀食而情竇鑿欲火生故醇氣澆而露不甘泉不醴俟聖帝明王出天德合而醇氣守者故甘露降醴泉涌時則爲禎爲祥爲靈爲瑞感於人而應於天由是觀之今之瑞古之常也堯舜之世數致焉三代無紀春秋不載至西漢武帝降始以爲年嗣是代有之我明洪武八年聖祖詣齋宮祀上帝甘露降於圜丘之松杪凝枝垂懸其狀如珠其甘若飴乃敕群臣採而啖之命爲詩歌制論以紀之世廟亦然是知甘露之瑞皆見於王者之德而未聞降於野今龍山張子鳴球以篤孝感甘露降庭槐香美異常經旬不散其故何哉嘗試論之孝者天之經也地之義也民之行也孝德至而中和之氣育中和育而醇氣守醇氣守而天德合天德合而禎祥應故甘露降醴泉涌也夫孝一也自天子以至庶人本無二致第心圓而氣足者應之速久近亦然余故謂張子之孝自有所不知故禎祥應之如此久而說之者猶有所未至也嗟乎人心之溺也久矣然

靡不有此形有此形靡不有此性性既盡而孝德全而禎祥應而人有若張子者一孝與於家百孝興於鄉千萬億兆興於國以及於天下則人不減聖事不減古而天下國家可登於太上混茫均享華胥之樂吾將必謂露皆甘泉皆醴而飲啖隨宜不俟謳歌鼓腹又何以瑞應爲哉

不遷字說

門人梁四相稽首作禮乞表其字余字之曰不遷意取肇公論旨也余少讀肇論至旋嵐偃岳而常靜江河競注而不流野馬飄鼓而不動日月麗天而不周茫然莫知所指萬曆甲戌行脚至河中與道友玅峰結冬於山陰道院因校刻此論恍然有所悟入及揭簾觀風吹樹葉飄颺滿空乃自證之曰肇公眞不吾欺也每以舉似於人咸曰遷中有不遷者余笑曰若然則爲理不遷非肇公所謂物不遷也然既曰卽物不遷豈捨物以求理釋動以求靜哉梁生諦四相然萬物靡不爲此四相所遷而不遷之物非常情所可測識獨肇公洞見肺肝令梁生歸心法門其有志於此乎苟得不遷之玅則日用現前種種動靜閙忙逆順苦樂得失勞逸利衰毀譽以至富貴貧賤大而禍患死生則了不見有纖毫去來相也卽釋迦之分身觀音之隨應普賢之萬行莊嚴乃至世出世法一口吸盡又奚止於現宰官身而說法者乎由是觀之堯舜以之垂拱伊呂以之救民顏子以之簞瓢孔子所以無入而不自得也子在川上曰逝者如斯夫不捨晝夜嗟乎夫子此語眞長夜夢中木

鐸也肇公引而伸之老人以此字梁生能無負此語可稱聖門的骨子況法門乎

黄用中字說

黄生元衡余字之曰用中因爲之說夫中非有體安可用耶以衡視之其中自見然衡爲天下平萬物之準也人之所必信可不言而喻惜乎人知衡之可信而不知其用中在是猶凡人知食之可飽而不知可飽者味耳以味精而食麤也故曰惟精惟一允執厥中不知味則不知精不知中則不善用能用其中始稱大用黄生志之

歐嘉可字說

歐生與際遠來謁余少年勤苦余見而嘉其志因字之曰嘉可凡曰可者訓爲僅可僅則有所未盡非也夫人之欲于心者可則嗜之不可則厭之且心之嗜慾不盡不止亦有欲盡而不止者豈曰僅哉是古今之人雖在可中而不知其可也獨禪門向上一路以心印心謂之印可在聖人則曰無可不可然無不可者則無有不可者矣故舉世之人與物世與時時與命皆有確然不易之可苟知其不易之道則窮達一際險夷一致出處一時如斯則無不可者矣人能洞見此可則無往而非所遇也歐生知此之際名爲實際實際豈小可哉

士修字說

鄭生尚志問字于予予字之曰士修蓋志於道非修不足以盡道然道在吾人本來具足無欠無餘良由物欲蔚蔽而失其固有以致六鑿相攘六官失職此愚不肖者所不及即

有志者又或賢者行之過智者知之過聖人所以折衷之抑其太過引其不及歸於大中至正之體以完其本有不失其天眞故謂之修耳非舍此之外別有修也故曰修道之謂教是知聖人教人非有益於人也但就其所賦而裁成之因其所志而引發之以至於日用見聞知覺之間起居食息之內無非本明獨露之地苦於夙習而障之故卽其所明以通其蔽如目爲色蔽卽色以通之耳爲聲蔽卽聲以通之舌爲味蔽卽味以通之鼻爲香蔽卽香以通之身爲觸蔽卽觸以通之意以知蔽卽知以通之洗其夙習而發其本明譬如磨鏡垢淨明現然鏡明本具非因磨洗而增益之也以其所習者道故用志以啟之苟無專一不拔之志必爲習染所奪而日流於顚瞑邈然而不知返不足以爲人矣又足以稱士哉故予曰士貴乎志志貴乎修也爲士修說

徐子厚字說

徐生天載作禮請字余字之曰子厚因爲之說曰天乃吾性之本然者而言載者義取性能載物也傳曰致中和天地位焉萬物育焉蓋中乃性之體和乃性之德也吾人能致盡其性則體周而德廣則能位天地育萬物此持性分之固然第此性雖本具苟非所養則不能極廣大以盡精微故余取其厚者意欲深其所養以重其厚方能持載而不遺故曰風之積也不厚則負大翼也無力水之積也不厚則負大舟也無力然吾人本具性德雖天然廣大自非積養深厚則負大任也無力

是故古之豪傑之士賦特達之才者靡不刻苦勵志以淬其利器以待天下國家之大用以建千載不朽之大業所以光照百世澤流無窮所謂源遠而流長厚之至也以其性爲天地萬物之本故能盡其性則可與天地參方盡丈夫之能事能事畢則可名爲人否則與物同腐朽又何以稱丈夫哉是以聖人處其厚不處其薄居其實不居其華去華取實厚之道也故余字之曰子厚子其勉之

容我字說

天地至大萬物無所不容而且曰容我豈我獨不能見容哉雖然必有說矣昔人有云誰云天地寬出門惟有礙是亦有不能見容者非天地不能容我由我不能容於天地耳是以聖人并包萬物而不爲己有不爲己有是無我無我則無物無物則無物與敵無物與敵則物我忘物我忘則物皆我物皆我則我混於萬物矣以其混同故能容我此聖人之能事也唯忘機者似之故以此字李丈人

謝汝忠字說

章貢孺子名曰上嘉請余爲字字之曰汝忠謂移孝于忠固上之所嘉者也以孺子得丙而主丙火象君德也陽明而剛正外剛而中柔德之實也故曰柔嘉謂陽剛而陰柔君剛而臣柔此上下之正天地之和也以大來而小往陽求陰陰入陽故在卦爲離爲火在人爲心爲目心精而溢於目目視而主於心內外一也故君之求臣如心之于目臣之事君若目之於心是則內外一而用不異德合而功成故可嘉也否則殆已所謂耳視而目聽

則天君失守五官失職求其嘉也詎不難乎哉是知人臣之事君若目之聽命於心者忠之至也故予因其嘉而益嘉之以忠固可嘉也予觀孺子神邁而骨駿氣和而心泰大人之質也語曰大人者不失赤子之心也其實則預秉大人之象業已見乎儀容體貌之間即仲尼之爲兒戲陳俎豆設禮容豈非天有所授而人有以成之耶先生以是月送孺子進小學即諾此名予字之曰以忠先生欲予書此藏之珍襲將爲孺子之左券云

覺之字說

方遺民氏從父宦遊衡禮予問出世法因請法名諾之曰福心以心爲福田之本衆善之所歸如膏壤而生百穀也復請字字之曰覺之以佛者覺也古德云即心即佛以此心本來是佛因迷之而爲衆生是迷覺之變也吾人日用現前一念覺則一念佛念念常覺則爲常住佛不覺則永墮迷途失其故有如人有目而居暗室一無所見所謂顛瞋而不自覺者也以心是福田以覺爲種子日用不覺如有田不耕安可以望有秋乎吾故曰覺之覺之者種福之本也方子能覺則不辜本有乃福之大者也

讀達師洞聞字說

洞聞之語則遵文殊擇圓通以觀音耳根爲勝又以普賢心聞洞十方爲準則一以耳圓一以心洞也若在老憨分上看他虛空與眉毛廝結比比說法萬象皆聞則三大士一場懡㦬而紫栢此語亦無地可寄矣此處透得方稱洞聞

與堂主天香更字無隱說

堂主明桂舊字天香請海印老人易之以其近於俗也老人笑而應曰名是假名況眞非可名凡可名者皆俗耳因而罷去一日偶詣丈室白曰弟子夜來夢師爲更其字及問字何乃忘之矣老人復大笑曰生死涅槃皆如昨夢然所可名字者皆夢語也善知諸法如夢則一切名字語言無非夢事茍觀法如夢則佛法常現前因詺之曰無隱意取分明目前六根相對無非佛事且如靈雲見桃華而悟道香嚴聞擊竹以明心此皆卽聲色門頭而實證者山谷道人依晦堂和尚乞指捷徑處堂曰秖如仲尼道二三子以我爲隱乎吾無隱乎爾太史居常如何理論公擬對堂曰不是不是一日侍堂山行次時巖桂盛放堂問曰聞木樨華香麼公曰聞堂曰吾無隱乎爾公釋然卽拜曰和尚恁麼老婆心切此乃者俗漢從香塵而得悟入者堂主莫道從香塵而入者可字無隱其他又有隱耶仲尼又曰吾無行而不與二三子者是丘也參

虛懷字說

五臺竹林大師入滅之明年戊午門人大謙遠來匡山求予爲塔銘公授業京都西山碧雲寺碧雲爲王城勝刹四事之豐第一享僧中最勝欲樂者公能捨此而之寒巖氷雪中親近知識潛心佛法竹林門人以千百計獨公以末後光明不朽爲念其存心重本可知已及予與坐談扣其所蘊專注理觀謹於律行則其所趨又非世諦碌碌者比予甚嘉之先字愈光予嫌其衒也乃爲更之曰虛懷蓋

取其虛心而能受益也良以衆生長寢生死而不寤者直以沈瞑五欲積習濃厚煩滿胸襟故凡所舉措皆爲業資以其執而不化其所有則積垢益深垢益深而業益重積迷不已而苦道愈長終無返省何光之有究其所以其心不虛之過也聖人虛已以遊世者以能捨其所執耳所執既捨則心自空心空則境自寂心空境寂則物我兼忘我忘則無能執之心物忘則絶所執之境斯則心境求之了不可得虛之至也其懷若此則超然獨立而與道同遊又何一物之可拘纖塵之爲累乎然以無有入無有竗行冥符橫身爲物所謂不起滅定而現諸威儀此至人涉世之能事又豈止勞謙而已哉葢光而不耀者也

聶應如字說

聶生遊於達觀禪師之門師字曰應如予觀其字因知師所以授生者最上法門也乃爲之說夫如非相似之說葢直指吾人本體而言所謂眞如者乃一心之異稱也然眞則不妄如則不變故名眞如以其心光明廣大湛若虛空其體寂然乃至日往月來昏明相代雲行鳥飛風動塵起四時循環日夜無隙種種變幻起滅不停而空體凝然寂然不動吾人稟此眞如之性賴以成形而爲妄想遷流榮辱憂喜好惡喜怒疾病禍患乃至死生代謝種種變幻而爲遮障是則自體本如而今不如矣故禪師因其固有而導之曰子應當如故曰應如謂本來自如而今不如欲復本有不必外求但當如耳苟如其本如更何如哉是知吾人聖凡不隔端在迷悟如與不如

之間不如則凡如則聖矣般若云所言如來者卽諸法如義由是觀之不獨心體本如而一切諸法近取諸身則四大六根細而披剥則三十六物内外皆如遠取諸物則山河大地鱗介羽毛草木微塵極盡世間一切相狀靡不皆如故曰青青翠竹總是眞如鬱鬱黃華無非般若以此而觀則諸法本自如如諸法既如又何好惡當情取捨而爲生死之業所留礙哉所謂萬境本閒而人自鬧若能轉物卽同如來物轉則心境皆如物我兼忘聖凡平等生死去來如夢如幻與吾靈覺之體有何交涉是故吾人有志出生死者應當如也故曰應如子其識之

何希有字說

何生字希有篤志向道人能向道誠希有也若眞能見道則更爲希有余嘗讀金剛經至空生嘆世尊曰希有余甚疑之及尋其未歎以前並無甚奇特亦無玄妙語唯言世尊著衣持鉢飯食經行洗足敷座而已更無別奇特也空生何所見而驚歎若是此語千載上下佛祖註解不破忽被空生看破世尊行履處不覺失聲乃爾何生希有果何所見而希有耶苟如空生看破世尊處看破自家屋裏此葢家常日用過活事耳更指何法爲希有法何事爲希有事耶儻未著眼但以文字相而爭誇讚歎之恐他日回頭一覷則見又不希有矣何生乞法語以老人無法可說故因其說而說之以此

香林字說

大都慈善長老名眞孝達師字之曰香林請

予爲說余居五羊時見西洋番舶載旃檀至詢其所產則曰產香之國最毒熱而多巨蛇其蛇自毒熱莫可解獨賴此香以解之故盤附其上以得清凉香因蛇毒而亦盛且其樹孤生生處不生衆草獨香成林故古德云旃檀内絕凡材今達師以香林美孝字豈無謂哉惟我釋迦本師出世說戒定慧三學獨尊於戒戒品甚多獨尊梵網大戒此戒乃是教菩薩法非金剛心不能持之伏覩經開戒品以孝爲本故經云孝名爲戒謂孝順父母孝順師僧三寶孝順至道之法孝順一切衆生且律載戒品麤列五百細則三千威儀八萬細行佛獨指孝字爲本意謂佛子能盡此孝則一切戒品一心具足此豈非若栴檀孤生三毒熱惱燒炙身心無可解救至依于戒乃得清凉豈非若旃檀能消蛇之大毒耶孝生於衆生熱惱心地自體清淨以消煩惱煩惱逼而戒光圓豈非若旃檀生於毒熱之地自體清凉而因熱毒以成其香耶一孝全而衆戒滿戒滿而孝愈真如旃檀林故曰香林以之爲名不亦宜乎此乃達大師不說而說也余說爲贅

堅白字說

壽公爲京都住持雅志向上喜近知識雖未游歷百城而諸方名行尊宿至者無不隨喜可稱坐參往親吾法兄古梅法師師深器重嘗以堅白字之予因爲之說曰佛性之在纏如摩尼之墮瀾蓮華之處泥不爲煩惱穢濁所昏不爲五欲淤泥所汚蓋其自性天然本然清淨光明皎潔若此也而人者見穢濁而

不知摩尼之光明見淤泥而不知蓮華之香潔是以汨汨塵勞而不知自性之圓明也公生長塵中矯矯有出塵志心期極樂厭離生死是果一念孤明應緣常照方且卽塵勞作佛事轉穢邦成淨土又且亶以堅白同異目之哉雖然志不磨不堅心不洗不白吾人志不堅磨以忍心不白洗以戒若忍至無生戒歸自性自性清淨卽所謂磨之不磷者是也若磨之不磷則涅亦不緇矣堅則不壞白則不渝不壞不渝實相常住淨土無量壽義在是乎公果以吾言觀自心則懷中之物當自現前是不負其親友也不然則不獨負他人抑且自負公其勉旃是爲說

自性說

嘗謂人生而主之者性性一而品不一至有聖賢之分者以有生知學知困知之不同由夫習之厚薄故成有難易生知之聖故不世見學困之知正在習之厚薄耳故曰性近習遠其是之謂乎吾人多在學地其用力之功不必向外馳求當知自性爲主于此著力不能頓見自性當驗習氣厚薄切磋琢磨于根本處著力譬如磨鏡塵垢若除光明自現吾人日用工夫最簡最切無過於此故曰學道之要但治習習盡而性自盡耳以其自性本明更無增益唯在人欲障蔽貪瞋癡愛而爲種子沈湎其中故爲所困是知困非窮困之困葢爲惡習所困耳孔子曰不爲酒困此特被困之一端凡厥有生所困非一不爲諸障困便稱大力量人故學道人第一先具勇猛根骨如一人與萬人敵大似李廣單騎出入

廣庭吾人果於聲色貨利物欲場中單刀出入足稱雄猛丈夫以此言學但於不困處便見自性非是離困之外別求學知之功也所以禪家言立地成佛者乃頓見自性而已非是別有一佛可成佛者覺也即自己本有光明覺性能見此性立地便是聖人到此則不見有生學困知之異始是盡性工夫此性一盡則以之事君爲眞忠以之事親爲眞孝以之交友爲眞信以之於夫婦爲眞和施之於天下國家凡有所作一事一法皆爲不朽之功業所謂功大名顯者無他術由夫眞耳已酉冬暮予舟次芙蓉江上章舍黎子見訪覩其光儀瑩然氷玉溫厚和雅是其多生遊心性地習氣消磨故發現于形儀之表者如此即從此增進用力不已直至私欲淨盡之地聖賢不期至而自至耳若夫功名事業如響應聲似影隨形猶欬唾之餘耳故曰道之眞以治身其緒餘以爲天下國家是皆自性之眞光非分外事也君其志之

憨山大師夢遊全集卷第三十九

音釋

鑠 式灼切 闖 丑禁切馬出門皃 瓮 烏貢切罌也 嘬嚌 上楚邁切下作答切 瞀 莫候切 懋 莫候切美也 葑 方中切

憨山大師夢遊全集卷第四十

侍者福善日録　門人通炯編輯

疏

五臺山造沉香文殊菩薩像疏

伏以清涼勝境爲萬聖之道場大智文殊乃七佛之師表迹垂震旦道化娑婆作衆生之福田開人天之眼目皈依者福等恒沙禮讚者德超塵劫況復鏤形範像布施莊嚴者哉山僧某濫叨形服幸託靈山居中臺之極嶺開十方之梵刹感大士之威光裂多生之業網由是發心願造沉香菩薩一軀請置本山供養前來南粤時歷三秋弔影南遊途經萬里愧福輕而緣薄且事重而人微荏苒因循向無寸効今日幸逢南華之勝會仗六祖之慈光攝四衆之高人結十方之善果伏願貴官長者達士名流頓開智眼剖破慳囊捨心香一寸而價重三千嚴法身一毛而福延萬劫儻三十二相而多人共成則百千億身而一時頓現如是則人人盡歸金色界個個同熏般若香功德難思福緣無量謹疏

廣城西小福園募齋糧疏

切以出塵離俗不妨迹繫人間借假修眞自信心超世表但以五行現在四事應須無能感動天人必欲仰資檀越山僧某挂錫五羊城外藏修小福園中六時禮誦刻白社之蓮華三業精勤揭青林之貝葉惟以杜緣日久時值歲凶貴賤同災賢愚一劫閉門連日獨看瓦釜生塵兀坐經旬誰問香厨絶粒旣難分衛未免循方是以不惜千里辛勤普化十方長者幸生歡喜大破慳貪即一粒而至百

千萬粒共積須彌以一人而引百千萬人徑歸寶所即摶食而爲法食功德難量變熱惱而作清凉福田無盡金剛種子普布人天般若舟航齊登彼岸逆來順受虛往實回若能滿載而歸不負望風而至勝緣儻遇嘉會不常願隨發心諒無虛棄謹疏

造旃檀香佛疏

伏以法身非相托有相以明心妙行無爲在即爲而見諦苟非藉假修眞何以轉凡成聖惟我如來應世道化無方捨已從人隨緣利物建言靈鷲開優盋之名華遺範閻浮刻旃檀之瑞像遂使見聞瞻仰同出迷途禮念歸依共登寶所爰自金光東曜白馬西來覩像教以興心用莊嚴而表法所以琳宮徧支那之境紺像滿祇樹之園尊崇者自天子以至庶人悟道者若王公及乎群彙靡不布金殷重割愛投誠修行八萬四千門作福第一南朝四百八十寺靈隱居先山從西竺飛來猿向洞中呼出境同兜率勝出人寰山僧某蚤離塵俗託迹名山樂蘭若之清修志頭陁之苦行但以根機下劣未副上乘仰蓮社之高風效優填之故事敬刻旃檀香像安供菩提道場借以熏修依爲淨業像高尺六表丈六之法身普化十方植三祇之佛種然雖人人即佛須見佛而發心縱使個個有緣必遇緣而成就山僧不辭萬里遠至五羊跋涉艱難辛勤勞頓顧玆南粤嶺表名區奇珍畢集乃商賈之稠林山水鬱盤實文章之淵藪況此殊勝功德計所費不多豈無英靈豪傑脫體承當定遇勇猛丈夫全身擔荷由一人而勸

十人百人衆輕易舉從一分而至百分千分聚少成多雖因一佛以化多人多人各成一佛伏願貴官長者達士高流共生懽喜各發誠心直須打破慳囊勿使當面錯過捨身外之浮雲作自心之真佛但能一念肎廻光返照便見四八妙相端嚴優曇華再現三千菩提果頓超曠劫功非虛設福不唐捐惟決信不疑徑登寶所

修南華寺祖墖疏

佛土莊嚴雖是人天善果淨土布施即爲般若根基若非推果尋因須要求田下種但看目前世事豈有我作他收何勞分外馳求定是自修已得千年田地曾言八百主人三寸氣消始恨一生空過何如六祖真身直至而今未壞十方常住應知歷劫不磨香煙塞漢顯自性之光明寶墖凌空現唯心之淨土但以煙雲幻化誰保精色竆年風雨摧殘頓見柱根破敗若不爽時急救誠恐異日難支苟能革故鼎新便見轉凡成聖切念功非一力假衆力以合成事屬多人種各人之福果一甎片瓦皆爲最上良因粒米文錢盡是菩提種子只願隨心元無定法儻有勇猛丈夫亦任一肩擔荷將小就大接短補長同成一味醍醐圓滿十方海會便見七層妙墖涌現在於空中多寶全身入禪定於座上人天歡喜鬼神欽崇祝聖壽以無疆鎮皇圖於億載頓使西來祖意重拈出於天南東粤宗風再闡揚於嶺表優曇華現於三千金剛種培於百億功勛莫莫福利何竆願智者早發誠心冀功果速完當下敬持短疏普告十方儻遇有

緣請題芳姓

重修曹溪祖庭殿堂疏

伏以如來出世從兜率而降王宮法運開基自竺乾而來華夏菩提樹下爲成道之場祇陁林中乃說法之所黃金布地開檀度之門白馬馱經闢昏衢之路開三寶之良謨設一乘之軌範雖云極則猶在半途旣乎跋提示滅化緣將終乃偃建立之旂翻擊涂毒之鼓驀爾拈華發揮要道直指當人之覿體頓見自心播揚向上之家風發明本性禪道由此興焉佛法因玆備矣西天四七般若之道大通東土二三達磨之宗始著自嵩少以濬源至嶺南而衍派從此道被寰區化霑海寓者皆我曹溪六祖大鑑禪師之力也恭惟禪師德秉生知道光前聖遠自跋陁懸讖菩提樹植於宋朝智藥尋流寶林山開於梁代曹叔良效布金之遺事梵刹聿興陳亞仙捨坐具之福田叢林大振由是天王降紫泥之詔光昱林泉名儒施彩筆之文翰垂竹帛華夷瞻覩史之天龍象蹴經行之路偉哉勝事駕曠劫之津梁壯矣雄模立萬年之香火眞天下之奇觀實寰中之勝槪也自爾慧燈高照破永夜之重昏法鼓長鳴醒群生之大夢從來皈依如市崇祀若神歷代相沿千秋一日奈何盛衰有數興廢由人法化寖微道緣漸墜僧徒遭魔障以壞清修殿宇被風雨而隳壯麗柱根腐敗梁棟摧斜慨將傾之大廈殊非一木所能支嘅未合之良緣必假多人而可就寺僧其等生叨盛世早入空門託迹名山忝承末裔朝叅夕禮奉眞像於當年暮鼓晨

鐘繼香火於晚歲真覩生龍白爲風氣宛然悲此破瓦敗椽殿堂頹毀使大士飲煙嵐之瘴癘如來披霧露之衣裳山色靄清淨之身鳥語說無窮之偈青蘚徧長廊豈是莊嚴佛土蒼鼠竄古瓦難云極樂道場境雖觸事而真人乃即真而俗若不亟其乘屋將恐倏爾傾湫苟能葺故鼎新便見轉凡成聖是以發弘誓願運廣大心特重開寶地新佛日於中天冀再轉法輪駕慈航於苦海是以謹擇二十六年十月望日先啓華嚴勝會選戒僧五十三人坐千日之長期次化當代名公修殿堂一十二座祝萬年之聖壽使處處盡是道場願人人盡成佛果竊念非常之事須待非常之人希世之功必有希世之哲是以敬持短疏徧告大檀同修清淨之因共結菩提之果但以法無定相弘之由人財不拘多施之杜已嘗聞一滴之水與渤澥之潤性無坙芥孔之空與太虛之容納匪別離相者福報難思滯迹者功德不廣儻歡喜發心頓見一毫端頭現寶王剎若聲欬彈指即能一微塵裏轉大法輪如是則使曹溪涸而復漲慧燈暗而又明優曇華現於三千般若種培於百億寶林倍價於當年鷲嶺重新於此日贊助者福壽等於高深護持者功德同於帶礪布皇風於八表灑甘露於十方見聞隨喜齊登仁壽之鄉禮念歸依共到菩提之岸願心既廣福德無邊仰望仁慈同聲唱和謹疏

修曹溪五代祖師影堂疏

南華禪寺寶林道場六祖真身現在達磨衣盋儼存由二祖以至黃梅五代之傳至此自

唐以至於今日一派之水隨流爰立五祖之堂用表授受之緒兹者年歲既久苦被風雨催殘月化日遷頓見柱根腐敗若不乘時亟救誠恐異日難支苟能革故鼎新便見煥然奪目莊嚴樓閣涌現在于目前五祖全身入禪定于座上人天懽喜鬼神欽崇祝聖壽以無疆鎮皇圖於永固功勛莫筭福利何窮願智者早發誠心冀功果速完當下

書華嚴經接待十方疏

不動一步而心徧十方謂之坐桼不起滅定而現諸威儀名爲妙行是在當人自信不須向外馳求恭聞華嚴大經乃毘盧根本之法輪曹溪古刹爲六祖禪宗之正脉法界是衆聖之玄都叢林作十方之歸宿自古及今雲水高流禮祖而至者無時不有終年竟歲飲食安居因人而施者一向全無顧我老朽自到兹山最初以此爲念於山門外立十方堂一座資以接納四來其飲食所需皆出禪堂常住奈何一向執事不得其人混集庸流翻成穢土不唯有負初心抑且虛消信施兹者弟子明中發廣大心修普賢行願就本堂安居書寫華嚴尊經一部借此法恩收攝身心即以接待十方賢聖老朽聞之讚歎歡喜而謂之曰昔善財童子桼五十三諸善知識猶歷百城今子不離跬步而普禮十方世界諸來賢聖可謂最勝功德何幸生此末法住如是道場書如是大法修如是妙行積如是勝因可謂將此身心奉塵剎是則名爲報佛恩矣所願見聞隨喜者福等恒沙贊助稱揚者功超曠劫何況施七寶而作莊嚴列四事而

爲供養者其福又不可得而思議矣

高州電白縣苦藤嶺建施茶菴䟽

伏以人天路上全憑作福爲先生死途中唯以濟人第一甞聞戾門似瀣獨愛富而不敬貧聖道如天但周急而不繼富所以饑者易食故一飯而感千金之醻渴者易飲故壺漿而致扶輪之報此但有情人事尚乃感報如斯何況無爲福田功德豈可思議者乎茲者高州之北神電之南崇山插漢峻嶺横霄爲瀣外之咽喉迺羅菊之門戶當年客旅車軏不得並行今日經商足迹焉能獨往誠名利之畏途實盜賊之淵藪所賴嘉隆之歲已後王師破賊以來變險道而爲坦道易頑風而罽皇風雖往來有跋涉之勞且進止無豺狼之戒第以炎方赤徼瘴癘煙嵐加之以毒氣蒸蒸又值溫泉滾滾以致天涯行客如蹈火而赴湯遠戍征人若錯焚而履鑊摩肩接踵聯乘袂以成雲陟巘攀林誠揮汗而若雨脣乾舌燥思勺水如大旱之望雲霓咽燄腸枯得消滴若消渴而飲甘露况百里而傳一舍竆日而得半飡僕夫汗血輿馬沾濡舉目無親此苦莫告斯皆貪名逐利見得忘形秖知拈土作金誰解拋甎引玉况夫邊地下賤及蔑戾車俗好鬼而尚淫祠民輕生而喜殺盜雖尺布斗粟而取於人豈粒米文錢而樂施於己此其菩提種子轉見焦枯善根萌芽日嘆腐敗是故惡者愈惡而貧者愈貧迷轉積迷而化更難化比者幸逢當道諸大宰官博愛施仁濟人利物以斯道而覺斯民繼往聖而開來學擲浮屠於郡邑樹最勝之法幢建

赤幟於祇園作難思之佛事可謂不世之舟航迷津之寶筏者也山僧某因弘法而罹難蒙恩遣於雷陽投萬里之遐荒乃荷戈於電白爰登苦藤之嶺渴乏高原因思甘露之漿低回險道偶見苾蒭二衆築室道旁乃持香茗一盂肅恭馬首某也欣然飲泣愴爾興悲誰知瘴癘之鄉偶值天台之伴即稍憩於林間遂勒銘於石上（此時有茶菴銘書之於壁）由是發願願於此地大建精藍將即事以明心欲藉茶而演法自爾歲月云徂倏經二載乃於戊戌之夏遇高州司理萬公邂逅仙羊之城對談靈鷲之緒言及至此大嘆奇哉遂乞爲護法之津梁敢請作慈悲之檀越期重建其化城引衆歸於寶所且欲就穢邦而變淨土將乏石以易艸茅縱不勞金碧交輝亦要使法食兼濟但念功非一力必須緣結多人是以敬修短疏普告十方託善男信女稽首貴官問訊長者經商客旅士宦高人伏願發廣大心作難遭想且人人是佛只要自肯承當法法皆真何物而非布施不拘多寡無論精麤墜露可以添流輕塵而能足嶽雖權設門外三車假名引導使直透向上一路實是慈悲但能打破慳囊頓見莊嚴佛土往者過而來者息聊進一盂趙老盞中汎輝輝之白雪渴者飲而饑者飡強吞七碗盧仝腋下起習習之清風除熱惱而得清涼解疲勞而消困頓且以法水而溉菩提之種增長靈苗將善根而栽般若之田克成聖果從此襟懷灑落去住脩然可謂極樂之道場名爲懽喜之佛事布慈風之浩蕩掃盡瘴瀰之嵐煙懸佛日之圓明

照破昏衢之幻夢使闡提之輩消除殺盜之邪淫茂戾之儔不墮羅刹之鬼國一人善而多人善善滿邊邦一家安而大家安安攘澥宇同躋仁壽之鄉共覩熙皡之化以斯功德祝聖壽以無疆將此身心疇君恩之罔極福非虛設事豈妄談惟願贊成無勞顧佇謹疏

萬曆戊戌仲秋朔旦書於仙城之旅泊齋

重修南雄府太平橋普濟寺疏

伏以嶺表名區一綫引華夷之命脈太平古渡飛虹鎖百粵之咽喉寰中商旅何莫由斯澥外珍奇必經於此悲夫迷津浩劫寶筏誰憑苦澥狂瀾慈舟可渡恭惟太平鎮橋普濟寺者刱規往代事仰前修面迎淩水儼舍衛之恒河背負梅嶺宛迦維之祇樹搤南澥之源頭據雄關之勝概誠終古之津梁實長途之利涉也但以日來月往雨薄風殘世異時遷梁摧棟腐幻華易謝陽燄難留使三寶闕而不彰衆心歸而靡託今者幸逢仁人在位欲革故而鼎新君子存心將救偏而補獘山僧某敢執鐸以揚聲士庶高人冀承風而接響惟其人性皆善必待感而遂通然雖佛化有緣豈不求而自應是以敬持短疏普告十方伏望富貴者竭力用疇前世之恩貧賤者施工希植未來之果但願慳囊破處金剛種子露光明愛水乾時般若舟航登彼岸不拘過往無論經商菩提種個個圓成極樂國人人可到休言福比河沙且喜心歸實所功超有漏德載無疆祝聖壽於河山播流光於日月普願霜露所降咸服慈風舟車所通齊瞻慧日如斯利益贊莫能窮請註芳名冀垂不

朽

重建祇園寺疏

伏以十方世界處處盡是道場具眼者能見八萬塵勞種種無非佛事達心者自知況有布金之規範遵為古佛家風嘗思留帶之嘉謨正是宰官令則但以事隨機會道假人弘時節難逢良緣偶合茲者祇園古刹溯自唐朝誌載分明尊崇典祀恨山靈之不守倏墮荊蓁仗護法之有知忽開茅塞向遭五逆之子佛祖幾以無依今賴三尺之天神人幸而有託但以殿宇傾頹金像淒淒風雨香燈泯沒梵音寂寂朝昏山僧如鑑偶來乞食挂錫凌江開精舍于恒河敞竹林於負郭但廈大厦非一木之可成必假高賢合眾力而易舉拈寸艸而作梵刹自是天帝之爐錘剖微塵而出經卷除非普賢之作略伏望共出手眼各賭神通聚少成多由小至大直使鬼神輸運不讓須彌頓見金碧交輝宛成淨土轉變隨心受用在己感報以此為徵功德共垂不朽

湖心寺重建放生普願成佛壇疏

佛大慈悲普度十方盡法界眾生悉皆成佛故曰如一眾生未成佛者誓不取菩提此佛度生之願也般若云度無量無數無邊眾生俱得滅度實無有一眾生得滅度者此眾生成佛之實證也古今修行願成佛者多而現在度無邊之眾生者少以各各作念待成佛後方纔度生殊不知即今現在能以佛心而度眾生者乃真成佛之妙行也廣度眾生之行無踰放生一門在昔天台大師次則永明

大師甞爲吏時將官錢買生放以致不死此目前衆人皆知者自後至今唯雲棲大師能效二師之行其西湖古爲放生池今但濬三潭築隄作池取多分之一耳且西湖從昔以來爲歌舞地實酒池肉林之所今湖中有此三池所放衆生充滿其中是從業海中變出極樂佛國也而樓船歌舞過其池者曾不迴省一觀是猶然醉夢中也一心淨穢苦樂以之如唯與阿相去幾何哉其池有湖心寺寺有三墖寺已建墖未造隄未能防水也予隨喜池上讚嘆玄津法師之慈悲慨其功未底績大有感焉歸夜臥夢行隄上其沙襯足粒粒方面皆有佛字比隨行者不敢措足予曰爾等知大地是佛無下足處此正是汝修行時也因諭衆曰若聚此沙爲佛墖則施者與所施共登極樂淨土矣覺而思之遂發普度之想謂彼所放之生願彼脫苦成佛也且彼蠢蠢以佛視之況現在人人最靈最明者豈可以衆生視之乎何不願目前易度之衆生先作成佛之想以衆多之願度彼多多之衆生如是不唯所度更廣以合衆心守此池則所守益堅如此行願豈非心佛衆生等無差別之觀乎故設普化之方人施十錢一錢念佛百聲合衆心於一佛集多人成三墖所施者小所成者大是爲福聚功德之海此則以沙數之佛度沙數之衆生其力更大豈不爲最勝之佛事乎若由此而興起意將來盡此湖爲蓮池則此方衆生無論富貴貧賤一齊同生極樂佛土矣豈不爲妙行哉

重修龍華寺疏

古杭山水靈秀有宋建刹星列鐘鼓相聞而龍華居南屏之西南荔梁朝傳大士開𠠇千餘年矣司馬温公昔有祠於此今皆廢矣其地不唯居山水之勝而爲普陀天台之要衝十方雲遊必過之所惟錢塘刹竿相望求行脚息肩之地不易有也前伏午三空和尚至而愍焉江干居士洪雲泉延之於此𠠇未成而集者常滿居頃尋罷禪者廣坤發廣大心志願與建爲接待道場丁巳春予偶過此見佛像微妙莊嚴重生渴仰徘徊形勢皆御寨而面錢塘最勝處也十方行脚至此正力倦神疲求一暫息而不可得苟獲住足安身滴水霑脣如灌醍醐而飫甘露結此功德最勝緣也且見禪人慈悲慨切一時發心善男等各各踴躍乃最勝因也但寺功大而費鉅曰月長而衆多若非廣大檀那作難思佛事未易滿禪者之本願也予感而讚仰爲之開導凡宰官長者居士善男女等果能發希有心生難遭想割破慳囊莊嚴佛土是以不堅之財作不朽之業即捐身捨宅而龍神守之萬世不絶較之塵世之業千年田地八百主人者何啻天壤哉況作淨土之因緣成當來之佛種眞彌勒下生龍華三會中爲上首眷屬豈不爲出世第一最勝功德哉以人人有佛性各各具夙因定見今日之緣不肎當面錯過豈忍寶山赤手歸乎是在諸有智者頓發無量歡喜快著勇猛之力耳

刺血和金書華嚴經發願文

稽首遍法界十方及三際蓮華妙莊嚴清淨微塵刹大覺無上尊分身徧一切演説清淨

瀰圓滿修多羅性相了義詮離諸文字相七處九會中文殊諸大士刹塵數知識清淨賢僧衆我今布三業敬禮畢竟空惟以無緣慈照我真實願念我無始來流浪諸生死展轉處苦趣猶大旋火輪捨身與受身不可思議數所作諸惡業唯佛自知見今承三寶力儻來人數中六根頼完具心識多闇冥以宿微善根早出恩愛海猶入俗稠林如避溺投火內假善力熏心心願遠離外得法雨潤忽生清淨芽塵習熾盛故時復見乾枯良哉大善友與我如天授以此大因緣得出離熱惱同歸清涼界覲禮曼室尊樂住阿練若最淡寂靜處心想如猿猴轉見攀緣相般若力微弱難敵生死軍以是因緣故見行諸事行稽首蓮華藏圓妙最上乘誓發皈敬心盡形頂戴

受曾聞普賢行廣大不思議六種受持中書寫爲第一骨筆血爲墨紓於微塵劫積累如是經量等大千界我聞如是願難可與等倫但取血爲墨與金共和合書寫大經卷一字法門瀰以此殊勝因苦瀰爲舟檝願我此身血滴滴稱法性融入華藏瀰普閏衆生界我以手書持點畫心自在願此虛幻身恒得金剛體身似紫金山端嚴最無比聞名及見形心性大喜悅手如大寶聚恒出世資財七寶及四事種種皆充滿十方法界中所有諸衆生貧窮及病苦所求皆如意願我成佛時國中極清淨純一上乘人無諸惡道苦恒演此法輪極盡塵界劫我生末法中信心力微少恒與癡蓋俱難逃生死業善根未成熟儻落輪回中仗此殊勝因不墮諸惡趣常生淨佛

土不離三寶前早悟自性空頓超諸有漏凡所作所爲永離三毒障我以願力持直至未來際願我此經卷三災不能壞彌勒將下生光從此經出普照十方界六種大震動彌勒下生已初坐龍華樹此經從地出踊在虛空中字字出妙音說我本所願天人百萬衆咸稱希有事我時在會中爲演眞實義佛佛出世間最初三七日咸演大華嚴我當機第一我身雖幻妄從父母所生依此虛妄根作成眞實事願父如淨梵母如耶夫人諸佛下生時依我父母出師長度脫我法恩最上尊願諸佛會下我師爲導師我友最誠諦提挈行正道願友如文殊作第一知識檀那大信力廣施大資財願此諸智人永離慳愛苦諸佛出興世最初請說法不惜身命財廣修衆善業我作如是行仗諸執持者願此諸賢聖生生常不離隨在何佛國共興揚佛法凡諸見聞者讚嘆及稱揚纖悉善因緣同歸華藏瀣我發如是願廣大不可窮極盡未來時究竟心圓滿

放生文

生自生矣何以放爲又何以放生爲佛事耶裴休有言曰血氣之屬必有知凡有知者必同體故曰蠢動含靈皆有佛性以性即佛故殺生者即爲殺佛非曰殺佛謂殺生者無慈悲心即爲斷佛種性矣然彼蠢蠢之生將謂可殺殊不知自已本有明明佛性豈可斷耶以不殺之心慈悲心也慈即名仁悲即不忍不忍之心仁之端也故見生不忍見死聞聲不忍食肉聖賢之首唱奚獨佛氏哉儒以素

位故但遠庖廚佛以平等行慈故普及一切第放生者有執相忘相之差而効之者不無放生殺生之獘故法重忘相妙在隨緣宗本無住功嫌有漏果能遇緣即宗則觸目生機逢場佛事物物頭頭皆喜捨之門念念心心盡慈悲之境又何必拘會約以執功勛設限期以嚴規則哉明禪人久含此願願以此行之則慈悲日溥化境日寬持之十年當有無量童子而作供養復何疑哉

祭陸太宰五臺居士文

嗚呼受靈山之密囑來濁世以利生其來也不來故不露本來之面目即其去也不去唯留生鐵之心腸八十餘年逢場作戲恒沙妙德遇佛即宗以佛心而事君惟君爲佛以真心而愛物惟物即真故生平向上事不離幞頭角邊臨行末後句委付兒女子輩惟公現宰官非宰官之身愧我作比丘非比丘之相然雖道路各别其實養家一般感公將行未行之際飛半紙嶺南之書令我於空不空之中引一滴曹溪之水作甘露之供獻灌頂之尊嗚呼平湖滿月覩清淨之法身天樂盈空吐廣長之妙舌納斯法味用鑒蓮心尚饗

祭大中丞順菴胡公文

嗚呼痛哉公其生耶死耶反復求之而不得其故也忽聞公訃適言公死及讀公易簀詩則公明以不死告人而人不知唯我明明知公不死言之而恐人之莫我信也嗚呼悲哉顧我與公偶爾值於大化之中三十餘年如一日益亦奇矣始而遇公於首陽之野一見而心莫逆驟爾語公以一禍福齊生死時則

公已怡然有當于心既而再索我於清涼之山跏趺於千尺寒巖之下談笑於萬年積雪之中嚼堅氷而飡糎糲浩劫一息時公已有登天撓霞之思超然遐舉之想矣第未知其祕也未幾余因訪公於雁門坐轅門如處空谷連牀共被三月不違日夜發以緒言時則公已了然默契於心由是而知視軒冕如塵垢身世如蜩翼也遂相期我於東澥之上飡朝霞而結樓居已而公果以我脫塵鞅我則以公忘去就當是時也與公遊戲於海印光中萬里長波皎然一碧儼若臨寶鏡而履琉璃坐蓮華而居淨土不知此身之在天地外物之在此身其樂殊未央也俄爾天帝怒我以輕鑿混沌散樸澆淳乃罰我於九死放我於瘴鄉時與公永訣矣公以我爲必死將託楚些以招之忽爾十年如一息時時知公思我結想於寒雲哭我積淚如長河而殊不知我之與公遨遊如宿昔居然眉睫寤寐無間於毫髮也嗚呼悲哉是歲五月公走尺素慰我於萬里我遣侍者訊公於七月我樂懷公詩則曰酷以維摩病裏身書至而公已示疾矣公把我書誦我詩時公在口期月而逝是我慰公以生平公永訣我如對面斯亦奇矣我昔訣公不若公今訣我也使我思公哭公豈不若公之思我哭我耶公之生也不偶然負高明之見抱不世之才忠在社稷心在蒼生公之世有盡而才未盡形化而心不化也如公之臨終詩曰靈根常劾月華明以此觀之視死生如夜旦千古如一日也惟公神遊太漠聽鈞天而居廣府似飛仙而壽無極其

視昔也如糞壤孰知公今之樂殊絶勝於疇昔耶公既樂矣余復何悲嗚呼哀哉尚饗

祭達觀大師文

維萬曆四十四年歲次丙辰十一月庚子朔越十有九日丙戌前瀨印沙門辱教德清謹陳香積之供致祭於紫柏尊者達觀大師之靈曰嗚呼惟師之生也不生乘願力而來師之死也不死順解脱而去去來不落常情生死豈同世諦以師之住世也秉金剛心踞堅固地三十餘年家常茶飯脊骨純鋼千七百則陳爛葛藤鼻孔殘涕推倒彌勒釋迦不讓德山臨濟爲人極盡慈悲臨機絶無忌諱誓護法若惜眼睛求大事如喪考妣不與世情和合便是真實行履晏坐水月光中獨步空華影裏初訪予於東瀨也頓脱形骸既再晤於西山也搜窮骨髓當予榻之未形也備告以隱微及予難之既發也將爲我以雪洗且疇宿約於曹溪將扣閽於帝里冒炎蒸於道路兮望影響而進止乃設法以多方冀出予於九死嗚呼師之爲法門也實抱程嬰杵臼之心師之爲知已也殆非管鮑陳雷之比予荷皇仁之薄罰兮在師心猶未已予被放於嶺表兮師佇候於江泚一見悲歡而交集兮如九原之復起予與師作永訣兮甘爲炎方之厲鬼師囑予以寧志兮冀幽鬲之再啟予揮涕以臨長路兮師執手含悲而不語維時闗山一別兮日月若矢心知師之不我忘兮每丁寧其無以師以願力所持兮誓不負其本始乃斂太阿之光燄兮不願放於塵滓冀和璧之必信兮不惜隋珠之輕抵將扣君門

兮九重倏颷風兮四起陸瀰波騰龍蛇披靡玉石俱焚法幢傾圮師登八道之康衢兮忽遇長蛇與封豕皇天實鑒其衷腸兮唯見逞於庸鄙幸此心之一白兮聊以發其蘊底師實曠然何憂何喜逆順隨宜死生遊戲何夙負之相尋兮信前緣之固爾悲五濁之不堪直一行之可恃乃盥漱以趺坐兮遂寂然而長往矣嗚呼痛哉師既不以禍患攖寧又何以去來爲事撩手便行全無議擬惟師以金剛爲心故留不壞之體有予弟子奉師以旋兮就雙徑以歸止予聞訃以摧心兮望長安而頫涕欲親禮於龕室兮奈業繁之羈縻擬生還以慰師靈兮忽星霜之踰紀匪此心之暫安兮第因緣之不我與頃幸遂其本懷兮始得陳辭而致誄嗚呼痛哉師何死兮我何生我不來兮師不寧形骸異兮共此心幽冥隔兮終合并誓同歸兮踐淡盟寂光朗兮師安住我頂禮兮展哀慕陳香積兮灑甘露師臨機兮願來赴光明兮照曜翹勤兮延佇哀哉尚饗

祭雲棲大師文

嗚呼師本不生亦無所去以力持身順因緣故欲瀰波騰火宅燄熾師展願輪特來救濟出示塵勞早歸慈父一登覺路如白牛步視愛如唾觀親若冤彼蠅聚者孰不瞿然法界爲家含靈是宅物我等觀無二無別開甘露門指歸淨土鱗甲羽也一齊頓赴悲正法眼翳彼戒根以金剛篦刮垢剔昏三千威儀八萬細行於二六時悉令清淨身爲衆目心爲大宅十方來者癡狂頓歇四十餘年法幢高

豎一雨普滋藥草諸樹纔霑一滴枝葉並茂但有得者畢竟成就我觀吾師如獅子王高臥堀中群走慞惶我又觀師如藥王樹凡有親者必瘳沈痾嗟我末法慧日久沈師於長夜持大智燈佛本無心心付在師薩埵無行行託師持故師應世一味無我即住百劫於何不可嗚呼師以緣現緣滅即去悲此群盲失所依怙我數千里遠持辦香展布五體敬禮寂光師悲同體以我知音願鑒我誠來格來歆嗚呼尚饗

祭金竹續芳聯公文

嗚呼公秉願輪生堪忍界蚤遇明師頓離恩愛發堅固心償慈悲債放身空山饑寒是耐敬守師訓躬身負戴志供十方平等無礙剪荆棘以成叢林驅狐兎而揚梵唄衲子雲臻天龍拱衛飯積如山來者飽飡如量如空居者無外具精進力至老不懈一身如寄毫無沾帶擬將攜手同歸何期先行不待撩起便行何等慶快遺金剛幢常住不壞法身湛然寂光自在惟靈不昧鑒此感慨嗚呼哀哉尚饗

結社念佛修四十八願同生淨土文

伏以唯心淨土處處道場自性彌陀人人具足只爲塵勞遮障人我是非故感土石諸山穢惡充滿使本來清淨之體昧却當人圓滿智慧光明一毫不現終朝業識茫茫逐日境風浩浩但知受用目前誰解修因身後故我樂邦教主阿彌陀佛因地發心厭斯堪忍立四十八願願願度生修十六觀心心作佛令人人知心是佛豈向外求使個個了願即

眞盡歸自性推倒人我之高山感寶地一平如掌打破塵勞之幻夢生蓮華廣大如輪我心清淨彼土現成休敎過後追思只在現前結果不分男女總證菩提但是有緣皆登寶地但以天生彌勒猶須授記靈山自然釋迦也要莊嚴佛土痛念生居五濁命不保於須臾罪業多端苦難逃於長劫雖父慈子孝只顧各人兄愛弟恭豈能相代縱有富貴榮華到底總成一夢深思至此實可悲酸是以發願修因必欲一生取辦既知諸行無常豈可仍前貪戀已悟自心是佛只須直下承當攪長河爲酥酪元在當人變大地作黄金實由自己伏望願心如佛即是佛心因果皆眞必成眞果發一願而四生九有同出苦輪施一滴而八難三途通歸樂土花開見佛如母子之馨香妄盡還源似冰霜之皎潔一心清淨萬德交歸大地山河總成極樂者矣

祭匡廬徹空師文

惟師之來也何事何爲惟師之去也何心何慮現比丘身坐斷乾坤作師子吼驚走狐兔當索我於清涼也雲滿溪山復歸師之舊隱也月圓蓬戸尚把九曲之珠擬待師而暗度何其一旦長行哀音忽訃嗚呼使我有口難開含冤莫訴以其同生而不同死同歸而不同住賴有匡廬山高法身徧覆彭湖水清三昧昭著然雖倒却刹竿且幸扶起露柱頓令五老長呼千峰率舞白鹿悲風黄龍泣雨愈卷恒舒欲隱彌露是則可贊而不可歎可笑而不可哭嗚呼師且暫休聽末後句打破寂光掀翻淨土再來撞著惡辣闍梨拖住定不

放師歸去惟靈尚饗

對曾九龍居士靈幃小叅文

萬曆三十六年五月廿六日當曾居士五七之辰同社友各拏香作禮請憨山和尚爲居士小叅居士聽麼佛説諸行無常是生滅法生滅滅已寂滅爲樂居士會麼居士住世三十七年所作諸行正當作時是無常耶作後是無常耶直至今日是無常耶若言今日是無常則墮斷滅若言作後是無常則不待今日若正當作時是無常則舉世皆無常矣何獨居士居士會麼若了作是無常則無常無性誰爲生滅無生滅者又何得而生死哉居士了此則今日正受寂滅樂時此則悲居士者皆生滅見也

爲達師荼毘舉火文

性火眞空性空眞火狹路相逢定沒處躲恭惟紫柏尊者達觀大和尚偶來人世誤落塵寰赤力力脫盡娘生布衫光爍爍露出本來面目荷擔正法純剛煉就肩頭徹底爲人生鐵鑄成肝膽死生路上直往直來今事門頭半開半掩六十餘年松風水月襟懷千七百則兎角龜毛柱杖饒他末後風流未免藏頭露尾撇下贓私誰料落在憨山道人手中今日特爲人天衆前當陽拈出大衆還見麼以火把畫○相云柱杖挑開雙徑雲通身涌出光明藏

珍重諸人著眼看者回始信無遮障

憨山大師夢遊全集卷第四十

音釋

搕乙草切持也按也　閼兵媚切閼門也　飫於據切飽也　蜩田聊切蟬也　摖桑轄切揮散也

憨山大師夢遊全集卷第四十一

侍者福善日録　門人通炯編輯

楞嚴懸鏡

首楞嚴經懸鏡序

原夫首楞嚴經者乃諸佛之秘藏修行之妙門迷悟之根源眞妄之大本而其所談直指一味清淨如來藏眞心爲體蓋此心體本自靈明廓徹廣大虛寂平等如如絕諸名相聖凡一際生佛等同迷之則生死無端悟之則輪迴頓息是以吾佛證此愍物迷之故假大權發啓斯教大開修證之門曲示歸家之路是以一部所詮從始洎終不出迷悟眞妄二法然迷途萬狀悟有多門若剋體窮源不無其要至若從迷至悟之方返妄歸眞之指端在楞嚴大定三觀妙門若欲洞觀法界徹見自心觀體還源莫斯爲要慨夫文詞簡奧義理幽深雖諸家註疏精暢發明而學者貪程罔知捷徑致使理觀昧於陳言修習失於正受清不揆固陋志嘗刻意斯文杜絕見聞窮歷氷雪顧智識暗昧非敢妄擬聖心每於一線通途麤述鄙意庶潛修之士若攬鏡以照形願即事安心頓融藏性者矣萬曆丙戌冬

憨山頭陀德清書於東海那羅延窟

將通大義總啓二章（三分大義別具通議茲不繁列）

初大開修證之門（從初啓請至結經名）

次曲示迷悟差別（從精研七趣至五十重陰魔）

初中畧有四意

一示三觀之體　二示三觀之相

三示三觀之用　四結三觀之名

初開修證門中有四意者良以眞源湛寂絕

生滅之端法界幽玄泯聖凡之跡本無修證豈屬悟迷今依不迷之迷故立無修之修斯有無證之證矣葢迷眞逐妄遂沉生死之流今欲返妄歸眞須建依眞之行而此經者葢以一味清淨法界如來藏眞心爲體依此一心建立三觀依此三觀還證一心故曰無不從此法界流無不還歸此法界是以阿難示同未悟不達此心故一向多聞未得無漏不能頓拔生死之根遂溺摩登婬舍之難由是殷勤啓請三觀妙門故我世尊先示一心照明萬法而首告之曰一切衆生生死相續皆由不知常住眞心性淨明體又曰有三摩提名大佛頂首楞嚴王具足萬行十方如來一門超出妙莊嚴路觀此二語足見全經之旨豈非欲令先悟一心依之建立三觀修此三觀還證一心者乎洎乎一往所答雖多方決擇委曲搜揚無非顯示一心之源密陳三觀之體（從初卷至四卷中）因之起行造修勾引二十五聖旁通悟入之方勅選耳根正是最初方便（從四卷半至六卷初）是使初心創志則知觀相分明然後任運一心法爾淺深具有斷惑證眞高下之用（從七卷初至八卷中）修斷已極故結指觀門使始終一源不出楞嚴大定故以經名而繫之終焉此實通途之大旨也

初示三觀之體而此體者所謂常住眞心性淨明體即一眞法界如來藏心也先示此體爲所觀之境要依此體啓大智用故然此藏心具有三意一空如來藏二不空如來藏三空不空如來藏

一空如來藏者謂此藏性其體本空一法叵

得如摩尼珠其體空淨了無色相雖有隨方之色色不離珠以即珠故眞心本淨了絶妄緣雖有隨緣之妄妄不離眞以即眞故名曰眞空故爲觀者先示眞心以爲觀體能觀此體名眞空觀（經名奢摩他亦名體眞止）此從經首阿難啓請世尊許說曰有三摩提名大佛頂首楞嚴王具足萬行十方如來一門超出妙莊嚴路起一徃七徵八辯始則決擇眞妄且云妄不是眞以明五蘊身心不有世界本空破我法二執以顯本覺眞如以至三科七大會歸藏性然後眞妄和融方顯妄即是眞從淺洎深大段總顯空如來藏理（從初卷啓請至第三卷終）

二不空如來藏者謂此藏體雖空具有恒沙稱性功德包含融攝纖悉不遺如摩尼珠其體雖淨具有圓照之用而能隨方現一切色色即是珠以珠現故藏性雖空而能隨緣顯現十界依正之相相即是性以性起故名不眞空故爲觀者示此藏性以爲觀體能觀此體名不空觀（經名三摩亦名方便隨緣止）此從富那執相難性三種相續深窮生起之由委明循業發現之義總顯不空之體（始從四卷初至本卷故發眞如妙覺明性有半卷經文計一千五百餘言）

三空不空如來藏謂此藏性其體清淨能應能現如摩尼珠其體淨圓淨故非色以即珠故圓故能應非不色以即色故非色非珠而此藏性其體淨圓淨故非相以即性故圓故能現非不相以即相故非相非性名空不空非相故空非性故不空非即非離平等如如名曰中道故爲觀者示此藏性以爲觀體能觀此體名中道觀（經名禪那亦名離二邊分別止亦名等持此從四卷）

中而如來藏非心等起至即常樂我淨等文有二章數三百言然上三諦體雖不二舉一即三終帶名言猶存歷别未及一心之源難契圓融之旨必若離即離非是即非即則藏心妙性徹底窮源絶諸對待良以雙離則雙泯雙是則雙存存則三諦靈然泯則一心無寄寂照同時存泯無礙唯在忘言者可以神會絶慮者可以心通可謂妙契寰中泯同法界矣圓融圓融深思深思歷然不昧故佛開示已畢乃總告之曰上來所說藏性之理如此深妙如何汝等以所知心而能測度世間語言而能入哉且此妙理人人本具然雖本具隱而未現譬如琴瑟雖有妙音非妙指不能發衆生雖具妙心非妙觀不能顯且如我今證此眞心安住大宅圓照法界凡有動作皆是大用現前汝等迷之舉措云爲皆是塵勞業用故曰如我按指海印發光汝暫舉心塵勞先起此無他故蓋由不肯勤求得少爲足耳當機遂請何因有妄要顯妄元無因使悟妄不離眞亦似頭非外得然此天然妙性不假修成但能一念回光方悟神珠本有故隨結責戲論切勸修持乃曰汝雖憶持十二部經不如一日修無漏業如何自欺尚留觀聽而不修之是以阿難聞說疑惑消除心悟實相遂乃請入華屋攝伏攀緣冀得陀羅入佛知見等由是觀之大槩一徃開示藏性豈非欲令先悟一心依之建立三觀妙行然後行成解絶頓證一心者乎

初示觀體屬見道分竟

二示三觀之相者由前開示一眞法界如來藏心而此心體具有廣大智慧光明義故說

名爲智今以即體之智還照寂滅之體理智一如離念離相名一心源了無說示今約眞妄生滅之門會取返妄歸眞之路方便施設亦有三重以智照理故單以觀名約妄相以明故曰觀相

且先畧示觀門

一奢摩他空觀　二三摩鉢提不空觀

三禪那中道觀

一奢摩他名空觀者謂了一眞法界如來藏心本無生滅亦無諸相蓋因一念不覺而有無明因此無明生起三細六麤四大六根種種諸法而此諸法唯心所現本無所有但是一心心體圓明離一切相如珠中色本來不有以即空故故曰色即是空以色非色故色不異空故名眞空作是觀者名眞空觀

二三摩鉢提名不空觀者謂了根身器界一切諸法既是一心心體圓明清淨本然周徧法界隨緣顯現此則諸法當體虛假如幻不實如珠中色分明顯現全珠即色以即色故故曰空即是色以空非空故空不異色故名不空作是觀者名不空觀

三禪那名中道觀者謂依此寂滅一心照明諸法諸法法爾當體寂滅寂故名空照故不空如珠與色非色非珠名空不空非寂非照如如平等唯一心源湛然不動離即離非是即非即言語道斷心行處滅心心無間任運流入薩婆若海作是觀者名中道觀

次正示觀相文中大科爲四

初總示迷悟之根　二正示一心三觀之相　三略示解結之方　四廣示最

初方便

初總示迷悟之根者由前阿難聞佛開示已悟如來藏性妙覺明心圓滿周徧備在於已不假外求良以一向徒事攀緣不能攝伏今將思而修之不知造進之方故有請入華屋之問冀得直捷之門即可乘便而入因相而修故此科名三觀之相然世尊所示別無其方先令決擇眞妄分明然後隨宜調治故欲返妄歸眞造端不出二決定義意者葢原迷此圓明湛寂之眞心結爲四大妄分六根根塵和合虛妄生滅引起五濁業用煩惱使妙圓之體隔越而不通若群器參乎太虛湛淵之心渾濁而失照似塵沙投於清水此則本不分而分元不濁而濁矣今欲即生滅以證眞常旋虛妄而復妙覺要先以此不生滅心爲本修因照破生滅之原次審所結之根誰是煩惱之本若生滅入照則當下眞常若煩惱知根則迎刃而解斯則能照之一心心心寂滅所照之萬法法法圓通是以頓超五濁旋復一元若依此爲因心可圓成於果證然則所迷之一心雖是本圓周徧能迷之六根現前力用不齊今若即迷返悟就路還家固爾門門皆可窮源處處盡堪合轍良以初心昧劣不解圓觀必須直指當陽要在一門深入由是備顯六根優劣令審誰淺誰深淺則逆離而難通深則順合而易入果能入一無妄則六湛圓明諸妄消忘而一心清淨如是則吾家之故物可歸諸佛之涅槃可證矣

此後重徵一六意顯粘湛而妄發深窮生滅之根元再起斷見之疑驗出眞常之妙性斯

已密揀耳根以爲初心方便若一心守眞常而棄生滅則無上知覺應念圓成得一旦常光顯現而生滅圓離則根塵識心應時消落此實圓觀之秘訣破妄之神符還元之旨妙在茲乎是所謂返妄歸眞無出二決定義也二正示一心三觀之相阿難聞前第二義門生滅即常之說遂起何名結解之疑意謂生滅不常可說爲結今既常矣將何物而名結結既尚無從何物而名解耶蓋前以常爲斷此則執妄爲眞皆由不了迷悟同根眞妄一體故致斯問此實初心所混故須甄明令其觀相分明不墮空有之見要顯中道之旨方契一心之源故爾諸佛因而同告之曰使汝生死涅槃者皆汝六根所致也豈又更容他物哉直由迷悟之分故有結解之異耳如此

明言當機猶自未悟世尊因而解之曰根塵識性同一眞源縛脫兩途元無二致蓋因迷一眞而妄見六根知見立知即名生死了六根而本同一體知見無見斯即涅槃此實結解之元豈可更容他物然此雖明空有未極一心何則蓋一眞之性不屬生死涅槃如來藏中本無去來迷悟至若有爲起而無爲滅俱是緣生如目前之幻化無爲起而有爲滅盡爲不實若眼底之空花況非眞與非眞何有能見所見(能見六根所見六塵)然而根塵之間元無實體虛有其相故若交蘆是以結解同根聖凡無二汝試但觀交中識性(即第八阿黎耶識)空有何名蓋由明昧因依眞妄互立迷之而六妄同生悟之而一眞何寄良由此體甚深微細熏變難思執之則眞已非眞取之則非幻成

幻茍不取而非幻尚無不執而幻法何立如是則六根圓湛空有雙袪三諦圓觀是非齊泯妙圓之旨盡在茲乎此則是名金剛三昧如幻摩提修之而一念頓超擬之而諸佛同證此所謂十方婆伽梵一路涅槃門若欲徑登彼峭直造妙嚴唯此大定法門故應修而證入也

三略示解結之方

上來已示一心三觀之相乃佛佛成道之門令將思而修之爭奈初心不知直捷之方故有六解一亡之問遠啟選擇之談故我世尊精宣妙指巧示玄機聊綰花巾將成六結以明依一巾而有六結結若解而巾亦不存要顯依一真而分六妄妄若消而真亦不立何則良以真淨界中本無此事生死涅槃皆即狂勞顛倒華相故須真妄兩忘方可會歸中道直造一心之源耳故隨請解結之方審明下手之處除結當心以顯二邊無力當陽直入必須中道收功斯實入圓之要術破惑之利具唯其法門甚深恐難諦信世尊因而矢之曰我此說者乃出世微妙之因緣非世俗和合之麤相況我世出世法一一皆了元因矧此修行豈不知其節要如此功用不勞彈指而頓證無生不涉途程而徑登佛地是故阿難隨汝心中選擇憑在何根用此妙術解之諸妄何愁不滅恐汝不能圓觀頓脫是須次第銷鎔先且選擇一根以爲最初方便若得此根初解五粘隨脫而先得人空從此觀智增明然後成法解脫若所觀人法雙空則能空觀智亦泯斯實藥病俱遣真俗兩融三

諦靈然一心無寄如斯圓照任運冥樞是名從三昧以契無生即六根而證常樂直捷之指無尚此矣初心方便妙在茲乎

四廣示最初方便二十五聖一一皆是最初方便但觀音耳根一門堪合此方之機故曰廣示

阿難聞前開示觀相分明已悟隨根皆可證入然猶不知隨處下手做作之方抑又未達的指何根堪作此界當機最初方便且將剋志進修冀成道果庶不失此嘉會辜負密言亦爲遠益未來成就最後開示故有請惠秘嚴之問然此秘嚴之旨乃吾佛自證根本法門甚深微妙難解難思果海離言了無說示今茲曲垂指示須藉旁通故假二十五聖各說最初方便意顯三科七大隨處皆可還源大小三乘遠近一齊趣入且令諦信不疑托此將爲證據是以諸聖奉勑用解先登或析色體色以取單眞或即俗離俗要歸中道偏圓互煥星月交羅深淺齊驅牛羊共渡斯則門門總是圓通法法盡成解脫苟能入此三昧證是妙門隨處而常光普照應念而諸佛現前水流風動共演圓音世界山河普現三昧至此始知自他不二依正互融消習漏於刹那廓衆塵於一念無作之行芬披眞常之樂自現然此秘嚴利器付之勇猛丈夫有何堅而不破又何結而不解哉然雖正偏兼到順逆皆通不知此界當根誰爲要妙若是塵中作主非大智無以潛睁鬧裏奪尊非大悲不能下手故勑文殊揀選誰合此方之機唯獨觀音耳根可作最初方便何則原夫覺海澄圓圓澄元妙本無世界及與衆生直以一

念纔興空漚頓起諸緣不息三有齊生是以六處妄分諸塵妄隔使圓通妙體不得而圓通常住眞心莫得而常住矣若約妄法全眞斯則歸元之性不二柰何根機不一是以方便之路多門在乎聖性順逆皆通屬之初心不無遲速今者若就六塵而入六塵之體本非常住若依五根而入五根之性匪涉圓融若憑六識而六識生滅宛然若假五大而五大無知昏鈍若據見性雖則都攝六根然尚在能所未能忘照若觀識性雖則包含萬法猶存分別難以契眞今若剋合此方教體的示機宜速取三摩實從聞入何者良以聞根圓妙十處周聞聞處虛融墻垣莫隔音聲生滅聞性恒常寤寐一如身心不及此則可由聞性以證眞常從耳根而入妙覺矣況復此界衆生此根最利投機之指莫尚於茲良由迷本循聲故此流轉生死果能旋流無妄豈不頓契無生此是金剛三昧如幻妙門如斯秘密絕要眞修何不將聞以自聞聞豈肯畜聞而成過誤況聞非有體因聲以名若旋妄遺塵則性何名狀此所以一根既返源六根成解脫也其如六根幻翳三界空華今聞復而翳除則塵消而覺淨淨極光達寂照含虛根境皆空猶如夢事安有夢中之境而能留汝形骸耶大槩世間男女皆如幻以幻成雖見搖動全一機抽若機息而幻消則情忘而執謝圓明妙體當下現前諸佛衆生應時平等矣如斯妙利眞實圓通何不旋倒妄之聞機返自聞於眞性以成無上之道哉此是微塵諸佛一路妙門三世聖賢修行捷徑非但

觀音獨擅我亦從中證入是若將救末刼求出生死之人欲速成就菩提無過耳根爲最斯乃大小共由之門淺深同說之法但依此修超勝餘根眞實心要莫斯爲妙者矣於是當機聞說自心了然明見還家歸眞道路斯則觀相分明現前無惑柰何末來末法邪道亂眞其有依教信行之輩如何攝心軌則得正熏修安立道揚遠諸魔事故發度人之請遠益未來之機通會長途猶屬行門之事然世尊所答別無其方直以毘柰耶中三決定義所謂攝心以戒定慧是生三者圓明可超諸漏然前見道明心已開慧性修道方便定相圓明至其戒爲基本尚未明言今若得正熏修須憑定慧若欲違制行業必稟戒輪且夫生死之海滔天始於濫觴之念煩惱之林翳日生於萌蘖之根今若絕末停流端在塞源拔本戒雖多品四重爲根根本不生枝流自絕然而眞修以離欲爲本故先婬欲首懲生死以寃負相牽故次殺盜隨舉妄言矜俗貪愛潛滋委論酬償殺盜相若爲其求殞善根不成三昧故例屬重尤是須併斷若欲圓成修學必先持此氷清果能四事不遺自然遠諸魔事正行可成正定可入然而現行易制宿習難除是須誦我無上佛頂心咒此則顯密雙修三慧並運庶幾三障可破三惑可除而三界可超三身可證矣況此神咒功力速疾寔資但能依教加持破惑如霜遇日是以畧陳軌則令依清淨之師若要詳悉壇場必使衆緣具足身心俱淨事理齊修庶指日以取菩提剋期而成聖果妙圓之行誠在斯

矣歸眞之要妙在茲乎是故宣揚神咒使衆咸聞廣顯功能策令諦信方盡修道之門統收妙圓之行耳

二示三觀之相屬修行分竟

三示三觀之用者上來所説觀相分明得倚圓根即可乘便直捷而入依之造修任運一心法爾不無斷惑淺深證眞高下之用是故阿難聞前顯密開示得正熏修身心快然獲大饒益然猶不知如是修證未到涅槃始從凡夫終至佛地中間漸次名目以何而至是故請問五十五位眞菩提路要顯圓妙觀行有此能斷能證之力用轉凡成聖之功能故名三觀之用也然世尊所示先明二種顚倒妄類之因後示五十五位眞家之路所以然者何也良以妙性圓明眞源湛寂本無迷悟安有聖凡蓋由一念纔興則三有之空華亂起寸心方歇則一眞之幻影全消是所謂生滅名妄迷之則生死無端滅妄名眞悟之則輪廻頓息然且生死界寛總之不出一十二類涅槃道遠要之不過五十五程實由迷一眞而爲六想則二種顚倒相因悟六想而本一眞則二種轉依是號是故汝今欲修三昧直詣涅槃先當識此顚倒之因斯可圓成眞三摩地何則良由迷眞覺而成不覺故號無明遷無生而作衆生是稱顚倒此則本不生而生斯有無生之衆生本無住而住故有無住之世界是以迷輪不息則生死之業何窮妄念不休則遷流之世何已且既能以一念之迷妄動而六想横發輪廻於十二類生則可以一念之悟無生而三觀齊修證取於五

十五位由是觀之則衆生實約四蘊之心世界端指色蘊之質此則全憑正報以顯悟迷總屬衆生以明眞妄是所謂使汝流轉生死速證妙常皆汝六根更非他物意此豈非知見立知即無明本知見無見斯即涅槃者乎細尋大旨詎不信哉然全妄即眞顛倒具於妙圓眞心全眞即妄修證本於元所亂想故三種漸次因之而建立五十五位由是而進趣何也蓋六根相續端由婬殺爲因諸苦長淪直以盜妄爲本今將長揖三界永越四生必痛絕助因使正性剗而不發制止現行令根境偶而不行如是則根塵泯合心境俱空身土皎然自佗圓證此則始從觀行以至分眞永斷無明而躋妙覺然重重觀察位位研窮莫不皆以首楞大定三觀妙門單複圓修漸次證入者矣三觀之用無尚此耳一生取辦其在兹乎修斷已極故結歸觀心以終其請故曰是種種地皆以金剛觀察如幻十種深喻奢摩他中用諸如來毗婆舍那清淨修證漸次深入者也

三示三觀之用屬證果分竟

四結三觀之名者由前一往開示令其先悟妙圓心體依之建立圓妙行門藉此妙行圓修還證妙圓之體此則背塵合覺之行既終返妄歸眞之路明矣故文殊請問經目意在結指觀名何者蓋約世諦而談則明無得物之功是即有名無實若就勝義而論則理有當名之實斯即有實有名良以上來所詮之義若理行因果俱屬圓融然則能詮之文若教相名言皆歸究竟由其理趣深立故一言

難盡偏圓互煥五目方周意者前來開示要妙法門若剋體而名乃是如來藏心一實相印海眼眞經故名大佛頂薩怛多鉢怛囉無上寶印十方如來清淨海眼若就用而言則凡在有緣皆堪受度惑無不斷眞無不窮故名救護親因度脫阿難性比丘尼得菩提心入佛知見若的指因果皆眞則佛佛資成之始無非究竟指歸故名如來密因修證了義若合論體用廣大因果同時則舍染淨而不易自在難思具性德而無遺出生無量故名大方廣妙蓮華王十方佛母陀羅尼咒若據法身所演中道名言契之而頓紹佛家修之而不出大定故名灌頂章句諸菩薩萬行首楞嚴斯皆稱實以彰名隨德以立號要之不出一心統之不離三觀此所謂言雖請問經目意在結指觀名是則教理行果皆歸大定之源眞妄悟迷總入如來藏心者矣大事因緣莫過於此開示悟入無尚茲乎

四結三觀之名竟

上來七軸半文通科判爲大開修證之門開此四章良有所以顧初心草創誠非細詳若論宏綱略題大要冀潛修之士同志高人先請熟讀經文然後安心觀法覽斯文而通會忘言象以冥符願一旦常光顯現使根塵識消則佛法身心皆爲餘事矧此妄識依通豈非剩語者哉

已上大開修證之門竟

次曲示迷悟差別

上來開示一心眞源已徹三觀妙旨大通迷悟之狀悉陳凡聖之情盡矣然迷唯一念因

情想亂發而取七趣之升沉悟止一心因妄見横生而取五陰之魔擾故曰自心取自心非幻成幻法故我世尊眞慈痛發摘膽剜心精研七趣因情想而分内外多少之不同詳辯陰魔約妄見而顯心觀淺深之不一所以然者直欲吾人思地獄苦發菩提心知有涅槃不戀三界嗟呼人者苟能執此金剛寶劔如幻定門斬愛根於當下則三有之空華影滅世界乎沉extracted見剌於刹那則一心之幻翳全消虚空粉碎直使纖塵不立一念不存成佛果於今生消習漏於曠刼此所謂圓滿菩提歸無所得矣如是信受如是奉持是眞精進是名眞法供養可謂雄猛丈夫大自在安樂人也有何恩而不報有何德而不酬耶不然則墮復墮矣豈不痛哉

憨山大師夢遊全集卷第四十一

音釋

麤倉胡切　纖息廉切　肎苦等切　蹐祖稽切登也　複方六切重也　矧矢忍切況也　剠一九切

憨山大師夢遊全集卷第四十二

明侍者福善日録　門人通炯編輯

妙法蓮華經擊節

原夫世尊唯以此一大事因緣故出現於世所謂開示一切衆生各各本有佛之知見令其悟入即得現前實證唯此一事更無餘事悟此知見即登佛地故名一乘既如來出世唯爲此一大事故所說之法唯有一乘更無餘乘而一代時教其所顯者唯一乘理行因果而已由前四十年中根機未熟故所開示者特三乘理行由顯理未圓故行匪眞行而果非眞果皆非究竟佛慧但爲資發前導皆爲方便權設以爲入佛智慧之門耳然言雖方便而意實指歸一乘寂滅塲地如標月指故云我今知諸衆生有種種欲深心所着隨其本性以種種因緣譬喻言詞方便力而爲說法如此皆爲得一佛乘一切種智故是則凡所言說皆爲一乘柰彼劣解之機如言取執不得離言之旨故佛於般若會上多方淘汰根機漸熟故前此於楞伽會上說離心意識自覺聖智境界以破外道妄想之見以袪小乘名言之執直示究竟一乘實相離言之道直欲衆生現前頓證諸佛自覺聖智之地今則已蒙直指人人本有佛之知見即是諸佛自覺聖智則諸聞者易信易入根機已熟故於此法華會上依前智境直示妙行以爲眞因將欲依此眞因頓契眞果故最初建言即云說無量義經入無量義處三昧然無量義者殊非多多之謂也葢顯示此一乘自覺聖智境界離心意識限量故此則頓以離言

之智直示衆生令其黙識而悟入之可謂先以定動者矣然此智境非中道妙智不能入故放眉間白毫相光要顯示衆生日用根塵識界即諸佛自覺聖智境界故光照萬八千土然生死涅槃本來平等故光中圓現法界事相生佛始終昭然在目意在顯此實相心境乃諸佛所證衆生所迷即今欲令衆生現證故直指現前纖毫不昧至若天雨四花地摇六震可謂通身吐露徹底掀翻意要人人不言而悟當下薦取由吾人未離心識依然眼鈍頭迷難免分别不能諦信以依識分别故彌勒騰疑所以必問文殊者意顯此實相妙境非智莫證故也及啓問文殊迺引燈明之本始證今日之瑞相此則曲唱傍通已爲指點分明説破可謂後以智拔者矣柰何吾人知見未忘故於不言之道終難領會仍須復以言説而開導之是則凡涉語言皆方便也故世尊出定不得已而又假言説以欵啓之爾迺明告之曰諸佛智慧甚深無量其智慧門難解難入不獨一往四十年中所説皆爲智慧之門即今日入定放光現瑞之事皆入智慧之門也惟此離言之道唯佛與佛乃能究盡殊非心識思量分别可到既曰無量豈心量可知耶昔時曲説容可不悟今持直示尚爾瞢然信乎此智慧門眞難解入也何者以前無量無邊方便譬喻因緣種種言詞皆爲顯示一乗欲令究竟皆得佛智慧故柰何聞者隨語生解畢竟不能悟入今日之事以化緣將畢涅槃時至勢不容已故如來極盡神力而大發揚之直欲衆生明見自心了

悟實相見本法身各各現證盡捨如言之執究竟自覺聖智離言之處故始於一光東照顯法界之眞機終於四法成就證普賢之常德由是觀之則全經二十八品通爲發揮開示悟入佛之知見四字而所敷演者皆光中境界而已此外何有剩法耶所以然者由衆生本是佛之知見柰何本有而不知綱目而不見今欲返妄歸眞必須先悟本妙明心故先示理境然後依理起行淨治塵沙無明之惑方能證入然此眞理非智莫照故先依文殊大智以創始非行莫證故後以普賢妙行以成終故前二十二品皆顯示一乘圓理意將依此圓理而爲眞因後六品皆顯示一乘妙行意將依圓理而起妙行依妙行而成妙德智行寘合理智一如方證妙果故以普賢四行以收功所謂無不從此法界流無不還歸此法界故華嚴以信解行證爲成佛之基此經以開示悟入爲成佛之本由方便言說開示而發信從信而發解依解而起行行成解絶方能證入二經始終一貫意實相符由是觀之其顯理之文皆信解之旨也

然顯理有二十二品其序品者乃總示法界之眞機令其開悟而證入者也其從方便至法師九品經文雖曰三周說法授三根記其實別爲大開一切衆生平等佛慧也以此佛慧各各具足無欠無餘但能知此無不頓證故曰凡有聞法者無一不成佛若有以此法而教人者即爲大法師意顯此事雖則人人具足故如高原凡有鑿者無不得水此但正因佛性耳是須必籍緣因方能顯了而法師

者即緣因也但能心契佛心行契佛行所謂入如來室着如來衣坐如來座意顯能信解受持此等法者即是法師也故曰隨順是師學得見恒沙佛是則緣緣之中慧命不斷則可終期實證至若譬喻因緣種種之説者皆欲顯此常住佛性第一義諦一心之妙皆光中之境吾人日用之事耳故但有能信此法者即入法位所以乃至持一偈一句一念隨喜者我亦與授菩提之記故皆一一授記成佛唯是但因方便開曉令生信耳非由解行而證入也故唯授記而已然雖授記而又經多劫者葢顯理則頓悟乘悟併消事非頓除因次第盡所謂頓悟漸修者也以一念頓悟自心與佛無二即名見性成佛尚有無始以來歷劫塵沙煩惱無明未能頓淨故須經歷多劫方能究竟苟能當下一念頓斷無始無明即名歷多劫矣所謂觀彼久遠猶若今日以此法中一念不生三際頓斷古今一際凡聖齊平故法師已前十品經文總爲大開衆生佛之知見也

然但以言開曉聞者唯信其言而已未能明見自心之妙即有所悟乃應化之跡耳非見法身境界也所謂猶處門外止宿草菴終滯權跡故須宣示法身實報眞境使令頓見自心之妙方爲實證是則現寶塔品乃頓示自心以顯法身之象也所謂開方便門示眞實相欲令衆生知此見此實相眞境耳吾人苟破無明頓開心地即此五蘊身心便見法身眞佛故見七寶妙塔湧現其前高五百由旬此眞實相妙法乃法身所演以説無所説故

於塔中出大音聲以妙契法身故多寶印證宗本無住故塔處虛空聞無所聞故怪未曾有以此佛性常住不滅故塔中有如來全身以體即無生故凡有說此經處即皆現證以淨智妙圓故白毫光照十方以此智性人人本具各各不無故分身諸佛一一毫光照燭以心心寂滅故徹照十方世界盡是寂滅道場以法法皆真故三變八百萬億多國通爲一佛淨土到此則根境雙亡善惡齊泯故三途頓空天人不見恒沙性德本自圓成依正互融自他無礙故十方分身諸佛齊集其中然雖如是猶在半途以生滅之見未忘取捨之心未泯此所以願見多寶而未及見也此正古德所謂直饒做到如寒潭皎月靜夜鍾聲隨扣擊以無虧逐波瀾而不散猶是生死岸頭事何以故由生死幽關未能迸裂是須以無依智隨順覺性而開發之此所以釋迦住虛空中以右手指開七寶塔户也直使無始無明一念頓破囫地一聲虛空粉碎故如却關鑰開大城門如此則本有法身一念頓現故多寶如來全身不散如入禪定以感應道交故爲聽是經而來至此以生滅情亡真應不二故釋迦多寶共同一座惟此因緣人人本具各各不無故大眾願見多寶第以生本無生非情識可到故佛座高遠以住本無住故接大眾皆在虛空此乃眾生之性德故直示如此令其共知共見現證不疑斯則諸佛之本懷已露利生之能事已畢然雖如是迺空華佛事水月道場豈實法耶故即便唱言如來不久當入涅槃欲令此法常住終古

同遵意在得人期慧命無窮永永無盡故曰佛欲以此妙法付囑有在由是觀之則現寶塔一品正乃直示一切衆生日用現前佛之知見也

然此甚深妙法乃諸佛自證境界無上第一秘密之藏所謂諸佛智慧甚深無量其智慧門難解難入者此也故偈文廣讚此經最爲第一若有持者即得佛道方是眞佛弟子且曰能解其義者則爲人天眼目況實證乎斯則由信發解因開示而了悟此心故此已下從提婆達多至如來壽量五品經文皆發悟自心之象也然其此法已蒙開示人人本具各各不無奈何迷之已久煩惱根深我法纏眠頓難悟入是必借因緣而悟苦求而得是則提婆達多品乃顯悟無易難亦無愚智至若如來大智尚從多劫勤苦中來此悟之難也若龍女八歲當下頓證又何易易意顯有求者徒勞多劫亡心者悟在刹那只於生死海中一念轉變之力耳唯在法愛情忘分別念息自然了悟便登不退故龍女獻珠之頃即往南方無垢世界坐寶蓮華成等正覺也若夫憎愛之念未忘取捨之心未泯斯皆法執未盡我見未消是故不能悟淨圓覺此其鶖子智慧難免懷疑故說持品以顯小乘不堪受持此法難於涉俗利生意須上根利智廣大悲心難行能行難忍能忍妙契無生不言而喻者方堪涉俗故如來默視八十萬億那由陀菩薩此正激發小機昭廓大見耳而此菩薩頓契佛心便師子吼而願往返十方世界如法修行種種苦行皆當能忍且曰佛

自知我心所謂師資雅合水乳相投是則已得其人矣雖有堪荷之人若求而不得其方亦不能悟以煩惱根深最難調伏故說四安樂行以示悟之之方意令悟此法者先以三業清淨性戒爲尊必須心契佛心以大悲爲首故要入如來室行合佛行以忍辱爲先故要着如來衣然佛智如空無所依是必住依佛住安住法空故欲坐如來座方能頓悟此法故涉俗無難煩惱方能易破故如戰勝有功而得髻珠之賞也是須自信自心自發自悟方堪紹佛家風故從地湧出品乃顯自心開發之象也所謂從門入者不是家珍向自已胸中流出方始葢天葢地所以他方來者雖是菩薩猶尚不堪故云不須汝等護持此經我自有六萬恒河沙衆是時大千國土應聲震裂而無数菩薩同時湧出惟此恒沙性德本自圓成只在人人六根門頭放光動地應用不缺故有六萬恒河沙衆身有無量光明以根塵同源縛脫無二故先晝在此世界之下以中間無實故若交蘆故云虛空中住以現前煩惱皆從法性所流故云先所教化以事事皆眞頭頭盡妙故云大衆皆是唱導之首以一行徧融一切行一法徧含一切法故一一皆有多多眷屬凡有所作皆回向法身故各詣虛空奉覲多寶釋迦二佛頭面禮足以此妙契佛心故問訊世尊種種安慰而世尊印許如此方能得聞是經入於佛慧也斯乃法身邊事非心識可到故彌勒與八千恒沙大士皆起疑心而如來至此方大開秘密直示本元常住心地故云如來今欲顯發

宣説諸佛智慧諸佛自在神通之力諸佛師子奮迅之力故説壽量一品以示法身壽量竭盡本懷以顯妙明常住眞心不動周圓徧十方界隨緣普應妙化無方修短隨緣隱顯無礙以明如來智慧甚深無量以種種方便示現利生以明其智慧門難解難入之意也且云我處靈山常在不滅大火所燒此生安隱以顯實相眞境此非佛之知見又何能知此見此哉此佛之眞知見力自覺聖智境界所以大地三乘以思量心不能測度也宜矣是則提婆達多持品安樂行從地湧出如來壽量五品經文皆令衆生悟佛知見也明矣若夫分別功德以極顯妙悟自心無爲功德之勝益也然持經功德勝刹寶施福者此激勵小乘起慕大之心也多劫修行五波羅密不如聞如來壽量之功德者此策進權教菩薩令其捨權證實也其有一念隨喜功德福報難思者正顯此法以信得入也其有一念毀謗之罪窮劫不盡者所謂不信之罪衆罪之上此勸發闡提外道令發大乘正信也若有修行之功其福又不可量者意在專令凡夫一生取辦不生佛道長遠之怖也若能精持流通此經之法師則得六根清淨之功德者此迺揭示現證之一班以明精持利益又過於一念隨喜者也若常不輕可謂了悟平等眞如深造而自得者故以佛性種子普觀四衆而授記也到此揀擇情忘是非執謝可謂妙悟之極如此方能堪荷大事故説神力品以顯悟心功德難思之象也故地湧之衆至此方誓持經如來極盡神力而大發揚之

以顯悟心功德廣大不可思議也吾人苟能到此徹悟唯心境界則無一事而非佛法故如來於大衆前現大神力出廣長舌上至梵天也無一色而非佛身故遍身毛孔放無數色光遍照十方諸佛之身也至此境界則依正互融自他不二矣所謂無邊剎海自他不隔於毫端故十方諸佛亦復如是放無量光也十世古今始終不離於當念故諸佛亦現神力滿百千歲也如我按指海印發光咳唾掉臂皆冥眞際故謦欬彈指之聲徧至十方世界也到此則一切衆生皆證圓覺有情無情齊成佛道故彼十方八部天人皆遥見佛説此妙法華經也苟能了悟自心則轉煩惱之具皆作成佛之眞因故所脱嚴身之具皆成寶帳徧覆此間諸佛之上也心境廓徹限量消忘故十方國土通達無礙如一佛土也然吾佛極廣大之神力盡衆生之界門若欲以此顯示妙悟之功德經無量劫猶不能盡者以顯自覺聖智殊非心識之境界也以如來一切所有之法一切自在神力一切秘要之藏一切甚深之事皆於此經宣示顯説此所以極言一切有爲莊嚴功德總不若受持此經之勝也然所以廣讃持經功德之勝如此者言雖顯法勝妙其實發起二乘樂大之心也直欲人人極證心源方堪荷負大法耳故云是人於佛道決定無有疑故此以後即説囑累品以終如來出世説法之本意焉然世尊從法座起即以右手摩從地湧出無量諸菩薩頂安慰而囑之曰我於無量百千萬億阿僧祇劫修習是難得阿耨多羅三藐三

菩提法令以付囑汝等汝等應當一心流布此法廣令增益如是三摩諸菩薩頂囑當受持廣宣此法令一切衆生普得聞知者以一切衆生各各本具佛之智慧如來智慧自然智慧一向迷而不知令如來於此經中盡與開示無所秘吝所謂如來是一切衆生之大施主也且云未來世中若有一人能信如來智慧者即當演説此經使得聞知者爲令其人即得佛慧故也苟能如此方便度生可謂報佛深恩矣由如來叮嚀之意也殷菩薩奉持之心也切故菩薩各各歡喜益加恭敬乃至三反俱發聲言如世尊勑當具奉行願不有慮也是則如來出世本爲開示衆生佛之知見令其悟入而已今重重開示已至忘言而聞者解悟之心亦已洞徹此則衆生悟解之心已極在如來之能事已周若夫起行造修是在各人自肯耳故令十方諸佛各還本土各隨所安也尚有行證未圓故留多寶佛塔還可如故也此其二十二品通擬開示悟門以成信解之資故後六品通是以行成德是所謂先依圓理以發圓行後依圓行以證圓理解行相資方克究竟之果以顯入佛知見之極致也

藥王菩薩本事已下至普賢勸發六品經文皆明以行成德以顯入佛知見之象也然發行之初必以藥王發揮者以觀智之藥治煩惱之病智起惑亡應念化成無上知覺得大自在故稱藥王衆生所以不自在者以有我法二執爲礙故也二執有二一分别二俱生今既悟妙心以即心止觀之力淨破分别我

法二障即登初地故藥王然身破我執之象也喜見然臂破法執之象也欲破二障非淨智不能故所師之佛名日月淨明德了悟本有法身證平等真如故得現一切色身三昧此從初地以至七地之象也以此真如內熏故服諸香油以頓捨藏識故光照八十萬億恒河沙世界其中諸佛同時讚歎如此方名是真精進是名真法供養也然前七轉識既消則根塵俱泯故其身火然千百二歲此則入正法位不離佛家故復生於日月淨明德佛國中以常光照明故云彼佛今故現在此入八地之象也然而至此雖破俱生我執尚有俱生法執未忘而法身之見未泯故白言世尊猶故在世以法身不許彼此迭相見故雲門云直饒透過得到法身邊若法執未忘已見猶存亦是光不透脫此亦須泯故本佛於夜後分入於涅槃而喜見菩薩即捨兩臂此分破俱生法執之象也所謂分別二障極喜無法執俱生地地除以但破其執不破其法故兩臂還復如故此皆資法華實相三昧之力故廣讚此經功德真實妙利凡有修者無不獲益故如寒得火如裸得衣如病得醫也

若此法華三昧止觀之力深進不已從八地出當九地十地居法師位說法利生妙應無方所謂清淨妙法身湛然應一切故說妙音菩薩品以示現一切色身三昧之實證此示妙行出真入俗之象也問曰說此品時釋迦牟尼佛放大人相肉髻光明及放眉間白毫相光徧照東方百八萬億那由陀恒河沙等

諸佛世界過是數已有世界名淨光莊嚴其國有佛號淨華宿王智者何耶答曰此舉果以驗一乘眞因之象也按楞伽說如來最上一乘禪已乃云若聲聞緣覺能除一切過習覺法無我是時乃離三昧所醉於無漏界而得覺悟既覺悟已復入出世間上上無漏界滿足衆具當得如來不思議自在法身此法身即意生身也又云有三種意生身一三昧樂正受意生身謂初地乃至八地盡眞如際已捨藏識斷俱生我執安住心海起識浪不生自心寂靜住三昧樂知自心現境界無性是則前喜見者乃住三昧樂意生身之象也而彼現一切色身三昧者乃了唯心境界之象證三昧樂之意生身也此但能受三昧中樂故不能現一切身二覺法自性性意生身謂從八地觀察覺了如幻等法悉無所有身心得如幻三昧及餘三昧門無量相力自在明如妙華莊嚴迅疾如意猶如幻夢水月鏡像非造所造如造所造一切色種種支分具足莊嚴隨入一切佛剎大衆通達自性法故是名覺法自性性意生身三謂種類俱生無行作意生身所謂覺一切佛法緣自得樂相是名種類俱生無行作意生身由是觀之而妙音菩薩品乃示第二覺法自性性意生身之象也然眉間白毫者表中道妙智乃因心之象也頂上肉髻乃無見頂相無上果覺之象也以八地菩薩證一心眞如進至九地發眞如用得如幻三昧現身說法居法師位故名妙音以眞因心契會果覺故肉髻白毫二光齊放以入出世間上上無漏界故光徧照

東方百八萬億那由陀恒河沙等諸佛世界以法報齊證故名淨光莊嚴以清淨眞因妙契果體故其國有佛號淨華宿王智因果冥會則能以一音演無量法得十無盡句故此國菩薩名妙音也此位得如幻三昧及餘三昧門故得妙幢相三昧等百千萬億恒河沙等諸大三昧也以果地覺爲本因心故釋迦牟尼佛光照其身也以此位菩薩能憶念本願隨入一切佛刹大衆化通自性德故願往娑婆見釋迦佛及諸菩薩也以此地菩薩能現無量自在神通如妙華莊嚴迅疾如意故不起于座身不動摇以三昧力先於座前化作八萬四千衆寶蓮華也此菩薩非身現身猶如幻夢水月鏡像非造所造如造所造一切色種種支分足具足莊嚴故目如廣大青蓮華葉正使和合百千萬月其面貌端正復過於此身眞金色無量功德莊嚴威德熾盛光明照耀諸相具足如那羅延堅固之身也以此地菩薩十方諸佛所有法雲法雨悉能含受故所師之佛名雲雷音王以根根塵塵周遍法界具足法樂普於塵勞隨根示現故萬二千歲以十萬技樂并奉八萬四千七寶鉢而能承事十方諸佛淨佛國土故親近供養多佛也不動本際而作度生事業故現種種身處處爲諸衆生說此經典此正當九地十地以極等覺之象也以此示衆生日用現證之象故與俱來者八萬四千人皆得現一切色身三昧而此娑婆世界無量菩薩亦得是三昧及陀羅尼也以用不離體故還歸本土圍繞白佛也然此神通妙用只在四大根

塵之間身心轉變之力故四萬二千天子皆得無生法忍此正覺法自性性意生身之象也以出入三昧故有往來之相若夫觀音普門示現齊觀並照則無彼此去來之跡是則觀音妙應乃示種類俱生無作行意生身之象也然此意生身乃從等覺入於妙覺果海已得諸佛自覺聖智善樂深入妙莊嚴海逆流而出現十界身無思而應所謂妙相莊嚴聖種類身一時俱現猶如意生身土自他無障無礙故云種類俱生無作行意生身此乃入妙覺後大圓鏡智平等顯現故名普門示現神通之力也由觀音大士以如幻聞熏聞修金剛三昧力故生滅既滅寂滅現前忽然超越世出世間即得上與十方諸佛同一慈力下與六道衆生共一悲仰故能以一身普應一切故能三十二應四不思議十四無畏十九說法八難二求無不感應此妙行圓滿法華三昧之成功妙極於此矣寘心聖旨可謂理極忘情謂如何有喻齊到頭霜夜月任運落前溪信乎是法甚深與少有能信者惟深造自得者諦信不疑耳由是觀之至此妙行既圓因契佛心故感三種加持防非離過使行人外魔無擾內習無餘方能得二轉依克全妙果故說後三品以終其會也三種加持者謂神力加持法力加持現身面言說加持如次三品當三種加持則陀羅尼品乃神力加持之象也楞伽唯二種加持謂現身面言說及手灌頂神力以此經由開示悟入故須法力耳梵語陀羅尼此云總持謂總一切法持無量義乃一心之異稱而云神咒者乃

一切諸佛秘密實相心印即如世之大將兵符耳上根利智修行之士能一超直入柰何無始習氣微細幽潛雖以止觀之力而消磨之葢有深固幽遠殊非智力可到者茍非仰仗諸佛如來秘密心印咒輪而攻擊之倘內習一發則外魔易侵如此又何能出生死證眞常而入寂光淨土哉是故修行者無有一人不仗秘密神咒收功故也葢行有顯密前正觀之力所謂顯行此陀羅尼乃密行耳首楞嚴云若修行人習氣未除應當一心誦我悉怛多鉢怛囉秘密神咒此所以法華三昧妙行功圓世尊憂愍末法復說此陀羅尼品以深防邪誤是所謂以神力加持也首楞嚴云十方如來因此咒心得成無上正徧知覺十方如來執此咒心降伏諸魔制諸外道十方如來乘此咒心坐寶蓮華應微塵國十方如來含此咒心於微塵國轉大法輪十方如來持此咒心能於十方摩頂授記十方如來依此咒心能於十方拔濟群苦十方如來隨此咒心能於十方事善知識四威儀中供養如意恒沙如來會中爲法王子十方如來行此咒心能於十方攝受親因令諸小乘於秘密藏不生驚怖十方如來誦此咒心成無上覺坐菩提樹入大涅槃十方如來傳此咒心於佛滅後付佛法事究竟住持嚴淨戒律悉得清淨又云汝等衆生未盡輪迴發心至誠取阿羅漢不持此咒而坐道場令其身心遠諸魔事無有是處噫諸佛尚然況此末法業垢衆生乎以此神咒迺佛佛心印故皆云六十二億恒河沙等諸佛所說而說咒藥王爲

初者以此密印爲妙行之首故次即毘沙門説者以天王爲護世四王乃生死界之主毘沙門乃北方之天王也北方之卦爲坎坎者陷也以一陽陷於二陰之中以示生死險難之象故行人於生死險難之中而欲頓證菩提非神力加持又何以濟衆難出險道乎次即持國天王者持國乃東方之天王東方之卦曰震震者動也東爲群動之首易曰吉凶悔吝生乎動也論云動必有苦是則行人於生死動亂之中而作至靜之行苟非神力加持又何以臻寂滅之境哉至若南方之卦爲離離者麗也虚明之象西方之卦爲兑兑者説也若夫虚明悦豫之境則無庸加持故彼二天王不須説耳而此繼之以羅刹女者羅刹乃幽昧之鬼且飛行而食人肉者女則陰邪之至此示無明羅刹業習戕害法身今以止觀研窮化無明而作妙明心光故羅刹女亦以身自擁護受持讀誦修行是經者頓令無明三毒淨盡無餘所謂令得消衆毒藥也以妙契法身潛通法界故香供爲尊一切煩惱應念化成無上知覺故種種諸燈供養而爲第一此則六根清淨八識圓明故六萬八千人皆得無生法忍此皆神力加持之益也神力加持外魔既消苟非法力内熏又何能淨除内障證二轉依哉故説妙莊嚴王本事品以示法力加持之象也楞伽經云若不以神力建立者則墮外道惡見妄想及諸聲聞衆魔希望不得無上菩提是故初地至七地有相觀多若不加者則墮外道惡見其八地已上無相觀多若不加者則墮聲聞二乘之

地九地十地等覺不加不能入妙由是觀之則前神咒加持迺從初地至七地之象也故但言遠諸魔事今此品者迺九地巳上入妙之象故言二子轉父邪心而同出家乃本覺出纏之象也何以明之妙莊嚴王者乃如來藏在纏之象也今顯發本真故曰本事以如來藏本是妙嚴果體故今迷之而爲阿賴耶識名八識心王由此而有前六七轉識造種種業受種種苦若轉六識而爲妙觀察智則藏識無染汙可受故名淨藏若轉七識而爲平等性智則分別之見即消見分亦泯即得法眼清明故名淨眼此轉染令淨之象也轉此二識全仗止觀之力故淨德夫人者止觀之象也以夫人坤德也柔順之至多内助之力又始覺之象也以止觀内資隨順覺性淨治無明名曰淨德故所生二子能轉父王之邪心耳葢以此止觀之力乃法身菩薩得無分別心與諸佛智用相應唯依法力自然修行熏習真如滅無明故故所師之佛名雲雷音宿王華智其國名淨光莊嚴也以無依智淨自心體故二子涌身虛空現諸神變轉父邪心也以六七因中轉故二子先請出家而藏識中種子習氣蒙止觀熏習之力皆轉染令淨故王後宮八萬四千眷屬皆堪任持妙法華經也然如來藏所以不出生死苦趣者皆由六識所造業力牽纏故也今六識既轉則八識之生死因絶以本來無染故淨藏菩薩已於無量百千萬億劫通達離諸惡三昧也所謂無作無造無受者以本無性故以始覺有功本覺乃顯故其王得諸佛集三昧能

知諸佛秘密之藏以六七既轉而五八一時俱轉則四大根塵無不轉者故與王及群臣并四萬二千人一時共詣佛所也由轉染令淨解脫纏縛故解頸瓔珞以散佛上也以妙契法身常樂我淨涅槃妙德故於虛空中化成四種寶臺臺中有大寶牀敷百千萬天衣其上有佛結跏趺坐也葢虛空恒一眞常德也天衣適體眞樂德也有佛趺坐眞我德也放大光明眞淨德也四德之象居然可見至此止觀功圓同時出纏故王與夫人二子眷屬一齊出家此葢借法力熏習眞如乃緣因佛性耳故云二子以神通變化轉我邪心令得安住於佛法中得見如來此二子是我善知識爲欲發起宿世善根饒益我故來生我家此其善知識是大因緣所以化導令得見佛此皆顯示資緣因熏習之力也圓覺經云譬如銷金礦金非銷故有雖復本來金終以銷成就一成眞金體不復重爲礦故云我從今日不復自隨心行不生邪見憍慢瞋恚諸惡之心也一切塵勞應念清淨故爾時八萬四千人遠塵離垢於諸法中得法眼淨然非法力內熏又何以臻此哉故此品爲法力加持之象也明矣今行人既仗神力加持令外魔無撓資法力加持令內障不生內外清淨身心解脫妙行功圓則所證眞如與法界等是皆借果德以爲因心之力也因心既圓果德亦滿故說普賢勸發品以終其會焉

普賢勸發品乃現身面言說加持以顯入佛知見之象也以稱法界心修普賢行初發心時即仗此爲眞因故終得妙契常果然普賢

有二一謂道前普賢乃等覺位謂行彌法界曰普隣極亞聖曰賢此因位也二道後普賢謂稱眞法界曰普彌綸萬化曰賢此入妙覺果海不住涅槃逆流而出雖居果位不捨因門洒今之普賢也以初發心時即悟此體依此起行行起解絶故曰勸發然此普賢以法界爲身遍在一切衆生動亂妄想塵勞之中與一切人天神鬼諸魔眷屬而爲勞侶故從東方而來與無量大衆各現神通之力到此娑婆世界釋迦牟尼佛所也以法身眞際乃離心識處故云在寶威德上王佛國此離言之道今以法力熏習而由言説通達故曰遥聞此娑婆世界説法華經與諸大衆而來聽受所謂雖復不依言語道亦復不著無言説故云唯願世尊當爲説之也然而普賢如此請問世尊更無一言加答者正顯離言之道不容聲矣此正忘言絶證之象也故普賢即問於如來滅後云何能得是經向來一往諸大菩薩但問讀誦受持而已然未聞有言得之者今普賢即云得是經者足知由前解行於此證入所謂此品顯入佛之知見明矣然世尊所答得處不多亦不在多劫修行惟在成就四法於如來滅後當得是經如此而已四法者一諸佛護念二植衆德本三入正定聚四發救一切衆生之心如是成就四法於如來滅後必得是經且既曰當得而又曰必得是眞實決定不易之辭也然此四法者果何意哉而成就之速如此耶起信論云分别發趣道相者謂一切諸佛所證之道一切菩薩發心趣向義故略云發心有三種一者信

心成就發心二者解行發心三者證發心由前云汝等若能信受是語一切皆當得成佛道又云汝舍利弗尚於此經以信得入然而此經諸佛知見甚深秘藏非心所測唯許以信得入由是觀之此四法者乃信心成就發心者也華嚴云知一切法即心自性成就慧身不由他悟即得菩提此信心成就之謂也論曰信成就發心者發何等心略說有三種一者直心正念眞如法故此所謂爲諸佛護念也二者深心樂集一切諸善行故此所謂植衆德本也三者大悲心欲拔一切衆生苦故此所謂發救一切衆生之心也又云如是信心成就得發心者入正定聚畢竟不退名住如來種中正因相應此所謂入正定聚也既許以信得入是則以文殊大智止觀之力照自心源諦信唯心無外境界以此研窮是謂妙行以此妙行契乎妙智智行妙圓所謂正因相應其必得是經也宜矣是則前開解行不出信心信極道圓入乎妙覺正所謂啓明東廟智滿不異於初心此妙符華嚴始終無二故此普賢所勸發者唯此信心故言得經之道而如來示之以此四法而已又云是菩薩功德成滿於色究竟處示現一切世間最高大身謂以一念相應慧無明頓盡名一切種智自然而有不思議業能現十方利益衆生故如來滅後有能持是經者我當守護與大菩薩衆而自現身供養安慰其心其人若有忘失一句一偈我當教之還令通利也論云如菩薩地盡滿足方便一念相應覺心初起心無初相以遠離微細念故得見心性

故云得見我身又云菩薩從初發意乃至菩薩究竟地心所見者名爲報身此所謂以一切衆生所喜見身現其人前而爲説法斯正現身面言説加持也又云若有衆生能觀無念者則爲向佛智矣故云以見我故即得三昧及陀羅尼名爲旋陀羅尼百千萬億旋陀羅尼法音方便陀羅尼此究竟之實證也梵語陀羅尼此云總持謂總一切法持無量義乃一心眞如之異稱也論云心眞如者即是一法界大總相法門體所謂心性不生不滅一切諸法唯依妄念而有差別若離心念則無一切境界之相是故一切法從本巳來離言説相離名字相離心緣相畢竟平等無有變異不可破壞唯是一心故名眞如此所謂旋陀羅尼也又云一切言説假名無實但隨妄念不可得故此所謂百千萬億旋陀羅尼也又云言眞如者亦無有相謂言説之極因言遣言此眞如體無有可遣以一切法皆眞故以一切法皆同如故當知一切法不可説不可念故名眞如此所謂法音方便陀羅尼也旋者楞嚴觀音耳根圓通云旋倒聞機返聞自性旋澓也水之急流最深而有洄旋謂之漩澓以當急流而力能迴流漩澓淵源也謂念念生滅急流中而能念念隨順眞如不隨妄念流轉故如水之漩澓也論云若知一切法雖説無有能説可説雖念亦無能念可念是名隨順若離於念名爲得入然無念者正念也故終誡以應當一心受持讀誦正憶念如説修行正憶念者萬行之本信心之至也故若有受持讀誦正憶念解其義趣如

說修行當知是人行普賢行也以一乘實相佛之知見備殫乎此法身慧命不外乎是故普賢願以神通力守護是經於如來滅後閻浮提内廣令流布使不斷絶而如來即許之曰若有持受讀誦正憶念修習書寫是法華經者當知是人則見釋迦牟尼佛如從佛口聞此經典以極種種讚歎迺至不久當得菩提其効之速既如此若有不信輕毀之者其所得惡報之重又如彼是終許其以信得入也所謂信爲道元功德母長養一切諸善法惟此甚深秘藏無上法門唯許以信得入正謂發心畢竟二無别如是二心先心難故此經以文殊爲唱導之首普賢爲勸發之終此如來説法始終一貫之極致也

萬暦乙未春予以弘法罹難被逮圜中達觀禪師在匡廬聞報驚歎乃願誦妙法蓮華經百部以求諸佛神力攝受之也頃予蒙恩宥遣之雷陽是歲冬道經白下達師邂予於江上相晤于旅泊菴中夜談及此且曰願以我之心用公之舌可乎予笑而唯唯及丙申春抵戍所正值饑疫居不遑處且即從事楞伽而又奔走行間未暇了此公案然在白毫光中不離無量義處三昧也戊戌夏日菩提樹下弟子來從遊者十餘輩相與結夏於穹廬同誦此經幾二百部予時爲舉揚此事以開示之休夏自恣日弟子性澄請益其綱宗予因提絜吾佛言外之旨以示之且將以報達師知予所轉妙法華經如是而已老盧云心迷法華轉心悟轉法華然不涉唇脗一句正不

在紙墨文字間也時會聽者各各歡喜信受奉行梓之以廣法施普願見聞隨喜者同得現一切色身三昧云萬曆戊戌除日

憨山道人德清書於楞伽室

憨山大師夢遊全集卷第四十二

音釋

揿虛言切以手高舉也　窾苦緩切空也　瞢本空切晦也　鑿疾各切開也　囮戶卧切音和牽船聲也　鑰弋灼切　漩澓上音旋下音伏水囬漩也　殫音丹竭也　脗音閔吻合口也

憨山大師夢遊全集卷第四十三

侍者福善日録　門人通炯編輯

楞嚴通議補遺

首楞嚴一經統收一代時教迷悟修證因果徑斷生死根本發業潤生二種無明名結生相續頓破八識三分故設三種妙觀攝歸首楞嚴大定是爲最上一乘圓頓法門直顯一真法界如來藏性稱爲妙圓真心據此大定列爲三觀者以如來藏有三種義謂空如來藏不空如來藏空不空如來藏由此藏性迷爲阿賴耶識變起見相二分藏性在識名自證分由本性不染名白淨識爲證自證分按論真如生滅二門此證自證分卽是真如其自證分卽迷中本覺見分卽前七轉識相分卽虛空四大在外爲世界山河大地及五塵境在内爲根身爲有執受五藴之色受二藴見卽七識意根及六意識及前五識與同時分別意識今修楞嚴大定端在直破八識但此識體乆迷由相見二分結爲五藴根身及外世界五塵爲分别俱生麤細我法二執以執五藴根身爲我執貪外五塵爲我所受用及計有所作爲法執由此二執纏綿生死故今願出生死先破二執爲最初方便也故阿難特請妙奢摩他三摩禪那爲成佛之要佛特許以三摩提名大佛頂首楞嚴王此乃歷别而請佛據一心圓融大定而説也是知此經始終不出三觀究竟不離一心耳其經文雖未明言指歸其於破顯之文皎然明白第流通者未之究耳

三觀者經妙奢摩他卽當空觀三摩卽假觀禪那卽中道觀也皆云妙者意顯圓融三觀妙契一心舉一卽三言三卽一離卽離非迴出思議之表也今議此經通以體相用標顯者意在先悟後修故首標觀體欲令先悟藏性三諦理體依之建立觀相所謂先悟毘盧法界也次示觀相者意謂無相真心今全迷爲識結成五蘊根身器界有相之法要在卽相而修故修道文中單指五蘊六根次及三科七大一一皆是悟入之門也證果分中以觀用標者正顯所修三觀有能斷能證之力用也故愚所謂始終不出三觀者此也

問曰三觀以體相用分之者何也　答曰名雖三觀爲約如來藏三諦之理須以三觀證之其實總是一心故佛以首楞嚴大定許之意謂三觀不離一心也按起信論云有法能起摩訶衍信根所言法者謂衆生心是心總攝一切世間出世間法故不名心而名法然有法必有義以體相用三爲一心之義所謂三大是也以此真心其體廣大故言體大以此本來無相今現十法界依正因果事相皆是有相之法故相亦大以迷此心而成六凡悟此心而成四聖皆一心轉變之妙用也故用亦大謂令先悟此心之體佛謂開示此體以便造修故首明觀體也既悟此體了知根身器界一切妄相皆依一心建立今將所悟之體一一焰破妄相本是妙明真心故修但依妄相而修故云觀相正當修道之要也其

五十五位皆依觀心建立要顯此三觀有能斷惑證真之大用故爲三觀之用也以論勘經明文昭著妙契佛心故于判列無疑以見如來說法之本意且與行人易入也

問曰三觀體中攝經三卷半文且空觀一科即該三卷經文至若三科七大本如來藏似顯空理其初以徵心辨見發揮以至二種妄見種種徵辨者主何意耶　答曰此經統收五教即此一空觀體備該五教空理徹一代之談文簡義幽殊難領會故于通議備列破顯提綱使知節要至于破妄顯真經文止有卷半其義已收四十年前所說教義非淺淺也以吾佛出世說法四十九年談經三百餘會單爲破衆生我法二執耳二執若破即證涅槃涅槃者即如來藏寂滅一心也以衆生迷此如來藏心不生不滅與生滅和合成阿賴耶識此識具有四分謂一證自證分即一心真如二自證分即迷中本覺當論中覺不覺義三見分即前七轉識四相分即外器界經中地水火風虛空乃外五大爲世界内之根身即五藴衆生以衆生既迷此真心但認五藴幻妄身爲己身心妄執爲我名分别我執外世界五塵爲我所受用名分别法執此分别二執皆六識所計以七識乃六識之根依内外門轉其實二識通計也又有俱生我法二執此單屬七識計八識見分爲自内名我執修行妄有證得爲法執此二微細名俱生二執若二種二執破

盡乃可證入一心之原是名爲佛阿難既迷真心正爲二障所纏必須破盡乃是真菩提路故此三觀乃破麤細二執之具也其經文徵心辨見乃通破麤細二種我執二種妄見及後破和合乃通破麤細二種法執以此楞嚴大定乃圓斷五住煩惱齊了二種生死不比諸經有先後也以統收五教頓證一心故不論先後耳

問曰諸教別說先斷分別二執次斷俱生二執此言總斷者何耶　答曰七識乃我法二執之根依內外門轉若依外門與六識作根則有分別二執若依內門則執八識見分爲我此乃俱生我執此執至七地中乃斷八地已上猶有俱生法執者以七識具染淨二分義故七地斷者乃染分末那向執八識見分爲我者今此染分一斷則捨藏識名而此八識卽轉證真如名白淨識尚有淨分末那執此真如謂我所證得是爲微細法執卽後經云菩提心生生滅心滅猶屬生滅以執真如有所證得能所未忘觀智未泯尚爲微細法執此執若斷方入妙覺證一心原此義全合起信斷定甚明故云頓斷頓證

問曰此經破執之文向所未明從來傳者俱云徵心辨見而已至于二種見妄亦不知爲何而說也今通議雖明列破顯之科正當破執之義先後次第猶所未明請細言之　答曰所言精麤二執義關真妄二途總不出八識五蘊耳一代時教所破者唯此而已以迷一心成阿賴耶識此識具

有四分其前三分即五蘊身心世界其證自證分即所證真如今麤細二執唯破四分唯識攝歸一心爲極耳故勘定經文按此而破先破五蘊屬分別我執其破識蘊而俱生我執即兼帶其中共二種見妄乃破分別法執此凡夫二乘之所共執者故破二妄之後即顯本覺真心以此故知俱生我執已帶破在前矣至次章云汝雖先悟本覺明心汝猶未明如是覺元非和合生非不和合等此正破俱生法執即此經後云菩提心生生滅心滅猶囑生滅故此執一破則頓歸藏性矣故下文發明一一皆如來藏者意顯前破所顯者乃但空耳下會三科七大之文乃顯妙有實相真空義耳此實破妄之關鍵也細心深思乃見其妙

問曰破執經文科雖分截但通途次第尚未了然請詳言之　答曰分別二執即一切衆生所執五蘊身心世界此屬八識相見二分是也其俱生我執乃八識自證分向被七識内執爲我我者經中見精即自證體乃迷中本覺佛性故經中二妄既破即顯此本覺真心此屬緣因佛性從斷所顯者未是離障真如也以淨分末那猶執此覺爲我所證得此正微細法執所謂法執不忘已見猶存華嚴八地菩薩迷于真如理中必待三巧七勸方能捨者以異熟未空顯最難斷也即從八地進入等覺勘此經文二妄之後佛言汝雖先悟本覺明心汝猶未明如是覺元非和合生及不和

合意在破和合覺謂始覺合乎本覺名究竟覺猶屬和合對待故此和合一破卽顯如來藏性頓證一心之原矣是知八地已上乃破俱生法執耳論說佛有淨分末那義在此也其破分別二執之文從初請定直至破見精後通破五蘊身心而俱生我執亦在所破二妄之文單破分別法執其旨甚明

問曰初破五蘊而如來乃首約徵心而科云乃破色受二蘊意猶未明請直示之

答曰八識相見二分相乃四大見乃轉識以最初見分摶取四大少分爲我根身論中所指乃受執處遂成五蘊之衆生故經云一迷爲心決定惑爲色身之內者此也以色受二蘊正是執受所依之處名雖徵心意顯此根身本空非可依處欲修大定先須內脫身心故先破色受二蘊色身既破則無所執受則妄心無依故後進破六識爲想蘊耳

問曰徵心之後阿難重請奢摩他路如來放光復詰其心科爲破六識想蘊者何也

答曰初徵心爲破色受二蘊正破小乘身見意顯欲修大定必須內脫根身也以凡夫但認妄想爲心外道依此妄計小乘但斷六識上二界天人但滅六識故佛最初卽云一切衆生皆由執此生死妄想誤爲真實雖云修行不成聖果故修大定必首破之以此妄想一向執此根身爲所依處舉此執心在此身內被佛徵詰故有七處展轉之執今皆被破已顯四大本空則

色受二蘊已空矣唯此妄想乃生死之本故次破之意顯此想非空觀不破故阿難重請開示奢摩他路也未破之先佛放光明者意以此光爲定體也了此光明則妄想頓破不待言矣良由衆生昧此光明但用妄想種種顛倒故先標二種顛倒以爲所破之本意謂顛倒不生卽是如來眞三摩地故下所破者二顛倒耳仍詰其心者正顛倒之心耳以顛倒心起顛倒見故舉拳雙驗心目所在阿難但執能推妄想爲心故佛咄斥其非心結云皆由執此生死妄想等此正破六識當想蘊也下文隨破顛倒之見故阿難重請發明妙心開我道眼意在破妄見耳

問曰破見之文不知歸著請詳示之　答曰見乃八識見分爲前七轉識七識爲六識意根故七隨內外門轉外轉在六識爲分別見內轉執八識爲我爲推度見但有麤細不同耳先破凡夫常見二乘無常見外道斷見皆破分別見也屬第一顛倒猶係六識故此後文乃屬七識行蘊破推度見屬第二顛倒然分別見乃分別我執推度見卽俱生我執直至破識精俱生我執方盡破耳彼二種見妄乃破分別法執二妄之後破和合章乃破俱生法執也以證眞如但能所未泯有所證得爲微細法執科名拂迹入玄者意在泯觀心絕對待者然此二執一破則頓歸一心故下文三科七大一一皆本如來藏也

問曰破見之文科連六七二識似乎纏繞

學者難分辛指示之　答曰八識三分各識皆具以見分爲前七轉識故論云能現能見能取境界是以六七二識皆有見也前凡夫二乘外道之見在六識者正能取境界者也謂分別見論爲疎所緣緣其七識約八還以辨者正指能見謂推度見的指對相分而言者也其破見量乃約能現蓋能現相分而起見者故猶屬七識此量一破方泯二分而歸見精耳佛意甚深微細非微密觀焰不了此以在破妄門頭故應委曲搜揚耳殊非纒繞之説也

問曰破見文中先約八還以辨科云揀緣後顯見精亦科云揀緣經義不同而科同者何耶　答曰其科揀緣雖同而義亦攸別前揀緣者乃見分雜于緣塵之中一向能所不分故揀七緣乃所緣塵境其分別緣故特分能所各有所還而見性不無意指諸可還者皆非是見其不還者乃見性耳此但且分能所尚未的指見性爲見精也其次顯見精而揀緣者乃單揀相分乃八識所現之緣影不言見分意謂種種物像皆八識體中所現如鏡中景景鏡不分故揀去親相分之緣而見分自泯識體猶存故爲見之精者卽識精圓明者也此在通泯相見二分獨指識體爲見精耳此意幽深非麤心可領須細觀之

問曰其見量似屬八識現量故此一破卽云身心圓明不動道場于一毛端則能含受十方國土已至極則何以又有後文約八識破我等耶　答曰見量雖似八識現

量以能現見相二分者識論說爲親所緣緣若見相未泯對待未忘故應在七識耳其顯眞之文身心圓明正約破染污無知則不執取身心故云圓明一毛含受十方國土正顯離量故無障礙此乃分見真理其實未是極則也識疏甚明宜細詳之

問曰佛指見精爲第二月且云雖非妙淨明心如第二月何以見精方顯八識未破而經即云若能轉物即同如來于一毛端即能含受十方國土斯則顯理已徹何以八識未破而能如此耶　答曰此非淺智可知也只如初地菩薩纔破分别二執而藏識全在即能見百佛世界此後地地增進所見漸漸廣大豈非一毛含受十方國土耶且此識體本是真如但爲見相二分障礙今二分既泯識精圓明十方國土皎然清淨毛含十方更復何疑

問曰若能轉物之轉與轉識成智之轉爲同爲異　答曰轉雖同而所以轉則大不同也轉識成智之轉乃八識各有所轉次第先後單約識說此經轉物之轉不說轉識但約轉物以物轉則見分亦泯見分一泯前七識一齊頓轉元無先後次第也以見乃八識了别之行相前七轉識依此見而立故見泯而七識齊轉也所以然者相宗以識爲本此經會相歸性特顯唯心境界以一心真源爲本以迷一心真如而爲阿賴耶識故有見相二分由相分既立則見分取相分而爲衆生所謂自心取自心非幻成幻法今見分既泯則離執取故法

法本真一一本如來藏不待轉而自轉矣所謂不用求真唯須息見見分一泯則相分自轉爲一心真如故即同如來也所謂不取無非幻非幻尚不生幻法云何立此意幽潛微密觀焰乃能知之

問曰已知破見之意矣其破八識之文初云破我則令即物以推之又令文殊約是非以揀之其破自證則約自然因緣以破之其破識精又約明暗色空以揀之且皆科云以顯一真豈非重複耶　答曰非重複也以如來說教特爲破衆生之妄執前云種種顛倒則衆生之妄計非一端也其教不比禪宗一悟便了教中必欲委曲搜揚其妄中自有種種妄計故須一一說破耳其破我者以此八識二乘執爲涅槃我其未悟時又計蘊即離我外道計爲神我衆生通計爲生死我故今欲破此識故先破其我見也此正俱生我執耳然即物以令推其是非者以此識體全變爲根身器界之妄相本無二法故令即物以推其是非要顯本爲一真故令文殊發揚以絕是非之見以悟一真之理耳其破自証乃以因緣自然破之者以外道不知此識乃妄計諸法自然而生謂之自生無因生又計諸法因緣和合而生謂之共生他生皆不知八識之自體本是妙覺明心也故約自然因緣以破之此計一破則精覺自顯其破見精正是前所立二顛倒中識精元明能生諸緣緣所遺者故追破諸妄至此乃破又約明暗色空者正顯此識精能生諸

緣緣所遺者故揀緣以破要離緣以顯真心斯實破識之極則也且節節皆科云顯真者皆就破彼妄計則顯其真乃分顯耳非全體也佛言阿陀那識甚微細故非麤心可易會也宜深觀之

問曰破見精文中又約前塵明暗色空以破且曰說我能見及科顯始覺文中又復揀緣是則此與前破見分揀緣何別答曰此文似同而義迴別深所難明請細陳之前破見分對揀緣者乃見分執取所緣之境一向混而不分故今將破見分必先揀去妄緣妄緣既離則見無所執此見不泯而自泯矣以相與爲有相與爲無也二分既泯則見精獨存故的破之曰見見之時見非是見見猶離見見不能及而科云

的示始覺者以此見精乃是根本無明言真見見此見精之時真見不是見精意謂真智焰此無明之時無明不是真智且此無明乃真智所變切近於真而智尚離之故云見猶離見豈彼執取之妄見而可及乎故云見不能及此智起惑亡故科云的示始覺然破見精而猶揀緣者乃揀見精離緣也前云識精元明能生諸緣故今離緣方顯見精此緣乃八識親相分爲親所緣緣前見分所揀之緣乃疎所緣緣前乃變帶此乃挾帶了此相宗則此中理趣了然矣

問曰見精既破始覺之智已顯五蘊八識俱破諸妄已離而阿難何以又于因緣自然和合之計心猶未開而于見見重增迷

悶以此重請向下世尊徑說二種見妄不依所問而答而科云以破法執此義深潛實所難會請詳示之　答曰此中密意從來所未曉也以教說五蘊有假名有實法前來一往所破五蘊身心但說破執蘊之執情其所破者乃假名耳而此五蘊實法尚存故仍懷因緣自然和合之疑心猶未開至于見見非見重增迷悶者以見精乃八識自體爲根本無明故云陀那微細識習氣成瀑流真非真恐迷我常不開演此世尊一向不輕談者故二乘一向迷于此也今云見見非見謂真見見此見精乃真智焰此無明也此豈二乘可知也且如明來暗去智起惑亡真妄不容兩立經云此無明者非實有體豈有實實無明以當其智哉阿難意謂實有箇見精與真見可見今覓見精而不可得故迷悶耳況此極則殊非二乘境界安得不懷疑漠漠乎向下世尊答辭不循所疑直說二種見妄者以知阿難未了根本無明故五蘊實法未消五蘊既存則世界山河大地礙眼此正法執未亡已見猶存耳若單就無明則只用世尊說此無明者非實有體一語可了今意在破身心世界之法執故設燈上毛輪以喻五蘊是假蓋由眼中有眚所見今不必責毛輪是有是無但只知是眼眚則無見病意喻但觀五蘊身心是假乃因無明妄見而有若了無明本空則身心自泯所以喻中但言知是眚者則無見咎即此一語的破見見之疑矣若了身心本空則可

例觀世界亦似身心同是妄業之感耳又何有因緣自然見見之疑哉此所以有進退合明之說也所以二妄一破則本覺真心頓顯故經結云若能遠離諸和合緣及不和合則復滅除諸生死因清淨本心本覺常住科云本覺離緣真如出纏豈漫然哉佛意甚明第觀者智暗不易了耳

問曰後章經文從來說者都云重破和合而此科云拂迹入玄況經中猶舉見精言之此則大有徑庭請示其要　答曰議中甚明此正始覺有功本覺乃顯論云始覺合乎本覺名究竟覺今將顯一心真原絕諸對待直須觀智俱泯能所兩忘故至此乃破和合之覺此正微細俱生法執名生相無明論云此無明者唯佛能了非他境界故佛無問而自說也但觀經云汝雖先悟本覺妙明則許前巳悟矣次云汝猶未明如是覺元非和合等義極顯了下云猶以世間妄想而自疑惑證菩提心此乃的破名言習氣故云以世間妄想而疑菩提所謂以生滅心而辨圓覺而圓覺性亦同流轉故須泯此知見乃入一心真原以真心真智難以措口特借見精以例破耳既破和合而阿難又作不和合見故復疑曰如我思惟此妙覺元與諸緣塵及心念慮非和合耶觀此直須心境兩忘言思路絕乃入一心之妙耳

問曰前會五蘊中首舉色蘊依妄見而有故說目因勞而妄見空華今說六入復拈前兼目共勞共爲眼入意旨何如　答曰

此最極微細非前喻可比也以此中乃說最初六根之元因見分取相吸習中歸和合結成五淨色根爲浮塵所依本來無入今始有也蕪目卽今眼根爲相分勞卽見分以此二分本無所有同是菩提瞪發勞相意顯識體依覺故迷故云菩提發勞二分依識而顯爲識之行相不離自證元無二體故云同是故約已成六根自體爲喻葢言本無六根因最初見相和合而成淨色故雙舉之以明六根初結之始故難領會耳

問曰處者何義　答曰處者唯識說有體實相分色爲見分所慮託處不拘親疎爲所緣緣以皆有對待俱有所依今言二皆無體唯一真如故本如來藏矣

問曰起信三細謂業轉現如是次第今經三細以見爲轉相列於第三是則先現後轉豈失論意耶　答曰不失論意各有所主也論意單說心法生起謂真淨界中始因一念妄動卽轉圓明真心而爲無明由此無明乃現分別相續等相若能離念卽證一心今經重在衆生生起之元故因最初一念妄動卽轉無相真心頓成有相之妄相故虛空四大自此而形是爲有所有相因有所相卽轉本有智光而成妄見爲取相之妄知由是見相同一元明覺體今溷雜而不分遂成有情所謂色心和合而爲五蘊之衆生其意重在妄見執取而爲生死病根所謂數取趣也故云自心取自心非幻成幻法不取無非幻故祖師云不

用求真唯須息見論獨轉心故真修端在離念此經轉境故云若能轉物即同如來故真修端在不取即斷生死根本故破妄直專揀緣經重所取故先相論重能取故先見故爲門不同而修斷亦別也宜深觀之

憨山大師夢遊全集卷第四十三

音釋

認（而震切仍去聲識物也）詰（音乞問也）泯（音閔滅也）悶（莫困切煩也）瞪（除庚切直視貌）溷（胡困切亂也）

憨山大師夢遊全集卷第四十四

侍者福善日録　門人通炯編輯

楞伽補遺

楞伽阿跋多羅寶經者楞伽寶名具云釋迦毘楞伽此云能勝義云堅固阿跋多羅此云無上謂此楞伽乃無上寶也聞之梵師云此寶八楞視之渾圓其體光明瑩徹最極堅固不可鑽穿世間之寶無過勝者以能勝一切故云無上寶也西域南海有楞伽寶山居大海濱以山純此寶所成故山以寶名山高五百由旬山頂有城亦名楞伽寶城無門可入爲夜义王所據山形下細上大因名不可往有神通者乃能入此經發起因佛于大海龍宫說法七日回過山下顧謂衆曰過去諸佛皆于此山說自證境界我亦當說時夜义王以神力故知佛言念故往請佛入城演說此經是則山以寶名經以處名通取爲喻乃單喻爲顯也然單約喻明經者第一義如來藏心亦明寶明妙性又云寶覺明心是爲堅固法身不動智體名自覺聖智寂滅一心名大寂滅海亦云智海覺海寶明空海下經云藏識海謂衆生本具如來藏清淨法身迷之而爲藏識變成五藴之衆生自覺聖智變爲妄想煩惱寶明空海成生死之業海夜义乃惡鬼飛行而食人肉者故山高五百由旬居大海中而爲煩惱生死夜义所據也佛在此山說自證境界者謂以自覺聖智而觀識藏即如來藏生死即涅槃煩惱即菩提現前五藴身心即是如來常

住法身頓證一心更無別法此乃最上乘非心識思量境界唯許上上根人一悟頓悟不悟則不許意識湊泊故山名不可往有神通者乃能入故寶乃無上之寶處乃不可往之處通喻此經顯示第一義心乃離心意意識境界爲無上法門也此經發明五法三自性皆空八識二無我俱遣直顯離心意意識境界故達磨指此爲心印是則全經旨趣在此一題以喻發明及夜乂王發起因緣已盡甚深妙義矣約天台五重釋題此經以單喻爲名寂滅一心如來藏性爲體自覺聖智爲宗專破二乘外道邪執故以摧邪顯正爲用以無上頓教大乘爲教相以此經顯示五性三乘無性闡提皆許成佛爲法華開顯之前茅故判爲法華先導也

佛語心品者此經直指寂滅一心爲宗以自覺聖智證入爲趣以此心不屬迷悟了絕聖凡十法界依正因果一法不立所謂五法三自性皆空八識二無我俱遣以此四門皆迷悟邊事所以大慧讚佛偈云若有若無有是二悉皆離以有是生死法無是涅槃法此二皆離則法界性空寂滅一心顯矣故云佛語心品謂佛所說者唯此一心法耳故禪宗指此爲心印謂之佛祖向上一路名頓教大乘

大慧讚佛五偈半極盡一心之旨故後顯一心文云空無生無二離自性相故初偈云世間離生滅猶如虛空華此讚佛能證一心空義以明了徧計本無也言世間即

該三世間謂智正覺世間有情世間器世間通該十法界依正因果以此三種世間皆生滅法也以唯心所現本無生滅但依徧計而有以性空故故如空華即此一偈已超迷悟因果直示一心之源矣唯佛以自覺聖智證窮此心故云智不得有無之相今愍物迷此故以同體大悲出現世間而開示衆生故云而興大悲心故今所說正示此一心耳

次偈云一切法如幻遠離于心識此示一心本無生義也併後一偈以明了依他無性從緣而有意謂世間現有生滅何以言空故云以一切法本自無生但依他有故如幻耳幻喻生本無生若以妄心分別則見有生滅若遠離心識分別不生則當體無生了無一法當情豈非空耶

三偈文倒應云世間恒如夢遠離于斷常此顯無二也意謂世出世間一切諸法唯心所現外道二乘不了唯心依他而起故妄分有無起斷常有無二見若了唯心則遠離斷常了無二見矣

四偈顯離自性意謂衆生不了唯心則妄執人法二我爲二障根本則起惑造業妄見生死之相既了唯心則人法雙忘二障頓淨唯一圓成則生死之相不可得矣此上四偈讚佛超世間生死有法也然空無生無二離自性相故乃當經一心之旨後文自顯以三性釋者乃清涼意故引義以證之

五偈讚佛超涅槃法意謂一切諸法既唯

一心則本來寂滅不假更滅故云一切無
涅槃然諸法既以本自涅槃則法法皆眞
盡是法身眞體如此又何别有涅槃爲佛
所證耶故云亦無涅槃佛斯則法身常住
又豈有佛更入涅槃耶何耶以遠離覺所
覺故謂唯此絶待一心本無能所對待故
也唯佛證此所以若有若無有是二悉皆
離也故二譯載夜叉王首即問佛云何捨
法云何捨非法佛答以外道見生死爲法
涅槃爲非法是二應捨故大慧讚云有無
俱離是則全經之旨不出夜叉發起一問
并大慧偈讚而已故向下所破者乃有無
二見耳
悉檀離言説梵語悉檀此云徧施謂佛以
四法徧施衆生四者一世界悉檀令衆生
得歡喜益二爲人悉檀令得生善益三對
治悉檀令得破惡益四第一義悉檀令得
入理益謂佛雖以四法徧施衆生然但應
衆生之機本來離言説相意責大慧不達
離言之旨故有此問我今特爲顯示建立
數句離言之旨故向下一一皆曰非
大慧聞一心眞如離一切相了無説示是
知十法界相皆唯心所現唯識所變乃生
滅門事故即問諸識有幾種生住滅也七
種自性魏譯云外道有七種自性講者槩
以正教道理釋之昧之甚矣殊不知此經
專破外道不知唯心唯識道理故别立異
法以爲生因以迷眞妄不一不異唯識眞
因故立異因佛前文責外道墮斷見論故
特出所計生法異因有五言勝妙七大自

在時微塵等乃外道所計之法爲生因者故隨後即出所立妄計各有確定自性爲宗有七耳既出邪宗故後示正教云我有七種第一義也經文上下血脈佛語昭然而昧者妄擬謬之甚矣若七種自性已立正義又何下文重出七種第一義豈不贅耶

七種第一義心境界者謂佛以法界一心爲自境也慧境界者慧光無量焰徹微塵刹土也智境界者謂以權實二智窮盡眞妄聖凡也見境界唐本云二見境界謂雙焰眞俗二邊也超二見謂窮盡一心中道也超十地境界者謂等覺後心極盡因門也如來自到境界證窮法界自覺聖智究竟果海也意謂我所建立乃稱一心眞如平等佛慧以二智見二空證眞如以至等覺入佛果海以爲法門益依性自性第一義心而建立故不與外道惡見共也此七第一義心乃單示佛境界不說因心若說因心則失旨矣

問曰說三種識即結果者何耶　答曰前三種識中最初顯識生之由以無明熏眞如爲現識生起因取種種塵等爲分別事識生起因佛意顯此藏識依眞而起乃眞妄和合故特指阿賴耶識爲生死涅槃因立此眞因將破外道無因邪因故即辨明邪正以示唯心如幻觀門顯直觀藏識頓破根本無明頓證一心爲究竟極果故隨便成立唯心一番因果以結三種識相也

問曰生滅章中大慧初問諸識有幾種生

住滅佛答以略說有三種識廣說有八種相令前略有三種識已竟而大慧復問廣說八種相中先叙世尊所說心意意識五法自性相且云一切諸佛菩薩所行自心見等所緣境界不和合顯示一切說成真實相一切佛語心然後方請說藏識海浪法身境界者何耶　答曰此通涂問意血脈幽潛最難理會請試言之此經單示寂滅一心離一切相故云五法三自性皆空八識二無我俱遣故大慧初問百八句葢約五法三自性八識二無我以問故佛指寂滅一心以答故云一切皆非是則直指一心一法不立則不容有說矣此顯一心真如離一切相也故大慧隨問諸識有幾種生住滅是約心生滅門容有言說矣然

生滅門中先問諸識者以五法三自性二無我三門皆依八識轉變而立也故先問諸識一門未及問五法三自性二無我後三門義佛答謂諸藏識略說有三種識廣說有八種相令前答略說三識單顯第八識自體已竟故大慧重請有八種相故問藏識海浪乃問前七識生起之由也然請辭先叙所說心意意識五法等乃至成真實佛語心者乃通牒前問答申領佛意以啓前七識生起之問也然五法等乃依八識之所建立也世尊答云一切皆非此已領佛示真實佛語心矣及問生滅門世尊略說三種識世尊說不思議熏變乃八識生起之由且云真識現識乃題識藏即如來藏已領其旨矣意謂五法等皆依八識

建立但不知前七轉識因何而生又不知如何生即無生故問藏識海浪即法身境界又不知五法三自性二無我因何而立故因請八識之相舍問四門之義也故世尊向下先答八識生起之由後又重由問五法自性佛一一答畢末後結歸二無我觀以成唯心觀門爲眞實佛語心也故答意從此直至後文結果章中以通明五法自性顯正智如如方盡從生滅門入眞如門究竟之義也大科甚明當通觀之

問曰大慧問藏識海浪乃問前七識也而云法身境界者何耶　答曰大慧述領一心之旨意謂佛上來說心意意識五法自性皆空乃是一切諸佛菩薩自心現量所緣境界一法不立絕諸對待故云不和合如此說是已顯眞實佛語心此已領前識藏如來藏眞妄不一不異之旨矣但不知前七識生起之由所以生本無生之義故請說藏識海浪即是法身境界也故下答文中示四因緣故眼識生以緣生性空以顯生即無生之意即法身境界也合業生相者然業即業識生謂生相無明起信云以依阿賴耶識說有無明初無明熏眞如成業識既成業識則生相無明即依業識故云合業生相以生相無明即熏業識遂起染心則深生計著爲我此即七識生起之相也

八識偈中佛顯八識即眞本來一體雖異而不異以示海浪法身境界故以海水波浪喩浪異而水不異也大慧遂以日月喩

佛說法應當與一切衆生說平等眞實之法何以世尊一向與二乘人只說六識爲生死本何故不說八識即眞之眞實法耶佛答以彼衆生心不眞實不堪受眞實法耳非不說也譬如海波下十句喻顯其法元有頓漸之不同故說亦因之建立然說雖有頓漸其實無有一定之次第意謂我說六識漸時未嘗不兼帶八識而說但衆生聞者不解耳又設畫師喻以明說法應當隨機先後次第建立也彩色無文二句喻法本離言但爲悅衆生不得不隨機施設非我不說實也下文更顯深義謂不但說權法爲不實即說眞實法亦無實法與人以眞實離名字種種皆如幻故末後云聲聞亦非分者足徵大慧意疑佛不與二乘說八識眞實之法也哀愍者指佛謂今日乃說自覺之境界也

長行結示欲知自心現量自覺境界須要眞實修行自悟乃可相應非是說了便休故後文示聖智三相爲修行之要成立唯心第二番因果也

問曰佛一往已爲大慧開示八識因緣已顯離心意識境界矣而大慧至此問聖智分別自性經且云爲百八句所依者何也答曰此經直指一心爲正顯五法三自性皆空八識二無我俱遣以爲宗體以大慧初以百八義請問者乃通依五法自性八識無我而問皆屬迷悟邊事故佛答以一切皆非此直示一心眞如一法不立是則五法自性八識無我蕩絶無遺矣故大慧

隨問諸識生滅言雖問諸識生滅意實不知空遣故佛爲示生滅因緣隨示以直觀藏識教以離心意境界是則八識之相已遣矣尚不知五法自性無我因何建立如何空遣故特問聖智事分別自性經意謂空此諸法乃自覺聖智事非三乘比智可能耳言百八句分別所依者正顯所問百八義皆依五法自性而問也然舉果德轉得如來法身者乃躡上佛示離心意識所轉果德意在離此五法乃得如上之果是舉眞果以證眞因也此問意乃經中之血脈學者縱能通達文字而不知血脈亦無歸宿此旨甚微故特示之佛答中即舉外道有無二見者正顯外道不了唯心故於名相上横計而生妄想乃正破名相妄想離異不異者謂妄想與名相元別故異今妄想乃依名相而起故不異以有心境對待故也今言離異不異者正教以遠離心境絕諸對待心境皆空則五法自性皆空矣此正空名相妄想之要旨也顯正智章中以三佛說法頓漸以明正智者蓋因前八識頌中大慧責佛既云唯心頓現一切諸法則佛當爲衆生直說眞實頓法可也何以又說三乘漸法耶佛答謂因衆生心不眞實難與說實恐其不信則說之無益以隨機不同不得不施漸法耳故此顯說頓漸之所以以四漸喻機以四頓喻佛在佛以平等大慧教化衆生雖漸亦頓在機有利鈍不一雖頓亦漸故以法證佛則有

三身故法亦有三乘此化儀之必然者以衆生根本實智迷之而爲自心現流故淨現流以成正智然迷雖頓而淨則漸也頓喻四中明鏡喻頓示衆生一眞法界清淨圓明心體日月喻頓破衆生無明業識顯示本有不思議業用藏識喻頓令自心衆生一時成熟究竟佛果自心所現根身器界喻自心之衆生法依佛喻頓以普光明智炤一切衆生心地頓令五性三乘破滅無明頓見本有平等法身三身佛説法乃以法證佛也法依佛者乃依法身所垂之報身佛也説緣生者以顯緣生無性無性緣生乃頓漸漸頓之法也即華嚴經所説四十二位行布圓融之旨法身佛説離心自性法乃直示頓法也化身佛所説乃

六度權行單漸法也結歸法身佛者乃示此經爲頓頓宗也後聲聞外道破邪因以顯正因此又漸中之漸意謂有機如此不得不施漸之漸也然在經文其義甚隱諦觀佛意經旨理實昭著

破二種邪因科在二乘云即二乘邪因以示正因者以聲聞乃證聖智差别相但示究竟故即彼所證以示究竟眞因故云即在外道云以聖智破邪因者以外道所計常不思議乃别立異因以無常爲常故佛以眞常聖智破妄計故云以舉果驗因者謂舉今現證之果以驗昔日之因也以聲聞所證涅槃以非眞滅爲滅足驗昔因未得聖智究竟相也謂外道今取斷滅爲果者葢昔以生法爲不生特以

無常爲常故令墮斷滅之見耳五無間種性一章重明爲機禀佛性是一因聞三乘之法名言熏習故種性有五前頓漸章明法一機異故有三乘即一乘法分別說三者也今五無間性乃因聞前三乘法不得離言之義執文言熏習成種此又顯機之所禀佛性是一故云無間因熏各別故有五種性耳

如來無間種性有四種一權教事六度二乘乘空慧三實教四即圓教四位菩薩釋者諦觀經大明標如來種性意指如來果法非說因位中事若以菩薩釋之失本指矣葢以直指一心真如若悟唯心即頓登佛地即圓教之三賢此亦不立況權教空慧乎若以前三位菩薩法釋之則聞熏但成前三菩薩種性非如來種性矣

結二無我末觀成得果一節此結酬前請也因大慧初聞分別自性觀察無我淨除妄想照明諸地乃至逮得如來法身故此開示五法自性二無我已畢乃顯眞因故即證成必得如來之果勸令應當修學乃總結四門番顯正智如如以空遣五法自性證二無我通示三番因果也

結示五法自性二無我果相已竟而大慧陡問建立誹謗二惡見者何也　答因初問五法生起之由世尊即說外道有無二見爲名相妄想之因故今開示已明今即問彼二種惡見從何而起也佛答二種惡見從非有而建立也葢非有乃無也建立爲有也意謂外道不達諸法本無則以有

爲實有及至壞滅則以無爲絶無故有爲建立無乃誹謗此二見所由生也此問來意幽潛若不知來端則經旨血脉不貫也問曰示二見已後乃重都結前果者何也答曰佛意總顯唯心無外境界其五法自性二無我等從迷中來皆因外道有無二見爲生死本是爲大過故今通遣已畢乃結眞因得果成佛之後當單爲衆生説唯心法以破外道有無二見爲化儀此所以爲頓教法門此經頓宗但破外道二乘偏邪之見不説別斷煩惱以識藏即如來藏故但了妄想無性則生死涅槃平等更無煩惱可斷故但離二見即頓證法身故都結成四番因果也

下第二卷

問曰顯理中示寂滅一心已歸究竟然以如來藏并上一心總爲顯理且大慧又以外道我見爲問似與一心之旨不同何以總爲一科　答曰此有深旨以經初夜义王問佛云何應捨有無佛既答已隨即示云寂滅者名爲一心一心者名如來藏此則總標一經宗本要顯寂滅一心不屬迷悟究竟不生然所以有聖凡生起者皆如來藏隨染淨緣轉變爲生因耳然前百八義一切皆非以顯一心寂滅無生之旨矣次大慧隨問諸識有幾種生住滅雖問識之生滅然尚未審識生之因且于一心究竟處建立誹謗章中云非有因建立因直説初識前無因如此一心豈不墮于畢竟斷滅耶故此大慧隨問如來藏者以前雖

明一心之旨尚未明如來藏之義方今將顯如來藏隨緣爲染淨生法之因要明識藏即如來藏故後文如來藏爲善不善因以如來藏即前三種識中之真識也以此經不說無明爲因生八識直指如來藏即藏識要顯妄即是真實斯經之宗本也不同諸教然大慧疑世尊說如來藏同外道我者正是佛說阿陀那識甚微細習氣種子成瀑流我于凡愚不開演恐彼分別執爲我以外道向執藏識爲神我故今將以如來藏真我以破彼計是則外道計有無二見則前以寂滅一心破之矣向執我見未亡故特以如來藏真我破之以盡破彼計圓滿一心故總科爲顯理究竟義旨深潛誠非麤浮可見也細尋佛意微妙難知總示正行章破本無四句可離頌中如是觀三有究竟得解脫末後結云爲淨煩惱爾燄二種障故譬如商主次第建立百八句無所有足證前百八句乃依三界作四句妄計而立然無所有則皆非也

問曰當轉二性教中一向說轉生死爲涅槃轉煩惱成菩提此中但說轉二自性者何耶　答曰此經不同三乘別教直指一心不屬迷悟以生死涅槃本來平等更無可轉但以外道不了言說性空妄計言說有實自性起種種徧計二乘不了諸法緣生無性妄執諸法有實自性以此二種障正知見意謂若了言說性空則徧計情亡若了緣生無性則依他性泯二計既亡則圓成自顯所以但轉二自性計著也後廣

辯四行禪盖依此而立也
略示邪因果相章末示感應二徵結示果
相至究竟地得灌頂位二加持者此正示
以真因所得之果如此方爲真修也
問曰四種禪皆依惑亂爲所觀者何耶
答曰以前云惑亂起聖種性及愚夫種性
故愚夫乃外道二乘其禪皆惑亂也觀察
禪二種以能觀正智觀所觀惑亂以對待
未泯故爲漸次其攀緣如禪然攀緣即惑
亂也乃名相妄想耳觀名相妄想本如故
名攀緣如禪此二種禪以分頓漸名三乘
禪故觀察禪果相則從解行入初地漸次
上進其攀緣如禪則頓登八地此頓漸之
分也然觀察義禪能觀者正智所觀者妄
想名相故真妄雙舉此乃對待而觀故要

離四句以外道妄執四大名相以妄想分
別作四句見耳其攀緣如禪則直觀五陰
本自如如絕諸對待故爲頓悟于中主意
專破外道計四大造五陰以神我爲主諦
若觀四大本空五陰無我即此五陰本自
如如矣
問曰示正果中說妄想識滅名爲涅槃不
說轉藏識單說滅六識者何也　答曰此
經宗旨說識藏即如來藏不必更轉其藏
性寂滅之體所以不得顯現者但因妄想
攀名相之過也以藏體本是湛淵之心猶
如湛海雖云前七波浪其實只因六識攀
緣外境界風鼓動波浪即七識亦因六識
所起之波浪其體同是八識精明故本不
生是故三性之中依他元自無性其過在

徧計執性耳然妄想乃徧計執性正是六識攀緣種種如幻依他境界增長習氣長養藏識故今特辨妄想過重故六識滅則内外心境一切皆寂滅如來藏性應念現前所以特說六識滅爲涅槃也此經宗趣與相宗迥不相同故不立七識所以世尊隨節說妄想分別通相以顯即妄即眞爲如來最上一乘禪也

經旨來意從二卷初示正行科中四方便爲能觀之智二種自性指所破之惑無四句可離無聖智可得乃所顯圓成之理及離過絶非一科四節立定自後略示邪正因果及廣辨邪正因果總是廣釋卷初四節之義其觀察義禪觀察覺即前能觀之智妄想攝受計著覺即釋前所破之惑攀緣如禪即顯前圓成之理末後如來最上一乘禪即釋前離過絶非細觀經旨前後名應其理昭然

下第三卷

初三種意生身五無間種性乃示因圓宗說二通乃示果滿以果海離言故問曰斷證科初明妄想不實破我執言說性空破法執者何也　答曰以外道妄想專以執我見爲本而二乘雖離五蘊假我猶執涅槃爲我故亦云心惑亂故云煩惱障然依言說爲法執者以内教學佛法者不能離言得義但執言說爲實法故今教以離言觀心爲破法執斷所知障也然我執外道居多法執學佛法者居多若起信所說我見亦依所聞佛法而起此經專破

外道神我故經論意異耳
問曰其破法執經文指語義而說其旨甚明若約妄想爲破我執意旨未顯以大慧但問妄想
答曰一往所說妄想多指外道而二乘但兼帶而已然外道妄想所計者一我見耳然大慧雖通問妄想生處惟世尊的指攝所攝墮有無外道見計著我我所生此所以妄想爲外道我執之本也其凡夫二乘計五蘊爲我者經文長行未顯至頌中云施設世諦我諸陰陰施設其旨的然明矣更復何疑
問曰大乘教中皆說二執有分別俱生麤細不同且云分別二執從三賢至初地斷盡俱生二執從二地至七地斷我執盡法執至佛地乃盡今經說麤細二執一時斷盡未明其旨請問其詳　答曰此經頓教大乘意在頓破無明頓證一心故二障亦頓斷耳大經云不了第一義故號爲無明第一義者即此經所說第一義諦寂滅一心也然不了二字即無明也了乃知也經中頓言知自心現量者謂了第一義心也且麤細二障因無明而有今言頓了自心現量則頓破無明無明既破則彼二障又何從而有耶以眞知自體有大智慧光明義故說名爲智此即自覺聖智也若以即心正智獨炤一心寂滅之體則一切皆離今因不了則妄起分別執著故名妄想是以此經不說斷無明單說斷妄想妄想淨處即頓證一心故無漸次先後耳所謂知

幻即離不作方便離幻即覺亦無漸次故爲頓教大乘

問曰轉變章言轉變者乃一切衆生生死往來捨身受身之情狀也而獨指外道者何耶　答曰佛說衆生生死往來受報好醜乃隨善惡業緣故說如乳酪酒果等熟但是異熟隨緣耳因外道妄計有作者爲轉變主宰此邪見妄計故特曉之曰如是凡愚衆生自妄想修習生實無有法爲生滅主宰者但如幻夢色生言自妄想修習生此云邪師邪教乃分別我執以一往所說乃分別法執也

問曰相續章乃大慧因聞前佛說轉變相故即問生死相續義狀生死乃煩惱障招而但約言說而問且舉極果之益以請者何耶　答曰此經旨幽潛殊非淺識所易窺也此由前辨果地覺中佛說覺人法無我了知二障斷二煩惱離二種死是名佛之知覺故此斷證科中約破二執斷二障以顯眞因也然所知障單約執言說爲法執故大慧以言說爲問而所答十一相續皆執言說以爲所知障以取變易生死者乃俱生法執也以障有二故生死亦二故末後總以愚夫三相續乃煩惱障招俱生我執是乃總結二障二死皆七識執取所招故歸過于三和合計著識爲相續生死之本也佛意甚明第淺識者未易見耳

問曰前世尊說妄想識滅名爲涅槃且云七識不生今者何以俱生二執歸過于七識豈不自語相違耶　答曰觀佛立言各

有所主非相違也以初云藏識因境界風吹故起前七識浪爲生滅耳今顯藏識自性本來涅槃但因境界風吹故有生死若無境界風吹則自性爲常住涅槃矣然境界乃五塵境界也且此塵境惟心所現本自如如若無六識攀緣執取則諸法如如不動矣但因六識不了唯心妄自攀緣執取則識風鼓扇返吹藏海起七波浪是則起境界風全是六識之過而七識不預以此識依内門轉故云不生此所以六識一滅則八識爲自性涅槃矣今言俱生二執歸過于七識者以無始來一向七識單執八識爲我名我愛執藏集諸種子相續生死名爲結生相續長劫不斷乃此識之能而六識不預焉以造業者乃六識受報者八識相續生死者七識耳是各就勝能而説非前後自語相違過也

問曰經中一往節節大慧問中多舉果德以請然世尊結顯果德已非一矣然與正顯果德有何別耶　答曰大慧前于節次問中所言果者乃爲請説法利特舉果以顯法益也世尊即説果德者乃爲破邪以明眞因乃舉果以證驗眞因皆在因門非正説果德也今因行已圓二障已破五住已亡永離二死歸極一心因窮果滿已顯究竟一心之極果此是正説果德説二轉依以顯法身出纏證眞常樂我淨四德此返妄歸眞之極則也

下第四卷

問曰當明法身常住生死涅槃平等處返

妄歸眞業已究竟一心眞原矣大慧乃問刹那者何耶　答曰此正原始要終結歸一心之極則也以初問百八義佛以寂滅一心而答曰一切皆非故大慧即問諸識有幾種生住滅是則迷悟修證皆生滅門中事也然大慧初問百八義總該十界依正迷悟因果不出五法三自性八識二無我四門攝盡故今徵詰諸妄了悟一心以顯五法三自性皆空八識二無我俱遣究竟歸趣一心眞原以顯法身極則以示生死涅槃平等此是從迷返悟總屬生滅邊收皆不出大慧初問二種生滅也意謂以有相生住滅故有凡夫外道二乘偏邪之執以有流注生住滅故有七地已前菩薩之見意顯縱悟法身亦未離生滅妄見所謂菩提心生生滅心滅猶屬生滅今顯生滅本不生滅義若了本不生滅則前一往所說皆夢中事乃妄功用中有修斷耳故前夢中渡河之喻以顯有所修證皆夢幻法門方顯法身向上極則也以此足見吾佛說始終不說一字乃頓宗之極則也

大學綱目決疑題辭

余十九弃筆研三十入山絶文字五十被讁蒙恩放嶺外今十四年矣往來持鉢五羊諸子謬推爲知言時時過從問道余卒無以應若虛來實往愧矣愧矣間有以禪視者余則若啞人喫黃檗耳己酉秋日偶乞食來諸子具香齋于法社余得捧腹是諸子果我也食訖請益余但吐粥飯氣耳含羞而別舟還曹溪思諸子飽我非一日矣竟莫醻嘗有以顏

子問仁章請者余咿嗚而已即有言不能徧徧亦不能盡而求悅可衆心者談不易也以諸子之食難消腹猶果然舟中睡足聞侍者讀大學聒我疑焉因取經一章按綱目設問答以自決且引顏子問仁章以參會之如鼓刀然兩半餉而卒業讀之不成句非文也諦思自幼讀孔子書求直指心法獨授顏子以眞傳的訣餘則引而不發向不知聖人心印盡揭露于二百五言之間微矣微矣豈無目耶嗟嗟余年六十四矣而今乃知可謂晚矣恐其死也終于泯泯故急以告諸子諸子年或過余半未半者幸而聞此可謂蚤矣如良馬見鞭影一息千里有若鵝王擇乳豈不以此爲粥飯氣耶是特有感于一飯而發願諸子持此以餉天下之餓者非敢言博施也已酉中秋前二日方外德清書于須陽峽之舟中

大學之道在明明德在親民在止于至善

大學者謂此乃没量大人之學也道字猶方法也以天下人見的小都是小人不得稱爲大人者以所學的都是小方法即如諸子百家奇謀異數不過一曲之見縱學得成只成得個小人若肯反求自己本有心性一旦悟了當下便是大人以所學者大故曰大學大學方法不多些子不用多知多見只是三件事便了第一要悟得自己心體故曰在明明德其次要使天下人箇箇都悟得與我一般大家都不是舊時知見斬新作一番事業無人無我共享太平故曰在親民其次爲己爲

民不可草草半途而止大家都要做到徹底處方纔罷手故曰在止于至善果能學得者三件事便是大人兩個明字要理會得有分曉且第二個明字乃光明之明是指自巳心體第一個明字有兩意若就明德上說自巳工夫便是悟明之明謂明德是我本有之性但一向迷而不知恰是一個迷人只說自家没了頭馳求不得一日忽然省了當下知得本頭自在元不曾失人人自性本來光明廣大自在不少絲毫但自巳迷了都向外面他家屋裏討分曉件件去學他說話將謂學得的有用若一旦悟了自巳本性光光明明一些不欠缺此便是悟明了自巳本有之明德故曰明明德悟得明德立地便是聖人此就工夫爲巳分上說若就親民分上說第一箇明字乃是昭明之明乃曉諭之意又是揭示之義如揭日月于中天即是大明之明二意都要透徹　問如何是至善答自古以來人人知見只曉得在善惡兩條路上走只管教人改惡遷善此是舊來知見有何奇特殊不知善惡兩頭乃是外來的對待之法與我自性本體了不干涉所以世人作惡的可改爲善則善人可變而爲惡足見善不足恃也以善不到至處雖善不善故學人站立不住以不是到家去處非可止之地以此看來皆是舊日知見習氣耳今言至善乃是悟明自性本來無善無惡之眞體只是一段光明無内無外無古無今無人無我無是無非所謂獨立而不改此中一點著不得蕩無纖塵若以善破惡惡去善存此猶隔一層即此一善字

原是客塵不是本主故不是至極可止之地只須善惡兩忘物我迹絕無依倚無明昧無去來不動不搖方爲到家時節到此在已不見有可明之德在民不見有可新之民渾然一體乃是大人境界無善可名乃名至善知此始謂知止

知止而後有定定而后能靜　一節

定字乃指自性本體寂然不動湛然常定不待習而后定者但學人不達本體本來常定乃去修習强要去定只管將生平所習知見在善惡兩頭生滅心上求定如猢猻入布袋水上按葫蘆似此求定窮年也不得定何以故病在用生滅心存善惡見不達本體專與妄想打交滾所謂認賊爲子大不知止耳苟能了達本體當下寂然此是自性定不是强求得的定只如六祖大師開示學人用心云不思善不思惡如何是上座本來面目學人當下一刀兩段立地便見自性狂心頓歇此後再不别求始悟自家一向元不曾動此便是知止而后有定的樣子又云汝但善惡都莫思量自然得見心體此便是知止的樣子所以學人貴要知止知止自然定　靜字與定字不同定是自性定體此靜乃是對外面擾擾不靜說與定體遠甚何也以學人一向妄想紛飛心中不得暫息只管在知見上强勉遏捺將心主靜不知求靜愈切而亂想益熾必不能靜何以故蓋爲將心覓心轉覓轉遠如何得一念休息耶以從外求入如人叫門不開翻與守門人作鬧鬧到卒底若真主人不見面畢竟打鬧不得休息若得主人從

中洞開重門則守門者亦疾走無影而求入者眞見主人則求見之心亦歇滅無有矣此謂狂心歇處爲靜耳若不眞見本體到底决不能靜故曰定而后能靜　安字乃是安穩平貼之義又如安命之安謂自足而不求餘也因一向求靜不得雜念紛紛馳求不息此心再無一念之安而今既悟本體馳求心歇自性具足無欠無餘安安貼貼快活自在此等安閒快活乃是狂心歇處而得故曰靜而後能安　慮字不是妄想思慮之慮亦不是憂慮之慮乃是不慮之慮故曰易無思也無慮也寂然不動感而遂通天下之故又曰百慮而一致又曰不慮而徧正是者個慮字謂未悟時專在妄想思慮上求即一件事千思萬慮到底沒用也慮不到多思多慮于心轉見不安今既悟明此心安然自在舉心動念圓滿洞達天下事物了然目前此等境界不是聰明知見算計得的乃是自心本體光明炤耀自然具足的故曰安而後能慮　得字不是得失之得乃是不滲漏之義聖人泛應曲當羣情畢炤一毫不謬徹見底原一一中節故謂之得非是有所得也初未明明德時專用妄想思慮計較籌度縱是也不得何以故非眞實故今以自性光明齊觀竝炤羣情異態通歸一理故能曲成而不遺此非有所得葢以不慮之慮無得之得故曰慮而后能得言非偶爾合節持由慮而合故

古之欲明明德於天下者　一節

此釋上本末先后之序以驗明明德親民之實效也就成巳工夫上說則以明明德爲本

新民爲末葢從根本說到枝末上去今就成物上說故從枝末倒說到根本處來以前從一心知止上做到慮而能得到此則天下事物皆歸我方寸矣今欲要以我既悟之明德以揭示天下之人願使人人共悟葢欲字即是願力謂我今既悟此明德之性此性乃天下人均賦共禀者豈忍自知而弃人哉故我願揭示與天下之人使其同悟同證但恐負此願者近于迂濶難取速效且天下至廣豈可一蹴而徧故姑且先從一國做將去所謂知遠之近若一國見效則天下易化矣昔堯都平陽舜宅百揆湯七十里文王百里皆古之欲明明德于天下之君也孰不從願力來余故曰欲願力也　身爲天下國家之本經文向後總歸結在修身上可見修身是要緊的事而此一件事最難理會豈是將者血肉之軀束歛得謹慎端莊如童子見先生時節此就可治國平豈是身上件件做得模樣好看如戲場上子弟相似即此可以平天下乎故修身全在心上工夫說只如顏子問仁孔子告以克巳復禮爲仁此正是真正修身的樣子隨告之曰一日克巳復禮天下歸仁此便是真正治國平天下的實事若不信此段克巳是修身實事如何顏子請問其目孔子便告之以四勿乎且四勿皆修身之事也克巳乃心地爲仁之工夫也克巳爲仁即明明德也天下歸仁即新民也爲仁由巳此巳乃真巳即至善之地故顏子隳聰明黜肢體心齋坐忘皆由巳之實效至善之地也夫人之一身作障礙者見聞知覺而巳所謂視聽言

動皆古今天下人人舊有之知見爲仁須是把舊日的知見一切盡要剗去重新別做一番生涯始得不是夾帶著舊日宿習之見可得而入以舊日的見聞知覺都是非禮雜亂顛倒一毫用不著故剜心摘膽拈出箇勿字勿是禁令驅逐之詞謂只將舊日的視聽言動盡行屏絶全不許再犯再犯即爲賊矣此最嚴禁之令也顏子一聞當下便領會遂將聰明黜了將肢體黜了一切屏去單單坐坐而忘忘到無可忘處翻身跳將起來一切見聞知覺全不似舊時的人乃是從新自已別修造出一箇人身來一般如此豈不是新人耶自已既新就推此新以化民而民無不感化而新之者此所謂一日克已復禮天下歸仁正修身之效也不如此何以修身爲治國平天下之本耶　心乃本體爲主意乃妄想思慮屬客此心意之辨也今要心正須先將意根下一切思慮妄想一齊斬斷如斬亂絲一念不生則心體純一無妄故謂之誠蓋心邪由意不誠今意地無妄則心自正矣故曰欲正其心先誠其意　知與意又眞妄之辨也意乃妄想知屬眞知眞知即本體之明德一向被妄想障蔽不得透露故眞知暗昧受屈而妄想專權譬如權奸挾天子以令諸侯如今要斬奸邪必請上方之劔非眞命不足以破僭竊故曰欲誠其意先致其知知乃眞主一向昏迷不覺今言致者猶達也譬如忠臣志欲除奸不敢自用必先致奸邪之狀達于其主使其醒悟故謂之致若眞主一悟則奸邪自不容其作祟矣故曰欲誠其意先致

其知　物即外物一向與我作對者乃見聞知覺視聽言動所取之境知即眞知乃自體本明之智光此一知字是迷悟之原以迷則内變眞知爲妄想故意不誠不誠故不明外取眞境爲可欲故物不化不化故爲礙是則此一知字爲内外心境眞妄迷悟之根宗古人云知之一字衆妙之門衆禍之門是也今撥亂反正必内仗眞知之力以破妄想外用眞知之炤以融妄境格即禹格三苗之格謂我以至誠感通彼即化而歸我所謂至誠貫金石感豚魚格也且知有眞妄不同故用亦異而格亦有二以妄知用妄想故物與我相扞格此格爲鬭格之格如云與接爲搆日與心鬭是也以眞知用至誠故物與我相感通此格乃感格之格如云格其非心是也且如驢鳴蛙噪窻前草皆聲色之境與我作對爲扞格而宋儒有聞驢鳴蛙噪見窻前草而悟者聲色一也向之與我扞格者今則化爲我心之妙境矣物化爲知與我爲一其爲感格之格復何疑　問眞知無物可對如何感格于物答眞知其實内外洞然無物可對而感物之理最難措口易曰寂然不動感而遂通天下之故寂然不動知體也天下之故外物也感而遂通格物也感通云者不是眞知鑚到物裏去以眞知蕩然無物當前故也眞妄心境不容兩立外物如黑暗眞知如白日若白日一昇羣暗頓滅殆約消化處説感通耳以暗感明則明成暗今以明感暗則暗自謝而明獨立故雖感而本不相到而重在明也物體本虛以妄取著故作障礙今以眞知獨

炤則觸處洞然無物可當情矣以寂然不動之眞知達本來無物之幻物斯則知不待感而自炤物不待通而自融兩不相觸微矣微矣故學人獨貴在眞知眞知一立則明德自明元無一毫造作大學工夫所以言明言知而修齊治平皆是物也

問始綱領說明德親民止至善分明是三件事令條目上只說明明德於天下終歸到致知格物上若一件事是何意答聖人此意最妙千古無人會得此中八件事單單只重在一箇知字此知字即明德乃本體也前云第一箇明字有二義吾向所解致知格物乃用前悟明一意工夫已在知止中止字即寂然不動之知體知止知字即第一箇明字乃工夫此一段已知致至極處知體既極則誠意正心修身之能事畢矣如此則明德與新民分明兩事令欲明明德于天下乃用第二揭示昭明之意則致知格物亦可就新民上說且知止而后有定是已立謂知所止則自已脚跟已立定矣慮而后能得是已達謂已十一切事物通達而不遺目前無一毫障礙則法法皆眞豈非已達耶其所以立所以達皆仗眞知之力也故令做新民的工夫就將我已悟之眞知致達于萬物之中萬物既蒙我眞知一炤則如紅爐點雪烈日消霜不期化而自化矣故云致知在格物物自化故謂之格彼物既格則我之明德自然炤明于天下民不期新而自新矣所謂立人達人也如此則明德新民只是一事三綱領者一而三三而一也故此八事只了明明德于天下一句

且從家國而後及天下者知遠之近也明甚
問如何格物就能平得天下答且道所格之
物是何物即天地萬物盡在裏許豈除了天
地萬物外別尋箇物來格耶若格物平不得
天下如何孔子說一日克已復禮天下歸仁
且道天下又是何物歸仁畢竟歸向何處去
衆衆 問致知格物與克己復禮天下歸仁
如何消會答克已即致知復禮即格物天下
歸仁即物格 問學人不會答已是物克是
致知復禮則已化化已豈非格物耶天下歸
仁何等太平氣象是謂物格 問正心致知
何辨答正心乃四勿先將視聽言動絕其非
禮但可修身正已不能化物若致知專在格
物則達人其功最大所以大學重在致知
問格物物格先後之旨答前八事著先字總

歸重在末後致知上此是說工夫今從物格
說至平天下著後字亦是提起知字要顯向
後七事都是知字的效驗耳學人要在此知
字上著眼前云致知格物者是感物以達其
知此格字乃感格之格今言物格而後知至
者是藉物以驗知體意謂彼物但有一毫不
消化處便是知不到至極處必欲物消化盡
了纔極得此眞知如此則物格之格乃來格
之格所謂神之格思的格字正是天下歸仁
之意物都來格方是知之效驗所以格物物
格學人須要討分曉若物都來格了則一路
格去直到天下平方纔罷手聖人意旨了然
明白只是要眞實工夫做出乃見下落 問
自天子以至于庶人壹是皆以修身爲本既
云只一知字如何歸到修身上答不從修身

上做起不道向虛空裏做所以聖人分明示汝克已復禮天下歸仁以已即已身乃是我最親之一物比外物不同克已乃是我致知先致在已身一物上若將自已此物格了然後格天地萬物何難之有故通以修身爲本問格有三義謂扞格感格來格答三義通由一人而發也請以喻明昔杞梁之妻善哭夫死哭之初哭則里人惡其聲猒其人故聞其哭則掩耳見其人則閉目以其哭異乎人之哭也其妻亦不以里人猒惡而不哭哭之既久里人不覺而哀痛之亦哭哭則忘其猒惡也猒惡忘則心轉而憐之矣其妻亦不以其人憐已而不哭終哭之不休久則通里人人皆善哭矣人人皆善哭則忘其哀痛而不見若人之爲哭者人人善哭哭久則通里以成俗俗成則人人皆謂自能哭矣人人自能哭則視杞梁之妻猶夫人也不異已而與之周旋容逥則無不忘也且杞梁之妻之哭非哭其夫也哭其天也天乃終身所依賴者失則不容不哭也慟則終天之恨也以知天不容已故哭亦不已奚以人厭惡而可已耶藉使通里之人日日而詢之哭更哀也殆非有意欲人憐已也豈詢而能止之即白刃在前鼎鑊在後威而止之不能也何耶以此天外無可哭者矣初哭而人惡之者以哭之痛特異于人也扞格也哭久而人人皆痛者以哭之痛切于人心故人人皆自痛非痛杞也感格也蓋久而通里善哭以成俗則不知哭痛自杞出抑視梁妻直類已焉耳斯則來格也此言雖小可以喻大

此

憨山大師所著大學綱領決疑也大師居曹溪章逢之士多負笈問道大師現舉子身而爲說法今年過吳門舉似謙益曰老人遊戲筆墨猶有童心要非衲衣下事也子其謂何益聞張子韶少學于龜山闢見未發之中及造徑山以格物物格宗旨言下扣擊頓領微旨晚宋稱氣節者皆首子韶由今觀之子韶抗辨經筵晚謫橫浦執書倚立雙趺隱然視少年氣節殆如雪泥鴻爪非有得于徑山之深而能然乎今之謂子韶者願力不同其以世諦而宣正法則一也扁鵲聞秦人愛小兒即爲小兒醫今世尚舉子故大師現舉子身而爲說法何謂非衲衣下事乎子韶嘗云每聞徑山老人所舉因緣如千門萬户一踏而開今之舉子能作如是觀大師金剛眼睛一一從筆頭點出矣萬曆丁巳四月虞山幅巾弟子錢謙益焚香敬題

憨山大師夢遊全集卷第四十四

音釋

瑩（縈定切玉色一曰潔也）鑽（祖官切穿物之錐也）攀（披班切下援上也）鞭（卑眠切馬箠策）鬧（乃教切不靜也）滲（所禁切）隳（呼回切毀也）黜（音出貶斥也）剗（音產削平也）訽（與詬同恥辱也）

憨山大師夢遊全集卷第四十五

侍者福善日録 門人通炯編輯

觀老莊影響論

敘意

西域諸祖造論以破外道之執須善自佗宗此方從古經論諸師未有不善自佗宗者吾宗末學安于孤陋昧于同體視爲異物不能融通教觀難于利俗其有初信之士不能深窮教典苦于名相支離難于理會至于酷嗜老莊爲文章淵藪及其言論指歸莫不望洋而嘆也迨觀諸家註釋各狥所見難以折衷及見口義副墨深引佛經每一言有當且謂一大藏經皆從此出而惑者以爲必當深有慨焉余居海上枯坐之餘因閱楞嚴法華次有請益老莊之旨者遂蔓衍及此以自決非敢求知于真人以爲必當之論也且慨從古原教破敵者發藥居多而啓膏肓之疾者少非不妙投第未胗其病原耳是故余以唯心識觀而印決之如摩尼圓照五色相鮮空谷傳聲衆響斯應苟唯心識而觀諸法則彼自不出影響間也故以名論

論教原

嘗觀世之百工技藝之精而造乎妙者不可以言傳效之者亦不可以言得況大道之妙可以口耳授受語言文字而致哉葢在心悟之妙耳是則不獨參禪貴在妙悟即世智辯聰治世語言資生之業無有一法不悟而得其妙者妙則非言可及也故吾佛聖人說法花則純談實相乃至妙法則未措一詞但云

如是而已至若悟妙法者但云善説法者治世語言資生業等皆順正法而花嚴五地聖人善能通達世間之學至于陰陽術數圖書印璽醫方辭賦靡不該練然後可以涉俗利生故等覺大士現十界形應以何身何法得度即現何身何法而度脱之由是觀之佛法豈絶無世諦而世諦豈盡非佛法哉由人不悟大道之妙而自畫于内外之差耳道豈然乎竊觀古今衛道藩籬者在此則曰彼外道耳在彼則曰此異端也大而觀之其猶貴賤偶人經界太虛是非日月之光也是皆不悟自心之妙而增益其戲論耳蓋古之聖人無他特悟心之妙者一切言教皆從妙悟心中流出應機而示淺深者也故曰無不從此法界流無不還歸此法界是故吾人不悟自心不知聖人之心不知聖人之心而擬聖人之言者譬夫場人之欣戚雖樂不樂雖哀不哀哀樂原不出于已有也哀樂不出于已而以已爲有者吾于釋聖人之言者見之

論心法

余幼師孔不知孔師老不知老既壯師佛不知佛退而入于深山大澤習靜以觀心焉由是而知三界唯心萬法唯識既唯心識觀則一切形心之影也一切聲心之響也是則一切聖人乃影之端者一切言教乃響之順者由萬法唯心所現故治世語言資生業等皆順正法以心外無法故法法皆真迷者執之而不妙若悟自心則法無不妙心法俱妙唯聖者能之

論去取

吾佛經盡出自西域皆從翻譯然經之來始于漢至西晉方大盛晉之譯師獨稱羅什爲最而什之徒生肇融叡四公僧之麟鳳也而什得執役然什于肇亦曰余解不謝子文當相揖耳葢肇尤善老莊焉然佛經皆出金口所宣而至此方則語多不類一經而數譯者有之以致淺識之疑殊不知理實不差文在譯人之巧拙耳故藏經凡出什之手者文皆雅致以有四哲左右焉故法華理深辭密曲盡其妙不在言而維摩文勢宛莊語其理自昭著至于肇四論則渾然無隙非具正法眼者斷斷難明故惑者非之以空宗莊老孟浪之談宜矣清凉觀國師華嚴菩薩也至疏華嚴每引肇論必曰肇公尊之也甞竊論之藉使肇見不正則什何容在座什眼不明則譯何以稱尊若肇論不經則觀又何容口古今質疑頗多而槩不及此何哉至觀華嚴疏每引老莊語甚夥則曰取其文不取其意圭峰則謂二氏不能原人宗鏡闢之尤著然上諸師皆應身大士建大法幢者何去取相左如此甞試論之抑各有所主也葢西域之語質直無文且多重複而譯師之學不善兩方者則文多鄙野大爲理累葢中國聖人之言除五經束于世教此外載道之言者唯老一書而已然老言古簡深隱難明發揮老氏之道者唯莊一人而已焦氏有言老之有莊猶孔之有孟斯言信之然孔稱老氏猶龍假孟而見莊豈不北面耶間甞私謂中國去聖人即上下千古負超世之見者去老唯莊一人而已載道之言廣大自在除佛經即諸子百氏

究天人之學者唯莊一書而已藉令中國無此人萬世之下不知有真人中國無此書萬世之下不知有妙論蓋吾佛法廣大微妙譯者險辭以濟之理必沈隱如楞伽是已是故什之所譯稱最者以有四哲爲之輔佐故耳觀師有言取其文不取其意斯言有由矣設或此方有過老莊之言者肇必捨此而不顧矣由是觀之肇之經論用其文者蓋肇宗法華所謂善說法者世諦語言資生業等皆順止法乃深造實相者之所爲也圭峰少而宗鏡遠之者孔子作春秋假天王之令而行賞罰二師其操法王之權而行褒貶歟清涼則渾融法界無可無不可者故取而不取是各有所主也故余以法華見觀音三十二應則曰應以婆羅門身得度即現其身而爲說法至于妙莊嚴二子則曰汝父信受外道深著婆羅門法且二子亦悔生此邪見之家蓋此方老莊即西域婆羅門類也然此剛爲現身說法旋即斥爲外道邪見何也蓋在著與不著耳由觀音圓通無礙則不妨現身說法由妙莊深生執著故爲外道邪見是以聖人教人但破其執不破其法是凡執著音聲色相者非正見也

論學問

余每見學者披閱經疏忽撞引及子史之言者如攔路虎必驚怖不前及教之親習則曰彼外家言耳掉頭弗顧抑嘗見士君子爲莊子語者必引佛語爲鑒或一言有當且曰佛一大藏盡出于此差乎是豈通達之謂耶質斯二者學佛而不通百氏不但不知世法而

亦不知佛法解莊而謂盡佛經不但不知佛意而亦不知莊意此其所以難明也故曰自大視細者不盡自細視大者不明余嘗以三事自勗曰不知春秋不能涉世不知老莊不能忘世不參禪不能出世知此可與言學矣

論教乘

或問三教聖人本來一理是果然乎曰若以三界唯心萬法唯識而觀不獨三教本來一理無有一事一法不從此心之所建立若以平等法界而觀不獨三聖本來一體無有一人一物不是毘盧遮那海印三昧威神所現故曰不壞相而緣起染淨恒殊不捨緣而即眞聖凡平等但所施設有圓融行布人法權實之異耳圓融者一切諸法但是一心染淨融通無障無礙行布者十界五乘五教理事因果淺深不同所言十界謂四聖六凡也所言五教謂小始終頓圓也所言五乘謂人天聲聞緣覺菩薩也佛則最上一乘矣然此五乘各有修進因果階差條然不紊所言人者即蓋載兩間四海之內君長所統者是已原其所修以五戒爲本所言天者即欲界諸天帝釋所統原其所修以上品十善爲本色界諸天梵王所統無色界諸天空定所持原其所修上品十善以有漏禪九次第定爲本此二乃界內之因果也所言聲聞所修以四諦爲本緣覺所修以十二因緣爲本菩薩所修以六度爲本此三乃界外之因果也佛則圓悟一心妙契三德攝而爲一故曰圓融散而爲五故曰行布然此理趣諸經備載由是觀之則五乘之法皆是佛法五乘之行皆是佛

行良由衆生根器大小不同故聖人設教淺深不一無非應機施設所謂教不躐等之意也由是證知孔子人乘之聖也故奉天以治人老子天乘之聖也故清淨無欲離人而入天聲聞緣覺超人天之聖也故高超三界遠越四生棄人天而不入菩薩超二乘之聖也出人天而入人天故往來三界救度四生出眞而入俗佛則超聖凡之聖也故能聖能凡在天而天在人而人乃至異類分形無往而不入且夫能聖能凡者豈聖凡所能哉據實而觀則一切無非佛法三教無非聖人若人若法統屬一心若事若理無障無礙是名爲佛故圓融不礙行布十界森然行布不礙圓融一際平等又何彼此之分是非之辯哉故曰或邊地語說四諦或隨俗語說四諦蓋人天隨俗而說四諦者也原彼二聖豈非吾佛竊遣二人而爲佛法前導者耶斯則人法皆權耳良由建化門頭不壞因果之相三教之學皆防學者之心緣淺以及深由近以至遠是以孔子欲人不爲虎狼禽獸之行也故以仁義禮智援之姑使捨惡以從善由物而入人修先王之教明賞罰之權作春秋以明治亂之迹正人心定上下以立君臣父子之分以定人倫之節其法嚴其教切近人情而易行但當人欲橫流之際故在彼汲汲猶難之吾意中國非孔氏而人不爲夷狄禽獸者幾希矣雖然孔氏之迹固然耳其心豈盡然耶況彼明言之曰毋意毋必毋固毋我觀其濟世之心豈非據菩薩乘而說治世之法者耶經稱儒童良有以也而學者不見聖人之心

將謂其道如此而已矣故執先王之迹以挂功名堅固我執肆貪欲而爲生累至操仁義而爲盜賊之資啓攻鬭之禍者有之矣故老氏愍之曰斯尊聖用智之過也若絶聖棄智則民利百倍剖斗折衡則民不爭矣甚矣貪欲之害也故曰不見可欲使心不亂故其爲教也離欲清淨以靜定持心不事于物澹泊無爲此天之行也使人學此離人而入于天由其言深沈學者難明故得莊子起而大發揚之因人之固執也深故其言之也切至于誹堯舜薄湯武非大言也絶聖棄智之謂也治推上古道越羲皇非漫談也甚言有爲之害也詆訾孔子非詆孔子詆學孔子之迹者也且非實言乃破執之言也故曰寓言十九重言十七訶教勸離隳㷀形泯智意使離人入天去貪欲之累故耳至若精研世故曲盡人情破我執之牢關去生人之大累寓言曼衍比事類辭精切著明微妙玄通深不可識此其說人天法而具無礙之辯者也非夫現婆羅門身而說法者耶何其遊戲廣大之若此也粃糠塵世幻化死生解脫物累逍遥自在其超世之量何如哉嘗謂五伯借竊之餘處士橫議充塞仁義之涂若非孟氏起而大闢之吾意天下後世左衽矣當羣雄吞噬之劇舉世顛暝亡生于物欲火馳而不返者衆矣若非此老蹶起攘臂其間後世縱有高絜之士將亦不知軒冕爲桎梏矣均之濟世之功又何如耶然其工夫由靜定而入其文字從三昧而出後人以一曲之見而窺其人以濁亂之心而讀其書茫然不知所歸趣苟不見

其心而觀其言宜乎驚怖而不入也且彼亦曰萬世之後而一遇大聖知其解者是旦暮遇之也然彼所求之大聖非佛而又其誰耶吾意彼爲吾佛破執之前矛斯言信之矣世人于彼尚不入安能入于佛法乎

論工夫

吾教五乘進修工夫雖各事行不同然其修心皆以止觀爲本故吾教止觀有大乘有小乘有人天乘四禪八定九通明禪孔氏亦曰知止而後有定又曰自誠明此人乘止觀也老子曰常無欲以觀其妙常有欲以觀其徼又曰萬物竝作吾以觀其復莊子亦曰莫若以明又曰聖人不由而照之于天又曰人莫鑑于流水而鑑于止水惟止能止衆止也又曰大定持之至若百骸九竅賅而存焉吾誰與爲親又曰咸其自取怒者其誰耶至若黄帝之退居顔子之心齋丈人承蜩之喻仲尼夢覺之論此其靜定工夫舉皆釋形去智離欲清淨所謂厭下苦麤障欣上淨妙離冀去人而入天按教所明乃捨欲界生而生初禪者故曰宇泰定者發乎天光此天乘止觀也首楞嚴曰一切世間所修心人愛染不生無留欲界是人應念身爲梵侶又曰欲習旣除離欲心現是人應時能行梵德名爲梵輔又曰清淨禁戒加以明悟是人應時能統梵衆爲大梵王又曰此三勝流一切煩惱所不能逼雖非正修眞三摩地清淨心中諸漏不動名爲初禪至于澂心不動湛寂生光倍倍增勝以歷二三四禪精見現前陶鑄無礙以至究竟羣幾窮色性性入無邉際名色究竟天

此其證也由是觀之老氏之學若謂大患莫若于有身故滅身以歸無勞形莫先于有智故釋智以淪虛此則有似二乘且出無佛世觀化知無有似獨覺原其所宗虛無自然即屬外道觀其慈悲救世之心人天交歸有無雙照又似菩薩葢以權論正所謂現婆羅門身而說法者據實判之乃人天乘精修梵行而入空定者是也所以能濟世者以大梵天王爲娑婆主統領世界說十善法救度衆生據華嚴地上菩薩爲大梵王至其梵衆皆實行天人由人乘而修天行者此其類也無疑矣吾故曰莊語純究天人之際非孟浪之談也

論行本

原夫即一心而現十界之像是則四聖六凡皆一心之影響也豈獨人天爲然哉究論修進階差實自人乘而立是知人爲凡聖之本也故裴休有言曰鬼神沈幽愁之苦鳥獸懷獝狘之悲修羅方瞋諸天耽樂可以整心慮趣菩提唯人道爲能耳由是觀之捨人道無以立佛法非佛法無以盡一心是則佛法以人道爲鎡基人道以佛法爲究竟故曰菩提所緣緣苦衆生若無衆生則無菩提此之謂也所言人道者乃君臣父子夫婦之間民生日用之常也假而君君臣臣父父子子不識不知無貪無競如幻化人是爲諸上善人俱會一處即此世界爲極樂之國矣又何庸夫聖人哉奈何人者因愛欲而生愛欲而死其生死愛欲者財色名食睡耳由此五者起貪愛之心搆攻鬭之禍以致君不君臣不臣父

不父子不子雖先王之賞罰不足以禁其心適一已無厭之欲以結未來無量之苦是以吾佛愍之曰諸苦所因貪欲爲本若滅貪欲無所依止故現身三界與民同患乃說離欲出苦之要道耳且不居天上而乃生于人間者正示十界因果之相皆從人道建立也然旣處人道不可不知人道也故吾佛聖人不從空生而以淨梵爲父摩耶爲母者示有君親也以耶輸爲妻示有夫婦也以羅睺爲子示有父子也且必捨父母而出家非無君親也割君親之愛也棄國榮而不顧示名利爲累也擲妻子而遠之示貪欲之害也入深山而苦修示離欲之行也先習外道四徧處定示離人而入天也捨此而證正徧正覺之道者示人天之行不足貴也成佛之後入王宮而舁父棺上忉利而爲母說法示佛道不捨孝道也依人間而說法示人道易趣菩提也假王臣爲外護示處世不越世法也此吾大師示現度生之楷模垂誡後世之弘範也嗟乎吾人爲佛弟子不知吾佛之心處人間世不知人倫之事與之論佛法則儱侗真如顢頇佛性與之論世法則觸事面墻幾如檮昧與之論教乘則曰枝葉耳不足尚也與之言六度則曰菩薩之行非吾所敢爲也與之言四諦則曰彼小乘耳不足爲也與之言四禪八定則曰彼外道所習耳何足齒也與之言人道則茫不知君臣父子之分仁義禮智之行也嗟乎吾人不知何物也然而好高慕遠動以口耳爲借資竟不知吾佛救人出世以離欲之行爲第一也故曰離欲寂靜最爲第

一以余生人道不越人乘故幼師孔子以知人欲爲諸苦本志離欲行故少師老莊以觀三界唯心萬法唯識知十界唯心之影響也故皈命佛

論宗趣

老氏所宗虛無大道卽楞嚴所謂晦昧爲空八識精明之體也然吾人迷此妙明一心而爲第八阿賴耶識依此而有七識爲生死之根六識爲造業之本變起根身器界生死之相是則十界聖凡統皆不離此識但有執破染淨之異耳以欲界凡夫不知六塵五欲境界唯識所變乃依六識分別起貪愛心固執不捨造種種業受種種苦所謂人欲橫流故孔子設仁義禮智教化爲隄防使思無邪姑捨惡而從善至若定名分正上下然其道未離分別卽所言靜定工夫以唯識證之斯乃斷前六識分別邪妄之思以袪鬬諍之害而要歸所謂妙道者乃以七識爲指歸之地所謂生機道原故曰生生之謂易是也至若老氏以虛無爲妙道則曰谷神不死又曰死而不亡者壽又曰生生者不生且其教以絕聖棄智忘形去欲爲行以無爲爲宗極斯比孔則又進觀生機深脈破前六識分別之執伏前七識生滅之機而認八識精明之體卽楞嚴所謂罔象虛無微細精想者以爲妙道之源耳故曰惚兮恍其中有象恍兮惚其中有物其以此識乃全體無明觀之不透故曰杳杳冥冥其中有精以此識體不思議熏不思議變故曰玄之又玄而稱之曰妙道以天地萬物皆從此中變現故曰天地之根衆妙之

門不知其所以然而然故莊稱自然且老乃中國之人也未見佛法而深觀至此可謂捷疾利根矣借使一見吾佛而印决之豈不頓證真無生耶吾意西涉流沙豈無謂哉大段此識深隱難測當佛未出世時西域九十六種以六師爲宗其所立論百什至于得神通者甚多其書又不止此方之老莊也洎乎吾佛出世靈山一會英傑之士皆彼六師之徒且其見佛不一言而悟如良馬見鞭影而行豈非昔之工夫有在但邪執之心未忘故今見佛只在點化之間以破其執耳故佛說法原無贅語但就衆生所執之情隨宜而擊破之所謂以楔出楔者本無實法與人也至于楞嚴會上微細披剥次第徵辯以破因縁自然之執以斷凡夫外道二乘之疑而看教者

不審乎此但云彼西域之人耳此東土之人也人有彼此而佛性豈有二耶且吾佛爲三界之師四土之父豈其說法止爲彼方之人而此十萬里外則絶無分耶然而一切衆生皆依八識而有生死堅固我執之情者豈只彼方衆生有執而此方衆生無之耶是則此第八識彼外道者或執之爲冥諦或執之爲自然或執之爲因縁或執之爲神我即以定修心生于梵天而執之爲五現涅槃或窮空不歸而入無色界天伏前七識生機不動進觀識性至空無邊處無所有處以極非非想處此乃界内修心而未離識性者故曰學道之人不識真只爲從前認識神無量劫來生死本癡人認作本來人者是也至于界外聲聞已滅三界見思之惑已斷三界生死之苦

已證無爲寂滅之樂八識名字尚不知而亦認爲涅槃將謂究竟寧歸之地且又親從佛教得度猶費吾佛四十年彈訶淘汰之功至于法華會上猶懷疑佛之意謂以小乘而見濟度雖地上菩薩登七地已方捨此識而猶異熟未空由是觀之八識爲生死根本豈淺淺哉故曰一切世間諸修行人不能得成無上菩提乃至别成聲聞緣覺及成外道諸天魔王及魔眷屬皆由不知二種根本一者無始生死根本則汝今者與諸衆生用攀緣心爲自性者二者無始涅槃元清淨體則汝今者識精元明能生諸緣緣所遺者正此之謂也噫老氏生人間世出無佛世而能窮造化之原深觀至此即其精進工夫誠不易易但未打破生死窠堀耳古德嘗言孔助于戒以其嚴于治身老助于定以其精于忘我二聖之學與佛相須而爲用豈徒然哉據實而論執孔者涉因緣執老者墮自然要皆未離識性不能究竟一心故也佛則離心意識故曰本非因緣非自然性方徹一心之原耳此其世出世法之分也佛所破正不止此即出世三乘亦皆在其中世人但見莊子誹堯舜薄湯武詆訾孔子之徒以爲驚異若聞世尊訶斥二乘以爲焦芽敗種悲重菩薩以爲佛法闡提又將何如耶然而佛訶二乘非訶二乘訶執二乘之迹者欲其捨小趣大也所謂莊詆孔子非詆孔子詆學孔子之迹者欲其絶聖棄智也要皆遣情破執之謂也若果情忘執謝其將把臂而遊妙道之鄉矣方且歡忻至樂之不暇又何庸夫憒憒哉華嚴地上菩

薩于塗灰事火臥棘投鍼之儔靡不現身其中與之作師長也苟非佛法又何令彼入佛法哉故彼六師之執㦸非佛不足以拔之吾意老莊之大言非佛法不足以證嚮之信乎遊戲之談雖老師宿學不能自解免耳今以唯心識觀皆不出乎影響矣

此論剏意葢予居海上時萬曆戊子冬乞食王城甞與洞觀居士夜談所及居士大爲撫掌庚寅夏日始命筆焉藏之既久向未拈出甲午冬隨緣王城擬請益于弱侯焦太史不果明年乙未春以弘法罹難其草業已遺之海上矣仍遺侍者徃殘簡中搜得之秋蒙恩遣雷陽達觀禪師由匡廬杖策候予于江上冬十一月予方渡江晤師于旅泊菴夜坐出此師一讀三歎曰是足以祛長迷也卽命弟子如奇刻之以廣法施予固止之戊戌夏予寓五羊時與諸弟子結制壘壁間爲衆演楞嚴宗旨門人寶貴見而歡喜願竭力成之以卒業焉噫欲識佛性義當觀時節因緣此區區片語誠不足爲法門重輕剏意于十年之前而克成于十年之後作之于東海之東而行之于南海之南豈機緣偶會而然耶道與時也庸可强乎然此葢因觀老莊而作也故以名論萬曆戊戌除日憨山道人清書于楞伽室

病後俗冗近始讀大製曹谿通志及觀老莊影響論等書深爲嘆服所謂不知春秋不能涉世不知老莊不能忘世不參禪不能出世及孔子人乘之聖老子天乘之聖

佛能聖能凡能人能天之聖如此之類百世不易之論也起元再稽顙

道德經解發題

發明宗旨

老氏所宗以虛無自然爲妙道此卽楞嚴所謂分别都無非色非空拘舍離等昧爲冥諦者是已此正所云八識空昧之體也以其此識最極幽深微妙難測非佛不足以盡之轉此則爲大圓鏡智矣菩薩知此以止觀而破之尚有分證至若聲聞不知則取之爲涅槃西域外道梵志不知則執之爲冥諦此則以爲虛無自然妙道也故經曰諸修行人不能得成無上菩提乃至别成聲聞緣覺諸天外道魔王及魔眷屬皆由不知二種根本錯亂修習猶如煑沙欲成佳饌縱經塵劫終不能得云何二種一者無始生死根本則汝今者與諸衆生用攀緣心爲自性者二者無始涅槃元清淨體則汝今者識精元明能生諸緣緣所遺者此言識精元明卽老子之妙道也故曰杳杳冥冥其中有精其精甚眞由其此體至虛至大故非色以能生諸緣故非空不知天地萬物皆從此識變現乃謂之自然由不思議熏不思議變故謂之妙至精不雜故謂之眞天地壞而此體不壞人身滅而此性常存故謂之常萬物變化皆出于此故謂之天地之根衆妙之門凡遇書中所稱眞常玄妙虛無大道等語皆以此印證之則自有歸趣不然則茫若捕風捉影矣故先示于此臨文不煩重出

發明趣向

愚謂看老莊者先要熟覽教乘精透楞嚴融會吾佛破執之論則不被他文字所惑然後精修靜定工夫純熟用心微細方見此老工夫苦切然要真真實實看得身爲苦本智爲累根自能隳形釋智方知此老真實受用至樂處更須將世事一一看破人情一一覷透虛懷處世目前無有絲毫障礙方見此老真實逍遥快活廣大自在儼然一無事道人然後不得已而應世則不費一點氣力端然無爲而治觀所以教孔子之言可知已莊子一書乃老子之註疏故愚所謂老之有莊如孔之有孟是知二子所言皆真實語非大言也故曰吾言甚易知甚易行天下莫能知莫能行而世之談二子者全不在自己工夫體會只以語言文字之乎者也而擬之故大不相及要且學疎狂之態者有之而未見有以靜定工夫而入者此其所謂知我者希矣蘄親二子者當作如是觀

發明工夫

老子一書向來解者例以虛無爲宗及至求其入道工夫茫然不知下手處故予于首篇將觀無觀有一觀字爲入道之要使學者易入然觀照之功最大三教聖人皆以此示人孔子則曰知止而後有定又曰明明德然知明卽了悟之意佛言止觀則有三乘止觀人天止觀淺深之不同若孔子乃人乘止觀也老子乃天乘止觀也然雖三教止觀淺深不同要其所治之病俱以先破我執爲第一步工夫以其世人盡以我之一字爲病根卽智愚賢不肖汲汲功名利祿之場圖爲百世子

孫之計用盡機智總之皆爲一身之謀如佛言諸苦所因貪欲爲本皆爲我故老子亦曰貴大患若身以孔聖爲名教宗主故對中下學人不敢輕言破我執唯對顏子則曰克己其餘但言正心誠意修身而已然心既正意既誠身既修以此施于君臣父子之間各盡其誠卽此是道所謂爲名教設也至若絶聖棄智無我之旨乃自受用地亦不敢輕易舉似于人唯引而不發所謂若聖與仁則吾豈敢又曰吾有知乎哉無知也有鄙夫問于我空空如也至若極力爲人處則曰克己則曰毋意毋必毋固毋我此四言者肝膽畢露然已者我私意者生心必者待心固者執心我者我心克者盡絶毋者禁絶之辭教人盡絶此意必固我四者之病也以聖人虛懷遊世寂然不動物來順應感而遂通用心如鏡不將不迎來無所黏去無蹤迹身心兩忘與物無競此聖人之心也世人所以不能如聖人者但有意必固我四者之病故不自在動卽是苦孔子觀見世人病根在此故使痛絶之卽此之教便是佛老以無我爲宗也且毋字便是斬截工夫下手最毒卽如法家禁令之言毋得者使其絶不可有犯一犯便罪不容赦只是學者不知耳至若吾佛說法雖浩瀚廣大要之不出破衆生麤細我法二執而已二執既破便登佛地卽三藏經文皆是破此二執之具所破之執卽孔子之四病尚乃麤執耳世人不知將謂別有玄妙也若夫老子超出世人一步故顓以破執立言要人釋智遺形離欲清淨然所釋之智乃私智卽意必

也所遺之形即固我也所離之欲即己私也清淨則廓然無礙如太虛空即孔子之大公也是知孔老心法未嘗不符第門庭施設藩衛世教不得不爾以孔子專於經世老子顓於忘世佛顓於出世然究竟雖不同其實最初一步皆以破我執爲主工夫皆由止觀而入

發明體用

或曰三教聖人教人俱要先破我執是則無我之體同矣奈何其用有經世忘世出世之不同耶答曰體用皆同但有淺深小大之不同耳假若孔子果有我是但爲一己之私何以經世佛老果絶世是爲自度又何以利生是知由無我方能經世由利生方見無我其實一也若孔子曰寂然不動感而遂通天下之故用也明則誠體也誠則形用也心正意誠體也身修家齊國治天下平用也老子無名體也無爲而爲用也孔子曰惟天爲大唯堯則之蕩蕩乎民無能名焉又曰無爲而治者其舜也歟且經世以堯舜爲祖此豈有名有爲者耶由無我方視天下皆我故曰堯舜與人同耳以人皆同體所不同者但有我私爲障礙耳由人心同此心心同則無形礙故汲汲爲之教化以經濟之此所以由無我而經世也老子則曰常善救人故無棄人無棄人則人皆可以爲堯舜是由無我方能利生也若夫一書所言爲而不宰功成不居等語皆以無爲爲經世之大用又何嘗忘世哉至若佛則體包虛空用周沙界隨類現身乃曰我於一切衆生身中成等正覺又曰度盡衆

生方成佛道又曰若能使一衆生發菩提心寧使我身受地獄苦亦不疲厭然所化衆生豈不在世間耶旣涉世度生非經世而何且爲一人而不厭地獄之苦豈非汲汲耶若無一類而不現身豈有一定之名耶列子甞云西方有大聖人不言而信無爲而化是豈有心要爲耶是知三聖無我之體利生之用皆同但用處大小不同耳以孔子匡持世道姑從一身以及家國後及天下故化止于中國且要人人皆做堯舜以所祖者堯舜也老子因見當時人心澆薄故思復太古以所祖者軒黄也故件件説話不同尋常因見得道大難容故遠去流沙若佛則教被三千世界至廣至大無所揀擇矣若子思所讚聖人乃曰凡有血氣者莫不尊親是知孔子體用未嘗不大但局于時勢耳正是隨機之法故切近人情此體用之辯也惜乎後世學者各束於教習儒者拘習老者狂學佛者隘此學者之弊皆執我之害也果能力破我執則剖破藩籬卽大家矣

發明歸趣

愚嘗竊謂孔聖若不知老子决不快活若不知佛决不柰煩老子若不知孔决不口口説無爲而治若不知佛决不能以慈悲爲寶佛若不經世决不在世間教化衆生愚意孔老卽佛之化身也後世學佛之徒若不知老則直管往虛空裏看將去目前法法都是障礙事事不得解脱若不知孔子單單將佛法去涉世决不知世道人情逢人便説玄妙如賣死猫頭一毫沒用處故祖師亦云説法不投

機終是開言語所以華嚴經云或邊地語說四諦此佛說法未嘗單誇玄妙也然隨俗以度生豈非孔子經世之心乎又經云五地聖人涉世度生世間一切經書技藝醫方雜論圖書印璽種種諸法靡不該練方能隨機故曰世諦語言資生之業皆順正法故儒以仁爲本釋以戒爲本若曰孝弟爲仁之本與佛孝名爲戒其實一也以此觀之佛豈絕無經世之法乎由孔子攘夷狄故教獨行于中國佛隨邊地語說四諦故夷狄皆從其化此所以用有大小不同耳是知三教聖人所同者心所異者迹也以迹求心則如蠡測海以心融迹則似芥含空心迹相忘則萬派朝宗百川一味

憨山緒言

有物者不可以語道夫萬物紛紜非有也有之者人也人不有則萬物何有凡有物者必殉物殉物者幾亡人人亡矣孰與道哉物於人也甚矣夫

忘物者不足以致道夫不有物者達物虛物虛則不假忘而忘矣而云我忘物已我忘物已有所可忘非真忘故云不足以致道

淪虛者未足以盡道夫心不虛者因物有物虛而心自虛矣心虛物虛則心無而有物虛心虛則物有而無如斯則又何滯哉而必以虛爲虛取虛爲極是淪虛也何盡道

忘與不忘俱忘忘忘矣而必拘俱忘忘矣而不拘俱難噫至矣哉安得無忘而無不忘無俱而無不俱者而與之言忘俱耶

今夫致道者在塵必曰動易體出塵必曰靜

易造以動易者如實石火以靜易者如可急流石火似有急流似停易此者是不達動靜之原生滅之本也

被物動者我之招也不有我孰能動哉觀夫長風鼓於天地木折而竅號於太虛何有焉故至人無我虛之至也以其虛故不動

心體原真習染成妄故造道之要但治習治習之要純以智嘗試觀夫融氷者焉火勝則氷易消智深則習易盡

我信人不信非人不信信不及也人信我不信非我不信不足信也故我信信心人信信言言果會心則無不信矣

銖兩移千鈞之至重一私奪本有之大公私也者圓明之眚生死之蔕也是以得不在小失不在大聖人戒慎恐懼不睹不聞之地

勞於利勞於名勞於功勞於道其勞雖同所以勞則異也是以有利不有名有名不有功有功不有道有道者道成無不備

陸魚不忘濡沫籠鳥不忘理翰以其失常思返也人而失常不思返是不如魚鳥也悲夫趣利者急趣道者緩利有情道無味味無味者緩斯急也無味人孰味之味之者謂之真人

心本澄淵由吸前境渾濁其性起諸昏擾悶亂生惱推原其根其過在著

一瞖在眼空華亂起纖塵著體雜念紛飛了瞖無華銷塵絕念

至細者大至微者著細易輕微易忽衆人不識聖人兢兢由乎兢兢故道大功著萬世無過

物無可欲人欲之故可欲欲生於愛愛必取
取必入入則没没則已小而物大生輕而物
重人亡而物存古之善生者不事物故無欲
雖萬狀陳前猶西子售色於麋鹿也
吾觀夫狎虎狼者雖狎而常畏恐其食己也
故常畏色欲之於人何啻虎狼哉人狎而且
玩食盡而心甘恬不知畏過矣乎虎狼食身
色欲食性
色欲之於人無敵也故曰賴有一矣若使二
同普天之人無能爲道者吾意善敵欲者最
以智助智以厭厭則懼懼則遠遠則淡淡則
忘忘之者望形若偶人視味如嚼蠟何欲哉
難而易易而難衆人畏難而忽易聖人畏易
而敬難是以道無不大德無不弘功無不成
名無不立

世之皆以功名爲不朽謂可以心致故勞心
謂可以形致故勞形且夫盡勞而未必樹樹
而未必固吁去聖人孰能固哉不固則朽何
固哉吾謂不朽者異夫是知吾之不朽不朽
矣
榮名者玷名榮位者玷位既玷矣辱何加焉
故曰玷者不立不立者無本無本而名位之
兢兢乎得失也何榮哉
富不大以其蓄有蓄則有亡故不大貴不至
以其高有高則有下故不至是知達人無蓄
故富莫大焉無高故貴莫至焉
藏迹者非隱迹隱而心未必忘馮名者非顯
名顯而道未必著故隱非正顯非大吾所謂
隱顯者異乎是吾所謂隱顯者隱於體而顯
於用也體隱則廓爾太清萬境斯寂用顯則

森然頓現一道齊觀如斯則逆順隨宜窮通一致矣噫處此者博大真人哉

君父之命不可逃況大命乎嘗試觀夫負小技而不達大命者居常爲失意當分爲棄時故踔踶之心憤激託言而要乎世噫過矣夫達士觀之猶人酣酒夜行而射額於柱抱布鼓而號救於天也雖然布鼓存焉知命者不取

以機爲密非密矣以道爲密密也夫吾嘗觀夫弄弩者岌岌然百發而數獲此善者也而況不善者乎善爲道者能宥物不發而物無所逃故密莫大焉勁莫至焉

天地循環千變萬化死生有常人莫之測不測其常狥物而亡聖人返物故乃昌

人棄我取故人之所有我不有我之所有人不有人非不有以其不知有故不有設知有我何異哉

塵垢汚指必濯而後快貪嗔害德而不知祛是視德不若一指也指汚有生德害失性

負重者累多知者勞累久則形傷勞極則心竭殆已所以殆者事外也是以重生者事內不事外循已不循人志存不志亡

變通難言也人莫不以趨利避害爲然而吾實不然亦有夫利害置前而不可却者變也何通耶衆人隨之君子審之聖人適之適之則不有以其不自有故不有

人謂之盜物者爲盜非盜也吾謂之盜心者爲盜確已夫夫盜盜物未必盡有禦必不入設入必獲獲則死無容旣死矣奚盜哉夫盜盜心必盡失禦急而愈入設獲且生而多又

縱之尤有誨之者慎之哉

道盛柔德盛謙物盛折是以柔愈强謙愈光折愈亡古之不事物者故乃長

密於事者心疏密於心者事違故事愈密心愈疏心愈密事愈違心不洗者無由密是以聖人貴洗心退藏於密

一刺在膚側悼而不安衆刺在心何可安耶刺膚膚潰刺心心亡

大威可畏觀夫天地肅殺者大威也萬物雖衆靡靡然孰能當之故夫人有威者承天也天威至公人威効公天威愛物人威主生

化人無功化已有功已果化而人不化自化矣徵夫觀德人之容使人之意也消信夫

治逆易治順難逆有對順無知故有知者過逆如甘露畏順如鴆毒慎之至也以其慎故守不失慎也者成德之人歟

心體本明情塵日厚塵厚而心日昏矣是以聖人用智不用情故致道者以智去情情忘則智泯矣忘情者近道哉

智鉅事微善達事者莫若智故智之器挫銳解紛無不利嘗試觀夫片雪點紅爐清霜消烈日以其勝之也故自勝者孰能禦之

人以大巧我用至拙人巧以失我拙以得故善事道者棄巧取拙無不獲

順我者喜逆我者怒喜怒迭遷好惡競作日益其過推原其由本乎不覺不覺即忘返也

恣口體極耳目與物鑁鑠人謂之樂何樂哉苦莫大焉隳形骸泯心智不與物伍人謂之苦何苦哉樂莫至焉是以樂苦者苦日深苦樂者樂日化故効道之人去彼取此

天地不勞而成化聖人以勞而成功衆人因勞而遂事事遂者逸功成者退故曰功成事遂身退天之道

多財者驕高位者慢多功者伐大志者狂勝才者傲厚德者下實道者隨

不了假緣橫生取捨識風鼓扇浩蕩不停如海波澄因風起浪風若不起波浪何生識若不生萬緣何有故致道者不了卽生了卽無生也善哉

源不遠流不長道不大功不固是以聖人德被羣生功流萬世以其道大也有大道者孰能破之

目容天地纖塵能失其明心包大虛一念能塞其廣是知一念者生死之根禍患之本也故知幾知微聖人存戒

自信者人雖不信亦信之矣不自信者人雖信亦不信之矣故自信敦誠人信易欺誠者日精欺者日淪智照識惑惑起千差照存獨立故致道者以照照惑貴智不貴識

觀夫市人莽行失足於窪然必愓然揮臂以自誓者爲嫌其汚屨也今夫人者處下德而晏然不愓不誓是自短於市人而土苴其道德也悲夫

人皆知變之爲變而爲之變而不知變有不變者存焉苟知其不變則變不能變之矣苟不知其不變雖無變何嘗不變哉請試觀夫聖人身循萬有潛歷四生紜紜竝作而無將無迎者是處其不變而變之也何變哉若夫人者形若槁木而心若飈塵物絕迹而猶呻吟是無變也何嘗不變哉

寢息坐卧所以逸身也止絶攀緣所以逸心也身逸者志墮心逸者志精故養道者忘形

師心道乃貞

天地大以能含成其大江海深以善納成其深聖人尊以納汚含垢成其尊是以聖人愈容愈大愈下愈尊故道通百刼福隆終古而莫之爭

視民爲吾民善善惡惡或不均視民爲吾心慈善悲惡無不真故曰天地同根萬物一體此之謂同仁

見色者盲見見者明聞聲者聾聞聞者聰是以全色全見盡聲盡聞無不融聲色俱非見聞無住此之謂大通

衆念紛紛不止無以會真若以衆念止衆念則愈止愈不止矣苦以一念止衆念則不止而自止矣吾所謂一念者無念也能觀無念不妨念念而竟何念哉雖然實無念者贅也

夫曾不知其爲橛也

心體元虛妄想不有若了妄不有雖有而不有也不了妄不有雖不有猶有之也故妄想如空華其根在眼眚了眚華不無空體常寂滅

夫平居内照似有及涉事即無者直以心境未融前塵未了而爲留礙也故造道者不了前塵縱心想俱停猶爲趣寂故於至道不取體寂用照用不失體即照而寂體不離用即寂而照是以體寂若太虛用照如白日故萬變無虧無幽不鑒

前無始後無終萬刼一念六合一虛人物齊軌大小同狀晝夜不變死生不遷此之謂常

然體此者似人而天誰爲之愆

事小理大事有千差理唯一味善理者即事無外隱顯存亡莫之二是以至人愈動愈靜無不寓

不可以無心得不可以有心求有心執有無心著無是二俱非則超然獨立所以大人無對者以其無可當情也

念有物有心空法空是以念若虛鎔逢緣自在心如圓鑑來去常閑善此者不出尋常端居妙域矣

大忘不忘無不忘用意忘者愈忘愈著執著者未踰道果踰道何不忘耶故曰魚相忘於水人相忘於道

游魚不知海飛鳥不知空凡民不知道藉若知道豈爲凡民哉吾意善體道者身若魚鳥心若海空近之矣

一動一靜一語一默揚眉瞬目或飲與啄左之右之無時不察察久念裂劃然自得自得者自知人莫之識

天地之功不捨一草滄海之潤不棄一滴圓明之體不離一念是知一念之要重矣夫

真心至大此身至微是以明真心者返觀此身猶若片雲浮於太清任往任來翛然無寄由無寄故處世若寄焉

爲有爲無能爲爲無爲能有爲是以聖人無爲而無不爲也吾所謂聖人無爲者蓋即爲而不有其爲非若寒灰枯木而斷然不爲也

太虛遊於吾心如一漚在海况天地之在太虛乎萬物之在天地乎此身之在萬物乎外物之在此身乎嘻眇小哉以其小故大

天地寂萬物一守寂知一萬事畢處此道者常不忒以其不忒故作做云爲俱不失不失者謂之真人

超然絶待大同也夫不同則物我二物我二則形敵生有形敵者待莫甚焉何絶哉吾意善致道者貴兩忘兩忘則物我一物我一則形敵忘形敵既忘誰待哉絶待故大大故同大同者謂之聖人故曰會萬物而爲已者其唯聖人乎

山河大地一味純真心若圓明天地虛寂故達此者外觸目無可當情中返觀了無一物如斯則空空絶迹物物徒云身寄寰中心超象表矣

靜極則心通言忘則體會是以通會之人心若懸鑑口若結舌形若槁木氣若霜雪嘻果何人斯願與之遊也

其形似拘拘其中深而虛虛眼若不見耳若不聞昏昏悶悶人望之而似癡若亡人而不知偶誰吾請以爲師

世間所有杳若夢存夢中不無覺後何有故不覺何以超有不超有何以離世吾所謂離世者非離世離世在即世而離世也即世而離世者謂之至人

知有爲始極盡爲終策知以智運極以權權也者涉有也涉有處變古有萬變而不失其正者根本存焉今夫不本而誇善變者是由自縛而解人人見而必唾雖孺子大笑之

直達謂之頓密造謂之漸直達詣真密造除僞真不詣僞不除僞不除真不極由是觀夫僞也者真之蔽歟道之害歟德之累歟

圓融該攝廣大交徹全事全理隱顯莫測一多互含多一互入舉一通收不妨羅列小大不殊凡聖不隔常泯常照常起常寂心不可思言不可議日用尋常曾無欠闕常在其中不勞途涉此之謂至極

大言載道小言載名至言忘言載名者近載道者遠忘言者通是故近則易親遠則易毀通則莫測以其至故莫測居莫測者謂之神化

孤掌不鳴不虛無嚮絕待無言由是觀之言者有待而然也雖然言言於無言言卽無言矣無言者言之不及也吾意善得無言者在遺言言旣遺而無言者得矣何言哉

聊城傅光宅曰世之謂子書者則老莊非其至乎老言簡而意玄莊語奇而思遠後之談道者歸焉荀楊而下未足擬也茲緒言將非老莊之倫耶其爲文俊偉明潔而其意旨難以名言或老莊猶有所未及耶疑者曰子是過矣老莊何可及也余曰老莊誠不可及也乃所稱谷神和同與疑始玄珠之類則似有言而未盡又似欲言而難於言者道信無窮極也西方聖人無法可說而有說法言之盡矣故觀老莊而知諸子未盡也觀西方聖人而知老莊未盡也緒言則旨出於西方聖人而文似老莊者也故曰或老莊猶有所未及也然是亦有言也有言則緒也故以緒言名卽其言而求其所不言是存乎人矣不然謂憨山令人也緒言何奇哉豈唯不及老莊亦復不及諸子

憨山大師夢遊全集卷第四十五

音釋

賅胡改切　貅休䇓切　狖尤救切　𪏆臚庚切

駭音害　獝音旭　狖音右　𪏆音黄

憨山大師夢遊全集卷第四十六

侍者福善日録　門人通炯編輯

徑山雜言

師在徑山與諸弟子接見散口而談日出皆證後利生最親切者不宜散落某生平能領指不能記誦師言波浪深濶而某又十日後方起此念不復能憶全語始次標目記其大略前話并續别開示者一一綴入爲徑山法語以便刻施普及不枉大師唾沫之慈澹居師及大衆同此一心

弟子朱鷺記

此一大事須平實商量方得受用第一不得好玄妙脣舌波浪謂之弄精魂

此事不從叅究入者不得力不向教上印證者不得正知見不從境縁上打鍊者亦只是光影門頭事及臨逆順八風境界便被摇奪將去都透不過以宗入以教印以日用境縁爲驗但於境上輕脫無滯着心即是用心得力處能以境縁自勘亦不必全靠善知識説話爲實法耳

咬定話頭不是要明話頭只借話頭發疑斬截妄想其叅究須離話頭處叅究下得疑方得力古德云離鈎三寸子何不道前人志之矣疑至情識不到語言不通時拶逼極處迸出些子光影謂之電光三昧正好進步不得歡喜若認此爲是則得少爲足貼體都被者點光覆住不復能出過後發出都被所使矣

八識中含藏尚有多生習氣微細種子忽現前用力不得處須借呪力以消之

問智識不同處但最初一念現量即是智纔

轉第二頭便是比量落情想矣又曰黏帶情來的是識不黏帶情來的是智咬住話頭正是把住情識來路不起第二念
叅悟亦非甚難事三箇月一住氣定見下落第一不得先存待悟心纔待悟即爲等待他悟郎此便是攔頭板則工夫再不得入矣又曰者事須是勇猛漢子做
利根人多生得夙慧今生遇緣當下便了有不從叅入者但要保任去透脱去如六祖便是其人鈍根人如何只要自肯鈍根不巧就從鈍處得力
咬定話頭一切時中都用得着便刀山火聚上去也用得着者便是得定力處若有絲毫廻避便全身墮落矣
叅禪人不得坐在潔白地上此是千生萬劫陷坑我欲爲衆説破故作擔板歌
教眼宗眼原無二眼求明師提宗全撫教語印入恐人一向無義路邊錯下脚若不得教眼便落邪見我註金剛法華楞伽楞嚴等經書從情識不到處沒義路邊迸出者拈取却欲以教印宗學者當自得之
在東海時一夕坐入身世俱空海印發光河山震動境界得相應慧有項悟入楞嚴着緊處恍然在目急點燭書之手腕不及停畫五鼓漏而楞嚴懸鏡巳竟矣侍者出候見殘燭在案訝之
菩薩全以利生爲事若不透過世間種種法則不能投機利生
學佛先發大悲心破我執爲主
舊公案在今時人以妄想量度則鍼鋒不對

矣縱會得說得亦於已分上無力
動中會易入靜中入無力
從外知見入者無力自性內會入者得力
問從緣薦得者如何緣有二見聞緣有退失
境界緣無退失虛實不同故
衆生欲悉二乘生悉菩薩無生悉佛寂滅悉
只一佛知見是正却有菩薩知見二乘知見
衆生知見外道知見諸皆淆譌所以世尊種
種方便只要了一心入正知見名佛知見
了得生滅心寂滅郎了得生死
如何是向上秖有箇放下
祖師語句句活學人當實法則句句死
日用工夫只消看破妄念不被他使無別用
心處
一切空不下時如何只了知是假一切能空

一切能輕
菩薩住在極樂做甚事我要扯他出來
念佛阿彌陀句原同一話頭今人却便會到
西方去也
一切是幻人人曉得須有主張幻的作用方
不爲幻轉在海印時偶想六祖夜半人來斫
頭公案便欲學其定力每夜開門習觀想假
若有人來要借頭便歡喜捨之今夜然明夜
亦然久之覺有定見力在忽一夜報盜入予
曰第呼來明燭正坐無怖怯心其人及門乃
匍匐不敢入一長大漢也予呼謂此間無所
有命取庫中二百錢與之若先無主張便惶
遽了也
住五臺山中喧聲如百萬鏖戰無有一息能
安者一日聽泉極衝激處頃之忽然不聞繞

舉念何故又聞乃向極沸處坐若干日坐久之水聲寂然自此水聲不斷如不聞也此後安住山中不復爲喧嚷動矣

在東海時值皇太后遣內官齎銀若干至弗敢拒也度不可濫承當念地方饑荒可借以普太后之施內官不可予告以各縣該地方受施者造一册還報如之其後兩宮聞而大喜及至被難時竟得此一事力乃知臨財不可苟也

在嶺南時人情未熟崖岸在不能使人狎無可親者有小孩兒欲近之輙畏我去一日學獅子調兒法勉自倒身昵狎之與之果蓏日狎一日遂不我畏自此人不我避忌日來親也

初叅謁某總府持揭庭下移時不命起去心觧得應自呼名稟見耶顧不能出諸口如千鈞重無可奈何時奮自稱名某稟見乃得起去明日叅謁復然竟一歲不少假借旁謂武人何知破常格待善知識也最後約同謁撫院日總撫備一舟裝齋飯果品如賓席邀請過舟作禮揖上坐曰非我不能假借公知公有傲骨聊以相成也譚談促膝以別乃歎宰官中大有深心人在何問武耶

讀書不細心體認不得其用予註老子至天之道其猶張弓乎更數日思其合處不可得乃從他借一弓并弦張而懸之壁間坐卧視之又二日忽悟張字對弛字說弓弛時弰高而有餘弰下而不足則無用也及張而用之則抑高舉下損弰補弰上下均停可以命中天道全以動爲用主施而不主受適合之也

重爲輕根二句亦稽數年不敢草草觧正當南行之日孫坐舟中情景無聊輕重靜躁之觧恍然目前始悟太上語旨益身試之而後見未可謂紙上陳言無眞味也故道德一註歷十三年乃脱稿非草草也

予著經必是凝神入觀體契佛心機倪忽自迸出者方副之紙若涉思議郎不中用

化生儀軌

語曰聖人不出世萬古如長夜故我本師釋迦文佛示現王宫出家雪山六年苦行悟道成佛於鹿苑說法度生當佛未出世時西天外道有九十六種各立門庭皆稱師長及佛成道說法之時諸外道一一歸依出家爲佛弟子依教修行證阿羅漢果故今靈山一會一千二百五十餘人皆是外道之儔也當是時也有信佛者則皈依佛法依教奉行其不信者則生驚疑乃至種種魔害毁謗墮惡道者不可勝數是知今之佛法未行之地皆似佛未出世之時智愚賢不肖雖有疑信之不一是皆不知我佛出世之本懷及度生漸次方便之軌則也故今略述化生方便之次第使未聞未信佛法者知我等爲僧化生之法門非是一事一行一門而可入也故曰方便有多門歸源性無二要之四十九年皆隨機大小淺深之序所謂教不躐等也幸宜委悉勿謂常談

一佛以一大事因緣出現世間所謂開示衆生佛之知見使其悟入惟此一事更無餘事所云一大事者謂要衆生知生死爲一大事也佛知見者乃衆生各各本有之佛性也由

迷此佛性而成生死今要出生死苦必以悟佛知見爲第一義如此豈非佛爲直指人心見性成佛而出世間是則禪道悟心一路不待達磨西來然佛特爲此事而出世也爭奈衆生歷劫以來貪瞋癡愛煩惱惡見迷之已深不堪頓示悟心之大法故將一乘法分別說三以此故有三乘漸次之設所謂小乘中乘大乘也至有不堪小乘之法者則設五戒十善爲人天善果且免墮三途地獄餓鬼畜生之苦故曰五戒不持人天路絶今爲佛弟子遵奉佛教以度生爲事業若不漸次方便誘引入道一旦示之以大法則反使橫生疑謗自取三途之苦是以醍醐爲毒藥矣乃不善導之過也故今遵佛所制在家善男子名優婆塞善女人名優婆夷當持五戒以修人天善果在家五戒者

一不殺生　此戒感將來長壽及如意眷屬和合現在子孫昌盛之報

二不偷盜　凡不與而取皆名爲盜此戒感來世得大富饒衣食豐足所求如意之報

三不邪淫　非己妻妾妄生淫欲名爲邪淫此戒感來世得妻妾貞良父慈子孝眷屬六親和合之報

四不妄語　凡言不實鬬搆兩家名爲妄語此戒感來世智慧過人言語真實聞者皆信依教而行之報

五不飲酒　酒能昏迷亂性發狂生極爲衆惡之本此戒感未來智慧明達識見超越之報

右上五戒乃我佛出世初爲世間在家之人特設此教令人依戒修因則不負此生免墮惡道能感來世不失人身得長壽大富子孫家道豐盛文明特達之報凡今高官尊爵富厚豐盈聰明利達之人皆從修持五戒中來

然此五戒即儒門五常不殺仁也不盜義也不邪淫禮也不飲酒智也不妄語信也故佛法有裨王道者以五戒化人則無詞訟省刑罰家治而風淳矣此吾佛最先所設化生之儀也今世俗之人不知佛法全無好善之心而返生謗佛謗法謗僧之見是自甘愚迷自取苦趣耳又有一等之人雖能喫蔬而不知佛法正修行路聽從無爲外道邪人不敬佛祖天地不孝父母不燒香禮拜三寶專一味邪行邪説盲盲相引相聚妄談以爲傳法全不知有正修行路而返謗佛法僧堅執不化此乃最愚癡人是可憐者即今奉詔旨所當禁者是也惟願當世高明君子辯白邪正是非凡遇此輩即當開示令其捨邪歸正不但護佛法是亦有助於王化也然學邪學正總是一念善心可惜不知是邪而誤墮今若知非又何不捨彼邪徒而爲眞正善人爲聖世之良民乎

右上五戒乃佛教修人道之因果又設十善業道爲人天之因果所言十善者

一身三惡業謂殺盜淫若斷此三惡則名三善道

二口四惡業謂妄言綺語兩舌惡口若斷此四名四善道

三意三惡業謂貪瞋癡若斷此三名三善道

如上十惡乃常人日用而不知者今若能斷此十惡則名十善爲生天之因是爲純善之人此十善法即儒門正心誠意修身之道也若果能修此則現世爲聖爲賢則定感來世

生在天宫受勝妙樂此萬萬真實之行世人何故愚迷不知而專向邪道爲得豈不辜負此心哉

如上五戒十善乃吾佛特爲世間在家之人所設之教要人依此修因不失人天之福此金口所宣不妄之談若不遵此修總是邪道非正行也總肯苦心修行都無利益反增苦果是謂以苦捨苦吾佛已深痛之矣今世間五部六册之説乃外道邪人妄稱師長偷竊佛祖言句雜集世俗鄙俚之言以惑愚民所謂邪道亂眞者即今聖旨所禁皆此輩也在家之人既有好善之心何不歸依三寶而必墮此邪法豈智人哉

又觀今世好善男子已能歸依三寶以自恃世智聰明伶俐之見便生下劣魔心薄五戒十善而不爲以好禪爲上乘三業不修乃以祖師現成公案看了幾則記在胸中便逞利口動使機鋒當自已妙悟以此爲是全不知非又且誹謗大乘經典爲文字不足取又笑眞修實行之僧爲小乘妄起種種邪見全不信有因果罪福甚至慢佛慢法慢僧殊不知自墮愚迷業障坑中妻子聚首衆苦熱惱交煎且妄指目前是道如此愚癡之人是爲大可憐憫者既有一念向上之心何不眞眞實實做些着落工夫所謂説得十分不若行得一分如此妄談譬如貧人妄稱帝王自取誅戮可不哀哉奉勸世之善士聰明利根有志出生死者當自量根器參禪固是向上一着以此乃佛祖專爲上上根人説在諸人試自點檢果是上上根人否果能一一頓悟否果

能當下便了百劫生死否如其根非上上即宜量自己力專心修淨土門回向西方願生極樂永捨娑婆之苦此一法門從古修因僧俗依之出生死者不可勝數所謂萬修萬人去最是穩穩當當一毫不錯之大法門也祖師云惟有徑路修行但念阿彌陀佛以此法門全不悞人若能放下身心依此修行所有應行規則略示於後

一淨土一門徃徃士大夫談說專爲中下根設殊不知此門三根普攝無機不收最爲廣大且又簡而易行即古之祖師悟道之後回心向淨土者不少如永明中峰諸大祖師非一人也但修行念佛有上中下三根不同故淨土九品亦因根有別也

然淨土有三種者一常寂光土二實報莊嚴土三方便有餘土此即凡聖同居土且此三土修因不同故所感各別試略言之

一常寂光土即圓覺經所云大光明藏此中聖凡平等依正不分唯佛法身湛然常寂乃諸佛所證法身境界此唯從上諸祖一念頓悟法身妙契同體入佛境界者所居此正上上根人之淨土豈可輕視爲中下人設也

二實報莊嚴土此即二十重華藏世界乃我盧舍那佛曠劫修行感稱法界量無盡莊嚴之妙土即華嚴經所說重重無盡世界莊嚴者此乃報身佛所居單爲十地菩薩轉大法輪之淨土即二乘聲聞不見不聞此即法華會上諸授記之人待多劫修因將來所感此中一分之淨土此殊非尋常易易可到也

三方便有餘土亦名凡聖同居土此正九品

分別乃阿彌陀佛之化土也以華藏世界有二十重從第一重有一佛刹微塵數世界圍繞下小上大如倒浮屠從此以上倍倍加增至第十三重然此娑婆世界乃十三重之中心主刹其極樂土與娑婆正等從中至西華葉邊際故云過十萬億佛土之外與娑婆並列者以十方佛土獨有娑婆爲穢惡土石諸山雜穢充滿三途八難衆苦所聚名爲堪忍衆生剛强最難調化故我釋迦文佛縱以十善化導人天亦在生死之中未出輪迴若叅禪悟心又難頓悟故設念佛求生淨土一門名横超三界以仗阿彌陀佛因中願力云十方世界衆生有能念我名號不生我國者誓不成佛以仗此願力凡念佛者彌陀定來接引生彼淨土故易生耳然此淨土開有九品者若叅禪悟心未能忘心境者則生上上品有念佛一心不亂者則生上中品有叅禪未悟持名精純萬行莊嚴則生上下品若修萬行持大乘經專持名號志願往生則生中三品有精持五戒十善專心念佛發願回向不論僧俗多生下三品此雖未斷煩惱以但得生彼國見佛聞法居不退地永不落三界生死從此發願再來三界度生則來去自在不被生死苦惱羈留所以永明禪師説但得見彌陀何愁不開悟是也此一法門一生精誠可辦一得生彼頓脱生死永出輪迴如此直捷法門又何患而不修且薄之耶然叅禪了生死難念佛了生死易只要當人一念眞實肯切苦心耳從古生淨土者無量無數皆世人眼見而不信又有何法可信耶今奉勸高

明智士當信自心不可謬信邪説也郎在法門中有禪淨兼修之士甚多如永明所説念佛叅禪叅禪念佛所謂有禪有淨土猶如帶角虎現世爲人師將來作佛祖此亦最上之行也與夫妄稱悟道墮大妄語者天淵也

惟夫一切衆生自迷本有之佛性墮落三界生死輪迴六趣苦難之中長劫沉淪不得出離者皆因貪瞋癡愛以資淫殺盗妄諸惡之業捨身受身皆以淫欲而正性命生生世世父母妻子六親眷屬恩愛牽纏三界大火所燒無有一人能免之者故我本師釋迦文佛於常寂光土興起大悲救苦之心捨自性法樂從兜率降皇宫入母胎捨父母妻子割斷世間深重恩愛頓棄金輪王位走入雪山剃除鬚髮六年凍餓苦行修持乃至悟道成佛此乃是第一箇爲生死出家之樣子也及成佛後又遭魔害受金鎗馬麥之難種種堪忍拌捨身命受盡無量魔怨之難説法四十九年只是一念慈悲爲度衆生救令出苦而已惟此一事更無餘事故靈山會上弟子一千二百五十人皆一時英靈豪傑之士學佛所行各各捨離世間父母妻子恩愛依佛修行了悟恩愛得出生死證阿羅漢果如阿難爲佛之弟亦隨出家隨衆受苦此乃吾佛所度弟子出家之榜樣也佛在世時投佛出家之弟子不知修行之法故佛因事設戒令其止惡防非得正熏修故初出家者名爲沙彌則設有十戒及至比丘則設有二百五十戒女人出家名比丘尼則設有五百大戒乃至國王大臣宰官居士與在家出家四衆人等進

修菩薩大戒則有梵網經說十重四十八輕戒此諸戒律乃吾佛法門之家法也故云若人受佛戒郎入諸佛位若爲僧不受戒者名爲秃賊盗佛袈裟裨販如來非佛弟子此爲僧奉法之不易也然佛在世時人壽百歲佛當壽百年以念末法弟子無福止住世八十年留二十年未盡之福與後世兒孫故今之弟子供養四事皆受用吾佛白毫光中一分功德郎施主粒米莖菜分毫之施利皆佛所留之福田今入在法門爲僧者竟不知佛是何人亦不知已爲何事不知爲何捨父母棄妻子剃除鬚髮不在俗家而住寺中亦不知不耕不織衣食從何而來只道是自已有能化得施主供養更不知施主信心膏血難消將來拖犁拽耙銜鐵負鞍酧償之苦此其夫家一齊迷悶而不知者若是如此受用有能麤守戒行持經念佛守本分者猶自可也况又全不知僧體不守戒行縱放身心攀縁俗親出入不忌不避譏嫌乃至違法犯禁全不知非者又非一種矣竟不知爲何出家爲何捨俗爲何剃除鬚髮也不但不知修行之事郎燒香禮佛敬奉三寶之心絶然忘之混混一生醉生夢死全不知有出家正修行路郎有見者返以爲非此爲最可憐愍者矣佛言三途地獄未是苦向袈裟下失却人身始爲苦也總之不知僧爲何物耳故四十二章經云佛言汝等比丘每於晨朝當自摩頭若肯自摩頭則返省自已爲甚無鬚髮也以不知佛法出家規矩故師不成師而弟子亦不成爲弟子上下絶分鳥獸同羣但知衣食爲急

全不知有生死之事不怕將來有三途之苦世間以此習俗成風以爲常事至有離鄉行脚操方者亦止知有叢林粥飯茫不知有佛法禪道此又大可憐愍者矣嗟乎去聖時遥法門頽獘一至於此不可救也雖然十室之邑必有忠信惟今在在諸山豈無英靈豪傑之士哉每於一方但有一二肯發心典起者自然有轉化之機矣故今惟望住刹有志之士各宜思省回頭當念生死大事痛改前非發起一念向道之心發心之初先要叅請善知識秉受沙彌十戒若持十戒無犯則進比丘二百五十戒一一戒條委細檢點乃至進受梵網菩薩大戒以佛設教以戒定慧三學爲成佛之本所謂因戒生定因定生慧是爲三無漏學其諸戒相具載戒經請自檢閱不必細列既能受戒之後不論獨居隨衆定要半月半月對佛誦念戒品有毁犯者對衆懺悔改過自新則身心清淨業障消除乃爲出苦之要也既能持戒爲修行之本則當親近佛法縱不能出門他方聽講亦當自已發心專一持誦大乘經典或華嚴法華圓覺楞嚴諸大乘經以種般若因緣或有志專修西方淨土一門則以念佛爲正行誦大乘經爲助行六時發願回向求出生死苦趣如此方不負出家之莫大因緣亦不虚度此生矣若有上上根人發心脱離俗業操方叅請知識志究已躬下生死大事者只須單提一念更不外求此又最上一乘之根器然但發肯心定有發明了悟之時是在各人根器志向何如耳如上所説持戒修行誦經念佛雖不能頓

悟自心亦不空過時光亦不負出家之緣耳若夫悠悠縱情至死無成可不大哀也哉空過今生墮落三途則將來又不知何時出頭也

如上所說在家出家修行之法雖淺深不同乃我佛出世初二十年所說之法也然佛說法四十九年所說之法有三乘謂小中大初二十年但說有教名爲小乘謂有三界生死之苦可出有二乘涅槃可求有善道人天因果有惡業三途之因果一切諸法皆是實有故云四諦之法諦者實也四諦者乃苦集滅道四法也謂實實有苦可受集者貪嗔癡愛煩惱也言此煩惱爲諸苦之因能招苦果故謂實實有煩惱之集可斷也滅者出三界外二乘偏空涅槃以出生死證此涅槃樂故謂實實有涅槃可證也道者乃修行之方法乃二乘人所修厭苦斷集慕滅修道謂八背捨五停心觀謂觀身不淨觀受是苦觀心無常觀法無我又有總相念別相念等觀此名小根所修出苦之法也名小乘教又有一等根器少利者名爲中乘即廣前四諦說十二因緣之法謂無明緣行行緣識識緣名色名色緣六入六入緣觸觸緣受受緣愛愛緣取取緣有有緣生生緣老死憂悲苦惱是名十二有支此十二支該三世因果謂過去二支因乃無明行現在五支果乃識至受現在三支因謂愛取有未來二支果謂生老死憂悲苦惱緣者引也謂三世輪迴因果相緣引而有也以中根人觀此十二因緣有流轉還滅二門謂從無明至老死等爲流轉門若無明滅

則十二有支齊滅爲還滅門逆順觀之則悟無生證辟支佛獨覺之果爲中乘之法也此二乘法說二十年以根機鈍劣不堪受大故爲權耳從此二十年後機漸通泰方說大乘菩薩所修六度之法所謂布施持戒忍辱精進禪定智慧此六乃大乘菩薩所修名爲大乘若修此六度單爲下度衆生上求佛果此六度法以般若爲主故佛第二時說般若經有二十二年其經最多來此方者有八部般若共六百卷此經純談般若眞空智慧破前二乘生死涅槃之有見廣說六度乃至四諦十二因緣等法皆以般若眞空爲極則淘汰前執有之見郎如金剛心經皆般若之宗極也以前二乘所執之空乃偏空所謂斷滅之空今此般若乃實相眞空以佛說空假中三觀乃成佛之妙門惟此般若經一部單說一空觀故爲入大乘之初門爲菩薩修行之妙法梵語般若此云智慧故菩薩利生以智慧爲首所謂無慧方便縛有慧方便解然此空觀一門雖載八部般若之中其實提要只在心經一十四行業已該盡心經一卷又單在照見五蘊皆空一句已盡其義此一句之中若下手做工夫又只在照之一字而已此最簡最要之法門然禪門修行最初用心工夫只一照字即此一字法門在吾佛直待三十年方說以此看來修心之法豈是尋常凡夫易說易行哉此一字法門是謂教菩薩乃大乘之法也惟佛出世本懷直是要令一切衆生成佛更無别事即四十九年所說一代時教今爲一大藏經總是學成佛之法門成佛

之方便雖有六度萬行種種多門正意只是三觀爲成佛之本三觀者乃空假中道三觀也一代教中總只說箇三觀若從前來說到般若方纔說了空觀一門以此故知法不易說亦不易入也然般若會上其在會聞法二乘之人皆以般若非已智分全不餐采況親受佛教三十年尚且不信不入如今惡業凡夫口口談空妄說空注無佛無祖無修無證便自稱爲上上根人豈非大妄誕人也惟佛已說般若眞空觀然後纔說假觀此一觀門所說之經乃解深密經所說唯識法門所謂迷如來藏名阿賴耶識依此賴耶具有三分變起根身器界一切山河大地衆生世界之假法乃唯識所變之影如鏡中像如水中月有而不實故名爲假問曰然佛因何而說假觀耶答曰由前二乘之人執涅槃以爲實有是墮偏空故佛說般若眞空以破執有之見故令觀般若實相眞空又有一類樂空增勝菩薩執但空而不能涉有不肯度生故佛說一切衆生身心世界皆唯識變現全是假法以此唯識法門和會空有要顯即空之有即有之空眞觀唯識以證眞如此乃教前菩薩出空入假度生之法門也故此一觀門在經有深密密嚴等經當說此經時在菩薩大根已能信受其小根二乘畢竟不敢入俗利生故佛說維摩一經以淨名居士示現處俗有妻子眷屬假託問疾因緣與文殊對談不二法門以呵斥二乘激發入俗度生之心其教名爲彈偏斥小歎大褒圓爲小不思議法門以祛二乘狹劣之見此乃吾佛深慈大悲爲

小根人種種方便權巧引入大乘之意也是知菩薩涉俗利生之事誠非小根劣𢇁之所能堪已經四十餘年教化之功尚費如此方便神力如今現在五濁煩惱生死苦海之人口口談空談禪說道動以向上一着爲已任蔑視正法不懼因果不知揣已妄自狂誕之如此耶以觀吾佛利生之方便權巧費了多少苦心不敢輕易說教人成佛一字令人動說超佛越祖非妄而何可不懼哉

惟吾佛出世說法四十九年所集諸經有一大藏始終只說了八箇字所謂三界唯心萬法唯識從初至此已經四十年才說破萬法唯識一句之義然猶未敢顯示唯心之旨以唯心乃萬法之極則也從上已來諸大弟子已聞唯識法門故此以後乃說楞伽經顯示三界唯心法門直欲令人悟此一心以爲極則若攝前二空假泯絕二諦總歸一心然後圓滿一心融歸中道爲理究竟故楞伽經云寂滅者名爲一心一心者名如來藏謂識藏即如來藏非空非有直指一心離名絕相泯絕聖凡不屬修證階差頓觀藏性名爲自覺聖智境界直離一切攀緣妄心但了妄想無性即悟無生是爲頓教法門達磨祖師傳二祖可大師以此經爲心印故此經獨被上上根人其二乘絕分祖師門下故初學叅禪要離心意識叅離妄想境界求出凡聖路學是乃絕以此經爲宗極也此教乃說一心之極則已經四十餘年多方開示歷過多少法門今方說此經小根尚爾絕分而今之僧俗教眼未明修行無路盲然無知自已心中妄想

攀緣全然不知起滅頭數日夜未嘗一念清凉即以向上離心意識一着以爲已任話頭亦未夢見便開大口説禪其自欺之心何如哉可謂大無慚愧人也可不懼哉且今不但俗人無知妄談即吾法門後學僧徒全未聞佛教修心法門全不知用心工夫但只妄想幾時全無正見便稱悟道自以爲足此又誰之欺誰之誤耶戒之戒之愼之愼之在佛過此四十年後方示一心法門足見法不易説不易修不易悟也

惟吾佛世尊特爲一大事因緣故出現世間一大事者所謂衆生佛之知見也以衆生本具佛之知見今迷之而爲妄想生死之知見歷劫以來迷而不知譬如窮子持珠作丐枉受辛勤故佛與同體大悲特特出世而爲開示衆生本有佛之知見使其悟入猶如指示窮子衣裏之珠令其自知得受用耳然佛知見者即是楞伽所説一心名自覺聖智是也一向不敢頓説以觀衆生根鈍不堪受此法故乂默斯要不務速説直至四十年後多方淘汰根機已熟且化緣將畢故説楞伽經示一心法門以爲顯理究竟此後即説法華經示諸法實相以顯事究竟此佛説法之次第也以理事究竟方盡一心之極則故諸二乘人到此始信佛心決定不疑亦悟各各自已本有佛性一向不失譬如窮子乂逃他國今始歸來見父亦信父家業原是已有心相體信堪紹家業故長者委付嘗謂此法華一經如長者委付家業之囑書乃佛利生究竟之本懷故佛謂諸弟子一一授記將來必定成

佛且云凡有聞法者無一不成佛此一大事因緣已畢故爲終教過此不久即入涅槃然在法華一時已盡吾佛出世利生之本懷至於涅槃一經顯佛性義以收法華未盡之機以破前來弟子未盡之疑以佛說凡有聞法者無一不成佛此恐弟子前聞闡提無信之人不許成佛於此生疑故此經說闡提亦有佛性故假廣額屠兒於下屠刀便作佛事此則的信凡有知者畢竟成佛决定無疑如此方盡如來出世一番化利衆生之能事至此已畢故此即入涅槃也如上所說乃吾佛出世一代始終化生之儀軌漸次修因之法門雖觀衆生本有佛性各各具足無不願成佛者但以煩惱障厚罪業根深不堪頓示大法故將一乘法分別說三此乃一乘三乘之所由設也故楞伽已前乃三乘之權教楞伽法華乃一乘之實教故天台判爲開權顯實之教是知四十年前所說皆爲權設故爲根機不等故也

此上所說頓漸不一通爲教義然楞伽頓示一心爲如來清淨禪而教豈非禪宗也至若世尊自云我四十九年未說一字末後拈花示衆人天百萬罔然不知獨迦葉一人破顔微笑世尊乃云吾有正法眼藏涅槃妙心用付於汝是爲教外別傳之旨從此二傳阿難以至西天四七東土二三達磨西來目爲禪宗不立文字直指人心見性成佛謂之單傳法門故自曹溪以下二派五宗傳燈所載千七百人皆悟心大士凡有言句稱爲公案以禪本離言但留此一言半句爲心印之證據

如世公庭之案牘非是要人以此爲實法口耳流布以當自己之玄妙知見也然吾佛業已說了一大藏教至若一心法門何所不具而必以拈花爲心要者以一心之旨離言說相離名字相離心緣相以從前聞者雖悟本心然猶未能離相故假末後拈花爲遣執言說之習氣乃治執名言之病以此爲金篦耳今人不知教禪一心之旨乃吾佛化度衆生之方便各人妄執一端以爲必當故執教者非禪執禪者非教然執教非禪者固已自誤而執禪非教者又誤之更甚也以執禪者執愚自是妄認已見以爲自誤非毁大乘了義爲文字以致究竟無成更可憐者觀今末法之世講席已微無大師匠故伶俐少年無多聞慧至有志向上叅禪又無决定久遠之志以無明眼知識但只循情欺誑以致誤墮者多此可大爲流涕者也且又有僧徒妄自以爲悟道者誑惑世俗愚夫貪求供養有歸依者即開示叅禪爲向上一着有信之者話頭未熟妄想縱橫熱沸便以印正以爲有悟入處以致誤墮邪見如此爲害更甚此尤不可不知懼而自省也愚見不是不要叅禪但說叅之不眞又無久遠决定之志妄自爲悟悞人甚多愚意假若看教不能叅禪與叅禪之無决定者總不若專心淨業且不空過一生也智者自能鑒之請各自思幸無自欺自誤爲望

竊觀宰官士大夫叅禪了悟者從古不少歷歷傳燈所載非一人也今世宰官中有志外護法門多以叅禪爲向上者此不比尋常一

槩固自有説葢昔有法門叅禪之士未大悟徹即發願護持佛法者亦有諸祖有大願力度生及菩薩示現救世者亦有昔在僧中叅究未透而以習業牽引故今出世者雖在俗諦塵勞之中而宿習一念般若種子光明透露不能自掩故發爲文章功名事業以爲外護法門者種種方便作用不同其行門亦非一種有專向上者有專功行者有建立三寶證願護法者有單爲自已生死者有發而爲忠孝者種種所行皆菩薩道不可以僧中行門一槩視之然在僧中不止禪教二宗亦有苦行頭陀者亦有專修淨業者亦有眞實行門者亦有隨緣佛事助揚法門者亦有持誦書寫經典爲求行門者此皆在佛白毫光中種種因緣而求佛道者亦不可以一槩而取故宰官中凡有護法深心者但取僧中一行爲得亦不必定要箇箇叅禪方爲正行耳然叅禪雖妙其實非小根所能然在佛世人天百萬獨迦葉一人達磨西來只得二祖黃梅七百餘人唯六祖一人印心豈細事哉若在僧中但有一行可以爲法門正事可以教化衆生即是菩薩故曰種種所行皆菩薩道苟一事可取則已超乘粥飯常流空過時光者萬萬矣所謂短中取長則無棄人長中取短則無全人自古世出世間全人之難得也如上葛藤乃至佛化生儀軌之次第在佛豈不要人頓悟自心當下成佛但衆生根鈍不得不施權接引耳古人云僧徒不能了悟自心且於教法留心時光亦不空過予則謂今之僧徒縱不能叅禪看教有能持戒誦經作福

護法者亦說勝尋常魔種萬萬矣在居士中但能持齋念佛助揚三寶者皆眞實行矣是在諸佛之所望也願諸方高明達士當自信之愼毋以愚言爲妄也

化儀之餘

示宜章衆道人

老人於癸丑冬日自粤東杖策來南嶽道經宜章善男子鄺紹楨等二十餘輩迎老人於經堂殷勤頂禮而作供養求請開示略說法要一宿而行既而老人隱寓靈湖蘭若建諷誦華嚴道場乙卯夏六月紹楨等遠來瞻禮正値老人爲衆講說金剛般若隨喜聽聞大生歡喜拈香請示在家修行提要老人因示之曰宜章當深山僻地無善知識經過在家善信雖多未聞正法今衆等各宜精持五戒以爲正行此五戒者乃吾佛專爲在家善男子說此五戒即儒家五常仁義禮智信也故曰五戒不持人天路絕是故在家善士應當奉持既持五戒不可聽信邪師邪教妄說法空撥無因果斷滅佛種造地獄業只當專依佛教修西方淨土法門一味以念佛爲正行然淨土一門接引衆生利益最廣古今念佛得往生者甚多但以專精爲主不是一月一兩會念佛幾千聲如此便作正行也第一要發心深厭娑婆是苦志求捨離存想西方淨土蓮華化生念念定要往生彼國親見彌陀以爲本願每日早晚要刻定功課或持金剛經或持彌陀經或持往生咒定要念佛回向西方發願往生以此爲定規二六時中無論閑忙動靜將一聲阿彌陀佛持在心中念念

不忘心心不斷乃至睡夢之中亦不忘失如此打成一片無有間斷名爲一行三昧此念純熟一切境緣不被打斷開眼合眼一聲阿彌陀佛明明現前將一切世間父母妻子種種恩愛妄想業念都被一聲佛號消磨清淨如此即得自心清淨經云心淨則佛土淨如此念佛如此用心念到臨命終時單單只有一聲阿彌陀佛現在目前一心不亂自然得見阿彌陀佛親來接引一念之頃即得往生淨土從此即得永脫生死之苦高登極樂蓮華化生便是一生念佛之效驗也如此精專若不往生則諸佛墮妄語矣若是悠悠歲月口說念佛心無實行是爲自瞞自欺豈有效驗之時耶善男子等旣發信心當行實行萬勿自欺

涌泉寺湖心寺十二時念佛規制

佛說衆生生死長時以積日夜以至劫數輪轉不休不息由念念妄想攀緣曾無一念之暫已者以妄想不斷故生死無窮長劫迅輪無暫停寢職此之由也佛說種種制心之法皆止輪之埶耳法門雖多以衆生垢重識昏難以攝入故唯念佛一門最爲捷要所謂憶佛念佛現前當來必定見佛以衆生一切妄見皆屬生死獨許見佛之見爲出生死法然見佛必從憶念而至妄念日夜無間斷時特以念佛斷之此遠公之匡山蓮社六時刻漏所由作也是時社中百二十人稱高賢十八而已斯則眞實念佛者又不多得今之視念佛爲末品豈眞知也哉近代惟牛山以念佛爲行且以煉魔爲名則苦於鉗鎚太緊雖日

夜不斷歲止三冬而人非一律亦難於長久項雲棲力主念佛雖日以四時然於夜有睡眠又費呼喚警醒法欠微密今法師佛石立律各發心以十二時爲請此法固綿密而動靜飲食似難歸一若調理有度設法得宜此又古今之良規也請益老人因爲創立規制庶事不繁而人心一致此乃微密妙行也乃爲之制條牒如左凡念佛會建立隨人隨願廣狹不一若力大則堂多力微則堂一人亦如之但人不論多少均派六班晝夜班各二時照香輪流出班禮誦行道懺悔而餘皆靜坐隨闇默念或習觀門願者隨之此則靜多動少不繁不亂而佛聲不斷則妄想不生如相呼相喚不昏不散久則動靜一如自他不二寤寐恒常此則不起於座頓見彌陀是爲第一如意妙行至若飲食亦宜如法調之務使內外一如則人我兩忘是非俱泯而道場之安恬寂漠亦無如此之妙者老人深思此法愧脚跟未措尚未遂心故特示之代爲前驅他日觀聽者衆必處處建立而淨土將徧震旦矣是有望焉

宗鏡堂結修證道場約語

佛說一大藏教備列衆行總歸修證以爲究竟所謂依一心以建立萬行以萬行還證一心故云無不從此法界流無不還歸此法界原夫法界不屬迷悟聖凡良由無明不覺迷此一心從迷積迷造種種業自取輪迴生死之苦所言修證者但以淨除自心之三障復還自心之本體故名爲證非離修外別有證也是以佛祖教人修行之訣必先了悟一心

淨除三障以心難悟故設觀以通之障難除故設懺以淨之卽華嚴法界圓宗尊普賢爲毘盧長子而十種願王以懺悔業障爲前列也是以從昔以來若天台親悟法華三昧猶尊懺法爲妙行設有儀軌卽永明大師乃淨土中人尚謹遵而力行之況其他乎嗟哉末法去聖逾遠衆生垢重積迷逾深旣無了悟叅究之功又乏懺摩悔罪之行將何法可望出生死乎惟永明大師鎔一大藏歸唯心之旨著書百卷名曰宗鏡至今尚存淨慈其書廣明一心如揭日月於中天朗萬法之幽邃學者苟能親習則徹見自心不竢更悟證入之要無出此矣大師生平自行日課誦念法華經一萬部秉天台法華懺儀依法修持率以爲常故現住世時則冥府帝君圖其像以瞻禮之以其行超生死實證唯心者乃其人也今也其書現行堂具存孰能過而問焉者乎兹玄津壑法師乃其的嗣自幼出家於其寺薙髮之日卽問大師之名何如人遂發心願禮其墖是豈徃曾親近爲侍者乎大師墖巳湮堂巳圮公能力起而恢復之大師之眉光復放於山川草木之間者非無因也今諸緣小集公願暢明宗鏡之旨精懺悔修證之業將結眞實法侶一十二人效圓覺之軌則誓爲長期歲分四時每時撥二十一日爲懺法遵法華懺儀餘則日披宗鏡録了悟唯心疑則爲衆發明的旨不假枝葉但取直捷爲本叅冀其實證其以入期之衆爲表率將引本山弟子爲禪雛調其羽翼雙舉飛騰法性空遠登覺天而朗慧日在斯舉矣其結制規

約因事施設務簡而易行眞而無僞以踐實地然四事所需力不自持以安居不能效如來逐日行乞之軌又不敢覬天人送供之儀而藪名取實發心供給則有望於發心之檀越今有居士譚孟恂力任先登則一切有緣靡不歡呼響應矣以諸法從緣生佛種從緣起是則今日之緣雖近而成佛之遠蹈實借此爲最初之方便也諸人聞而歡喜遂破其端則究竟之果是在諸同緣同行同事同心一發勇猛之力耳若以世間生死之心而易出世之心以滋罪之財而養定慧之命諸有智者何慮而不爲耶苟生一念疑心則當面錯過百千萬劫矣

憨山大師夢遊全集卷第四十六

音釋

鏖 於刀切 音鏕

蓏 郎果切 音裸

鄺 古晃切 音廣

覬 几利切 音計

憨山大師夢遊全集卷第四十七

侍者福善日錄　門人通炯編輯

夢遊詩集自序

集稱夢遊何取哉曰三界夢宅浮生如夢逆順苦樂榮枯得失乃夢中事時其言也乃紀夢中遊歷之境而詩又境之親切者總之皆夢語也或曰佛戒綺語若文言已甚況詩又綺語之尤者且詩本乎情禪乃出情之法也若然者豈不墮於情想耶予曰不然佛說生死涅槃猶如昨夢故佛祖亦夢中人一大藏經千七百則無非寱語何獨於是僧之爲詩者始於晉之支遠至唐則有釋子三十餘人我明國初有楚石見心季潭一初諸大老後則無聞焉嘉隆之際予爲童子時知有錢塘玉芝一人而詩無傳江南則予與雪浪創起雪浪刻意酷嗜遍歷三吳諸名家切磋討論無停晷故聲動一時予以貌枯禪蚤謝筆硯一鉢雲遊及守寂空山盡唾舊習胸中不留一字自五臺之東海二十年中時或習氣猛發而稿亦隨棄年五十矣偶因弘法罹難詔下獄濵九死既而蒙恩放嶺海予以是爲夢墮險道也故其說始存因見古詩之佳者多出於征戍覊旅以其情眞而境實也且僧之從戍者古今不多見在唐末則谷泉而宋則大慧覺範三人在明則唯予一人而已谷泉卒於軍中所傳者唯臨終一偈曰今朝六月六谷泉受罪足不是上天堂便是入地獄言訖而化大慧徙梅陽則發於禪語有宗門武庫覺範貶珠崖則有楞嚴頂論其詩集載亦不多顧予道愧先德所遭過之而時且久所

遇亦非昔比也丙申春二月初至戍所癘饑三年白骨蔽野予即如坐屍陀林中懼其死而無聞也遂成楞伽筆記執戟大將軍轅門居壘壁間思效大慧冠巾説法搆丈室於窮廬時與諸來弟子作夢幻佛事乃以金鼓爲鐘磬以旗幟爲幡幢以刁斗爲鉢盂以長戈爲錫杖以三軍爲法侶以行伍爲清規以納喊爲潮音以參謁爲禮誦以諸魔爲眷屬居然一大道場也故其所説若法語偈讚多出世法而詩則專爲隨俗説也雖未陞法堂踞華座拈槌竪拂而處塵勞混俗諦頓入不二法門固不減毗耶特少一散花天耳其説不純以對機不一乃應病之藥固無當於佛祖向上關其實爲上下千載法門一段奇特夢幻因緣及蒙賜還初服之南嶽匡廬又若夢遊天姥也二十餘年侍者福善日積月累門人通炯從居五乳編次成帙向有求者未敢拈出恐點清淨界中新安仰山門人海印請先以詩次第梓之予知醒眼觀之如寒空鳥跡秋水魚蹤若以文字語言求之則瞖目空華終不免爲夢中説夢也天啓元年歲在辛酉春王正月上元日匡山逸叟憨山老人釋德清書於枯木菴中

征途述懷十章章四句

矯矯冥鴻載飛且鳴哀哀求侶悲此遠征　一

火雲若流白日如矢遐征不歸誰其念只　二

濯泉洗耳采薇充饑我豈無心彼何人斯　三

紫芝英英白石燦燦邈矣懷人夜以達旦　四

誰云滴水可以穿石孰云忘憂我心如織　五

日亦可冷風亦可繫憂從中來不知所自　六

亭亭長松猿鶴依只悠悠白雲我心逝矣 七
載饑載渴易飡易飲嗟彼醉夫難以獨醒 八
有酒有旨實爲友朋惟玄惟漠尊罍久空 九
嗟彼行人往來相顧扣其所以莫知其故 十

感時詩十五章章四句 有序

頃聞四方連年水旱加以蝗災民生惶惶朝不待夕有司請告皇慈愍之内外公府齊發金穀出賑百僚仰德各捐俸一年以助昔所未有感之以詩

上天好生胡爲其慼斯民求安曷爲不然 一
滔滔洪水禹則治之淫雨橫流孰能禦之 二
甘露瀼瀼時雨如漿片雲不興我民惶惶 三
雨澤愆期民之瘁矣矧此旱魃爲祟甚矣 四
蝗飛蔽天胡爲而然啖膏食脂使民睊睊 五
民之所親食逾父母易子而食斯言良苦 六
維皇之天斯民是愛斯民之命皇天是賴 七
皇仁浩浩施金與穀誰能噀水使天雨粟 八
以敬其天雨暘時若以哀其民所施逾博 九
報功之資上天所司匪曰同胞孰能畀之 十
邈矣上古嘉禾自生哀哉末運播植不登 十一
蠢蠢之生予實同之皇皇上天予共戴之 十二
安得地肥不勞民力安在軒皇任其食息 十三
康衢之民無時不有陶唐之化孰云匪久 十四
時之往矣不可輓也民生苦矣不可緩也 十五

咏懷 圜中作

大塊總微塵滄溟一滴水茫茫宇宙間代謝無停止達人縱大觀上下千萬紀歷覽在目前賢愚可屈指美惡不足稱是非安可擬仲尼重知命老聃貴忘已惟我大雄尊超然出生死世界等浮漚身心類塵滓幻化秖如斯

榮辱何憂喜顛倒任空華吾視此而已

盧陵淨土菴受王性海諸居士齋因懷

汪使君

盧陵一粒米價重過須彌須彌尚可碎此粒無壞時化爲香積飯轉作淨土資拈來信口喰一飽忘百饑如食金剛屑終竟透出皮此土多蓮華衆妙香芬披一人坐一華左右相追隨光明暎日月彈指超僧祇華中少一人悠悠勞我思

盧陵喜再逢王塘南翁 有引

余二十五歲曾遊青原晤翁時年五十今復晤之又過半矣宛然在昔以翁精心白業色若嬰兒感故念今喜而賦贈

人生一百歲四分二十五初逢半之半再會十之五君已過三分宛然似初覿面如嬰兒色骨似金剛般心想入蓮華音聲出天鼓端坐七寶臺經行衆香樹不離五蘊身便是清淨土打破頻伽瓶即見華中主與君雖別離恰是相逢處

六詠詩

心

金翅鳥命終骨肉盡消散唯有心不化圓明光燦爛龍王取爲珠照破諸黑暗轉輪得如意能救一切難如何在人中日用而不見

無常

法性本無常亦不墮諸數譬彼空中雲當體即常住聖凡皆過客去來無二路是生不是生非新亦非故智眼明見人此外何所慕

苦

夢入大火聚怕怖多慞惶正當苦惱時滴水

便清涼水盡火復然念慕何慨慷及至醒眼觀向者誰悲傷

空

須彌橫太虛大地浮香海六塵蔽性天四大遍法界劫火洞然時此箇壞不壞何必待燒盡然後無障碍

無我

一水作衆味酸鹹苦辣具以本淡然故而能成衆事若實不隨者安肯隨他去唯有不隨者誰能識此趣

生死

生死不流轉流轉非生死若實不流轉生死無窮已諦觀流轉性流轉當下止不見流轉心是真出生死

苦熱行

人世苦炎熱余心何清涼直以無可觸故能安如常譬若火浣布得之愈增光視彼區區者錯然誰敢當

月夜過三峽

扁舟載明月隨流競奔頽帆影似轉變月光無去來心境本寂滅死生安在哉所寓即常樂此外俱塵埃

懷淨土詩四首

嗟哉堪忍土多慮而爲人憂來百念結綢繆役其形衆苦集微軀臭腐摶青蠅憒憒不自知營營竟朝昏明潔日以虧汨沒疲精神安能滌情垢一旦迈而真長揖大火宅從此謝囂塵逍遙清淨土其樂方無垠

我聞至西極有國名極樂妙嚴飾宮殿寶網珠絲絡天人普集會光明相暎奪園林敷雜

華空中散天樂蓮開八德池香浮七寶閣微風吹簷端雲間響金鐸衆鳥相和鳴法音恣宣說凡情一經耳衆苦當下脫極樂本非遥駕言十萬億但能一念淨觸目現前是蓮華生欲泥清涼發焰熾瓦礫等瓊瑤寶林出荆刺念結阻山河想銷破幽滯險道登坦途情根證初地誰知微密中淨穢苦樂具試觀空中華起滅了無際苦因增愛生樂從清淨得譬若夢中人貴賤匪外見情想本無端苦樂非預設瞻彼晴空雲倏忽多變滅愚者執爲真逐境勞欣慼達人貴朗照了罔淨陳習一悟永不迷靈淵常湛寂願乘白毫光端居極樂國

采珠行

灼灼明月珠産向深淵底從空撈摝之魚龍盡驚起鮫人相抱泣洒淚忽成雨腥風撲遠岸鯨波奔萬里密網垂天雲輕帆展鵬翼一擘川后愁再擊海若徙盡剖蚌蛤腹不補蒼赤髓安得如意珠持歸報天子神光發中夜龍顏大欣喜七寶隨所求四事盡豐美展轉濟孤貧利樂無窮已用賞戰勝功傳爲灌頂祉罷此批鱗役聊以釋附髀滄海不揚波溝瀆清塵滓願祝吾皇壽量同東海水

咏龍

變化無端倪噓吸作雲雨膏澤潤蒼生滂沱霑下土倏忽遍九垓頃刻被寰宇豈若沙中蟲與物同臭腐

咏虎

長嘯發空山悲風振林木颯颯秋雨寒凄凄夜鬼哭腥臚徒自矜皮毛甘可服何如偃鼠

安飲河期滿腹

贈曹溪行脚僧 有引

南詔觀察祝公下車之初痛念祖庭荒廢極意整頓且自號爲曹溪行脚僧感而賦贈

曹溪行脚來元自曹溪去久假而不歸忽憶曹溪路即墮宰官身依然無所住任運大化中櫳櫼安能韄猶記別時言菩提本無樹以是不迷人觸目多感悟隨緣到故鄉萬山滿烟霧未入曹溪門此心已如故況見昔時人淒然瀝情素提起屈眴衣宛若初分付椎碎墜腰石打開寶藏庫掇出如意珠獨誇長者富三車隨所施諸子忽驚怖一喝泣鬼神片言逐狐兎魍魎頓潛蹤龍蛇喜交錯經行寂滅場往來憑杖屨穿破磵底雲踏乾草頭露瓦礫盡生輝靈源永不涸誰知先後身主賓自相顧願執漚和鞭長驅白牛步

酬董國博崇相過訪曹溪

君向曹溪來直入曹溪路溪上忽逢君乍見已如故一笑心眼開主賓忘禮數促膝坐更深歷歷披情素高懷皎氷雪清言振金玉俯視六合空長軀千里步歲暮事遠遊理冥無去住把手送君行溪橋獨延佇

緣槐社諸子過訊予時掩關未面而去示之以此

炎炎火宅中一片清涼地雖從長者施實係君王賜法侶喜相過高懷發幽秘洞見未語心直達無生意何必問毗耶此中眞不二

董太史玄宰寫雪山圖贈予之雷陽賦答

五臺三伏天江南臘月樹孤蹤空裏雲餘生草頭露寒熱本無端南北任去住隨地足清涼此中何所慕

癸卯初度自五羊之曹溪舟中作

今朝五十八明日五十九未來不可思過去何所有世相空裏花毀譽鏡中醜不推羊鹿車喜隨牛馬走自愧膝穿蘆却怪肘生柳髮散少冠東面厚多塵垢戰退生死軍打碎無明白使盡老婆心笑破虛空口兩岸既不容中流非所守來往任風波去住絕偕耦天際望長安寒空一回首回首問時人誰是儂家友

遊方廣寺

朝披南嶽雲暮宿方廣寺岧嶤一徑深千峰鎖幽秘儼坐青蓮華頓入清涼地流泉和松聲如對談不二但絕世間心莫問西來意安能結枝棲以滿居山志休息芭蕉身涕唾空華事從此謝塵氛永絕生人累

遊南嶽登祝融峰

我懷南嶽山夢想四十年天際七十峰居常在目前自愧無羽翰況為形纏牽頃踐故人約始得恣遊盤攝衣登祝融一望空楚天湘流引足練星斗如腰纏去天不盈尺恍惚隨飛仙睥睨萬象小世界如彈丸身已入空虛足底浮雲烟若御冷風去從此超塵寰回首思古人三生竟何緣曹溪一滴水化為霖雨霑焦枯發靈芽法鼓醒瞶顛如何獅子窟今令狐兔潛梵宇空寥寥慧燈昏不然誰秉照天燭一破長夜眠徘徊轉悽惻飲泣如流泉安得巨神通彈指變大千頓成七寶土遍地

敷金蓮一覩空中雲普集諸聖賢

别南嶽山人鄺慕一

我從曹溪來擬向山中老山靈不我欺滿目雲霞好歷覽古道場金沙墮叢篠嬾殘煨芋處幽蹤莫可考遥想磨磚師成佛苦不早獅子窟中王誰能犯牙爪法雨久不潤靈苗竟枯槁嗟我來何遲臨風增懊惱幸遇飡霞人相期出世表欲與坐深巖玄言窮要眇愛此高尚心真能謝紛擾蓮華社未開又取東歸道良以天屬情日久縈懷抱今暫辭雲山此心終未了我登江上舟君隱山中豹因思李鄴侯君間恐不保但留窻前雲待我歸來掃

從南嶽東遊江上留别方覺之

與子江上逢擬結山中好相期卧白雲可共終休老山靈不我留拽杖辭窈眇子亦倦遊人志在烟霞表潛神衆妙門久欲辭紛擾衷情繫所天未即恣懷抱今我駕慈航揚帆涉浩渺與子雖别離因緣猶未了假我未窮年重拈一莖草遲爾婚嫁畢歸來時尚早

别衡山解嘲

空林卧不堅復理東歸櫂縹緲辭雲山繾綣縈懷抱衡嶽七十峰久欲恣幽討適來即便去返遺山靈誚歸來既已遲言别亦何早我本山中人丘壑宿已飽杖屨烟霞生坐卧麋鹿遶眼耳不容塵心光離昏曉四大如空谷六根絶紛擾到處即深山何必戀枯槁試問山中人靜縛何時了打破琉璃瓶始識隨緣好

武昌逢石浪岷嶽二禪人還蜀省親因示

我本行脚僧忽逢行脚客借問行脚事相視無言說匡盧一片雲峨嵋千尺雪箇是行脚心去來水中月因思母子情念念不相隔今歸承歡顔恰似未曾别奉旨不奉甘問冷不問熱劈破娘生面乃見不生滅方是行脚人到家之時節

示聞子與病中

病從有我生我因煩惱集煩惱癡愛滋生死輪不息情根如機梭妄想相交織織成幻妄身衆苦皆叢積求出苦方便慧劍急揮斥斬斷妄想絲根境當下寂一念了無生四大各歸一求我不可得病從何處覓

歸匡山

余少志遠遊三十住山倏二十年忽被業風吹入幻海二十餘年而此一念未離寒巖氷雪中也頃幸晚歸匡山以遂投老益年七十有二矣嗟嗟浮世人生幾何視此餘生如西山落日浮光瞬息乃為詩以紀之

浮世無百年夢遊七十餘幻海渺洪波彼岸無方隅一葦隨天風飄飄任所如歷覽周八荒險阻非一途神疲力已倦削跡為遠圖烟霞結夢想巖穴心久辜垂老方遂志拂袖歸匡廬一超濁世緣衆念悉已枯千峰抱幽壑邈與人世殊七賢列雲中五老頻招呼眉目時相對嘯傲多歡娛明月有時來一鏡懸空虛清光入蓬華照我顔色舒白髮對青山形影如氷壺頽然踞石牀日夜雙跏趺返觀未生前本來一物無了知幻化緣胡為有生拘從此脫紛紜高登常樂都

寄錢太史受之

匡廬列雲霄江湖遡天際地湧青蓮華枝葉相鮮麗睠彼華中人超然隔塵世夢想五十年良緣圖未遂偶乘空中雲隨風至吳會東南美山水醞藉多佳士一見素心人精神怳如醉未語肝膽傾清言入微細相對形骸忘了然脫拘忌精白出世心太虛信可誓苦海方洪波願言駕津濟把別向河梁遂我歸山志長揖返匡廬藏蹤杳深邃五老與七賢日夜常瞻對誅茅臥空山烟霞爲衣被視此芭蕉身一擲如棄涕緬想未歸人馳情勞夢寐安得駕長虹凌風倏然至暫謝塵世緣入我眞三昧

歸宗登金輪峰禮舍利塔

我登金輪峰一覽乾坤窄衆山如蟻奔彭湖小如楪萬壑乳長風吹落天邊月夜靜俯下方燈火自明滅身一入空虛諸想頓消歇遥念救世尊法身遍一切舍利自西來至人布三業峰頭立浮屠莊嚴以金鐵爰感大丈夫建刹捨居宅遂爲光明幢法緣從此結上下千餘年清涼解炎熱嗟彼衆生界四相轉成劫禪宮委荆榛金碧成瓦礫叢林遭斧斤孤松獨挺特根株半剝斷枝柯將夭折何期至人來呪願施膏澤以此卜重興法雷震前哲皮骨日夜長密茂返生色果滿金剛心荒蕪從此闢法藏自天來龍光照巖穴梵宇如雲興四衆增歡悅始知淨穢土轉變隨心別

東林懷古

少躭遠遊志夙慕東林師青山開白社高賢畢在斯惜昬刻蓮漏清修禮六時淨念絕塵

想極樂爲歸期高風振千載翹首結遐思光容如在眼夢寐相追隨垂老始攀陟撫景增餘悲荒林翳頹垣草莽重紛披徘徊三笑處莓苔露華滋影堂列羣彥彷彿見芳規古砌鎖寒烟白蓮開污池香谷發清響地籟天風吹丘陵有遷變至道無改移師有未了願重來亦何遲開林儻如初高蹤尚可追山靈久呵護神運常在茲我已畢命待濁世從此辭

感遇詩奉酬南康袁使君 有引

九漈袁使君治郡南康匡南湖山盡歸化育不唯斯民戴德即巖穴之士儼若端居白毫相中也棲賢古刹久墮荒榛一旦舉而新之又架鷂雲橋以濟險道此名山不朽勝事法雲開創實感護法精心承惠寺記一言足垂千載勒石告成俚言致謝

匡廬高入雲乾坤鍾秀氣千峰列重霄青蓮擁天際徃多飡霞人藏形養幽秘一自遠公來開林結眞契高賢集如雲清脩期出世山色暎湖光人境兩相媚憶昔龍象儔法幢列如市聮彼棲賢老舌根如鼎沸拈槌竪拂閒直指西來意誰知千載下造化潛更替寶堦墮荒榛諸天委荆刺長者一莖草雖拈未見諦況復野干鳴難同獅子戲鐘磬寂無聲山空神鬼泣天假至人來靈山親授記示現宰官身隨緣作佛事法雨潤焦枯甘霖澤羣卉一片金剛心廣布如大地斯民若嬰兒慈母相盻睇吐哺不啜甘調劑剔所忌凢在指顧間鮮不爲生計千里坐春風荒村無犬吠頓置舍齒氓儼在葛天氏政暇多幽況尋山探靈異覩此祇陀林慨發重興志一舉運斤手

丹榱若雲翼不日梵宮成恍忽如天至神力
尚有餘莊嚴若未備絶壑架飛梁長虹帶蒼
翠玉淵臥虬龍形影如顧視五老與七賢鬚
眉雲中墜慈航設險道往來無困躓緬懷利
濟恩豈特居方內每接欬唾餘玉屑灑肝肺
琬琰勒佳章片石鐘鼎寄功德載名山匡君
應列祀樵歌接梵音誦祝千萬禩空谷積雲
霞盡為供奉器感此希世緣短吟寫胸臆願
言保遐齡永錫天人類

有所思

與君一別數千里思君不斷如流水流水東
馳去不還我心如環之無端舉首望長空長
空杳無涯揮手邀明月明月有來時光影縱
相顧可望不可攀安得君容如滿月使我一
見開心顏

覩侯生画山水謌

侯生貧賤夷門客執轡何人過其宅獨有丹
青思入神風流足可稱癡絶一室懸罄氷雪
清烟雲時向毛孔生空中麋鹿時時走暗裏
山靈夜夜驚晝長閉戶門卻掃梁肉不足烟
霞飽含濡墨汁當醍醐時人却怪形容好頻
年甲子六六支居間一半常苦饑尺布斗粟
博美酒清泉白石令人嗤有時獨向街頭立
見人未語先羞澁都言窮骨軟如泥誰信剛
腸勁似鐵三江五湖波浩蕩千巖萬壑爭奇
狀閒披綃素淡揮毫一齊撮在眉尖上入山
尋討椒木株松下一見歡相呼喫茶只恨千
鍾少問法從來半字無老夫肚大舌頭長吞
吐萬里明月光星辰散落無收拾君堪與我
為奚囊留君且向山中臥白雲片片青天幕

渴飲清流嚼紫芝海枯石爛從他那

曇花精舍歌贈祇園逸史杜將軍韜英

我昔遨遊妙嚴國眼見曇花白似雪花下林林大士身容儀光照黄金色此花不是等閒開千年一度方苞胎至人將現花先發獨爲因緣大事來大事因緣非一類千百億身皆度世三乘八部應念周十方法界隨心至或現天大將軍身威風八面如天神萬里横行畧無敵攙搶盡掃清烟塵變化無端甚希有亦似曇花開笑口月下吹笙鳳鳥來馬上揮戈獅子吼一開便作人間瑞人與花神兩無二人效祇陀布地心花作園林功德事將軍用武不離禪精舍小築祇園邊對花心入無生國閉戶身居極樂天殺機盡是降魔智色香妙露西來意見色聞香法界空當場戰入三摩地氤氳造化花中主文彩縱横邁今古陽春號令發雷霆風雲變態驅龍虎園林廣大花無恙精舍剛剛方一丈古今天地芥裏空世界山河鏡中像曇花入鏡倍精神將軍亦是鏡中人萬里懸空如對面眼聽何如耳見真我亦祇園花下史時時灌溉禪那水五蘊蔓草乂芟除四大幻身没依止抛向炎荒如露布鑊湯爐炭無回互忽見花間舊主人寄聲莫忘來時路

木菴歌

淨恭禪人更字木菴南皋居士有贈因戲書之

枯木菴枯木菴衆嶺巖前獅子龕拳枝奇曲無可攀霜葉雲披何藍毿望之若杌不足取就之枯槁如真叅雪老堂中如着此文殊前

後何三三我已老朽識海乾與爾同坐枯木菴

鳥夜啼

寒林積雪白日西慈烏啞啞枝上啼鴟梟在巢未敢棲饑不得食情慘悽虞人網羅亦何密飢烏之肉不足食何事綢繆日夜求返哺不遂情何極母子分飛兩不全況復母死歸黃泉啼聲不絕如杜鵑令子抱恨遺終天啼烏啼烏眞可憐虞人忽死鴟梟殲明明天道何昭然

遊浮山歌

空中一島攢青霞宛如香海浮蓮花巖龕石竇簇花蕊又如帝網珠交加我來遙登華藏界一開雙眼無遮礙周圍行樹影重重分明炳若瓶中芥橫空殿閣雲中影法身不動青山穩飛來花氣暗香浮習習侵人重衲冷拽杖撥開巖中霧怪石崢嶸若棋布指點還如數列星一噴青天洒飛唾石門磴道一線通側身半壁足不容猿行鳥度亦不易如何使我筋力窮攀蘿直上妙高頂眼底湖光霞布錦足未離地身舍空回看一似氷壺影小轉還過會聖巖巖廊石室何奇哉遠祖因棋善說法黑白未兆令人猜度溪西上蓮華石朵朵金蓮從地出徘徊不見華中人但聽松風廣長舌回禮金谷丈六身虛明無地容纖塵刼火洞然此不壞始信蒼巖是本眞我欲誅茅依石室餘生借此藏蹤跡儻得安眠白日高身心世界都拋擲如何捨此從他去一葉浮空都是寄不若快便早歸來休教猿鶴常相憶華藏從來是故宅行盡十方出不得嵦

身頭入一微塵何人於此知消息

擔板漢歌 有引

徑山法窟自大慧中興臨濟之道相續慧命代不乏人近來禪門寥落絶響久矣頃一時參究之士坐滿山中至有一念瞥地當體現前得大自在者惜乎坐在潔白地上不肯放捨以爲奇特不知返成法礙也教中名爲所知障所以古云直饒做到如寒潭皎月靜夜鐘聲隨叩擊以無虧觸波瀾而不散猶是生死岸頭事所謂荊棘林中下脚易夜明簾外轉身難名抱守竿頭靜沉死水尚不許坐住况有未到瞥地偶得電光三昧便以爲得奚識神影子者乎此叅禪得少爲足古今之通病也恐落世諦流布疑誤多人因有請益者乃笑爲擔板漢歌以示之歌曰

擔板漢擔板漢如何被他苦相賺只圖肩頭輕不顧脚跟絆縱饒擔到未生前早已被他遮一半者片板項上枷渾身骨肉都屬他若不快便早拋卻百千萬刼真寃家行也累坐也累明明障礙何不會只爲當初錯認真清門淨戶生妖魅開眼見閉眼見白日太虛生閃電乾闥婆城影現空癡兒認作天宮殿要得輕須放下臭死蝦蟇爭甚價烏豆將來換眼精魚目應須辨真假有條路最好行坦坦蕩蕩如天平但不留連傍花柳管取他年入帝京捨身命如大地牛馬駝驢不須避果能一擲過須彌劍樹刀山如兒戲若愛他被他害累贅多因費管帶一朝打破琉璃瓶大地山河都粉碎我勸君不要擔髑髏有汁當下

乾分身散影百千億從今不入死生關

聞沈朗脽掩關姑蘇城中歌以寄之

火宅炎炎夢未醒塵中一片清凉境但見燎空烈焰高道人一念如氷井市聲喧闐奔萬馬日夜不休何爲者耳根寂滅心不生看來盡是空中假妻子對面如化人返觀亦似鏡中身終朝相見不相識兩眼何處容纖塵有時神遊華藏界揮毫一灑胸中塊朗善丹青水光山色影重重交羅攝入無障礙有時坐入蓮華土地平如掌金沙布八德池中菡萏開香風一觸心開悟方丈一室無壁落量含法界同寥廓十方海會入其中坐叅更不勞行脚匡廬萬丈懸太虛與君恰似同室居不出不入不來往問君此際心何如

從軍詩有引

余以弘法罹難蒙恩遣雷陽丙申春二月入五羊三月十日抵戍所時值其地饑且癘已三歲矣經年不雨道殣相望兵戈滿眼疫氣横發死傷蔽野悲慘之狀甚不可言余經行途中觸目興懷偶成五言律詩若干首乆皉枯寂不親筆硯其辭鄙俚殊不成章而情境逼眞諒非綺語聊紀一時之事云

楚澤非炎徼行吟愧獨醒瘴烟千嶂黑宿草四時青颶觸秋濤怒人嘶厲鬼靈從來皆浪跡今日更漂萍

火宅誰堪避清凉自可求天低偏近日樹老不知秋海月心何寂空雲思欲浮却憐無住客今復寄炎洲

舊説雷陽道今過電白西萬山嵐氣合一錫

瘴烟迷末路隨蓬累殘生信馬蹄那堪深樹裏處處鷓鴣啼

遠道經行地孤雲獨可憑有家俱是客無累即爲僧毒霧熏心醉炎風透骨蒸翻思舊遊處儼若履層氷

行脚元吾事擔簦固所能心懸萬里月肩荷一枝藤乞食愁蠻語安禪喜俗僧降魔空說劍今日始先登

出世還行役誰悲道路難長戈聊當錫短髮不勝冠沆瀣餘三島炎蒸厲百蠻天南回首處落日是長安

皇天無不覆豈獨外遐荒曲折吾生短驅馳世路長但知心似雪忽覺鬢如霜隨地堪埋骨君恩詎可忘

昔住清涼界今登熱惱天燠寒風氣別南北地形偏萬里同明月千山隔瞑烟塞鴻書縱寄不過鴈峰前

髫年從白業垂老脫緇衣豈是君恩薄多應世道違烟霞行李少氷雪眼中稀莫問前途事家山到處歸

曉起占天候星河曙色分潮吞丹鳳日山吐毒龍雲漂泊還鷗侶棲遲憶鹿群誰知逃世客臨老學從軍

此日天涯道艱虞秖自憐海風腥釀雨山氣毒含烟畏路從人後銜泥向馬前始知行役苦多在戍兒邊

旅宿悲寒食兵戈老歲年身經九死後心是未生前北伐思山甫南征憶馬淵梅花何處笛聽徹不成眠

竄逐辭金地窮荒到海涯雲容飛赤鳥星尾

曳舟蛇棄杖林戍乂揮戈日未斜天南弁塞
北是處有胡笳
一鉢從師旅孤征任轉蓬形骸乘野馬心事
托冥鴻雲出蒼梧白霞蒸海日紅吾生乂已
棄不待此時空
浮世甘爲客勞生恨此身舌存終是苦道在
豈稱貧渴鹿爭趣燄饑烏習近人滄桑雖未
變何地不飛塵
一息餘生贅千山去路長問途逢牧馬挾策
耦亡羊東熱三秋日心寒六月霜所經如蹈
鑊安敢任踈狂
幻跡元無住逢山即當歸因看前路窄轉見
此生微時抱桑間餓常懷漂母飢所欣無臘
月不望寄寒衣

獨坐

浮世吾身外勞生逆旅中誰能一隻眼豁盡
十方空碧海飛凉月青林散曉風胡牀箕踞
坐瀟灑意無窮

晚歸營門

混俗希忘象臨戎想投瓶前驅剗忍草左袒
拗伽黎落日江容醉歸雲樹色迷行藏同倦
鳥漸漸向人低

庚子歲即事四首

豺虎中原遍星軺日夜馳詔無哀痛字人有
向隅悲遠探驪龍窟深批弱木枝乾坤聊俯
仰愁絶一雙眉
清海初收捷珠厓始罷征劍門飛赤羽閣道
走羌兵帝聽懷柔遠王師耻戰爭蠻夷應繫
長不見請長纓
滿目黃塵暗披肩短髮垂江湖歸路杳鷗鷺

傍人疑康濟思今日安危望此時從來貂珥重寧不愧恩私生事人甘拙干戈鼎沸騰金珠欣積累管草畏追徵國是誰堪定天心未可憑南熏何日奏一爲洗炎蒸

過三峽

萬壑奔流下千山紫翠連帆飛三峽雨人入九秋天客路浮雲外歸心落日前吾生猶未巳江漢是餘年

宿清溪驛夢得草蟲鳴斷岸沙鳥宿寒汀之句因續成詩

遡流遵遠渚旅泊傍孤亭月隱山容淡魚潛水氣腥草蟲鳴斷岸沙鳥宿寒汀最惜飄零者浮生夢未醒

酬朱叔祥惠斑竹禪几

半榻供禪寂支頤臥白雲虛心偏愛我高節獨憐君細拭含湘淚精裁泣楚文最宜調病骨從此絕塵氛

林參軍從余入山

戎馬身經老風烟鬢巳班骨疲仇鐵甲心冷愛青山木札禪離味茶香事儘閒白雲欣共住肯放出松關

重修曹溪採木入山

一水縈紆入羣峰夾岸迴人疑秦代住僧似竺乾來竹樹連雲長田疇逐地開誰知五嶺曲亦自有天台

伐木

百尺由萌蘖孤根出草萊歷窮烟瘴苦聽盡鶴聲哀用大應非折裁成豈是災秪憐今夜月空自照莓苔

小金山坐月

藏海浮香刹華幢湧梵宫青螺呈寶髻滿月現慈容世界平如掌江流淨似空應憐驅逐者俱墮法身中

腰沽道中

荒途無遠近曲折似兼程地逐河流轉人依鳥道行雲間孤鶩没木末片帆輕回首長安路難聞塞鴈聲

太平驛

策馬望郵亭長途舊所經終朝嵐氣白十月燒痕青面熱檳榔醉神昏海霧腥孤城笳鼓動悲壯不堪聽

曉行

殘月掛城頭征笳慘客愁北風吹短鬢凉露溼重裘野燒連營壘邊烽暗戍樓孤雲聊淡泞瀟灑竟如浮

化州道中

崗巒盤廣漠曲折不知層夾路疑函谷居人似武陵林深藏虎豹天遠擊鶻鷹何事風塵道驅馳一老僧

化州

孤征過萬里道遠慨逾深山色蚺蛇氣人言鴂舌音蘧廬今日事氷雪一生心縱有參天木難同祇樹林

石城

行穿窮谷口樹杪見天涯野曠留殘照城荒帶落霞飢驅忘力倦欲速較途賒薄暮投山館安眠似到家

横山堡

群山低赴壑一水倒迴村平野間炎徼邊陲

列戍屯民生空歲月時序失寒溫莫謂天涯遠扶桑近日暾

至鮫宮

修途煩足力廣衍入平川地勢南溟盡珠光北斗連遠山低並樹大海立齊天望若垂雲翼帆開擁寶船

癸卯春日大廉即事

炎方風物異歲事總難期臘盡蟲無蟄春來鳥不知荳花開舊莢榕葉落新枝因憶燕山雪陽和似有私

春日偶成

瓊海積春陰炎蒸宿霧深賽蘭香作瘴勒竹苦成林莫問勞生計单看近死心自嫌鬚鬢累日日愛抽簪

放船

秋水芙蓉滿扁舟一葉輕安流猶故宅漂泊是歸程踈雨炎蒸退清風縠浪生往來隨所適不信鷓鴣鳴

中流望飛來寺

兩岸山垂影千峰倒入空雲間飛鷲嶺水底現龍宮細落天花雨長鳴地籟風急流將繫舫小可不相容

憨山大師夢遊全集卷第四十七

音釋

寱倪制切寐言也　晷音軌日景也　壘魯偉切軍壁也　喊虎瞻切楊子易牙能喊　姥音母老母也　罍盧回切酒器也　魃蒲撥切旱神也　睊吉券切孟子睊睊胥讒　輓音晚引車也　聃都含切老子名　髀補委切股骨也

囂音鴞喧也　韄胡郭切縛也又刀飾　褦襶上音奈下音戴不曉事也　鄺音荒　醞於問切釀也　腃音絹顧也　籋音聶與躡同　楪音葉牖也　禩與祀同　蘖與不同　糺糾同　毵蘇含切毛長貌　殣音僅餓殍為殣　軺音姚小車也

憨山大師夢遊全集卷第四十八

侍者福善日録　門人通炯編輯

凌江喜雪 有引

嶺南自古無雪癸卯臘月偶過凌江一見

喜而志之

凍雨灑柴扉寒聲漸覺微乍疑梅影瘦不信

雪花飛重壓芭蕉葉輕欺薜荔衣八年勞夢

想今喜見光輝

示寂空鑑禪人

腰包從萬里七載遅炎方居卜恒河畔心牽

一水長有身堪荷負無物可思量斷臂崖前

樹重聞桂子香

自曹溪檄還戍所

委形隨大化去住豈容心縱使驅炎海還同

坐寶林偷生根蔕淺絶跡道源深極目寒空

色浮雲自古今

登瓊州明昌塔

大地浮香海孤標湧梵幢水天靈鷲現火宅

毒龍降日月懸空鏡乾坤照夜釭望雲彈五

指花雨墮虛窻

丙午夏日自曹溪乞食度嶺至虔州因

熱致病寓陳文績將軍池亭時觀魚戲

新水清猿嘯月鶴鹿依人宛若深山相

與夜坐感懷賦詩五首

冷落將軍署棲遅放客過懶輸塵事少閒勝

白雲多揮麈慵調鹿臨池學愛鵝不知幽谷

裏似此更如何

白日炎如火高眠夜氣寒夢醒㘞月窟心想

入氷盤皷角轅門曉星河曙色闌覺來方散

髮愁見籜皮冠

池水江湖思遊魚樂未忘未懷臨大壑幽思寄濠梁新月沉鈎細垂楊引線長夜來風雨發鱗甲幾飛揚

易謝諸塵累難消大患身行藏容混俗老病豈饒人牛馬齒將缺猿猴心未純六根如割據不識與誰親

老被閒心使生爲業力驅虛將三寸氣連絡百年軀藥石元非命心齋豈是愚秪愁人世苦願作佛家奴

山行

仄徑山腰細清流水帶長迎風松子落浥露稻花香村舍青蓮蕊人家白板房桃源如未到不必問漁郎

晚下高峰遇雨宿蓮花寺

薄暮下高峰山深暑尚濃氣蒸三伏日涼灑一林松風急催寒雨雲腥起卧龍促歸華藏宿夢醒上方鐘

蓮花寺

一片通香海千峰擁化城青蓮開細葉慧月朗高明世遠諸緣息心閒五濁輕微塵如可破即此證無生

凌江雨過放舟還山二首

驟雨驅炎熱新秋爽氣生岸沙隨水没江月傍人行聚沫勞生事浮雲過客情臨流觀泡影轉見此身輕

一葉乘風去扁舟趂水還山盤旋若蟻江宛曲如環身與空雲合心將水月閒萬峰歸卧穩寂寂掩松關

烏遲果深寺

山市依雲集花宮傍水開調生閒不住策杖

偶行來飯待檀那供蓮須社主栽可中清淨
地堪結講經臺
乞食晚歸
落日晴偏好歸途寒更遲閒心雲不厭倦意
鳥應知世路終無盡勞生信有期回看萬峰
裏誰嚼紫莖芝
佛成道日
今夜明星上當初夢醒時雪山仍在眼覺樹
正垂枝遙想躭飢瘦因思獻乳糜六年寒徹
骨心苦有誰知
夜發凌江
虛舟隨所適一水絕間關月色看逾好江聲
聽轉閒浮雲身外事白髮鏡中顏莫謂漂零
久前途即故山
舟過湞陽峽
不住元爲客虛舟信轉蓬夾江千尺岸帶雨
半帆風掠石如飛燕乘流似履空迷津終古
意都在去來中
宿英州
自笑何爲者棲棲苦問津試摩三寸氣可繫
百年身大地皆還客勞生總聚塵請看江上
月曾照幾多人
春日苦雨二首
炎徼多寒熱清和賴此辰可憐連夜雨斷送
十分春易破關山夢難禁羈旅人桃花三月
水自古會迷津
滴滴心無緒絲絲意轉工一舟迷遠浦雙眼
暗長空已失千村樹還吹萬竅風愁添新積
水滾滾急流中
擬投老南嶽初至湖東與藏六支公夜

話
投老依幽勝真期有道林百年今夜話歷劫此時心雪覆衡山白雲埋湘水深歸休今已矣不復費招尋

病中示諸子
厭世心成癖那堪病作魔已知餘日少更見此身多藥石充香積呻吟當羯磨文殊如有問一默竟如何

湘江即事
春雨過瀟湘輕帆挂曉霜急流廻石皷新水度衡陽嶽色看來近湖天望去長誰知塵海裏隨處是津梁

宿橋口
落照浸湖天沙明月在船鳥棲臨水樹人語隔林烟浮世止一宿餘生能幾年如何衰暮日猶滯楚江邊

過龍鬚湖宿兎子口
湖淺不難渡風帆未易施羊腸沙曲折鳥羽岸參差地折雙輪轉天空一鏡垂還看棲泊處新月照娥眉

過天心湖
群山連地肺衆水注天心浩蕩乾坤大浮沉日月深帆飛隨獨鳥野望入平林黛遂扁舟去烟波何處尋

龍陽縣
粉堞隱朝霞孤城傍水涯沿堤多柳色遶郭是桃花天遠飛黃鵠江清走白沙武陵知不遠渡口見漁家

德山禮祖四首
師據空王令余來愧晚年遥瞻千載上常見

一燈懸鳥語言前句山光格外禪手中生鐵棒刮盡野狐涎
脫盡廉纖見來參古作家棒敲獅子骨舌吐鉢羅花光相含秋月靈龕隱暮霞室中方丈地曾辨幾龍蛇
堂前閒托鉢獅子漫調兒覿面難回處低頭不語時未明末後句翻使至今疑爲問三年事因何得早知
頂具金剛眼胸藏栗棘蓬片言轟霹靂四海走英雄祖意機前薦凡情當下空宗門生殺手凜凜見真風

山居十首

天地存吾道山林老更親閒時開碧眼一望盡黃塵喜得無生意消磨有漏身幾多隨幻影都是去來人
髮不如心白形還似木枯衆緣閒處盡一念看來孤天已容踈拙禪應離有無餘生當落日步步是歸途
生理元無住流光不可攀誰將新日月換却舊容顏獨坐唯聽鳥開門但見山幻緣消歇盡何必更求閒
混世多生厭歸山念自休幾曾千載計特爲一人留浩浩成空劫消消積巨流但觀清淨理身世總如浮
身已難憑藉支離各有因暫時連四大終是聚微塵萬籟含虛寂諸緣露本真從來聲色裏迷誤許多人
斗大一菴居其中任卷舒雲霞生户牖星月挂庭除念息心愈寂塵消境自如南熏時入座颯颯六窗虛

飽食無餘事高眠晝不分晦明殊未覺鐘皷幾曾聞四面幃青嶂和身臥白雲誰言荼力健能遣睡魔軍

無意人間世遊神極樂天唯餘可漏子耻放拍盲禪獨羨搏風翼堪多出水蓮囘觀塵土客誰不爲纏眠

此性元無着何爲不自由秖因生管帶故被世遷流不識空花影堪憐大海漚但開清淨眼明見一毛頭

揮塵元吾事閒心奈懶何聊將精進力調伏睡眠魔寂寂吹天籟悠悠逝水波從來無一字應不怪維摩

別南嶽

面帶烟霞去中懷愧色行止緣酬舊約豈是逐浮名猿鶴休怨別松風不住聲唯留廣長舌日夜說無生

舟行

湘水通巴漢孤帆入楚天片雲低遠樹晴日照斜川處世常如寄浮生莫問年縱遵歸去路亦似渡頭船

曉發湘潭

曉發清潭曲揚舲信水流帆飛隨去鳥岸轉逐行舟樹遠疑天盡江空見地浮洞庭看咫尺漸近岳陽樓

借風亭

天運移炎祚爭馳逐鹿秋誰知雲臥客借筯爲前籌帝業三分定雄心一火酬東風千古恨江漢水悠悠

過嘉魚

舟停蒲水宿侵曉過嘉魚山露城頭小江舍

樹影踈天垂疑近日水遠若憑虛一葉乘風去飄飄任所如

舟發武昌

覽勝歷瀟湘乘流過武昌江山雄漢口雲雨誤襄王遠跡飛黃鶴輕帆挂夕陽生涯隨逝水不必問行藏

過黃州

七澤控荆襄連天一水長江流迴赤壁山色擁黃岡作賦推漁父行歌憶楚狂向來思濯足今已在滄浪

喜歸匡山六首

山是前生住林從此日開誤嬰塵累去喜仗夙緣來骨立羣峰瘦心閒百念灰烟霞今已足何必問天台

遯世元無悶居山不厭深密雲晴帶雨幽壑晝當陰乳鹿眠豐草歸鴉集暮林峰頭墮明月照破一生心

垂老脫牽纏刳心易入禪偷生至今日怡逸感餘年夙負疇應盡良緣信未愆潛神一坏土當處湧青蓮

盟主舊烟霞歸來便到家雲生如疋練山擁似蓮花熟睡忘昏曉癡禪閱歲華可中投足地不用一袈裟

白髮照衰顏潛形賴有山餘生唯待化一息總歸閒禪爛難開口雲深易掩關圓通入流水日夜響潺潺

老與懶相宜形銷氣不支見聞渾似夢起坐忽如癡日月從朝暮榮枯任歲時所存唯一念寂爾入無思

夜坐納涼三首

夜色喜新晴迎秋爽氣生雨餘林葉重風度嶺雲輕靜處觀無我藏修厭有名坐看空界月歷歷對孤明

萬籟寂無聲心源似水清爐烟通夜細山月入窻明棲草蟲偏穩眠雲鶴不驚坐深諸想滅忽聽曉鐘鳴

炎熱不須辭清涼信有時雲飛山色暗雷動雨聲隨短葛休嫌重商飈莫怨遲但依松下坐自待好風吹

壁觀

兀坐諦觀心來源未易尋動時分朕兆起處絕幽深寂寂敲空響綿綿出轂音應知離念相總不屬浮沉

病一首

苦集是生因難消大患身支持唯賴骨動轉不由人一息微如縷殘軀恥若塵從來皆假借究竟與誰親

久厭形爲累那堪老病侵自慚禪定淺轉覺病源深了法離諸相觀空見此心欲超生死路不向外邊尋

衆粥罷經行因示

粥罷漫經行沿流不問程脚如絲線斷身似片雲輕踏去山光透歸來月色明無勞重入室聽取夜鐘鳴

秋聲

秋深寒氣重擁衲正相宜人老骨偏勁松枯枝更奇黄花生意淡白髮世情離獨坐忘緣後寥寥秪自知

夢遊詩集下

丙申二月抵廣州寓海珠寺

天涯歷盡尚遐征百粤風烟不計程涉險始
知塵海濶道窮轉見死生輕暫依水月光明
住偶向琉璃寶地行到岸舟航今已棄上方
鐘皷爲誰鳴

丁右武王惟吾同遊星巖諸勝未還賦
懷

覧勝探奇讓謖卯况逢簫史是同遊千山緊
附雙龍翼萬壑爭趨一葉舟洞裏丹砂誰可
覔雲中芝术幾時收莫看松下彈棋者半局
令人易白頭

將之雷陽暫憩小金山

人間瓠落事多非聊向江心擬息機有寺不
容僧暫住無家應與鶴爭歸慈雲晴覆空生
室香霧閒侵過客衣千古迷津懸寶筏急流
肯止便皈依

記公自廬山遠問曹溪

遥向曹溪問鏡臺入門一見笑顔開身將廬
嶽閒雲至心帶燕山白雪來生死歷窮天外
路寒暄寫盡嶺頭梅故人但得如君思此念
令余早已灰

甲辰曹溪奉臺檄還戍

烟霞元自邈風塵渴愛林泉敢認真老去心
如無火木生殘形似冉陽春乾坤不許逃禪
輩禮法難忘出世人獨有空山猿鶴侶頻隨
清夢伴閒身

舊同妙峰師遊河東萬固寺今聞重新
賦此寄懷

四十年曾乞食過祇陀精舍傍恒河中條山
湧青蓮髻華岳雲騰碧海波城郭千家還舍
衛法身三展變娑婆何時重荷降龍錫麻谷

牀前再羯磨

登烏遲水樓

穿雲過峽度平田行盡溪源見市鄽一線河流通大海四圍山色擁青蓮樓當水月清涼土人入空居自在天可似桃源避秦地往來但不是漁船

端州壽馮元成使君

廊廟江湖向各天相逢豈是此生緣居官善用慈悲行應世安心自在禪止有祿金堪布地更無塵跡可隨眠曇花一現三千歲今喜重開北斗邊

舟中苦雨謝鍾二子見過

積雨陰雲晝不開蓬窻深喜故人來松花獨許攢眉釀蓮社寧辭作賦才世事只看如指馬此心不說比寒灰坐聽日暮城頭笛陣陣輕風送落梅

江上感懷

風雨蕭蕭江上舟飄零纔見養空遊夢回松頂棲雲鶴閒看沙頭戲水鷗書札不須勞北鴈世情早已付東流百年已過三之二縱有餘生總是浮

南征道中遇雨

北風吹雨暗山城歲暮天涯尚遠征避世想從麋鹿隊畏途心折鷓鴣聲十年瘴海孤蓬轉一夕霜華兩鬢生策馬衝泥投野宿不堪回首暮烟橫

寄燕都慈壽寺別山長老

當年一鉢久過從長夜披衣聽曉鐘飯食每懷香積界經行常憶妙高峰潛消瘴熱心舍雪暗記流年手種松爲掃蓮花師子座待余

重舉絕言宗

結夏法性若惺炯公蕉園

蕉園何似坐祇園爲借清風暫解煩緑葉幾供懷素筆重陰猶覆譯經軒（有房公譯經筆授軒）護生不許朝持鉢習定還應晝閉門聞道本來無一物故今終日對忘言

鄒子亂過訪因示

爲衆向上訪曹溪底事分明本不迷曉院風生吹翠竹春山雨過長青藜閒來始覺諸緣靜悟後方知萬物齊最是喚人親切處五更夢破一聲雞

德山禮祖後過定王陵

當年一棒聖凡分的的真機泯見聞香火千秋占王氣河山終古覆慈雲空林麋鹿仍隨壓淨土蓮華已屬君杖倚春風還佇立夕陽紫翠正氤氳

衡陽湖東結菴初成劉存赤鐘衡頡遠來相慰遂同度歲

十載神交費所思相逢喜見歲窮時扁舟雪夜來千里淨土蓮花種一枝已老形骸俱長物從頭日月是新知匡山莫謂當年社此地重開定可期

將東遊赴花藥寺齋二首

舍衛城西古道場偶過三匝禮空王觀心已入唯心土說法還登善法堂香飯能令多衆飽醍醐獨許利根嘗當人未即輕拈出儻可重來再舉揚

祇園開向大江西地湧蓮花最可棲佛國遠超諸相外法身高與四天齊暫來即請登華座久住應頻信杖藜可惜過從歸去日不堪

回首重悽悽

過花藥寺梅雪堂遜菴宗師故居

梅雪堂開骨更清齋餘閒步一經行香浮石室花初放影入氷壺月倍明斷臂巖前留舊跡懷人笛裏憶新聲只今若問西來意隻履誰能識去程

過九峰禮無念祖師

梵王宮殿隱烟霞門外紅塵世路賒山自九峰開淨土僧從千葉坐蓮華光浮石室留宸翰影落諸天護絳紗若問西來端的意分明全付一袈裟

宿九峰方丈貽聞圓長老

遙向名山禮法壇此心須乞祖師安九峰夜月侵人白萬壑松風入骨寒已滅慧燈重發焰獨留衣鉢許誰傳應知天帝歸依日獅子音聲話未殘

率諸弟子赴漢陽王章甫齋

郊園遙訪漢江湄一似毗耶集衆時香飯飽飡天上供玄言喜見郢中辭平田舊是栽衣式高柳新垂洒露枝風雨夜深心境寂清涼凝坐藕花池

信宿天光上座接待寺

荊棘叢中古道塲廿年辛苦爲誰忙堂開四海來龍象梵唄三時禮法王域內圓成華藏界眉間常放白毫光瞻依已入唯心土向上何須再舉揚

過曲阿喜逢王東里明府

出水青蓮住世心軒車亦似在山林空花鏡像塵何寂孤月寒江意更深鷲嶺想從親受記毗耶應是舊知音相逢一句無生話覿面

分明不用尋

登徑山凌霄峰

獨上高峰倚杖藜侵人空翠轉凄迷西來二目如鵬翼東去千山似馬蹄絶壑久稱獅子窟空林終許象王棲只今欲說無生法麈尾纔揮萬象低

寄五嶽蔡使君

曾向曹溪結勝緣别來冷落祖師禪時談不二思摩詰每話無生憶大年自信宰官爲示現誰知案牘是真詮雪峰枯木堂前月此夕因君缺又圓

喜歸匡山

歷遍江湖久倦遊青山直到老方投形骸已謝空花影世事都從逝水流寂寂閒身雲作伴蕭蕭白髮雪蒙頭餘年不必論多少一念無生曠劫休

林觀海明府陳赤石大叅入山見訪

匡山白社憶當時此日高軒最可追入處即能忘世慮到來全不用攢眉身披萬壑雲容溼坐待千峰月色遲一夕清言成勝跡乾坤自古重心知

鄉人至

少小離鄉不記家回思往事總堪嗟故人猶想見時面枯木難開舊日花河畔栁枝垂曉露門前山色帶朝霞唯餘此景年年在不必從前問歲華

送脩六逸公歸家山

廿載殷勤伴瘴鄉又隨瓶錫走諸方叅立直上金輪頂入室還依大法堂歸去家山雖有意老來泉石豈能忘餘年儻未填溝壑遲爾

同棲寂滅場

心光法姪持雪浪恩兄手澤讀之有感

君來忽憶故人情究竟難忘出世盟乍見遺言猶對面細思談笑似多生知從兜率居高座直入菩提豈計程儻再相逢如昔日肯教同伴不同行

中秋喜陳祠部無異入山見訪

遙問空山鹿豕群巾車入谷到斜曛披襟細語論衷曲煮茗焚香坐夜分喜對月明心似鏡深觀世事倐如雲當機若問西來意一物全無把似君

示衆

平生蹤跡任前緣慚愧形骸未脫然一片閒心隨處見無端白髮暗中遷自知來日皆除日誰信添年是減年回首家山歸去後萬峰

高枕石頭眠

壽覺休繆居士

居士由來應現身金剛心地淨無塵調生乂悟無生忍住世還同出世人摩詰法門非是默龐公妻子不爲親精神已入蓮華藏劫念何須問大椿

山居十首

平生蹤跡任東西投老那能擇木棲縱使脊梁剛似鐵奈何脛骨軟如泥閒從絕壑看雲起坐倚千峰聽鳥啼不必更拈言外句現前聲色是全提

依巖結構草爲菴乍可容身止一龕但得心源歸湛寂任從世事付癡憨三竿日上還高臥丈室雲封不放叅佛祖直教蹤跡斷何須前後列三三

回看五濁氣氤氳群閙啾啾器裏蚑瞥念未
興迷悟絶一微纔立聖凡分青山自許容藏
拙火宅誰能爲救焚翹首長空雙碧眼不堪
大地總浮雲
堪嗟往事夢中遊醫眼空花不可求心跡信
如雲散月形骸任似水浮漚生存一息餘三
寸老入千峰勝十籌從此人間蹤跡斷更無
憂喜上眉頭
藏脩今已遂初心自昔居山不厭深空外任
從千嶂列目中豈受一塵侵松風時說無生
法流水長鳴太古琴入室何勞重豎拂當機
薦取在知音
幽巖蘭蕙有餘芳習習松風送暗香暫借聞
熏開性地勝傾甘露灌枯腸心心直入蓮華
藏念念常明般若光知足便登兜率界何勞
此外覓西方
春深寒谷筍生芽又見松梢漸發花一鉢待
來充午供衆僧專等試新茶空無神力諸天
飯富有莊嚴五色霞爲問長安歌舞客幾曾
飛夢到山家
三冬擁衲坐枯禪喜見春光最可憐瓦鼎野
蔬將獻供地爐松火漸無烟青山覆雪重開
面白髮防寒已及肩幸作太平雲臥客焚香
朝暮祝堯年
舊遊恍忽是前生每憶行藏暗着驚此日青
山當日夢今時白社舊時盟酬機但用無星
秤娛老唯留折脚鐺若問西來端的意曹溪
一派水盈盈
何事當年愛離家難忘舊着破袈裟秪因未
了多生欠不是從前一念差半世業緣同夢

幻百年妄想等空花歸來剩有青山在豈忍將金去博沙

臥病

蒲團香案日生塵老病難容世外身入夢泉聲清徹耳到牀月色冷侵人閒心不與諸緣合白業唯存一念真究竟要知歸宿處蓮華已結未來親

酬陸使君景鄴

高車幾度過空山歷盡千峰直破關有舌不能酬密諦忘機正可對衰顏飛來白雪寒相照望入青雲思更閒遥憶轅門端坐處匡廬時在兩眉間

寄仰山靜光禪人

一自匡廬問法歸别經歲月信音稀顧予已入無生忍知爾常叅向上機雨過雲開山骨瘦春深日暖蕨芽肥何時再振牀前錫拈示西來屈眴衣

憶山居六首 有引

余園中宛居深山因而有述

榾柮千年火支撑獨木橋往來人境絶菴主澹無聊

白雪在簷前飛來日如故不是爾無心如何常共住

明月挂寒空光徹寒潭底上下本自同看來無彼此

流水不是聲明月元非色聲色不相關此境誰會得

風從何處來衆響動巖穴靜聽本無聲如何有起滅

身在千巖裏門前路不通寂寥誰是伴唯有

數株松

舟泊珠江

月色澹如水潮平寒似空孤舟横野渡人在有無中

軍中道場吟四首

朝聞鼙鼓聲暮聽金磬響動静雖不同唯在知音賞

旌旗蔽浮雲幢幡影朝日試看生殺機兵不似禪㝠

法鼓震龍宫喊聲動天地何似衆竅風噫出大塊氣

曾坐東海上驚濤怒破山今聞震天雷入耳心逾閒

寄王金吾

偶會忽言别再晤應更難思君心似雪飛夢薊門寒

喜友人至

人生會合期杳如風雨夕與子未見時宛似雲中日

偶成四首

風吹楊栁花東西南北走豈是愛隨他自身元不有

野雉在樊中粱食亦不少何似處山林飲啄隨時了

豹隱南山霧常恐羅網侵只以皮毛故是爲身累心

膏火照夜行人益已受損豈不自愛惜生質固所禀

憶家山竹池

萬竹飛晴雨雙池引石泉别來三十載日日

憶栽蓮

瓊山

奇甸香爲國珠崖玉作山人從塵海渡儼若出天關

五指山

一葉浮天外千山落鏡中誰人揮五指劃破太虛空

金粟泉

粟泛黄金屑泉流白玉漿我來持一鉢足可獻空王

明昌塔

瓊海開龍藏香幢出梵天即看火宅内從地湧青蓮

劉將軍邀觀玉龍泉二首

清泉寒似玉嘉樹密如雲人有羲皇樂心同鹿豕群

混沌何年鑿淵泉此地開人依空界立山入鏡中來

題墨香深處四首

碧草横書帶幽蘭結佩香虚亭人獨坐心已到羲皇

竹色侵簷緑荷花照水紅夜深涼露下人在暗香中

芙蓉開似錦黄菊疊如錢醉眼熏心處端然自在禪

雪逼梅舒蕚春催草發芽目前生意事誰識在山家

寄廖東李生

萬里路不遠寸心空更閒不知思我者如隔幾重關

懷丁右武大叅

落葉千山雨寒空一片雲舉頭聊縱目何處不思君

咏松二首

樹老心逾赤楓凋葉更紅可憐霜雪裏獨有一枝松

霜幹龍鱗老風枝馬尾長濤聲清響發瑟瑟滿虛堂

詠梅二首

叢林秋已晚萬木盡凋傷獨有寒梅樹飛來雪裏香

雪色春先到寒香夜更清一聲幽鳥語忽使夢魂驚

詠竹五首

寒飛千尺玉清灑一林霜縱是塵心重相看亦頓忘

矯矯凌雲姿風生龍夜吼霜雪不知年真吾歲寒友

霜幹寒如玉風枝響似琴瀟湘一夜雨滴碎客中心

葉落根偏固心虛節更高一林寒吹發清夜伴松濤

淇澳春雲碧瀟湘夜雨寒虛窻人靜聽颯颯響琅玕

喜雨三首

涼雨洒炎天飄風振林木輕雷響簷端隱隱似空谷

元陽如烈火群有若陶鑄忽然風雨來炎蒸在何處

山空泉更寒暑氣無來往颯颯風雨生毛骨

更清爽

山中吟六首

塵隔三千界心超十八禪鐘聲清夜發聽徹不成眠

日月不知去此心應合空山樓時獨坐彷彿在鴻濛

枝頭春已動草木氣相鮮靜裏觀時化心忘有漏年

時折寶林松旋汲曹溪水來煑雪中茶此味無可比

萬山寒色破地氣暖生春花落曹溪水何人肯問津

無事晝打眠松風吹不徹何處木魚聲夢中響更別

偶占

一滴曹溪水千株遍漢松人依空界立究在畫圖中

示知事僧二首

斷臂巖前雪而今血尚濃黃梅腰下石能得幾人春

積雪苦凝寒叢林盡凋沍一陽纔動時枝頭春已露

董國傅過訪曹溪因贈

曹溪一滴水流浪滿江湖隨君化霖雨到處洒焦枯

夏日王凝過訪

炎熱毒如火茶香冷似氷誰知天壤內除嬾盡輸僧

送悟心融首座二首

一片江南雪來清瘴海炎君今度嶺去寒色

帶眉光
七尺藤過頂三飡飯滿瓢何時萬峰裏倦飽
臥雲霄
對月
雪嶺孤松老曹溪滴水寒誰知今夜月猶是
昔時看
舟過小金山四首
一度一回新重來不厭頻秪因貪佛日時禮
法王身
青山常不改流水去還來獨有松間月清光
照緑苔
漁火夜深白沙鷄清晝喧江空人境絕長日
掩柴門
階下魚龍穩沙頭鷗鷺閒盈盈剛一水隔斷
萬重山

喜黃生公亮歸自薊門五首
人生無百歲逢君時過半忽別又三年離合
安可算
昨日乘虛舟夜來忽風雨今朝喜逢君杳然
如夢許
塞上草頭白燕山楓葉丹唯餘寒雪色君尚
在眉端
驛路千行柳江湖萬里波往來空歲月誰不
爲蹉跎
羅浮半輪月曹溪一滴水與爾共飡之意味
無彼此
喜曇欣慶公至
君從白下來慰我炎方熱火宅喜相看如對
燕山雪
招慶公啗茘枝

長夏火雲紅五月荔枝熟與君坐珠江日日
敲寒玉

對慶公懷舊

菴居與君隣水竹清同好一别三十年相看
今已老

寄蒲坂襄垣震崧二宗侯三首

一泒黄河水遥從天上來滔滔東入海借問
幾時回

華嶽雙峰出高空碧玉寒遥聞天樂響應是
禮仙壇

中條山色青朝霞散晴綺知有忘世人獨坐
觀無始

夢遊天台二首

忽到天台山相遇雲中老想是避秦人顔色
如此好

飛上華頂峰忽聽天鷄叫遥望蓬萊山掀髯
發長嘯

懷舊

夢坐龍華樹聽殘長樂鐘醒來空谷裏萬壑
吼松風

懶殘老衲住山

菴小山藏寺心虛芥納空嬾眠松下石坐斷
最高峰

將之雷陽别曇公于江上

送别芙蓉江江水秋逾碧歸舟遡寒流來往
心如織

詠月

湛海光如有寒空色若無誰知俯仰内千古
照迷塗

詠雲

一點如纖翳瀰漫塞太虛但知已起後不見
未生初

試端硯三首

君子愛佩玉温潤象其德此石尤過之所寶
在輪墨

詞海萬里流筆峰千丈雪盡向此中生時時
飛玉屑

浩浩清江水磊磊紫石山誰知千古意元在
混茫間

化城菴二首

山色自朝昏榕陰閒古道多少往來人　紅塵
空浩浩

鑿井在高原土深水難得施工極盡時淵泉
流不息

鑿室

斗室懷幽趣窮交見古人雖餘方寸地無處
着囂塵

明禪人施茶

此心元不住白足本無塵時汲源頭水清涼
熱惱人

寄慶堂首座

憶爾栽茶處滿園春雨滋何時掃松葉相對
一烹之

寄宗遠西堂

曹溪春水漲衡嶽鴈歸時憶爾跏趺夜松門
月上遲

寄題龍興寺禪堂

王氣鍾山嶽經聲徹帝宮法筵龍象衆萬世
祝堯風

寄皇陵供奉

乾坤開帝業日月轉河山香火勤供奉晨昏
仰聖顏

題畫小景二十一首

流雲覆春山輕寒凍欲坼何處踏青來歸時
月華白

芳樹夏初長輕舟湖水碧携琴訪故人雲深
何處覓

斷橋人影橫扁舟霜月白回首望雲山悠然
塵市隔

烟樹春雲緑江天落日紅不知何處醉歸向
月明中

風雨孤舟夜微茫草樹春茅簷驚犬吠定是
渡江人

江閣流雲細孤村白日閑小橋橫野水隔斷
萬重山

晏坐桃花塢幽居遠市塵秪緑春色好不是
爲逃秦

高樹咽新蟬深林掩茅屋斷橋人影橫白雲
滿山谷

瀑布寒空外孤亭水石間日長無個事結伴
看春山

秋水碧如玉遠山凝似脂夜深魚不食釣餌
爲誰施

淅瀝寒林瘦潺湲水石清白雲千萬里相對
總忘情

萬木流雲密千山落照寒衙門長日掩酒伴
暮相看

遠樹晴烟合江空草閣寒行吟同澤畔始信
獨醒難

古木蒼松老清泉白石奇携琴問知己遥望

酒家旗

江閣坐忘機凭欄望夕暉沙頭人竚立擬待月明歸

雲白天垂練江清水合空相携尋酒伴同過石橋東

秋山雲氣薄紅樹曉霜清一帶湖天濶空留待月明

山似天台路花無秦代春漁郎坐溪口不見問津人

彤雲四野迷層氷萬木折衝寒訪故人踏破連山雪

萬山凝積雪高樹折輕氷何處寒梅發香勾一個僧

秋山新雨霽遠水澹無垠湖上幽人宅悠然隔市塵

憨山大師夢遊全集卷第四十八

音釋

堞音牒城上女墻也 轟呼宏切羣車之聲也 舲離呈切 刳空胡切剖也 潺鉏連切水流聲 颷音標暴風從下而上也 轂苦豆切 謖蘇谷切 瓠洪孤切 氤氳上伊真切下於云切 麈音主 鞞蒲糜切騎上鼓也

憨山大師夢遊全集卷第四十九

侍者福善日録　門人通炯編輯

南嶽逢何玄圃

相逢南嶽前坐對中秋月清光徹夜看疑是燕山雪

玉山

閒登玉山頭城中見烟火萬井容如雲蓮花青朶朶

望江樓

獨上望江樓四面山如織中有餐霞人相對不相識

高山寺

山城桃江流梵刹雲中起鐘鳴萬戸開人在蓮花裏

愚溪

愚溪何似我我愚溪不愚流泉日夜響說法聲嗚嗚

華嚴菴

菴近恒河水僧依舍衛城經聲和人語總是說無生

雜咏二首

白鶴飛冲霄翛然任去住可惜無礙身不知生死路

螻蟻慕羶腥逐氣呼伴侶忙忙不暫停所得能幾許

偶成二首

法侶千峰影生涯數畝田信知人世裏難結此中緣

青山待人歸本欲求深契誰知來者心動靜多相戾

山居十三首

片雲浮太虛倏忽遍大地試看未生前清淨無纖翳

萬境本寂然因心有起滅一念若不生動靜何處覓

長夜無燈燭修途總暗冥可憐酣睡者大夢幾時醒

青山容易入白業不難修獨有降心法英雄讓一籌

一枕黃粱夢千秋汗血功秖知常不朽誰信轉頭空

雪老蒼松古僧閒水石清坐來忘百慮眼見一身輕

酷暑不可人清風來竹下颼颼涼氣生毛骨頓蕭灑

風靜蟬聲急龍歸雨氣腥乘涼高樹下閒寫換鵝經

雲深便野寺僧老愛扶筇乞食歸來晚愁穿十里松

爽氣入疎林萬山秋色好貪看溪頭雲忘却來時道

獨坐長松下悠然太古心高山流水意誰復是知音

日月如飛鳥乾坤似轉丸浮生忙裏度誰向靜中看

長明一碗燈夜對心更寂多少醉眠人夢中狂未息

山居二十首

松下數椽茅屋眼前四面青山日月升沉不住白雲來去常閒

雪裏梅花初放暗香深夜飛來正對寒鐙獨坐忽將鼻孔衝開
幾片白雲不去一輪明月飛來伴我山中寂寞笑他世上塵埃
一片寒心雪夜數聲破夢霜鐘爐內香銷宿火窻前月上孤峰
滿面清霜冽冽盈頭白髮蕭蕭世上空花影落目中幻瞖全消
漸漸泉聲入耳明明祖意西來不動舌根常說何須再歎奇哉
幽谷蘭香馥馥中宵月色娟娟一段清塵勃勃無端打破枯禪
一念忘緣寂寂孤明獨照惺惺看破空中閃電非同目下飛螢
雲散長空雨過雪消寒谷春生但覺身如水洗不知心似冰清
衰朽應憐骨弱看來轉覺心強午夜脊梁似鐵常時一念如霜
空谷諸塵盡謝止留一片閒雲伴我松根揮塵堪多麋鹿成群
文字眼中幻瞖禪那心上浮塵內外一齊拈却大千世界全身
靜夜鐘聲不住石牀夢想俱空開眼不知何處但聽滿耳松風
清淨涵空寶鏡春來水滿彭湖照徹廬山面目月如額上明珠
蓮漏六時猶短長香百刻安排日夜真常流注識神早托華胎
一片雲封谷口千峰劃破虛空中有數椽茅屋深藏白髮山翁

可惜青山常在堪嗟白髮時新盡是塵中逆
旅誰爲物外閒人
山色愁含宿雨松聲冷咽清霜乞食僧同倦
鳥娥眉月上新粧
世界光如水月身心皎若琉璃但見氷消澗
底不知春上花枝
門外青山朶朶窻前黄葉蕭蕭獨坐了無言
說回看妄想全消
舟中即事
空水連天一葉舟即看身世等浮漚鴈聲叫
破緑生夢明月蘆花古渡頭
大姑山
霞帶雲裳月偃眉江湖滿目少相知寒流徹
底心如洗莫問夫君是阿誰
姑山塔
空裏浮圖水月身太虛中點一微塵行人兩
眼重添屑幾個男兒認得眞
鄱湖寶陀寺
玻璃宮殿水晶盤面面青山碧玉欄中有一
人常說法西江吸盡夜潮寒
過桐江輓曾健齋光祿
龍華樹下舊相逢每夜談心聽曉鐘今日覓
君桐水上空含血淚洒春風
清江漁父詞二首
水清沙白月如鉤影落波心釣未收無限遊
魚吞不得空教漁父抱深愁
一葉輕舟逐浪翻五湖風月任加飡夢魂常
在深深處最苦離鈎水更寒
舟次横浦
五雲一水入南安萬叠山迴六六灘行到水

窮山盡處梅花無數嶺頭看

登南安城

城頭辦辦湧青蓮花蕊香含萬戶烟身在鏡中人不識更於此外覓諸天

度大庾嶺二首

一徑雲霞閣道深梅花松雨氣陰森翻思昔日宵行客何似今朝度嶺心

嶺上寒梅正發花枝頭雲擁舊袈裟試將拄杖重拈出香逐天風遍海涯

曹溪謁六祖大師二首

曹溪滴水自靈淵流入滄溟浪拍天多少魚龍從變化源頭一脉尚泠然

樵斧纔抛石墜腰黃梅夜半寂無聊自持一鉢南歸後從此兒孫氣日驕

廣州道中二首

烟水南遊歷百城相逢知識總無情挟身纔欲須臾住又指前途向別行

兩岸中流總不容扁舟逐浪任天風直須高挂孤帆去自信恩波到處同

抵雷陽戍所

瘴海嵐烟日夜浮龍蛇氣吐混清流到來盡是無生國愈見君恩未易酬

寄少林無言宗師二首

五乳峰頭草木深春來花發滿空林峰頭積雪仍千尺誰似當年斷臂心

清凉會罷復長安一度相逢一度歡別後天南望天北炎風朔雪兩相看

放舟波羅江

片帆東去海波平簫鼓如從天上鳴遥望三山天外落不知人在鏡中行

寄小金山珍公

天風吹上妙高臺，午夜乘潮載月回。洒掃楞伽山上石，待余重爲寫經來。

小金山三首

萬里長波萬里流，誰將拳石砥中洲。不因禹鑿開三級，自是魚龍會點頭。

水晶宫殿絕塵蹤，香霧氤氳露氣濃。明月空中浮客棹，夜深堦下卧魚龍。

山浮水面寺依空，樓閣虚無杳靄中。不是幻成人世界，多應天湧梵王宫。

寄河東妙峰師三首

首陽山色枕河流，師住中條最上頭。麻谷牀前章敬錫，至今風韻鬼神愁。

黄河一線自天來，流入中原洗刼灰。把斷要關看砥柱，慈航不數濟川才。

天涯行盡路途難，毒霧炎風任飽飡。忽憶龍門千丈雪，猛然提起徹心寒。

答高常侍寄香

一瓣名香出上方，封書遥寄到炎荒。夢聽刁斗疑鐘磬，夜起親焚禮法王。

懷五臺龍門舊居

萬年氷雪擁茅廬，一别于今廿載餘。叶斗峰頭明月夜，不知誰在此安居。

憶匡山

遥憶匡山五老峰，白雲深鎖萬株松。寒空月照彭湖水，瀑布聲飛幾度鐘。

懷匡山天池憑虚閣主人

空中樓閣閣中人，宛似花間自在身。午夜天池浸明月，不知此際與誰親。

五羊喜譚子文至自薊門二首

西山雪擁薊門寒曾憶圍爐坐夜殘一別杳然如隔世相逢疑是夢中看

炎風朔雪兩無憑火宅何如大地氷相對莫驚鬚鬢改此心元是五臺僧

憶家山并諸舊遊有引

余別家山三十餘年矣今被放嶺外適法兄珂公同廣姪遠慰因成三絕書還懸之舊壁以見人生幻跡如此

萬竿竹遶舊菴居樓上仍懸讀遍書夢見四簷青不改空留明月照庭除

長安陌上舊行蹤吹盡微塵曉夜風別後消磨三十載不知幾許出虛空

憶昔兒童共聚沙百千嬉戲笑如花風霜縱使形容變此念渾同未離家

本寺回祿余亦遠遊久抱修復之念今聞恩兄已新寶塔而殿宇尚在荆榛感念嬰心遥寄以詩

洞然刼火憶當年寶塔如生火裏蓮今見優曇花再現何時重覩率陀天

獨坐

七軸蓮花一炷香晝長趺坐倚匡牀市塵門外深千尺唯任輪蹄日夜忙

送劉貽哲還鄉兼東諸故人三首

瘴海三年共此心形骸總不屬浮沉君歸獨載秋江月影落寒波思更深

身任驅馳心自閒窮廬獵隊等青山故人儻問余消息只道婆娑鬢已班

世路崎嶇不易行幾能眞見是浮生君歸儻過西湖上試看蓮花出水情

軍中寄懷虛谷師

禪板輕抛事鼓鼙跏趺鞍馬不相宜夜深月照轅門下恰似松陰對坐時

懷天台山二首

天姥雲霞傍海多半生夢想竟空過何時一曳撩天杖打醒癡僧寂滅魔

華頂峰頭月倍明石梁橋下水偏清能持一滴來炎海猶勝曇花盞内生

曹溪四時詠

祖意明明百草頭春林花發鳥聲幽朝來雨過山如洗紅白枝枝露未收

四山密密緑陰濃窗下風來水面松午睡正鼾纔欲夢長廊忽聽一聲鐘

刀耕火種是良方秋到家家晚稻香放不下時擔取去何如老偃在韶陽

夜深旋煑雪中茶此味天然最可誇更有一般奇特處滿林寒月浸梅花

軍中吟二首

鐵甲天教當敝裘從軍元不爲封侯身經赫日如爐冶傲骨而今鍊已柔

緇衣脱却换戎裝始信隨緣是道場縱使炎天如烈火難消冰雪冷心腸

陳生讀書天寧寺

跡寄祇園已出塵夜眠應與佛相親夢魂忽被鐘敲破始信元爲聽法人

海月樓

海天空處一樓居方丈中涵無盡虚夜起開窗放明月波光霞氣滿襟裾

劉生讀書石湖

心似寒泉色若冰幽居不讓石巖僧夜烹一滴源頭水乞火頻分照佛燈

寄雲棲大師

長眉鶴髮乆棲雲麈尾時揮繞鹿群遥寄旃檀香一瓣想師拈對法王焚

寄屠赤水居士

維摩家近白花山烟水微茫海印寒聞道文殊又東去不知香飯對誰飡

寄馮開之太史索楞伽經序

憶昔千華一對談珍衣脱却乆氈毵楞伽山上摩尼聚何日重開百寶函

讀達觀大師末後偈

一念從來絕覆藏通身不落是非塲試看撒手輕拈出始信阿師熱肚腸

懷五臺舊居

叶斗峰頭雪未消別來音信乆寥寥炎方屢夢經行處曳杖閒過獨木橋

軍中寄懷黄羽李侍御六首

十年戎馬走炎荒常憶同遊海印光大火聚中求着脚與君別處最清涼

聚散浮雲不可期此心未離別君時兩輪日月如飛鳥來往無停促夢思

大海長江一脉通烟波浩渺總如空萬山縱使能相隔恰似空花落鏡中

虛空大地可消亡此念如何屬斷常試問維摩方丈内近來諸有置何方

君先待漏紫宸朝遥把楞伽問寂寥侍者飽飡香飯後至今一粒未曾消

世事虛空最是閒乾坤何地没青山知君正眼相看處不在音聲色相間

寄水田南臯鄒給諫

門前一片福田衣時折松枝當麈揮山色溪

聲常說法不知若個是當機

題香爐峰紫雲菴

香爐峰下紫雲深松竹層崖白晝陰門帶長江接溪水清流洗盡世間心

山中夏日

如焚夏日晝偏長渴想菩提樹下涼一陣風從空裏過送來何處藕花香

懷九華山

九江江上秀芙蓉一帶雲霞六六峰迴首瀰鄉明月夜無端清夢挂寒松

繹公自衡陽來參

遥向曹溪獨問津溪頭秋水淨無塵持來一片衡山月猶照當年儠隊人

寄茶陵劉存赤居士

見面何如未見真揭來消息嶺頭春衡山月色曹溪水徹底相看是故人

舟次螺江訪僧鍾公不遇

曾坐江樓待雪消螺江春水急於潮今看白鷺洲前月猶似當年伴寂寥

蒙恩宥還山

少小爲僧五十年老來特地混塵緣從今走斷天涯路此去千峰白晝眠

夜坐

露洒幽蘭撲鼻香風吹毛骨夜生涼坐來已覺心如雪月色還疑地上霜

夏日過法性寺二首

菩提樹下風袪暑般若臺前雨送涼一盞清茶諸想滅更於何處覔西方

覺樹當年向此栽初心爲待至人來千秋衣鉢今仍在說法誰登舊講臺

懷雪峰枯木堂

枯木堂前冷似氷當年曾坐半千僧遥思一片寒灰地何日重挑午夜燈

題畫二首

飛來山色掩湖光烟樹新晴帶夕陽遥聽上方兠率界半天鐘皷落微茫

一片烟波十五橋雲山落木晚蕭蕭孤城半壓呉江水水上人家夜聽潮

將之雷陽江上别曇公

相逢庾嶺日初遲欲折梅花第幾枝忽逐秋風度炎海别君不似見君時

懷舊居

安居舊住竹林西明月溪頭幾杖藜常想夜深松露下不知猿鶴向誰啼

寄浮山澹居鎧公

浮山九帶事如何回首當年已爛柯爲問夜深趺坐處白雲明月是誰多

舟次小金山志感

常思半月經三度倏爾睽携又五年此日重來峰頂坐德雲元不是生前

憶山中梅二首

曹溪梅花每至盛開如坐香積世界今冬以魔作祟牽次芙蓉江上望山中咫尺不得坐享香供詩以憶之

寒梅帶雪嶺頭開冉冉天花落講臺好遣上方香積國爲予一鉢盡擎來

梅花香樹積成林香氣熏人悦可心樹下現敷獅子座風聲誰解海潮音

得東海門人江吾與書二首

從空一紙故人書萬里遥來問起居爲報親

知零落盡滿頭霜雪更愁予
十五年來坐瘴鄉海萸相對未能忘時看萬
里中霄月一似同遊海印光

古佛松林

松陰冪冪淨無塵山色雲光自法身日夜風
濤廣長舌不知聽徹是何人

開元曉鐘

明河清淺澹疎星古寺虛簷宿百靈一擊曉
鐘驚大夢不知誰最獨稱醒

平原古塔

浮屠何代擁諸天傳是隋朝大業年蒼蘚剝
封殘碣盡平原荒草布金田

寄愚菴法師

遙想華臺坐講時四天彌覆法堂垂座中龍
象清如許可記炎荒老赤髭

寄草堂法師

瘴海還從坐寶林常懷法窟舊知音遥看一
片燕山月盡是隨緣度世心

山居偶成四首

百年世事空華裏一片身心水月間獨許萬
山深密處晝長趺坐掩松關
滚滚紅塵世路長不知何事走他鄉回頭日
望家山遠滿目空雲帶夕陽
鬧藍誰肯急抽身自古青山隔市塵莫謂桃
源無路入落花流水是知津
日夜烟霞護翠微相將猿鶴待忘機青山莫
道閒無主自是閒人不肯歸

送隱知禪人還蜀

一錫冷冷過瘴鄉巫山西去思茫茫峨眉峰
頂新秋月知爾看時到上方

寄題杜將軍曇花精舍二首

鼓吹轅門獨晏然曇花樹下晝安禪誰知可汗歸王日正是將軍破有年

鐘鼓胡笳總道場旌旗影裏坐焚香思君力破群魔壘自許心空見法王

送慈公還五臺

一别臺山三十年眼前氷雪尚依然君來細説窟中事又結多生未了緣

寄空印法師

憶昔臺山百尺氷與君對坐骨崚嶒翻思三十餘年事夢裏相看似不曾

别曹溪二首

爲決曹溪萬里流歸心常撫大師頭因思血浸齊腰雪千古令人痛未休

自爲曹溪杖策來坐看山色笑顔開從今一别千峰去鳥語溪聲不盡哀

初至衡陽喜雪二首

七十峰頭雪正寒到來深見此心安回思火宅驅馳地盡入氷壺影裏看

五熱場中幻化身廿年來往任風塵今歸一片瀟湘雪原是清涼徹骨人

山居二十八首

余生平抱烟霞之癖早年行脚三十住五臺氷雪中者八稔及居東海一十二載知命之年乃被業風吹墮瘴鄉將二十年嗟乎人生幾何忽忽往來已七十歲浮光幻影豈能長久頃蒙聖恩賜還初服特來南嶽作投老計因緣未偶乃就湖東古道場地仗諸檀越助營安居創始于甲寅九月既望落成于臘月逼除草草苟完從此一

片身心始得休息之地如久客還家以釋重負其逍遥洒落何快如之隨有口占命侍者録之以志幽懷非言詩也興來即筆畧無次第云耳

祇園借得一枝安從此無論道路難日上三竿高臥穩相看不必勸加飡

雪壓衡門夜擁爐此身雖寄恰如無不知日月從何去回首人間歲已徂

灌木叢中一小菴石牀爲座草爲龕杜門口似維摩詰莫問前三與後三

形如枯木念如灰雪滿頭顱霜滿腮不是老來偏厭世眼中無處着塵埃

身心放下有餘閒乖老生涯在萬山不許白雲輕出谷好隨明月護柴關

寒燈獨照影微微疎屋風吹雪滿衣忽憶五臺趺坐處萬年氷裏一柴扉

寒威入骨千峰雪怒氣衝人萬竅風衲被蒙頭初睡醒不知身在寂寥中

百千世界空華影一片身心水月光伎倆窮時消息斷可中無處着思量

地爐無火石牀寒瓦鼎香消坐夜殘萬籟聲沉心更寂却疑身在鏡中看

四圍嘉樹影扶踈樹下深藏一小廬車馬不聞人跡斷閉門長日獨跏趺

寒雨瀟瀟風滿林蓮花漏永夜沉沉誰知舉世難醒夢盡是光明般若心

夜深獨坐事枯禪撥盡寒灰火不然忽聽樓頭鐘磬發一聲清韻滿霜天

雪滿乾坤萬象新白銀世界裏藏身坐來頓入光明藏此處從來絶點塵

平湖冷浸芰荷衣湖上青山絕是非塵跡盡
消人世遠白雲鷗鳥總忘機
雪擁柴扉獨坐時寒林寸寸折瓔枝曉來頓
失青山色開盡梅花總不知
春過人日雪初晴新月疎林影更清夜起推
窻望寥廓滿天星斗挂簷楹
雲開四野動春光何處梅花送暗香曳杖欲
尋幽谷去一枝斜倚在東墻
一片雲封萬壑松門前流水日淙淙不分晝
夜供幹睡好夢驚回隔嶺鐘
春深雨過落花飛冉冉天香上衲衣一片閒
心無處着峰頭倚杖看雲歸
信步騰騰任所從形骸一似雪中松偶來纔
向溪頭立又逐閒雲過別峰
麋鹿空山孰可從輸他豐草與長松紅塵縱
有難醒夢絕世何曾到萬峰
垂垂白髮對青山身在千巖萬壑間寂寂松
門無過客往來唯有白雲閒
青山不動自如如朝暮雲霞任卷舒縱有紅
塵深萬丈曾無一點到茅廬
萬峰深處獨跏趺歷歷虛明一念孤身似寒
空挂明月唯餘清影落江湖
睡起呼童旋煮茶竹爐湯沸雪如花旗鎗未
竪魔先退始信叢林有作家
倦倚虛窻坐看山千峰紫翠出松間無心縱
許雲來往何似如如體更閒
月色松聲總見聞禪心妄想聖凢分消歸一
念無生處此意如何把似君
平湖秋水浸寒空古木霜飛落葉紅石徑小
橋人跡斷一菴深鎖白雲中

寄舜菴老衲

三十餘年學嬾慵生涯坐斷祝融峰身輕鶴
骨休言老千尺還看手種松

寄魏考叔

幽居宛是在家僧一室清如六月氷縱使善
空諸有盡尚餘山水挂眉稜

留别湖東社中諸子二首

曇花舍就竹林西市遠塵囂最可棲勤掃堦
前雲臥地歸來莫使草萋萋

偶來松下掩柴關招隱相求出世間豈意又
隨流水去别君心似戀雲山

岳陽阻風二首

岳陽樓外浸湖天樓下沙汀夜泊船來往風
帆留不住獨餘山色尚依然

北風吹浪打山城一葉輕帆阻去程想爲留

看洞庭月恠來偏向客邊明

過金沙于潤甫雲林

咫尺雲林望不遥到來寒爽氣蕭蕭閉門不
放烟霞出多少塵心亦易消

西湖偶成

四面湖山鏡裏看樓船深浸碧波寒不知身
在氷壺影可笑沈酣夢未殘

喜歸匡山

垂老青山荷主恩匡廬南向臥朝暾七賢五
老遥相對泉響深談不二門

輓匡山黄龍徹空師二首

昔與師住五臺氷雪中者三載别來三十
餘年所矣予今投老匡山一禮師塔輓之
以詩

憶昔清凉對坐時垂垂氷雪綴雙眉别來夢

到傷心處一段難禁秪自知
塔影團團擁萬松法身不動聳千峰知師常
說無生法鳥語溪聲和曉鐘

山中雪夜

雪擁千峰獨閉關寒燈深夜照衰顏心灰已
絕紅塵夢誰信人間有此間

閱華嚴經十地品夢中偶成

一葉輕舟一釣竿釣頭香餌未曾殘直須入
海深撈摝莫滯蘆花淺水灘

思鄉曲二首

余十二歲離鄉今六十年矣適鄉人遠問
於山中因賦此

門前高柳映清池常記兒童戲浴時六十餘
年如夢事幾回猶動故園思
青山一帶遶河流家住河邊古渡頭自小離
鄉今已老此心不斷水悠悠

懷大都龍華主人

龍華樹下有緣人一別難求似昔親幾度夢
魂飛夜月縱然相見總非真

入山

直入千峰不厭深最幽絕處可安心松門任
使青苔厚從此時人沒處尋

曹溪堂主倪無昂公來訊二首

自別曹溪已十春常思香水一霑唇夢魂時
坐松陰下只恐今生是後身
溪上梅花不斷香幾回香霧溼衣裳年來每
到看花處一似當時坐法堂

送青林熙公遊南嶽二首

憶昔曾登七十峰倚天傍日撫長松幽巖絕
壑探奇遍君去尋余策杖蹤

萬峰深處碧雲寒曾結茅廬學懶殘牛糞尚埋煨芋火君應一撥地爐看

偶成

湛海波澄一物無寒空深夜月輪孤但看萬里纖雲斷自覺氷心在玉壺

集外詩五首

喜老母遣弟至

天屬憐同蒂君恩賜一身生還如有日尚可奉慈親

憶故鄉鄉居

家住龜山陰宛似恒河曲却憶兒童時熱在河中浴

夾岸柳陰濃當戶南山翠手種碧桃花不知在也未

門前一小橋幼見水衝斷欲架獨木枝路遠猶未辦

憶鄉友

幼小回讀書連牀還共被誰知一別來看看六十歲

却憶聚沙時相戲常生惱只記童子顏不信今衰老

憶家山菴居

樓居水竹總相連長夏清風白晝眠此日炎荒萬里外回思恰似幾生前

憨山大師夢遊全集卷第四十九

音釋

颼音搜風聲　鼾侯幹切臥息也　毿毿上音藍下蘓含切　萸同天　稔恖桃切　顱音盧頭骨　腮桑才切頷下也　潨徂紅切水聲也　綴朱劣切

憨山大師夢遊全集卷第五十

侍者福善日録　門人通炯編輯

曹溪中興録上

中興因緣

師曰曹溪者乃昔曹叔良爲魏武之裔避地於此因以名焉其道場自梁神僧智藥三藏從西天汎海而來携菩提樹於五羊之法性寺讖云百六十年有肉身菩薩於此出家度人無量將入嶺過曹溪水口掬水飲之而甘且香乃曰此我西天水也源上必有聖地因溯流而上至觀其山似象形曰此山宛似我西天寶林山也乃謂居人曹叔良曰此山宜建梵刹百六十年後當有肉身菩薩於此說法叔良即白州牧某具奏梁武帝遂命建寺額曰寶林乃開山之始也至唐龍朔間有新州盧道者得黃梅衣鉢號爲六祖回至曹溪時寶林已廢有尼僧名無盡者見六祖問涅槃經義知是異人乃白其父兄重修寶林延祖居之未幾有害祖者祖遂避難於懷會隱獵隊中一十五年後至五羊法性寺露穎而出遂於菩提樹下剃髮即回曹溪開法於寶林時山已易主爲陳氏矣祖說法多年雲集者衆以其山如生象齒鼻完具先寺於左頷大牙之内其鼻在右業爲陳氏祖墓故其寺址甚迫隘祖一日謂居人陳亞仙乞一坐具地亞仙許之祖以坐具一展盡罩四山之嶺時四天王出現四隅亞仙即許之曰也知和尚法力廣大當盡捨之但先祖墓在寺右他日修建望乞存留又曰此山形乃生龍白象來脉他日興造只可平天不可平地於是亞

仙遂攜家隱去不知所之故此山自六祖開創已來四天王内周環數十里爲一蘭若並無民居其山形風氣完密即少林已下諸祖道場未有如此之勝者向僧皆以爲藏修地至我國初開阡陌而環山之内皆爲田疇收入版籍則僧以務農爲本業樹藝孳畜不異俗人然從來未有民居及弘正間四方流棍漸集於山中始以傭賃久則經營借資於僧而僧不察以山門通翁源入府孔道而漸成窟穴羅於道側開張市肆豈特鳩居鵲巢將使狼據師窟僧亦捨寺而住莊菴則山門日空流棍日集禍害日作而僧徒竟爲此累以至幾不可保矣丙申春予蒙恩放嶺外初入山禮祖見其凋弊不堪之甚未幾而禍患果作僧至流離於是一時當道汲汲拯救之初制府大司馬陳公欲予往救正之未既而觀察海門周公甚留心祖道方從事於此頃即入賀去繼巡道祝公乃極力致予因是寺僧其等相率來歸請授具戒堅意懇請予應之於庚子秋九月入山即以祖庭爲心遂拌捨身命一一綜理次第建立如下所列其槩皆大壞極弊不容一日安者幸仗佛祖之靈當道護法神力冥加八年之中畧有頭緒雖未究竟卒業而心膂俱竭其所建者皆可爲恒規僧徒苟能自此謹守勿失亦可保此道場世世無虞矣時師命昌曆等在寺訓諸沙彌凡所作事皆目擊之及所發言即日錄之久而成帙題曰中興實錄彷通志十品之例列爲十則其示衆法語清規手札雜著并次第於後云

培祖龍以完風氣

師初入山因見祖庭破壞乃集諸弟子曰佛說大地山河唯一眞心之所融結雖形家之說未必盡信而至理存焉亞仙初捨地即云此山乃生龍白象來脉他日興造只可平天不可平地此葢言地形之不可傷也觀此曹溪主山儼然象形而四足六牙鼻口俱備其寶林初開時山勢完密故寺坐頷中左大牙包裹與右牙連合脣內爲龍潭即如象口其寶林右壁儼然象鼻而陳亞仙之祖墓先葬其上六祖存日其寶林牆外即其墓也故乞其地而擴之其口爲龍潭滀水於內有龍居之及祖降其龍乃鑿二牙交關處放水塡潭以葢佛殿然龍既蜕水既竭而靈氣已泄故佛殿雖備其潭未塡完而祖師化去至今殿前猶爲深窟乃前未竟之功也故丹墀剛半師察知其故乃塡平之前羅漢樓乃初鑿崩之缺後人因而爲山門既久建樓於上師欲改補而未及以象之食賴鼻而命即在鼻其鼻當有數節而陳墓正當中故六祖入滅所存肉身初即建木塔於墓前以安供墓後建信具樓以藏衣鉢至我明成化間有僧某者去木塔易之以甎其中陰濕未幾祖現夢於郡守乞一安居守命改信具樓爲祖殿其空塔在前返爲胸中壘凷矣其祖殿後爲程蘇閣乃嘉靖丙午間郡守陳豹谷所建師至則見殿左爲方丈當中開一路入後山斬斷象鼻其殿後低窪爲北風所刼來脉有傷故道場頹敗職此之由也師因察象鼻之形則殿後當有一高阜時一老僧爲師言初爲沙彌

時見殿後一堆如壘土比陳公修閣時令僧削去某時爲沙彌亦在擔土列師知其信然乃令所選三學教授僧率肄業沙彌百餘人每日各擔土十回以培之三月而成一山如固有於是改中路於曹溪邊爲迴廊右繞祖庭而行入後山由是風氣始完其於山門之内凡有凶煞者盡除之而衆僧遂安其祖殿後一澗爲飛錫橋過橋爲卓錫泉即象咽喉師引其泉入香積厨泉右一小嶺如舌狀右一窩鉗即右頷古爲無盡尼所居之菴乃重興寶林之主故師中興必首新之此最初入山開創之始也

新祖庭以尊瞻仰

祖庭初以改信具樓爲之殊爲卑陋入門不見眉目禮拜不能重列且前有拜殿接檐殊爲幽暗墓前一塔屹立塔前又有諸天殿重疊破碎壘砌當襟無一隙地近殿左有僧房如拳拄顋右下角有户長厨屋糞穢垢積兩腋僧居卽當敗椽如荆棘林然外望屋宇參差峎岈略無一綫通透此祖道所以壅塞而不暢有由矣師深見開闢之難日夜以思竟無規畫不能成局每每登塔眺望諦觀全寺大勢其左方丈法堂禪堂前卽鐘鼓兩樓翼峙成一局師云此必寶林開山初創之制也而右爲佛殿乃祖師存日塡龍潭而爲之者後有經閣前羅漢樓及寶林山門通爲一局後人不善增修故祖殿居中僧房雜居塞其神路全無瞻仰氣象耳今欲分條析理以就規模非巨靈之手何能劈之耶因是見羅漢樓之西山如虎頭回望師買其山取土塡大

殿之潭窟出地以移祖師殿左之僧居仍别買房屋以易經閣後之僧房爲户長公廨以除祖殿西角之穢汚其兩廊之僧各别置安居拆其前後諸天拜殿則目前地平如掌矣遂極力經營一一如畫故得重修祖殿高敞可觀前設兩配殿欲奉南岳青原五宗諸像其大門房周圍一十五間將奉傳燈諸祖兒孫如七十子之從祀於孔子也但前路壅塞乃買空地移有礙僧房三主乃大闢神路直與寶林門齋中與羅漢樓並起華嚴樓三間爲祖庭頭門其上爲禪堂諸僧書華嚴經所如此天然成一勝槩矣令之觀者但見一目了然而不知開闢之難爲力也

選僧行以養人才

本寺僧徒向以便安莊居種蓺畜養與俗無異寺中百房皆扃其户入門絶無人迹唯祖殿侍奉香火數僧及住持方丈數輩而已以是山門任流棍縱横僧徒出入皆避影潛蹤可恨也師初至首以作養人才爲急即選合寺僧衆四十已上者聽其自便若四十已下者二十已上者每房一二人在寺安居日日登殿逐日四時功課諷誦祝延聖壽誤者各罰有差於是集者得百餘僧俱爲授戒從此晨昏鐘鼓經聲相續不斷儼然一勝道場僧徒亦知有本業而外侮亦漸知警矣但諸僧徒習俗成風凡幼童出家祇見師長務農不異俗人竟不知出家爲何業而畜其徒者止利其得力於畎畝而無一言及出世事其來久矣欲望其成人安可得乎師至寺之初即選衆中有通問學堪爲師範者本昻等三人

乃勸合寺僧衆凡有行童二十已下八歲已上者盡行報名到住持拘集在寺立三學館分三教授教習經典一年之中有通二時功課者乃延請儒師孝廉馮生昌曆茂才龍生璋梁生四相教習四書講貫義理其束脩供餽師自備之如是三年有成者乃爲披剃爲僧總入禪堂以習出家規矩令知修行讀誦書寫經典各有執業即今禪堂諸僧皆吾師作養之人才也又謂佛法所貴熏聞成種嶺南久無佛法熏習以乏種子故信心難生先教諸得度沙彌書寫華嚴大經一以法緣廣大爲最勝種子二以借書寫攝持之力資初心觀行以助入道資糧初則二三人已而人人相望發心不十年間書此經者已成十餘部矣此吾師作人之功灼然者也

驅流棍以洗腥穢

師見曹溪道場破壞蓋因四方流棍聚集山中百有餘年牢不可破而俗人墳墓皆盈山谷視爲已業矣始也起於傭賃久則經營借資於僧當山門外起造屋廬開張舖店屠沽賭婬日滋其害而愚僧不察與之親狎夤緣交相爲利故僧之所畜多歸之噬嗑日深則謀爲不法於是多方誘引以酒色爲坑穽盲者一墮其中則任其食啖膏脂盡竭以故僧之田地山場房屋因是而準折者多矣頃則附近豪强亦垂涎其間乃通同衙棍互相架搆以包姦爲詞訐告道府借爲口實以張騙局聳動上司駭心驚聽遂以爲實乃具申軍門令下將莊居盡行拆毀僧不如法者驅逐時奉令者無良信其耳目以爲奇貨乃親入

山踼勘每至一莊居備估其值輸半乃免由是寺僧盡入綱羅業已失其半而禍方滋蔓不遑一息安堵當師度嶺之二年爲丁酉歲初謁制府大司馬陳公因得槩申衆僧之情狀乃寢其令幸得免即欲以師往整之師以方在席稾未敢奉命明年戊戌屯鹽道周公署南韶事欲極之屬師修通誌未幾入賀去已亥南韶道祝公莅徒自號曹溪行脚僧痛惜其獘力致師以整頓之庚子歲公亦以入賀去濱行面囑且令寺僧懇請師應命於是九月入山見此輩縱橫乃祖庭心腹之疾也不瘳則六祖慧命終難救矣於是乘改風水將山門大路東西塡塞移置溪邊直出水口爲通途如是則向之市店皆圍於山門之內而往來者不便於食宿矣然終無術以去之也居三月歲暮往謁制府大司馬戴公備陳爲害之狀公曰此護法之責也但出一令責守土者嚴督之此一尉吏之任耳歲且行該縣坐守驅逐不留一人舖店盡拆不存片瓦於是山門百餘年來所集腥穢一旦洗之而衆僧之禍害永絕矣舖店既拆市街一空師即於西街向之屠肆修旦過堂以接待十方之禮祖者東街修公館以爲翁源官長入郡之停驂處其山門道路初則一綫而左則列肆直抵當心因盡拆之石坊先在上今則移置溪邊開闢壅塞相望如引繩遂成一大觀矣爲害之源不能盡述而根深難拔一旦盡絕槩錄於此以示來者爲龜鑑云

復産業以安僧衆

師以流棍既驅向之所騙田地山場房屋皆

執其左券此輩戀戀終無究竟思非善後長策因設齋於祖殿盡邀其賓主各出券相對查原有本而子息未及者補償之息過其半者已之其有本已得過而以息重累者及口腹虛花者罷之於是盡焚其券而以田地山場房屋盡歸其故主自此外患方絕而貧累之僧得以安居無擾矣時人或慮師任怨者師曰不然凡人雖不善必有本心之良苟開曉分明人各自知其非無有不心服者於是諸棍漸引去然亦竟無他虞

嚴齋戒以勵清修

先是寺僧多不守齋戒畜養孳牲以恣宰殺故凡上司府縣入山當里甲供應者必責寺僧而差役恃此以利其口腹即上用其一而下十倍之故所傷生命及所費資財歲不勝紀而本寺之累亦無底止且來者以禮祖爲心而腥葷羅列於前殊非清供亦非仁者本心也積弊已久思革爲難初幸觀察海門周公開禁革之端准其呈狀及署篆觀嚴難以乃嚴禁宰殺案載志書故凡供應官本縣急蔬齋清供自師入山始但慮兩院威察余公必行值直指顧公入山爲二親祈福長例以督如故事公行齋戒令自此一定爲恒規矣此事既行不唯保護生命雅肅清規即省費資財歲計不資而常住亦免苦累即僧持戒者日益增進叢林清肅亦此一舉矣復崇祝親詣山中教諭僧徒戒養孳牲宰殺變魚塘爲蓮池自此山門頓改觀矣

清租課以裨常住

師初入山於祖殿閱常住歲計記籍見券帖

數紙皆祖師貸約中載七八分之利息者師扣之主僧應云此常住供應缺乏乃借貸以支給者師爲之痛心及詢常住舊有香燈莊田租稅何所歸耶即聚衆備查祖師香燈有黃巢翁源補鉢及本山續置各項莊田每歲總計約租有四百餘金何所支銷而言不足衆曰各莊逐年但聽十房管事僧輪流徵收即聽彼銷繳及察其故乃管事與佃户通同作弊故致拖欠不完徒有虛名而無實惠所以常住日見其匱乏耳師即選衆舉公正廉能者十僧管事令對祖發誓刺血書盟不私一毫奐集各莊佃户立定規則歲期以限約赴寺交納仍設庫司立管常住監寺四人執掌收支於是總計各莊每歲徵足若干兩計其所入將本寺各項應用派有定規著爲章程纖細不遺除支尚有剩餘從此不唯常住豐贍而祖師法利如一雨普霑且不爲泥犂種子矣其清規條例别列如左

敕賜曹溪南華禪寺設立常住重興長生庫註記出納錢糧清規定格題辭

夫惟吾佛世尊住世之時初但領衆持鉢行乞食法本無畜積何有常住次因老病比丘不能行乞命同住比丘就所乞食以其一半持歸供給名曰分衛謂分其所食衛護道業律部載之詳矣及佛滅後西域之法與佛在時無異及教法東流自漢永平以至唐代累朝帝王名臣宰官長者各捨資財建寺贍僧以爲福田往往寺主濫爲已有貪饕壞法侵漁衆僧不懼因果者多至我六祖大師之孫馬祖弟子百丈禪師始創清規立爲常住比

在伽藍之内所有施利及莊田錢穀俱有典守故寺有主者稱爲住持以説法爲主總領大綱其輔弼叢林助揚法化者則設有兩序執事若都監寺監寺以掌管常住副貳住持其歲計錢穀各有庫藏出内所司謂之庫司就監寺内取其公廉出衆者司之恐力所不及又設副寺以佐之其莊田則有莊主及徵收租税又有監收此就衆中擇其公正廉能寬厚仁恕者充之其經手支給者則又有執歲執月料理山門事務以應官長檀越凡有支取所需必稟明住持准驗票帖明註庫記以備稽查故常住之物毫髮無差是則叢林如一身住持如頭首執事如手足耳目相須爲用而不可缺一者故凡山門事務一有所作則上下同心小大一力如目視耳聽手提足奔無不從其令者所以叢林興盛法化昌隆外侮不侵内障不起此佛祖度世之楷模自古叢林之典刑也夫何近代以來祖道衰替叢林凋弊先聖垂訓茂然無知如我六祖曹溪爲禪宗之源叢林爲天下冠香火供養不減在昔而常住破壞至極僧徒愚迷癡蠢不知其爲何物也余因弘法罹難蒙恩遣嶺外於萬曆丙申春二月謁六祖大師睹其道骨儼然如生而山門寥落之甚殆不堪看爲之徘徊泣下者乆之且僧徒被害官司勾牽急如星火日夜追逼傾家賣産者過半以致祖庭廢墜幾如埽地矣幸荷制府大司馬陳公稍寬恤之次蒙屯鹽道周公署南韶略華應官酒肉之奬次蒙南韶祝公痛懲僧徒之非戒殺孳牲力救之乃命合山衆僧再三請

余入山料理於萬曆二十七年己亥冬公函力囑余明年庚子春正月復命寺僧眞權行裕淨泰慧珊願識等持書走五羊促余入山余以方在行間未遑應命四月公以入賀北上余送別靈洲辱公再三面叮嚀之余於是歲秋九月方杖策入山至則先選僧若干爲授具戒同集殿堂二時轉法華經次選行童可教者若干名習讀經書分爲三學擇其衆中學行稍優者爲教師次觀山門風水大槩有沖傷刑尅者去之破壞者補之塞靈源門培衆鼻以厚祖庭闢山門路移石坊以受元氣不三月內翕然改觀而山門內向爲流棍潛住霸占寺基開張鋪店酒肆屠沽巧設婬賭勾結土宄騙害寺僧橫如豺虎習久成風牢不可破甚爲大蠹竊爲隱憂余於是年十二月復走端州謁制臺大司馬戴公請令以驅逐之尋即令下曲江勒限三日內盡逐出境不許容留一人一店於是羣兇屏跡將前所占寺基街市盡歸常住余乃因而塞其東西穿心大路左立公館以爲翁源及諸過客停驂之所額曰三生來右立十方旦過寮以延四來衲子爲挂錫之所額曰一宿覺將通衢改於溪畔往來行止各得其宜無復混溷叢林自此潔清衆僧自此安枕矣余於明年辛丑春正月朔之三日奉制臺檄以爲地方之務走青鶚且乞採監李公作中興檀越七月公入山禮祖喜施三百金爲重修山門之資於是余治寺僧備查六祖供奉香燈莊租每歲所獲從來未有毫釐入常住者皆爲典守侵漁沿爲故習乃先料理太平莊租業已

將萬曆二十九年分謂銀歸入常住立定春秋冬三期以聽當年支銷外今將黄巢萬善補鉢及續置本寺諸莊一並歸之俱係先收以聽下年支銷除將諸莊二十九年分租課先完外自三十年起以爲定規再查本寺舊有長生庫今復舉設凡一應常住租税及施主錢糧盡入庫内收貯仍照清規事例設定執事以監寺四人掌管收支選衆中老成公廉者充之本寺十房舊有都管一人都寺九人原應差役迎接官長供應府縣取辦椒茶梭櫚果筍之物而向之常住租課盡爲此輩乾没極可痛恨今擇精練曉事僧十名充之其一應所須該用之物俱照人頭派定每僧量攢少許預取入庫以待上司不時之需庶省煩擾其各莊收入在庫租課查照田糧差徭常法照數支領完納不致拖欠冒破其上司官長入山應接所費設有定規亦不致偏累執事其佛祖殿堂香燈之用各有定例庶不失焚修供奉報本之意其執事諸僧終歲奔走辛苦亦有酬勞務使勞逸均平不致嗟怨仍勘收租全缺量爲盈縮以彰勤惰已上四則俱在庫内支銷獨教授行童束脩之資除儒師乃予自備其僧師則出於塔下減損祖師衣鉢訓育沙彌以增後生慚愧亦有定則如此則常住錢糧無浪費之條典守執事無自盗之罅衆僧無煩擾之科常住可爲長久之計矣仍將合寺大小僧徒盡行受戒以免玷辱祖庭之呵且省酒肉之費以爲衣食之資斯則衣食足而禮義興即穢刹可轉清淨佛土矣曹溪祖庭中興叢林紀綱再振在

此一舉大關法運所係非輕除前壞法弊端一切置之不論外其一切事宜自今萬曆三十年更始永爲定式諸執事者宜各勉力務要奉行不許日久因循無賴僧徒妄起希圖生心壞法擅改成規如有此等則上稟祖師靈通護法伽藍神目鑒察必罪不宥明彰報應即使姦盗壞法之徒生遭王法死墮阿鼻因果昭然毫髮不爽今後凡頭首司其事者各宜時時痛自省心不致誤招苦報自取罪咎立庫之初當年租課俱係下年徵收致庫而現年預支無出余先備銀三百二十五兩在庫抵墊陸續支銷以爲常住張本待後租課節年補還今將應行條例開列於後永爲定規以便遵守

計開

一設職事

有五條

一明收支

收有五款

歲支額定有十五款（兹不録引）

已上條例仍照

祖師香燈田租均撒公用永爲一定規格凡後來住持頭首執事之人不許生心饕餮常住循私任情妄自增減即每年租課完足除上支銷尚有餘剩者執事之人亦不許巧設事端別立名色妄擅支取除當修補山門及執事出入盤費併係常住公用必不得已者方許動支但可省各人當以厚實常住爲念切不可起希圖小利之心自取地獄古德云常住之物住持人與司其出入者善能撙節

浮費則錢穀不可勝用矣自此歲歲諸積有餘經營得法而日增月盛叢林未有不興法輪未有不轉者余稟祖命整捄傾危扶植頹綱非爲細事諸執事者務必遵之纖毫毋忽嗚呼念哉常住之物絲毫爲重蓋是施主福田種子信心膏血豈可輕心欺盜古德云常住之物幾如鴆毒纔霑一粒則裂肝碎首通身潰爛故凡司執掌者能知因果即此便是造就天宮淨土不知因果者便是造就無量地獄鐵牀銅柱焦熱鐵丸萬劫苦楚不止披毛戴角銜鐵負鞍酬償宿債而已也況王法森嚴神明司察可不畏哉凡我執事各宜痛省思之念之

萬曆三十年歲在壬寅春正月上元日立

免虛糧以蘇賠累

初本寺翁源一莊乃鄉民謝氏所施六祖爲供贍香燈者歲入租課銀一百二十兩萬曆六年間遊學林渙乃本府王郡丞之親友送寓本寺意有所欲於寺僧未遂因譖於郡丞謂此莊厚利皆歸於僧丞誤聽値署府事遂將本莊租銀分六十兩以抵曲江蛋户虛糧具申兩院司道立爲章程其存寺六十兩又因佃户姦頑拖欠累及寺僧無已屢告上司甚至費千餘金竟不能免後遇軍門劉下議本府申詳將浛洸廠税課乃軍門兵餉內扣羨餘抵補以免僧累一向無異至萬曆庚子搉税使者出即以廠税入內監比告軍門戴蒙准仍照前行嗣税監自行差官徵收則無羨餘可扣師知之親詣軍門陳白之蒙行本縣查無礙抵補不得仍累寺僧本縣再三挨

查無出因議各山通江小河出穀小艇設稅計得二十六兩未足續查濛瀼對面山鄉舊有蠱毒田一所向未起科遂將此田設租三十四兩取足具申准議自此永杜山門之害皆制臺護法之力也既免此累而本莊佃民姦頑又以隔縣難制向以此田致累僧區內追田爲費因與衆議將前莊田變賣得價收贖寺內近田爲便具告軍門准批本道行府縣議以爲便比衆佃從祖已來世耕即同已業不捨別賣情願重丈增租永守寺業無替曲江二尹徐公署翁源事拘集衆佃丈量委實田地有餘遂於正課之外量加新增租銀一十四兩有零具申上司詳允乃與衆佃每歲約期交納到庫時寺住持衆僧議新增租課係師之力當歸中興常住師遂併前無盡菴香燈一並歸於禪堂以爲供贍永爲定規惟此一事實山門無已之害前幸制臺劉公權宜於前竟蒙戴公永絕其累且爲後福是知佛法付囑王臣非仗大力外護何以能保永永哉此卷案具在府縣

復祖山以杜侵占

曹溪祖山宛若象形前後首尾分明今山後一帶乃全體也其紫筍莊乃祖師存日所遊花果園十二之一向有僧七主名小南華其來久矣成化元年韶州始開阡陌定井田本山盡爲豪右并吞時年僧滿滄盛公具疏赴闕奏行撫按勘定復業則以占紫筍莊爲首懲也後因僧多不律致附近居民蠶食爲害竟不能安各歸寺住遂棄此業萬曆二十年間豪民江應東假買僧田盡占後山一帶圖

爲風水以至象脊與祖山中分且砍伐漸侵內地師心痛曰從此祖山將盡爲民業矣遂激勸衆僧赴告軍門嶸准批本道行府親勘比蒙署篆肇慶府通判萬親詣山中踏勘定立界石斷將前田令僧收贖以絶禍源師自行募銀二百兩將前田贖回連後山場樹木一並盡爲禪堂永遠供贍不唯保全祖山且爲禪堂永永之業然師以此致怨而不法之僧交結外侮爲害然竟以堅固立碑爲金剛幢矣

開禪堂以固根本

師一日示衆曰叢林之有禪堂如國家之有學校乃養育材器之地自古爲國者以儲材爲本而法門亦然自達磨西來衣鉢止曹溪當時六祖座下悟道者三十餘人而南嶽青原爲上首其寶林禪堂乃諸祖出身之地故天下禪宗傳燈所載者一千七百餘人皆出曹溪一脉如孔門之洙泗是則本山禪堂乃禪宗根本地也夫何歲月已久僧徒失守而禪堂幾於湮沒其舊基地雜居僧房有七而香積廚有二則溷廁豕牢亦各有九以清淨寶地變爲糞壤矣師甚哀之因思叢林百年須樹之以人今選沙彌教習成人教而不育則如農知種而不知耘終難成實若無禪堂後輩將何賴焉以此日夜以思苦心焦慮徧察地宜自以衣鉢減口之資積金若干兩捜買空地各移僧房貼價另蓋換出禪堂空地寸寸計之以十易一方得均齊方正竭盡心力乃起禪堂一區雖不全舊制其規模已盡此矣又思若照諸方常套決不能久因立十

方堂於山門外以接待往來而内堂但安本寺作養後學僧徒專心淨業幸有成規則在堂之僧濟濟可觀儼然一道場矣師以禪堂既立而食指爲難遂將前本寺供中興菴租銀三十一兩又將翁源新增租銀十四兩告贖紫笥莊田地山場原價二百餘兩弁買黃山柴山一片用價若干兩又將自買旃檀林房一座換香積厨後僧房二座一併通歸禪堂以爲中興常住始終併修造所費即此一所不下千金皆出師一力自此僧徒衣食足而禮義興故今在堂僧徒所受用者皆師當日苦心血汗也後之安享者可不知其本耶僧徒欲食已足又能以法食充之則佛祖慧命可賴此永固矣

附錄未竟因縁

右上臚列乃遵大師所訂壇經通志十品之規故摭其事之大綱亦分十則以見全體之一毛其微細行門皆出思議之表者亦未易悉數也其在八年之内拮据之勞精神疲竭其已成者開闢之功十之七修造之功十之三其大殿一區未竟之功乃六祖未竟之功也久欲經營力所不及於戊申春三月嶺西觀察文所馮公入山訪師宿菴中夜夢觀音大士現高大身相好端嚴公見而頂禮讚歎嚴好問大士語曰即非莊嚴是名莊嚴公有省及寤甚喜詰朝入殿禮佛謁大士見大殿後柱腐敗其勢欲傾三大士像亦甚危矣公指謂師曰何不修此師曰久抱此心力未能耳公曰所須幾何師曰非三千金不敢舉公曰請力任之師曰檀越果發大心在磬欬彈

指間耳公曰固非一力所能姑徐圖之公歸見制府大司馬戴公告之故公曰孺子將入井仁者必匍匐而往救况大厦將傾佛聖之危乎此仁心者所不忍遂語馮公請師面議之師聞而喜乃具圖式往謁戴公按圖私計曰若公所云猶未也師曰佛事如空中雲第以此爲縁起耳戴公即願力爲之師曰法門之事非可以世法拘又不可期以速成在臺慈一力恐有所不便須衆心合成但仗法力倡導足矣於是議製疏十通分通省司道府各助之不日軍門二司道府各施有千金師親往西粤求大材事事皆一肩荷擔明年巳酉孟夏材木盡載運至濛瀼師還山集衆議擇日興工以有礙之僧房須先移空地以堆拆謝之材料時一二不軌僧徒以爲不便因而倡衆鼓譟如作亂勢師遂巳如是者三日師默坐菴中閱金剛經乃曰此正予着相之過也乃著金剛決疑解三日而成衆乃止倡者自憂不獲巳乃妄揑師侵寺若干金拆毁殿堂若干座條牒具訟於道府師聞之曰諸辱可安忍若言染指常住金錢此干大法豈可緘默乎因具先設常住清規出納支籍號帖及經手僧名具白本道下府拘集節年經手者查算一毫無干以住持願祖侵欺抵罪僧復訟於按臺准批刑廳師親往聽理於是年五月飄然出山從此不復入寺矣以直指無代者師奉法不離船居者二載船破壓居者期年困辱病患無所不至辛亥秋直指王公按部司理蔣謬聽將師一往所修禪堂及所置供贍山場田地盡斷歸佛殿爲名其實

歸訟者仍坐師不法罪遞解出境而先事有勞者皆坐以罪事上直指批曰願祖盜賣寺基猶然刁逞此祖師之大罪人也某大有功於六祖者其違法之僧不遣而反坐有功者并其無盡菴而奪之得無以此爲平等法門乎仍批本道劉公覆勘詳確重委陳郡丞到寺按狀歷覈事事皆虛願祖懼自死以法科抵罪禪堂香燈屬門人圓修主之六祖如綫一脉賴以存而師心迹始大白矣當道再四慰留還山以竟前業師曰僧以因緣爲進退今緣盡矣力以病謝竟浩然長往師乃著中興曹溪寶林禪堂香燈記具述其事刻之貞石時萬曆辛亥秋九月也諸弟子懇留居五羊長春菴又明年癸丑師以病不能安遂曳杖之南嶽越丙辰夏東遊吳越弔紫栢雲栖二大師黃梅汪靜峰司馬致書浮梁陳大參赤石公爲檀越留師休老於匡山明年丁巳夏師還匡山遂結廬於五乳峰下自師之去曹溪其受化諸弟子輩如嬰兒之失慈母也日夜以思求師復歸難得矣越四年庚申方伯吳公入山觀寺之規模三歎不已衆僧因具白師之功德及山中衆等戀慕之心吳公大發歡喜願與六祖作護法遂具書請師還山未幾會中興護法祝公亦至一力堅請師轉法輪由是益知六祖之靈有感嶺南法化之機有在也此師末後一段因緣因記之以示來者王安舜曰夫建功成事之難也寧獨興朝事業哉即法門亦然曹溪爲禪宗洙泗海內叢林傳燈諸祖皆出一脉豈細事哉今千年矣其大壞極弊一至於此即六祖復出

亦難之也何幸徼聖天子之寵靈師以逆緣至一力而更新之不八年而功過半無論其財法二施即堅忍不拔之志處困苦汚辱而甘心若飴在古人求之亦未易見也然師之眞慈御物應化居常切言不爲世主之忠臣郎爲慈父之孝子每見在行間執戟大將軍轅門鴈行卒伍叩首階下出入如坐蓮花而禮金仙未嘗一見其惰容至於地方多故當道束手生民皇皇不安枕師默運慈力排難解紛潛施密化斡旋其間未嘗一求人知或以耿介觸時即諸弟子人人危之師恬然略無芥蔕無論其妙悟玄機高才磊落即隨緣應物一味平懷咸聚首而語曰此非所謂現應化身隨類而說法者耶不然何以竊謂嶺南六祖爲佛法源頭何幸千載之下而一再見豈昔曾授記也耶若師之心如虛空固不可涯量略記其行事之槩如此師在行間十有八年所著述有曹溪通志楞伽筆記楞嚴通議法華擊節品節通議金剛決疑道德經解觀老莊影響論唯識百法規矩解起信肇論莊子內篇解大學決疑其詩有夢遊集自罹難始及開示門人法語偈頌計數百萬言然皆在奔走間凡有所求信意揮灑未嘗一安坐經思也又其染翰人得片紙爲世寶大略觀師於可見者特緒餘耳師之不可見者又可得而思議耶或曰詎所謂和光同塵微妙玄通深不可識者耶余曰是亦強爲之容耳欲知吾師請竢如吾師者

憨山大師夢遊全集卷第五十

音釋

泝音素逆流也　屹魚乞切　噬時智切齧也　穽音淨陷也　宄古委切　蠱公土切　罅虛訝切裂也　饕餮上音滔下音鐵　饟尸羊切　臚音閭陳也

憨山大師夢遊全集卷第五十一

侍者福善日録　門人通炯編輯

曹溪中興録下

爲靈通侍者戒酒文有引

余初至曹溪懷瓣香敬謁六祖大師見主塔僧每月朔望之次以酒供奉靈通侍者詰其所因僧曰侍者乃西域波斯國人乘海舶至廣州聞六祖大師因隨喜皈依願爲侍者永充護法衛安曹溪道場但性嗜酒不能戒飲六祖大師許其偷飲以此妄傳愚盲不達遂爲常規相習至今幾千年矣未有能爲侍者洗其汙者末法弟子某荷蒙祖師攝受來整曹溪已經期年今於萬暦辛丑年臘月八日乃吾佛成道之辰特爲合山衆僧普授戒法誠恐愚僧執迷不化乃爲侍者洗白一心以謝衆口敬拈瓣香上稟祖命告侍者曰恭惟靈通勿問所從既充護法當合至公侍者當初聽祖説法本來無物如何不達既達本無五藴何有豈有眞空而好飲酒祖師教人飲甘露漿非以糟汁灌此枯腸我觀侍者不離祖師終日聽法豈可不知知之既眞悟之已久寧有復迷自揚家醜我惟侍者决無此情愚僧不達認以爲眞大家昏迷日夜酣醉是以祖師豈不爲累我戒衆僧不許飲酒衆以侍者便爲藉口衆僧壞法侍者爲倡今日不止展轉虛妄嗟此末法叢林凋弊我願侍者蚤爲之計若眞護法請從此始侍者不飲誰敢啓齒我今稽首哀鳴祖師徹底掀翻破此愚癡打破疑團捽碎飲器齊證無生同登佛地今後供養三德六味侍者受用與祖無異

以此護法功德無比内外清淨頓消塵滓靈源迸溢枯木回春山河大地共轉法輪謹告

曹溪祖庭地脈形勢緣起說

曹溪祖庭道場始於梁智藥三藏從西天來至五羊入中國舟過溪口掬水飲之香美乃曰此西天水也源上必有勝地乃循水而上見象山歎曰此宛然西天寶林山也遂與居人曹叔良言曰此山乃聖道場一百七十年後當有聖人於此說法度人無量宜建梵刹以待之叔良白牧侯奏請武帝敕建寶林寺此開山之始也至唐元朔間六祖起新州得黄梅衣鉢回入寶林時寺已毀唯一尼僧名無盡者郡人也菴居於後六祖訪之尼看涅槃經乃問其字祖曰字即不識義當問之尼曰字尚不識安知義乎祖曰諸佛妙義非關文字即力開說尼知爲異人即告父兄鄉里率衆重修其寺請祖居之九越月惡人尋逐祖受黄梅之囑遂逃去隱於懷會之間獵人隊中一十五年儀鳳間廣州法性寺因聞二僧風幡之辯祖曰非風非幡仁者心動時衆聞之驚異詰之乃知黄梅衣鉢所在遂請示大衆即剃髮於菩提樹下送歸曹溪寶林爰自梁天監丙午至唐高宗儀鳳元年丙子得一百七十年應智藥三藏云祖既說法於此三十餘年座下悟道者四十三人南嶽青原爲上首於是道分兩派後出五宗是則傳燈所載禪宗一脈發於曹溪若孔門洙泗也祖晚年歸者日衆堂宇湫隘乃謁里人陳亞仙曰老僧欲就檀越乞一坐具地得否仙曰和尚坐具幾許闊祖出示之亞仙唯然祖以坐

具一展盡罩曹溪四境四天王現身坐鎮四隅亞仙曰也知和尚法力廣大但吾高祖墳墓在此他日營建冀望存留餘願盡捨永爲寶坊然此地乃生龍白象之來脈只可平天不可平地遂捨之竟成大法社爲此寺之大成也予居常念禪門法道寥落思天下禪宗一脈出於曹溪今其道不彰必源頭壅塞宜疏濬之此久願也萬曆丙申予以弘法罹難恩遣雷陽初謁六祖入曹溪觀其山川形勢宛若踞地之象牙足儼然初寶林寺包於左頷之內而祖殿正坐於象鼻予細察之其當鼻中穿一後路截爲兩斷又思象命在鼻必有數節見祖殿後低窪空闕北風大吹歎曰山脈已斷此法道所以凋零也時寺僧被流棍豺住屠沽作難道場幾不可保矣於是種種方便而調護之及庚子歲時本道祝公心切憐憫連請一整理之予初入山即塞來龍之路擔土培祖殿後山一座疏卓錫泉引入香積厨遶於殿前衆得飲之乃請制臺令行本縣盡驅逐流棍由是道場一清此中興之最初一步也予見寺之舊制雜亂參差不齊殊不可觀經畫爲難且工程浩大力難頓整殿宇僧房扼塞不通日夜詳察思之乃因其勢列爲三局以祖庭爲正中主刹先開闢廻廊門徑神路廓其胸次開眞眉目其左局即古寶林寺也以方丈爲主前法堂之下即當時諸祖悟道之禪堂及香積厨盡設爲僧居予買空地移僧房八所乃得其故址修堂宇以安作養本寺僧徒業已拮据八年於茲所費不貲心力已竭而願猶未滿其大佛殿一

區列位右局因見殿前坑窪塡尚未平殿前正面爲羅漢樓乃深陷丈餘樓前卽虎沙塞胸猶是荒山中出山門一徑如車廂之陜隘殊無大體深思所以乃悟知爲六祖晚年未竟之功也以正殿之基本是一潭詳其山形始爲象之兩牙交合處其中渟滀一山之水故其最靈有龍居焉號爲龍潭當鼻之右頷乃亞仙祖墓之前下沙今爲祖殿之右臂也想六祖乞陳亞仙地時欲修殿乃先降其龍鑿斷合處似成一渠以放水出方塡其潭以建大殿其殿方成而祖卽入滅故殿前潭尚未及塡平放水之道不及料理後人因其缺陷遂建樓於上而下卽塑天王像其苟且狹陋全失大體此其山脈已鑿地又失形故千年以來細閱傳燈而曹溪未見出一人也由是觀之道脈豈不係地脈耶此予所以日夜腐心而不能忘情於此也故先將兩局麤麤料理略有其次將重整右局其工力不減於六祖開創時也以從山門之後殿堂八座盡皆朽敗非仗神運之力安能爲之耶先是戊申歲嶺西道馮文所公入山見其正殿將傾遂發心重修隨白制府戴公慨然樂助一時司道府縣上下共施千金先辦木料予躬自經營方運木到山而魔氣卽發遂阻其功予卽浩然長往矣今已十年於茲奈形骸已衰心願未滿將作來世公案耳但念佛法禪道自達磨西來衣鉢止於曹溪而道脈源流佛祖慧命乾坤正氣並如洙泗終古人心世道所關乃我震旦國中第一最上功德之事雖法有隆替世有代謝而大道一脈亘窮劫而

常然不朽者此在象教所係山川之靈也此外更有何法爲天地綱常哉此愚思報佛恩君恩未敢一息忘之也予初心願代六祖了未竟之功第一重修正殿欲培全龍脉將殿前鑿斷之渠重築如故内留一池滀一山之水以聚其靈將羅漢樓改爲大毘盧殿以爲主刹樓前虎沙取用大開明堂修兩廊以安羅漢前立天王殿以完正局外山門從舊其鐘鼓樓原係古寶林寺者今在左局禪堂之前已不可動但於山門之外左右築兩高臺建鐘鼓於上以全一寺之規模其餘殿後大藏經閣諸所皆因其舊制而重新之法堂重修但正其向即此一圖以收三局爲一寺其功不減於最初開創時也切念予今老矣餘日無多況此何時安敢復萌此念乎第以天地大運揆之近見黄河已清聖人復出堯舜利見夔龍挺生三五之化將在今日仰仗聖明之覆育社稷之寵靈風雲際會豈無大心菩薩現應化身作大佛事者乎嗟予老矣即塡溝壑特特留此重見建規以待命世之眞人即有作者照此規式乃不負區區初心以全山川之道脉是即六祖在現於世也九原之下切有望焉

大師示曹溪僧衆法語

示曹溪塔主

佛言如來出世如優曇華葢優曇華非已見今見當見甚言其希有耳故昔人每云見善知識如覩優曇華開善知識者暫時一見而不可得況日夜親近隨順者乎昔法華會上久滅度多寶如來在寶塔中全身不散如入

禪定是時十方諸佛各各侍者並靈山會上願見多寶而不可得乃憑如來神力開寶塔戶忽使人天百萬一時得見而見者各各皆獲無生法忍乃至發無上菩提之心者不可計也今觀六祖大師雖久滅度而全身不散如入禪定我則謂之與多寶如來無異即大師未入滅時與今日無異彼是時也如永嘉一見即證無生強留一宿而不可得南嶽青原皆執侍十餘年所得種種三昧妙門不可思議故發揮佛祖光明如清暘昇天只今道滿寰區如盛夏赫日當者無不抽條發幹敷華秀實而復散爲金剛種子不可勝數斯皆一見善知識之功也曹溪塔主執侍大師朝夕盥漱茶湯粥食與現生無異晨昏鐘鼓音聲大師廣長舌相熾然說法未嘗暫歇執侍之儔朝夕目覩耳聞未嘗暫隱不審諸侍者還有如永嘉之證無生者乎有若南嶽青原之妙證者乎有則如優曇華一時出現無則如優曇華終不可見耳既曰善知識如優曇華則諸執侍者六時禮拜親近供養皆灌溉之功也噫靈根既在智種深埋苟灌溉功成因緣時至何慮曇華不一時出現老人在旅泊齋中書付曹溪塔主持之以爲異日華開之驗

示曹溪諸僧

曹溪爲天下禪宗道脈之源而山川之勝冠嶺表故叢林甲於諸方自大鑒禪師入滅青原南嶽二大老抽枝發幹普蔭人天一言半句揚眉瞬目之間得超生脫死者不可勝數自爾此山寂寥幾千年矣豈非枝大而披其

本耶然其道雖曰無相而實寓有形與時升降固其理也遠求五宗之源其本無二建立之旨亦在隨宜自宋而元如高峰斷崖中峰諸大老皆力振家聲雷電之機不減叢林盛時明興以來其風浸微不敢望眞履實證求其有志向上一路者葢亦幾希然他方尚或有一二知此道者若曹溪爲當家的骨兒孫獨不識袈裟爲何物剃髮爲何事豈獨人與道違即山川之勝叢林之茂亦無復當時矣況爲惡魔所侵作難非一豈非其道與時升降而與山川共爲休戚乎余於丙申春蒙恩遣雷陽道經曹溪口因得叅謁六祖大師正值衆僧燒煑之餘鼎沸未消余爲潸然者久之而去明年秋制臺大司馬陳公念曹溪禪門洙泗欲置余於其間爲供洒埽余是時慚愧爲法門玷懼辱祖庭以謝又明年觀察海門周公攝治南韶心與陳公合余堅讓不已但命執筆重纂其志周公以入賀去觀察惺存祝公涖政公自號曹溪行脚僧下車不日盜弭訟息氏享泰和曹溪山門百廢一時悉舉宛若大鑒重拈袈裟角耳向者不識不知之僧皆煥發佛性光明此豈非有情來下種因地果還生耶公久欲得區區爲大鑒侍者冀將焚香洗鉢之勞以續破法之愆余慚愧者久之公以入賀去濱行令寺僧長老率諸大衆作禮公先以書抵復面叮嚀懇懇至再余感公此行不以官爲得而喜得作曹溪主人是其幻化門頭現宰官身而作佛事者乎葢亦世道交興故能令此山色溪聲挺露法身而吐廣長舌相也區區罪垢之軀不敢蹈

寶華擿毒鼓聊書此以付來僧且爲異日得度因緣作升堂入室之券時庚子三月既望

示曹溪素林裕木菴泰兩監寺

丙申春予度嶺過曹溪禮六祖大師瞻仰道骨如生想當時踞華座萬指圍繞無異今則堂宇傾頹叢林凋弊寶林福地翻爲狐兔之巢徘徊久之而去未幾外魔熾起僧徒遭難余心愍之因求當道宰官作大護法制府陳公屯鹽周公皆力振之魔風稍息而僧力已疲極矣時則寺僧有若素林裕木菴泰海月珊見傳識與中興爲住持者象漢權之數人者皆誓捨身命力持祖業以保安衆僧日夜辛勤苦心周慮求爲能與祖庭作一日依怙者志甚殷也由是衆等投誠皈依授戒即請予入山聖恩有在未敢輕諾然身雖未入而心已如金剛矣萬曆己亥南韶祝觀察以荷曹溪爲己任力命大衆禮請庚子冬始應命入山不三月而百廢具舉祛宿蠹選僧徒設義學授戒法一時翻然成化乃爲重關規模大開祖道不五年而功成過半所實祖靈默啓天龍冥護而裕輩一念血誠眞不減包胥秦庭之哭眞心實行所感召者自不可誣也余住玆已逾五年而奔走過半皆爲經營之勞衆等事我如一日猶我視衆等如一子地耳頃蒙恩詔赦宥即身未披衣而心已解脫一時諸弟子等各各歡喜焚香作禮執卷乞語乃拈筆以示之曰諸佛衆生心無差別所言無差別之心即所謂金剛心地也且此一心諸佛證之而說法諸祖悟之而度生菩薩修之而成道聲聞取之爲涅槃外道執之而

謗法衆生迷之而造業三途昧之而受苦凡夫日用而不知吾人以之而應縁即爾輩爲佛弟子爲祖兒孫凡有施爲莫不皆從此心流出但順佛祖之教爲佛祖之事心心常住念念不壞即此以往歷劫不磨便爲金剛心地爲成佛作祖之正因種子若夫逆之背之雖身着袈裟心存業道即此以往便爲苦趣苦因亦長劫不壞生死之苦果也故曰三界上下法唯是一心作順之即聖背之即凡豈虚語哉裕等數人同此心即合山千人亦同此心也若以此心用之於佛祖故如金剛則將來受用亦同金剛若夫用之於一身謀之爲一已視區區糞壤而爲樂地受用如苦蟲心心作業轉眼之間一息不來便入三途苦果無窮亦劫劫生生受用不盡此無他故但以不明此心是成佛作祖之眞種子福田耳裕自從余授戒即願持誦金剛般若經誓盡形壽且此經乃吾六祖大師之心地也能持之不忘得之於已則將來歷劫受用無窮即此身心常住於曹溪故曰佛子住此地即是佛受用常在於其中經行及坐臥也汝等明見今日老人轉曹溪爲淨土驅魔衆爲法侶苟信此心之妙則汝等諸人出生死證菩提不出一念之頃其或未然依舊流浪三途沒溺苦海去也其念之哉

示沙彌智融

予嘗恩南來諸護法延予住曹溪初入山首以作養人才爲急乃選諸沙彌延明師教以本業習威儀禮誦設禪堂以安居之律以清規衆如一指老人以業縁牽引不能安居時

爲說法更延大德闍黎以尸之又數年而規模造就山門改觀老人嘗謂佛法所貴聞熏成種嶺南久無佛法熏習以乏種子故信心難生每願教僧五十三人各書華嚴大經一部一以法緣廣大爲最勝種子二以借書寫攝持之力資初心觀行以助入道資糧向以内魔所汨有願未成衆中沙彌智融者最先發心願書大經老人甚嘉其志開端書不半而同學沙彌一時發心書寫者今七人矣嗟乎人之根性豈可局量哉昔吾師釋迦牟尼往劫爲凡夫時同千人聞五十三佛名一時發心修行後各次第成賢劫千佛吾師以願力勇猛故先於衆又爲十六王子時聽法華經爲一乘緣種於八方各得成佛況華嚴乃一乘圓頓法界無礙緣起之大經也所謂八難超十地之階一生圓曠劫之果以一字統法界之經一行攝無邊之海況點點畫畫心光流溢大用現前果當人不昧則不必更參機緣而觀行自足諸法門海不勞遠歷百城而坐參知識豈不爲最上法緣乎若以所書之經具在目前終身讀誦受持何用別求佛法即六祖法化所流千七百員知識可一齊普現於毫端三昧矣汝當作如是觀無爲俗習情塵障智眼也勉之勉之

示曹溪侻無昂監寺

鄧林之木雖多成材者寡滄海之產雖衆稱寶者希孔子曰才難不其然乎即吾佛說法四十九年但以十大弟子各稱第一而得正法眼藏者人天百萬獨迦葉契心古今傳道稱的骨兒孫者亦不易也我六祖大師說法

曹溪坐下不少千僧壇經載悟道者有四十三人而見稱者唯五六人大闡其道者獨南嶽青原二大老而已嶽師侍祖精勤日夜不離左右逾十九年與青原共命終祖之世故自有叢林以來凡善知識開堂説法務在得人單以二老之苦心爲家範此得人之難而求其師表百世者亦更難也老人度嶺之初過曹溪謁六祖大師視其山門破壞幾至埽地一衆惶惶無所依怙所以願與叢林安大衆以存祖師一脈如綫之緒者於千僧中得裕權識泰珊五人焉其所願老人爲依怙者若嬰兒之望慈母其所以存叢林之志不減包胥之存楚而乞於余者不減秦庭之哭也於是老人哀其誠而來力任中興之責剔蠹釐獘百務具舉選衆僧學禮誦法擇其中堪爲童蒙表率而稱教授師者得三人焉既處之歲月察其心術之微操履之端言行相符以成後學繼前修念祖道保護叢林者唯昂監寺一人而已三人之中誰不曰比肩而趨操不一志行不齊衡石重輕之在人耳目者非一日如眡黒白瞭如也余目擊其操履如孔子觀人之法察之亦非一日故諸監寺之乞余言欣然即發獨此三卷藏之五年未敢輕諾非恪法也以古人授受之際不妄許可儻一失言不唯失人抑且失法眼矣如人之難聖哲所病所謂人心險於山川難於知天天猶有四時之序而人者深情厚貌外威儀而中蛇虎者不易知也語云疾風知勁草板蕩識忠臣若人人皆可稱忠孝則世之忠臣孝子葢多多不足奇矣以其希故見其難以

其難故爲忠臣孝子者不易也余嘗謂宣孟稱得士而冒死立孤者獨程嬰杵臼二人楚國號多材而捐軀復楚者獨一申包胥嗟乎吾徒之爲沙門釋子者骨肉肝腸皆佛祖之所化也生死升沉亦佛祖之所賴以轉也求其一心如古豪傑之所爲者希以其自愛業身而造苦具不惜橫身捨命而甘心焉求其一念知非能體祖師之家業者難得其人矣是知家無賊子家不破國無賊臣國不亡人無惡行身不殞士無苦行名不揚善無橫逆道不高心無堅忍道不大是知善惡雖殊儻不負堅忍不拔之志不能成其善惡之實苟無善惡之實而其報應不舛者不足憑也語曰積善成名積惡殺身積水成海積土成嶽昂子知此不必患彼惡者之自積當患已躬下忠貞道業之不積耳孔子曰不患莫已知求爲可知也藉六祖知子有此心亦只如老人之所告子者勉之耳更有何法則爲墮增益語障

示曹溪海月珊監寺

余當丙申春二月過曹溪謁六祖大師見其香燈寥寥叢林凋敝徘徊久之有僧具威儀向前作禮問訊甚恭予見其精誠端愨喜而謂曰此本色山僧也明年丁酉魔風競作此道場幾至破壞僧徒無依珊公與同儕數輩謁余於五羊請予爲授戒法余始知向作禮者爲珊公也庚子冬予應請入山公率諸弟子侍祖師塔察其供養之精誠宛若祖師在生無異余因歎曰祖庭千年不朽者所賴兒孫一點孝敬心耳故世尊曰孝名爲戒即儒

之孝爲仁本此道根也及余住山中最初安居凡所經營回出衆心而任勞任怨珊公居多其憂勤惕厲小心敬愼端若孝子之於慈父憂喜疾痛靡不關之是知事祖之心不異事余故余屬之常住與衆等心一力忘身殉道即今日叢林再整法化重興固祖靈之默啓實珊等孝誠所感格也語曰苟非其人道不虛行嘗念余非祖師攝受不能至曹溪曹溪非余來不能有今日即非公等之孝敬無以繫余心而叢林中興之功德非純誠難以取究竟全始終總是一大事因緣實非偶然且幸修建祖庭工程苟完余於丙午八月二十日即蒙恩詔許爲僧以此始末徵之足見余非無因而來公等亦非無因而生斯世遇斯事也想昔日當祖道大盛之時悟道弟子三十餘人公等爲洒埽執侍人耳不然何以有緣見我親近哉昔世尊於大通智勝佛時爲諸弟子說法華經畢竟至釋迦出世同出一會一一受記成佛以昔日之夙緣今日之現證則將來彌勒補處龍華會中豈少一人即堅持此心以光祖道爲任護三寶爲懷即一莖一葉滴水莖薪凡有益於叢林有補法道者即爲金剛種子成佛眞因使永劫瞻依十方攸賴即同祖法身常住矣可不勉哉

寄示曹溪耆舊

老人住祖庭一番特爲發揚六祖出世一大事因緣欲令大家修出世因以種淨土之緣不料中道緣差魔風破壞獅蟲作祟使我不遂初心一旦違遠祖師棄捨大衆即今雖居寂寞之濱未嘗一念忘其本願其後學似有

向上之志苦無明師良友引進修行之路其耆舊衆中有知老人之心及痛念生死大事者又無老人依歸不能聚集一處同作佛事堪嗟日月如流衰老漸侵死期將至黃泉路上資糧不具憑何法以脫三途地獄之苦報乎言及至此可悲可痛古人云生死事大無常迅速火急修行早是遲矣老人因此熟思再三無可為大衆決策者適堂主來省正愜老人之心因叮嚀淚回山將老人之心揭示衆者舊儻眞實為生死者須大家集會一處結念佛會同修淨業同出生死誓願遞相度脫社中若有一人先滅度者同力資助往生豈不為第一最上因緣即此餘年已勝百劫千生虛過也會所最要清淨無擾乃能成辦道業禪堂但有後學諷誦事業似屬煩雜唯有老人所修無盡菴最極寂靜色色現成不若就此為淨業堂成殊勝事不獨不枉老人苦心一場亦可以醻施主功德也其修進之規古人六時念佛晝夜殷勤雖是精進恐老者不能今折中當以四時為準二時功課二時跪諷行願品一卷念佛千聲發願回向期不計限人不計數但要老成信心篤實者忘賓主泯人我絕是非戒戲論一心念佛不通賓客專以寂靜為主即是眞阿練若正修行處也若大衆果能洞見老人之心諦信老人之言依法修持便是出生死的時節便是與老人生生世世不相捨離常生佛前同聽法音之時其會集結社之人及安居之處一聽堂主主之便是奉行老人之教命也其精進道業又在大衆各自努力古人云把手他人

行不得爲人自肯乃方親所謂但辦肯心必不相賺珍重努力

寄示曹溪禪堂諸弟子

老人初爲祖師建立之時大衆不知老人之心今日老人行後凡山門利害及禪堂設立汝等皆樂入堂安居是知老人之苦心也若知老人之心則當知佛祖之心矣汝等今思得老人似前教誨不可得也然聚散之緣雖佛祖不免在諸弟子能知恩報恩依教修行雖佛祖滅後亦同在世親近不異故佛臨入滅時諸大弟子請問若佛滅後衆等以何爲師佛言當尊重波羅提木叉是汝等大師梵語波羅提木叉此云戒也佛常言汝等比丘能守吾戒雖千里外如在左右若不奉我戒縱對面猶千里也此吾佛大師金口親囑之語可不遵乎况今末法去聖時遥若佛弟子不秉佛戒將何以爲修行之地賴何以出生死之苦海乎老人臨行特爲汝等説梵網戒不知汝等一一能堅持否佛制比丘半月半月誦此戒經如從佛親聞作法羯磨毋令毀犯令三業六根念念檢點觀察不許闇生罪過不得毀犯戒根即此便是眞實修行坐進此道不必遠訪明師徒增辛苦也若汝等向來未能堅持則當從今依法半月半月對佛宣誦梵網戒經十重四十八輕一一戒條熟記分明如犯一條則於誦戒之日請軌範師作證衆中遞相檢舉犯者對衆懺悔再不許犯如此則改過自新道業可就其所犯之罪除懺悔外衆等議定清規罰例以便遵守如老人向日所遺改條可爲常法也衆等戒經

習熟則當背誦四十二章佛遺教經楞嚴法華楞伽諸經以爲佛種其參禪一着當遵六祖開示慧明不思善不思惡如何是當人本來面目公案蘊在胸中時時參究久之自有發明時節如此方是續佛祖慧命之大事因緣也汝等能遵此語則如老人常住曹溪汝等亦不必操方行脚矣

示曹溪沙彌

庚子歲當道延余料理曹溪余應之至則百廢槩不能舉因思爲治之道以養材爲本遂選諸沙彌設義學延賓師以教習威儀誦讀內外經書稍知信向則披剃立禪堂使就清規受戒法晝夜禮誦是時諸沙彌始知有出家業皆厭耕鑿而慕清修矣余苦心十年差有可觀遂棄去今老矣隱居南嶽諸沙彌昔受化者先未深知者今乃深思之雖求一日之執侍一言之教導難矣沙彌某比時在孩稚今從衆中始知老人心求親近不可得乃具册遙乞開示老人聞而悲且喜也昔佛在時恐久住世間薄信衆生多不敬信遂上昇忉利令衆慕而後來則人人皆生難遭想矣若老人久住曹溪諸人安能戀慕如今日哉沙彌若思老人不若思念佛思念六祖也若思念佛當來必有見佛之時若得見佛便是出生死時也思念六祖當初一賣柴漢耳如何得今日人天供養再思今日供養乃從拋却母親恩愛走向黃梅會下負石舂米辛苦中來再思六祖三更入黃梅方丈得受衣盋憑何知見向五百衆中獨自得之且人人一箇臭皮袋死了三五日便臭爛不堪爲何

六祖一具肉身千年以來如生一般此是何等修行得如此堅固不壞沙彌如此細細一一思想思想不透但將壇經熟讀細叅叅之又叅全部不能但只將本來無一物何處惹塵埃一句蘊在胸中行住坐臥喫茶喫飯搬柴運水迎賓待客二六時中一切處頭頭提撕直使現前定要見本來無一物是箇甚麽如何是不惹塵埃的光景若能如此用心是名叅禪若叅則自信不疑之地則能眞見六祖面目方知老人鼻孔方是沙彌眞正出家了生死的時節也若不肯向己心中苦求本分事空思老人有何利益一往諸沙彌但知親受老人教導唯習威儀動靜禮誦文字而已若從今日始都與沙彌所請開示如此一力做工夫方是老人眞實訓誨老人老矣此乃最後開示也若錯過今日將來縱向十方世界叅訪知識總是他家活計愼勿以老人此言爲空談也

示法空選殿主

佛教末法弟子修四安樂行謂正身正語正意大慈悲心依此而修是爲妙行然此四行以行處近處爲初心行處謂步步不離道場近處謂念念不離三寶余觀末法比丘能踐此行者唯知殿之役最爲親切以沙門釋子不知修行之要縱浪身心不能檢束三業動成過惡故罪業日深生死難出即能遠叅知識亦不必能步步相隨心心親近唯有侍奉三寶晝夜香燈是不忘佛也晨昏鐘鼓集衆禮誦是不忘法也大衆和合六時周旋是不忘僧也坐臥經行不離佛殿是步步道場也

苟能自淨其心則一香一華皆成佛眞體舉手低頭皆爲妙行是則不動脚跟而徧叅知識豈不爲最勝因緣哉安樂妙行無尚此矣行者勉力以盡形壽何用别求佛法

示曹溪基莊主

六祖居曹溪寶林不容廣衆乃向居人陳亞仙乞一袈裟地盡曹溪四境而山背紫筍莊者乃袈裟一角也向僧居寮舍當寺之半乂之僧多忘本外侮漸侵豪右蠶食其山場田地多入豪强僧業廢於八九而祖龍一背盡失之矣居民樵采已及其内地將見侵於肘腋老人初入曹溪乃悉其故因謂衆曰土地者叢林之本也况吾祖袈裟猶故亞仙之祖墳墓尚存是以謂祖翁田地也安可失乎遂集衆鳴於制府準令本府清其故土正其疆界衆皆曹然不知所止即有知者亦畏縮不言獨基公以昔居此歷歷指掌以是豪强氣沮老人乃募資收贖其故有之田地山場盡以供膳寶林禪堂贍養寺後學僧徒肯辦道業者將以贖六祖如綫之脈因以基公爲莊主公佐助老人中興曹溪清理常住錢穀及一切事務井井有條苟能守之即千載猶一朝也老人去曹溪將十載諸規盡廢唯禪堂得昂公守之如故而基莊主精白一心未忘初念視老人如在左右保護常住秋毫皆如護眼目也老人愧無緣不能盡興祖道因思昔黃龍有不豫之色首座問之答曰監收未得人是知古人用一監收爲深慮如此而莊主之責豈細事哉自古國家皆以得人爲難而叢林亦然曹溪千僧老人居十年淘汰只

得一禪堂主一莊主兩人而已更有二三人能爲之輔翼者則德不孤事易行而祖師道場亦可保其無虞矣堂主來省老人於匡山基公因以問訊寄此卷請益老人復何言哉惟吾佛出世竝無別事但爲護念付囑二事而已所以護念者爲欲得人以續慧命也付囑者以佛家業有所付託如長者以家業委付其子也即歷代諸祖皆如佛意志在慧命不斷耳今佛祖之道寄在曹溪一脈而曹溪務在得人得人要在膳養膳養賴其四事四事賴其主者苟主者得人則衆有歸道可辦而叢林可振法道可與法道興則佛祖慧命相續不斷永永未來端有賴於今日也但能保護慧命即是深報佛恩如此即名眞是佛子矣基公可謂能報祖師恩德矣從今更能深念六祖於大庾嶺頭教慧明公案懐在胸中重下疑情疑來疑去疑到疑不得處忽然迸破疑團露出本來面目是乃可稱六祖的骨兒孫較之保護祖翁田地者可謂百尺竿頭進一步也此則公案是六祖命脈苟有一人於此參透則六祖常住世間未滅度也今千載陳爛骨董老人重新拈出因公增價則此後常放光明照天照地直當拌此身命堅固其心不可一息懈怠也勉之

憨山大師夢遊全集卷第五十一

音釋

舶 薄麥切海中大船　扼 乙革切同搤　闢 皮亦切開也　窪 烏瓜切

虁 渠爲切人名　盥 古緩切以盆水洗手曰盥　玷 音店玉病　纂 作管切

蠹 都故切蛀虫　蠹 音妒

憨山大師夢遊全集卷第五十二

侍者福善日録　門人通炯編輯

示曹溪寶林昂堂主

嶺南自漢方通中國始知有文物六百餘年至唐初六祖起新州得黃梅衣盋傳西來直指之道是時始知有佛法開曹溪寶林道場說法其中自爾道蔭寰宇天下禪宗皆以此爲資始何其盛哉六祖滅後肉身雖存而道場漸衰至宋業三百餘年則叢林大壞極矣時有子超禪師蹶起而大振之由是重興其道至若傳燈所載者自六祖後不多見其人故道法雖播於十方而留心於根本地者寡矣道場無開化主人而僧徒習世俗之業頓忘其本固其所也由宋迄我明萬曆中又將五百年道場之壞尤甚於宋僧徒不遑其居而法窟皆棲狐兔矣丙申歲老人至嶺外得禮祖庭覩其不堪之狀大爲痛心而去又五年庚子諸護法皆以法道爲心亟欲老人往捄其弊至則誓願捨此身命志爲六祖忠臣孝子也一時更新百廢具舉此仗佛祖護念之靈非人力也於時僧滿千衆有懼僧徒之不安者數人而已求其憂祖道不振後學無眼法幢之不固者獨昂而已至若知老人恢復之志誓死之心亦唯子而已嗟乎是知法門之得人爲難也如此於時老人初入曹溪選諸僧徒可教者教之衆中物色亦唯子而已及老人住此八年之間凡所經畫爲山門久計者衆皆罔然其所經心關涉鉅細無遺者亦唯子而已及獅蟲破法魔黨競作卽前所稱爲道場者數人亦皆在網羅求出之不

暇求其苦心保護叢林憂祖道之崩裂深知老人建立之恩者亦唯子一人而已當是時也苟非子砥柱中流委曲調護曹溪卒無今日矣及老人捨之而去禪堂無主幾爲獅蟲所食非子挺身撑拄其間不唯道場破壞後學無依即老人中興一片苦心竟付流水矣安望祖道之再振乎是以老人别曹溪來十年於兹子日夜苦思老人之復至望法道之更新念念含悲未嘗一息忘之也老人之南嶽而子隨至既而老人逸老匡山子尋即遠來見其感恩之心益篤憂道日深且冀老人之復至或望至人之將來其誠益難以言語形容者即古之忠臣孝子憂國憂家烈女節婦誓死無二心者不是過也適來山中老人留之已久其哀哀之心請益不一老人因而示之曰子之志固嘉而子之思亦過矣子未聞大道之替雖佛祖亦難逃於時節因緣因緣聚會益不由人力也且道與時運相爲升降殆不可强即其人亦不易得也諦觀六祖入滅以來今千年矣其道徧天下在在叢林開化一方不少求其爲祖庭而經理家法者獨宋子超一人而已子超之後又五百年志爲祖道力整頹綱者獨老人而已况在曹溪有衆千人之中求其憂祖道知老人者唯子而已是則法門之人以此爲懷者豈易見哉今老人示子最勝法門所謂求人不如求已也且當六祖未出世時只一賣柴漢耳因有夙植靈根功夫醞籍已久一旦聞經一語頓悟自心遂得黄梅衣盋豈不是今日寶林道場乃六祖肩頭柴擔舂米腰石邊來故有如

此廣大光明普天帀地禪宗一派一言一句皆從柴擔腰石邊流出至今供養香火如生時無異肉身堅固不壞如現在說法無異如是福澤亦從柴擔腰石邊來此豈有心要求人而後得也子既有志上憂祖道何必求人應之彼既丈夫我亦爾且六祖悟的一段般若光明人人有分不欠絲毫如今只當憂自心之不悟不必憂道場之不興若能了悟自心則能攪長河為酥酪變大地作黃金拈一莖草作丈六金身以丈六金身當一莖草自然具大神通隨心轉變任意施為無可不可如是在我全具又何苦思癡癡望他人來作我家活計耶古人要悟自心在六祖已前都是當下一言便悟更無做工夫之說六祖得黃梅衣盋大庾嶺頭開示慧明道人一則公案後來便是做工夫叅禪的樣子也從今向去教汝直將從前憂長憂短望人的心一齊拋却但當自己放下身心拌了一條性命單單一念只求悟明自心將慧明一則公案橫在胸中重下疑情晝夜六時行住坐臥迎賓待客應事接物茶裏飯裏拈匙舉筯一切不教放過疑來疑去定要見自己本來面目或提念佛話頭要見者念佛的畢竟是什麼人如此疑到似銀山鐵壁疑不得處忽然命根斷絕疑團迸破自己本來面目當下現前是時方知念佛的人如十字街頭見親爺一般更不必問人古人云善造道者千日之功亦有十年五年或二三十年或盡生不悟發願再出頭來又或有二生三生乃至十生多生不昧本願者生死時長常寂光中了無去來

之相且子年力尚强果能决志從前日做起即十年二十年能悟今生尚遂我本願即今不悟賴有此叅究功夫般若種子就是再出頭來猶是現成活計縱遠不過四五十年打箇筋斗如在目前那時整頓自家家事有何難哉捨此不憂更憂別事都是枉費心思妄想無益不唯無益且增無邊生死苦海是豈不爲大愚癡者哉老人此說如棒打石人頭如此做工夫則是老人時時在汝眉目間放光動地也

示曹溪且過寮融堂主

天下叢林爲十方衲子行脚者之傳舍以萬里雲遊跋涉登山衝風冒雨躡雪履氷飢寒困苦弔影長途而莫知所止故望二叢林以求一夕之安如窮子之望父母廬舍也萬一到處主者不得其人漠然而不加意使飢者不得食渴者不得飲勞者不得息病者不得安則其悽楚苦惱之懷又將何以控告耶從古接待十方叢林之設深有見於此也諸方四路各有退步或有鄰峰里市容可不得其所而更之他至若嶺南曹溪道場六祖肉身現在海內衲子所必往而禮覲者所至必數千里外單單度嶺特爲此事況冒煙瘴之鄉出九死一生之地甫足而至此中可無接待之設乎老人未到曹溪之日聞衲子至者無安居息肩之所求其一飲一食而不可得率皆旋行托鉢僧房皆閉門而不納即得米升合又無炊爨皆拾薪就澗或得一食而行老人憂之乃逐層沽之肆闢爲接待十方禪堂別立齋廚以便其食所需皆取給於內堂必

使周足聽其飢者食渴者飲勞者息病者調理汚者澣濯任其久近隨其去來是以業海而爲樂土矣但求一主者不易得且有即此而造地獄者比比也或有獅蟲集此以作魔撓力不能制者多未安也頃昂公來云近得融公爲旦過堂主事事如宜足副建立之心居三年如一日也老人聞而喜曰此老人願力所至也常思菩薩修行以慰安衆生爲本當思一切衆生老者如父少者爲兄弟一以孝順心而敬事之況在法門有同體之誼又非其他可比苟能以孝順心而敬事之是則以佛心爲心也梵網戒經乃佛之心地法門也首稱孝名爲戒所謂孝順三寶孝順師僧孝順至道之法若能受此戒即入諸佛位是即以孝順爲戒之本戒爲成佛之本能行此行即是作佛之基不用別求佛法矣華嚴經云菩薩布施衆生頭目身肉手足有來乞者隨與而去且自慶曰彼來乞者皆我善知識爲我不請之友能成就我無量功德令我堅固菩提願力由是觀之則令十方來者皆我不請之友融公若能以孝順心恭敬供養以滿金剛戒品爲成佛種子即此一行全攝衆行又何捨此而別有玄妙佛法哉融公能諦信老人從此深心以盡身命供養十方堅志不退即是菩薩以頭目手足而施衆生等無有異求佛妙道又何加於此其或未然更將六祖本來無物一語横在胸中久之一旦識得自己本來面目是時則將六祖鼻孔一串穿却乃見拈一莖草即是已建梵剎唯恐十方雲水之不早至又何疲厭之有哉嗟余老

矣愧不能再爲六祖作奴即公能體此即是代老人常轉如是法輪也

示曹溪沙彌達一

老人逸老匡山寶林堂主昂公攜沙彌達一遠來參謁老人因示之曰汝等當思何修何福生在邊地得爲六祖兒孫朝夕親近祖師肉身如現身說法無異何其至愚如生盲人不知日光所照也汝又何緣何幸得老人至以金篦刮翳開其盲瞑始見天日猶然不知日光之照也汝等當思六祖未至黄梅但新州一賣柴漢耳一聞誦金剛經應無所住一語頓斷歷劫生死根株此豈由教習而然耶良以佛性種子人人具足未遇緣開發如種在地未得雨露之滋耳老人一向直示汝等種種方便皆得雨之功但汝等煩惱根深難生智種靈苗今遠來請益猶是昔潤之功也從今要智種發生則將六祖所悟無住一語會取參求忽然心地發明是時不但了却歷劫生死即六祖鼻孔盡在你諸人手裏把住放行只由自已如此便如親侍六祖說法時無異豈待更要老人打葛藤費婆心也老人雖不在曹溪汝只將當家一則公案說與同參諸沙彌等人人都要如此做工夫不可一念放捨如此即是老人常住此山時時爲汝諸人說法也此事不是兒戲直要一片死心下毒手判命根做將去若是朝三暮四一寒十暴不但智種不生抑恐作焦芽敗種也如是不唯辜負老人實辜負自已切不可空過時光恐大限到來一失人身萬劫難復汝當深思自勉勿忽

示曹溪沙彌方覺

達磨西來單傳直指之道衣鉢六傳至曹溪正法眼藏流布震旦今千餘年皆云曹溪一脈如孔門之洙泗葢所係法門非輕也予昔居東海時每慨禪門寥落必源頭壅閼嘗與達觀大師議欲往濬之期於匡廬未幾予弘法罹難達師以予不果行遂先獨往至其山見其僧皆田舍郎也止於檐下信宿而歸未幾余即以弘法罹難思遣嶺外時則以爲佛祖神力所攝也師候予於江上謂予曰某先探曹溪矣即六祖復生不能再振也予曰顧願力何如耳及予度嶺居五年庚子當事者以曹溪護法爲心力致予往予至則始於祖庭及諸三門百廢齊舉其僧無論大小即諸沙彌卒皆樵兒牧豎别修禪堂設爲清規令其各從本業如是者百餘人惜乎般若之緣不深老人切示以佛法大義領荷者希第在威儀之間耳老人苦心八年寺僧闡提作難老人竟謝去之南嶽諸沙彌如失乳兒相繼而隨者不絕如覺侍者先候於南嶽今候於匡山乃拈香請益老人哀而謂之曰汝等生邊地不聞三寶名葢一難也幸遇老人爲開導又何幸也雖受化有緣而卒不能深入佛法是未種般若之緣耳汝等念我不忘則信根既具而佛法終有時而入所謂欲識佛性義當觀時節因緣汝今既知捨離俗纒脱然方外此爲入道正因且又親近知識知其所難則不當以妄想狂心當面錯過乃是知所重也若離俗緣自以爲無拘束縱浪身心徒事虛華耽玩山水徒費草鞵錢竟有何益豈

不爲重增業苦耶汝今果能拌捨身命志求大法爲生死大事參究向上趣色力强健三二十年直欲發明自性不悟不止如此立行乃是出家正行方不負老人開導之恩亦不負千生萬劫遇善知識之緣亦不負出家親近六祖肉身如生前無異仍須發願願弘祖道以救道場以存法門之標準如此操心立志乃是曹溪的骨兒孫若更悠悠度日執愚自是以朝名山禮祖庭隨喜道場此是粥飯庸流最下品人之行徑饒汝行盡名山依然俗骨凡胎毫無進益豈不辜負自己百千萬劫之大因緣耶汝諦思惟愼無自誤

題門人超逸書華嚴經後

此葢余壬寅孟冬在寶陁山題門人超逸爲弟子實性補書華嚴經後述其發心始末因緣也余自蒙恩度嶺說法五羊教化數年緇衣中篤信歸依者唯菩提樹下數人而已數人中唯逸公與實性二人同志同行同發大心書大法性不及半遂蚤夭獨逸竟其業噫唯此不獨發心之難即已發心而能有緣遂其志願者尤更難也故我世尊於法會中歷言信法之難如云假使劫燒擔負乾草入中不燒是不爲難我滅度後若持此經爲一人說是則爲難由是觀之又不獨爲信法之難而持法之難更有難於萬萬者矣顧此南粵居海徼其俗與中國遠佛法始自達磨航海昔憩五羊而跋陁大師持楞伽來先開戒壇於法性寺既而智藥大師植菩提樹於壇側爲六祖大師前茅幾百年而跋剌三藏持楞嚴經至宰相房公爲筆授時則盧公起於樵

斧問佛法亦自唐始盛其根發於新州暢於法性濬於曹溪散於海內是知文化由中國漸被嶺表而禪道實自嶺表達於中國此所以相須爲用爲度世之津梁耳予度嶺巳十有二年憫祖道之荒穢振曹溪之家風以罪朽之身以當百折之鋒可幸無恙者六年於茲賴佛祖之寵靈諸凡有序草創法道之初時在法會親炙於余者獨超逸通炯二人而巳此足見教化之難而得人誠難之難也逸自禮余余徃雷陽走瘴鄉理曹溪徃來奔走無寧日逸乃謹謹奉教閉門却埽書華嚴大經以爲日課且以餘力求六祖戒壇故址收瀆而重新之暇則率諸同志結放生會每月有常期漸達海濱遵爲法式實余唱之而逸華能衍之也今余苟完祖庭冀休老以了餘生逸又從余以遨遊盡生平唯是不獨發心之始難而更成終之難也然古所難而公獨易此非多世善根於般若緣厚者何易至此哉回視實性一息不來便成永劫即今求其見聞隨喜現前種種殊勝之緣豈可復得是則發心同而夙願異故生死殊途幽冥永隔吾徒有志於生死大事者於此足以觀感矣以逸與性同時請益書此經其讚法之辭具於前部之首今於逸所書不復贅譚獨申發心畢竟始終之難如此

題實性禪人書華嚴經後

我世尊毘盧遮那如來初成正覺於菩提場演大華嚴名曰普照法界修多羅說一切諸佛所證衆生自性法門故曰奇哉奇哉一切衆生具有如來智慧德相但以妄想顚倒執

着而不證得若離妄想顛倒則一切智無師智自然現前又曰吾今於一切衆生身中成等正覺轉大法輪是以此經所詮純以一味平等大智圓照法界爲體以一切聖凡依正有情無情悉皆同等一切衆生所作業行不出諸佛自性法身一切妄想無明貪瞋癡愛皆即諸佛所證眞如實智一切山河大地鱗甲羽毛蠢動蜎飛皆即毘盧遮那普現色身是知吾人日用折旋俯仰欬唾掉臂乃至飲食起居皆即普賢妙行不出毘盧遮那如來海印三昧也何況修習正行而作白業者乎第吾人日用而不知耳悲夫人者迷此本有智慧無明業流沈淪生死往來六道備受諸苦不知其幾百千億恒河沙數世界微塵劫矣曾不自知返省故我大師以平等大悲捨自性法樂出現世間挺身三界而開導之深入火宅如長者之救諸子也然父之於子其心不止苟免災患而已實望全付家業此本懷也故先最初即說此經頓示平等法界直指衆生自性法身令其頓得無量法樂故曰譬若一微塵中具含大千經卷書寫三千大千世界中事有一智人明見於中遂剖破微塵出此經卷拈示衆生轉爲利益且一微塵者衆生妄想之心也大千經卷者乃衆生自性功德也明眼智人乃諸佛菩薩大悲主也剖微塵者乃破諸人妄想顛倒也剖微塵之方即諸佛所說一切經法也然法有頓漸其餘諸經皆漸剖之此華嚴經乃頓剖之方示諸佛所證廣大佛法寶藏欲令衆生一眼便見一念頓得無量受用也由是觀之則吾佛

之恩德與衆生者豈淺鮮哉嗟乎自有佛法以來此經流布寰區見聞不少求其能知諸佛恩德者幾何人哉吾佛滅度之後從上諸祖傳佛心印直指衆生佛性者皆我慈父克家之子也惟我菩提達磨大師特爲此事航海而來此土少林面壁冷坐九年被人毒害數四惟得二祖一人即便抽身西去六傳至我大鑒禪師起於樵斧之中一聞經語便走黄梅負舂腰石竟得衣盋南來然被惡人加害不一避難於獵人隊中十有七年後際因緣時至聊借風旛一語震動人天始得剃髮披衣於法性菩提樹下說法於曹溪源頭千七百員知識從此一派流出惟此廣大功德皆從我大師忍苦一念中來豈非法王忠臣如來慈父眞子者乎至今授戒之壇基尚在

埋髮之道樹猶存凡在覆蔭之下靡不安然於葢載之間食大師之食衣大師之衣求其知大師之恩思大師之苦者無一人矣悲夫是可謂日用而不知也余忝在大師末法弟子列弘法罹難放遣雷陽丙申度嶺過曹溪瞻謁大師道骨儼然如生慨其法道寥落風俗𩦀頹泣數行下者久之乃之戍所是秋歸會城之青門壘壁間明年春饑癘之死白骨蔽野收而瘗之者萬計乃爲津濟道場延諸僧衆越明年戊戌荷戈之暇乃引樹下弟子數輩爲說無常苦空之法既而註楞伽寶經成爲其開示又往樹下爲諸沙彌說四十一章經則聽者日益衆矣弟子超逸實性執香作禮而白余願手書華嚴經一部以作苦海津梁予爲歡喜讚嘆二弟子即閉戶焚香始

於萬曆庚子執筆首事越明年辛丑實性奄忽而逝所書經止二十七卷其祖超珍復命實性之師明沾究竟卒業滿此勝緣嗚呼悲夫衆生流浪苦趣往來六道者如塵沙劫波於中能遇佛法能發信心者政若大海一眼之龜值浮木孔豈易得哉今實性生此末法仗此勝因不動步而遊華藏之天一投筆即覩剎塵海會覲毘盧於當下圓行海於多劫即已生非虚生死非浪死矣何况乘此津梁而遊不死不生之鄉者乎壬寅孟冬余將有雷陽之行超珍持性所書經至乞予一言以紀其事余冀後之見聞者因之而發信心但能一念回光即出曠劫生死是則實性又以一毛端頭出生廣長舌相而說衆生自性法門不減毘盧遮那坐菩提樹即此便是法身常住也

題曹溪諸沙彌書華嚴經後

大哉法界之經也惟我本尊盧舍那佛初成正覺坐阿蘭若法菩提場金剛心地入海印三昧稱性所演圓融無礙廣大威德自在法門七處九會不起而昇圓滿十身星羅法界塵剎衆生依正齊說熾然無間不可思議之法也曹溪六祖大師秉單傳心印西來衣盋留鎮此山是即法菩提場金剛地也肉身現在是即舍那法身常住也鐘鼓音聲朝夕無間是即剎塵熾然說法也嗟乎其徒在座如盲如聾是爲覿面錯過久矣予往蒙聖慈以萬里調伏恩大難酬因誓捨此身重整道場爲圖報地諸弟子輩全不知有此事無異聾瞽予因選諸童蒙沙彌教以習字書寫華嚴

尊經意將仗此大法因緣以作金剛種子果不數年間發心書者可期十人堂主昻公乃昔所延教師也持來匡山予見而歎曰此即剖一微塵所出之經也觀其點畫皆從金剛心中流出况有最小沙彌願刺血而書之者斯即吾佛所說無師智自然智現在前矣予感激含涕惜予不能爲諸沙彌作究竟導師耳雖然惟此即予心血所灑若自玆以往見聞隨喜發心與起緣緣無盡至未來際將令曹溪弟子人人入此法門即塵說刹說衆生說熾然常轉此法也斯即舍那現在說法六祖常住此間即予死不朽矣欣躍何如敬書始起因緣以示來者爲發心地又爲老人廣長舌也

題曹溪沙彌血書普賢行願品

予往住曹溪中興祖道作養諸沙彌冀不墜西來之業不十年間似有改觀衆中沙彌其發心刺血書寫普賢行願品以爲終身誦持老人喟然而嘆曰沙彌識法者也乃能刺血書寫此經行此難行之大事葢法界緣起不分迷悟不屬聖凡但有弘爲皆歸眞際所謂山河大地共轉根本法輪鱗甲羽毛普現色身三昧况此身血從法界流滴入此經豈不稱眞法性者乎沙彌苟以如是書寫如是持誦盡命不懈則心心不出普賢行海步步不離華藏道場但當諦信不疑此外別無佛法如是則老人如法界而稱歎亦未能盡功德之量如其自昧本心動與法違縱親見願王猶然重增業識耳

常住清規

大師入山自二十八年九月二十日到寺
十月初七日始至初九日止三日在殿精選
合寺大小僧行諷經讀書初九日設立法華
堂卯時鳴鐘三通齊赴佛殿擺設不許延遲
仍要徧衫整齊各帶法華經一部少則二人
共之俱在一時完備不許違誤十三日設立
義學三處

一東廊館十月十三日午時開
一西廊館十月十三日寅時開
一延壽館十月十三日巳時開

曹溪寶林禪堂十方常住清規

惟我六祖大師說法曹溪天下衲子歸之祖
設安居以容廣衆此禪堂之設最初之始也
至百丈大師立律條以約多人此清規創初
所由立也自此凡天下叢林皆有禪堂以行
清規名爲十方常住雖千萬指如一人之身
頭目手足之相須耳惟曹溪禪堂自六祖之
後今千年矣久而遂廢凡本寺僧徒分煙散
火居止不一而清規不行即十方衲子禮祖
而至者茫然無歸雖有祖庭之設無復清修
之業甚至不異編氓豈禪源根本之地焉老
人蒙恩度嶺承當道護法盛心不忍祖庭之
零落命寺僧延予以整理之予至則苦心一
志以中興祖道爲心除修殿宇乃清寶林舊
址僧房塡塞遂捐資別買空地移僧房七所
闢成一區復立內禪堂一座以安常住僧衆
立外堂一座接納十方往來除常住香燈外
別捐已資贖紫筍莊田山園地土以爲供贍
名爲十方常住安居既就四事既周恐居是
堂者不能律身進道及堂中主者不諳古德

清規事有差舛言行乖違有壞法門不唯有辜創立之心實負龍天護法之意凡日用事宜略設條例如左賓主各宜遵守以圖永久光揚祖道庶使法門不墜道業可成老人仰續六祖如綫之脈亦稍攄其本願矣凡我弟子務宜守之愼勿輕忽

一佛說常住有二種一常住常住即今之寺立住持以主之稱曰長老爲一寺領袖一十方常住即今之禪堂立堂主以主之爲十方領袖故居是堂者無論內外皆稱十方以發心修行志超方外非世俗比也其清規禮法如住持例但住持與衆僧有上下之分若主禪堂法食均等者則有師資之分稱曰堂頭如今之少林若但掌禪堂事務稱曰堂主與衆有賓主之分即今之諸方凡在堂之僧日用助道四事因緣皆實賴之叢林一切大小事務皆仗荷之衆皆拱手而已非細事也是須遞相恭敬內外和合以道爲懷勿妄生議論以求過端所處禮法清規自有定例務安分守成勿妄增減

一禪堂之設不輕堂主之任甚重以十方眼目指屬一人直須言行端潔以副衆望故居是任者務秉慈悲心廣大心軟和心忍辱心謙下心以菩薩修行心如橋梁如大地方堪荷負衆生乃稱妙行故凡日用飲食與衆同甘苦不得私自偏衆滴水莖菜以衆爲心不得專任已意以取譏謗衆僧有過當白堂中板首宛言方便處之不得遽出暴言麤語任情呵責不得苛刻佃民以招怨謗凡一應執事務要斟酌賢否不得妄用匪人常住錢穀

當撙節浮費不得過用若係當用宜與板首預先商確可否查書記簿明開支銷不得專任己意

一堂中歲計即常住租課每年不足三分之一所欠甚多並無實法但憑大衆修行以感龍天外護俱在堂主一肩募化萬一不足大衆只宜同甘淡薄不得過求豐美妄貸債負以累常住

一作務行人苦心勞力終歲辛勤冬夏二季必須量給單布以助道心但常住歲計不足實難定規是在堂主多方設處否則不能以安行人其堂中在單僧衆理宜均等但力所不及勢難措辦貸則返累常住難以持久若就八月會中緣難一定抑恐預有借辦當即塡還今照所有施利先除還所負餘則斟酌多寡量散堂中以助道緣難爲定例若更有餘者存貯以實常住不致空虛庶可持久儻有施主專意布施隨所發心不屬常例

一堂中歲計全在八月會中施主齊集所有齋僧布施米則入庫其有銀兩當立櫃一具簿一扇書記請公正一人同掌其有折米銀兩即當據實眼同登簿不得移作本色乾沒其辦齋銀兩亦登入簿儲積日逐當衆支用書記別登支銷簿以備稽查堂主不得私自出入其有念經拜懺銀兩亦登入簿以待會罷通融散衆堂中不得執爲己有以在道場内外一力故不得專若外有送茶果之資係堂主者堂主自收入已有送堂中者及榜疏佛事等項是在堂中專執施主專心則聽公取如越例而爭者準清規例據其所爭照數

倍罰辦齋一供如不遵者不共住

一堂中坐單僧衆俱係作養本寺僧徒離居不遠切近親朋但恐熟處難忘不得時常託故回房縱意妄爲飲酒博奕遊蕩嬉戲或酣醉到堂觸穢神明輕欺禮法犯者堂主白板首重者不共住輕者當衆罰跪香一炷懺悔改過若不遵者亦不共住

一在堂僧衆皆老人作養以光祖道唯以修行爲心各宜謹守戒法調練三業制伏過非勿使造業不得聚首妄生議論蠱惑正人以啓事端或勾引匪人破壞常住盜取什物違者與犯者同坐

一堂中一切事務及歲計周支俱在堂主一力擔荷以一人而肩衆事誠難一一恰好儻有差失大衆亦當體亮念其勞苦不得求全責備妄指過端以生別議若果有過差當會同板首就方丈中茶話欵叙諫正不得遽發麤言以傷道體

一凡十方遠到衲子俱在外堂旦過寮安歇必須入堂問訊板首即當領衆回禮叙謝知賔欵茶不得坐慢取罪十方若是知識法師及高賢衲子即白堂主當延入内堂寢室安居或經冬夏務盡心恭敬供養大衆朝夕咨請法要不得輕慢以增罪過若在旦過寮借歇三五日者其齋食皆出内庫堂主務要時常經心檢點勿使缺乏當立寮主以司接納若内堂遇有辦齋次堂亦當普請

一禪堂事務至簡租課只就板首催取或堂主親徵故執事不必多立但知客一人必不可少以應答往來賓客接待十方衲子此職

務在得人如缺其人即以堂中直日僧代管客至必須欵留待茶若施主專至者必白堂主禮待勿退信心若十方衲子亦須辯白賢愚勿輕去留

一叢林公務有事不分内外一例普請此天下古今之通規也今本山道糧則施主親齎莊租則佃民自送打柴則行人入山此外無多勞役雖有溪邊運柴園中料理蔬菜而已如遇普請堂中止留直日一人看堂其餘齊赴不得躲避違者罰跪香一炷

一天下禪林無論内外法屬同體而在堂者賴行人以助道業行人施力用以資修行其實勞者居多非道心堅固者不能久甘苦行大段非世俗役使者比也凡係常住公務而禪堂板首領衆指點作爲一一皆聽不許抗違若各人私事非係熟情不得私自驅用即有務下行人叢雜或致喧爭及過費食物或偏衆飲食犯種種過者先有典座聽其約束如不和合聽堂主處分照清規例去留任理堂中儻見有過者亦當白堂主治之不許徑自麤言辱詈以致諍論以行人可否皆堂主通達其情非一偏可據故其莊民非公事不得擅用

一安務下行人專在堂主撿點安留堂中不得私情强留親友恐有不法破壞常住以累舉者事發有犯連坐

一在堂皆係作養本寺僧徒今見叢林有緒規模可觀或有本寺後進之徒素無德行不服受業師長教訓希圖安閒快意假以入堂爲名者决不許入或已入堂不守清規戒律

任情狂爲不隨衆禮誦專一養嬾或不時在外仍行飲酒茹葷全無慚愧只託虛名不務實行攪羣亂衆者堂中板首悅衆請堂主同白住持頭首即遣出堂不許久留以傷衆德如不遵者住持當以法治慎勿狥情養成後害

一天下叢林自有百丈清規永爲成法但本山禪堂名雖十方非諸方比也以老人入山之初切念祖道衰微僧失本業老人志在中興以人材爲本故始捐束修以教習沙彌及披剃則建禪堂以教修行捐衣資以置供贍種種苦心作養無非上爲六祖以續道脈下接十方以光叢林今奈老人薄德不能以滿本願中道棄置而去則立十方堂主以代老人之勞但一應所用欠缺尚多堂主縱體老人之心願亦無老人之道力恐有缺漏不能周至本寺頭首執事耆舊大衆各宜體亮當念祖庭無禪堂不足稱道場無堂主不能接十方保多衆若屬本寺未免狥俗則不久而廢是故本山與堂主有賓主之義各當以道爲懷賓主各盡其禮不得任情苛責以傷和合則有壞叢林以負老人建立之意獲罪六祖取譴龍天是當謹戒

右上條件甚多不能備悉即此所列事宜雖非古規乃切救時弊就此寶林道場苟能一一遵而行之則祖道之興在此舉矣幸勿視爲尋常輕而忽之有負建立之心也凡在堂者各宜勉之

萬曆四十一年十一月十二日中興曹溪寶林禪堂憨山老人德清書於十方常住

憨大師曹溪中興録序

歳庚子余備兵南韶念曹溪末法之漓而佛界之幾爲塵闤也悉逐諸屠酤亡賴及所畜雞豚鴈鶩之屬戒僧徒永斷酒肉即客至啜茗或飯蔬食庶幾稱清淨道場以無爲肉身菩薩恩造累劫阿鼻惡業諸僧徒始而凛凛既乃讚歎踴躍若出湯火而沃以清泠語具余粤遊草中是時憨山大師方演法五羊遠近緇素仰若龍象余將以入賀萬壽行慮諸僧徒業習難洗末法且終就漓敦請大師來主是山余從五羊面叩之謂寶林一片地千古一大事因緣非師孰與肩任師唯唯送余及靈洲而别迄今辛酉余復以籌海之命入粤過寶林荏苒二十餘年真屈伸臂頃而師之去寶林且八年所矣睹所更建條布犂然肅穆僧徒皆循循披緇諷唄視昔犢鼻荷鍤酣飽目不識之無字已恍若奪胎蛻骨在三生前者其跂慕師而冀旦夕復來不啻赤子之慕慈母因索余數行走匡廬强要師無何余蒙聖恩召還陪都歸舟薄清溪未及曹溪者三舍寺僧以師尺一并所纂曹溪實録來發函而首以夢幻泡影語相質葢深有感於塵世去來離合之無常也及繙閲實録則種種皆有爲法夫既云入妄想中種種皆幻則寶林曹溪亦幻即梵宇遺蛻衣盋等當無不幻焉用此科條森列米鹽纖細以煩僧徒且實録中不以常住法爲僧徒律令乎一切有爲皆常住法而所云夢幻泡影則不住法也夫有常住而後可以不住有不住而後可以常住常不住有常住常不住而後可以無住

無不住惟常住而諸夢幻空不礙有惟常不住而後諸法有不礙空諸僧徒由不敢侮法入不泥法斯於我師所纂實錄所譚夢幻與所感去來離合空有相攝而不相礙是即佛祖本來之旨亦古德無盡之旨余且與師向夢幻泡影中權住幾劫更作商量師其亟爲一轉語報余

天啓壬戌孟秋南京光祿寺少卿西浙祝以豳撰

憨山大師夢遊全集卷第五十二

音釋

殆（蕩海切）　鬻（章與切）　辜（古乎切）　憩（音契息也）　蜎（烏員切蟲行貌）

攄（抽居切舒也）　撙（祖本切抑也曲禮恭敬撙節）　慁（胡困切）

憨山大師夢遊全集卷第五十三

侍者福善日録　門人通炯編輯

憨山老人自序年譜實録上

世宗肅皇帝嘉靖二十五年丙午

予姓蔡氏父彦高母洪氏生平愛奉觀音大士初夢大士攜童子入門母接而抱之遂有娠及誕白衣重胞是年十月已亥十二日丙申巳丑時生也

二十六年丁未

予周歲風疾作幾死母禱大士遂許捨出家寄名於邑之長壽寺遂易乳名和尚

二十七年戊申

予三歲常獨坐不喜與兒戲祖父常謂曰此兒如木樁

二十八年己酉

二十九年庚戌

三十年辛亥

三十一年壬子

予年七歲叔父鍾愛之父母送予入社學一日叔父死停於牀予歸母紿之曰汝叔睡可呼起乃呼數聲嬸母感痛乃哭曰天耶那裏去也予愕然疑之問母曰叔身在此又往何處耶母曰汝叔死矣予曰死向甚麼處去遂切疑之未幾次嬸母舉一子母往視予隨之見嬰兒如許大乃問母曰此兒從何得入嬸母腹中耶母拍一掌云癡子你從何入你娘腹中耶又切疑之由是死去生來之疑不能解於懷矣

三十二年癸丑

予八歲讀書寄食於隔河之親家母誡不

許回但經月歸一次一日回戀母不肯去母怒鞭之趕於河邊不肯登舟母怒提頂髻拋於河中不顧而回於時祖母見之急呼救起送至家母曰此不才兒不淹殺留之何爲又打逐略無留念予是時私謂母心狠自是不思家母常隔河流淚祖母罵之母曰固當絕其愛乃能讀書耳

三十三年甲寅

予九歲讀書於寺中聞僧念觀音經能救世間苦心大喜因問僧求其本潛讀之即能誦母奉觀音大士每燒香禮拜予必隨之一日謂母曰觀音菩薩有經一卷母曰不知也予即爲母誦一過母大喜曰汝何從得此耶誦經聲亦似老和尚

三十四年乙卯

予十歲母督課甚嚴苦之因問母曰讀書何爲母曰做官予曰做何等官母曰從小做起有能可至宰相予曰做了宰相卻何如母曰罷予曰可惜一生辛苦到頭罷了做他何用我想只該做箇不罷的母曰似你不才子只可做箇挂搭僧耳予曰何爲挂搭僧有甚好處母曰僧是佛弟子行徧天下自由自在隨處有供予曰做這箇恰好母曰只恐汝無此福耳予曰何以要福母曰世上做狀元常有出家做佛祖豈常有耶予曰我有此福恐母不能捨耳母曰汝若有此福我即能捨私識之

三十五年丙辰

予十一歲偶見行脚僧數人肩擔瓢笠而來予問母此何人耶母曰挂搭僧也予私

喜視之僧至放擔倚樹乃問訊化齋母曰請坐急烹茶具齋飯甚恭敬食罷衆僧起即荷擔隻手一舉母急避之曰勿謝僧徑去予曰僧何無禮飯齋不謝母曰謝則無福矣予私曰是僧之所以高也切念之遂發出家之志苦無方便路耳

三十六年丁巳

予年十二讀書通文義鄉族咸愛重之居常不樂俗父爲定親立止之一日聞京僧言報恩西林大和尚有大德予心即欲往從之白父父不聽白母母曰養子從其志第聽其成就耳乃送之是歲十月至寺太師翁一見喜曰此兒骨氣不凡若爲一俗僧可惜也我第延師教讀書看其成就何如時無極大師初開講於寺之三藏殿祖翁攜往謁適趙大洲在一見喜曰此兒當爲人天師也乃撫之問曰汝愛做官要作佛予應聲曰要作佛趙公曰此兒不可輕視當善教之及聽講雖不知言何事然心憤憤若有知而不能達者時雪浪恩兄長予一歲先一年依大師出家見予相視而嘻時人以爲同胞云江南開講佛法自無極大師始少年入佛法者自雪浪始

三十七年戊午

予十三歲初太師祖擇諸孫有學行者俊公爲予師先授法華經四月成誦

三十八年己未

予年十四流通諸經皆能誦太師翁曰此兒可教不可誤之也遂延師能文者教之

三十九年庚申

予年十五太師翁乃請先生教習舉子業初即試其可教乃令四書一齊讀是年多病

四十年辛酉

予年十六是歲四書完背之首尾不遺一字

四十一年壬戌

予年十七是歲講四書讀易并時藝及古文辭詩賦即能詩述文一時童子推無過者

四十二年癸亥

予年十八時督學使者專講道學以童生爲謌童動隨數十逐隊而謌亦有因之而倖進者予大恥之遂欲棄所業是歲以病辭不入館

四十三年甲子

予年十九同會諸友皆取捷有勸予往試者時雲谷大師正法眼也住栖霞山中太師翁久供養往來必欵留旬月予執侍甚勤適雲大師出山聞有勸予之言恐有去意大師力開示出世叅禪悟明心地之妙歷數傳燈諸祖及高僧傳命予取看予檢書笥得中峰廣錄讀之未終軸乃大快歎曰此予心之所悅也遂決志做出世事即請祖翁披剃盡焚棄所習專意叅究一事未得其要乃專心念佛日夜不斷未幾一夕夢中見阿彌陀佛現身立於空中當日落處睹其面目光相了了分明予接足禮哀戀無已復願見觀音勢至二菩薩即現半身自此時時三聖炳然在目自信修行

可辨也是年冬本寺禪堂建道場請無極大師講華嚴玄談予即從受具戒隨聽講至十玄門海印森羅常住處恍然了悟法界圓融無盡之旨切慕清涼之爲人因自命其字曰澄印請正大師曰汝志入此法門耶因見清涼山有冬積堅冰夏仍飛雪曾無炎暑故號清涼之語自此行住冰雪之境居然在目矣志願住其中凡事無一可心者離世之念無刻忘之矣

四十四年乙丑

予年二十是歲正月十六日太師翁入寂師翁於前年除日畢集諸眷屬曰吾年八十有三旦暮行矣我度弟子八十餘人無一持我業者乃撫予背曰此子我望其成人今不能矣是雖年幼有老成之見我死後房門大小事皆取決之勿以小而易之也衆唏嘘受命新歲七日師翁具衣徧巡寮各辭別衆咸訝之又三日即屬後事示微疾舉藥不肯進乃曰吾行矣藥奚爲乃集衆念佛五晝夜手提念珠予擁於懷端然而逝以師翁生平持金剛經臨終亦不輟也太師翁爲報恩官住三十年居方丈及入滅至三月十八日而方丈火衆皆歎異是年冬十月雲谷大師建禪期於天界集海內名德五十三人開坐禪法門大師極力挽予往從少師翁聽之乃得預會初不知用心之訣甚苦之乃拈香請益大師開示審實念佛公案從此參究一念不移三月之內如在夢中了不見有大衆亦不知有日用事一衆皆以予爲有志初不數

日以用心太急忽發背疽紅腫甚巨大師甚難之予搭袈裟哀切懇禱於韋馱前曰此必寃業索命債耳願誦華嚴經十部告假三月以完禪期後當償之至後夜倦極上禪牀則熟睡開靜亦不知及起則忘之矣天明大師問恙何如予曰無恙也及視之已平復矣一衆驚歎是故得完一期及出亦如未離禪座時即行市中如不見一人時皆以爲異江南從來不知禪而開創禪道自雲谷大師始少年僧之習禪者獨予一人時寺僧服飾皆從俗多豔色予盡棄所習衣服獨覓一衲被之見者以爲怪

四十五年丙寅

予年二十一自禪期出是年二月十八日午時大雨如傾盆忽大雷自塔而下火發於塔殿不移時大殿焚至申酉時則各殿畫廊一百四十餘間悉爲煨燼時予少祖爲住持及奏聞旨下法司逮同事者十八人合寺僧恐株連各各逃避而寺執事僧無可與計事者予挺身力救躬負鹽菜送獄中以供之寺至刑部相去二十里往來不倦者三月且多方調護諸在事者竟免死時與雪浪恩公俱決興復之志且曰此大事因緣非具大福德智慧者未易也你我當拌命修行以待時可也是時即發遠遊志頃之少祖尋入滅太祖之房門無支持者先是太師翁入滅無儲畜喪事皆取貸不貲故多欠負即析居知必不能保予思太師翁遺命乃設法盡償其負貸餘者分諸弟子各執業房門竟以存是年冬

從無極大師聽法華經於天界寺因志遠遊每參方僧求可以爲侶者久之竟未得一日見後架精潔思淨頭必非常人乃訪之及見特一黃腫病僧每早起事已悉辦不知何時洒埽也予故不寐竊經行廊下偵之當衆方放叅時即已收拾畢矣又數日見不潔乃不見其人問之執事曰淨頭病於客房也予往視其狀不堪問曰師安否曰業障身病已難支饞病更難當予問何故曰每見行齋食恨不俱放下予笑曰此久病思食耳是知其人眞因料理果餅袖往視之問其號曰妙峰爲蒲州人予即相期結伴同遊後數日再視之則不見予心知其人恐以予累故潛行耳

隆慶改元丁卯

予年二十二特舉虛谷忠公爲寺住持以救傾頹比爲回祿事常住負貸將千金皆經予手衆計無所處予設法定限三年盡償之是年奉部檄本寺設義學教僧徒請予爲教師授業行童一百五十餘人予因是復視左史諸子古文辭

二年戊辰

予年二十三是年謝館事復館於高座以房門之累然也

三年己巳

予年二十四是年金山聘館居一年

四年庚午

予年二十五是年仍應金山聘

五年辛未

予年二十六予以本寺回祿決興復之志

將修行以養道待時是年遂欲遠遊始同雪浪恩兄遊廬山至南康聞山多虎亂不敢登遂乘風至吉安遊青原見寺廢僧皆蓄髮慨然有興復之志乃言於當道選年四十以下者盡剃之得四十餘人夏自青原歸料理本師業安頓得宜冬十一月即一鉢遠遊將北行時雪浪止予恐不能禁苦寒姑從吳越多佳山水可遊目耳予曰吾人習氣戀戀軟煖必至不可施之地乃易制也若吳越杭席間耳遂一鉢長往

六年壬申

予年二十七初至揚州大雪阻之且病之久之乞食於市不能入門自忖何故急自省曰以腰纒少有銀二錢可恃耳乃見雪中僧道行乞不得者即盡邀於飲店以銀投之一餐而畢明日上街入一二門乃能呼遂得食因自喜曰吾力足輕萬鍾矣銘其鉢曰輕萬鍾之具銘其衲曰輕天下之具乃爲之銘曰爾委我以形我託爾以心然一身固因之而足萬物實以之而輕方將曳長風之袖披白雲之襟其舉也若鴻鵠之翼其逸也若潛龍之鱗逍遥宇宙去住山林又奚街夫朱紫之麗唯取尚乎霜雪之所不能侵是年秋七月至京師無投足之地行乞竟日不能得日暮至西太平倉茶篚僅一餐投宿河漕遺教寺明日左司馬汪公伯玉知予至乃邀之以與次公仲淹爲社友故耳因得寓所旬日即謁摩訶忠法師隨往西山聽妙宗鈔有西山懷恩兄詩期罷摩訶留過冬聽法華唯識請

安法師爲説因明三支比量十一月妙峰師訪予至師長鬚髮衣褐衣先報云有鹽客相訪及入門師即問還認得麽予熟視之見師兩目忽記爲昔天界病淨頭也乃曰認得師曰改頭換面了也予曰本來面目自在相與一笑不暇言其他第問所寓曰龍華明日過訊夜坐乃問其狀何以如此師曰以久住山故髮長未翦適以檀越山陰殿下修一梵宇命請内藏故來耳問予狀乃曰特來尋師且以觀光輦轂一叅知識以絶他日妄想耳師曰别來無時不思念將謂無緣今幸來其願伴行乞爲前驅打狗耳竟夕之談遲明一笑而别即往叅徧融大師禮拜乞和尚指示師無語唯直視之而已叅笑巖師師問何處來予曰南方來師曰記得來時路否曰一過便休師曰子却來處分明予作禮侍立請益師開示向上數語而别

萬曆元年癸酉

予年二十八春正月往遊五臺先求清涼傳按跡遊之至北臺見有憨山因問其山何在僧指之果奇秀默取爲號詩以志之有遮莫從人去聊將此息機之句以不禁氷雪苦寒遂不能留復入京東遊行乞至盤山於千象峪石室見一僧不語予亦不問即相與拾薪汲水行乞汪司馬以書訪之曰恐公作東郊餓夫也及秋復入京以嶺南歐楨伯先數年未面寄書今爲國博急欲見予故歸耳

二年甲戌

予年二十九春遊京西山當代名士若二王二汪及南海歐楨伯一時俱集都下一日訪王長公鳳洲相見以予少年易之予傲然賓主公即諄諄教以作詩法予瞠目視之竟無一言而别公不懌乃對次公麟洲言之明日次公來訪一見即曰夜來家兄失却一隻眼予曰公具隻眼否公拱曰小子相見了也相與大笑歸謂其兄曰阿哥輸却維摩了也因以詩贈予有可知王逸少名理讓支公之句一日汪次公與予同居看左傳因謂予曰公天資特異大有文章氣槪家伯子當代文宗也何不執業以成一家之名乎予笑而唾曰留取老兄膝頭他日拜老僧受西來意也次公大不悅歸告司馬公公曰信哉予觀印公道骨他日當入大慧中峰之室是肯以區區文字爲哉弟恐浮遊爲誤耳見予與次公扇頭詩有身世蜩雙翼乾坤馬一毛之句乃示次公曰此豈文字僧耶他日特設齋請予與妙師同坐公謂予曰禪門寥落大可憂小子切念之觀公器度將來成就不小何以浪遊爲予曰貧道特爲大事因緣叅訪知識今弟遊目當代人物以了他日妄想耳非浪遊也且將行矣公曰信然予觀方今無可爲公之師者若無妙峰則無友矣予曰昔已物色於衆中曾結同叅之盟故北來相尋不意偶遇於此公曰異哉二公若果行小子願津之時妙師取藏經回司馬公因送勘合二道又爲文以送予一日公速予至問曰妙峰行矣公何不見别

子曰姑徐行公曰予知公不欲隨人脚跟轉耳殊大不然古人不羞小節而恥功名不顯於天下但願公他日做出法門一段光明事業又何以區區較去就哉予感而拜謝遂決行即往視妙師已載乘矣見予至問曰師行乎曰行矣即登車未別一人而去秋八月渡孟津見武王觀兵處有詩弔之曰片石荒碑倚岸頭當年曾此會諸侯王綱直使同天地應共黃河不斷流過夷齊扣馬地弔曰棄國遺榮意已深空餘古廟柏森森首陽山色清如許猶是當年扣馬心遂入少林謁初祖時大千潤宗師初入院予訪之未遇出山觀洛陽古城焚經臺白馬寺即追妙師九月至河東會山陰至遂留結冬時太守陳公延妙師及予意甚勤爲刻肇論中吳集解予校閱向於不遷論旋嵐偃岳之旨不明切懷疑久矣今及之猶罔然至梵志自幼出家白首而歸鄰人見之曰昔人猶在耶志曰吾似昔人非昔人也恍然了悟曰信乎諸法本無去來也即下禪牀禮佛則無起動相揭簾立階前忽風吹庭樹飛葉滿空則了無動相曰此旋嵐偃岳而長靜也至後出遺則了無流相曰此江河競注而不流也於是去來生死之疑從此氷釋乃有偈曰死生晝夜水流花謝今日乃知鼻孔向下明日妙師相見喜曰師何所得耶予曰夜來見河邊兩箇鐵牛相鬭入水去也至今絕消息師笑曰且喜有住山本錢矣未幾山陰請牛山法光禪師至予久慕之相見喜得

坐叅也與語機相契請益開示以離心意識叅出凡聖路學深得其旨每見師談論出聲如天鼓音是時予知悟明心地者出詞吐氣果别也深服膺其人一日袋中搜得予詩讀之歎曰此等佳句何自而得耶復笑曰佳則佳矣那一竅欠通在予曰和尚那一竅通否師曰三十年拿龍捉虎今日草中走出兎子來下一跳予曰和尚不是拿龍捉虎手師拈拄杖才要打予即把住以手捋其鬚曰説是兎子恰是蝦蟇師一笑休去師一日曰公不必他往願同老伏牛是所望也予曰觀師佛法機辯不減大慧見居常似有風顛態吟哦手口無停時謂何師曰此我禪病也初發悟時偈語如流日夜不絶自是不能止遂成病耳予曰此病初發時何以治之師曰此病一發若自看不破須得大手眼人痛打一頓令其熟睡覺時則自然消滅矣我初恨其無毒手耳歲暮師知予新正即往五臺乃以詩送之有雲中獅子騎來看洞裏潛龍放去休之句問曰公知否予曰不知師曰要公不可捉死蛇耳予頷之向來禪道久無師匠及見光師始知有宗門作略山陰國主問予二親在乃贈二百金爲終養資予謝曰貧道初行脚自救不了又安敢累二親乎因讓致光師

三年乙亥

予年三十正月自河東同妙師上五臺過平陽師之故鄉也師以少貧值歲饑父母死葬無殮具至是山陰與一二當道助之

子爲卜高敞地爲合葬作墓誌師俗姓續
居平陽東郭蓋春秋續鞠居之後也太守
胡公號順菴東萊人聞予至寓城外欲一
見不可得及予行公送郵符予曰道人行
脚有草屨耳焉用此公益重及予行公後
追之至靈石乃見同至會城留語數日差
役送至臺山於二月望日寓塔院寺大方
主人爲卜居北臺之龍門最幽峻處也以
三月三日於雪堆中撥出老屋數椽以居
之時見萬山氷雪儼然夙慕之境身心洒
然如入極樂國未幾妙峰往遊夜臺予獨
住此單提一念人來不語目之而已久之
視人如杌乃至一字不識之地初以大風
時作萬竅怒號氷消澗水衝激奔騰如雷
靜中聞有聲如千軍萬馬出兵之狀甚以

爲喧擾因問妙師師曰境自心生非從外
來聞古人云三十年聞水聲不轉意根當
證觀音圓通溪上有獨木橋予日日坐立
其上初則水聲宛然久之動念即聞不動
即不聞一日坐橋上忽然忘身則音聲寂
然自此衆響皆寂不復爲擾矣予日食麥
麨和野菜以合米爲飲湯送之初人送米
三斗半載尚有餘一日粥罷經行忽立定
不見身心唯一大光明藏圓滿湛寂如大
圓鏡山河大地影現其中及覺則朗然自
覓身心了不可得即說偈曰瞥然一念狂
心歇内外根塵俱洞徹翻身觸破太虚空
萬象森羅從起滅自此内外湛然無復音
聲色相爲障礙從前疑會當下頓消及視
釜已生塵矣以獨一無侶故不知久近耳

是年夏雪浪兄北來看予至臺山不禁其淒楚信宿而別冬結一板屋以居

四年丙子

予年三十一春三月蓮池大師遊五臺過訪留數日夜對談心甚契是年予發悟後無人請益乃展楞嚴印證初未聞講此經全不解義故今但以現量照之少起心識即不容思量如是者八閱月則全經旨趣了然無疑秋七月平陽太守胡公轉鴈平兵備入山相訪靜室中唯餐燕麥䬪饠野菜虀耳時下方正酷熱駭從到澗中敲氷嚼之公見曰別是一世界也吾到此世念如此氷耳是年冬十月塔院主人大方被誣訟本道擬配遞還俗叢林幾廢廬山徹空禪師來與予同居適見其事大苦之予曰無傷也遂躬謁胡公冐大雪往及見胡公欣然曰正思山中大雪難禁已作書遣迎師適來誠所感也然竟解釋主人道場以全固留過冬朝夕問道爲說緒言開府高公移鎮代郡聞予在署中乃謂胡公云家有園亭多題詠欲求高人一詩胡公諾之對予言予曰我胸中無一字焉能爲詩乎力拒之胡公乃取古今詩集置几上發予詩思予偶揭之方構思忽機一動則詩句迅速不可遏捺胡公出堂回則已落筆二三十首矣予忽覺之曰此文字習氣魔也即止之取一首以塞白然機不可止不覺從前所習詩書辭賦凡曾入目者一時現前逼塞虛空即通身是口亦不能盡吐更不知何爲我之身心也默之自視將欲

飛舉之狀無柰之何明見胡公送髙公去予獨坐思之曰此正法光禪師所謂禪病也今在此中誰能爲我治之者無已獨有熟睡可消遂閉門强卧初甚不能久之坐忽如睡童子敲門不開椎之不應胡公歸亟問之乃令破窻入見予擁衲端坐呼之不應撼之不動先是書室中設佛供案有擊子胡公拈之問曰此物何用予曰西域僧入定不能覺以此鳴之即覺矣公忽憶之曰師入定耶疾取擊子耳邊鳴數十聲予始微微醒覺開眼視之則不知身在何處也公曰我行師即閉門坐今五日矣予曰不知也第一息耳言畢默坐諦觀竟不知此是何所亦不知從何入來及回觀山中及一往行脚一一皆夢中事耳求之而不得則向之偏空擾擾者如雨散雲收長空若洗皆寂然了無影像矣心空境寂其樂無喻乃曰靜極光通達寂照含虛空却來觀世間猶如夢中事佛語眞不吾欺也歲暮擬新正還山乃爲胡公言臺山林木苦被姦商砍伐菩薩道場將童童不毛矣公爲具疏題請大禁之自後國家修建諸刹皆仗所禁之林木否則無所取材矣

五年丁丑

予三十二歲春自鴈門歸因思父母罔極之恩且念於法多障因見南岳思大師發願文遂發心刺血泥金寫大方廣佛華嚴經一部上結般若勝緣下酬罔極之恩以是年春創意先是慈聖聖母以保國選僧誦經予僭列名至是上聞書經即賜金紙

以助明年四月書經起徹空師遊匡山有

詩十首送之

六年戊寅

予年三十三刻意書經無論點畫大小每落一筆念佛一聲遊山僧俗至者必令行者通說予雖手不輟書然不失應對凡問訊者必與談數語其高人故舊必延坐禪牀對談不失亦不妨書對本臨之亦不錯落每日如常畧無一毫動靜之相鄰近諸老宿竊以爲異率數衆來驗故意攪擾及書罷讀之良信因問妙師曰卽師何能如此耶妙師曰吾友入此三昧純熟耳予自住山至書經屢有嘉夢初一夕宿入金剛窟石門榜大般若寺及入則見廣大如空殿宇樓閣莊嚴無比正殿中唯大牀座見清涼大師倚卧牀上妙師侍立於左予急趨入禮拜立右聞大師開示初入法界圓融觀境謂佛刹互入主伴交參往來不動之相隨說其境卽現睹於目前自知身心交叅涉入示畢妙師問曰此何境界大師笑曰無境界境界及覺後自見心境融徹無復疑礙又一夕夢自身履空上昇高高無極落下則見十方迥無所有唯地平如鏡琉璃瑩徹遠望唯一廣大樓閣閣量如空閣中盡世間所有人物事業乃至最小市井鄙事皆包其中往來無外閣中設一高座紫赤䘺色予心爲金剛寶座其閣莊嚴妙嚴不可思議予歡喜欲近心中思惟如何清淨界中有此雜穢耶纔作此念其閣卽遠尋復自思曰淨穢自我心生耳其

閣即近頃之見座前侍列衆僧身最高大端嚴無比忽有一少年比丘從座後出捧經一卷而下授予曰和尚即説此經特命授汝予接之展視乃金書梵字不識也遂懷之因問和尚爲誰曰彌勒子喜隨比丘而上至閣陛瞑目斂念而立忽聞磬聲開目視之則見彌勒已登座矣予即瞻禮仰視其面晃耀紫金色世無可比者禮畢自念今者特爲我説則我爲當機遂長跪取卷展之聞其説曰分别是識無分别是智依識染依智淨染有生死淨無諸佛至此則身心忽然如夢但聞空中音聲歷歷開明心地不存一字及覺恍然言猶在耳也自此識智之分了然心目矣且知所至乃兜率天彌勒樓高耳又一夕夢僧來報云

北臺頂文殊菩薩設浴請赴隨至則入一廣大殿堂香氣充滿侍者皆梵僧即引至浴室解衣入浴見有一人先在池中視之爲女子也予心惡不欲入其池中人故洗其形則知爲男也乃入共浴其人以手膐水澆予從頭而下灌入五内如洗肉桶五臟一一蕩滌無遺止存一皮如琉璃籠洞然透徹時則池中人呼茶見一梵僧擎髑髏半邊如剖瓜狀視之腦髓淋漓心甚厭之其僧乃以手指𢬵取示予曰此不淨耶即入口啖之如是隨取隨啖其甘如飴腦已食盡唯存血水其池中人曰可與之僧乃授予予接而飲之其味如甘露也飲而下透身毛孔一横流飲畢梵僧搓背大拍一掌予即覺時則通身汗流如水五内洞

然自此身心如洗輕快無喻矣如是者吉兆居多總之皆與諸聖酬酢常聞佛言常有是好夢

七年己卯

予年三十四是年秋京都建大慈壽寺完初聖母爲薦先帝保聖躬欲於五臺修塔院寺舍利寶塔諭執政以爲臺山去京窵遠遂卜附京吉地建大慈壽寺是年工完覆奏聖母以爲未滿臺山之願諭皇上仍遣内官帶夫匠三千人來山修造是時朝廷初作佛事内官初遣於外恐不能卒業有傷法門予力調護始終無恙

八年庚辰

予年三十五是年特旨天下清丈田糧寸土不遺臺山從來未入版額該縣姦人蒙蔽欲飛額糧五百石於臺山屢行文查報地土合山叢林靜室無一人可安者自此臺山爲狐窟矣諸山者舊集白予予安之曰諸師第無憂緩圖之予於是究轉設法具白當道竟免清丈未加升合臺山道場遂以全

九年辛巳

予年三十六是年建無遮會初妙師亦刺血書華嚴經與予同願欲建一圓滿道場名無遮會妙師募化錢糧畢集京中請大德僧五百衆其道場事宜俱備適皇上有旨祈皇嗣遣官於武當聖母遣官於五臺即於本寺予以爲沙門所作一切佛事無非爲國祝釐陰翊皇度今祈皇儲乃爲國之本也莫大於此者願將所營道場事宜

一切盡歸併於求儲一事不可爲區區一已之名也妙師意不解上遣内使亦不解事但以阿附爲心予大不然乃力爭忤之竟從予議頃之江南妖人作難忌者即欲借此中傷以破道場然以爲國求儲之題目竟保全始終無虞是年修塔成予即以金書華嚴經安置塔藏有願文一卷予自募造華藏世界轉輪藏成爲建道場於内應用供具器物齋糧果品一切所需妙師在京若罔知皆予一力經營九十晝夜目不交睫及十月臨期妙師率所請五百餘僧一日畢集内外千人其安居供具茶飯齋食條然不失不亂亦不知所從出觀者莫不駭然初開啓水陸佛事七晝夜予七日之内粒米不嵾但飲水而已然應事不缺供諸佛菩薩每日換供五百桌次第不失不知所從來觀者以爲神運予亦自知佛力加被也

十年壬午

予三十七歲是春三月講華嚴玄談百日之内常住上牌一千衆十方雲集僧俗每日不下萬衆一食如坐一堂不雜不亂不聞傳呼剥啄之聲皆予一人指揮餘無措目者智者不知所以然也生平精力盡竭於此三月會罷盡庫内所餘一應錢糧約可萬計盡行封付本寺主者以爲常住予與妙師一鉢飄然長往矣妙師往蘆芽子以疾往眞定障石巖調養作詩一首有削壁摩天應隘日斷崖無路只飛梯之句是年八月皇子生予復之京西中峰寺作重

刻中峰廣録序結冬水齋於石室

十一年癸未

予年三十八春正月水齋畢然以臺山虛聲謂大名之下難以久居遂蹈東海之上始易號憨山時則不復知有澄印矣始予為本寺回禄志在興復故修行以約緣然居臺山八年頗有機會恐遠失時故隱居東海此本心也夏四月八日至牢山初妙師別時以予不能獨行乃命法屬德宗為侍者予初因閱華嚴疏菩薩住處品云東海有處名那羅延窟從昔以來諸菩薩衆於中止住清涼疏云梵語那羅延此云堅牢即東海之牢山也禹貢青州登萊之境今有窟存焉予因慕之遂特訪至牢山果得其處蓋不可居乃探山南之最深處背負衆山面吞大海極為奇絶信非人間世也地名觀音菴蓋古刹也唯廢基存焉考之乃元初七眞出於東方假世祖威福多占佛寺改為道院及世祖西征回僧奏聞多命恢復唯牢山僻居海上故未及之耳予喜其地幽僻眞逃人絶世之所志願居之初掩片蓆於樹下七閱月後得土人張大心居士為誅茅結廬以居入山期年人無往來心甚樂也時即墨靈山寺有桂峰法師一方眼目也喜得相與

十二年甲申

予年三十九秋七月聖母以五臺祈嗣之勞訪求主事三人乃大方妙峰與予也二師已至受賜獨訪予不得因力求之乃命舊主人龍華寺住持瑞菴覲訪之公知予

在海上乃杖策而至具宣慈旨其懇謝曰
倘蒙聖恩容老山海受賜多矣又何求其
他公覆報聖意不已尋卜地建侍於西山
隨遣内使至期以必往予竟謝不就中使
回報以居山堅卧之志聖意憐之問無房
舍即發三千金仍遣前使送至以修菴居
及至予力止之曰我茅屋數椽有餘樂矣
何用多爲使者强之不敢覆命予曰古人
有矯詔濟饑之事今山東歲凶何不廣聖
慈於饑民乎乃令僧領來使徧散各府之
僧道孤老獄囚各取所司印册繳報聖情
大悅感歎不已及後予罹難下鎮撫鞫予
數用内帑金予對以請查内庫支籍上查
止此濟饑一事餘無一毫上意竟解

十三年乙酉

予年四十東人從來不知僧予居山中則
黄氏族最大諸子漸漸親近方今所云外
道羅清者乃山下之城陽人外道生長地
故其教徧行東方絶不知有三寶予居此
漸漸攝化久之凡爲彼師長者率衆來歸
自此始知有佛法乃予開創之始也

十四年丙戌

予年四十一是年頒藏經先國初刻藏有
此方撰述諸經未入藏者今上聖母命補
入之刻完皇上敕頒十五藏散施天下名
山首以四部施四邊境東海牢山南海普
陀西蜀峨嵋北邊蘆芽時聖母以臺山因
緣且數召予不至賜亦不受乃以藏經一
部首送東海初未知也及至空山無可安
頓撫按行所在有司供奉予見有敕命乃

詣京謝恩比蒙聖慈命合眷各出布施修寺安供請命名曰海印寺予在京聞達觀禪師訪予於海上即趨歸兼程追之値師出山尋即同回盤桓兩旬贈予詩有閒來居海上名誤落山東之句是年冬十一月予自辛巳以來率多勞動未得寧止故多疲倦至今禪室初就始得安居身心放下其樂無喻一夕靜坐夜起見海湛空澄雪月交光忽然身心世界當下平沉如空華影落洞然壹大光明藏了無一物即說偈曰海湛澄空雪月光此中凡聖絕行藏金剛眼突空華落大地都歸寂滅場即歸室中取楞嚴印正開卷即見汝身汝心外及山河虛空大地咸是妙明眞心中物則全經觀境了然心目隨命筆述楞嚴懸鏡一卷燭才半枝已就時禪堂方開靜即喚維那入室爲予讀之自亦如聞夢語也

十五年丁亥

予年四十二是年修造殿宇始開堂爲衆說戒自是四方衲子日益至爲居士作心經眞說是年秋胡中丞公請告歸田乃攜其親之子送出家爲侍者命名福善

十六年戊子

予年四十三時學人讀予楞嚴懸鏡請曰此經心觀具明第未全消文字恐後學不易入願字字消歸觀心則莫大之法施也予始創意述通議已立大旨然猶未屬稿

十七年己丑

予年四十四是年閱藏爲衆講法華經起信論予自別五臺時有省親之心且恐落

世諦也姑自驗之一夕靜坐忽開眼有偈曰煙波日日浸寒空魚鳥同遊一鏡中昨夜忽沉天外月孤明應自混驪龍乃急呼侍者曰吾今可歸故鄉見二老矣先是爲報恩寺乞請大藏經一部冬十月至京請藏上即命送賫行十一月至龍江本寺寶塔放光連日及迎經之日塔光如橋向北迎經僧自光中行及安經建道場光相日日不絕瞻禮者日萬餘人以爲希有之瑞老母聞予至先遣人候問何日到家予曰我爲朝廷事非爲家也若老母能相見歡喜如未別時止可信宿否則我不歸矣老母聞之曰再生相見歡喜不了那更有悲一面即可況兩宿耶及予歸老母相見欣然絕倒予大以爲異及夜坐族中長者問從船來陸來老母應聲曰何問從船來陸來問者曰從何處來老母曰從空中來予驚曰怪得當時老婆子能捨我也因問老母曰別後想我否母曰安得不想予曰母何以自遣母曰始而不知既知爾在五臺因問師家五臺在何處曰在北斗之下即令郎住處也我自此夜禮北斗稱菩薩名則不復想矣今謂你死則不拜亦絕想矣今見爾乃化身來也予明日祭祖塋爲二親卜得葬穴時老父已八十予戲曰今日活埋老子省他日又來也予把钁斫地老母奪之曰老婆婆自埋又何煩人連斫數十下三日告別老母歡然如故未嘗蹙眉予始知老母非尋常也即墨有黃生納善字子光者乃今大司公之弟也初予至海

上時年十九歲即歸依請益授以楞嚴二月成誦從此齋素雖父母責之不異其心切志參究脇不至席時予南歸光私念曰吾生邊地長刧不聞三寶名今幸遇大善知識爲不請友倘不回吾輩失依怙矣乃對觀音大士破臂然燈供養求大士保予早歸自後火瘡發痛日夜危坐持觀音大士名號三月乃愈愈時見瘡痕結一大士像眉目身衣宛然如畫即其母妻亦未知也恒求出家予絕不聽乃曰弟子打箇筋斗來師又何能止我乎是知蔑戾車地未嘗斷佛種也初予以重修本寺志居臺山事已有機但以動至數十萬計未易言故待時於海上至是機將熟乃借送大藏因緣回南都具得本寺始末回覆命具奏聖母且云工大費鉅難輕舉願乞聖母日減膳羞百兩積之三年事可舉十年工可成聖情大悅即命於是年十二月儲積始

十八年庚寅

予年四十五是年殿宇成春爲聖母代書法華經時有鄉宦欲謀道場者乃搆方外黃冠假稱占彼道院聚集多人訟於撫院開府李公先具悉其事痛恨之下送萊州府窮治其狀予親聽理力捄之無賴數百衆作閧於府城有匡人之圍時有隨侍二人予斥之他往乃獨徐行其中爲首一人持銅牌有利刃出其鞘鼓舞予前欲殺予予笑視之曰爾殺人何以自處其人氣索即收牌刀圍行城外二里許將分路狂衆疑彼爲首者有利於予即欲毆之予默計

彼衆一鼓則其人危矣奈何乃躊躇將别即拉狂首者同至寓處閉門解衣磅礴談笑自若取瓜果共噉之時滿市喧云方士殺僧矣太守聞之即遣多役並捕之彼衆惶懼皆叩首求解免予曰勿懼亦勿辯第聽予言何如耳及至太守問曰狂徒殺僧耶予曰未也來捕時僧方與彼爲首者同食瓜果耳守曰何以作閧予曰市喧耳太守欲枷彼予曰將欲散之枷則固拘之也太守悟乃令地方盡驅之狂衆不三日盡行解散由是此事遂寧是歲作觀老莊影響論

十九年辛卯

予年四十六歲是年聖母造檀香毘盧佛像建大殿是年秋門人黄子光坐脱

二十年壬辰

予年四十七是年秋七月予至京訪達觀禪師於上方晉時有琬公慮三災壞劫無佛法乃刻石經藏石室其塔院爲僧所賣師贖之欲得予作記予適至師大喜及見即同過石經山乃爲作琬公塔院記及重藏舍利記并前所作有海印稿時與達師相對盤桓四十晝夜爲生平之奇

二十一年癸巳

予年四十八是年山東大饑死者載道山中所儲齋糧盡分賑近山之民不足又乘便舟至遼東糴豆數百石以濟之由是邊山四社之民無一饑死者

二十二年甲午

予年四十九是年春三月山東開府鄭崑

崖公入山見訪問法爲説方便語冬十月入賀聖節至京留過歲請説戒於慈壽寺時予以修本寺因緣知聖母儲已厚乃請舉事時上以倭犯朝鮮方議往討姑徐徐乃寢

憨山大師夢遊全集卷第五十三

音釋

紿蕩海切欺誑也　愕逆各切驚遽貌　趕古旱切　渰音掩　訝五駕切疑怪也　瞠抽庚切直視貌　懌音亦悅也　麩芳無切小麥屑皮也　戽荒故切抒水器　髑髏上杜谷切下盧侯切髑髏首骨也　窵音弔窅遠　塋余傾切墓也　磅礴上普郎切下弼角切

憨山大師夢遊全集卷第五十四

侍者福善日錄　門人通炯編輯

憨山老人自序年譜實錄下

二十三年乙未

予年五十春正月予從京師回海上即罹難初爲欽頒藏經遣內使四送之其人先至東海先是上惜財素惡內使以佛事請用太煩時內庭偶以他故觸聖怒將及聖毋左右大臣危之適內權貴有忌送經使者欲死之因乘之以發難遂假前方士流言令東廠番役扮道士擊登聞鼓以進上覽之大怒下逮以有送經因緣故併及之予聞報乃謂衆曰佛爲一衆生不捨三途今東海蔑戾車地素不聞三寶名今予教化十二年三歲赤子皆知念佛至若捨邪歸正者比鄉比戶也予願足矣死復何憾第以重修本寺志未酬可痛心耳乃離即墨城中士民老小傾城而出涕泣追送足見人心之感化也及至京奉旨下鎮撫司打問執事者先受風旨欲盡招追向聖母所出諸名山施資不下數十萬計苦刑拷訊予曰某愧爲僧無以報國恩今安惜一死以傷皇上之大孝乎即曲意妄招網利奉上意以損綱常殊非臣子所以愛君之心也其如青史何以死力抵之止招前衆布施七百餘金上查內支簿及前山東代賑之册籍上意遂解由是母子如初及擬上蒙聖恩矜察坐以私創寺院遣戍雷州予以是年三月下獄京城諸剎皆爲誦經禮懺保護衲子中有然香煉臂水齋持咒

以加護之者安肅鄭大司馬範溪公子在金吾素未相識特設燕會在朝縉紳請救以至涕泣訴其無妄一時人心之爲法如此在獄八閱月供饋者唯侍者福善一人冬十月發遣南行朝士大夫多褻服策蹇相送以津濟者出都日福善同衲子二三人隨行十一月至南京江上別老母作母子銘攜孤姪可久往初與達觀師於石經山因思禪門寥落謂曹溪禪源也必源頭壅閼乃志同往以濬之達師先往候於匡山予被難時師正居天池聞報大驚曰憨公已矣則曹溪之願未了也師遂先至曹溪回至聊城聞予將出遂回金陵以待予至則相別於江中旅泊庵中師意欲力爲白其枉予曰君父之命臣子之事無異也況定業乎師幸勿言臨岐把臂曰在天池聞師難即對佛許誦法華經百部以保無虞我之心師之舌也予唯唯謝別師爲作逐客說

二十四年丙申

予年五十一春正月過文江訪鄒南臯給諫廬陵大行王性海禮予江上請注楞伽二月度庾嶺至嶺頭覩惠明奪袈裟處詩弔之有翻思昔日宵行者何似今朝度嶺心因見道路崎嶇行人汗血乃屬一行者立捨茶庵於嶺頭一道者勸修路不數年爲坦途至韶陽入山禮祖飲曹溪水偈曰曹溪滴水自靈源流入滄溟浪拍天多少魚龍從變化源頭一脈尚泠然見祖庭凋弊不堪言遂淒然而去抵五羊囚服見大

將軍將軍爲釋縛欵齋食寓海珠寺大參周海門公率門生數十人過訪坐間周公舉通乎晝夜之道而知發問衆中有一稱老道長者荅云人人知覺日間應事時是如此知夜間做夢時亦是此知故曰通乎晝夜之道而知周公云大衆也都是這等說我心中未必然乃問予曰老禪師請見教予曰此語出何典公曰易之繫辭公連念幾句予曰此聖人指示人要悟不屬生死的一著周公擊節曰直是老禪師指示親切衆皆罔然再問周公曰死生者晝夜之道也通晝夜則不屬晝夜耳一座歎服先是諸護法者以書通制府大司馬陳公遣郵符津濟三月十日抵雷州著伍寓城西之古寺夏四月一日即開手注楞伽時歲大饑疫癘橫發經年不雨死傷不可言予如坐尸陁林中以法力加持晏然也時旱井水枯凋唯善侍者相從每夜半候得水一罐以充一日饑夫視之得一滴如天甘露也城之内外積骸暴露秋七月予與孝廉柯時復勸衆收拾埋掩骴骼以萬計乃作濟度道場天即大雨平地水三尺自此厲氣解八月鎮府檄還五羊寓演武場時往來作從軍詩二十首初過電白之苦藤嶺盜之門戶也乃作銘建捨茶庵豫章丁大參右武以謫廣海至素相慕遂莫逆

二十五年丁酉

予年五十二春正月時會城死傷多骸骨暴露予令人收拾埋掩亦數千計乃建普

濟道場七晝夜丁右武身為之佐先是粵人不知佛自此翕然知歸夏四月楞伽筆記成因諸士子有歸依者未入佛理故著中庸直指以發之初上下見予為罪僧甚易之軍門陳大司馬如岡法極嚴無敢私謁者予未往見即遣人候之甚勤是年九月同右武往謁及門投報止之是晚親往拜予於舟攜茶盒坐談漏三下人皆驚異後對諸當道極稱之曰僧中麟鳳也即三司亦諭往拜之自是人皆知僧為重矣

二十六年戊戌

予年五十三春正月侍御樊公友軒以建儲議謫戍雷州初訪予於五羊時予較楞伽稿公問予雷陽風景何如予拈經卷示之曰此雷陽風景也公歎異即為疏募刻

海門周公任粵臬時問道往來因攝南韶屬修曹溪志粵士子向不知佛適周公闡陽明之學乃集諸子問道於予有龍生璋者聞予議論心異之歸謂其友王生安舜馮生昌曆曰聞北來禪師說法甚奇二子偕來請益予開示以向上事諦信不疑切志參究二生素有德業相率歸依日益衆自是始知有佛法僧矣此後法化大開三生之力也每憶達師許經之願其夏始搆禪堂於壘壁間將擬大慧冠巾說法乃集遠來法侶并法性寺菩提樹下諸弟子通岸超逸通炯等數十人誦法華經為衆講之至現寶塔品恍悟佛意要指娑婆人人目前即華藏也然須三變者特為劣根漸示一班耳古人以後六品率為流通亦未

見佛意耳遂著法華擊節右武性急烈負慷慨知敬僧而不知佛法將歸予送之舟中重下鉗錘公翻然大悟乃字之曰覺非居士示之以銘又作澄心銘以警之

二十七年己亥

予年五十四春刻楞伽筆記成爲衆講一過乃印百餘部徧致海内法門知識并護法宰官且令知予處患難中未忘佛事耳粵俗固好殺遇中元皆以殺生祭先至時市積牲如積薪甚慘也予因作盂蘭盆會講孝衡鈔勸是日齋僧放生用蔬祭從者甚衆自後凡喪祭大事父母壽日或祈禳皆拜懺放生齋素未幾則放生會在在有之爲佛法轉化之一機也是年夏五月制府大司馬陳公移鎮會城初下車未拜一鄉官乃先遣候予頃之命取食器一百餘件俱最精者門下皆不知何用及設齋請予特出新器人人皆知其所重如此未幾請告歸是年秋榷使四出地方自此日多事惠州楊少宰復所公往與予有法門深契久以憂歸今秋乃訪之至之日公已卒於塋所詰朝將入山公靈已至城矣予即往視殮爲求棺槨値潮陽道觀察任公陪直指於惠陽請遊西湖登東坡白鶴峯而歸歸即欲掩關却埽矣

二十八年庚子

予年五十五時榷使初出狠戾暴横官民不堪地方震蕩加以倭警人心惶惶予即散諸弟子閉關絶跡粵人素苦闔海之白艚運米恐騰貴也時以爲亂新軍門闔人

也公子舟次海上適大將軍請告將行稅使正畜意侵之偶有白艚數隻即藉口以大將軍爲公子資行者嗾市民大鬨塡刻聚數千人投磚石打公子舟幾破圍帥府持戈相向甚急時三司府縣皆赴軍門行節禮會城無一正官卒無解救者勢變在呼吸也大將軍危之無已乃命中軍詣予闢前求解予甚不可曰無神術也中軍跪泣曰師即不念兵主豈不念地方生靈乎予聞之惕然遂破關往謁稅使者從容勸化開曉其意使者聞予言果悟乃令自行招安以散亂民予先往大言於衆曰諸君今所爲欲食賤米耳今犯大法當取死即有賤米誰食之耶衆聞之愕然頃令至帥府圍即解會城遂以寧父老感予欲尸祝之時三司正在軍門飯聞報民作亂皆投筯而起及回業巳安堵然皆知予之力也觀察任公聞之乃以書抵予曰憨師不出其如地方何憨師既出其如憨師何予亦自知此後無寧日矣是年秋南韶道祝公延予入曹溪予乘輿遂入山爲六祖奴郎新制府戴公知予安亂民深德之意欲一見諭大將軍將予往謁及見禮遇甚優留欵齋飯因辭往曹溪公遂願爲護法予是得安心焉

二十九年辛丑

予年五十六春正月予見曹溪四方流棍集於山門開張屠沽穢汚之甚積弊百餘年矣墳墓率占祖山僧産多侵之且勾合外棍挾騙寺僧無敢正視者予歎曰此心

腹之疾也苟不去則六祖道場終將化爲狐窟卒莫可救矣予縱居此何爲哉孰慮之無巳乃往白制臺戴公公曰無難也予試爲公力行之即下令本縣坐守限三日内盡行驅逐不留一人鋪居盡折不存片瓦自此曹溪山門積垢一旦如洗公因留予齋飯坐談公曰六祖腥羶予爲公洗之矣目前地方生靈塗炭大菩薩有何慈悲以救之乎予曰何爲也公曰珠船千艘率皆海上巨盜今以欽採資之以勢罷採之日不歸横行海上刼掠無巳法不能禁此其一也地方開礦採役暴横掘人之墓破人之産在在百姓受其毒害甚於刼掠由是民無安枕矣爲之奈何予曰此未易言也姑徐圖之採使者李公頗有信心是年秋至曹溪進香於六祖留山中數日聞法甚喜予因勸爲重興祖庭布金檀越慨然力荷之徐密啓之曰開採爲害於地方甚矣非聖天子意也採船急設約束期往來過限以罪礦罷開採盡撤其差役第令所司歲額助解進秋毫無擾於民可乎採使唯唯力行之由是山海地方一旦遂以寧公深感之以書謝予曰而今乃知佛祖慈悲之廣大也以此護法之心益切予因是得以安心曹溪是年秋開闢祖庭改風水道路選僧受戒立義學作養沙彌設庫司清規查租課贖僧産歸侵占一歲之間百廢具舉

三十年壬寅

予年五十七是年重修祖殿培後龍改路

徑以屠肆爲十方且過寮闢神道移僧居
拓禪堂創立規制

三十一年癸卯

予年五十八冬十一月達觀禪師在京師遭妖書之厄逮下獄訊以爲予之故因此又及之予心知不克安心以待荷聖恩寛之京院有通行是年侍者深光出家

三十二年甲辰

予年五十九春正月以達師之故通行至按院檄予還戍所遂去曹溪往雷州因憶達師云楞嚴說七趣因果世書無對解者予曰春秋乃明明因果之書也遂著春秋左氏心法

三十三年乙巳

予年六十春三月渡瓊海訪東坡桄榔庵白龍泉求覺範禪師遺跡不可得寓明昌塔院作春秋左氏心法序遊名山作瓊海探奇記金粟泉記夜望郡城索然若無人煙唯城西郭少有生氣予因謂諸士子曰瓊城將有災急禳之人以爲妄及予渡海方半月地大震城東壁連門陷城中官舍盡傾塌明昌塔倒壓予所居樓盡碎予行時士大夫苦留之予不肯止若不行則亦爲灰粉矣月夜渡海觀瓊之勝槩予以爲仙都乃十洲之一云夏四月制府檄予回五羊秋七月至曹溪去時祖殿已拆修造工未止歸則完者十之六七所負工料將千金毫無出予化兩內使者施盡償之是年修五羊長春庵爲曹溪廨院爲六祖辦供之所冬十月侍者廣益廣攝出家

三十四年丙午
予年六十一春三月度嶺至南州候丁右武謝張相國洪陽公以予在難時公居亞相知予之難始末最詳相與一時力救之予心感焉故往謝公欣然道故請予齋於江上之閲雲樓邀諸鄉友陪坐公曰人皆知憨公爲僧中一大善知識不知大有社稷陰功也衆聞之悚然問公公言其概一座動色回過文江訪鄒給諫留數日至章貢陳二師將軍留署中病期月有卧病詩十二首歸曹溪秋八月皇長孫生有恩赦凡在戍老疾及詿誤者俱聽辯明釋放予在例乃往告軍門准行勘復之雷州道勘明應赦按察司類造候題遂開

三十五年丁未
予年六十二春三月予告回籍軍門檄韶州安置曹溪予住山中時得爲諸弟子説法是年注道德經成予幼讀老子以文古意幽切究其旨有所得俗弟子請爲之注始於壬辰屬意每叅究透徹方落筆苟一字有疑而不通者決不輕放因此用功十五年攜於行間至今方完

三十六年戊申
予年六十三議修曹溪大殿春二月馮元成公任嶺西道因訪予入山宿夜夢大士現身有感詰朝殿禮佛至大士前見兩棟摧朽驚謂予曰何不修此予曰工大費多力不及耳問費幾何予應以若干公曰無難也吾試爲之歸白制府戴公公曰殆哉見孺子將入井必匍匐往救之况佛菩薩

處此危地不動心非天也乃詰所費即以予言告公曰猶未也即屬南韶道往勘估計且令請予面議予往見之公慨然欲獨爲鼎建予告曰若勞公家之費恐不便苟依法門故事請以募衆爲之公屬嶺西道爲疏十二簿三司道府各置一扇隨意施捨總會於府解歸於一無庸歸僧如此則不勞而易集公從之不期月而集將千金予躬往西粵采大木至端州制府留修寶月臺乃別委官采辦冬寶月臺成予作記材木俱積於端江之滸次第運之冬十一月初安南賊破欽州戴公請王師遠討因覈論罷

三十七年己酉

予年六十四春二月予自端江運木回阻風於羚羊峽遊端溪有夢遊端溪記木運至濛江予回寺方集衆經營衆中一二不肖者遂作孽抵牾因鼓衆爲亂如叛民予見而歎曰此予重違佛教乃著相之過也衆方鼓譟予獨坐堂上焚香誦金剛般若以前但誦文實不解義至是恍然有悟乃注金剛決疑稿成衆寂然不肖者不信予心益危懼遂訟於按院准行司理予是時即飄然出山聽理船居於芙蓉江上者二年資斧已竭別駕項公楚東抱關於滄洸邀予往江行遭風破舟及至復大病幾死公延醫力救之及回郡乃卧病於旅邸將期年

三十八年庚戌

予年六十五是年卧病旅邸秋七月直指

按部至郡訊及予同理聞之方爲理反坐予罪直指大不然駮之云其有大功於六祖向所捨爲常住計者今姦僧得利而反罪之是謂平等法門乎復行本道嚴究之由是本府親詣山中按僧之所開狀逐欵審之盡妄言無當所誣侵常住八千餘金予初立常住庫司清規置有號票凡一應錢穀收支有監寺書記秋毫出入皆執號票爲據不妄發也至是當官研覈查算以號票爲準無分毫及予者時上下内外方信予之不妄也事乃白當道重怒其僧再三請予留住山中予心已厭倦力辭之寓五羊之長春庵

三十九年辛亥

予年六十六春三月居端州鼎湖山養痾初奉赦候題向無按院覆命故延至今復奉重勘明始注銷聽自便時諸士子相依請益述大學決疑

四十年壬子

予年六十七居長春庵爲弟子講起信論八識規矩乃述百法直解以法華擊節文義聯絡不分學者難會乃著品節

四十一年癸丑

予年六十八居長春庵夏爲諸弟子講圓覺經方半即發背疽醫不能治幾危大將軍漢冲王公業爲予治後事粤人梁杏山者酒人也素以醫瘍名偶至視之曰甚矣少遲則莫救矣幸安心無傷也乃純采草藥以敷之隨手奏效猶如弄丸刻期取效至冬乃痊予爲文以謝之此疽蓋自初坐

禪時所發知是宪債以誦華嚴經告假者每向於書寫讀誦華嚴則竊發隨禱而止即至粵中已兩舉不成患在身四十八年矣初起時偶忘之且不知爲疽遂成大疾其宪業酬償蓋以身試之不爽也十月疾愈初與衡陽曾儀部金簡有南岳休老之盟書以十數未能也今以書來請遂杖策而往乃去粵初予至粵時法性弟子相從者數十久之漸零落唯通炯超逸風波患難疾病相從未離左右今將行皆不捨願從之炯尚有羈少遲之擔簦以從是年十一月至湖東先是弟子福善擕侍者深光北歸探親至是不數日亦追至

四十二年甲寅

予年六十九春正月遊德山禮祖有詩四首訪馮元成公於武陵會龍參知朱陵受榮王齋大善寺衆僧請受戒馮公與諸同道各捐資修曇花精舍夏四月還湖東聞聖母賓天隨建報恩道場有恩詔乃對靈龕披剃謝恩還僧服因痛哭曰悲哉檀越往矣本寺之願已矣豈待再來耶楞嚴經自東海立意著通議久藴於懷未暇述今夏五月方落筆五十日稿遂成十一月精舍成有山居詩度侍者慈力

四十三年乙卯

予年七十春爲衆講楞嚴通議夏四月著法華通義以雖有二節全文尚未融貫故重述之五十日稿成纂起信畧疏秋八月遊南岳中秋日登祝融秋九日馮公自武陵移守湖南陪遊方廣寺回巡道呉公生

白過訪湖東談及楞嚴吳公大喜即與諸屬捐資刻之禮八十八祖道影吳公大讚歎乃命畫士臨小像冊請予各爲傳贊馮公赴任未幾即請予遊九疑冬十月至零陵留過冬於愚溪

四十四年丙辰

予年七十一春正月歸自零陵方遺民從宦遊歸依於湖東命名福心更初達觀禪師入滅之次年予弟子大義請靈龕回南緇白弟子奉供於徑山之寂照庵今一紀矣予難忘法門之義向欲親往一弔故香亦未遣也適聞葬必欲一往將行花藥寺衆僧請齋爲續法系遊梅雪堂弔遯菴宗師夏四月離湖東有去南岳解嘲詩鄺慕一方遺民何仲益諸子送至樟木市五月至武昌會段給諫幻然禮大佛遊九峯六月至潯陽遊東林有懷古詩登匡廬弔徹空禪師避暑於金竹坪註肇論因見其山幽勝有歸隱之意徧覽無可居者七月遊歸宗登金輪峯禮舍利塔有詩有僧以五乳相送爲靜室予登覽觀其地不廣而其境頗幽遂受之江州邢來慈居士達師之弟子也願爲布金檀越故予有投老之意焉浮梁陳大參赤石公至山相訪聞予有意匡山亦願爲護法秋八月出山至黃梅禮四五祖訪汪司馬公入紫雲山留旬日汪公願作匡山建造檀越別去相城訪吳太史觀我吳中丞本如欲建如意庵以留遊浮山截江登九華十月初抵金沙于王合族與東禪浪崖耀公迎之居頃即之雙

徑石門頴生之居士候迎於吳江乃過其家士備齋資以隨行長至月望至寂照十九日爲達大師作荼毘佛事先爲文以祭之預定是日無爽識者異之二十五日手拾靈骨藏於文殊臺弟子法鎧隨建塔予爲塔上之銘以盡生平法門之義焉遂留度歲時爲禪堂衲子小參有參禪切要鎧公請益相宗爲述性相通說諸請益者各說有法語作擔板謌粤弟子通岸先別獨超逸同諸子福善法孫深光廣益廣攝慈伴行

四十五年丁巳

予年七十二歲春正月下雙徑弔雲棲時緇白弟子千餘人久候於山中留二旬每夜小參聞法各各歡喜發揮蓮池大師生平密行弟子聞之至有涕泣謂予發人所不知者乃請作塔銘回時玄津法師壑公同通郡宰官居士金中丞虞吏部翁大參諸公請留淨慈之宗鏡堂日繞數千指爲說大戒作宗鏡堂記諸山各路名德法師俱集於湖上問法各申詰難時謂東南法會之最勝昔所未見也乃遊靈隱三竺西山諸名勝贊揚放生三池乃行城中宰官居士具舟放生餞別於湖上且具狀請留雲棲乃有三年之約遂行凡一過所經諸作玄津壑公譚生孟煦彙爲東遊集四卷刻之回至吳門巢松一雨二法師請入花山遊天池玄墓鐵山諸勝寒山趙凡夫嚴天池徐仲容姚孟長文文起徐清之諸居士設供於山中馮元成申玄渚二宰官齋

於家將行弟子洞聞漢月久候錢太史受之親迎至常熟遂至虞山信宿太史送至曲河賀知忍父子姪候於奔牛之三里庵請留園中結夏力辭之送至京口受三山緇白齋罷即返匡山五月一日過白下江上一宿見一二故人即揚帆而西五日至蕪湖劉繕部王受欵留作異夢記説崔吏部鶴樓追晤江上五月十六日舟次星渚抵歸宗寓居未幾時汪司馬公業先具資為予修靜室六月十五日弟子福善經營五乳開土於十月終始成一室乃得安居為衆講楞嚴起弟子超逸閉死關於金輪峯

四十六年戊午

予年七十三是年修佛殿禪堂三月浮梁陳赤石公入山結中素鮑公我齋夏公為十友助修造資冬十二月殿堂成

四十七年己未

予年七十四春正月粤弟子通炯至遂開堂啓諷華嚴長期為衆講法華楞嚴金剛起信唯識諸經論命炯首衆秋七月以五乳為十方養老常住八月望予閉關謝事效遠公六時刻香代漏專心淨業每念華嚴一宗將失傳清涼疏鈔皆懼其繁廣心智不及故世多置之但宗合論因思清涼乃此方撰述之祖苟棄之則失其宗矣志欲但明疏文提挈大旨使觀者易了題曰綱要於關中批閱筆削始冬於關中為衆講楞伽起信

四十八年庚申即泰昌元年

予年七十五春課餘侍者廣益請重述起信圓覺直解莊子内七篇注夏病足痛前任分巡衡陽吳公轉粤臬入曹溪禮祖記山中弟子寄乞諸祖傳贊予病中爲纂傳七十一首各系以贊親爲書之初予去曹溪之南岳住匡山業已八年而曹溪衆僧深思予歸堂主本昂等往來問訊十數欲請之而未能也吳公赴任便道入山見予重興之功嗟歎久之衆僧因具白所以思予歸請不能之狀吳公欣然爲作護法卽具書往請合山大衆及本省鄉縉紳居士同具狀昂同二三者舊至匡山哀乞予時以病謝

天啓元年辛酉

予年七十六春弟子侍御王安舜入山問訊夏爲衆請講楞伽時前任本道祝公亦轉粤海道同吳公具書再至予又以病謝是年冬又爲衆講楞伽肇論起信

天啓二年壬戌

予年七十七春正月粤弟子孝廉劉起相陳迪祥陳迪純梁四相入山問訊起相與四相相伴山中住半載爲講楞嚴起信金剛二月東吳弟子方遠隨至同作休老計秋七月王侍御復入山親請歸曹溪不諾時力提華嚴名綱要草就吳公朝覲回又遣書意更切韶陽太守張公特書專堂主昂至予情不獲已意必一往於是年冬至月十日出匡山過螺江會太史蕭拙修劉韶也劉轉華馬季房曾堯臣賀可上鄒端侯諸居士過虔城江上會寧都蘇孝先魏

觀期諸君齊於江上有詩贈别度嶺過集
龍庵會劉敬一諸故人十二月望入曹溪
合山僧衆羅列香花如獲毋
天啓三年癸亥
師年七十八居曹溪禪堂春正月郡守張
公入山問訊三月省城法性諸弟子至師
時專以法施爲心四月爲衆説戒講楞嚴
起信等經論秋七月又爲衆説戒十月初
四蕭宗伯玄圃公應詔北上入山見師欣
然留連且爲師卜壽穴劇談一日夜甚歡
出山師即示疾初六日侍者廣益省城回
云來得恰好韶陽太守張公親入山延醫
調治初八門人超逸至云再兩日不得見
汝了師知幻緣將盡藥劑不服十一日巳
時別張公申時欽水沐浴焚香示衆曰大
衆當念生死事大無常迅速一心端坐而
逝於時百鳥悲鳴四衆哀號不已星夜毫
光燭天隔山之人咸疑寺中火也三日面
色如生髮長唇紅鼻端微汗手足如綿蕭
公聞訃悲慟久之即移書南韶二郡公爲
師建塔及造影堂先是師離匡山留首座
通炯於五乳調理大衆至是三遣書促歸
中有云汝早來一日便是一日來老人餘
日無多力矣炯得書遂忙忙南還十月朔
日抵曹溪師見之喜動顔色且云來得好
遲時恐汝懊悔了炯初不會其意連日侍
立所聞所叮寧者皆佛法大意惓惓以法
門無人爲歎提撕者又極緊切語中去期
巳先露於炯未歸之前矣
　大師年譜自序實録向有手筆草藁爲

大師首座寄庵通炯所藏炯師歿後法孫今照今光住海幢寺華首和尚從二僧取得此槀繕寫封寄今遵依元槀付梓天啓三年癸亥實錄乃大師入滅後上首弟子福善等續記附刻於後以大師爲中興龍象一言一行關係人天眼目文取足徵事貴傳信不敢扳緣葛藤添附蛇足以滋法門增益之謗後有正眼幸鑒別焉戊戌孟夏佛成道日海印弟子錢謙益槃談謹書

憨山大師託生辨

湖南顓愚衡公作曹溪中興憨大師傳臧談靈異宿生爲陳亞仙歿後應現爲蕭公子諸方頗疑其誕天童木陳忞公見聞雜記云大師託生桐鄉爲顏司理俊彥少兒三歲不語一日呼其父名曰汝我前身弟子也司理登第授官廣州皆先知之病痘不起召魏學使浣初至榻前執手道故囑撰銘證明末後事余讀而心訝之學使余里人也大師東遊未嘗摳衣禮足安得有執手道故之事司理屏居石門馳書往詢其詳遂以崇禎二年七月南華僧智融本昂伸報文牒及塔記石本寄余僧牒曰二公子示現童眞於菩薩家能令眷屬割世間恩愛作荼毘佛事火浴後頂齒不壞舍利無數大者如彈丸小者如菽色如白瑪瑙扣之鏗然有聲海衆共觀歎異以是月二日酉時安厝靈骨建塔於先大師塔院之左至人出生入死遊戲自在豈先大師遺蛻返匡山現此金鏁還鎮祖庭抑亦山中耆年宿乘願力來住此道場耶塔記則曰顏氏

子名祉小字虎子生於天啓六年丙寅二月實大師示寂後三年生四歲而殤司理之官日虎子私語家人吾乘便得徃曹溪矣以此言證知大師再來若忞公所載呼名叙昔云云則未之前聞也司理父子家業歸心信根牢固生生居士常夢護伽藍神趣迎賔頭盧越翼日大師至止慈容法筵宛如昔夢司理爲書生大師摩頂記莂此爲廣理申明大師規約復其侵田虎子以信心入胎自求父母良非偶然也童眞示現各有所表呉粤徃來表法界一地故痘疹發香表染淨一如故靈骨不損表靈相具足故四歲夭折表已入鳩摩羅地故歸骨塔院表依止大人故此則積刧熏修彈指幻化不可以思惟測度也若以是因緣證成爲大師再來則竊謂不然何也古來佛祖應化入胎人天轉輪事非聊爾栽榕再世遘浣衣以寄生宣老六年伏白雲而勘辨莫不付囑相應機感歷然而今無是也吸引緣熟啐啄時同雙峯之香煙猶指五乳之眞身有歸吾謂是子也多生此世必入大師室著大師衣受大師戒遣來作使告報異生即事徴理無可疑者嗚呼我大師人天之師末法中第一龍象也末後轉輪法門一大事因緣也僧徒無識縈心香火指法城爲首邱認寶坊爲華表章句小儒眼如針孔景掠李源圓澤身前身後剩語緇白鄙傳寐言夢斷海形牛迹不已遼乎俗語不實流爲丹青吾懼後之修僧史撰佛録者採獵異聞而訛濫正信也既屬忞公門人告於其師請爲刋正而又書其說詒南華僧鑱諸塔院昭示後

人俾勿惑歲在庚子四月望日海印弟子虞山錢謙益槃談謹述

憨山大師夢遊全集卷第五十四

音釋

蹇紀偃切 骴骼上才資切下各額切殘骨也 盒音合盤屬 臬魚列切 鉗鍼上其淹切下直追切 搉音卻 艚財勞切小船也 嗾音叟使犬聲 艘先彫切船總名 駮北角切音剝與駁同

憨山大師夢遊全集卷第五十五

虞山私淑弟子毛　晋編較

附録

明廬山五乳峰法雲禪寺前中興曹溪

嗣法憨山大師塔銘有序

余小子廣瀹賓之在中秘也偕同叅數子請益牢山憨公于龍華精舍蕭宗伯玄圃暨吾家司馬體中與焉所聞非帝網之十玄則祖燈之五葉而師特以體究念佛爲露地兩輪後十年入粤而皖江之素復我又後二十年入吴因體中而浮渡之鼓振我於是余始能游師之藩悉秘現湧没順逆種種影事又七年玄圃徑曹溪而北及送師于懸崖明年而余得請幕府何公克以師蜕還五乳也又明年上首福善瑩石爲楮而奉師自著年譜使余吐舌爲筆余受卒業者三而龍華浮渡之會儼然未散矣師法諱德清慕清涼法界之玄故字澄印别號憨山乃選於五臺之奇以踰狂性之歇者也系出金陵蔡氏考諱彦高妣洪氏夢觀音抱送而孕誕于嘉靖丙午孟冬之旬有二日白衣重包十年辭家依報恩寺主西林和尚使法孫俊公爲之師十九禮棲霞雲谷大師薙髮受具二十六北游出入燕晋得自在三昧于臺山三十八遯跡東海之那羅延窟久之得六種就踰五十放於嶺南而以出家優婆塞大振曹溪之鐸覃恩游遠袈裟著身而師年六十有九矣又三年反自吴營菟裘于廬山五乳峰下剎曰法雲以養十方之老居數歲復如曹溪當年之七十有八臘之六十是爲天啟癸亥先于懸弧者

一日而示寂焉師丰儀慈滿神情凝定望之似阿羅漢初就外塾而母督之嚴徐而察焉知非池中物也從史若翁以裂愛網而師之酬罔極也卻十鎰之供于山陰藩邸獨拜孝定皇后之賜泥金和血以塗雜華攝二老于香幢光藍其省覲也閉于報恩藏輪三宿子舍有法喜而無情怛君子曰生之成之是謂聖善熏之變之是謂潔白世間慈孝其海之一漚而已矣北講之涉天塹也自無極之說華嚴玄談昉也南禪之反故鼎也自雲谷之付念佛公案昉也兩大士口光交灌師頂不驚不溢身恒晏坐華藏道場而清泰法王若二法王子入于淨念猛心如形斯鑑其養之專也乃至行于都市不見一人知其解者以爲密雲尚往他日更于肇公似昔人非昔人

義得未曾有所謂旋嵐常靜江河不流證之目前一一諦了而七歲時生來死去之疑渙然冰釋其偈曰生死晝夜水流花謝今日乃知鼻孔向下得宗通之相一卓錫臺山略彴岸頭聞機數反久乃不聞吹萬之諠雪窟頭陀酬對以目菜羹米汁旬啖一升念息塵忘立而喪我者不知幾旦暮也其偈曰瞥然一念狂心歇内外根塵俱洞徹翻身觸破太虛空萬象森羅從起滅得宗通之相二牢山之會心也海天雪月互影交光三昧現前無入無出其偈曰海湛空澄雪月光此中凡聖絕行藏金剛眼突空花落大地都歸寂滅場得宗通之相三又後三年靜中機發不因心念意在舌端其偈曰煙波日日浸寒空魚鳥同游一鏡中夜半忽沉天外月孤明應自混驪

龍所謂月落後相見是耶非耶得宗通之相四蓋自是廻眞入俗而有省覲之游妙喜大悟拾八小悟無數箇中冷煖惟師自知意者菩薩根力次第增上明妙安樂恒與王所相應故華嚴之在筆端也六字佛名心手相得即一點無空過者而客主周旋語不從忘文無亥豕妙法蓮華回向慈聖亦若是則已矣臺山無遮之會日更供具席以半千坐滿萬人皆師陰爲擘畫如時而給剥豚無聲所與首事妙峰登公了不知其來處當事之嚴不交睫者九旬以水代飧者七日其去以匝月息者也借曰壯齡則耄期而徑余邑屋矣雲與瓶瀉脅罕至席不睹其倦于勤也嘗間行海南訪子瞻寂音故蹟而望郡城生氣獨據西隅趣行北渡而瓊州地震存毀具如師言

永嘉詮定初曰引起後曰辨事師其二之中乎臺山之悟四顧無所咨決而以現量寓目首楞嚴王八閱月無用心處其在那羅延窟則楞嚴懸鏡半燭而成亦無用心處門人曰盍使一一文句消歸觀心師領之楞嚴之有通議自此昉也嘗以四法界觀説法華于嶺南至現寶塔品喟然嘆曰佛意要指娑婆人人目前即華藏然須三變淨土者曲爲鈍根漸示一班耳從是法華之有擊節有品節有通議自此昉也折蘆孤唱楞伽握符裁松代興金剛司契而師照以楞嚴之鏡則無門之門無住之住皆若有啟其鑰者以故楞伽筆記和人目爲流徵之音而金剛決疑則雖空生再來固當相視而笑華嚴一宗往往迷清凉之廣而耽方山之略不知廣之可以略也

五乳一關三周寒暑疏之綱要其將與合論並珍如是種種說通之相布在方策覩煙悟火宗通歷然誰謂與不傳者俱往而法雲之漏刻之以香課佛名日至數萬圓頓交參禪土雙妙兩大士最初結束撩起便行直向山眉海目繞錫三周作一宿覺豈不眞勇邁終古大丈夫哉韋編珠笈初以爲前茅中以爲副乘卒以爲輔車於是作中庸直指大學決疑著春秋左氏心法道德南華內篇爲智度善巧而鬼神情狀表章卯明曰夫夫冥參魯竺之心法也東粵周參知舉大易通乎晝夜之道而知以質師曰是吾宗所謂不屬生死一著子也參知躍然更爲諸弟子暢其玄義而師以西伯爲東諸侯主矣蓋西林翁嘗鈍置師以世諦使侍皐比故於二酉多所漁獵

法書韻語少作功力美秀夙成事辭之文居然良史而非滿字莊嚴一乘鼓吹無述也王大司徒弇州屬以慧業建纛得其所謂爽然不屑厥仲奉嘗贈以晤言曰可知王逸少名理讓支公而汪左司馬南溟則悲五宗衰相聲輓力推岌岌乎爲徑山中峰之室佹得之矣伏牛法光和尚師目之宗門香象自慶小穴小友畜師勉以離心意識參出聖凡路學而師時已得肇公意旨北臺棲影師言庶幾獨怪其吟哦不停以爲魔著閒而請焉報言驟發悟機而有物據我舌本爾時恨不遭鉗錘毒手痛棒熟眠以至此耳師心識焉館于胡皋憲順菴之署强可覓句遂不得休念光師之魔且至寢不成寐跏趺坐忘起問居諸而數盈于把矣故終其身於無礙辯才而得

自在師之升聞于慈聖也爲聖躬禱也其作無遮道場也爲皇儲禱也居一年貞皇應河清之瑞而誕唱導之侶妙峰大方咸被寵錫而獨師逃之海濱求華嚴菩薩住處所謂那羅延窟而谷隱焉慈聖多之建寶坊于西山以召而弗之敢往也賜金百五十鎰以繕阿蘭而弗之敢拜也無已請如漢汲黯矯制事果山以東緇黄鰥寡囚繫之腹而有司者策書以報慈聖愈益多之藏函寶璽有隕自天以草昧故度于他已又勑宮娛之勝任者布金有差而觀音菴之廢墟賜額尚方稱海印禪寺矣於是有挾隆隆而眈視兹土者號無賴黄冠百餘輩稱引宋七眞故宇以爲訟端萊守有聞於李中丞將致辟而首難者露刃偪師談笑道之立解偕行數百武其黨疑與師購將倒戈師更與入市啖以瓜果一郡盡讙謂方士殺僧矣師乃明其不然即渠魁無使減耳第盡驅越境而已其以德報怨類此而往者報恩殿廊之燼也師與雪浪恩公矢以一期戮力及奉勑藏還寺而舍利牕堵出光明橋以迎貝氎師因入謝請慈聖日減膳饈需隆棟久之事有端矣戒于島夷遂不果而中貴人之與轉藏輪者嘗以眦睚得過上左右衆鑠之謂其監緣飾佛事多壑帑金而詐稱黄冠撫已事鳴登聞以訟有旨逮師及中貴人對簿詔獄師内空其心而外侃侃言事請覈内府則賑饑之籍固在而他無所得其漏卮釋憾于中貴人者本不欲患師更以所稔顚末其廣貞狀上意浸解坐私建梵剎成之雷陽而諸剎之蒙悉檀于慈聖者雖徃

來厲而億無斁矣故相張洪陽先生稱其難
棄能棄難忍能忍以能幽贊神廟之孝爲社
稷功亮夫師於般若香光固是雲谷老人安
上鼻孔臨岐偪拶亦自不無妙峰恩公一臂
臺山遂作暮雲春樹清風匝地何之非早歲
塤篪而師所揺邈于飛雪之鑪運風之斤狎
主之歃亦不啻三鎧甲龍從涅槃起矣紫栢
大師於世罕所許可而獨輕千里之駕于堅
牢晉琬公塔院之會送難通理一坐四句于
宇内法喜無兩其示寂圜扉雖魍魎輩毒于
舍沙而本所懷來固未嘗不在雷陽桑戟之
下也雙徑之遊雖微上首鎧公固當已事遄
徃愆期有待而適會紫栢以舍利遷爰及閣
維銘諸堅白其斯以爲方外素交揚厲雲棲
證知吾師蓮祖爲法華地湧中人而浮山朗

目智公亦以旋陀羅尼與作點睛手則予小
子賔竊頁法壘螫弧漸騰而附青雲上矣師
謂紫栢瀾之濁矣維泉之昧及吾兩人之未
髦也左提右挈以爲曹溪滌除宗門其有與
乎左股既夷壯馬是急故紫栢自曹溪如燕
而師度嶺已還乃心罔不在祖窟筮之以周
臬憲海門而曹溪志成鎮之以戴制臺而屠
沽之肆一灑狙獪虎冠兵奴我苾蒭蠶食我
疆里者令不崇朝烏散鬼匿招提改觀於是
乎範之以律儀經之以出入守之以典籍潤
之以法流育之以義學如是者數年寶坊輪
奐浸假若新最後有事于大雄寶殿而一二
黠悍師蠹惡其害已歙張羣譟將以一矢加
遺而師方晏坐誦金剛般若深解義趣愉愉
如也譟者心怍已退而不釋然乃因制府之

罷誣師掠用常住物愬御史臺流寓二年司理錫之鞶帶直指弗是也下郡徵典守節符會之秋毫無爽乃褫訟者服以竄而曹溪之蠹裕矣師之少也受遺西林翁獨以心計償兩世逋負緡至千於無遮之會而竣籍其羨以畀塔院寺主大方貲至萬知以恬養勞以謙牧發機于所不得已而藏用于所不可知驥稱其德而力倍凡馬無筭矣雖報恩之籌以師命輟海印之績以城社隳南華之墉以裨販圯而師惟心之土悲智妙嚴豈復有乏少耶貴璫之濫于榷也藪盜叢姦不可嚮邇差幸有浮慕于福田而師受戴制臺請與爲嬰兒其應如響於是稅使者窘于至期迫不得所欲而黄白之冶受成有司民不知有履尾之咥白艚遺粟食民而騰粤羅邦人患之

而戴公亂子將歸溫陵其行也與白艚會于時榷使有憾于將軍則多族市井豪譁以媢竈胄士之告急于師者再矣師方安居扉爲之啟從容諭衆而欲得賤羅耶今罪在大辟羅雖賤誰當食者衆怒少息而急白榷使者出令寧反側心且明非亂子之過匡圍闐然蓋師輕身以先持戟使師泣大鑒宗盟而師脫載鬼之弧納用缶之牖無烈俠氣有烈俠功所謂動刀甚微謋然已解進乎技矣師毘尼純白廉而不劌門庭在雲棲紫栢之間德充之符逅之而慢幢折疑城頽瞋劒墮出要咨諏不惜四楞著地惻乎惟恐人之不有之也踪跡半天下所至登羯摩之壇升白椎之座以數十會計東齊南越法化久湮佛種幾斷而自其得師也若醯雞之覩天地熏于二

嚴誓于九品乃至盂蘭放生諸白淨行無冠笄童耄翁如也別傳之宗時復爲利根者貫勇而齒牙無畏投芥于鍼使清涼之區得遵累朝憲章弛于任土而大木終其天年爲官家佛法僧物寺主取大邑人無災用脫桎梏居然五天之郛一郟鄏矣今上毓于青宫詔戍士之老疾詿誤者陳情而宥師有二焉首尾覈奏凡六年乃聽自恣而慈聖之爲孝定也臨于湘東大作佛事然後免妙喜之冠反棲賢之園而師初行脚時所銘一鉢一衲雖豐城之與延津弗若矣師所莫逆海內賢豪無慮百數而天随風負則北之胡南之戴爲尤湖東練若以會儀部金簡爲三年淹五乳十楹則汪少司馬靜峰執其牛耳是時名剎之虛左者桐鄉之浮渡以堂金沙之東禪以構其曰塵尾是瞻武陵雲棲則莘通國之懽以請禪講勝流刳心朏就美盡東南而竟爲廬阜之岑寂所局已復爲曹溪之謳吟所吸人以爲瘐于津梁而師固未嘗下臺山之座也總其樂說無礙之辨曲示單傳而鎔入一塵法界似圭峰解脫于文字般若而多得世間障難似覺範森羅萬行以宗一心而嚴無生往生之土又似永明雖正令寂寥稍似婆心太熱亦或觀時逗根不忍法堂前草深一丈耳先甲曰辛以革其面後甲曰丙以蔚其文二十年以來飲光之華往往於吳楚間振其夕秀瀹曹源者豈曰無庸師可報柴栢於淨土矣書華嚴時夢與登公謁清涼國師于于金剛之窟而慈氏法王亦乘窣陀樓閣影現夢心錫以策文曰分別是識不分別是智

依識染依智淨染有生死淨無諸佛佩斯印也以游世間所謂善能分別一切法於第一義而不動蓋師之所從來深遠矣年譜之筆絕于癸亥而專以法施爲心六字其末後句也前化及之三句徧謝申警若將遠行且各留楮墨爲別衆以師眷眷法雲也判袂玄圃而小不豫矣侍者以遺教請至心念佛而外無他囑也初度欲臨而張韶州奉紫亘羅衣爲壽清言浹日歡若生平日中而驪駒叱馭日晡而白牛說駕矣二時暖于頂三日汗濡于鼻覩貌如生而遥矚其瑞相者謂招提且大最後供通曰內外諸法空洞一如何去來之足問然則叅雲谷時所覩三聖對現色身漚滅空澄了無所得永明有言生則決定生去則實不去刹那際中去齊而送者從市去越而慕者傾都去震旦而哀者撼卭陵榮者雕金石如夢乍醒不消一咄矣緣熏習影重重無盡而出纏弟子曰福善某某等在纏弟子曰即墨黃生納善某某等五年馮生昌歷某某等服勤請事助轉法輪皆其盛者也于師臺山願文四攝衆中固是恒河沙一數而黃生刎臂爲燈以斷反錫痂癥作大悲形衣髮皆具首楞嚴觀晝夜一蒲勤勇坐脫可謂奇中倍人下逮余小子賓啖法乳于名字之初灑心血于窣堵之後雖步趨未也共相與力倘亦有不可思議者焉師瑰意奇行著于年譜不可殫書所著復有心經直說圓覺經解起信疏略起信直解百法規矩直解性相通說肇論註八十八祖傳贊方便語叅禪切要觀老莊影響論憨山緒言夢游集若干卷

並行十世銘曰覩師舌相渝三紀而不能挈其廣長摸師眉毛亘三旬而不能知其在亡聽之以心兮失顚呻之師子游之以目兮得廻旋之象王其語無聲其默孔揚其形不疲其神不傷璞三刖而爲璽金百煉而彌剛禮師塔也皮相者以爲化城之幻迹而心服者以爲寶所之慈航賜進士出身左春坊左諭德兼翰林院侍讀菩薩戒弟子皖舒廣漪吳應賓頓首拜譔

明海印憨山大師廬山五乳峰塔銘

我神宗顯皇帝握金輪以御世堆慈聖皇太后之志崇奉三寶以隆顧養上春秋鼎盛前星未耀慈聖以爲憂建祈儲道場於五臺山妙峰登公與憨山大師實主其事光宗貞皇帝遂應期而生於是二公名聞九重如優曇鉢華應現天際妙峰不出王舍城大作佛事而大師有雷陽之行其機緣所至橫見側出固非凡情之可得而測也大師之遷化于曹溪也大宗伯宣化蕭公親見其異爲余道之已而南海陳廸祥以行狀來謁余表塔余曰有吾師宣化公在他日請爲第二碑又明年乙丑其弟子居廬山者曰福善奉全身歸五乳而留爪髮於曹溪走書來告曰大師東遊得子而憙曰刹竿不憂倒却矣燈焔月落晤言疊疊所以付囑者甚至塔前之銘非子誰宜爲余何敢復辭謹按師諱德清族蔡氏全椒人也父彥高母洪氏夢大士抱送而生七歲叔父死屍於牀問母從何處去即抱死生去來之疑九歲能誦普門品年十二辭親入報恩寺依西林和尚內江趙文肅公摩其頂

曰兒他日人天師也十九祝髮受具戒於無極某公聽講華嚴玄談至十玄門海印森羅常住處悟法界圓融無盡之旨慕清涼之爲人字曰澄印從雲谷會公縛禪於天界寺發憤叅究疽發於背禱護伽藍神願誦華嚴十部乞假三月以畢禪期禱已熟寐晨起而病良已三月之內恍在夢中出行市中儼如禪坐不見市有一人也雪浪恩公長於師一歲相依如無著天親嘉靖丙寅寺燬於火誓相與畜德俟時以期與復師既歸然出世而雪浪卒爲大論師修治故塔稍酬誓願焉師嘗聽講於天界厠溷清除了無人跡意主東淨者非常人也訪之一黃面病僧目光激射遂與定叅訪之約質明則已行矣即妙峰登公也師以江南習氣軟暖宜入冬冰夏雪苦寒不可耐之地以痛自摩厲遂飄然北邁天大雪乞食廣陵市中曰吾一鉢足以輕萬鍾矣抵京師妙峰衣褐來訪須髮鬖毿如河朔估客師望其眸子識之相視一笑叅徧融貞公融無語惟張目直視又叅笑巖巖問何方來曰南方來巖曰記得來時路否曰一過便休巖曰子却來處分明遊盤山至千像峰石室見不語僧遂相與樵汲度夏時萬曆元年癸酉也明年偕妙峰結冬蒲坂閱物不遷論至梵志出家頓了旋嵐偃嶽之旨作偈曰死生晝夜水流花謝今日方知鼻孔向下峰一見遽問師何所得師曰夜來見河中兩鐵牛相鬭入水去至今絕消息峰曰且喜有住山本錢矣遇牛山法光禪師坐叅請益法光發音如天鼓師深契之送師遊五臺詩云雪中師

子騎來看洞裏潜龍放去休且曰知此意否要公不可捉死蛇耳師居北臺之龍門老屋數椽在萬山冰雪中春夏之交流澌衝擊靜中如萬馬馳驟之聲以問妙峰峰舉古人三十年聞水聲不轉意根當證觀音圓通語師然之日尋緣溪橫彴危坐其上初則水聲宛然久之忽然忘身衆籟闃寂水聲不復聒耳矣一日粥罷經行忽立定光明如大圓鏡山河大地影現其中既覺身心湛然了不可得說偈以頌之遊鴈門兵使胡君請賦詩甫搆思詩句逼塞喉吻從前記誦見聞一瞬現前渾身是口不能盡吐師曰此法光所謂禪病也惟熟睡可以消之擁衲跏趺一坐五晝夜胡君撼之不動鳴擊子數聲乃出定默坐却觀如出入息住山行脚皆夢中事其樂無以喻也還山刺血書華嚴經點筆念佛不廢應對口誦手畫歷然分明隣僧異之率徒衆來相嬲已皆讚歎而去甞夢與妙峰夾侍清凉大師開示初入法界圓融觀境隨所演說其境即現又夢登彌勒樓閣聞說法曰分別是識無分別是智依識染依智淨染有生死淨無諸佛自此識智之分了然心目也師既建祈儲道場遂遠遁東海之牢山慈聖命龍華寺僧瑞菴行求得之遣使再徵不能致賜內帑三千金復固辭使者不敢復命師曰古有矯詔賑饑之事山東歲凶以此廣聖慈於饑民不亦可乎使者持賑籍還報慈聖感歎率闔宮布金造寺賜額曰海印師詣京謝恩爲報恩寺請藏上命師賫送因以便歸省父母寺塔放光累日迎經之日光如浮橋北度經

在塔光中行也師還以報恩本末具奏曰願日減饍羞百金十年工可畢也慈聖許之歲乙未而黄冠之難作師住山十三年方便說法東海蔑戾車地咸向三寶而黄冠以侵占道院飛章誣奏有旨逮赴詔獄先是慈聖崇信佛乘勑使四出中人譏搆動以煩費爲言上弗問也而其語頗聞於外庭所司遂以師爲奇貨欲因以株連慈聖左右并按前後檀施帑金以數十萬計拷掠備至師一無所言已乃從容仰對曰公欲某誣服易耳獄成將置聖母何地乎公所按數十萬在縣官錙銖耳主上純孝度不以錙銖故傷聖母心獄成之後懼無以謝聖母公窮竟此獄將安歸乎主者舌吐不能收乃具獄上所列惟賑饑三千金有内庫籍可考慈聖及上皆大喜坐私造寺院遣戍雷州非上意也達觀可公急師之難將走都門遇于江上師曰君命也其可違乎爲師作逐客說而别師度庾嶺入曹溪抵五羊赭衣見粤帥就編伍于雷州歲大疫死者相枕籍率衆掩薶作廣薦法會大雨平地三尺癘氣立解叅政周君率學子來扣擊舉通乎晝夜之道而知發問師曰此聖人指示人要悟不屬生死一著耳周君憮然擊節粤之孝秀馮昌曆輩聞風來歸師擬大慧冠巾說法搆禪室于壁壘間說法華至寶塔示現娑婆華藏涌現目前開悟者甚衆居粤五年乃克住錫曹溪歸侵田斥僦舍屠門酒肆蔚爲寶坊緇白坌集攝折互用大鑒之道勃焉中興甲寅夏師在湖東慈聖賓天詔至慟哭披剃返僧服又二年念達觀法門死生之

誼赴塟於雙徑爲作荼毘佛事蕆吳越禪人之病作擔板歌弔蓮池宏公於雲棲發揮其密行以示學者自吳門返廬山結庵五乳峰下效遠公六時刻漏專修淨業居四年復往曹溪天啟三年癸亥宣化公赴召來訪劇談信宿公謂師色力不難百歲更坐二十餘夏如彈指耳師笑曰老僧世緣將盡幻身豈足把翫哉別五日果示微疾韶陽守張君來問師力辭醫藥坐語如平時旣別沐浴焚香集衆告別危坐而逝十月之十一日也曹溪水忽涸百鳥哀鳴夜有光燭天三日入龕面顏發紅鬚髮皆長鼻端微汗手足如綿僧徒驚告謂師復生蕭公語余衰老赴闕跋涉二萬里何所爲哉天殆使爲師作末後證明耳嗚呼知言哉師長身魁碩氣宇堂堂所至及物

利生機用善巧如日暄雨潤加被而人不知山東再饑師盡發其囷親泛舟至遼東糴豆以賑旁山之民咸免捐瘠稅使與粵帥有隙嗾市民以白艚作難羣譟圍帥府師緩頰諭稅使解圍不動聲色會城以寧珠船千艘罷採不歸剽掠海上而開礦之役繹騷尤甚採使謁曹溪師以佛法攝受徐爲言開採利害由是珠船罷採不入海而礦額令有司歲解制府戴公詒書謝曰吾乃今知佛祖慈悲之廣大也師爲余言居北臺大雪高於屋數丈昏夜可鑑毛髮堅坐待盡身心瑩然遲明塔院僧穴雪以入相携行雪洞中里許乃出當詔獄拷治時忽入禪定榜箠刺爇若陷木石逾年在雷陽聞侍者趣呼逮繫毒楚卒發幾無完膚此楞伽筆記所由作也師東遊至嘉

典楞嚴寺萬衆圍繞有隸人如狂易狀搏顙不已曰我寺西仲秀才也身死尚在中陰聞肉身菩薩出世附隸人身求解脫耳師爲說三皈五戒問解脫否曰解脫竟憒然而覺師之樹大法幢爲人天眼目豈偶然哉師世壽七十八僧臘五十九前後得度弟子甚衆從師于獄職納橐饘者福善也終始相依於粤者善與通炯超逸通岸也貴介子弟剃臂然燈以求師道現大士像於瘡痂中而坐脫以去者即墨黄納善也粤士歸依者馮昌曆爲上首御史王安舜孝廉劉起相陳廸祥歐文起梁四相龍璋皆昌曆之徒也師所著有楞伽筆記華嚴綱要楞嚴懸鏡法華擊節楞嚴法華通議起信唯識解若干卷觀老莊影響論道德經解大學中庸直指春秋左氏心法

夢遊集又若干卷嗟乎師於世間文字豈必不逮古人有不逮焉亦糟粕耳師於出世間義諦豈必不合古人有不合焉亦皮毛耳惟師夙乘願輪以大悲智入煩惱海以無畏力處生死流隨緣現身應機接物末後一著全體呈露後五百年使人知有一大事因緣是豈可以語言情見擬議其短長者哉是故讀師之書不若聽師之言聽師之言又不若周旋瓶錫夷考其生平而有以知其願力之所存也謙益下劣鈍根荷師記莂援据年譜行狀以書茲石其詞寧繁而不殺者欲以示末法之儀的啟衆生之正信也銘曰人生出没五濁世間生死之涂屹立重關重關峻復誰不退墮師子奮迅一擲而過濟河焚舟懸車束馬一鉢飛渡誰我禦者冰山蟄伏雪窖沉

埋冰解凍釋水流花開光明四照上徹帝閽縈名利養匪我思存震霆赫怒我性不遷桁楊木索說法熾然覺範朱崕妙喜梅州雷陽萬里謂我何求軍持應器橫戈杖錫毀形壞衣古有遺則大鑒重嶶靈照不昧屈眴之衣如施畫績師之示現如雲出谷觸石膚寸雨不待族雲歸雨藏山川目如孰執景光以窺太虛福德巍峨文句璀璨視此肉身等一眞幻匡山不來曹溪不去塔光炳然長照覺路

天啟七年丁卯九月朔常熟幅巾弟子錢謙益謹述

憨山大師傳

師諱德清全椒人姓蔡母洪氏夢大士携童子入門抱之遂娠及誕白衣重胞居常不樂俗年十二聞西林和尚有大德欲往從之父不聽母曰養子從其志廼送入寺時無極講經西林雪浪長師一歲先依無極見師如夙契十九從無極聆華嚴玄談至十玄門海印森羅常住處悟法界圓融無礙之旨切慕清涼之爲人自字澄印每於講會密察方僧可爲侶者一日見後架潔清思淨頭必非常人比見乃黃腫病僧每早起事必辦不知何時灑埽也故不寢以偵之則當衆方放叅時已糞除畢數日淨頭病師問安否答曰業障身病已難支而饞病又難當每見行齋食恨不俱放下師袖果餌親之問其號曰妙峰蒲州人因相期結伴爲遠遊旣數日則已去矣更六年師至長安有稱鹽客相訪者長鬚髮衣褐衣入門即問認否師視其兩目忽記昔天界病淨頭也云爲山陰王請內藏來師追妙

師至河東山陰王留結冬訂刻肇論向於不遷論未明旋嵐偃嶽之旨忽閱梵志自幼出家白首而歸隣人曰昔人猶在耶志曰吾似昔人非昔人也豁然了悟初師方七歲叔死叔母撫尸而哭曰天耶那裏去也師愕然問叔身在此又往何處曰死矣意死向何處去疑之未幾次嬸舉子隨母往視見嬰兒問母何從入嬸腹中母拍一掌云爾從何入爾母腹中耶又切疑之自此死去生來之故耿耿於懷至是如冰澌泮矣明日妙師問所得師曰夜來見河邊兩個鐵牛相鬬入水中去也至今絕消息妙師笑曰且喜有住山本錢矣時伏牛山法光禪師在王所示以離心意識叅出凡聖路學師深領其旨每歎曰光師談論如天鼓音一日搜師詩讀之笑曰何自得此佳句復笑曰佳則佳矣那一竅欠通在師問和尚通否曰三十年來拿龍捉虎今日草裏走出兎子來下一跳師曰和尚不是拿龍捉虎手光拈拄杖作打勢師把住以手捋其鬚曰說是兎子恰是蝦蟆光笑休去一日謂公不必他往願同老伏牛是相望也師同妙師登五臺光以詩送云雲中獅子騎來看洞裏潛龍放去休問其意曰要公不捉死蛇耳師言禪道久無師匠比見光師始知有宗門作略大方主人爲卜居北臺之龍門大風時作萬竅怒號意喧之問妙師師曰境自心生非從外來古人云三十年聞水聲不轉意根當證觀音耳根圓通初師日坐溪橋水聲宛然久之動念即聞不動念即不聞一日忽然忘身音聲俱寂自此衆響閴然不復爲擾矣

人餉師米三斗日食麥麩和菜以合米爲飲送之半載有餘糧偶粥罷經行忽入定不見身心唯一大光明藏圓滿湛寂如大圓鏡山河大地影現其中及覺說偈曰瞥然一念狂心歇內外根塵俱洞徹翻身觸破太虛空萬象森羅從起滅時年三十也悟後無可請益乃展印楞伽經既夙所未講但以現量照之少起識心即不容思量如是者八閱月全經旨趣了然量中一夕夢入金剛窟石門榜大般若寺見清涼大師倚臥床上妙師左侍師趨入禮拜右立大師開示初入法界圓融觀境謂佛剎互入主伴交參往來不動之相纔說其境其境即現自知身心交參涉入妙師問曰此何境界大師笑曰無境界境界又夢履空上昇入廣大樓閣瞻禮彌勒聞其說曰分別是識無分別是智依識染依智淨染有生死淨無諸佛自此識智之分了然心目萬曆辛巳神宗皇帝遣官祈皇嗣于武當皇太后遣官于五臺就本寺建道場訖癸未師以臺山虛聲難久居遂蹈東海之上易號憨山尋清涼疏所謂那羅延窟者即東海牢山也聖母以五臺祈嗣之勞訪求三人大方妙峰俱至命龍華寺住持至海上喻師尋建寺西山期以必往又發三千金爲師建菴師俱辭丙戌勅頒十五藏經散施天下名山慈聖以其一送東海空山無可供奉命合宮布金修寺賜額曰海印是冬禪室成靜坐夜起見海忽身心世界當下消落偈曰海湛空澄雪月光此中凡聖絕行藏金剛眼突空花落大地都歸寂滅場入室取楞嚴證之開卷見汝身

汝心外及山河虛空大地咸是妙明眞心中物全經觀境了然心目述楞嚴懸鏡一卷丁亥開堂說戒四方衲子日益至作心經直說以懸鏡文簡學者不易入始創意述楞嚴通議已丑爲報恩寺請藏齎送至龍江便道省親且欲重修本寺師出家處也乞聖母日減膳羞百兩積之三年可舉慈聖俞之甲午冬入賀聖節命說戒于慈壽寺再請舉修報恩寺上命徐侯明年乙未逮師先是上數惡內使以佛事請用太煩偶以他故觸聖怒有忌送經使者因之發難遂假前方士流言擊登聞鼓以進下鎮撫司獄望風旨者盡令疏向所出諸名山施資十數萬計嚴訊之師曰媿爲僧無以報國恩今安惜一死以傷皇上之大孝乎即曲意妄承奉非臣子所以愛君之心也有死而已止供前施七百餘金而前所辭建菴金使者不敢復命師曰古人矯詔濟饑今歲凶何不廣聖慈饑民乎令僧與使者遍散之僧道孤老獄囚各取所司印籍以復至是請覈內支籍代賑之外無他上意解時相國洪陽張公曁諸當事營救甚力後張語人曰人知憨公爲大善知識不知有社稷陰功也衆聞之悚然出獄戍雷州侍御樊公繼謫問雷陽風景何如師方註楞伽經拈卷示之曰此雷陽風景也督府命住曹溪闢堂濬源行化之外普潤枯瘠癸卯達觀在京師適妖書發難下詔獄訊以爲師之故檄還戍所因憶達師云楞嚴說七趣因果世書無對解者師云春秋乃明明因果之書耳遂著春秋左氏心法乙巳渡瓊海夜望郡城氣索然遂

行謂衆曰瓊城將有災行後地大震陷城東隅暨官民廬舍仆明昌塔壓碎師所寓樓先時郡士大夫競留師師不止故免丙午遇赦癸丑至衡陽遊南嶽禮八十八祖道影丙辰登匡山避暑金竹坪註肇論僧某以五乳貽師喜其境幽將投老焉爲達觀荼毘手拾靈骨藏于文殊臺丁巳下山弔雲棲說法淨慈之宗鏡堂日逺千指歸閉關謝衆效遠公六時刻香代漏專心淨業著華嚴綱要重述圓覺起信直解莊子内篇註粵方伯吳公暨諸弟子固請復至曹溪者三壬戌冬至爲弟子戒期講楞嚴起信諸經論晚叅示衆云老人穩坐匡廬今日踰河越嶺爲著甚麽爾曹愼毋作容易想也癸亥冬十月示微疾韶陽太守挾醫問疾師不御侍者請垂一言師曰金口所演尚成故紙我又何爲自後不語端坐而逝初外道羅清以其教遍行東方絶不知有佛法師居東漸久其長率衆來歸開講大化遂遍東海嶺南佛法久廢海門周公攝南韶集諸子問道於師周鼎石問通乎晝夜之道而知師答此聖人指人要悟不屬生死一著公擊節歎服有龍璋者聞師論心異之歸謂其友馮昌曆曰北來禪師說法甚奇特因共請益師開示以向上事諦信不疑自是王侍御安舜歐文起梁四相等相率歸依士人向慕法化大行雖上下崇禮奉爲法王而有爲之事雀角至再然當事有結轄則必乞師解之稅使者惡大將軍因粵苦閩艚運米新督府閩人也公子舟次白艚之旁藉口以大將軍資公子行鬨士民數千人沉公子舟持

戈圍帥府甚急帥令中軍詰關涕泣求救師遂破關徃謁從容開曉使者悟俾散亂民師先徃大言於衆曰諸君所爲欲食賤米耳今犯大法當取死即有賤米誰食之耶圍乃解會城以寧復甦採珠之擾其在東海勅賜殿成勢家冀奪道場搆方外黄冠稱侵其道院事下萊州無賴數百喧競合圍師令侍者他往獨徐行其中首一人舞銅牌利刃出其鞘擬殺師師笑視之曰爾殺人何以自處其人氣索收牌刃圍行城外二里許將東西行師躊躇請首者同至寓處閉門解衣磅礴談笑自若取瓜果共噉之一市喧云方士殺僧矣太守遣多役捕之彼衆惶懼皆叩首求解師曰爾勿懼亦勿辯第聽吾言太守問狂徒殺僧耶師曰未也來捕時僧方與彼同食瓜果耳太守曰何關曰市關耳太守命三木師曰將欲散之乃故拘之耶太守悟但令他方驅之不三日盡解散師於詩文天才駿發少年入長安王元美諄諄誨以詩法師不答瞠目視之敬美一見笑曰阿哥輸却維摩了也論曰莊生云以聖人之學教聖人之才其亦庶乎其可矣余以辛酉入五乳訪師者三語甚洽余謂師用世異才也贈以詩曰出世還應用世人師不語其意深自得又謂師老矣何不加意嗣人答云須其人精心求之我求何益初師在海上即墨黄生納善年十九叅究堅切脇不至席對大士破臂然燈保師速還火發瘡痛日夜危坐持觀音大士名三月乃愈痂痕結大士像眉目身衣宛然如畫求隨師出家師不許生乃曰弟子打個觔斗來師

又何能止我乎又明年竟坐脫此豈所謂其人耶非耶其在嶺南則馮昌曆五乳之患難不二者爲福善賜進士出身廣東等處提刑按察司按察使會稽陸夢龍君啟撰

憨山大師塔院碑記

嶺南無佛五祖所譏而能大師出其無根之智剖三光而剗五嶽掃軌易轍以師百世何其盛也玄風既衰法地亦墜積劫之因是爲闢始師與達觀潙源曹溪之盟結想未紓師乃被難達觀聞之驚曰憨公已矣此願曷酬而師以主恩佛佑流宥五刑適赴其地雖業累所纏然亦因緣之願力也初至解紛上將督府德之願爲護法先時道場土宇割裂侵并流徒肆爲屠沽至是檄縣期以三日盡之因謂師六祖腥羶已爲潙然生靈塗炭請師救濟其一珠船千艘皆海上巨盜資以欽採之勢踰期不歸橫掠海上吏不能制其一礦役暴橫掘墓破居師乃徐動榷使啟誘信心嚴約珠船徹所遣役歸有司歲額解進民自此安枕矣遂闢祖庭立義學登壇說法自宰官文士下及貼販咸遂皈依改徑拓產歸所侵田以屠肆爲十方旦過寮設庫司清規井然如官府法歲大饑疫勸施掩骼作濟渡道場夫無著之機棄絕聖智有爲之化波潤津梁大小精粗至人畢貫所以君子契其精玄小人懷其樂利没而不忘其在斯乎玄圃蕭先生北上入訪因遊次謂曰已爲師覓一片福地問何在曰天時岡師戲云天時岡宰相定穴非吾法王孰能居之既別即示微疾數日而逝甲子春廬山弟子福善等至請龕還

廬嶺南弟子歐文起劉起相暨山寺大衆議
留乃鬮卜之三鬮皆得留字韶太守張三星
爲建塔院即所指天時罔也然龕卒歸五乳
是爲衣履之藏銘曰聰明聖智道不涉焦金
腐芥世喪裂大師精神十方徹撓挑風雷弄
日月波瀾不蕩光不滅曹溪中流祖源遏刋
山滌源九州列洪鍾在函無扣歇水逝風行
非續絕曹溪五乳無跡輙與塔而三共巖業
天啟七年六月賜進士出身廣東等處提刑
按察司按察使會稽陸夢龍撰

本師憨山大和尚靈龕還曹溪供奉始末

謹按本師以萬曆丙申逆緣入粵生平履歷
備載于蕭玄圃吳觀我錢受之諸名公碑銘
亦既逗漏不少今所紀者自廬山迎靈龕還
曹溪及開龕漆布始末也吾師弘法一生精
神半在曹溪備載于中興録暮年歸休于廬
之五乳天啟壬戌起相同堂主本昂等堅請
師南還以癸亥冬示寂于曹溪五乳眷屬知
微善公欲迎靈龕歸廬龕前拈鬮三拈皆得
留字于時宗伯蕭公捐貲會本道我齋夏公
韶府張公暨遠近緇白弟子及十房僧衆崇
建塔院善公者本從師于患難九死之餘孝
誠篤摯邀請吳越諸宰官皈依師門者具書
當道何制臺下令强迎歸廬乙丑之春正月
也崇禎庚辰起相承之司李瑞州入山掃塔
始知形家異議既入塔復啟殯卜地因憶壬
戌侍師于廬師別詩云一片遠心遡流水相
期端爲不傳衣又曾于衆中授記云爾他日
爲兵部權要之官當爲我修蔡家先墳二十

年來一官拓落旣難提石上之衣又罔効包土之力嘗懷内疚忽猛省曰師靈未妥倘了此段公案其於修墳不旣多乎遂謀力任南迎之役長男瑆燁隨任因力贊之癸未秋楚寇震鄰兵燹是虞嗣孫慈力廣成等用予言龕前拈鬮三鬮皆順起相解任將南歸遣男瑆燁代迎有晏生日瑞者曾物色之兩造中賞其膽智可任渠亦堅請効勞因命之徃康郡糧舘亦留都人難之曰大師吾梓里也彼能迎我獨不可留乎相先托同鄉康郡司李廖公文英爲東道主值廖奉臺檄辦事淮安已在舟中矣爲風所留幾八十日晏生懇之廖欣然許諾一夕風轉南遣人趣晏曰風利不泊遲則自誤値晏痢病動轉不得業揚帆北渡晏生已失望矣是夕石尤風大作又逆迺廖舟還故處晏生手額曰大師之靈也於是檄星子縣署篆寗公主其事牌行山中衆莫敢抗瑞郡守戎金國柱康郡守戎胡宗聖皆遣兵迎送旗鼓導引出山寇警日迫河道梗澁六舟南邁途中値賊客舟皆被邀截獨靈龕船得風揚帆徑去鈎竿皆著手不得如是屢經險阻履險卒夷川嶽助順何莫非吾師之靈也是年冬仲朔二日靈龕到山山中大衆歡聲如雷以爲從天而下也晏生及嗣孫慈力爲余言龕靈異甚初出山及度嶺皆四人舁之比到濛裏登岸夫力倍之猶勉强此何説也予謂老人家顯異欲以肉身出現乎擇吉入塔在甲申九月而荒盗頻仍復値燕都大變崩心痛悼欲先期入山省視未遑也有宋總戎紀者語僧遠著曰大師名喧宇

宙豈同餘人金剛之體保無缺漏請開瞻禮于四月廿八集衆拈鬮許開開則道骨如生儼然端坐不傾不倚髮甲皆長衣服鮮潔白綾坐褥無半點瑕數珠絨串若新大衆歡呼皈命頂禮觀者如堵後數日前吏部尚書李公日宣韶府黃公錕者入山隨喜共作證明始信肉身大士應緣度世前有大鑒今有本師先是卓錫泉久竭郡侯黃公留心法門百計搜剔比靈龕既啓泉則自湧應若影響豈偶然也起相與余宗元斜本府長春社中緇白善信設闔山大齋以重陽日入山廿五日齋僧十月初十日漆布陞座十房戶長長老耆舊塔主堂主及長春社護法居士具僉帖請嗣孫慈力等守奉塔院香燈宋公首捐五十金漆布且請李公撰募疏謂塔院襟眉未舒爲修葺及香燈田産之費制臺沈公業題百金此皆與本師夙值般若之緣故能于末後一著各出手眼爲千秋豎光明幢也起相綿力何幸躬逢其盛爰識其始末如此崇禎十七年十月吉日原任江西瑞州府推官順德菩薩戒弟子劉起相頓首謹識

奉輓憨翁禪師圓寂　蕭雲舉（少宰　廣西人）

鼓棹雙林扣夕扉故人把袂洽心期十年契闊龍華會萬里音書雁斷時茅結牢山歸北海花開庾嶺向南枝衡陽地褊袈裟濶匡嶽雲深杖錫移臺鏡本空觀自性風幡忽動想能師幾回涼月倍清夢一宿秋風對故知隱几談天收密義揮毫見地掃羣疑久無粘縛心常定空有慈悲首重垂落葉秋深忘語倦聽鍾夜半説心危每嗟塵世心常苦更到禪

臺路轉岐法語聽來堪唯唯客程催去故遲
遲老知湖海應難遇會屬機緣忽澙離鴈過
寒山秋影盡馬嘶曹水去聲悲尺素傳書人
北向闍黎聞訃淚交頤法門摧棟材難得覺
海藏舟事莫追睡蝶蘧蘧纔入夢猶龍矯矯
欲何之晤來已是經千刼化去何煩贊一辭
忘我非貪無相好觀空莫詫有形奇回看峰
色林端寺夢想潮音篋裏詩圓寂那曾分去
任莊嚴不改舊威儀秖愁法侶應稀少託鉢
傳衣更屬誰

奉輓憨翁大和尚 有序 吳中偉 左方作 海鹽人

憨山大師禪宗龍象余治兵湖南獲展叅詰
庚申春再承之嶺表道經曹溪頂禮南華祖
像僅蔽風雨雖巨材山積而龜曝鶴飛丹青
剥落徘徊久之慨然大息詢厥所以老比丘
答言此我憨大師未竟業也安禪七日金地
將完讒搆三途法輪中輟言罷掩抑悲不自
勝予重憐其意語之曰若等眞思大師予當
爲若招之比丘輩咸各歡喜無量投地稱謝
遂重趼千里殷勤敦請始於比年某月再入
曹溪則僧輩已三詣大師而予亦三致書師
矣卓錫之日法訊見貽薄宦糾縛未遑酬次
每念他日北歸庶幾從容化城仰叅心諦而
法臘已滿遽登涅槃俾予數年所懷竟成虚
想夫金剛不壞則大教常流石電難延則肉
軀等盡予悼宗風之永寂哀玄義之將頹感
往多哀傷今欲絶攬筆成誄情見乎詞矣
歸盡天龍有大師講壇花雨落遲遲廚中法
膳慈宫出嶺表恩流聖主知鷗鳥辛官疑玩
世旃檀海藏有經時是誰高足如迦葉把撰

遺疏痛所思

曹溪滴滴泣南華當日親承坐具紗心印獨傳無一字地金重布有三車林風月掩床頭火穀雨煙消定後茶末法中興還更墮低徊雙樹獨長嗟

識記南宗歲已千道場重此更安禪法流心在無窮悟祖去衣藏不再傳泣斷比丘黄葉下靈埋鑠子白雲邊應留遺教經同佛猶自中流得寶船

滿月當年一試叅飯依初地憶湖南衣從白撥身常淨教演青蓮舌再含金版譯窮經幾部銀鈎書就祖千函（予曾刻師楞嚴通議師亦為予手書祖像贊傳）是誰檀越眞師負三度書招秪自慚

過匡山弔憨山大師　王思任（山陰人）

七峰絶頂卓開巒蘿葛窮時剩石攀溪舌瓏玲難翦截教人猶自聽憨山

靈光作線一相牽八里庄前二十年今日拜師猶骨在知師原是古金仙

賜環炎海主恩多鱷浪蛇雲伏幾魔遮莫靈山因道力空餘好相聽彌陀

治任千般為一龕曹溪廬阜若何叅早知風月猶拏架一火燒時没得擔

奉輓五乳大師　博山後學大艤

象王跡應瑞蓮開五乳峰前吼若雷今日樹煙何靉靆紫雲旋入白雲推

南華福地塔全身脚底猶披五乳雲杖攬渾清世界不知得法幾多人

哭五乳大師　弟子福能

憶斷南華歸去來那堪已脱舊蓮胎人誰得髓應成笑我未忘情自合哀荷法從今皆弱

質論文視昔幾雄才可憐孤客餘雙眼遥對
青山泣草萊
乍得歸依雙徑山師資可想鷲峰間幾堪玉
樹蒼苔瘞即使香臺末路還語對石泉分哽
哽涕當風葉墮潸潸印心四卷楞伽在掉臂
何人已出關
泣對緘書轉不平空於手澤訴歸盟相逢未
惜懸千載自棄須知負一生推古但云携履
去臨哀誰解作驢鳴蕭蕭客舍殘冬雪點袂
依人若有情
淚灑天涯寄弟兄先師遺囑太分明鬚眉五
老堪摩擬腰脊三梁自現成紅葉鄉人雙眼
血白雲弟子一心旌於茲領取拳拳意何必
高談論死生

寄憨大師曹溪法眷書

海印白衣弟子虞山錢謙益致書于憨大師
曹溪塔院住持諸上座師兄恭惟甲申之歲
大師眞身自五乳歸於曹溪迄今十有三載
矣某洊經喪亂萬死一生視息僅存草土自
屏既不能襆被腰包躬埽塔院又不克齋心
頂禮遥致瓣香仰負劬勞僞辜記莂跼天蹐
地歎愧何已唯是多生承事畢世皈依布髮
未忘其宿因失乳久思夫慈母此則海墨難
盡刼火不灰我大師固當於常寂光中重加
憐愍容爲加被者也粤自法幢傾倒末刼凌
夷師子逝而野干鳴龍象寢而妖狐熾家家
臨濟箇箇德山宗師如茨付拂如葦而又搆
造妄語侮慢聖僧謗紫栢則曰本無師承毁
大師則曰但稱義學聚聾瞶瞽惑世誣民法
門之敗壞未有甚於此時者也舉世飲狂井

之藥而有一人不狂舉世怖曉鏡之頭而有一人不怖單撐孤立風雪當門此一人者或者護世四王密跡力士假手是人爲如來使使之屏除魔外不斷佛種而我大師慈心悲愍普施無畏亦豈無厚望於後人與諸上座與某緇白不同同出大師之門並受遺囑居今之世隨波逐流坐視斯人中風狂走搖手閉目不爲拯救亦何以稱海印之眞子與魔强佛弱俗重道輕智眼無多法城日倒未知諸上座能不河漢吾言否也今所欲亟請于座右者近代紫栢雲棲皆有全集行世大師夢遊集嘉興藏函但是法語一種其他書記序傳之文發明大法者有其目而無其書聞大師遺稿藏貯曹溪卷帙甚富今特爲啟請倒囊相付當訂其訛舛削其繁蕪使斯世得

窺全璧不恨半珠人天眼目剎塵瞻仰斷不可遼緩後時或貽湮没之悔也又大師著春秋左氏心法乃發明因果之書常自言曹溪削藁時燈前燭下徵求案斷魂魄可追毛髮皆竪以今世時節因緣正當開顯此書用以革頑止殺撈攏刼濁追思大師徃昔付託良非聊爾流通之責胡可逭也伏祈諸上座合力搜羅悉心採集片紙隻字罔其闕遺楗椎集衆昭告大師眞身之前舉授輶車詔使鄭重郵致俾某得藉手撰集以告成事此則法乘教海千秋之耿光非及門一人之私幸也大師五乳塔院濫竽載筆南海陳相公曾爲題識勒石南華甲申巳後歸龕事蹟山門當有實録不揆蕪陋願考覈作第二碑以備僧史某年七十有五誓以西垂之歲歸命佛門

會台賢之異同破性相之岐執闡揚遺教弘
護眞乘庶幾黽勉餘生不負大師摩頂付囑
至意矣文集畢工少有端緒當爲文一通啟
告大師冥機密感念茲在茲而今固未遑及
也遥望雙峰焚香作禮嶺海迢然如在床席
天寒夜凍琢冰削牘意滿楮陋不盡所云歲
在丙申十一月長至前三日某和南奉啟

右錢牧齋宗伯訪求憨山大師遺稿書以
託龔孝升中丞者項携至海幢華首和尚
覩之彈指讚禮蓋歎錢公能不負師龔公
能不負友而兩公皆能不負佛所付囑也
使授諸梓命今釋跋其後嗚呼斯道凌夷
於今已極良由信根輕鮮忘法本而背佛
恩其視慧命斷續之閒若越肥秦瘠笑啼
皆僞起倒隨人請以此書正告天下萬世
之爲法門後昆者知錢公所以盡心於大
師之心與龔公所共弘護之心與和尚所
共流通之心皆共出于三世諸佛大悲大
願之心皮下有血人觸著便痛不隔一絲
危涕既零忘身非險即生佛慧命實嘉賴
之豈止爲大師豎立光明法幢而已時丁
酉春正月穀日華首門下弟子比丘今釋
跋

台諭憨大師全集泰處署中搜羅洛訪非
力所及適金道隱在此知中丞傳台札於
海幢法侶其堂頭宗寶老人歡喜讚歎焚
香設拜屬道隱題跋付梓布告諸方俾凡
有收藏大師法語者單辭片紙皆來聚集
現在數種附中丞行笥此外更有所得泰
當爲續上也門人萬泰頓首

憨山大師全集舊序

余嘗思維世聖賢立身一代或開創或繼述或守成或重興或救弊其用心於制作之微事無不周義無不備使千萬世下有能尋其旨趣皆可因之而振起也此非古今之大經大法哉於是更進而思之夫經世聖賢尚能以身盡一代之事以道開萬世之心况我佛祖出世爲人以超生死性命之法而化凡聖迷悟之心其示現普門感應異類者豈不能續三世之慧燈傳大千之種智乎余於憨山大師見之矣大師悟門與教化之廣大已見於自已著述與諸明眼傳記贊銘之詳舉世莫不知爲再來肉身大士矣余何能贊一辭蓋痛念法門而有感焉大師當此宗門凋落之際方與雲棲達觀二大師相爲鼎立以悟宗門之人不據宗門之位是預知宗門將振故爲宗門大防獨虛此位而尊此宗使其狂妄僭竊之徒自生畏懼而不敢眇視輕賤此其心又奚啻程嬰杵臼哉嗚呼有三大師如此光明赫奕於前而後世尚有僭竊不恤爲大師之罪人者寧不大可慨與雖然孔子作春秋正萬世名義雖不能使萬世之名義皆正而有不能正名義者亦何能逃春秋之誅余昔年見大師贊予壽昌先祖及撰塔銘即突出大好山千里遥相見之句已知與先祖把手共遊向上一路矣至於平生説法著作曲盡一代時教始終本末全體佛心全行祖意其提唱拈頌及指示偈語曾何減於古人曾何讓今人天下後世自知師實祖位之人不居祖位豈可以師不自居即爲非祖位人

乎師没後二十二年而全身不壞與曹溪六祖開創重興無有二義其進於維世大經大法而能續法身慧命誠無不周無不備也茲大師法孫堅如欲募刻師全集乃特請爲序而贊成之予嘉其爲法忘軀之誠因述余所仰慕感慨之思云爾天界後學道盛和南題

憨山大師口筏引

客歲冀中丞孝升入粤虞山錢宗伯屬收憨山大師遺文維時華首老人與冉湖棲壑和尚裒集法語及諸論述附星軺以徃珠海牟尼光已照映吳山淛水間矣余從友人黄秋聞又得遺言一則乃師中與曹溪祖庭時與鄧生數說所謂口筏者也師信口說法泚筆千言文不加點皆從不思議中流出其示鄧生言下指點縱橫穿漏從來單提直指未有如是之簡捷透快者師與雲棲紫栢同時稱三大宗師弘皆親受記莂雲棲以低眉作佛事師與紫栢以努目作佛事而其作略大都從五臺水觀中來故其楮墨所傳莫不有千峰積雪萬壑轟雷之雄槩此片紙亦具見一班矣刻成仍寄宗伯俾補入全集中而敬書數語于後丁酉蒲月中州曾弘合掌言

憨山大師夢遊全集卷第五十五

音釋

皖胡官切地名 洊徂悶切再至也 塾神六切門側堂也古之教者家有塾黨有庠 鐍古穴切環有舌者 弇音奄 佹古委切重累也 庋音詭庋閣也 眦睚上音劑下音崖舉目相忤也 塤篪上許元切下直离切 蝥音茅蟲名 狙獪上子余切下古外切 貲音咨財也 咥杜結切齧也 諜音畫速也莊子諜然已解 郟鄏上音夾下音肉地名 炧待可切燭餘也 鬖毿上蘇合切下桑何切 嬲音鳥戲相擾也 鬮居尤切

性相通說

唐三藏法師玄奘奉 詔譯

明憨山沙門德清述

清刻龍藏佛説法變相圖

序

佛稱三界醫王所説一大藏經如世之醫方至於相宗文字如醫家之脉訣世之醫者捨脉而不知病症之微細則安施方藥雖金丹適令人死故學佛而獨以叅禪爲向上不究性相之原如醫不問病症而槩施以金丹未有不瞑眩發狂者此今禪門之大謬也若習教而不知叅禪如説方而不識藥亦有知藥而不知病者叅禪而不知教是猶重金丹而棄方脉莫不夭折慧命喪法身此可爲法門之大憂也西域佛滅六百年中性相相攻破壞正法故馬鳴大士作起信論以一之達磨東來禪教相非亦甚圭峯禪師一之未能永明大師集一大藏爲宗鏡録以會歸一心爲二宗之極則學者槩東之高閣且相宗之不

明也久矣我明二百年來魯山法師始揭其規矩爲補註萬曆中高原一雨諸公始倡唯識損弇王太史爲之博采證義其說益明然特施於專門尚難入若夫修禪之士猶憒憒也故執藥之病卒不可治予至徑山澹居鎧公請益性相宗旨予畧拈兩宗之要爲說以通之以名相旣有諸解精詳不俟一一特取其義而變其文以歸一心爲極致可爲宗鏡之提綱直欲初機易會此說一出而兩家牴牾可釋然無疑修禪得此可免誤服之虞而習教者亦無執方之誚此亦均調之劑也智者觀之若飲倉公上池之水則洞見肺肝特以胗脉爲名耳可不快哉前以落筆草稾付徑山謄寫多譌佛殿山古愚拙公重梓以結法緣因爲訂正傳之諸方當以此本爲正故序其始末以弁其首

憨山叟德清題

性相通説卷之上

百法論義

天親菩薩造

唐三藏法師玄奘奉詔譯

明憨山沙門德清述

佛説一大藏教只是説破三界唯心萬法唯識及佛滅後弘法菩薩解釋教義依唯心立性宗依唯識立相宗各豎門庭甚至分河飲水而性相二宗不能融通非今日矣唯馬鳴大師作起信論會相歸性以顯一心迷悟差別依一心法立二種門謂心眞如門心生滅門良以寂滅一心不屬迷悟體絶聖凡今有聖凡二路者是由一心眞妄迷悟之分故以二門爲聖凡之本故立眞如門顯不迷之體立生滅門顯一心有隨緣染淨之用故知一切聖凡修證迷悟因果皆生滅門收其末後拈華爲教外別傳之旨乃直指一心本非迷悟不屬聖凡今達磨所傳禪宗是也其教中修行原依一心開示其所證入依生滅門悟至眞如門以爲極則其唯識所説十種眞如正是對生滅所立之眞如耳是知相宗唯識定要會歸一心爲極此唯楞嚴所説一路涅槃門乃二宗之究竟也學人不知其源至談唯識一宗專在名相上作活計不知聖人客意要人識破妄相以會歸一心耳故今依生滅門中以不生滅與生滅和合成阿賴耶識變起根身器界以示迷悟之源了此歸源無二則妙悟一心如指諸掌矣相宗百法者正的示萬法唯識之旨也以不

生滅心與生滅和合成阿賴耶識以此識有覺不覺義其覺義者乃一心眞如爲一切衆生正因佛性其不覺義者乃根本無明迷此一心而成識體故此識有三分謂自證分見分相分又一師立四分增證自證分其證自證分卽不迷之眞如其自證分乃眞如一分迷中之佛性是爲本覺以衆生雖迷而本有佛性不失不壞以有眞如自體可證故云自證良由一心眞如有大智慧光明義故今迷而爲識以湛寂之體忽生一念迷本圓明則將本有無相之眞如變起虛空四大之妄相名爲相分將本有之智光變爲能見之妄見是爲見分是知一切衆生世界有相之萬法皆依八識見相二分之所建立故云萬法唯識此

實相宗之本源也今唯識宗但言百法者始因彌勒菩薩修唯識觀見得萬法廣博鈍根衆生難以修習故就萬法中最切要者特出六百六十法造瑜伽師地論以發明之可謂簡矣及至天親菩薩從兜率禀受彌勒相宗法門又見其繁乃就六百六十法中提出綱要總成百法已盡大乘奥義故造論曰百法明門謂明此百法可入大乘之門矣故欲知唯識要先明此百法以此百法乃八識所變耳以一切衆生皆依此識而有生死三乘聖人皆依此識而有修證通名世出世法卽此百法收盡然一切聖凡皆執爲我故論首標云如世尊言一切法無我卽顯此一無字便見世尊出世説法四十九年單單只説破聖凡之

我見耳我見既離則八識無名而一心之義顯矣由是觀之何相而不歸性耶今言百法通名有爲無爲世出世法其世間名有爲法有九十四出世間名無爲法有六種故一切兩字包括殆盡雖云出世猶未離我故總無之所以論主標一切法無我一句爲性相之宗本則了無剩法矣其有爲法九十四者謂一心法有八心所法有五十一色法有十一不相應行法有二十四然心法八者謂眼識耳識鼻識舌識身識意識第七末那識亦名意亦名染淨依俗呼傳送識第八阿賴耶識亦名無沒識又名含藏識此八識通名心王以第八識乃自證分爲生死主其前七識乃屬見分以爲心用故楞嚴云元以一精明分成六和合八識心王無善無惡不會造業其作善作惡者乃心所也故五十一心所又名心使如世人家之奴僕主人固善而奴僕作惡累及主耳起信論中不分王所但暨説三細六麤生起之相通名五意六種染心但云心念法異一語而已然心卽八識心王念卽心所法卽善惡境界此唯識相宗乃横説八識王所業用故不同耳其五十一心所分爲六位

一徧行五法謂意觸受想思

二别境五法謂欲解念定慧

三善心所有十一謂信進與慚愧無貪等三根輕安不放逸行捨及不害

四根本煩惱有六謂貪嗔癡慢疑不正見

五隨煩惱二十分小中大小隨有十者謂忿

恨惱覆誑諂憍害嫉慳中隨一者謂無慚并無愧大隨八者謂不信并懈怠放逸及昏沉掉舉失正念不正知散亂所言隨者乃隨其根本煩惱分位差別分小中大者以有三義一自類俱起二徧染二性謂不善有覆三徧諸染心三義皆具名大具一名中俱無名小

六不定法四者謂悔眠尋伺以此四法不定屬善屬惡故此五十一心所皆作善作惡之具也而有麤細之不同

徧行五者乃善惡最初之動念也雖有五法其實總成一念以第八識元一精明之體本無善惡二路其前五識乃八識精明應五根照境之用同一現量亦無善惡其六七二識正屬八識之見分其七乃虚假故楞伽云七識不流轉非生死因其六識元屬智照今在迷中雖善分別況是待緣亦本無善惡若無徧行五法則一念不生智光圓滿現量昭然即此名爲大定六根任運無爲矣無奈八識田中含藏無量劫來善惡業習種子内熏鼓發不覺動念譬如潛淵魚鼓波而自踊是爲作意警心令起不論善惡但只熏動起念處便是作意此生心動念之始也由衆生無始以來未嘗離念故今參禪看話頭堵截意識不行便是不容作意耳觸則引心趣境葢境有二其習氣内熏者乃無明因緣所變爲境發出現行則以比似量所緣前塵影子爲境二境返觸自心故名爲觸此妄境一現則違順俱非境相含受不捨是名爲受境風

飄鼓安立自境施設名言故名爲想微細不斷驅役自心令造善惡故名爲思其實五法圓滿方成微細善惡總爲一念此最極微細故云流注生滅言徧行者謂徧四一切心得行故謂徧三性八識九地一切時也是爲恒行心所參禪只要斷此一念若離此一念即是眞心故起信云離念境界唯證相應故

别境五者正是作善作惡之心也前徧行五雖起一念善惡但念而未作若肯當下止息則業行自消及至别境則不能止矣言别境者謂别别緣境不同徧行此乃作業之心耳因前徧行作後善惡體通麤細欲者樂欲謂於所樂境希望欲作此正必作之心也解者勝解謂於境決定知其可作不能已也念者明記謂於可作境令心分明記取不忘也定專一謂於所觀境專注一心也慧黠慧謂於所作境了然不疑也此五别别緣境而生若無此五縱有善惡之念亦不能作成事業而此五法不唯善惡即出世修行亦須此五乃能成辦也上乃起業之心下乃造作之業其業不過善惡二途其善業止有十一其惡業則有根本煩惱六隨煩惱二十故世間衆生作善者少而作惡者多也

善十一者善謂信慚愧無貪等三根勤安不放逸行捨及不害此十一法收盡一切善業世出世業以信爲本故首列之慚者謂自慚云我如此丈夫之形又解教法敢作惡耶有此慚心則惡行自止愧者愧他謂

恐人譏呵故不親惡人不作惡事經云有慚愧者可名爲人既具信心加增慚愧則善法自成矣貪嗔癡三者乃根本煩惱亦名三毒作善之人此三不斷何以爲善故皆無之若無此三毒是爲三善根勤者精進也既斷三毒純一善心必加精進勇猛善行方增此治懈怠之病世有淳善之人無精進力軟暖因循故終身無成輕安者謂離三毒麤重昏懵如釋重負則身心輕快安隱堪任善行也不放逸者以縱貪嗔癡無精進心是爲放逸此不放逸乃三根精進四法上防修之功能也行捨者由精進力捨貪嗔癡則令心平等正直任運入道以念念捨處即念念入處如人行路不捨前步則後步不進故名行捨以有此捨令心不沉掉故平等耳言行蘊中捨者以行陰念念遷流者乃三毒習氣熏發妄想不覺令心昏沉掉舉若無此捨不但昏掉將發現行若能念念捨之則昏掉兩捨自然令心平等正直矣初用力捨名有功用若捨至一念不生則任運無功自然合道矣故予教人叅禪做工夫但妄想起時莫與作對亦不要斷亦不可隨但撇去不顧自然心安益撇即捨耳不害者謂慈愍衆生不爲損惱此專治嗔不嗔則外不傷生内全慧命故爲至善如儒之仁而善法繫之終焉

根本煩惱六者謂貪嗔癡慢疑不正見此六煩惱乃二種我法之根本爲二種生死之根本一切枝末從此而生然貪嗔癡名爲

三毒傷害法身斷慧命者唯此爲甚故首標之慢乃我慢疑乃不信不正見即邪見此三法障道之本慢障無我疑障正信不正見障正知見三乘能斷三毒而不能斷此三法外道之執邪見更甚所以修行難入正行者此三煩惱之過也法華名爲十使煩惱謂貪嗔癡慢疑爲五鈍使不見正分五謂身見邊見邪見見取戒禁取爲五利使由此煩惱能使衆生漂流苦海故名爲使

隨煩惱二十者謂忿恨惱覆誑諂憍害嫉慳此十爲小隨無慚無愧此二爲中隨不信懈怠放逸昏沉掉舉失正念不正知散亂此八爲大隨所言隨者以隨他根本煩惱而生故言小中大者以隨有三義謂自類俱起徧染二性謂不善有覆徧諸染心具三名大具一名中大小俱起故行相麤猛各自爲主故名小隨以忿等十法各別而起故其無慚無愧則一切不善心俱大小俱起名中由無慚愧則昏掉不信等一齊俱起故名爲大葢無慚愧及不信等與上善法相返義相對照可知不必繁解要知請詳唯識

不定四者謂悔眠尋伺論曰不定謂悔眠尋伺二各二謂此二二各具善惡二法故不定於一以不同前五位心所定徧八識三性一切時一切地此心所之差别也悔不定者如作惡之人改悔爲善悔前惡行如作惡之人悔前惡事不作故不定耳眠謂睡眠則令身不自在心極暗昧此非善惡

故名不定即眠中作夢亦不定善惡論說眠能障觀以眠爲心所者能令身心昏重之用但非一定善惡耳言尋伺者乃作善作惡之心將作之時必返求於心意言籌量麤轉爲尋入細爲伺所謂麤細發言言不定者如讚佛菩薩初尋後伺方得妙辭如刀訟之人亦由尋入伺方得成筭故此二法爲不定耳如上五十一法名心所者乃心家所有之法也然八識心王不會造業其造業者乃心所爲之以此與心相應故同時起耳此心所法又名心數亦名心迹亦名心路謂心行處總名妄想又名客塵又名染心又名煩惱煩者擾也惱者亂也有此心所擾亂自心然清淨心中本無此事如清冷水投以沙土則土失留礙水亡清潔自然渾濁名煩惱濁今修行人專要斷此煩惱方爲眞修楞嚴經云如澄濁水沙土自沉清水現前名爲初伏客塵煩惱去泥純水名爲永斷根本無明故修行人縱得禪定未斷煩惱但名清水現前而沙土沉底攪之又濁況未得禪定而便自爲悟道乎如阿難蒙佛開示如來藏性徹底分明而自述所悟但曰心迹圓明以向來都是妄想用事全不知不見今日乃見此是煩惱方得圓明了了耳今人以妄想爲悟心豈非自顚耶然此心所名雖相宗要人識破此妄想相則容易妙悟本有眞心矣豈直專數名相而已哉

已上雖分王所總屬八識之見分

十一色法者謂眼耳鼻舌身五根色聲香味

徧法六塵此五根乃八識攬地水火風四大所成内身爲識所依之根五塵亦是四大能所八法所造爲所受用境其法塵乃外五塵落謝影子屬六識所變一半屬心一半屬境此十一法通屬八識相分境以唯識所現故

問曰此五根身乃衆生之内身言攬四大所成此義云何

答曰楞嚴經云迷妄有虚空依空立世界想澄成國土知覺乃衆生此言因迷一心轉成阿賴耶識則靈明眞空變爲頑空於頑空中無明凝結成四大妄色故云依空立世界乃妄想澄凝所成之國土耳由有四大妄色則本有之智光轉爲妄見以彼妄色爲所見之境妄見旣久則摶取四大少分爲我而妄見托彼四大以爲我身故四大本是無知因妄見執受而有知眞心無量今被無明封固潛入四大以爲心所謂色雜妄想想相爲身故云知覺乃衆生是爲五藴之衆生耳故内五根外六塵通屬八識之相分故參禪必先内脱身心外遺世界者正要泯此相見二分單究八識無明本體故身心世界不消總是生死之障礙耳所言分别我法二執者以執身爲我執根塵爲法執二乘修行但破身見則出分段生死其分别法執從初信心歷三賢位直至初地方破此執豈易易哉

一十四種不相應者此乃色心分位葢依前三法上一分一位假立得等之名揀非心心所色等故名不相應以不與心王相應

以不能作善作惡故非心所但係唯識所計分位差別以是我所執之法故亦列在有爲法數義有多解非所急務故不必一一恐妨正行耳

此上九十四種名有爲法以是衆生生死之法乃妄識所計有造作故故名有爲名世間法下六無爲乃出世法

無爲法有六種者謂虚空無爲擇滅無爲非擇滅無爲不動無爲受想滅無爲眞如無爲此六種法揀異有爲故立無爲名雖云出世法實通小乘以不動乃三果那含受想滅乃滅盡定耳虚空無爲者從喻得名謂無爲法體若虚空無所造作下五無爲通以此喻然此虚空喻有大小不同如華嚴云若人欲識佛境界當淨其意如虚空遠離妄想及諸取令心所向皆無礙又云清淨法身猶若虚空此則直指法界性空即起信所云如實空鏡以體絶妄染故如虚空此乃大乘法性眞空實一心之別稱也此中虚空義通大小正取虚豁無有造作以作下五無爲眞諦之喻耳擇滅無爲者擇謂揀擇滅謂斷滅由無漏智斷諸障染所顯眞理故立斯名此在權教菩薩分斷分證及二乘所證涅槃空法正屬擇滅故曰證滅高證無爲實在二乘非擇滅者謂不由擇力緣缺所顯即實教菩薩以如實觀觀諸法性本自寂滅以立此名不動無爲者謂第四禪離前三定三災不至無喜樂等動摇身心得不動名即五那含定受想滅無爲者無所有處想受不行名受

想滅無爲通滅盡定此與不動皆屬二乘眞如無爲者理非倒妄不妄不變名爲眞如以遠離依他徧計此正唯識所證十種眞如若依起信正是八識體中本覺及眞如門乃對生滅之眞如未盡一心故是相宗之極則此上百法乃總答云何一切法也下答云何爲無我

言無我者畧有二種一補特伽羅無我二法無我此二無我直顯一心之源也葢我法二執有麤有細麤者名分別我法二執細者名俱生我法二執此二種執始從凡夫外道二乘歷三賢十聖直至等覺方纔破盡破此二執即證一心是名爲佛今此二無我則麤細二執皆在此中言補特伽羅云數取趣謂諸有情數數起惑造業名爲能取當來五趣名爲所取此葢就凡夫所執分別五蘊假我及外道所執之神我以取分段生死之苦者而言也其實二乘所執蘊即離我及涅槃我與地上菩薩未破藏識七地已前俱未離俱生我執以取變易生死之微苦者今論中但說凡夫分別之我未及聖人葢就相宗一往所談耳其實佛意以聖教量盡皆破之方極大乘之義也法無我者謂我所執之法也凡夫法執即身心世界六塵依報外道所執妄想涅槃二乘所執偏空涅槃菩薩所執取證眞如論云現前立少物謂是唯識性以有所得故非實住唯識以有證得是爲微細法執所謂存我覺我俱名障礙故八地菩薩已證平等真如尚起貪著是謂微細法

執此執未空故未盡異熟尚屬因果直至
金剛道後異熟空時即入果海即起信云
菩薩地盡覺心初起心無初相遠離微細
念故得見心性名究竟覺是則按此百法
前九十四乃凡夫所執人法二我六種無
爲乃二乘菩薩所執人法二我以雖證眞
如猶屬迷悟對待總屬生滅邊收故今生
滅情忘聖凡不立方極一心之源故皆無
之此實即相歸性之極則也嗟今學者但
只分别名相不達即相即性歸源之旨致
使聖教不明而有志叅禪者欲得正修行
路可不敬哉

性相通説卷之上

性相通說卷之下

八識規矩

唐三藏法師玄奘集

明憨山沙門德清述

八識規矩者初玄奘法師糅成唯識論就窺基法師因見本論十卷文廣義幽乃請法師集此要義將八識分爲四章每章作頌一十二句將五十一心所各派本識位下有多寡之不同條然不紊故稱規矩然論雖十卷其義盡此四十八句包括無遺可謂最簡最要爲一大藏教之關鑰不唯講者不明難通教綱即叅禪之士若不明此亦不知自心起滅頭數所謂佛法之精髓也但窺基舊解以論釋之學者難明故但執相不能會歸唯心之旨予因居雙徑寂照適澹居鎧公請益性相二宗之旨予不揣固陋先依起信會通百法復據論義以此方文勢消歸於頌使學者一覽了然易見而叅禪之士不假廣涉教義即此可以印心以證悟入之淺深至於日用見聞覺知亦能洞察生滅心數但此頌近解已多皆得其宗但就機宜或以此爲一助以隨文難明故先提大綱於前使知綱要則於頌文不勞細解亦易會矣

大綱者謂一眞法界圓明妙心本無一物了無身心世界之相又何有根境對待妄想分別之緣影乎原此心境皆因無明不覺迷一心而爲識唯識變起見相二分故見爲心相爲境故緣塵分別好醜取捨者皆妄識耳若了心境唯識則分別不生分

別不生則一心圓明永離諸相矣今以未悟一心故須先了唯識心境生滅心行則當下消亡一心可入故唯識必須先知大綱方可安心入觀耳此頌大綱單舉八識心王緣境之時境有好醜故心所從之執取起憎愛取捨故作善作惡善惡爲因故感苦樂二報則業力牽引受苦受樂衆生生死之法唯此而已此中開列八識各具心所多寡之不同造業有强弱之不一分別皎然使學者究心了知起滅下落易於調治不致盲修瞎練不是徒知名相而已衆生日用見聞覺知不離心境其能緣之心具有三量量者量度揀非眞智今妄識對境便有量度故心有三量謂現量比量非量以第一念現前明了不起分別不帶名言無籌度心如鏡現像名爲現量若同時率爾意識隨見隨即分別名爲比量比度不著名爲非量此三量乃能緣之心也而所緣之境亦有三謂性境帶質境獨影境現量緣性境性者實也謂根塵實法本是眞如妙性無美無惡以心無分別故境無美惡是爲性境帶質境者比量所緣若比度不著則爲非量其帶質境有眞有似以六七二識各有所緣故若六識外緣五塵比度長短方圓美惡等相屬第二念意識分別故爲比量此長短等相是帶彼外境本質而起名似帶質以是假故其意識緣五塵過去落謝影子亦名有質獨影乃意識所變故云以心緣色似帶質中間相分一頭生謂單從能緣見分起故若緣空

花兎角等事名無質獨影若散心所緣又有夢中境界及病中狂亂所見皆是非量并定中觀魚米肉山等事皆現量明了意識雖通三量現多比非少也若七識緣八識見分爲我中間相分兩頭生以能所同一見分所變故名眞帶質境此心境之辨也以心境對待境有逆順好醜則能緣心依之而起憎愛取捨等見故起惑造業染成善惡二性故感將來受苦樂二報故心王有苦受樂受若不起善惡屬無記性則平平受因此受亦有三所以三界衆生上下升沉輪迴苦樂不忘者皆由唯識内習熏變發起心境故三量三境三性三受由是不能出離生死皆心意識之過也故論云衆生依心意意識轉今唯識宗因凡夫日用不知苦樂誰作誰受外道妄立神我二乘心外取法故佛説萬法唯識使知唯識則知不出自心以心不見心無相可得故叅禪做工夫教人離心意識叅離妄想境界求正是要人直達自心本無此事耳今八識頌而稱規矩者只是發明心境其所作善作惡皆是心所助成以各具多寡之不一故力有强弱之不等耳此唯識之大綱也其心所法已見百法今預列心境則臨文不必繁解恐礙觀心耳叅禪若了妄心妄境皆唯識所現則用功之時内外根境一齊放下不逐緣影能所兩忘絶無對待單提一念攝歸自心則一切境量分別皆剩法矣

五識頌

性境現量通三性眼耳身三二地居徧行別境善十一中二大八貪嗔癡

此頌前五識首句言五識與八同體縁境之時單屬現量以前五識乃八識精明之體映在五根門頭了境之用以初映境時當第一念未起分別不帶名言無籌度心故名爲現量境即性境若起第二念分別則是同時意識相應而起則屬比量故云性境現量言三性者乃善惡無記三性由此五識體非恒審故三性皆通問曰五識現量本無善惡何以通三性耶答曰此約同時意識而引自類種子同時而起則三性皆通此指意識任運而言非專五識也問曰若前與八同體然八識畢竟無善無惡而五識何獨通耶答八識畢竟不起分別五識則有任運分別約後分別位義説通耳眼耳身三二地居者此言三界五識行止之地也二地者謂欲界五趣雜居地色界初禪離生喜樂地以欲界五識全具初禪天人以禪悦爲食不食叚食故離舌識既不受食則亦不聞香故無鼻識但有眼耳身三識而已居者止也謂此三識亦止於初禪若至二禪定生喜樂地以入定中三識亦無故云居止於此徧行二句頌相應心所也其相應心所通有五十一而前五識但具三十四心所法餘不具者互相違故

五識同依淨色根九縁七八好相隣合三離二觀塵世愚者難分識與根

此頌初句言五識所依之根次句言生識

之緣三句言了境之用言依根者謂八識精明之體令映五根門頭各了自境不能圓通者以被五色根之所籠罩故各別區分然五根乃四大所造有浮塵有勝義今淨色根乃清淨四大所造爲勝義根則浮塵根不足依也且如盲者見暗與有眼處暗無異足知根壞而見不壞則所依乃淨色根耳言淨色者舊解但云四大初成之淨色此最難曉唯天眼能見愚謂淨色即無明殼也何以明之且妙明眞心本來圓明廣大今變而爲識則被無明拘礙及結色成根而無明識體栖托其中是爲五蘊之衆生且此妙心非無明力誰能裹此而入軀殼之中耶故中陰身亦有形狀但輕薄耳鬼神五通乃淨色之用足可徵矣九

緣等者言生識之緣謂八識生起共有九緣但具緣多寡之不同耳九緣者謂空明根境作意分別染淨種子根本此九通爲生識之緣以有爲之法非無緣而生偈曰眼識九緣生耳識唯從八鼻識身三七後三五三四謂眼識必仗九緣方生耳識八緣除明緣以暗中能聞故鼻舌身三識除明空二緣故唯七耳相隣次第也應云八七後意識五緣者謂除分別與根以根乃七識染淨依故七識三緣者但有作意種子根本耳八識四緣者謂根即末那境即種子根身器界作意即徧行一種子乃八識親生種子此通言生識之緣意取前五識因便及後三也鼻舌身乃合中取境以合方知故眼耳離根取境以合則壞根故

此言了境之用也愚者難分一句言小乘人唯依六識三毒建立染淨根本不知八識三分以根乃相分色法識乃見分心識以不知此只說根識相生縱許五識依五根生則六識依何爲根耶經云根能照境識能了別二乘不知故爲愚者此上八句頌有漏識下四句頌無漏成智

變相觀空唯後得果中猶自不詮眞圓明初發成無漏三類分身息苦輪

此四句頌轉識成智也變謂變帶相謂相分以五識一向緣五塵相分境以此識同八齊轉今托彼相變帶觀空而此方成智其相雖空亦未離空相以不能親緣眞如無相理故智有根本後得根本智緣如名眞智後得智緣俗名爲假智果中不詮眞者正謂佛果位中尚名假智此破異師計也以安慧師宗言後得因中緣如故此破之圓明初發謂八識轉大圓鏡智初發之時此前五識即成無漏以同體故所謂五八果上圓若此五轉成所作智在佛果中則能現三類身謂大化小化隨類化以此三身應機利物以在因中有外作用故果上亦成利生大用也叅禪無明一破則五根門頭皆光明智照如鏡照物不將不迎終日應緣了無一法當情矣

六識頌

三性三量通三境三界輪時易可知相應心所五十一善惡臨時別配之

此頌六識初句言六識善惡無記三性現量比量非量性境帶質獨影一一皆具以

諸識中唯此具足故其力最强三界生死善惡因果唯此識造故云三界輪時易可知所以能取三界生死者以五十一心所法法全具故業力殊勝但就善惡一念起時則心所齊集以類相從故云分別配之則易可知也然意識有五種緣境不同五種謂明了意識散位獨頭意識定中獨頭意識夢中獨頭意識散亂獨頭意識此五種緣境唯後夢中散亂位二種單緣獨影境其前三種皆能緣三境以凡有影像皆落意識窠臼故叅禪工夫必要離心意識者要不墮光影門頭以非眞實故耳

性界受三恒轉易根隨信等總相連動身發語獨爲最引滿能招業力牽

此頌六識業力强勝也受雖云三受其實有五内外麤細之不同謂苦樂憂喜捨逼悅心曰憂喜逼悅身曰苦樂憂喜苦樂不行時名爲捨受以此六識於三性三界五受恒常轉變改易也正如善時忽生一惡念喜時忽生一憂念改易不定次句承之云若惡念起時則根本與隨煩惱連帶而起若善念起時信等善法亦相連而起以其善惡心所齊行故助其强勝耳於八識中能動身發語獨此識最强其造善惡之業亦此識最强引者能引諸識作業滿者能滿異熟果報故一業引一果多業能圓滿其所造業力招後報者則牽引八識受生死苦故八識頌云界地從他業力生者此耳故楞伽不立七識但言眞識現識分別事識足知此識過患最重也

發起初心歡喜地俱生猶自現纒眠遠行地後純無漏觀察圓明照大千

此頌六識轉成妙觀察智也以第六識順生死流具有分别俱生我法二執若逆流還源亦仗此識作我法二空觀令轉識成智從觀行位入生空觀至七信位方破分别我執天台云同除四住此處爲齊從八信起作法空觀歴三賢位至初地初心方斷分别法執故云發起初心歡喜地俱生二執方現故云現纒眠纒目現行眠目種子以俱生我法二執乃七識所執者七識無力斷惑亦仗六識入二空觀初則有相觀多無相觀少至第七遠行地六識恒在雙空觀方破俱生我執俱生法執永伏不起至此六識方得純淨無漏相應心所亦同轉成妙觀察智也若此識成智則日用現前六根門頭放光動地一切云爲皆大機大用矣

七識頌

帶質有覆通情本隨緣執我量爲非八大徧行别境慧貪癡我見慢相隨

此頌七識境量心所也此識唯緣帶質境以心緣心名眞帶質言通情本者以揀六識緣外境爲似帶質也以此七識緣内見分爲我中間相分識與見分本質交帶變起故名爲眞三性之中唯有覆無記謂此識雖無善惡而有四惑我見相應而起葢覆眞性故名有覆無記隨緣執我量爲非此句揀量也若言帶質境則屬比量所緣今因執内見分爲我以非我計我恒謬執

故故名非量此識唯具十八心所以雖無善惡而爲染汚意故具八大徧行并别境中慧慧即我見貪癡見慢同一我見故餘不具者以善是淨法此識染汚小隨麤猛此識微細由見審決故疑無容起愛著我故嗔不得生故唯四惑然無別境四者以欲希望此識任運無所希望故無欲解者印持未定境此識恒緣定事故無勝解念乃記憶曾所習事此識恒緣現所受境無所記憶無不定四者悔者悔先所作此識恒緣現境故無惡作睡眠必依身心重昧外衆緣力此識一類内執不假外緣故無睡眠尋伺二法麤細發言淺深推度此識唯依内門而轉一類執我故皆無之

恒審思量我相隨有情日夜鎮昏迷四惑八大相應起六轉呼爲染淨依

此頌七識力用也此識恒常思察量度第八見分爲我故云恒審思量我相隨恒之與審八識中四句分別第八恒而非審不執我無間斷故第六審而非恒以執我有間斷故前五非恒非審不執我故唯第七識亦恒亦審以執我無間斷故有情由此生死長夜而不自覺者以與四惑八大相應起故第六依此爲染淨者由此識念念執我故令六識念念成染此識念念恒思無我令六識念念成淨故六識以此爲染淨依是爲意識之根以此識乃生死根本故叅禪做工夫先要志斷四或内離我見方有少分相應

極喜初心平等性無功用行我恒摧如來現

起他受用十地菩薩所被機

此頌七識轉識成智也分別俱生我法二執乃六七識各有所執分別二執從初發心六識修生空觀至七信位斷分別我執隨入法空觀歷三賢位至初地方斷此則七識當轉平等性智因有俱生二執未淨故此識未得純淨無漏故曰極喜初心平等性無功用行我恒摧謂六識恒住雙空觀中至第七遠行地方捨藏識破俱生我執至八地無功用行則我執永伏法執間起故云恒摧若此七識轉成無漏平等性智在佛果位中現十種他受用身爲十地菩薩說法菩薩所被之機也行人此識一轉則不動智念念現前法界圓明湛然常住矣

八識頌

性唯無覆五徧行界地隨他業力生二乘不了因迷執由此能興論主諍

此頌八識行相也此識唯一精明本無善惡故四性中唯無覆無記諸心所中唯與徧行五法相應以有微細流注生滅故三界九地乃生死六道此識唯總報主當體雖無善惡而被他六識業力牽引而生前六識頌引滿能招業力牽者此也以此識深細世尊尋常不說故云陀那微細識習氣成瀑流眞非眞恐迷我常不開演向爲二乘但說六識建立染淨根本二乘一向未聞故不了耳又云阿陀那識甚深細習氣種子成瀑流我於凡愚不開演恐彼分別執爲我故云因迷執以小乘不知故不

信有此識是故大乘論師引大小乘三經四頌五教十理證有此識故云由此能與論主諍十證之義論中廣明
浩浩三藏不可窮淵深七浪境爲風受熏持種根身器去後來先作主公
此頌八識體相力用也浩浩者廣大無涯之貌謂藏識性海不思議熏變而爲業海故此識體廣大無涯以具三藏義故名爲藏識三藏者能藏所藏我愛執藏以前七識無量劫來善惡業行種子習氣唯此識能藏前七識所作異熟果報唯八識是所藏之處由第七識執此爲我故云我愛執藏論云諸法於識藏識於諸法爾更互爲果性亦常爲因性積劫因果不失不壞故云不可窮本是湛淵之心爲境風鼓動故起七識波浪造種種業經云藏識海常住境界風所動洪波鼓冥壑無有斷絶時故云淵深七浪境爲風前七現行返熏此識以其體有堅住可熏性故云受熏前七善惡種子唯此識能持又能持根身器界一期令不散壞者以是此相分乃所緣之境故以爲三界總報主故死時後去投胎先來爲衆生之命根故云作主公其實不知不死不生法身常住也故經云識藏如來藏所謂如來藏轉三十二相入一切衆生身中故如來藏有恒沙稱性淨妙功德豈生死耶令迷而爲藏識亦具恒沙染緣力用能一念轉變則妙性功德本自圓成以眞妄覿體故頌四句歎其力用廣大也
不動地前纔捨藏金剛道後異熟空大圓無

垢同時發普照十方塵刹中
此頌轉成大圓鏡智也謂此識因七識執
爲我故從無始時來相續長劫沉淪生死
圓教菩薩從初發心修行漸斷習氣歷過
三賢登地以去至第七地破俱生我執此
識方得捨藏識名顯過最重故云不動地
前纔捨藏以微細法執及有漏善種間起
尚引後果名異熟識至金剛心後證解脱
道異熟方空故云爾也異熟若空則超因
果方才轉成大圓鏡智言無垢同時發者
以佛果位中名無垢識乃清淨眞如謂鏡
智相應法身顯現圓明普照十方塵刹故
結云普照十方塵刹中以理智一如方證
究竟一心之體此唯識之極則乃如來之
極果也諦觀此識深潛難破此識絲毫未
透終在生死岸頭古德諸祖未有不破此
識而有超佛越祖之談今人生滅未忘心
地雜染種子未淨纖毫便稱悟道豈非未
得謂得未證謂證可不懼哉
此論古存一解今人解者甚多但委細分
別名相轉見難入而修行之士未親教者
望崖而退即久依講席罷學叅禪者但勘
話頭一著而心地生滅頭數亦没奈何此
論雖云相宗但顯唯心之相若不知此亦
難究心不免得少爲足故予此解雖未盡
依論文唯取其義而變其語使學者一覽
便見正要因此悟心不是專爲分别名相
也若責予杜撰荒遝之罪固不敢辭而爲
修行者未必無功幸高明達士得意遺言
是所望也

六祖大師識智頌解

大圓鏡智性清淨

教中説轉識成智六祖所説識本是智更不須轉只是悟得八識自性清淨當體便是大圓鏡智矣

平等性智心無病

此言七識染汚無知乃心之病也若無染汚之病則平等性智念念現前

妙觀察智見非功

言六識本是妙觀察智於應境之時若以功自居則執我見此則爲識若不居功則日用應緣純一妙觀察智矣

成所作智同圓鏡

言前五識轉成所作智亦此不必轉但悟八識清淨圓明則於五根門頭放光動地一切作爲皆鏡智之用矣

五八六七果因轉但轉名言無實性

此言轉識分位雖説六七二識是因中轉五八二識乃果上轉其實轉無所轉但轉其名不轉其體故云但轉名言無實性

若於轉處不留情繁興永處那伽定

此結前轉而不轉之義也所言轉識成智者無別妙術但於日用念念流轉處若留情念繫著即智成識若念念轉處心無繫著不結情根即識成智則一切時中常居那伽大定矣豈是翻轉之轉耶觀六祖此偈發揮識智之妙如傾甘露於焦渴喉中如此深觀有何相宗不是叅禪向上一路耶予昔居五臺夢升兜率親見彌勒爲説唯識曰分別是識不分別是智依識染依

智淨染有生死淨無諸佛子因此悟唯識
之旨此雖夢語不可向夢人說也

性相通說卷之下

音釋

顢(謨官切音瞞)　粈(女救切音杻)　邈(莫角切音莫)

莊子内篇註

明匡廬逸叟憨山釋德清註

清刻龍藏佛說法變相圖

莊子內篇註目錄

莊子内篇註卷之一

明匡盧逸叟憨山釋德清 註

莊子一書乃老子之註疏予嘗謂老子之有莊如孔之有孟若悟徹老子之道後觀此書全從彼中變化出來以其人宏才博辯其言洸洋自恣故觀者如捕風捉影耳直是見徹他立言主意便不被他瞞矣一部全書三十三篇只内七篇已盡其意其外篇皆蔓衍之說耳學者但精透内篇得無窮快活便非世上俗人矣其學問源頭影響論發明已透請細參之

逍遥遊

此爲書之首篇莊子自云言有宗事有君即此便是立言之宗本也逍遥者廣大自在之意即如佛經無礙解脫佛以斷盡煩惱爲解脫莊子以超脫形骸泯絶知巧不以生人一身功名爲累爲解脫盖指虚無自然爲大道之鄉爲逍遥之境如下云無何有之鄉廣漠之野等語是也意謂唯有眞人能遊於此廣大自在之場者即下所謂大宗師即其人也世人不得如此逍遥者只被一箇我字拘礙故凡有所作只爲自己一身上求功求名自古及今舉世之人無不被此三件事苦了一生何曾有一息之快活哉獨有大聖人忘了此三件事故得無窮廣大自在逍遥快活可悲世人迷執拘拘只在我一身上做事以所見者小不但不知大道之妙即言之而亦不信如文中小知不及大知等語皆其意也故此篇立意以至人無已聖人無功神人無

名爲骨子立定主意只説到後方才指出此是他文章變化鼓舞處學者若識得立言本意則一書之旨了然矣

北冥（北海乃玄冥處也）有魚其名爲鯤鯤之大不知其幾千里也化而爲鳥其名爲鵬鵬之背不知其幾千里也怒而飛其翼若垂天之雲是鳥也海運則將徙於南冥南冥者天池也

莊子立言自云寓言十九重言十七巵言日出和以天倪一書之言不出三種若此鯤鵬皆寓言也以托物寓意以明道如所云譬喻是也此逍遥主意只是形容大而化之之謂聖惟聖人乃得逍遥故撰出鯤鵬以喻大而化之之意耳北冥即北海以曠遠非世人所見之地以喻玄冥大道海中之鯤以喻大道體中養成大聖之胚胎喻如大鯤非北海之大不能養也鯤化鵬正喻大而化之之謂聖也然鯤雖大乃塊然一物耳誰知其大必若化而爲鵬乃見其大耳鵬翼若垂天之雲則比鯤在海中之大可知矣怒而飛者言鵬之大不易舉也必奮全體之力乃可飛騰以喻聖人雖具全體向沉於淵深静密之中難發其用必須奮全體道力乃可捨静而趨動故若鵬之必怒而後可飛也聖人一出則覆翼群生故喻鳥翼若垂天之雲此則非鯤可比也海運謂海氣運動以喻聖人乘大氣運以出世間非等閑也將徙徙者遷也南冥猶南明謂陽明之方乃人君南面之喻謂聖人應運出世則爲聖帝明王即可南面以臨蒞天下也後之大宗師即此之聖

人應帝王即徙南冥之意也所謂言有宗事有君者正此意也

齊諧者志怪者也諧之言曰鵬之徙於南冥也水擊三千里摶扶搖而上者九萬里去以六月息者也

莊子意謂鯤鵬變化之說大似不經恐人不信故引此以作證據謂我此說非是漫談乃我得之於齊諧中也問曰齊諧是何等書曰乃志怪之書所記怪異之事者也故諧之有言曰鵬之徙於南冥也水擊三千里言翼擊海水振蕩三千里則其大可知扶搖大風也以翼摶大風以飛而上者一舉而九萬里之遠則其大盖可知已六月周六月即夏之四月謂盛陽開發風始大而有力乃能鼓其翼息即風也意謂天地之風若人身中之氣息此筆端鼓舞處以此証之則言可信也

野馬也塵埃也生物之以息相吹也天之蒼蒼其正色耶其遠而無所至極耶其視下也亦若是則已矣

此言大而又大之意也野馬澤中陽燄不實之物塵埃日光射隙以照空中之遊塵生物以息相吹言世之禽鳥蟲物以息相吹謂氣息之微也蒼蒼者非天之正色乃太虛寥遠目力不及之地也意謂鵬鳥之大可謂大矣然在太虛寥廓之上而下視之一似野馬塵埃而已眇乎小哉即扶搖之大風以鼓之亦若生物之以息相吹相噓而已何有於大哉故曰其視下也亦若此已矣意謂聖人之大雖大亦落有形尚

有體段而虛無大道無形不可以名狀又何有於此哉此即以聖人之所以逍遥者以道不以形也

且夫水之積也不厚則負大舟也無力覆杯水於坳堂凹處也之上則芥爲之舟謂芥子大舟也置杯焉則膠膠粘着也謂坳堂之上不過杯水止可以芥子大舟則浮若以杯爲舟則膠粘不動矣水淺而舟大也風之積也不厚則其負大翼也無力故九萬里則風斯在下矣謂鵬能一飛九萬里者則是風在下而鵬在上鼓之負之乃可遠舉若風小則無力不能舉矣而後乃今培風背負青天大風在下大鵬培在風上使得背負青天乃不墮落而莫之夭閼者夭中道而折也閼壅滯而不行也言得此大風培送大鵬一舉九萬里遠直至南溟而不中路夭折壅滯也而後乃今將圖南言必有此大風然後方敢遠謀圖南之舉風小則不敢輕舉也

此一節總結上鯤鵬變化圖南之意以暗喻大聖必深畜厚養而可致用也意謂北海之水不厚則不能養大鯤及鯤化爲鵬雖欲遠舉非大風培負鼓送必不能遠至南冥以喻非大道之淵深廣大不能涵養大聖之胚胎縱養成大體若不變化亦不能致大用縱有大聖之作用若不乘世道交興之大運亦不能應運出輿以成廣大光明之事業是必深畜厚養待時而動方盡大聖之體用故就在水上風上以形容其厚積然水積本意說在鯤上今不說養魚則變其文曰負舟乃是文之變化處使人捉摸不住若說在鯤上則板拙不堪矣意笑世人輕薄淺陋口耳之學又無積德深厚何敢言其功名事業也

蜩小寒蟬也與鷽鳩學飛之小鳩也笑之曰我決起盡力而飛也而飛搶撞也榆枋時則不至而控投也於地而

已矣奚（何也）以九萬里而南爲適（往也）莽蒼（一望之地也）者三飡而反腹猶果（實也謂尚飽也）然適百里者宿春糧適千里者三月聚糧之二蟲又何知此喻小知不及大知謂世俗小見之人不知聖人之大猶二蟲之飛搶榆枋則已極矣故笑大鵬要九萬里何爲哉此喻世人小知取足一身口體而已又何用聖人之大道爲哉莊子因言世人小見不知聖人者以其志不遠大故所畜不深厚各隨其量而已故如往一望之地則不必畜糧一飯而往返尚飽此喻小人以目前而自足也適百里者其志少遠故隔宿春糧若往千里則三月聚糧以其志漸遠所養漸厚比二蟲者生長榆枋本無所知亦無遠舉之志宜乎其笑大鵬之飛也舉世小知之人蓋若此

小知不及大知（以上二蟲以喻小知之人）小年不及大年（此以小年大年又比小知大知也）奚以知其然耶朝菌（糞壤之菌朝生夕枯）不知晦朔（一月也）蟪蛄（夏蟲也）不知春秋此小年也楚之南有冥靈（神龜也）者以五百歲爲春五百歲爲秋上古有大椿者以八千歲爲春八千歲爲秋（此大年也）而彭祖（有壽之人）乃今以久（壽也）特（獨也）聞衆人匹之不亦悲乎

此因二蟲之不知大鵬以喻小知之人不知聖人之廣大以各盡其量無怪其然也如朝菌蟪蛄豈知有冥靈大椿之壽哉且世人只說彭祖八百歲古今獨有一人而衆人希比其壽以彭祖較大椿則又可悲矣世人小知如是而已

湯之問棘（湯之賢相也）也是已（言小知不及大知即湯之問棘便是）

此事也窮髮不毛之地也之北有冥海者天池也要顯北冥南冥都是海故此着天池字有魚焉其廣數千里未有知其脩長也者其名爲鯤有鳥焉其名爲鵬背若泰山翼若垂天之雲搏扶摇羊角旋風也而上者九萬里絕雲氣雲在半空而鵬飛負天故云絕雲氣負青天然後圖南且適南冥也斥鴳斥澤名鴳澤中之小鳥也笑之曰彼且奚適也我騰躍而上不過數仞七尺曰仞而下翱翔蓬蒿之間此亦飛之至也而彼且奚適也此小大之辨也

前引齊諧以証鯤鵬之事此復引湯之問棘以証小知大知之事言上說小知不及大知之說即湯之曾問於棘者便是此事然且即舉鯤鵬不但證其魚鳥之大抑且証明小大之辨故一引而兩証之其事同而意别也故下文即明小大之不同

故夫故夫者承上義而言也知效一官行比用也一鄉德才也合一君而徵所信也一國者其自視亦若此矣亦若斥鴳之自足也而宋榮子猶然笑之宋榮子宋之賢人也笑謂彼四等人汲汲然以才智以所一已之浮名者且舉世而譽之而不加勸舉世而非之而不加沮沮衰氣失色也定乎內外之分辨乎榮辱之竟斯已矣言宋榮子所以笑彼汲汲於浮名者其自處以能忘名故舉世譽之而不加勸舉世非之而不加沮此但定其內之實德在己外之毀譽由人故不以毀譽少動其心以知榮辱與己無預如此而已矣彼其於世未數數然也言宋榮子所以能忘毀譽者但不汲汲以求世上之虛名耳雖然猶有未樹也言未有樹立也以但能忘名未忘我夫列子御風而行泠然輕舉貌善也旬有五日而後返彼於致福者未數數然也此雖免乎行猶有所待者也列子雖能忘禍福未能忘死生以形骸未脫故不能與造物遊於無窮故待風而舉亦不過旬五日而即返非長往也若夫乘天地之正正天地之本也如各正性命之正而御六氣之辨

乘天地則宇宙在手六氣者陰陽風雨晦明乃造化之氣也御六氣則造化生乎身是乘大道而遊者也以遊無窮者彼且惡乎待哉彼聖人乘大道而遊與造化混而爲一又何有待於外哉故曰至人無己神人無功聖人無名至人神人聖人只是一箇聖人不必作三樣看此說能道遥之聖人也以聖人忘形絕待超然生死而出於萬化之上廣大自在以道自樂不爲物累故獨得道遥非世之小知之人可知也

莊子立言本意謂古今世人無一得逍遥者但被一箇血肉之軀爲我所累故汲汲求功求名苦了一生曾無一息之快活且只執著形骸此外更無別事何曾知有大道哉唯大而化之之聖人忘我忘功忘名超脫生死而遊大道之鄉故得廣大逍遥自在快樂無窮此豈世之拘拘小知可能知哉正若蜩鳩斥鴳之笑鯤鵬也主意只是說聖人境界不同非小知能知故撰出鯤鵬變化之事驚駭世人之耳目其實皆寓言以驚俗耳初起且說別事直到此方拈出本意以故曰一句結了此乃文章機軸之妙非大胷襟無此氣槩學者必有所養方乃知其妙耳

此上乃寓言下乃指出忘己忘功忘名之聖人以爲証據

堯讓天下於許由堯以治天下爲己功今讓與許由乃見忘己忘功之實曰日月出矣而爝火堯自喻爝火以許由比日月不息其於光也不亦難乎爝火之光難比日月時雨降矣以比許由而猶浸灌浸灌勞力而功小以自比也其於澤也不亦勞乎此自見其功不足居也夫子立而天下治言許由立地之間天下自治而我猶尸主也之吾自視缺然言有許由如此之聖人返隱而不出而我自愧如此猶居人君之位今乃自知缺然也請致天下然堯雖能讓天下則能忘己忘功尚未忘讓之之名如宋榮子之笑世也許

由曰子治天下今子治天下天下既已治也天下既治則已又何求人哉而我猶代子吾將爲名乎言天下已治乃堯之功也今讓與我是我無功而虛受人君之名也我豈爲名之人乎名者實之賓也吾將爲賓乎名自實有今我無實而有名是我全無實德而專尚名而處賓吾豈處賓不務實之人乎鷦鷯小鳥也巢於深林不過一枝偃鼠飲河不過滿腹此許由雖能忘名而未能忘已如鷦鷯之一枝偃鼠之滿腹皆取足一已之意正似列子御風而未能忘形若姑射神人則無不忘矣歸句此斥堯速歸也休乎句此止堯再不必來也君句此一字冷語意謂你只見得人君尊大也予無所用天下爲言我要天下作何用也庖人雖不治庖尸祝巫祝之人不離尊俎不越尊俎而代之矣此二句乃許由掉臂語謂堯不治天下如庖人不治庖只該尋要天下的人不可尋尸祝我非其人豈棄我之所守而往代之耶因前文以宋榮子一節有三等人以名忘已忘功忘名之人此一節即以堯讓天下雖能忘功而未忘讓之之名許由不受天下雖能忘名而取自足於已是未能忘已必若向下姑射之神人乃大而化之之神人兼忘之大聖以發明逍遥之實証也

肩吾問於連叔曰吾聞言於接輿大而無當言大無實往而不返言只任語去而不反求果否也吾驚怖其言猶河漢而無極也大有逕庭二字皆去聲謂過當也不近人情焉肩吾信不及處信是小知小見也連叔曰其言謂何哉問所說何事也曰藐極遠也姑射山名之山有神人居焉肌膚若冰雪言肢體清潔也淖約美好也若處子謂顏色美好如室中女也不食五穀吸風飲露言以風露爲食也乘雲氣御飛龍而遊乎四海之外言已超脫人世乘雲御龍而遨遊於六合之間也其神凝定也使物不疵癘言所至則能福民也而年穀熟言所經則和氣風雨及時也吾以是狂誑也而不信也我謂絕無此等人定是誑語故不信也連叔曰然然其不信處瞽者無以與乎文章之觀聾者無以與

乎鍾鼓之音豈惟不但形骸有聾盲哉夫知亦有之言有吾之智若聾瞽無所知見故不信此説耳是其言也此聾瞽之言猶時女也是聾盲之言也即是女也之人也之德也此神人之妙用將磅礴萬物與萬物混而爲一也以爲一世蘄乎亂治也言此等人與造物同遊無心於出世則爲一世之福而求乎以治孰弊弊汲汲勞悴心之貌焉以天下爲事言此人豈肯汲汲勞心以治天下爲事哉之人也言此人物莫之傷言已脱形骸無我與物對故物莫能傷即老子云以其無死地焉大浸大水也稽天稽至也言滔天之水而不溺大旱金石流流金爍石言熱之極也土山焦而不熱不溺不熱乃不能傷處是言此人其塵垢猶土苴也粃糠乃穀之麄皮非精實也將猶陶鑄堯舜者也言此人之德即土苴粃糠最麄者尚能做出堯舜之事業況其精神乎孰肯以物爲事言此神人之德如此誰肯弊弊以物爲事

此一節釋上乘天地御六氣之至人神人聖人之德如此即下所稱大宗師者若此等人迫而應世必爲聖帝明王無心御世無爲而化其土苴緒餘以爲天下國家决不肯似堯舜弊弊焉以治天下爲事極言其無爲而化世者必是此等人物也

宋人資貨賣也章甫而適諸越宋人以章甫爲貴重故往資之越人斷髮文身無所用之宋人自以章甫爲貴而不知越人爲無用也此喻堯以天下爲貴特讓許由而不知由無用天下爲大似越人斷髮文身以章甫爲無用也堯治天下之民平海内之政往見四子即齧缺披衣王倪之類藐姑射之山汾水堯之都也之陽窅然茫然自失之貌喪其天下焉

此一節釋上堯讓天下與許由許由不受意謂由雖不受堯之天下却不能使堯忘其天下且不能忘讓之之名以由未忘一已故也今一見神人則使堯頓喪天下此足見神人御世無爲之大用一書立言之

意盡在此一語不但爲逍遥之結文而已也莊子文章觀者似乎縱横洸洋自恣而其中屬意精密嚴整之不可當即逍遥一篇精意入神之如此逍遥之意已結所謂寓言重言而後文乃卮言也大似詼諧戲劇之意以發自己心事謂人以莊子所言大而無用但人不善用不知無用之用爲大用故假惠子以發之

惠子謂莊子曰魏王遺（餽也）我大瓠之種（惠子魏人故言魏王）我樹之成而實五石（瓠之子有五石之多言其大如此）以盛水漿其堅（重也）不能自舉（言一人舉不動）也剖之以爲瓢則瓠落（言廓落之大沒處安頓）無所容非不呺然（大貌）大也吾爲其無用而掊之（言擊碎之也）莊子曰夫子固拙於用大矣（言惠子不能善用其大也）宋人有善爲不龜（音均言寒凍手背皮皴裂如龜背之紋也）手之藥者（言能治使手不皴裂之藥者）世世以洴澼（漂洗也）絖（舊綿絮也）爲事（言因有不裂手之藥故世世以此爲業）客聞之請買其方百金（客聞其方妙故重價買之）聚族而謀之曰我世世爲洴澼絖不過數金（所獲之利薄）今一朝而鬻技百金（言雖一旦而得厚利且不損已）請與之（不知客所用大也）客得之以說（去聲）吳王越有難吳王使之將（使得方之人以爲將）冬與越水戰大敗越人（言吳有此藥故士卒能兵越無之故敗也）裂地（剖土以封）而封之（言以此藥致封侯也）能不龜手一也或以封或不免爲洴澼絖則所用之異也（莊子以此喻惠子不善用其無用也）今子有五石之瓠何不慮（思其可用處）以爲大樽（以瓠爲度水之樽如今之漁舟小兒背瓠可知也）而浮於江湖（此以所用之大也）而憂其瓠落無所容則夫子猶有蓬之心（蓬有心而不通此嘲惠子一竅不通正卮言也）也夫

此一節莊子以自創逍遥神人之說以明無用之大用盖亦有自寓已意言世無所

知也惠子乃莊子生平相契之友故托嘲調以見已意盖亦言其雖有聖人必須舉世有見知者而後乃得見用於當世也言雖戲劇而心良苦矣此等文要得其趣則不可以正解別是一種風味所謂詩有別趣也後諸篇中似此寓意者多學者不可不知也前雖說不善用其大尚未說無用之用故下文以大樹發之

惠子謂莊子曰吾有大樹人謂之樗（樗散無用之木）其大本（樹大身也）擁腫而不中繩墨（言不材之甚）其小枝卷曲而不中規矩（言不可裁取也）立之塗（喻當要路）匠石（喻當世執政之人）不顧（喻不爲世所采録也）今子之言大而無用（言雖大而無實用）衆所同去（言爲衆人所共棄也）也莊子曰子獨不見狸狌乎（莊子因惠子說大而無用遂將狐狸野猫之小巧以比惠子并世用小知者皆不得其死）卑身而伏以候敖者（以比

小知之人卑身謟求以取功利候其機會如狸狌之伏身以候遨者）東西跳梁不避高下（以喻世人無知但知求利恣肆妄行不避利害）中於機辟（此機辟以取狸狌者）死於罔罟（以罔罟羅取狸狌因不避高下故墮死於機罔之中以喻世人之恃知求利名者亦若此而已）今夫斄牛（南方山中有此大牛）其大若垂天之雲（斄牛雖大未必如此乃巵言也）此能爲大矣不能執鼠（言斄牛之大縱若垂天之雲能如此大亦不能執鼠言其至大不能就其屑小也）今子有大樹患其無用（言既有此大樹不必患其無用任他無用）何不樹之於無何有之鄉（此莊子自喻也）（然雖大而無用但你世人亦不必用但任放之於無用之地有何不可）廣莫之野（此句與無何有皆喻大道之鄉也）彷徨（遊衍自得也）乎無爲其側逍遥乎寢卧其下（言至人無用而任與道遊則行住坐卧樂有餘地又何患焉）不夭斤斧（大樹本已不材而又樹之無人之境斧斤不傷以喻聖人無求於世故不爲世所傷害也）物無害者（以無用且不置人前何害之有哉）無所可用安所困苦哉

此篇托惠子以嘲莊子之無用莊子因嘲

惠子以小知求名求利之爲害似狸狌之不免死於罔罟若至人無求於世固雖無用足以道自樂得以終其天年豈不爲全生養道之大用是則無用又何困苦哉此雖卮言足見莊子心事自得之如此豈世之小知之人能知耶

莊子内篇註卷之一

音釋

鷽胡覺切音學小鳩也　淖叶尺約切音綽柔弱之貌　洴澼上旁經切音瓶下匹歷切音霹漂絮聲也　絖苦謗切音曠絮也　犛音離野牛也

莊子內篇註卷之二

明匡廬逸叟憨山釋德清註

齊物論

物論者乃古今人物衆口之辯論也蓋言世無眞知大覺之大聖而諸子各以小知小見爲自是都是自執一己之我見故各以己得爲必是既一人以己爲是則天下人人皆非竟無一人之眞是者大者則從儒墨兩家相是非下則諸子衆口各以己是而互相非則終竟無一人可正齊之者故物論之難齊也久矣皆不自明之過也今莊子意若齊物之論須是大覺眞人出世忘我忘人以眞知眞悟了無人我之分相忘於大道如此則物論不必要齊而是非自泯了無人我是非之相此齊物之大旨也篇中立言以忘我爲第一若不執我見我是必須了悟自己本有之眞宰脫却肉質之假我則自然渾融於大道之鄉此乃齊物之功夫必至大而化之則物我兩忘如夢蝶之喻乃齊物之實證也篇中以三籟發端者蓋籟者猶言機也地籟萬籟齊鳴乃一氣之機殊音衆響而了無是非人籟比竹雖是人爲曲屈而無機心故不必說若天籟乃人人說話本出於天機之妙但人多了一我見而以機心爲主宰故不比地籟之風吹以此故有是非之相排若是忘機之言則無可不可何有彼此之是非哉此立言之本旨也老子云天地之間其猶槖籥乎虛而不屈動而愈出多言數窮不如守中此齊物分明是其注疏以

此觀之則思過半矣

南郭子綦子綦乃有道之士隱居南郭隱几而坐端居而坐忽然忘身如顏子之心齋此便是齊物論之第一工夫也仰天而噓因忘身而自笑嗒焉解體貌言不見有身也似喪其耦此言色身乃真君之耦耳今忽焉忘身故言似喪其耦顏成子游子綦之弟子立侍乎前曰何居乎言先生何所安心乃如此乎形固可使如槁木子綦既已忘形則身同槁木而心固可使如死灰乎形忘而機自息故心若死灰子游言形與心固可如槁木死灰乎今之隱几者非昔之隱几也言昔見隱几尚有生機今則如槁木死灰比昔大不相侔矣子綦曰偃子游名不亦善乎而問之也言問之甚不善也今者吾喪我吾自指真我喪我謂喪忘其血肉之軀也女知之乎言女豈知吾喪我之意乎此齊物以喪我發端要顯世人是非都是我見要齊物論必以亡我爲第一義也故逍遥之聖人必先忘已而次忘功忘名此其立言之旨也

女聞人籟乃簫管之吹而有聲者而未聞地籟即下文長風一鼓萬竅怒號女聞地籟而未聞天籟夫即衆人之言論乃天機之自發

將要齊物論而以三籟發端者要人悟自已言之所出乃天機所發果能忘機無心之言如風吹竅號又何是非之有哉明此三籟之設則大意可知

子游曰敢問其方問三籟之所以子綦曰先說地籟夫大塊天地也噫愛去聲氣其名爲風言大風乃天地之噫氣如逍遥六月之風爲息此摶弄造化之意是指風惟無作起也作則萬竅怒號言大風一起則萬竅怒號而汝也獨不聞之翏翏乎翏翏長風初起之聲也山林之畏佳摇動也大木百圍之竅穴言深山大木有百圍者則全身是竅穴似鼻此下言穴之狀有似人鼻之兩孔者似口似人之口横生者似耳似人之耳斜垂者似枅有方孔之

似枅者似圈有圓孔之似圈者似臼有孔內小外大似春臼者似洼
者有長孔似有水之洼者似汚者似淺孔似水之汚者上言竅之形下言聲
激者故有聲如水之激石者謞音孝者有似響箭之聲而謞者叱者
如人叱牛之聲者吸者如人吸氣而聲細若收者叫者有聲似人高叫者
譹音豪者有低聲若譹者宎者如犬之細聲而留者咬者若犬吠之聲者
已上竅之聲也前者前陣風也唱于聲輕而緩而隨者唱喁後陣
而聲重冷風零風則小和風一吹而衆竅有聲如和飄風大風則
大和厲猛也風濟止也則衆竅爲虛謂衆竅之聲因風鼓發大
風一止則衆竅寂然言聲本無也而汝也獨不見之調調之刁
刁乎調調刁刁乃草木搖動之餘也意謂風雖止而草木尚搖動而不止此暗喻世
人是非之言論而唱者已亡而人人以緒論各執爲是非者
此長風衆竅只是箇譬喻謂從大道順造
物而散於衆人如長風之鼓萬竅人各稟
形器之不同故知見之不一而各發論之
不齊如衆竅受風之大小淺深故聲有高

低大小長短之不一此衆論之所一定之
不齊也故古之人唱於前者小而和於後
者必盛大各隨所唱而和之猶人各稟師
承之不一也前已唱者已死而後之和者
猶追論之不已若風止而草木猶然搖動
之不已也然天風一氣本乎自然元無機
心存於其間則爲無心之言聖人之所說
者是也爭柰人人各執已見言出於機心
不是無心故有是非故下文云夫言非吹
也以明物論之不齊全出於機心我見而
不自明白之過此立言之樞紐也知此可
觀齊物矣
子游曰地籟則衆竅是已人籟則比竹是已
言已知地籟則是比竹無疑故不必更說敢問天籟子綦曰夫吹
萬不同而使其自已也言天籟者乃人人發言之天機也吹萬不

同者意謂大道本無形聲托造物一氣散而爲萬靈人各得之而爲眞宰者如長風一氣而吹萬竅也以人各以所禀形器之不一故各各知見之不同亦如衆竅之聲不一故曰吹萬不同使其自巳者謂人人迷其眞宰之一體但認血肉之軀爲巳身以一偏之見爲巳是故曰使其自巳謂從自巳而發也此物論不齊之病根也

咸其自取怒者其誰耶

此一言直指齊物之功夫直造忘言之境也咸者皆也取猶言看取乃返觀内照之意也怒者鼓其發言之氣乘氣而後方有言也誰者要看此言畢竟從誰而發也但知言從巳發而不知有眞宰主之若不悟眞宰則其言皆是我見非載道之言由此是非之生終竟而不悟也要人識取眞宰也

齊物之意最先以忘我爲本指令方説天籟即要人返觀言語音聲之所自發畢竟是誰爲主宰若悟此眞宰則外離人我言本無言又何是非堅執之有哉此齊物論之下手工夫直提示人處只在自取怒者其誰一語此便是禪門叅究之功夫必如此看破方得此老之眞實學問處殆不可以文字解之則全不得其指歸矣下文大知閑閑將此衆竅音聲作譬喻文雖不倫而意實然也

大知閑閑小知間間大言炎炎小言詹詹

大知謂仁義綱常爲知者閑乃闌檻所以防物不踰越者也小知間間謂法度準繩斤斤一毫不假借者與夫工商計利之人皆此類也大言炎炎謂綱常之説氣燄熏人使不敢犯也詹詹謂分別利害精密不漏也此天地間人所有之知唯此兩等而巳此皆小知乃世俗之知耳故所言者非是天然特出於機耳故次明之

其寐也魂交其覺也形開

此寐覺開合盖言其機也謂寐時其塊交合其機閉而不發覺時形開其機發於見聞知覺故與境相接

與接爲搆日以心鬭

接謂心與境接心境内外交搆發生種種好惡取捨不能暫止則境與心交相鬭搆無一念之停也

縵者

此下形容心境交搆之心機也縵謂軟緩乃柔奸之人也

窖者

窖謂如掘地爲穽以陷人乃陰險之人也

密者

密謂心機綿密不易露也

小恐惴惴

惴惴恐懼貌謂假作小心狀有所畏乃小人也

大恐縵縵

縵縵謂寬鬆之狀乃大奸之人縱有大恐而佯爲不采示不懼也

其發若機括其司是非

之謂也機乃弩之發括乃箭之括謂拿定傷人之機括其司是非乃主刁訟之人也其留如詛盟其守勝之謂也詛盟心藏其事不肯吐露如有呪誓者乃執已是不肯輸與人也故曰守勝其殺如秋冬以言其日消也此小知之人日與心鬬而機心如此之不同總之自伐眞性天理日消如秋冬之殺氣絶無生機可望也其溺之所爲之不可使復之也言此等機心之人沉溺於所爲以爲是不可使復其眞性也其厭也如緘以言其老洫也厭即厭足飽滿之意言此等人機心厭滿于中至老愈深所謂老奸之人也近死之心莫使復陽也言一生用心如此至死不能復使其本明也

此一節形容舉世古今之人未明大道未得無心故矜其小知以爲是故其所言若仁義若是非凡所出言皆機心所發人人執之至死而不悟言其人之形器雖似衆竅之不一其音聲亦似衆響之不同但彼地籟無心而人言有心故後文云言非吹也因此各封已見故有是非物論之不齊者此也所謂天地之間其猶槖籥乎中峰云三界塵勞如海闊無古無今鬧聒聒謂是故也此下形容其情狀

喜怒哀樂慮思慮也歎嗟歎也變變態不常也慹憂疑不動也姚災祥也佚縱散也啟開心也態裝模樣作態度也樂出虛言其人雖不同其情狀雖不一其實自亦不知其所發如樂之出於虛即老子云虛而不屈動而愈出之意也蒸成菌言此等情狀皆非清淨心中所出乃發於穢濁之氣如菌之生于糞壤故其言之不足采也日夜相代乎前而莫知其所萌言其此等之人穢濁心機形諸夢覺接其境日夜與心爲鬬相代而不已其實不自知其萌動處不知誰爲之主也已乎已乎猶言且住且住我知之矣旦暮得此其所由以生乎前云怒者其誰耶今言人之機心所發不知所萌令要人人識取自已主人公故云旦暮得此所由以生將一此字暗點出箇眞宰乃有生之主旦暮者即死生晝夜之道也得此以生要人悟此耳非彼無我非我無所彼即上此字指眞宰也謂非彼眞宰則不能有我之

形若非我之假形而彼眞宰亦無所托取是亦近矣前云咸其自取怒者其誰今云取是是即上此彼二字意指眞宰也謂人能識取此眞宰亦近道矣而不知其所爲使謂眞宰乃天機之主其體自然而不知其所爲使之者若有眞宰到此方拈出眞宰二字要人悟此則爲眞知矣而特但也不得其眹眹兆也言眞宰在人身中本來無形故求之而不得其眹兆也可行言日用云爲無非眞宰爲之用已信言信有眞實之體可信而不見其形但求之而不見其形容耳此即老子云杳杳冥冥其中有精其精甚眞其中有信之意有情實也而無形謂有眞實之體但無形狀耳

前云知之不同此一節言各人情狀之不一而人但任私情之所發而不知有天眞之性爲之主宰因迷此眞宰故任情逐物而不知返本故人之可哀者此耳前云咸其自取怒者其誰到此却發露出眞宰要人悟此則有眞知乃不墮是非窠臼耳

上言眞宰雖是無形今爲有形之主若要悟得須將此形骸件件看破超脫有形乃見無形之妙故下文發之

百骸骸骨也人有三百六十骨節總而言之曰百骸九竅耳目口鼻有七通前後有九六藏藏者心藏神肝藏魂脾藏意肺藏魄腎藏志通命門爲六舉一身之形盡此數件而已賅而存焉吾誰與爲親賅猶該也言該盡一身若俱存之而爲我不知此中那一件是我最親者若以一件爲親則餘者皆不屬我矣若件件都親則有多我畢竟其中誰爲我者此即佛說小乘析色明空觀法又即圓覺經云四大各離今者妄身當在何處此破我執之第一觀也汝皆悅之乎其有私焉言汝身中件件皆悅則有私焉者則有多我矣如是皆有爲臣妾乎言如是件件皆我若無眞君主之者此特臣妾但供使令耳非其主也其臣妾不足以相治也若件件但供使令若臣妾者然臣妾不能相治誰爲管攝耶其遞相爲君臣乎若遞相爲君臣則無一定之主矣其有眞君存焉若件件無主乃假我耳其必有眞君存焉既有眞君在我而人何不自求之耶如求得其情與不得無益損乎其眞言此眞君本來不屬形骸天然具足人若求之而得其實體在眞君亦無有增

盖即求之而不得而眞君亦無所損即所謂不增不減迷之不減悟之不增乃本然之性眞者此語甚正有似内教之說但彼認有箇眞宰即佛所說識神是也

莊子心胷廣大故其爲文眞似長風鼓竅不知所自立言之間舉意構思即包括始終但言不頓彰且又筆端鼓舞故觀者茫然不知其脉絡耳如此篇初說天籟即云吹萬不同而使其自已也咸其自取怒者其誰耶則已立定脚跟要人自看識取眞宰只是一言難盡故前面大知閑閑已來皆是發揮吹萬不同只到旦暮得此已下方解說咸其自取怒者其誰方拈出箇眞宰示人今此一節乃說破形骸是假我要人撇脫形骸方見眞宰即是篇首喪我之實也

向下只說世人迷眞逐妄乃可哀之大者盖悲愍之意也

一受其成形言眞君本來無形自一受軀殼以成形不亡以待盡則不暫亡只待此形隨化而盡與物相亦相靡其行盡如馳而莫知能止不亦悲乎言眞君爲我有形之主而不知所養使之與接爲搆日與心鬬以爲血肉之軀故被外物相傷如刃之披靡往而不返可不悲乎終身役役而不見其成功言馳於物欲終身役役勞苦而竟不見其成功不知竟爲何事苶然疲貌疲役而不知其所歸可不哀耶言爲名利勞形終身役役以至苶然疲弊而竟莫知所歸宿人生之迷如此可不哀耶人謂之不死奚益世人如此昏迷之至其形雖存人謂不死有何益哉其形化其心與之然可不謂之大哀乎言其妄情馳逐而不休而形骸與之俱化而心亦與之俱溺而不悟如此可不謂之大哀乎人之生也固若是芒無知貌乎言人生固如此之無知乎其我獨芒而人亦有不芒者乎言唯我獨芒然無知耶而世人亦有不芒者乎此莊子鼓舞激切之語也

此一節言眞君一迷於形骸之中而爲物

欲之所傷火馳不返勞役而不知止終身不悟可不謂之大哀者耶由其迷之也深顛倒於是非而不覺也故下文方露出是非二字

夫隨其成心現成本有之眞心也而師之誰獨且無師乎言人人具有此心人皆可自求而師之也奚必知代而心自取者有之此句謂何必聖人有之盖知代者乃聖人知形骸爲假借故忘形而自取於心者也愚者與有焉雖愚者亦與有焉未成乎心而有是非言人未悟本有之眞心而便自立是非之說是以今日適越而昔至也言其實未至以爲至以此是非者是自欺也是以無有爲有所謂未得爲得強不知以爲知也無有爲有言此自欺之人雖有神禹且不能知言神禹雖聖其知雖廣亦直知其所至之處若此等人以無爲有又何能知之吾獨且柰何哉神禹且不能知吾獨且柰何哉甚言此輩難與言大道也

此一節言是非之端起於自欺之人強不知以爲知且執已見爲必是故一切皆非盖未悟本有之眞知而執妄知爲是此等之人雖聖人亦無柰之何哉可惜現成眞心昧之而不悟惜之甚矣由不悟眞心故執已見爲是則以人爲非此是非之病根也

下文方發明齊物論之主意

夫言非吹也前但敘演世人不悟眞宰但執我見以未隨其本有之眞心但執妄見所以各各知見不同到此方入物論謂世人之言乃機心所發非若風之吹竅也言者有言故所言者非任眞宰乃有機心之言其所言者特未定也以任一已偏見之言故其所言者特未定其果是果非也其有言耶其未嘗有言耶此要人返觀本來有此言耶未嘗有此言耶即此一語便令人自知而齊物論之功夫畧示於此矣其以爲異於鷇音鷇音者乃鳥在鷇將出啐啐之聲謂是天機之音全出無心而人之有心之言與鷇音不同要人自看取亦有辯乎亦無辯乎辯謂彼此諍辯也謂人返看語言如鷇音

時此則有辯論乎無辯論乎要人發言當下自返觀也

此一節將明物論之不齊先指出言語音聲本無是非若任天機所發則了無是非之辯然絕言處乃齊物之旨已揭示於此欲人就此做工夫看破天機則是非自泯矣從夫言非吹也起直至後文成虧章末此之謂以明止爲一大章計七百四十餘言節節生意最難一貫必細心深觀乃悟其妙

向下方的指出是非之人乃迷眞執妄之流也

道惡乎隱隱謂晦而不明也而有眞僞謂大道本無眞僞先設問道爲何不明而有眞僞耶言惡乎隱而有是非謂眞人之言本無是非設問爲何眞言隱而有是非耶道惡乎往而不存言道若無眞僞則了無取捨何往而不存耶言惡乎存而不可若言出於自然一任天機則有何所說而不可但爲道隱而言亦僞言僞而是非因之而生也道隱於小成言道本不隱但隱於小知之人所成者小故大道不彰耳言隱於榮華榮華謂虛華不實之言也以言不載道故但涉浮華故至言隱矣故有儒墨之是非到此方指出是非之人蓋端爲儒墨而發以儒厚葬墨子薄親故互相是非當時莊子與孟子同時以孟子闢楊墨曰予豈好辯哉故有是非之辯故以儒墨並之以是其所非而非其所是言儒以厚葬爲是乃墨子之所非者故曰是其所非墨以薄親爲是而儒非之故曰非其所是欲是其所非而非其所是則莫若以明言儒墨二家互相是非皆未明大道但各執我見耳未必爲眞是也苟欲是其所非而非其所是莫若明乎大道則了無是非之辯矣

此一節方指出是非之端起自儒墨當時雖有處士橫議而儒墨爲先唱意謂楊墨固失仁義矣而儒亦未明大道也故兩家皆無一定之眞是故以此爲發論之張本蓋言辯是非濫觴於儒墨儕及諸子後單

結指於惠子皆不明之人乃喪道者也下先明本無是非而人不自知故妄執已見起是非耳

物無非彼言若天地間一人執我則盡天下之人皆彼也故曰物無非彼物無非是言若一人執已爲是則人人皆執已爲是則天下無不是矣故曰物無非是自彼則不見言若但見彼之非則不見自己之非矣自知則知之言若自知其非則知天下無不是矣故曰自知則知之故曰彼出於是言彼之非蓋出於我之是是亦因彼言我之是亦因彼之非由人不自知故但執已是所以不能泯是非也

此一節言人苦於不自知故以已是爲必當若彼此互相易地而觀則物我兩忘是非自泯乃見本來無是非也下文發明是非本無特因對待而有

彼彼我是非是方生之說也方謂此方對待之意也言是非本無蓋因人我對待而有也雖然下一轉以明對待無有了期方生方死方死方生言對待是非比之生死一般生而死死而生生死循環無有了期若將死字作滅字看亦妙方可方不可方不可方可是者爲可不是爲不可以此終無兩可之時因是因非因非因是言此是因彼非彼是因此非皆不自知自明之過也是以聖人不由而照之於天亦因是也言聖人不由世人之是非而獨照明於天然之大道故是爲眞是故曰亦因是也此言聖人之因是乃照破之眞是不似世人以固執我見爲是而妄以人爲非也此即老子之人法天

此一節言世人之是非乃迷執之妄見故彼此是非而不休唯聖人不隨衆人之見乃眞知獨照於天然大道了然明見其眞是故曰亦因是也此是則與衆天淵故以亦字揀之前云與其儒墨互相是非莫若以明明即照破之義故此以聖人照之於天以實以明之明此爲齊物之工夫謂照破即無對待故下文發揮絶待之意而結

歸於莫若以明

是亦彼也彼亦是也 此承上聖人照破工夫則悟我之是即彼之非彼之非亦即我之是如此互觀則何是非之有 彼亦一是非此亦一是非 如此互觀則是非兩忘 果且有彼 彼非 是 我是 乎哉果且無彼是乎哉 若是非兩合於大道果然有是非哉果然無是非乎哉

彼是莫得其耦謂之道樞 言是非兩忘則坦然一際絕諸對待如此則彼是莫得其耦耦對待也絕待即道妙之樞紐也 樞始得其環中以應無窮 環則不方中虛則活而能應以譬道之虛無若得此虛無道樞則應變無窮 是亦一無窮非亦一無窮也 言是非泯同於大道則是亦是道非亦是道如莊子誹薄堯舜此一於大道也 故曰莫若以明 前云與其儒墨之是非莫若以明說到聖人照破則泯絕是非而與道遊則無往而非大道之所在故此結之故曰莫若以明

此一節言聖人照破則了無是非自然合乎大道應變無窮而其妙處皆由一以明耳此欲人悟明乃爲眞是也則物論不待齊而自齊矣此即老子之天法道

下以指馬喻本無是非之意

以指喻指之非指 以我之觸指喻彼之中指爲非我之觸指 不若以非指喻指之非指也 不若以彼中指倒喻我之觸指又非彼之中指矣 以馬喻馬之非馬 馬雙陸之戲馬也馬有黑白之分雖有黑白皆馬也若以彼黑馬喻我之白馬非彼之黑馬 不若以非馬喻馬之非馬也 不若以彼黑馬倒喻我之白馬又非彼之黑馬矣 天地一指也萬物一馬也 若以此易地而觀指馬無二則是非自無由聖人照破大而觀之不但人我一巳之是非自絕則天地與我並生萬物與我爲一斯則天地一指萬物一馬耳又何有彼此是非之辯哉此盖從莫以明一語發出聖人不由而照於天釋以明之意故此結歸照破工夫眞能泯是非萬物齊一欲人於此着眼也

此一節發揮聖人照破則泯絕是非天地萬物化而爲一

下文釋爲一之所以

可乎可 謂人以爲可則我亦因而可之 不可乎不可 人不可則我亦

因而不可之道行之而成謂任道而行無有不合於道者成現現成成不必分別也物謂之而然然者自是也謂人謂之而然者惡乎然謂所以然者何耶然於然謂然於自已心中之爲然耳惡乎不然言人因何而不然耶不然於不然謂人所以不然者但彼心中自以爲不然耳物固有所然言物物實有一定之然譬如藥之參喙用參則喙不然且用喙時用參則不然矣此則物物皆有一定之實然也物固有所可物有在此不可而在彼亦有可用者物無不然物無不可由此觀之則天下物無有不然亦無有不可者故爲是舉莛屋梁也與楹屋柱也厲音賴癩病之惡人也與西施美婦人也恢大也恑詐也譎詭也怪怪異也道通爲一言莛楹之長短厲施之美惡恢恑譎怪之變狀以人情視之其實不得其一樣難其無是非若以道眼觀之則了無長短美惡之相一際平等此言非悟大道決不能齊天下之物論也其分也成也如截大木以爲器在木則爲分在器則爲成故其分即成也其成也毀也然器雖成於木則毀如此豈可執一定爲成毀哉凡物無成與毀復通爲一若就一邊而觀似有成毀若通而觀之則無成無毀故復通爲一以此而觀萬物又何是非之有

此釋上天地一指萬物一馬之意必以道眼觀之自然絕無是非之相是非絕則道通爲一矣

下文方指歸于道

惟達者達道之人知通爲一爲是不用而寓諸庸惟達道之人知萬物本通爲一故不執已是故曰不用既不用已是但寓諸衆人之情庸衆也謂隨衆人之見也庸也者用也解庸者用也謂用衆人之好惡爲好惡也用也者通也由其能用故能通衆人之志也通也者得也言能通達於道者無往而不自得苟自得則無是非之執矣適得而幾矣言達道之人能適於得則幾近於道矣因是已言達者通達於一雖萬變而不失其道此則無往而不是如此因是乃眞是也已而不知其然謂之道謂至無往而不達則了無是非順物忘懷則不知其所以然謂之道此老子道法自然

此一節要忘是非必須達道之聖人知萬物一體故無是無非無適而不可順乎自

然此謂之道上面説了許多展演鋪舒直到此方指歸一道字因是已之已字乃極盡之處言聖人極盡只是合乎自然之道如此而已合乎道則自然歸一後文言愚人强勉要一故卒莫能一也

勞神明爲一而不知其同也謂未達大道强勉以已見要爲一而不知其本來大同也謂之朝三何謂朝三謂執已見爲必是要一衆人之見即如狙之喻也曰狙公養猿之人賦芧輸芧粒以食猿也曰朝三而暮四衆狙皆怒言衆狙執定朝應多而夕應少曰然則朝四而暮三衆狙皆悦狙公以本數顛倒之名實未虧而喜怒爲用亦因是也三四之名同而實數亦同但狙之所執已見以朝四爲必是故不核其實而但喜其名耳此皆不能忘是非者如夷齊之類是也是以聖人和之以是非而休乎天鈞天鈞謂天然均等絶無是非之地也前云照之以天故此結云休止乎天均是之謂兩行兩行者謂是者可行而非者亦可行但以道均調則是非無不可者

此一節言工夫未到自然之地强勉要一其是非而不悟玄同之妙者似此之人但能因是不能忘非正如夷齊介子之流其行雖高不無憤世疾俗之心又如儒墨各執一端爲是乃但能可其可不能可其不可雖然離是非卒不能一是非即其所操未嘗不是元非道外只以各執已見爲是乃成顛倒故如狙公之七數名實一般而喜怒爲用各别此特勞神明爲一者而不知其大同者也須是聖人和同是非休乎天均兩忘而俱行之故能和光同塵混融而不辯則無可不可矣

下文意謂古之人知到本來無物玄同之境故本無是非自後漸漸不濟矣

古之人其知有所至矣上言不知道者勞神明强一而竟莫能一

故此言古之眞人有眞知之至處至者本來無物之地也故下徵釋惡乎至問何以爲至有以爲未始有物者至矣盡矣不可以復加矣本來無物已前乃道之極處無以加也其次以爲有物矣而未始有封也其次雖適有形猶知識未鑿似渾沌初分人心純樸然尙未有人我之封之封猶彼此界限也其次以爲有封焉而未始有是非也其次雖有彼此界限其風尙樸素而未有是非之心去道不遠是非之彰也道之所以虧也自是非一彰而大道喪矣道之所以虧愛之所以成愛私愛於一己也成前云一受其成形自迷眞性成此形骸固執爲我故大道虧損多矣果且有成與虧乎哉果且無成與虧乎哉苟以大道而觀果且有成虧乎無成虧乎若眞見得本無成虧則是非自泯矣

此一節言由迷大道則成我形我成而道虧矣前云一受其成形不亡以待盡直說到此處方透出一箇愛字爲我執之本以成其一己之我則所成者小而大道隱矣

申明前云道隱於小成之意也後文意由所成者小故舉世之人終身役役而不見其成功故以三子發之

有成與虧故故字副墨作昔字昭氏之鼓琴也由上云愛成而道虧又要顯本無成虧故引三子發之昭文善鼓琴是成一家之業後其子不能鼓琴是虧損了家聲也無成與虧昭氏之不鼓琴也意謂當初不勇成鼓琴之名則其子亦未有虧損家聲之說昭文之鼓琴師曠之枝策也又引師曠作証言師曠最聰明之人却使眼盲不見枝策而行此便是有成虧處惠子之據梧也惠子與莊子同時爲友而惠子有口才善辯論莊子意謂惠子辯論雖成而大道已虧故以二子成虧比之以善辯而不明道即如師曠聰明而眼盲即其子亦不能世其辯論之業故如昭文之鼓琴三子之知幾乎皆其盛者也故載之末年言從事以終其身也惟其好之也以異於彼言三子之篤好將以異乎人也其好之也欲以明之彼言他人又有好三子之知者而三子自以爲至又欲以己之能將明示之於彼謂教他人也非所明而明之故以堅白

之昧終此句意獨指惠子本未明道而強自以爲明而又明之於他人故無大成竟以堅白昧之以終其身而其子又以文之綸終上句惠子之成虧此言昭文之成虧終身無成言惠子以堅白之昧終此終身無成也昭文之子學父之琴亦終身無成若惠子之不辯昭文之不鼓琴又何成虧之有哉言其道之所以虧者正以成者小耳若是而可謂成乎雖我亦成也言若惠子之可謂成者莊子言如此則我之不成可謂之成也若是而不可謂成乎物與我無成也若是而不可謂成則人與我皆未是成者也是故滑疑之耀聖人之所圖也滑疑之耀者乃韜晦和光即老子昏昏悶悶之意謂和光同塵不衒己見之意言光而不耀乃聖人所圖也爲是不用而寓諸庸此之謂以明言聖人不以知見誇示於人亦不以己見爲必是故不用其是而但寓於庸衆之中前所謂以明者乃是大成者此也

此一節結文來意甚遠從夫言非吹也起而下及道惡乎隱而有眞僞以道隱於小成言隱於榮華乃至欲是其所非而非其所是莫若以明論起一層以至樞始得其環中則結之曰莫若以明爲第二層次從指馬喻論起以明道通爲一引出惟達者知通爲一爲是不用而寓諸庸乃點出一道字以作活眼次借狙公名實未虧從一虧上發揮道之所以虧由愛之所以成以此愛之所以成一句又遠結前立義中一受其成形及隨其成心而師之兩成字之意謂若受其成形即愛之所以成故道有所虧此有成有虧也若隨其成心而師之則本無成虧因有成形故有辯論是非之彰盖由此耳是以成形成心二意作骨子也此道隱小成言隱榮華有自來矣皆未悟明大道之過也故先揭示之曰莫若以明次又論道樞則又云故曰莫若以明今

論到底結歸成虧指出惠子是第一不明之人故持堅白之辯昧了一生故末後指出滑疑之耀之聖人乃不自是之人故繳歸爲是不用而寓諸庸之達者乃結之曰此之謂莫若以明其文發自夫言非吹也起至此約七百餘言方一大結其文與意若草裏蛇但見其動蕩遊衍莫覩其形跡非具正眼者未易窺也至若三子之成虧其昭文乃業之有成虧者師曠乃形之有成虧者惠子則道之有成虧者總結道隱於小成言隱於榮華而末結歸於聖人此聖人即結前云惟達者知通爲一爲是不用而寓諸庸之義如此深觀乃見此老之文章波瀾血脉之不可捉摸處

此之謂以明已結了前夫言非吹也以來一章之意到此又從滑疑之聖人上生起立意發論聖人無是無非至下文無適焉因是已二百三十餘言爲一章

今且有言（謂世之立言以辯論者）於此不知其與是類乎（是指上滑疑之聖人乃無是無非者謂今且有人立言爲辯者不知與此聖人是相類乎）其與是不類乎（謂與此聖人爲不類乎）類與不類相與爲類則與彼無以異矣（謂今言辯之人不必說與聖人類與不類但以巳見參合聖人之心妙契玄同則本無聖凡之別故與彼聖人無以異了無是非矣彼字即上是字指聖人也）

此一節結二聖人欲人自悟而忘其巳是也下雖然一轉乃莊子特論本無是非之大同乃發明大道之原也便是他眞知諦見處

雖然請嘗言之（言本無是非雖然如此尚未透徹故請嘗試一論之）有始也者（即老子無名天地之始）有未始有始也者（此言有始

亦無謂無始也即老子云同謂之玄有未始有夫未始有也者此未始有亦無即老子云玄之又玄衆妙之門此乃單言無形大道之原也有有也者有即天地人物老子有名萬物之母也有無也者因天地之有乃推無名天地之始此蓋就有形以推道本無形也有未始有無也者此言天地萬物有形出於無形而大道體中有無不立故云未始有有未始有夫未始有無也者上言有無俱無此言俱無亦無迥絕稱謂方是大道之玄同之域故以此稱爲虛無妙道俄而有無矣言大道體中了無名相一法不立故強稱虛無大道忽然生起有無而不知誰使之也前云若有眞宰而不知有所爲使直論到此方回頭照顧暗點于此而未知有無之果孰有孰無也言大道體中有無不立即今之有無誰使之爲有無耶所謂若有眞宰而求不得其朕今果返觀至此有無尚無安有是非之辯哉今我則已有謂矣言有無既無了絕名相何有言論之辯耶然我既已於無言之中而有言說矣但我言本無言而未知吾所謂之其果有謂乎其果無謂乎言我今既已有言但言其無言耳如前所謂𣪊音是也原出於天機了無是非之相世人但觀我無言之言其果有言說乎果無言說乎但悟此無言之言則是非自泯矣

已前釋言非吹也盖有機心之言也今莊子既說到忘言玄同之處意謂我今雖已有言乃從眞宰而發是無言之言若會我無言之言則忘言而歸一致矣下文重釋忘言歸一大小玄同了無是非如此乃眞是也

天下莫大於秋豪之末而泰山爲小莫壽乎殤子襁褓中子而彭祖爲夭此二句極難理會以上文已論歸大道之原今將以大道而一是非意謂若以有形而觀有形則大小壽夭一定而不可易者今若以大道而觀有形則秋毫雖小而體合太虛而太山有形只太虛中拳石耳故秋毫莫大而太山爲小也殤子雖夭而與無始同原而彭祖乃無始中一物耳故莫壽於殤子而彭祖爲夭也若如此以道而觀則小者不小而大者不大夭者不夭而壽者非壽矣如此則天地同根萬物一體何是非之有哉天地與我並生而萬物與我爲一以道觀之萬物一體則天地與我並生萬物與我爲一既已爲

一矣且得有言乎既以爲一物我兩忘更復何言既巳謂之一矣且得無言乎既巳稱謂爲一則言惡乎存而不可哉一與言爲二謂無形之一今稱謂之爲一則是兩一成二矣二與一爲三今又以言說彼兩一則觀待而爲三矣自此巳往巧曆不能得而況其凡乎自以言相待而爲三則相待無窮縱有巧於曆數者不得終窮矣況其凡乎故自無適有以至於三而況自有適有乎言自無才適有則巳成三而況自有適有則無極矣無適焉因是巳無適者謂安心於未始有巳前則湛然常一而不遷矣前云衆人因是而有是非聖人不由而照之于天亦因是也故一往論到未始有物巳前天地萬物混而爲一故不離於道如此爲眞是所言聖人因是者乃無適爲是此正照之於天也此文之照應處

此一節明妙契玄同天地同根萬物一體安心於大道不起分別則了無是非此乃眞是故結之曰無適焉因是巳

下文又重提起一是字乃是非之根原

夫道未始有封本無形相人我界限言未始有常常者執定不化之意乃是非之言也任道而言則無可不可了無一定是非之相爲是而有畛也只因執了一箇是字故有是非分別之辯請言其畛有左有右有倫有義有分有辯有競有爭此之謂八德意謂從無適有則有無二字巳成對待矣既有之後則有左右之序有左右則有倫義有倫義則有分辯則有爭競此相因而有乃執定而不可化者蓋從一是字爲病根只如以左爲是而右則决不可易世俗之情以此分辯爲能故謂之八德此德乃能義

前一往從迷至悟說到大道根底因是巳一句巳結絶了至此又提起大道本無是非不知這些分辯執着從何而有只要提出一箇是字爲病根要使人識得破

六合之外聖人存而不論道包天地與太虛同體本無封畛只爲衆人迷大道而執巳見爲是故是非之辯由之而起聖人心與道合即六合之外未嘗不知但存之而不論以非耳目之所及恐生是非故不論耳六合之內聖人論而不議六合之內聖人未嘗不周知萬物但只論其大綱如天經地義以立君臣父子之序而不議其所以之詳春秋經世先王之志聖

人議而不辯春秋乃爲經世君臣父子之大經大法聖人但議其名分品節之詳而不辯其是非之曲折故分也者有不分也夫道一而已本來不分但在天地有形之內而人倫之序不得不分人物雖分而道未嘗分所謂性一而已矣辯也者有不辯也雖天地間有衆口之辯其實有不可辯者乃忘言之大道存焉曰何也謂何以有不辯不分之義耶聖人懷之聖人與道爲一明知萬化之多而未嘗分明知衆口之辯而道非言之可及故葆光歛耀懷之於心而不示於人衆人辯之以相示也衆人其實未達大道之原而強不知以爲知且執以已見爲必是而以嘵嘵之辯夸示於人故大道隱矣故曰辯也者有不見也故曰者引古語也老子云善者不辯辯者不善

此一節釋滑疑之聖人與道爲一以至無適焉因是已意謂聖人心同太虛即六合內外之事未嘗不知但懷之而不辯以顯好辯者其實未明大道也

下文重釋不言不辯之義

夫大道不稱道本無名故不可以稱大辯不言不言之辯是非

了然大仁不仁不是有心要仁大廉不嗛嗛滿也不以廉自滿大勇不忮忮害也大勇乃自全道力非害於人也道昭而不道謂大道昭昭言則非道言辯而不及言道本絕言縱有辯亦不能及仁常而不成仁若常持有心則有私愛故不能大成萬物廉清而不信信實也謂矯矯以自清立名則無實德矣勇忮而不成勇若有害人之意則爲血氣而不成道義之勇矣五者园而幾向方矣五者名雖可行於世以皆出有心卒莫能行故幾向方矣故知止其所不知至矣以上五者幾方而不能行者以恃小知自私之過其實未知大道之原也由是而知聖人止其所不知之地乃以爲至也此結前古之人其知有所至以來一章之義孰知不言之辯不道之道若有能知此之謂天府言所不知之地乃大道之原也此中本無辯論言說若有人知此不言之辯不道之道正若樞之環中以應無窮故能知此者謂之天府注焉而不滿大道體虛大海不足以比其量故大地之水注之而不滿酌之而不竭即大地酌取而亦不竭而不知其所由來所謂虛而不屈動而愈出而不知其所從來此之謂葆光葆猶包藏而不落也前云滑疑之耀聖人之所圖以來只說到

此乃結指其義曰此之謂葆光前云滑疑之耀聖人所圖故舉六合内外之事聖人無所不知但知而不言以其大道本來無知無辯故也聖人安住廣大虚無之中以遊人世故和光同塵光而不耀是之謂葆光聖人工夫必做到此方爲究竟故云聖人所圖

故昔者堯問於舜曰我欲伐宗國名膾國名胥敖國名南面而不釋然其故何也不釋然者謂心中必欲伐之次罷而不能釋然不知何故也舜曰夫三子者猶存乎蓬艾之間若不釋然何哉言堯之心不廣不能容物也且三子所處甚微細如蓬艾之間誠不足以芥蔕於胷中者若不釋然何不自廣也昔者十日並出萬物皆照而況德之進乎日者乎言堯之德未至也昔者十日並出則光明廣大萬物畢照况德之勝過於日者乎苟自德已至則廣大光明無物不容況三子之微細乎

此因上葆光之聖人其心廣大如天府所謂聖人所圖者盖由工夫做到至處乃如此耳此言工夫未到則其心不廣不能容物故雖堯之大聖亦有所缺故十日並出爲進德之喻以總結前意以終夫言非吹已來之意也下文重申明至人止其所不知以顯聖人之成功以結死生無變於已而況利害之端乎

齧缺問乎王倪曰子知物之所同是乎曰吾惡乎知之要明不知之眞知故托王倪以發揮子知子之所不知邪曰吾惡乎知之若有知則有所不知則非眞不知之地矣然則物無知邪曰吾惡乎知之雖然嘗試言之庸詎知吾所謂知此知乃世人之知之非不知邪謂世人之知不是我之不知耶庸詎吾所謂不知之我之不知非知邪言我之不知不是世人之知耶謂聖凡之知本來無二但世人習於妄知故偏執爲

是總非眞知耳且吾嘗試問乎汝發明不是正知之意民溼寢則腰疾偏死鰌然乎哉言人但知安寢乾燥屋宇若近溼則腰疾偏廢而鰌卧泥中豈若人哉木處則惴慄恂懼猨猴然乎哉人處木枝則恐懼而猿猴以爲安便豈若人哉三者孰知正處三者謂人鰌猿猴各知安其所習以爲常於已未嘗不是但各隨一已俗習之知耳何者爲正知哉民食芻豢乃民之所習知麋鹿食薦薦草也乃麋鹿所習知蝍且蜈蚣也甘帶帶蛇也鴟鴉嗜鼠此四者各以爲知常味四者孰知正味以各知之味如此豈知正味哉猨猵狙爲雌猵狙亦猨同形而類別麋與鹿交麋小而鹿大鰌與魚遊鰌無合與魚遊而孕子毛嬙麗姬二人皆美女人之所美也魚見之深入鳥見之高飛麋鹿見之決驟四者孰知天下之正色哉美女人人所愛彼四物見之而驚走遠去是果色之可美耶試問以下歷舉安居食色皆世人之所知也人則以爲必是而不可易者然彼諸物各又不然是則誰爲正知哉若孰各人之知爲然而彼又有不然者斯則世人之小知小見豈可孰爲眞是耶自今觀之仁義之端是非之塗樊然殽亂吾惡能知其辯將上人物各非眞知則觀今之以仁義爲必是者豈眞是哉且如仁義聖人以治天下而盜跖即以之爲大盜若以聖人爲是而盜跖亦是若以盜跖爲非則聖亦非也如此是非不定吾何能盡知其辯哉齧缺曰子不知利害則至人固不知利害乎設此一問要顯至人之德不同王倪曰至人神矣不可以利害名目大澤焚而不能熱言至人豈但不知利害即大澤焚而不能熱河漢沍氷凍也而不能寒疾雷破山風振海而不能驚言至人神超物表不與物對故物不能傷若然者若如此者乘雲氣騎日月即磅礴日月而游乎四海之外死生無變於已而況利害之端乎此結聖人之德謂至人與道混融神超物外卓出於死生而況世之小利害乎

此一節申明前文至人止其所不知以言世人各非正知而執爲必是其所知者如此而已以此是非吾惡能知其辯哉以結至人不知之至乃超出生死之人豈常情

可測耶下文說齊死生以夢覺觀世人則舉世無覺者以顯是非之辯者皆夢中說夢耳文極奇而義極正

瞿鵲子問乎長梧子曰吾聞諸夫子聖人不從事於務 言不以世故爲事務 不就利 不知所利也 不違害 不知有害可避也 不喜求 言無求於世也 不緣道 言無心合道而無緣道之跡也 無謂有謂 以不言之教 有謂無謂 言發於天機無心之言如鷇音也 而遊乎塵垢之外 超然遊於物外也 夫子 孔子也 以爲孟浪之言 孟浪謂不着實猶無稽之言也 而我以爲妙道之行也吾子以爲奚若 何如也 長梧子曰是黃帝之聽熒也 謂汝之此言即黃帝聽之亦熒惑而不悟也 而丘也何足以知之 意謂孔夫子亦世俗之人耳何足以知此哉 且女亦太早計 言瞿鵲子才聞此言即以爲妙道之行亦計之太早也 見卵而求時夜 才見卵而便求報曉之雞 見彈而求鴞炙 才見彈而便求鴞炙此太早計之譬也 予嘗爲女妄言之 予以至人之德爲女妄言之 女以妄聽之奚 奚何如也 旁日月 言至人之德如此 挾宇宙 宇宙在手乎 爲其脗合 至人與萬化溷然混合而爲一體 置其滑昏以隸相尊 隸猶言隸役也言自天子諸侯卿大夫士皆是以隸役相役而相尊者此皆世之滑昏之人所爲者至人不與物伍故一切置之而無心也 衆人役役 役役於物欲而不自覺此皆以隸相役役者 聖人愚芚 芚草之未萌也言聖人無心於世不識不知泊兮於未兆已前 參萬歲而一成純 聖人入於不死不生故參萬歲而成純言不有於世故聖人了無是非之心也 萬物盡然而以是相蘊 言萬物本來道通爲一本無是非如聖人渾化故曰盡然但衆人只以一是字蘊成我見故有生死是非之辯耳 予惡乎知說生之非惑耶 言本無生可欣而衆人悅而貪之豈非惑耶 予惡乎知惡死之非弱喪而不知歸者耶 言聖人視生如遠逝視死如歸家而衆人惡死豈非弱喪而不知歸者耶弱喪乃自幼喪失家鄉者 麗之姬 麗姬美女也 艾 地名 封人 掌艾之官 之子也晉國之始得之也 麗姬納於晉君 涕泣沾襟 言麗姬始至晉時以爲不樂故涕沾襟 及其至於王所與王同筐牀 與王

同卧起食芻豢食美味遂以爲樂而後悔其泣也既知其樂乃悔昔之不知爲苦也此喻死者人之所歸乃最樂者人不知耳予惡乎知夫死者不悔其始之蘄生乎若知死之樂安知不悔昔之不當求生耶此以爲樂蓋言得免形骸生人之苦累故以死爲樂亦非佛之寂滅之樂以佛証之正是人中修離欲行得離欲界生死之苦而生初禪禪天之樂亦非世間人以死爲樂也觀者須善知其義夢飲酒者旦而哭泣夢哭泣者旦而田獵此言觀人世如夢觀死生如夜旦以此而遊世間乃至人之行也夢覺相返者以未覺乎大夢故以死生爲憂喜苟知夢覺一如則死生一條矣方其夢也不知其夢也夢之中又占其夢焉言世都在迷中而自不知其迷如夢中不知其夢也而世人且自以爲有知爲是而辯於人此如夢中占夢其實不自知其在迷也且有大覺而後知此其大夢也必有大覺之聖人乃能正衆人之夢語也而愚者自以爲覺竊竊然知之而世之愚人好執是非之辯者而不自知在迷中而自以爲覺故竊竊然私自以爲知者故夸示於人此舉世古今昏迷之通病也君乎牧乎固哉丘也君乎者暗指堯舜已下之爲君者牧乎暗指伊呂已下之卿相者固哉丘也明指孔子此通說堯舜禹湯文武周公孔子凡以仁義治天下而必要歸於已是而爲道者皆夢中說夢之人也與女指長梧子也皆夢也予謂女夢亦夢也即我說女夢我亦是夢中說女之夢耳是其言也如此夢言其名爲弔詭弔至也詭怪也謂此夢說乃至怪之談而女夢中之人亦信不及萬世之後而一遇大聖知其解者是旦暮遇之也言必待萬世之後遇一大覺之聖人知我此說即我與之爲旦暮之遇也意此老胷中早知有佛後來必定印證其言不然而言大覺者其誰也耶

此一節明至人所以超乎生死而遊人世者以觀世間如大夢死生如夜旦憂樂如夢事迷中說是非如夢占夢迷中正是非如白日說夢事總而言之皆在大夢之中耳似此若不是至人看破誰知此是大夢耶愚者竊自以爲覺豈不陋哉即自古堯舜已下之君相以及孔子皆夢中說夢之人耳莊子自謂我此說亦在夢中無人證

者必待後世有大覺之大聖方知我今日之夢說不妄也此論極正大痛切而入聖工夫亦即於此可見矣此結前執是非之論也

後文翻覆發明此意以結前文總歸於大道之原

既使我與若辯矣若勝我我不若勝若果是也我果非也邪此釋上皆在夢中之辯無能正者我勝若若不我勝我果是也而果非也邪其或是也其或非也邪其俱是兩家俱是也其俱非也耶我與若不能相知也以俱在夢中說夢爾我誰能知其是非耶則人固受其黮闇暗昧不明白也吾誰使正之言彼闇爾我之辯者都被瞞了在暗昧之中將使誰人正之耶使同乎若者正之既與若同矣惡能正之使與汝一樣人正之既與汝一般見識又何能正我之心耶使同乎我者正之既同乎我矣惡能正之使與我一樣人正之既與我一般見識又何能正汝之心耶使異乎我與若者正之既異乎我與若矣惡能正之使不同爾我兩家之人正之既絕與爾我不同識見各別又何能正爾我之是非哉使同乎我與若者正之既同乎我與若矣惡能正之既與我兩家一樣決不能正之矣然則我與若與人俱不能相知也言大家都在夢中辯夢占夢說夢事之是非畢竟何能相知哉而待彼也耶彼字近指前文所待大覺之聖人遠則指前非彼無我之彼字意指眞宰謂既舉世之人都在迷中橫生是非之辯如夢中諍論誰能解而正之除非是大覺之聖人出世方能了然明白若不待聖人直須各人悟了本有眞宰則不由是非而照之於天然大道則是非亦泯絕矣故下句即云和之以天倪天倪即前之休乎天均皆釋前照之於天謂眞宰乃天然大道之體非世人迷執之我見也莊子文章脉絡首尾相貫如地中之泉今此文橫說竪說三千餘言到此只以一彼字結之看是何等力量但看發論之端暗點出眞宰但云非彼無我以一彼字爲主到底猛然突出一句曰待彼也耶若看破此機軸則文章變化神矣何謂和之以天倪倪端倪也謂天然大道之實際也何謂二字乃重釋之辭也前文並無和天倪之說但云聖人和之之是非而休乎

天均始云聖人不由而照之於天蓋此天倪即前之天均而結歸照之于天以初從是非方生方死之間就要照之於天及說到勞神明而不能一則曰聖人和之以是非而休乎天均到此議論已完了故總前意乃曰何謂和之以天倪蓋即結歸和是非之天均也但以均字變爲倪字故不識其意耳**曰是不是然不然**是然乃兩家各執之偏見也**若果是也則是之異乎不是也亦無辯**言是既異於彼不是矣又何庸辯**然若果然也則然之異乎不然也亦無辯**謂然既異於不然矣又何庸辯哉**化聲之相待**無而忽有曰化言空谷之響乃化聲也謂觀音聲如空谷傳響了無情識又何是非之有哉此一句又總結前地籟長風衰響音聲唱和皆化聲也若觀言語音聲如風吹竅響何有是非之執所以有是非者蓋是有機心之言故競執爲彼此之是非耳故發論之初乃曰夫言非吹也爲是非發端今齊物論已了必指歸於地籟故曰化聲相待乃究竟齊物之工夫若言語音聲如地籟則言出天眞了無機心乃眞天籟也觀前發端之地籟則振蕩乾坤一段說話歸結到了但輕輕以化聲相待四字結之看是何等之胷襟致思筆力變化文章到此不可思議矣**若其不相待和之以天倪**此一句結齊物論之工夫也謂若果觀擧世言論之音聲如風吹竅鳴則是化聲相待則言出天機了無是非之執矣若其不能如化聲相待則當和之以天倪而休乎天均則不由是非之情而當照之於天如此則物論不齊而自齊也不然則終無可齊之日矣**因之以蔓衍**蔓衍者謂散漫流衍即橫說豎說如樞得環中以應無窮是一亦無窮非一亦無窮所謂惡乎存不可也以言出天眞無往而非道故能和之以天倪則可矢口而談故曰因之以蔓衍也**所以窮年也忘年忘義**前云於道有虧則辯者終身無成以自以爲成故非成耳今載道之言出乎天眞之自然隨其成心而師之則無往而非道如此則優游卒歲了無成名之心身住世間心超生死則足以思年了無人我彼此之分故能忘義而無一定之辯眞人應世與物無競如此而已**振於無竟故寓諸無竟**無竟者乃絕疆界之境即大道之實際所言廣莫之鄉曠埌之野皆無竟之義也言眞人處世凡所振作擧動皆與道冥一施爲動作於大道之鄉故曰振於無竟故栖神於寂寞冲虛故曰寓諸無竟此齊物論之究竟指歸實際處也如此一篇大文章開端如許驚天動地若不指歸實際則爲荒唐之說矣

此一節總結齊物論之究竟處也首以喪我爲發啟則意在物論之不齊皆執我見之過也今要齊物必先忘我此主意也次

將顯世人之言語音聲乃天機之所發但在有機忘機之别故分凡聖之不同故以三籟發端意在要將地籟以比天籟但人有小知大知之不同故各執已見爲必是故說了地籟即說大知小知之機心情狀之不一故不能合乎天機如地籟之風吹竅響耳如此者何也盖由人迷却天真之主宰但認血肉之軀以爲我故執我見而生是非之强辯者盖迷之之過也故次點出真宰要人先悟本真要悟本真須先拋却形骸故有百骸九竅之說要人看破形骸而識取真宰若悟真宰則自然言言合道皆發於天真是所謂天籟也今之辯論之不齊者盖是機心之言故執有是非故立論是非之端首云夫言非吹也一句提起以生後面許多是非之情狀皆從非吹二字發揮但凡人迷之而不悟在聖人已悟則不由衆人之是非故凡所言者皆照於天也從此照之於天一語以立悟之公案故向下說到是非不必强一但只休乎天均則不勞而自齊一矣如是重重議論到末後是非卒無人正之者如舉世古今皆是夢中說夢必待大覺之聖人方能正之即不能待大覺之聖人亦只須了悟各人之真宰則物論是非自明矣到此了悟之後是非自明則凡所言者皆出於天真如地籟無異矣故末後以化聲相待一語以結之若未大悟則凡所語言皆當照之於天而休乎天均爲工夫故以和之以天倪爲結語此通篇之血脉立言之本意也

但文章波瀾浩瀚難窺涯際若能看破主
意則始終一貫森然嚴整無一字之剩語
此所謂文章變化之神鬼者也
下文總以形影夢幻爲結以見眞實之工
夫也
罔兩影外之影也問景曰曩子行今子止曩子坐
今子起何其無特操與言行止起坐不常何以無一定之特操也
曰吾有待而然者邪影謂蓋不由我以有待者形也吾所待
又有待而然者邪吾待蛇蚹蜩翼邪言我所待者形
若蛇蚹蜩翼之做物耳彼何知哉惡識其所以然惡識其所
以不然言彼假形塊若無知之物若蛇之蚹蜩之翼與眞宰無相干者但任其天
機之動作耳又何以知其然與不然耶意謂世人學道做忘我工夫必先觀此身如影如
蛇蚹蜩翼則我執自破矣昔者莊周夢爲蝴蝶栩栩然蝴
蝶也栩栩然喜意自喻適志與不知周也言夢中爲蝴蝶
自喜自適竟不知其爲周也俄然覺則蘧蘧然蘧蘧然僵卧之貌
周也覺來依然一周耳不知周之夢爲蝴蝶歟蝴蝶
之夢爲周歟周與蝴蝶則必有分矣言夢覺之不同
但一周耳不知蝴蝶爲周周爲蝴蝶此處定有分曉要人看破則視死生如夢覺萬物一
觀自無是非之辯矣此之謂物化物化者萬物化而爲一也所謂大而化之
謂聖言齊物之極必是大而化之之聖人萬物混化而爲一則了無人我是非之辯則物
論不齊而自齊也齊物以一夢結則破盡舉世古今之大夢也由是觀之莊子之學不易
致也非特文而已矣
此結齊物之究竟化處故托夢覺不分以
物化爲極則大槩此論立意若要齊物必
先破我執爲第一故首以吾喪我發端然
吾指眞宰我即形骸初且說忘我未說工
夫次則忘我工夫須要觀形骸是假將百
骸九竅六藏一一看破散了於中畢竟誰
爲我者方才披剥出一箇眞君面目意謂
若悟眞君則形骸可外形骸外則我自忘

我忘則是非泯矣此其中大主意也重重立論返覆發揚者此耳謂若未悟眞君則舉世古今皆迷如在大夢之中縱有是非之辯誰當正之耶縱有正之者亦若夢中占夢耳若明正是非必待大覺之聖人即不能待大聖亦直須各人了悟當人本來面目方自信自决矣要悟本來眞宰須是忘我然忘我工夫先觀人世如夢是非之辯如夢中事正是非者如夢中占夢之人若以夢觀人世則人我之見亦自解矣雖解人我而未能忘言若觀音聲如響則言語相空如此則言自忘矣言雖忘而未能忘我則觀自巳如影外之影觀血肉之軀如蛇蚹蜩翼此則頓忘我相不必似前分析也盖前百骸九竅一一而觀乃初心觀法如內教小乘之析色明空觀今即觀身如影之不實如蛇蚹之假借乃即色明空更不假費工夫也雖觀假我而未能忘物故如蝶夢之喻則物我兩忘物我忘則是非泯此聖人大而化之成功也故以物化結之如此識其主意攝歸觀心則不被他文字眩惑乃知究竟歸趣此齊物之總持也觀者應知

莊子內篇註卷之二

音釋

翏憐蕭切音聊長風聲　枅堅奚切音雞柱上横木承棟者　宎伊鳥切音杳竅聲也　鷇五候切音寇鳥子也　莛唐丁切音廷屋梁也　襁褓上舉兩切音鏹下補抱切音保負兒衣也　畛止忍切音軫田間陌也　芚敕倫切音椿無知貌　蚹符遇切音附蛇腹下横鱗可以行者

莊子內篇註卷之三

明匡廬逸叟憨山釋德清註

養生主

此篇教人養性全生以性乃生之主也意謂世人爲一身口體之謀逐逐於功名利祿以爲養生之策殘生傷性終身役役而不知止即所謂迷失真宰與物相刃相靡其形盡如馳而不知歸者可不謂之大哀耶故教人安時處順不必貪求以養形但以清淨離欲以養性此示入道之功夫也

吾生也有涯（人生如隙駒耳有限光陰）而知也無涯（知者妄想思慮日夜相代而無涯）以有涯隨無涯殆已（以有限之身命隨無窮之妄想勞心悴形危之甚也）已而爲知者殆而已矣（既已危殆且迷而不覺猶自以爲知者終於殆而已矣不可救也）爲善無近名（爲善無近名之心）爲惡無近刑（爲惡無近刑之事蓋善惡兼忘虛懷遊世不以物爲事）緣督以爲經（緣順也督理也經常也言但安心順天理之自然以爲常而無過求馳逐之心也）可以保身可以全生可以養親可以盡年（苟順天理則不貪欲以殘生故可以保身全生不辱身以傷命故可以養親盡年此所謂能養生之主也）

逍遥之聖人則忘己忘功忘名故得超然於物外齊物之愚夫競名好辯迷真宰而不悟此聖凡之辯也故今示之以入聖之功夫以養生主爲首務也然養生之主只在緣督爲經一語而已苟安命適時順乎天理之自然則遇物忘懷絶無意於人世則若己若功若名不待忘而自忘矣此所以爲養生主之妙術也故下以庖丁解牛喻之

庖丁爲文惠君（梁惠王也）解牛（不言解牛之妙術）手之所觸（隨手所至也）肩之所倚（案牛之度也）足之所履（踏牛於地）

也膝之所踦踦而下刀之狀也砉音吸然響然用刀之聲也奏刀騞音畫然進刀之聲也莫不中音言有節數也合於桑林舞名之舞乃中經首樂名之會衆樂齊奏言技之妙而闢之度如此初無用力倉皇之意也文惠君曰譆嘆其妙也善哉技蓋至此乎言解牛之技妙極於此也庖丁釋刀對曰臣之所好者道也進用也乎技矣言臣始非專於技蓋先學乎道以悟物有自然天理之妙故施用之於技耳始臣之解牛之時所見無非牛者言未得入道則目前物物有礙故始解牛之時則滿目只見有一牛三年之後未嘗見全牛也言初未見理則見渾淪一牛既而細細觀之則牛外之頭角蹄腨內之五臟百骸筋骨一一分之各各不一件件有理自然而不可亂者由是而知無全牛也久之則果然見其無全牛也方今之時臣以神遇而不以目視由臣細觀其牛件件分析有一定天然之腠理了然於心目之間故方今解牛不須目視任手所之無不中理者官官知止而神欲行官謂耳目等五官也但以心目知其所止而神即隨其所行故信手所之迎刃而解依乎天理但依骨肉之間天理之自然批音撇大郤

音隙導大窾因其固然言任刀所批者則有大卻隨手所引者則有大窾空處但只因固然一定之理而游乃其間技經肯綮骨肉連結處也之未嘗而況大軱骨也乎言任理用刀從骨肉小小連絡處亦不見有齟齬而況有大骨為礙乎良庖歲更刀割也言良能之庖則一歲一換其刀者但割切而已族衆也庖月更刀折猶研也也言庸衆之庖月換一刀則砍斫之故易傷鈌也今臣之刀十九年矣臣之刀十年為率今已用九年矣所解數千牛矣而刀刃若新發於硎硎磨刀石也言臣之刀已解數千牛矣而其鋒銛利如初磨一般全未傷鈌也彼節者有間言彼骨節自有間隙而刀刃無厚以無厚入有間恢恢寬大也乎其於遊刃必有餘地矣是以十九年而刀刃若新發於硎言刀之所以不傷鈌者以彼牛之骨節之間自有天然之空處且刀刃薄而不厚以至薄之刀刃入有空之骨節則恢恢寬大任其游刃尚有餘地又何傷鋒犯手之有所以十九年而刀若發硎也雖然每至於族筋骨盤結處也吾見其難為言雖然遊刃如此任理而行其間亦有筋骨盤結設理處吾亦見其難此則不可任意而行也怵警惕也

然爲戒言不敢妄動也視爲止視其所止也行爲遲行刀少緩也動刀甚微謋劃也然已解如土委地言至難處則爲惕然小心不可亂動端詳其所止緩緩下手如此則用力不多故動刀甚微而難解處則劃然已解如上之崩委於地也提刀而立爲之四顧言巳解其難解故提刀四顧以暢其懷也爲之躊躇四顧也言仍四顧其難解之狀也滿志快于心也善刀而藏之善拂拭其刀而藏之也文惠君曰善哉吾聞庖丁之言得養生焉

此養生主一篇立義只一庖丁解牛之事則盡養生主之妙以此乃一大譬喻耳若一一合之乃見其妙庖丁喻聖人牛喻世間之事大而天下國家小而日用常行皆目前之事也解牛之技乃治天下國家用世之術智也刀喻本性即生之主率性而行如以刀解牛也言聖人學道妙悟性眞推其緒餘以治天下國家如庖丁先學道而後用於解牛之技也初未悟時則見與世齟齬難行如庖丁初則滿眼只見一牛耳旣而入道巳深性智日明則看破世間之事件件自有一定天然之理如此則不見一事當前如此則目無全牛矣旣看破世事則一味順乎天理而行則不見有一毫難處之事所謂技經骨綮之未嘗也以順理而行則無奔競馳逐以傷性眞故如刀刃之十九年若新發于硎全無一毫傷缺也以聖人明利之智以應有理之事務則事小而智鉅故如游刃其間恢恢有餘地矣若遇難處沒理之事如筋肎之盤錯者不妨小心戒惕緩緩斟酌於其間則亦易可解亦不見其難者至人如此應世又何役役疲勞以取殘生傷性之患哉故結

之曰聞庖丁之言得養生焉而意在至人率性順理而無過中之行則性自全而形不傷耳善體會其意妙超言外此等譬喻唯佛經有之世典絶無而僅有者最宜詳玩有深旨哉

下文言其不善養生之人

公文軒人姓名見右師官名介者也而驚曰此何人也惡乎介也言此是何等人因何而刖足也天與其人與言去一足是天使與歟抑人爲之歟曰天也非人也復自應之日此天使之也非人也天之生是使獨也言右師生而貪欲自喪天真故罪以取刖即是天刑其人使之獨也人之貌有與也以是知其天也非人也言人生皆天與之形也今右師之介其足即是天使之不全也澤雉十步一啄百步一飲不蘄畜乎樊中神雖王不善也言澤雉飲啄雖如此之艱難亦甘心適性不肯求人畜於樊籠之中謂樊中之養其神雖王且知困苦不自安故以爲不善而不求之也右師貪而忘形不如澤雉多矣故其刖也實天刑之而不自知耳

此一節言不善養生者見得忘真見利忘形自取殘生傷性之患不若澤雉之自適也

下言雖聖人苟不能忘情亦是喪失天真者故借老子發之

老聃死秦失弔之秦失老聃之友也三號而出言無哀切之情也弟子秦失之弟子曰非夫子之友耶曰然言是吾之友也然則弔焉若此可乎弟子謂既爲夫子之友而不盡其哀其可乎曰然謂實無哀痛也始也吾以爲其人也言我始與友時將謂是有道者也而今非也今日死後乃知其非有道者也何以知之向吾入而弔焉有老者哭之如哭其子少者哭之如哭其母彼其所以會之必有不蘄言而言不蘄哭而哭者言老少哭之如此其哀必生時與彼兩情相合而中心有不能自已者故不蘄哭而哭之哀如此也是遁天倍與悖同情

忘其所受古者謂之遁天之刑刑猶理也言聃之爲人不能忘情而處世故有心親愛於人故人不忘此實自遁天眞忘其本有古人謂此乃遁喪天眞而傷其性者非聖人也適來夫子時也亦適來而有生也適去夫子順也言適死而去乃造化之所遷而天眞泰然未嘗有去來死生安時而處順哀樂不能入也言生則安其時死則順其化又何死有哀而生者也古者謂是帝可樂耶達其本無生死故也之縣解帝者生之主也性繫於形如人之倒懸今超然順化則解性之懸矣指窮於爲薪火傳也不知其盡也言形雖化而性常存如薪盡而火存有形相禪如薪火相傳是則生生而不已化化而無窮故如薪火之傳不知其盡也

此言性得所養而天眞自全則去來生死了無拘礙故至人遊世形雖同人而性超物外不爲生死變遷者實由得其所養耳能養性復眞所以爲眞人故後人間世即言眞人無心而遊世以實庖丁解牛之譬以見養生主之效也篇雖各別而意實貫之

人間世

此篇葢言聖人處世之道也然養生主乃不以世務傷生者而其所以養生之功夫又從經涉世故以體驗之謂果能自有所養即處世自無伐才求名無事强行之過其於輔君奉命自無誇功溢美之嫌而其功夫又從心齋坐忘虛己涉世可無患矣極言世故人情之難處苟非虛而待物少有才情求名之心則不免於患矣故篇終以不才爲究竟苟涉世無患方見善能養生之主實與前篇互相發明也以孔子乃用世之聖人顔子乃聖門之高弟故借以爲重使其信然也

顏回見仲尼請行曰奚之（仲尼問何往）曰將之衛曰奚爲焉（意謂雖顏子之仁人亦不勉無事强行之過）曰回聞衛君（蒯聵也）其年壯（壯年盛氣之時）其行獨（言狠戾自用拒諫妄爲也）輕用其國而不自見其過（言不恤民輕視其國不自知其過）輕用民死（言不恤民故民死亡者衆）死者以國量乎澤若蕉（言以國比乎澤而民之死者相枕籍若澤中之蕉也）民其無如（往也）矣（言民受困無所往告矣）回嘗聞之夫子曰治國去之（言國已治不以無功而干祿）亂國就之（言勘亂扶危以安民也）醫門多疾（謂善救時者如良醫之門多疾人也）願以所聞思其則（蓋回素聞夫子之言如此故願以所聞思其法則將以匡正衛君也）庶幾其國有瘳乎（言庶幾使民免其疾苦也）仲尼曰譆（驚嘆也）若殆往而刑耳（言汝甚欲往必遭其刑耳）夫道不欲襍（謂學道當專心壹志不可襍亂其心）襍則多多則擾擾則憂憂而不救（言心襍則以多事自擾擾則憂患而不可救）古之至人先存諸已而後存諸人（言古之至人涉世先以道德存乎已然後以已所存施諸人即此二語乃涉世之大經非夫子不能到此）所存於已者未定何暇至於暴人之所行（謂顏回道德未充自修不暇又何暇至暴人之所乎）且若（汝也）亦知夫德之所蕩而知之所爲出乎哉（蕩散也出露也）德蕩乎名知出乎爭（德之不能保全者爲名之蕩也名蕩而實少矣知之發露於外者以啓爭之之端也）名也者相軋也（軋軋機聲也言名者乃彼此相擠軋不得獨擅也）知也者爭之器也（才知一露人人忌之則由此而致爭不相安也）二者凶器非所以盡行也（言才德知術二者乃招患之端爲凶器也豈可以盡行乎）且德厚信矼（矼確實貌）未達人氣（謂我以厚德確信加人必先要達彼之氣味與我投與不投）名聞不爭未達人心（言我雖不爭名聞於彼且未達彼之人之心信否何如）而彊以仁義繩墨之言術（當是衒字）暴人之前是以人惡有其美也命之曰菑人菑人者人必返菑之若殆爲人菑（言已雖確信虛已致彼且未審彼之氣味不達心志即以仁義繩墨之言規諫於彼恐一旦致疑而不信則將以汝爲因揚彼之惡而顯已之美所謂未信則爲謗已也此謂之菑害於人凡菑人者人必反菑之汝不審彼

已而彊行始爲彼人菑之也且苟爲悅賢而惡不肖惡用而汝也求有以異且彼衛君誠有悅賢而惡不肖之心則彼國自有賢者何用汝持往而求以顯異耶若汝也惟無詔言汝必不待詔而往王公必將乘人而鬬其捷言女非詔命而往則彼王公必將乘人君之勢與汝鬬其捷勝而不納其言而汝也目將熒之言汝見人君之勢以加凌之則必自失其守眼目眩惑之矣而色將平之眼目一眩必將自救而容色平知以求辭矣口將營之容貌既已失措而口必營營以自救也容將形之容貌言辭一失則全身不覺放倒遷就也心且成之外貌一失則內心無主必將捨已而就彼返成其惡也是以火救火以水救水名之曰益多言女物心欲彼改惡而竟返成其惡是以水火而救水火但增益其多耳順始無窮言始則將順而彼之惡竟無窮若汝也殆以不信厚言必死於暴人之前矣若彼不見信而遽加之以忠厚之言是謂交淺言深彼將致疑而返以爲謗如此則必死無疑矣

此一節言涉世之大者以諫君爲第一若人主素不見信而驟以忠言强諫不唯不聽且致殺身之禍此非夫子之大聖深達世故明哲保身者其他孰能知此哉顏子有所未至也此爲人間世之第一件事故首言之

且昔者桀殺關龍逢紂殺王子比干是皆修其身以下傴拊人之民以下拂其上者也言龍逢比干以忠立名而竟見殺者蓋爲居臣下之位而傴拊人君之民者傴拊言曲身拊恤於民以示憐愛之狀也謂人君不愛民而臣下返爲之愛恤是自要名以拂逆人主之心此所以見怒而取殺也豈非好名取死之道耶故人君因其修以擠之是好名者也言二子好名而修身以拂人君故人君因其修而擠害之是好名之過也昔者堯攻叢枝胥敖二國名禹攻有扈國名國爲虛厲使其國爲空虛死其君爲厲鬼身爲刑戮親身操其殺戮其用兵不止其求實無已謂二聖自以爲仁將除暴救民是皆求爲仁之實無已故用兵不止以此好名以滋殺戮是皆求名實者也求仁之名而行殺伐名成而實喪矣而汝也獨不聞之乎名實

者聖人之所不能勝平聲也言名實雖二聖人且不能勝而全有之而況若汝也乎此謂顏子無事强行求名之實必不能全以明往必刑之之必然也且名實聖人猶不能全而況凡乎

上文夫子以教其必不可往下又問其往之之道

雖然若汝也必有以也嘗以語我來來語辭夫子謂雖然我如此說其勢必不可往不知汝將何術以往耶當以語我試看何如顏回曰端而虛勉而一則可乎回謂我無他術但端謹其身以虛其心不以功名得失爲懷更勉一其志不計其利害如此則可乎曰惡惡可言其甚不可也夫以陽爲充孔揚采色不定陽者盛氣言衛君壯年負驕勝之氣女以小心端謹事之則益充滿彼之盛氣而志更大飛揚將發現于顏面矣采色不定喜怒不常也常人之所不違言彼喜怒不常之氣性即尋常執侍之人亦不敢違況汝未同與言之人乎因案人之所感以求容與自快之意也其心名之曰日漸之德不成而況大德乎言彼拒諫之人即汝以言感發之彼即定將所感之言返案於女以求容與以快其心不但不聽而已如此飾非之人即日漸小德亦不成況大德乎將執而不化外合而內不訾毁也其庸詎可乎言彼將固執已志而不化縱汝能端虛而外謹勉一而內不毁竟有何用乎言其必無功效徒費精神耳

此一節言蘧梁拒諫之人縱以忠謹事之秖增益其盛氣亦無補於德終無益也

然則我內直而外曲成而上比此顏回聞夫子之言以端虛勉一必不能行又思其則以內直外曲上比古人挾此三術以往其事必濟矣內直者與天爲徒此顏回自解三術之意言內直與天爲徒者言人之生也直此性本天成則彼我同此性也故曰與天爲徒謂彼亦人耳既同此性苟言之相符寧無動於中乎與天爲徒者知天子之與己皆天之所子而獨以己言蘄乎而人善之蘄乎而人不善之耶若然者人謂之童子是之謂與天

為徒言既天性本同則人君與我皆天之子也我但直性而言之亦不必求其彼之以我言為善為不善我唯盡此眞純無僞之心如此則彼以我如赤子之心矣此又有何患焉外曲者與人為徒也擎跽曲拳人臣之禮也人皆為之吾敢不為耶為人之所為者人亦無疵焉是之謂與人為徒外曲者謂曲盡人臣之禮也不失其儀又何疵焉成而上比者與古為徒其言雖教讁之實也讁謂指讁是非也古之有也非吾有也若然者雖直而不為病是之謂與古為徒成者引其成言也上比者上比古人也故其言雖讁之而明言是非而所言皆實乃古人之言非我之虛談也如此則言雖直以非我出則不以為病矣若是則可乎以此三術則庶幾可乎仲尼曰惡惡可歎其必不可也太多政法而不諜政法猶法則也諜猶安妥謂穩當也言抉上三術而法則太多猶不穩當也雖固亦無罪雖然止是耳矣惡可以及化猶師心者也言以此三術固亦不得罪然止是如此而已耳亦不能使彼心化也何也以三術皆出有心未能忘我且已朱成焉能化彼哉

此一節言三術從孔子君子有三畏中變化來與天為徒畏天也與人為徒畏大人也與古為徒畏聖人之言也但議論渾然無跡言此三事亦非聖人大化之境界止於世俗之常耳意在言外

顏回曰吾無以進矣言回之學問止此而已更無以進矣敢問其方請問夫子之教以可法也仲尼曰齋吾將語若言須齋心待聽我之教也若汝也有而為之其易耶言汝有心而為之事自己未化便欲化人豈容易耶易之者皞天不宜以有心之事為容易者其心不眞故上天所不宜顏回曰回之家貧惟不飲酒不茹葷者數月矣若此可為齋乎此顏子未知心齋也曰是祭祀之齋非心齋也回曰敢問心齋仲尼曰一若志專一汝之心志無聽之以耳而聽之以心言返隔於心性無聽之以心而聽之以氣心尚未忘形氣則虛而形與化之矣心止於符謂心冥於理也氣也者虛而待物

者也言心虛于極以虛而待物惟道集虛虛乃道之體也虛者心齋也教顏子之心齋以主於虛也顏子多方皆未離有心凡有心之言未忘機也機不忘則已不化故教之以心齋以虛爲極虛則物我兩忘已化而物自化耳顏回曰回之未始得使實自回也言未受教待自以爲有已得使之也未始有回也可謂虛乎一聞心齋之教頓忘其已此忘已可謂虛乎回于一言頓悟如此夫子曰盡矣謂心齊之理盡於此矣吾將語若言汝有受教之地矣故將語之若若汝也能入遊其樊樊謂藩籬謂世網中也而無感其名言能遊人世虛已忘懷無以智巧以感動人而要其名入則鳴不入則止言不可執一定成心而往但觀其人精神氣味相入則言不入則止不可强行無門無毒門者言立定一箇門庭毒即瞋眩之藥謂必瘳之藥此二者有患皆不可用也一宅而寓於不得已則幾矣一宅者謂安心於一了無二念即其所言當寓意於不得已而應之切不可有心强爲如此則庶幾乎可耳絕跡易無行

地難言逃人絕世尚易獨有涉世無心不着形跡爲難即老子善行無轍跡爲人使易以僞爲天使難以僞聖人應世乃天之使也若是爲人之使容可以僞聖人乘眞心而御物又安可以僞乎聞以有翼飛者也未聞以無翼飛者也此有心無心之喻也言世人有心爲事而成者有之若無心應物而使人感化若無翼而飛者此未之聞也聞以有知知者矣未聞以無知知者也言世人皆以有知而知之者聖人以無知而知者蓋言忘形絕智以無心而應物者此其難者未之聞也瞻彼闋者虛室生白此心虛之喻也謂室中空虛但有缺處則容光必照而虛室中即生白矣以喻心虛則天光自發也吉祥止止言有心而動則禍福隨之所謂吉凶悔吝生乎動也今若心虛無物則一念不生虛明自照悔吝全消惟吉祥止止而言此虛心乃吉祥所止之處也夫且不止是之謂坐馳言人心皆本虛明第人不安心止此私慾萌發則身坐於此而心馳於彼是之謂坐馳夫狗耳目內通而外於心知鬼神將來舍而況人乎狗作殉猶喪失也言喪耳目之見聞返見返聞故云內通若內通融於心體眞光發露則不用其妄心妄知如此則虛明寂照與鬼神合其德故鬼神將來舍矣而況於人而

不感化乎此無翼而飛者也此教同之極處也是萬物之化也謂喪耳目則形自忘外心知則智自泯則物我兩忘我忘物化則萬物盡化爲道矣禹舜之所紐樞紐也伏羲几蘧古聖君也之所行終而況散焉者乎言物我兼忘萬物盡化此混歸大道之原即禹之神聖亦執爲樞紐而伏羲几蘧之大聖御世終身所行而況散民乎顔回能以此用世又何强行之有哉

此言涉世先於事君此言輔君之難也苟非物我兩忘虛心御物不得已而應之決不能感君而離患若固執我見持必然之志而强諫之不但無補於君且致殺身之禍此龍逢比干之死皆是之過也

下言使命之難

葉公子高葉公名梁字子高楚大夫也將使於齊問於仲尼曰王使諸梁也甚重意將有兵革之事齊之待使者蓋將甚敬而不急言齊君待使者貌雖恭而心甚慢不能應使者之急事匹夫猶未可動也而況諸侯乎言楚之事甚急而齊若慢之則不敢輕意催促且匹夫尚不可輕動況諸侯乎吾甚慄之恐誤國事而取罪故甚恐懼也子嘗語諸梁也曰凡事若小若大寡不道以懽成嘗憶夫子教我謂事無大小必以懽成儻齊之不懽則事難濟矣此所以恐也事若不成則必有人道之患言事若不成君能無罪我乎是必有人道之患也事若成則必有陰陽之患言齊儻不急必多方勞慮委曲求成則焦勞之病乃陰陽之内患也若成若不成而後無患者惟有德者能之有德者謂全德之聖人也意謂事之成與不成俱無患者惟聖人虛心應世不以物爲事者能之也吾食也執粗而不臧善也謂不甘美之厚味也爨無欲清之人言我之飲食淡薄無多烹庖故執爨之人無有怕熱而求清涼者今吾朝受命而夕飲冰我其内熱與言素無厚味故無内熱之症今朝受命而夕飲冰則火症内發乃憂愁焦思以動其火耳其内熱之病歟吾未至乎事之情實也而既有陰陽之患矣言未就事早有陰陽夫錯内熱之病矣事若不成必有人道之患事若不成國君能無罪我乎此人道之患所不免者是兩也爲人臣者不足以

任之言此兩患在身事不由已故爲人臣者所不能任之也子其有以語我來願夫子有以教我也

此言人臣以使命爲難也以爲人臣者但以一已功名爲心故事必求可功必求成以此横慮交錯於胷中勞神焦思之若此乃舉世人臣使命之難絶不知有所處之道故不免其患耳故夫子教以處之之方意有一定之命一定之理安順處之自無患耳若持必可之心固所不免也

下夫子教其莫若致命此其難者將此起語爲結

仲尼曰天下有大戒二大戒者謂世之大經大法也乃君親之命不可易者其一命也其一義也子之愛親命也不可解於心臣之事君義也無適而非君也莊子誹仁義獨於人之事君以義爲主又以死忠爲不善今言人臣之事君無往而非君乃忠之盛也此老何曾越世故耶無所逃於天地之間是之謂大戒言世之君親之命無所逃此乃世之大經大法之不易者是以夫事其親者不擇地而安之孝之至也言子之事親無往而非親命則不敢擇地而安之此乃孝之至也夫事其君者不擇事而安之忠之盛也言事君者唯命是聽不敢以難易二其心乃忠之盛也故古人恥貳心以事主者自事其心者哀樂不易施乎前言孝則當竭其力忠則盡乎命以盡心盡命爲主不以難易推移之志此事心之大者不以哀樂入於心也知其不可柰何而安之若命德之至也言人臣之分知其事之難無可柰何亦不敢貳心相視但安之若命安命則忘其難易此乃德之至也爲人臣子者固有所不得已行事之情而忘其身言人之臣子固有不得已之事但當盡命以忘其身以從事何暇至於悦生而惡死言臣子盡命而已豈敢以生死爲去就哉夫子其行可矣教葉公但當如此而行可矣

莊子全書皆以忠孝爲要名譽喪失天真之不可尚者獨人間世一篇則極盡其忠

孝之實一字不可易者誰言其人不達世故而恣肆其志耶且借重孔子之言者曷嘗侮聖人哉葢學有方内方外之分在方外必以放曠爲高特要歸大道也若方内則於君臣父子之分一毫不敢假借者以世之大經大法不可犯也此所謂世出世間之道無不包羅無不盡理豈可以一槩目之哉

丘請復以所聞（前槩言君臣父子之分義此下方復言使命之理）凡交近則必相靡以信（靡順也信符也凡交近國必須符驗則不假辭令）遠則必忠之以言（若交遠國則必忠之辭令以合二國之歡）言必或傳之（謂言必要使者口傳）夫傳兩喜兩怒之言天下之難者也（言之所係安危以之而禍福隨至）夫兩喜必多溢美之言兩怒必多溢惡之言（病在於溢）凡溢之類妄（溢美溢惡出於過用智巧故失其本真故曰妄）妄則其信之也莫（以言不至誠故聽之者亦莫然不信）莫則傳言者殃（既不相信則罪在傳言者殃矣）故法言曰傳其常情無傳其溢言（常情乃真實無妄之言）則幾乎全（庶幾免禍）

此一節言使命之難以兩家之利害皆在一已擔當若溢而過實則令聽者生疑不信是爲生禍之本而傳者必受其殃所以貴乎真實無妄庶幾可保全耳

下文申明雖苟全目前之事而終必爲害甚矣言之不易不可不謹慎其始也

且以巧鬭力者始乎陽常卒乎陰太至則多奇巧（此言慎始慎終之道也且始以巧鬭力者乃以戲劇相格鬭也始則兩情相嬉及其過甚則有求勝之心必各用其奇巧奇巧一出則必有一傷傷即認真至不可解則終之以怒矣陽猶喜陰猶怒也）以禮飲酒者始乎治常乎亂太至則多奇樂凡事亦然（且如飲酒者初則賓主秩然有禮及至酒酣樂劇樂劇則亂必隨之不獨巧鬭飲酒凡事皆然）始乎諒常卒乎

鄙
諒者不擇是非而必於信鄙詐也且如人之交情始則肝膽相照必信不疑久則鄙詐之心生焉
其作始也簡其將畢也必巨
不獨人情即作事始作必以簡省爲主其將畢也必巨自有不可收拾者蓋勢之必至也
言者風波也行者實喪也
凡事不能保其始終而言行尤甚蓋言者風波也乃是非所由生行者實之所自發行成而實喪矣故曰言行君子之樞機榮辱之主也故當所必謹者豈可妄乎
夫風波易以動實喪易以危
風波則易以傾覆實喪則易取殆辱知此則知所慎矣
故忿設無由巧言偏辭
故凡人忿怒之設實由巧言偏辭以激發之
獸死不擇音氣息茀然於是並生心厲
茀勃然也厲鬼病也謂巧言偏辭以激怒其人以致怒氣勃然而發則不擇可否而橫出之如獸死之不擇音則使聽者以爲實然則並皆心生鬼病而不可治矣
尅核太至則必有不肖之心應之而不知其然也
謂聽言激怒之人乘其怒氣則於所怒之人必以橫口非理加之毫髮推求不少寬假而尅核之若尅核太至則彼被怒之人亦必以不肖之心應之是則兩家之禍成矣禍雖成而竟不知其所以然也所以然者蓋由巧言偏辭也
苟爲不知其然也孰知其所終
若苟知其巧言之過尚可解若不知其所由言然則兩家之禍將不知其所終矣
故法言曰無遷令無勸成
由其巧言偏辭爲禍之端害事之甚故奉使者必不可溢言無遷改其令無勸其成免後禍也
過度益也
凡增益者乃過其度也遷令勸成終必壞事必不可也
美成在久惡成不及改可不慎歟
凡事不宜速成故美成在久若強勉惡成則不及改矣不可不慎也
且夫乘物以遊心託不得已以養中至矣
此方教以使命之正道也惟有至人物我兼忘順物之自然以遊心於其間事不可有心以強成當托於不得已而應之以養中正之道而不失其守如此應世可謂至矣
何作可報耶莫若爲致命此其難者
此結乃起語也言使命者何所作爲乃可報也莫若致命謂在事之成否自有一定之天命即令奉使又有一定之君命知天命之不可違則當安命順其自然不可用心以溢言僥倖以成功知君命之不可違則不可遷令以勸成以免後禍此所謂致命之意此必至人方能尋常人則不易故曰此其難者

此一節言應世之難者無愈使命如葉公之所憂者固然而夫子之言皆使命之至情禍福之樞機切中人情之極致所謂士

見危致命者非夫子大聖深於世故者又何以致此哉

顏闔將傅衛靈公太子蒯聵也而問於蘧伯玉名瑗衛之賢人孔子之友也有人於此其德天殺去聲降也謂天生低品之人也與之爲無方謂不以法度規之也則危吾國與之爲有方則危吾身若以法度繩墨之言諫之則必不信而見尤則危吾身其知去聲適足以知人之過而不知其所以過謂其人聰明足以擿拾人之過而不知已之過若然者吾柰之何謂其人如此吾將柰何蘧伯玉曰善哉問乎善其問於我也戒之愼之言此人不可輕意犯之者正汝身哉當先正已而後事之形莫若就言其人很戾不可逆之宜將順其美而後救其惡心莫若和言中心不可以不善而逆之故莫若和雖然之二者有患雖然形就心和亦未免患形就將與已同心和則將爲悅已以此縱之則不敢以規諫故有患就不欲入言形雖就不可全身放倒也和不欲出出者謂顯已之長形彼之短故不欲出形就而入且爲顚爲滅爲崩爲蹶若放身阿諛承順其惡則返成其惡將取顚滅崩蹶之禍心和而出且爲聲爲名爲妖爲孽若必露圭角則彼將以已之惡而收爲聲名其心必忌之而爲妖孽矣故此二者皆有患也彼且爲嬰兒亦與之爲嬰兒嬰兒言彼無知識也彼且爲無町畦亦與之爲無町畦町畦言無牆壍謂全無檢束也彼且爲無崖亦與之無崖崖謂無崖岸言放蕩無拘也達之入於無疵言先且於一切舉動不可一毫有逆其意待彼久久相信而不疑則漸漸因事引達以入無過之地此正所謂將順其美匡救其惡可無患也汝不知夫螳螂乎怒其臂以當車轍不知其不勝任也此喻不量力而逆之也螳螂怒臂以當車轍其志則似矣而不知其力不勝任也是其才之美者也言螳螂恃其才之美者但不量已力耳謂盡才雖美至若盡力以事暴君恐不免其患也戒之愼之積伐而美者以犯之幾矣言汝積伐已之美才而挺身以犯暴君之難若螳螂之怒臂其不免於死者幾矣可不戒愼之哉汝不知夫養虎者乎不敢以生物與之爲其殺之之怒也若以生物則長其殺心不敢以全物與之爲

其決之之怒也（全物與之則令虎決裂而生其怒也虎怒則發威猛而不可制矣）時其饑飽達其怒心虎之與人異類而媚養己者順也故其殺者逆也（養虎而不知順其性則被其殺無疑矣）夫愛馬者以筐盛矢（矢即糞也）以蜄盛溺（尿也）適有蚉虻僕緣而拊之不時則缺銜（則怒而斷其御勒也）毀首碎胷（言馬之怒則毀碎胷首之絡轡也）意有所至而愛有所亡（言雖愛馬之至若拊之不時一觸其怒則將斷勒毀轡矣又何顧其愛哉）可不愼耶（愛馬之喻尤切事情三喻乃事暴君之大戒也）

此言輔君之難也已上三者皆人間世之難者意謂夫遊人間世者必虛心安命適時自愼無可不可乃可免患若不能虛心恃知妄作無事而强行者顔回是也若不能安命多憂自若當行而不行者葉公是也二者皆非聖人所以涉世之道而當以孔子之言爲準也若其必不得已而應世以事人主必將順其美匡救其惡以竭其忠尤當以戒愼恐懼達變知機不可輕忽不可恃才輕觸以取殺身之禍此又當以蘧伯玉之言爲得也涉世人情之曲折極盡於此矣是必取重仲尼伯玉乃可免患耳

上言材能之累　下以不才以全生

匠石之齊至乎曲轅（地名）見櫟社樹其大蔽牛絜之（以兩手挈之）百圍其高臨山十仞而後有枝（言樹身分之長大也）其可以爲舟者旁十數（言正身之外旁枝可爲舟者有十數也）觀者如市（人以爲大且美故觀之者衆）匠伯不顧遂行不輟（止也謂不顧其樹而行不止也）弟子厭（飽足也）觀之走及匠石曰自吾執斧斤以隨夫子未嘗見材如此其美也先生不肯視行不輟何耶曰已矣勿言之矣散木也以爲舟則沉以爲

棺槨則速腐以爲器則速毀以爲門戶則液樠謂門樞引水則液樠然而泄以爲柱則蠹是不材之木也無所可用故能若是之壽匠石歸櫟社見夢曰汝將惡乎比予哉若將比予於文木耶夫柤梨橘柚果蓏之屬實熟則剝則辱大枝折小枝泄此以其能苦其生者也故不終其天年而中道夭自掊擊言掊取而擊折之也於世俗者也物莫不若是且予求無所可用久矣幾死乃今得之幾死者謂尋常人不知我不材幾乎被伐者數矣今幸而得全爲予大用以不材全生爲我大用使予也而有用且得有大也耶若使我有用必不能此之大也且也若與予也皆物也柰何哉其相物也言汝與我同爲天地閒之一物耳柰何汝恃有用而以我爲無用耶而幾死之散人又惡知散木言汝乃幾死之散人而不自知且又鄙我爲散木是自不知量也匠石覺而診其夢覺而爲弟子說其夢弟子曰趣取無用趣乃意趣猶言意思也謂意思取無用而爲社者何也則爲社何耶曰密若無言謂汝不必聲說也彼亦直寄焉然直是以社寄於此木非是此木有心要作社也以爲不知已者詬厲也謂常人不知寄托之意遂以此木眞眞是社以此名而詬害之也不爲社者且幾有剪乎言此木即不爲社又豈有剪伐者乎且也彼其所保與衆異而以義譽之謂彼木所以保其天年者以不材而全生故與衆異而人不知乃以利人長物禁暴除非之義譽之不亦遠乎

此言櫟社之樹以不材而保其天年全生遠害乃無用之大用返顯前之恃才妄作要君求譽以自害者實夭壤矣此莊生輕世肆志之意正在此耳下歷言無自全之意以喻已志此立言之指也

南伯子綦遊乎商之丘見大木焉有異謂有異於衆木結駟千乘隱將芘其所藾言千駟之車馬隱息于樹下而樹之枝葉皆能芘蔭之也子綦曰此何木也哉此必有異

材不知其不材故異之也夫仰而視其細枝則拳曲而不可以爲棟樑俯而視其大根則軸解言木身之解散也而不可以爲棺槨咶其葉則口爛而爲傷嗅之則使人狂醒三日而不已言葉之惡氣薰人令人狂醒如醉而不醒也子綦曰此果不材之木也以至於此其大也嗟夫神人以此不材言子綦因試知其木不材乃知神人以不材無用而致聖也宋有荊氏者宜楸栢桑其拱把而上者求猿狙之杙取猿狙之具也者斬之三圍四圍求高名之麗屋棟也者斬之七圍八圍貴人富商之家求樿傍乃棺木之全傍邊也者斬之故未終其天年而中道之夭於斧斤此材之患也此甚言材之爲害以見不材之得全也故解之解者祭祀解賽也古者天子有解祠謂解罪求福也出漢書郊祀記以牛之白顙言色不純也者與豚之亢鼻言形不美者與人之有痔病者不可以適河以人祭河謂人爲巫祝也又漢書有爲河伯娶婦選童男女之美者投之河中謂之適河此事或古亦有之此皆巫祝以知之矣所以爲不祥也言此三者小有不材足以全生況神人以無用而自全者乎此乃神人之所以爲大祥也

此極言不材之自全甚明材美之自害也惟神人知其材之爲患故絶聖棄智昏昏悶悶而無意於人間者此其所以無用得以全身養生以盡其天年也此警世之意深矣

支離疏者此假設人之名也支離者謂黎其形疏者謂泯其智也乃忘形去智之喻頤口傍兩頤也隱於臍肩高於頂兩頤隱於臍則其背僂可知會撮髮髻也指天言背僂而項仰也五管在上謂五臟之腧隨背而在上也兩髀爲脅髀大腿也言大腿爲兩脅則形曲可知挫鍼縫衣也治繲浣衣也足以糊口鼓筴播精言簸米出糠粺也此就其形之曲戾而可爲之事也足以食十人言形曲簸米則有力故取値多可以食十人也上徵武士則支離攘臂於其間

言形既支離故不畏其選故攘臂於其間上有大役則支離以有常疾不受功言大役離免而支離又以疾免上與病者粟則受三鍾與十束薪言以疾則多得其賜夫支離其形者猶足以養其身終其天年又況支離其德者乎

此言支離其形足以全生而遠害況釋智遺形者乎此發揮老子處衆人之所惡故幾於道之意前以木之材不材以況此以人喻亦更切矣

孔子適楚楚狂接輿遊其門曰鳳兮鳳兮何如德之衰也來世不可待往世不可追也天下有道聖人成焉言天下有道則成聖人之事業也天下無道聖人生焉言天下無道則聖人全生而已方今之時僅免刑焉言方今之時僅能免害足矣何敢言功福輕乎羽莫之知載言福之自取甚易而又不肯受禍重乎地莫之知避言世人之迷冒禍以求利也已乎已乎言自嘆其當止也臨人以德殆乎殆乎殆者危而不安也言方今之時若以德臨人以才自用其危之甚也畫地而趨迷陽迷陽無傷吾行言方今之人畫地而趨者迷昧之甚也豈能放之而行哉行則有傷吾之固有也吾行卻曲言行不進貌無傷吾足言世道難行若行之適以傷吾之足耳山木自寇也山以生木自取寇斫也膏火自煎也膏以明故自煎耳桂可食故伐之桂以可食故早伐也漆可用故割之漆以澤故自取割之人皆知有用之用而莫知無用之用也

此人間世立意初則以孔子爲善於涉世之聖故托言以發其端意謂雖顏子之仁智亦非用世之具不免無事强行之過也次則葉公乃處世之人亦不能自全況其他乎次則顏盍乃一隱士耳爾乃妄意干時乃不知量之人也故以伯玉以折之斯皆恃才之過也故不免於害故以櫟社山

木之不材以喻之又以支離疏曉之是涉世之難也如此故終篇以楚狂譏孔子意謂雖聖而不知止以發巳意乃此老披肝露膽眞情發現眞見處世之難如此故超然物外以道自全以貧賤自處故遯世無悶著書以見志此立言之本意也故于人間世之末以此結歎實自叙也

德充符

此篇立意謂德充實於内者必能遊於形骸之外而不寢處軀殼之間葢以知身爲大患之本故不事於物欲而心與天遊故見之者自能神符心會忘形釋智而不知其所以然也故學道者唯務實德充乎内不必計其虚名見乎外雖不求知於世而世未有不知者也故引數子以發之葢釋老子處衆人之所惡故幾於道之意也

魯有兀（即介字乃刖足之人也）者王台從之遊者與仲尼相若常季問於仲尼曰王台兀者也從之遊者與夫子中分魯（言魯國從王台遊者與夫子相半也）立不教坐不議虚而往實而歸固有不言之教無形而心成者邪（謂教人不見於形容言語而但以心相印成者耶）是何人也仲尼曰夫子聖人也丘也直後而未往耳（謂直居其後未能往向於前耳）丘將以爲師（此重言孔子未能忘形師心之意）而況不若丘者乎奚假魯國丘將引天下而與從之（此形容孔子無我之意）常季曰彼兀者也而王（音旺勝也）先生其與庸亦遠矣若然者其用心也獨（句言不同於人也）若之何仲尼曰死生亦大矣而不得與之變（不爲死生之所遷變）雖天地覆墜亦將不與之遺（言雖天地覆墜之變亦不爲之所遺累也）審乎無假而不與物遷（審處也無假謂形骸之外至眞之道超然出於萬物）

之表故不爲物遷命猶名也物之化而守其宗也謂其人超然物外不隨物遷唯任物自化而彼但守其至道之宗也常季曰何謂也常季不解其不遷之說仲尼曰夫子示之以忘形守真之旨自其異者視之肝膽楚越也言不能忘形見道者雖一身之肝膽猶楚越之相遠也自其同者視之萬物皆一也自大道觀之萬物與我皆一體也夫若然者且不知耳目之所宜形骸既忘六根無用故泯其見聞故不知耳目之所宜而遊心乎德之和謂超乎形骸之外而遊心於大化之鄉太和元氣之境物視其所一而不見其所喪物人也以彼處乎大化之中故人但見其道真之所存故不見其形之有所喪視喪其足猶遺土也言視喪其足若與已無干猶遺土也

常季曰彼爲已止也言止於如此而已也以其知得其心謂彼不過以其所知得其自已之心耳以其心得其常心言即彼所得之心亦尋常人之心耳物何爲最之哉言彼所得之心亦人人皆有又何有越過人之心哉

仲尼曰人莫鑑於流水而鑑於止水惟止能止衆止夫子言人人雖皆有此心但衆人之心忘動如流水而聖人之心至靜如止水故衆人之心動而不止唯聖人能爲與止之耳受命於地惟松栢獨也在句冬夏青青言獨者乃天地真一之氣雖萬物之多而此真一之氣獨在松栢受命於天惟舜獨也正句幸能正生以正衆生言受命於天惟舜得大之正乃各正性命之正故爲正人以其自正故能正衆人之不止者夫保始之徵不懼始者受命之元即所謂大道之宗也言保始即上文守宗乃守道之人也其守道之徵驗惟不懼是具實效耳勇士一人雄入於九軍將求名而能自要者而猶若是以勇士不懼以比有道者之不懼而況官天地聖人爲天地之宰府萬物會萬物歸一已直寓六骸假借六根象耳目耳目如偶人所謂如幻也一知之所知知萬化爲一致而心未嘗死者乎死猶喪失也謂衆人喪失本真之心唯聖人未喪本有故能視萬物爲一已也彼且擇日而登假假猶遐也謂彼人且將擇日而登遐遠升仙界而超出塵凡也人則從事也言人之相從者蓋從於形骸之外也彼且何肯以物爲事乎

此篇以德充符爲名首以介者王駘發揮

只在末後數語便是實德内充故符於外而人多從之非有心要人從之也蓋忘形骸一心知即佛說破分別我障也能破分別我障則成阿羅漢果即得神通變化今莊子但就人中說老子忘形釋智之功夫即能到此境界耳即所謂至人忘己也此寓六骸象耳目一知之所知即佛說假觀乃即世間出生死之妙訣正予所謂修離欲禪也

申屠嘉兀者也而與鄭子産同師於伯昏無人此亦撰出其人名蓋從老子衆人昭昭我獨若昏故以昏爲聖人之名子産謂申屠嘉曰我先出則子止子先出則我止此重言子産不能忘我以功名自矜故恥與介者爲伍故止其不與同出入也其明日又與合堂同席而坐言申屠嘉自忘其介而亦不知子産之厭己也子産謂申屠嘉曰我先出則子止子先出則我止今我將出子可以止乎其未耶且子見執政而不違迴避也子齊執政乎子産見申屠嘉之不避己故明言之然以執政矜人則形容子産之陋也申屠嘉曰先生之門固有執政焉如此哉申屠嘉鄙子産之陋乃曰先生之門固有此不能相忘之人哉子而說子之執政而後人者也言子但知有己之執政故以人不若己者此陋之甚也聞之曰鑑明則塵垢不止止則不明也久與賢人處則無過今子之所取大者先生也而猶出言若是亦不過乎此譏子産之不明也蓋聞老子自知者明之意笑子産不自知也意謂子産既遊聖人之門而猶發言如此足見無眞學問也子産曰子既若是矣子産言申屠之癈人而不能自反而與人爭善猶與堯爭善計子之德不足以自反耶德猶見識也謂申屠嘉既癈如此而不自反求諸己而猶且以聖自居將與堯爭善我計料子之知見識愚而不自反也子産畢竟露出本來面目申屠嘉曰自狀其過以不當亡者衆狀者言自知己過之分明也謂若人能自知己過則人之過更有甚於我者如此見恕則以我之是

不當忘者衆矣不狀其過以不當存者寡此句義似不順當去
一不字意謂若人不自狀其已過則責我太過則以我足當者寡矣知不可柰
何而安之若命惟有德者能之若知我無可柰何而命之
使然如此知命相忘乃有德能之耳遊於羿之彀中中央者中
地也然而不中者命也羿之善射而人遊於必中之地不被射而
死者亦幸而免耳以喻世人履危機當禍而免者亦幸耳謂我以不幸而不免者豈非命
之有在耶人以其全足笑吾不全足者衆矣我怫
然而怒言始也人笑我以足不全我則怫然如怒而適先生之所
則廢然而反言初未聞道故未忘人我今自入先生之門一聞大道則人我
之見盡亡矣不知先生之洗我以善耶言不自知其先生洗
我以善也吾與夫子遊十九年矣而未嘗知吾兀
者也我與先生遊十九年向未知我之亡足也今子與我遊於形
骸之內而子索我於形骸之外不亦過乎言我
與子相知以心即當相忘以道不當取於形骸之間今子乃以形骸外貌索我不亦過乎
子產蹵然改容更貌曰子無乃稱子產聞說則中心愧

服而謝之曰子無乃稱謂再不必言也
此章形容聖人忘功故以子產發之蓋實
德內充形骸可外而安命自得以道相忘
則了無人我之相此學道之成效也
魯有兀者叔山無趾踵見仲尼曰子不謹前
既犯患若是矣雖今來無及矣無趾曰吾惟
不知務務謂務學道也而輕用吾身吾是以亡足今
吾來也猶有尊足者存尊足蓋指性而言也吾是以務
全之也夫天無不覆地無不載吾以夫子為
天地安知夫子之猶若是也無趾自以所全者性真而夫子
猶以形迹取之初以夫子為聖人之大不無不容不知其猶若此之區區也孔子
曰丘則陋矣夫子胡不入乎請講以所聞夫子
聞無趾之言知其為有道者故請入願講其所聞無趾出孔子曰弟
子勉之夫無趾兀者也猶務學謂務學道也以補
前行之惡而況全德猶全體也之人乎無趾語老

聃曰孔丘之於至人其未耶彼何賔賔以學子爲言初以孔丘爲至人今見其未至也如此之見識何以賔賔恭謹以學子爲彼且蘄以諔詭幻怪之名聞不知至人之以是爲已桎梏耶桎梏乃拘手足之刑言孔子專求務外之名聞而不務實彼殊不知虛名乃諔詭幻怪之具非本有也如桎梏之於手足拘之而不得自在者也老聃曰胡不使彼以死生爲一條以可不可爲一貫者解其桎梏其可乎可不可謂善惡是非也一條即一貫也老子謂無趾何不以無死生忘善惡之道以告之以解其好名之桎梏乎無趾曰天刑之安可解刑舊主作型乃上模也此識孔子乃天生成此等務名之人安可解乎

此章發揮聖人忘名故以孔子爲務虛名而不尚實德之人故取人於規規是非善惡之間殊不知至人超乎生死之外而視世之浮名爲桎梏葢未能忘死生一是非故未免落於世之常情耳聖人則不以此爲得也

魯哀公問於仲尼曰衛有惡人焉謂醜貌之人也曰哀駘它丈夫與之處者思而不能去也言男子與之相處則不忍捨去婦人見之請於父母曰與爲人妻寧爲夫子妾者十數而未止也言婦人見之而皆願爲之妾者不止一人也未嘗有聞其唱者也謂未有所長而先見聞於人者也常和而已矣亦秖見隨於庸衆人而已無人君之位以濟乎人之死言無勢位以濟人之死無聚祿以望人之腹望猶月望之望謂飽滿也言無位聚祿以周給於人以飽人之腹又以惡駭天下旣無利濟於人且又醜貌以駭天下之人和而不唱一言向隨人自無專能知不出乎四域言無超出世間常人之見識且而雌雄合乎前雌雄猶言爭勝負也謂凡人之是非勝負不決者皆取決其人言此事常合在前是必有異乎人者也言貌醜而人從之者衆必有異乎人之所爲者也寡人召而觀之果以惡駭天下及召而觀之果然醜貌不見其所長與寡人處不至以月數

而寡人有意乎其爲人也及相處月數則見其有可愛處但未盡知耳不至乎期年寡人信之不期年則信之深矣國無宰宰即宰相掌一國之政事寡人傳國焉言以國事授之也悶然而後應悶然若不悅其事也氾而若辭氾謂泛然不經心而若辭也寡人醜乎言見彼之不在意故自愧醜也卒授之國無幾何去寡人而行寡人卹焉若有亡也言卹其去若已有所亡失也若無與樂是國也察其人之意蓋不以國爲樂也是何人者耶謂不知是何等之人也使我愛之如此仲尼曰丘也嘗使於楚矣適見㹠子食於其死母者少焉眴若見死母之目不瞬也皆棄之而走不見已焉爾謂母之目不見已也不得類焉爾言形僵不同前者之食於母故皆棄之而走也所愛其母者非愛其形也愛使其形者也形者假物也使其形者眞宰也言㹠之子母乃天性之愛也往日食於母何嘗不愛及今纔死始則就之而食及見目之不瞬則知精神不在故棄之而走是則死生不遠即棄之而走是知所愛者非形骸乃愛使其形骸之眞宰也雖物之至愚尚知愛其天眞而況於人乎戰

而死者其人之翣也不以翣資翣古訓纛乃大將之旗也戰而死者以此爲送翣之儀言已失其勇又無其尸似以此虛儀爲翣資則無其本矣刖者之屨無爲愛之言刖者無足跌而屨亦無可用皆無其本也以翣資刖屨爲無本之喻意謂眞可愛者在本也爲天子之諸御不翦爪不穿耳言選天子之侍御者不翦爪不穿耳不欲毀其全體將以要寵也娶妻者止於外不得復使言新婚之婦必先戒不作事務恐胼胝其手足也形全猶足以爲爾而況全德之人乎言天子之御新婚之人不如此不足以要寵結歡但全其形尚如此況全德之人乎言魯君之愛駘它蓋忘形愛其形之本也有難以言語形容者故夫子連以三事喻其可愛之在本今哀駘它未言而信無功而親使人授己國惟恐其不受也言哀駘它未與魯君一語而見信若此且無功即授之以國惟恐其不受豈無謂哉是必才全而德不形者也哀公曰何謂才全言才者謂天賦良能即所謂性眞莊子指爲眞宰是也言才全者謂不以外物傷戕其性乃天性全然未壞故曰全仲尼曰死生存亡窮達貧富賢與不肖毀譽饑渴寒

暑是事之變命之行也仲尼言才全而先言此十六事者蓋此諸事皆戕生傷性之事變而世人未有不被其傷損其性眞者故先言之日夜相代乎前此十六事人生於世日夜相代於前未嘗暫免者是皆戕生傷性之具也而知不能規乎其始者也言上十六事日夜相代而以知規規求之不知所由來蓋達其性眞本不涉其變故不足以滑和滑音汩謂汩溺也和謂本元中和之體也言以上諸事雖常情之變但了其本無故不足以汩和不可入於靈府靈府所謂靈臺言諸變不可以搖動其性也使之和豫通而不失於兊和者即中和之和謂性眞達於事變渾然而不失其體也豫者安然自得而悅豫也通者謂達於事變而不滯也兊者即老子玄牝之門謂虛通應物而無跡者也言眞人所以才全者蓋保其性眞而不失也使日夜無郤而與物爲春郤亦作隙謂縫罅也言眞人之一性綿綿日夜無隙未嘗間斷但於應物之際春然和氣發現令人煦然而化也是接而生時於心者也時者謂接物應機時行時止與物俱化未嘗逆也若夫愚人則與接爲搆矣是謂之才全此言眞人應物一味性德流行無一息之間故謂之言全何謂德不形此哀公問也曰平者水停之盛也

其可以爲法也內保之而外不蕩也德者謂性之德用也以性德之用難以言語形容故以水平爲喻蓋言水之平者乃停之盛謂湛淵澄靜之至故可以取法爲準言性體湛淵澄停寂然不動則虛明朗鑑乃內保之而外境不蕩爲守宗保始之謂性靜虛明則可以鑑物爲用也德之成和之脩也言虛明朗鑑乃德之成蓋從中和用功修而後得者非漫然也德不形者物不能離也不能離者謂與物混一而不分故人但見其物之變而不知性之眞故其德不易形著於外所以人但見其貌惡而不識其才德之全耳觀孔子對哀公之言發明中庸和也者天下之達道之意何等正大精確哀公異日以告閔子曰始也吾以南面而君天下執民之紀而憂其死吾自以爲至通矣言自以爲至通於道也今吾聞至人之言恐吾無其實輕用吾身而亡吾國吾與孔丘非君臣也德友而已矣

此章形容聖人之德必須忘形全性體用不二內外一如平等湛一方爲全功故才全德不形爲聖人之極致蓋才全則內外

不二德不形則物我一如此聖人之成功所以德充之符也故魯君聞之亦能忘分感化而友於聖人也

闉跂曲跂也支離形不全也無脤無脣也說衛靈公靈公說之而視全人其脰頸也肩肩細小貌甕㼜大癭言癭如甕㼜也說齊桓公桓公說之而視全人其脰肩肩故德有所長而形有所忘言二子醜惡之狀而使二君說之反視爲全人之不如者葢愛其德故自忘其形也人不忘其所忘所忘者性也言世人迷性真而愛形骸故忘其性今欲不忘而忘其所不忘所不忘者形也世人忘性而愛形故今欲忘之此謂誠忘忘其所愛而不忘其所不愛此之謂誠忘故聖人有所遊聖人遊於大道之鄉而忘其物欲而知爲孽知者以智巧揣摩人心謂之知孽妖孽也約爲膠以仁義結束人心謂之約膠固結而不解也德爲接以小惠要買人心謂之德接應接於人也工爲商以機關罔取人之利謂之工工猶技巧也商行貨之人也聖人不謀惡用智不斲惡用膠無喪惡用德

不貨惡用商四者皆僞以喪真淳故聖人去之以全天德四者天鬻也謂四者淳德乃天德也鬻猶售也四德乃天售即所謂天爵是也天鬻也者天食也謂天既售我以天德則天之所以食我也又何取於人僞哉既受食於天又烏用人言天生我性德自有天然之受用又何以人僞求之有人之形無人之情言聖人雖居人世其形雖似人而絕無人之情有人之形故群於人其形爲人故群於衆人之中無人之情故是非不得於身以形寄人中心超物外不以物爲事故無人世之是非眇乎小哉所以屬於人也人在太虛中乃萬物之一數耳其最眇小者又何足以愛之謷乎大哉獨成其天謷者謷然超於物表也言性德廣大全此天德故由人而入於天

前雖以知忘形而知尚存未盡道妙故此一章以忘忘知知忘則德自化方能合乎自然以全天德其德乃充故如二君之見二子能不見其形此所以爲德之符也聖人造道之極致至此方爲究竟耳故以此

結一篇之義

惠子謂莊子曰人故無情乎借惠子之問以結者因上文發揮天德之全者乃絶情欲去人僞心與天游乃能充實其天德故恐世人將謂絶情則非人類矣故假惠子以發之故乃故有之故謂本來無情耶莊子曰然莊子直然其問者蓋約人性本來離情絶欲故直然之惠子曰人而無情何以謂之人惠子意謂世人若無其情則非人也此俗人之常見也莊子曰道與之貌天與之形惡得不謂之人道者性之固有人之所當行也人稟此性而爲人乃道與之貌即天與之形也既有此性豈非人乎惠子曰既謂之人惡得無情此惠子全不知道理與常人所見一般謂既是箇人豈得無情者乎莊子曰是非吾所謂情也吾所謂無情者言人之不以好惡内傷其身常因其自然而不益生也惠子意謂必有情欲乃可爲人故以無情不得爲人爲問莊子以正義荅之曰我所謂無情者非絶無君親父子夫婦之情也蓋因世人縱情肆欲以求益生而返傷其生故我要絶其貪欲之情耳非是絶無人倫也惠子曰不益生何以有其身惠子又以爲人生必欲養其口體乃可以有其身此全是常人之識見耳莊子曰道與之貌天與之形無以好惡内傷其身莊子意謂人既道與之貌天與之形矣苟無以好惡内傷其身如此則全生養身之至道又何庸益生爲哉今子外乎子之神勞乎子之精倚樹而吟據槁梧而瞑槁梧琴也乃惠子倚樹據琴而瞑以辯論也莊子意謂惠子不能樂其天德而返外其精神而倚樹據梧以逞辯論是非也天選子之形子以堅白鳴謂天選子之形賦以全德今乃捨之而返恣堅白之論以自鳴失之甚矣

此篇以忘情絶欲以全天德故其德乃充前已發揮全德之妙故結以無情非人以盡絶情全德之意所以警俗勵世之意深矣

莊子内篇註卷之三

音釋

窾音款空也 軱攻乎切音姑大骨也 謋霍虢切音砉謋然速也 蜄音腎大蛤可爲盛器 樠模昆切音門脂出樠然也 柤莊加切詐平聲以木爲闌也

診止忍切音軫占驗也 蘱盧盇切音類蔭芘也 咶善指切音視與舐同 栈夷蓋切音弋所以格獸也 樿旨善切音顫楄木之全一邊者 繲居隘切音懈浣衣也 翣色甲切音霎棺羽飾又蠭也 謷牛刀切音敖大貌

莊子内篇註卷之四

明匡盧逸叟憨山釋德清註

大宗師

莊子著書自謂言有宗事有君蓋言有所主非漫談也其篇分内外者以其所學乃内聖外王之道謂得此大道於心則内爲聖人廹不得已而應世則外爲帝爲王乃有體有用之學非空言也且内七篇乃相因之次第其逍遥遊乃明全體之聖人所謂大而化之之謂聖乃一書之宗本立言之主意也次齊物論蓋言舉世古今之人未明大道之原各以已見爲是故互相是非首以儒墨相排皆未悟大道特以所師一偏之曲學以爲必是固執而不化皆迷其真宰而妄執我見爲是故古今舉世未有大覺之人卒莫能正之此悲世之迷而不解皆執我見之過也次養生主謂世人迷却真宰妄執血肉之軀爲我人人只知爲一已之謀所求功名利禄以養其形戕賊其真宰而不悟此舉世古今之迷皆不知所養耳若能養其生之主則超然脱其物欲之害乃可不虚生矣果能知養生之生則天真可復道體可全此得聖人之體也次人間世乃涉世之學問謂世事不可以有心要爲不是輕易可涉若有心要名干譽恃才妄作未有不傷生戕性者若顔子葉公皆不安命不自知而强行者也必若聖人忘已虚心以遊世廹不得已而應乃免患耳其涉世之難委曲畢見能涉世無患乃聖人之大用也次德充符以明聖

人忘形釋智體用兩全無心於世而與道遊乃德充之符也其大宗師總上六義道全德備渾然大化忘已忘功忘名其所以稱至人神人聖人者必若此乃可爲萬世之所宗而師之者故稱之曰大宗師是爲全體之大聖意謂内聖之學必至此爲極則所謂得其體也若迫不得已而應世則可爲聖帝明王矣故次以應帝王以終内篇之意至若外篇皆蔓衍發揮内篇之意耳

知天之所爲知人之所爲者至矣知天知人之知乃指真知謂妙悟也天乃天然大道即萬物之所宗者所爲謂天地萬物乃大道全體之變故曰天之所爲蓋天然無爲而曲成萬物非有心也人之所爲謂人稟大道乃萬物之一數特最靈者以賦大道之全體而爲人之性以主其形即所謂真宰者故人之見聞知覺皆真宰以主之日用頭頭無非大道之妙用是知人即天也苟知天人合德乃知之至也

知天之所爲者天而生也知大道在人稟而有生者也知人之所爲者以其知之所知養其知之所不知終其天年而不中道夭者是知之盛也所知者在人日用見聞覺知之知也所不知謂妙性本有人迷不覺故日用而不知由其不知雖有故但知貪欲以養形而不知釋智遺形以養性故舉世昏迷於物欲戕生傷性不能盡性全生以終其天年人者苟能於日用之間去貪離欲即境明心迴光返照以復其性是以其知之所知養其知之所不知如此妙悟乃知之盛也雖然有患夫知有所待而後當其所待者特未定也雖然有患者意謂我說以所知養所不知此還有病在何也以世人一向妄知皆恃其妄知强不知以爲知未悟以爲悟妄爲肆志則返傷其性必待真悟其知然後爲恰當第恐所待而悟者未必真悟則恃爲已悟則未可定也必若真真悟透天人合德本來無二乃可爲真知庸詎知吾所謂天之非人乎所謂人之非天乎且有真人而後有真知意謂我說以人養天不是離人日用之外别有妙道蓋天即人也人即大也直在悟得本來無二原無欠缺苟真知天人一體方稱爲真人矣

此一節乃一篇立言之主意以一知字爲眼目古人所云知之一字衆妙之門知之一字衆禍之門葢妙悟後方是眞知有眞知者乃稱眞人即可宗而師之也然知天知人即衆妙之門也雖然有患即知之一字衆禍之門也謂强不知以爲知恃强知而妄作則返以知爲害矣此舉世聰明之通病也

何謂眞人此下喚起眞人以示眞人之所養者深迥與常人不同也古之眞人不逆寡寡謂薄德無智之愚人不逆者不拒也不雄成雄自恃也成謂已爲全德也不恃已德以傲世也不謩士謩即謀士即事謂無心於事虚已以遊全不以事干懷也若然者眞人如此處世過而弗悔當而不自得也若然者登高不慄入水不濡入火不熱是知能登假於道也言眞人無心以遊世此全無待失利害之心以情不附物故水火不能傷此則遺物全性是知則能登遐於道也若然者眞人即世忘世之如此古之眞人其寢不夢夢發於妄想以眞人情不附物則妄想不生故寢無夢其覺無憂眞人虚懷遊世了無得失之心故覺無憂其食不甘以道自娛故不甘於味其息深深深深者綿綿之意息麄而淺則心浮動眞人心泰定而不爲物動故其息深深眞人之息以踵此釋上深深之意踵者脚跟也以喻息之所自發處深不可測故心定而不亂衆人之息以喉衆人之息在喉則麄淺之至故心浮而妄動所以日用心馳於物而不知返屈服者其嗌言若哇心浮則言躁言不由中則易屈服嗌者咽喉也哇吐也淺麄之言自咽而吐無根之言也以其嗜欲深者其天機淺言世人麄淺如此者乃嗜欲之深汩昏眞性全不知有天然妙性皆墮妄知無眞知也

此一節言眞人妙悟自性是爲眞知者故所養迥與世不同而以衆人觀之則自別矣前云有患正恐未悟而恃妄知爲得者害之甚也故此雙明之

古之眞人不知悦生不知惡死前略言眞人處世忘利害

此則言眞人不但忘利害而且超死生以與大道冥一悟其生本不生故生而不悦悟其死本不死故不惡其死其出不訢其入不距出入即生死二字老子云出生入死由不悦生故不貪生訢猶貪也不惡死故不距距謂爪而不肯入也翛然而往翛然而來而已矣翛然乃鶴冲舉刷羽之聲也言眞人無心遊世翛然冲舉出入死生如遊太虛了無罣碍故云如此而已矣不忘其所始不求其所終以悟其生本不生故不忘其所始以生與道遊不見有世可出混萬物而爲一故不求所終受而喜之忘而復之衆人以生爲累故患而不喜眞人戴道而生故受形而喜雖處人世心不違道相忘於世故念念而復是之謂不以心捐道不以人助天是之謂眞人心與道遊故不捐道捐棄也人即是天不假造作修爲故不以人助天如此乃謂之眞人

此一節言眞人遊世不但忘利害而且忘死生故雖身寄人間心超物表意非眞知妙悟未易至此欲人知其所養也

若然者其心志其容寂其顙頯若然者言眞人如此遊世其容貌與衆不同其心志志筆乘作志言無心於世也其容寂然乃內湛而外定也其顙頯寬裕也謂其貌廣大寬容不拘拘之狀也此老子云孔德之容唯道是從也淒然似秋言其面嚴冷若秋氣之肅也暖然似春言近之則其中溫然暖然令人可親可愛也喜怒通乎四時與物有宜而莫知其極言無心於喜怒但隨物所感或喜或怒了無一定於中故曰通乎四時與物有宜而人不知無喜怒也故曰莫知其極聖人之用兵也亡國而不失人心利澤施乎萬世不爲愛人言聖人無心御世與天施合德假而用兵即亡人之國而不失人心本無殺伐之心也繇恩施萬世原非有意愛人也所謂天生天殺之意也故樂通物非聖人也有心要通於物非自然矣有親非仁也大仁不仁親者有心私愛非大仁也故曰賊莫大德有心天時非賢也揣度時勢非任命也利害不通非君子也明哲保身乃稱君子不通利害率意狂爲非君子也行名失已非士也僞行虛名而無實則非士矣亡身不眞非役人也亡已爲人則人皆驅役若執已殉名則見役於物非役人者也若狐不偕務光伯夷叔齊箕子胥餘紀他申徒狄是

役人之役適人之適而不自適其適者也(此數子者皆知之不眞狥名喪實去聖遠矣)

此一節槩言所知不眞不能忘已忘名有心要譽狥名喪實皆非眞知之聖也下又言眞人眞知之不同

古之眞人(此下一節明眞人遊世之狀)其狀義(無可不可)而不朋(中心和而不流)若不足(虛之至也)而不承(若一物無所受)與乎(與世容與)其觚而不堅也(觚者方也雖介然不群而非堅執不化者)張乎(施爲也)其虛而不華也(雖見施爲而中心空空不以華美爲尚)邴邴乎(邴喜貌)其似喜乎(雖喜而無心於喜也)崔乎(言折節謙下也)其不得已乎(雖謙下以接人其實以不得已而應也)滀乎(滀滓滀如水之湛滀也)進我色也(謂中心湛滀而和氣日見於顏面之間)與乎(與之相處)止我德也(人與相處而不忍去)厲乎其似世乎(厲謂嚴整而不可犯亦似世之莊重也)謷乎其未可制也(謷謂謷然禮法之外似不可以禮法拘制也)連乎其似好閉也(連者收攝撿束之意雖收攝撿束但似好閉其實無所閉藏也)悗乎忘其言也(悗俛下之意謂對人謙下若忘其言者)以刑爲體(刑者不留其私謂中心一私不留以爲其體)以禮爲翼(雖忘禮法猶假禮以輔翼可行於世)以知爲時(眞知時之可否以行止也)以德爲循(言以德但爲循順機宜也)以刑爲體者綽乎其殺也(綽者有餘之義謂殺盡私欲一私不留而尤損之也)以禮爲翼者所以行世也(言既遊世不可出於禮法之外也)以知爲時者不得已於事也(言迫不得已而後應也)以德爲循者言其與有足者至於丘也(丘高處也言循順機宜接引愚蒙令有識者皆可上進於道故喻如有足者皆可引進於高處也此四句釋上刑禮知德四句)而人眞以爲勤行者也(老子云用之不勤勤勞也言眞人遊行於世無心而遊雖行而不勞也)

此一節形容眞人虛心遊世之狀貌如此之妙言雖超世而未嘗越世雖同人而不群於人此眞知之實也

故其好之也一其弗好之也一(故者由上遊世之工夫純

一故得天人合德也好之者天也弗好者人也今皆一矣是謂之天人合德其一也一其不一也一其一謂天人合一謂天與人合一而歸於道則萬物樸然而不一者盡皆渾然會歸於道也其一與天爲徒既人合其天則人天一則人可與天爲徒也其不一與人爲徒謂天人原不一也今人既合天而未免遊於人世則以天而遊故與人爲徒天與人不相勝也此之謂眞人若超然絶俗則是以天勝人若逐物亡性則是以人勝天今天人合德兩不相傷故不相勝必如此方是眞人

此一節總結前知天知人工夫做到渾然一體天人一際然後任其天眞則在天而天在人而人天地同根萬物一體故天與人兩不相勝必如此眞知妙悟渾化之極乃可名爲眞人此豈可强知妄見而可比擬哉此眞人眞學之全功故下章從死生命也起至藏舟章末皆極口勉人學道要做眞實工夫

死生命也此下數人做了死生之工夫命謂自然而不可免者其有夜旦之常天也人有死生如時之夜旦不可免者且陰陽有夜旦太虛恒一而無昏曉喻人形雖有生死而眞性常然不變如太虛之無變故曰天也人之有所不得與去聲皆物之情也謂眞性在人天然自具一毫人力不能與其間此人人同有之眞體所謂眞宰天君是也此須養而後知彼特以天爲父言人人皆稟眞性而有形天然自足故曰以天爲父而身猶愛之而況其卓乎言此血肉之假身賴世之父而有生且養身全孝以尊父況天君載我之形卓然不屬形骸者豈不知所養而尊之乎人特以有君爲愈乎已而身猶死之而況其眞乎且以世人知有君欲盡忠者而以身死之況眞君宰我之形而不能忘形以事之忠之可謂不智之甚矣此言激切之至人讀此而不悟非夫也

此言眞性在我而不屬生死者乃眞常之性也而人迷之而不悟嗜欲傷之而不知所養豈非至愚也哉

泉涸魚相與處於陸相呴以濕相濡以沫不

如相忘於江湖老子云失道而後德失德而後仁失仁而後義此取魚失水如失道德而後仁義且以仁義相尚正似相濡以濕沫不若相忘於江湖以喻必忘仁義而可遊於大道之鄉也與其譽堯而非桀也不若兩忘而化其道無譽無非則善惡兩忘而與道爲一乃眞知之盛也夫大塊載我以形勞我以生佚我以老息我以死天地也故善吾生者乃所以善吾死也言人生天地勞佚死生皆自然而不可卻者命也此所謂人也苟知命之所係即道之在是知由人而即天也若知天與人本無二致則渾然合道而不以人害天虛心遊世以終其大年生不忘道故云善吾生者乃所以善吾死此其天人合德死生無變任造物之自然此知之至也此言世人不知大道而以仁義爲至故以仁愛親以死事君此雖善不善故如泉涸而魚以濕沫相煦濡也若能渾然悟其大道則萬物一體善惡兩忘故如魚之相忘於江湖如此乃可謂知天知人天人合德而能超乎生死之外故在生在死無不善之者也

夫藏舟於壑藏山於澤謂之固矣然而夜半有力者負之而走昧者不知也藏天眞於有形如藏舟於壑藏有形於天地如藏山於澤謂之固矣此常人以此爲定見也然造化密移雖天地亦爲之變而常人不覺如有力者負之而趨昧者不知也藏小大有宜猶有所遯形與天地雖小大有宜宜皆不免於變若夫藏天下於天下而不得所遯是恒物之大情也若知此身與天地萬物皆與道爲一渾然大化而不分是藏無形於無形如此則無遯則如藏天下於天下而不得所遯矣此天地萬物之實際也故曰恒物之大情特犯人之形而猶喜之若人之形者萬化而未始有極也其爲樂可勝計耶言大化造物千變萬化而人特萬物之一數耳而人不知特以得人身爲喜如此則萬物皆有可喜者其樂可勝計耶故聖人將遊於物之所不得遯而皆存善夭善老善始善終人猶效之言聖人心與道遊則超然生死乃物所不得遯如此則物物無非道之所在故夭壽始終無所不善者而人猶效之又況萬物之所

係而一化之所待乎言大道之原乃萬物之根宗故云所係萬物非此而不能融貫而爲一故云一化之所待此實天地萬物之大宗聖人之所宗而師之者此也可不悟乎

此發明大道無形而爲天地萬物之根本人人稟此無形之大道而有生是爲眞宰若悟此大道則看破天地萬物身心世界消融混合而爲一體若悟徹此理則稱之曰大宗師是所謂大而化之謂聖者也至此則無已無功無名逍遙於萬物之上超脫於生死之途以世人槩不知此大道之妙而以小知小見之自是不得逍遙各執已是互相是非故喪其有生之主而要求名利於世間故德不充符是則前五篇所發揮者未曾說破故此篇首乃立知天知人有眞知方爲眞人直說到此方指出一箇大宗師正是老莊立教之所宗者如此而已故此後重新单提起一道字來發揮足見立言前後一貫言雖蔓衍而意有所宗於此可見矣

夫道上文說了大宗師狀貌結了前義言大宗師宗所宗者大道上云萬物所係一化所待者何乃大道也故此下發揮大道之妙以明萬物所係一化所待之義立意皆從老子天得一以清等來有情有信此言大道之體用也齊物云可形已信有情無形正指此也此從老子窈窈冥冥其中有精其精甚眞其中有信此言有情謂雖虛而有實體不失其用曰信無爲無形湛然常寂故無爲超乎名相故無形可傳而不可受可得而不可見以心印心故可傳可受妙契忘言故無受無得自本自根本自天然原非假借未有天地自古以固存天地以之建立故先有固存神鬼神帝生天生地變化不測爲天地萬物之主在太極之先而不爲高伏羲畫卦始於太極推之向上更有事在故不以爲高在六極之下而不爲深包天地容六合故不爲深先天地生而不爲久以固存故不爲

久長於上古而不爲老萬化密移而此道湛然故不老狶韋古帝王名得之以挈天地挈贊化育整理世界伏羲軒黃也得之以襲氣母襲取也氣母生物之本也襲氣母即老子求食於母也維斗北斗天之樞也得之終古不忒忒差也北斗天樞居所不動故不差忒日月得之終古不息運行而不已用行而不殆堪壞崑崙之神人面獸形得之以襲崑崙此襲猶承襲言主持崑崙馮夷河伯也得之以遊大川肩吾山神也得之以處太山黃帝軒轅也得之以遊雲天乘龍飛昇上僊也顓頊五帝之得之以處玄宮禺強北海之神山海經云玄渚有神人面鳥形珥兩青蛇踐兩蛇名曰禺強得之立乎北極北海之極西王母瑤池仙長也得之坐乎少廣王母所居之宮也莫知其始莫知其終此二句總結上文列聖神人主持天地日月星辰皆恃大道故莫知其始終此直從老子天得一以清一章中變化如許說話彭祖姓籛古長壽之人得之上及有虞下及五伯世傳彭祖壽八百歲故上自有虞下及五伯傅說商之賢相得之以相武丁乘東維騎箕尾而比於列星傅說一星在尾上言其乘東維騎箕尾之間也

此明大宗師者所宗者大道也以大道乃天地萬物神人之主今人人稟此大道而有生處此形骸之中爲生之主者所謂天然之性以形假而性眞故稱之曰眞宰而人悟此大道徹見性眞則能外形骸直於天地造化同流混融而爲一體而爲世間人物之同宗者故曰大宗師者此也此大宗師即逍遙所稱神人聖人至人所言有情有信即齊物之眞宰及養生篇生之主若不悟此而涉人世必有形骸之大患顏子心齋教其悟之之方既悟性眞則形骸可外故德充符前一往皆敷演其古今迷悟之狀到此方分明說破一路說來方才吐露所以云言有宗事有君正此意也此

上已發揮大道明白了然但未說進道工夫故此下乃說入道眞實工夫

南伯子葵問於女媧此人名皆重言也撰出偶人來設為問答不必求其實也曰子之年長矣而色若孺子何也問其年老大而色若嬰兒借以發起必有所養將以發啟工夫也曰吾聞道矣此即要引人學道也南伯子葵曰可得學耶此因聞說開道則驚詫其言謂道豈可學之耶曰惡惡可二字皆平聲驚歎之意上惡字歎其道難言下惡字歎其道不是容易可學要是其人乃可子非其人也言道非容易可學況子非學道之人何以見得夫卜梁倚有聖人之才才謂大賦之根器猶俗云天資也而無聖人之道言有美質而無進道志向我有聖人之道而無聖人之才言我有聖人之道而無美質故多費苦工夫吾欲以教之庶幾其果為聖人乎言我欲教卜梁倚以大道其亦可教但無志向論才亦庶幾可成第不知可能造就而為聖人乎不然以聖人之道告聖人之才亦易矣言學道之人才德雙美者固是難得有此全質則學之亦易矣吾猶守而告之

三日而後能外天下天下踈而遠故三日而可外此言教之一次也已外天下矣吾又守之七日而後能外物物漸近於身故七日而忘已外物矣吾又守之九日而後能外生生則切於已者故九日之功乃外已外生矣而後能朝徹朝平旦也徹朗徹也謂已外生則忽然朗悟如睡夢覺故曰朝徹朝徹而後能見獨獨謂悟一真之性不屬形骸故曰見獨見獨而後能無古今謂悟一真之性超乎天地故不屬古今無古今而後能入於不死不生謂了悟性真超乎天地量絕古今則見本來不死不生殺生者不死生者有形之累也既悟性真則形骸已外物累全消故曰殺生則一性獨存故曰不死生生者不生形化性全則與道冥一而能造化羣生而一眞湛然故曰生生者不生其為物也物指不死不生之道體也無不將也謂此道體千變萬化化化窮故無不將也將者以也無不迎也在乎人者日用頭頭左右逢元故曰無不迎也無不毀也謂此道體陶鎔萬化挫銳解紛故曰無不毀無不成也觸處現成不假安排其名為攖寧攖者塵勞擾亂困橫拂鬱撓動其心曰攖言學道之人全從逆順境界中做出

只到一切境界不動其心寧定湛然故曰攖寧攖寧也者攖而後成者也此釋攖寧之意謂從刻苦境界中做出故曰攖而後成者也

此前論大道雖是可宗可師猶漫言無要此一節方指出學道之方意謂此道雖是人人本有既無生知之聖必要學而後成今要學者須要根器全美方堪授受授受之際又非草率須要耳提面命守而教之其教之之方又不可速成須有漸次而入故使漸漸開悟其三日外天下七日外物九日外生死而後見獨朝徹此悟之之效也既悟此道則一切處日用頭頭觸處現成縱橫無礙雖在塵勞之中其心泰定常寧天君泰然湛然不動工夫到此名曰攖寧何謂攖寧蓋從櫟亂境緣中做出故曰攖而後成者也觀此老言雖蔓衍其所造道工夫皆從刻苦中做來非苟然也今人讀其言者豈可槩以文字視之哉

上言入道工夫下言聞道蓋亦從文字中悟來故以重言發之

南伯子葵曰子獨惡乎聞之此問聞道之原曰女偊答聞諸副墨之子副墨文字也言始從文中來副墨之子聞之洛誦之孫洛誦言包洛而誦習也意謂誦習文字久而自得也洛誦之孫聞之瞻明瞻明言見有明處乃因文字有悟處也瞻明聞之聶許聶許謂從耳聞聲入心通而心自許也聶許聞之需役需待也役使也言心雖有悟必待驗之行事之間一切處現前不昧與道相應然後造妙也需役聞之於謳於謳涵泳吟咏之意於謳聞之玄冥由涵泳謳吟而有冥會於心乃造道之極也玄冥聞之參寥參寥者空廓廣大虛無之境謂道之實際也參寥聞之疑始言入於無始乃歸極於此學道之成也

此一節言聖人得此大道不無所聞蓋從

文字語言中有所發明以至動用周旋謳
吟咳嚁之間以合於玄冥叅於寥廓以極
於無始至不可知之地必如此深造實證
而後已如此殆非口耳而可得也是乃可
稱大宗師前來發明大道可宗悟此大道
者可稱宗師但未見其果有其人否耶恐
世人不信將謂虛談故向下撰出子祀等
乃實是得道之人以作證據
子祀子輿子犁子來四人相語曰孰能以無
爲首以生爲脊以死爲尻尻尾也孰知死生存亡
爲一體者吾與之友矣意謂從無形而適有形而人之此身皆道
之所化故以無爲首者從無有生也脊者身也尻者尾也謂生之終也言誰能知此無生
之生者則可相與爲友矣四人相視而笑莫逆於心遂相
與爲友言心同道合遂爲友也子輿有病子祀往問之
曰偉哉夫造物者以予爲此拘拘也此子輿自歎造

物有力壯哉能使我於大化之中將以予爲此拘拘之形也曲僂發背此下
子輿言其病狀謂形已傴僂殘廢且又癰瘻上有五管言形傴僂則五臟之
管向上也頤隱於齊言形曲則兩頤限隱於齊下也肩高於頂頤限
則兩肩聳高於頂句贅指天句贅項髻也言頤隱而項縮故髻指天也陰
陽之氣有沴沴淩亂言不和也言雖從大化受形以陰陽之氣淩亂不和故
使我形骸如此之殘廢不堪也其心閒而無事言以形廢而心轉無事此
足見其能以道自適不以形爲累也跰躃而鑑於井跰躃扶曳也謂恐自
知不明又鑑於井則視身如影矣曰嗟乎夫造物者又將以
予爲此拘拘也因鑑於井自見其狀乃歎曰夫造物者既拘拘爲我此形
矣而又復使我如此殘廢之惡狀耶子祀曰汝惡之乎子祀因見子輿
之歎乃問之曰子惡此形耶曰亡予何惡亡絶也子輿意謂我心不但絶
然無惡而方與之俱化也浸假而化予之左臂以爲雞予
因以求時夜浸假造化也言從無形造化之中漸漸而適於有形即化予之
左臂以爲雞予因之而求時夜時夜言雞報曉也浸假而化予之右
臂以爲彈予因以求鴞炙若化予之右臂爲彈予即因之而求

鴞炙言以彈擊鴞以充炙也浸假而化予之尻以爲輪以神爲馬予因而乘之豈更駕哉此言有道之士既視此身如癰瘡而不足觀且又視之如影而不可執是則不但無累而且與之俱化故又能借假修真因此而求有實用是則此身雖爲異物若果能化之則形神俱妙真人乘此以遊人世豈更駕哉且夫得者時也失者順也安時而處順哀樂不能入也此古之所謂縣解也言真人忘形適真形神俱妙不以得失干心安時處順無往而不自得故哀樂不能入如此是古之所謂縣解者也言生累如倒懸超乎死生則倒懸解矣故云縣解而不能自解者物有以結之人人本皆如此無累超然懸解而人不能解之者乃自我以結之也且夫物不勝天久矣吾又何惡焉言人任造化而遷故人不能勝天既不能勝則任之而已又何惡焉此一節言真人真知形本無形今既適有形則爲生累故真人視之如癰瘡而不可愛如影而不可執如此則但任造化之所適了無得失之心故死生無變於已所以安時處順哀樂不入此所謂縣解者也如此看來人人本來天然解脫但人自苦於形累而卒莫能自解者非天之過乃人自結之耳且夫天人之際本來人不勝天吾於此看破久矣雖有此假形吾有真用又何惡焉此其所以爲真人是可宗而師之者也

俄而子來有疾喘喘焉死將上言四人爲友而子輿之妙已知之矣今又發子來二人之妙喘氣喘急而將絕也其妻子環而泣之犁往而問之曰叱避無怛化叱避言呵斥其妻子使避之也但猶驚也此言真人與造化遊非婦人小子所知故叱使無驚之也倚其戶而與之語曰偉哉造化又將奚以汝爲將奚以汝適言不知造化又將汝作何物也以汝爲鼠肝乎鼠肝極細以汝爲蟲臂乎蟲臂不堅子來曰父母於子東西南北唯命之從陰陽於人不翅止也於父母彼近

吾死而我不聽我則悍（違戾也）矣彼（指造物）何罪焉（言造物亦非有心要死我也故曰何罪）夫大塊（天地也）載我以形勞我以生佚我以老息我以死故善吾生者乃所以善吾死也（言造化既全我一生我任造化而遊是爲善生既任化而生則不貪生故謂善生然死亦從化是爲善死吾又何擇焉）夫大冶鑄金金踴躍曰我且必爲鏌鋣（神劍名）大冶必以爲不祥之金今一犯（偶然觸之曰一犯）人之形（言在萬化之中偶然觸犯而爲人之形）而曰人耳人耳夫造物者必以爲不祥之人（言萬物不可勝數而自獨以人爲善是不知造化者乃不祥之人也）今一以天地爲大鑪以造化爲大冶惡乎往而不可哉（言天地萬物俱在造化鈞陶之中何物而非載道成形何往而非道之所在如此又何往而不可哉）成然寐蘧然覺（言死生夢覺故死但如寐生如覺夜旦夢覺而已又何必取捨欣厭哉）此一節言眞人所得殊非婦人小子之所知故子犁叱避以形容其必有眞知然後爲眞人必若子來之順化而遊死生無變無生可戀無死可拒要學人必造到如此超然獨得之妙純一無疵方爲學問能事之究竟處是可稱爲大宗師矣

上言眞人能順死生不知從何致此故下以子桑戶三入發明乃方外了道之人所能此段學問非方内曲士所知

子桑戶孟子反子琴張三人相與友曰孰能相與於無相與（無相與言大道無形之鄉）相爲於無相爲（言大道寂莫無爲之境）孰能登天遊霧撓挑無極（言超然世外遊於萬物之表）相忘以生（雖生而不見其有生）無所終窮（言心與道遊於無始無終即此使見眞人遊世之若此）三人相視而笑莫逆於心（言道合心同忘形相與）遂相與友（雖眞人乃知眞人故三人爲友）莫然有間（居頃之間）而子桑戶死未葬孔子聞之使子貢往待事焉（夫子使子貢往弔以待葬事將盡禮也）或

編曲或鼓琴相和而歌曰嗟來桑戸乎嗟來桑戸乎而汝也已返其真而我猶爲人猗猗者歎辭也言汝幸已返其真而我尚且爲人可歎也子貢趨而進曰敢問臨尸而歌禮乎子貢執禮言臨尸當哭不當歌也二人相視而笑曰是指子貢惡知禮意言禮之意重在返本謂子貢不知此也子貢返以告孔子曰彼何人者耶修行無有言不撿於禮不能飾行故曰修行無有而外其形骸不以死生爲事臨尸而歌顔色不變全無哀戚之容無以命之命名也不知喚他作何等人物彼何人者耶言畢竟是何等人耶孔子曰彼遊方之外者也言彼超脫凡情遊於世外者也而丘遊方之內者也言未能超脫世網故云遊方內外內不相及言彼方外之人以世俗之禮加之則非所宜言不當弔也而丘使女往弔之丘則陋矣言我本不當使女往弔此識我之鄙陋見也彼方且與造物者爲人相者猶助也言造物本無形彼以爲人之形乃助造物之生意耳而遊乎天地之一氣言彼雖處人世其實心遊乎未有天地已前與大道

混茫而爲一也彼以生爲附贅懸疣贅疣乃山中之人項上之瘻瘤以喻形乃道之贅疣餘物也以死爲決疣潰癰彼視身如贅疣爲癰疽以爲生之大患今幸而死則如疣癰之決潰方爲大快活事又何以死爲哀耶夫若然者又惡知死生先後之所在言彼以生爲大患以脫形骸爲輕舉返乎本来不生不死之鄉又何知有死生先後之所在耶假於異物以性真而借四大以成形如假託異物元非己有也託於同體言心與道遊故云託於同體忘其肝膽言以生爲寄故不見有形骸故曰忘其肝膽遺其耳目言雖遊人世如不聞見故云遺其耳目返復終始不知端倪言真人遊於大化之中返復往來無所窮極又安知以生爲始以死爲終乎芒然彷徨乎塵垢之外逍遥乎無爲之業又烏能憒憒然爲世俗之禮以觀示也衆人之耳目哉言真人處世如寄以形骸爲大患故忘形釋智超然物表遨遊於塵垢之外逍遥於無爲寂寞之鄉又何能憒憒以世俗之禮以示衆之耳目哉借重孔子此言乃明方內夫子亦未嘗不知有方外之學也

此一節言方外真人之學逍遥物外自得

之妙非世俗耳目之所及故托孔子子貢發揮將以破迂儒執禮法之曲見以解憒憒之執情亦將使其自得超然之境斯正此老著書之本意也

子貢曰然則夫子何方之依子貢因聞夫子說方外眞人之道如此故問夫子自處何方之依孔子曰丘天之戮民也此夫子自謙言已未免生累蓋懸之未解乃天之戮民言未能忘桎梏也雖然吾與女共之夫子言雖然我未超脫與女均之今且與女共遊於方外子貢曰敢問其方問遠舉超脫之方孔子曰魚相造乎水人相造乎道人之以道爲命如魚之以水爲命相造乎水者穿池而養給言養魚尚勞功用相造乎道者無事而生定言人造乎道甚易放下便是故云無事而生定故曰魚相忘於江湖人相忘於道術穿池而養魚尚難忘不若放之江湖則自然忘矣如人能造乎大道浩然大均則無不忘矣子貢曰敢問畸人子貢意謂方外之人乃獨行之君子故問畸人畸獨也謂不知獨行之人此方外何如畸人者畸於人而侔於天故曰天之小人人之君子人之君子天之小人也孔子言彼方外者亦畸人也但彼畸於人而侔合乎天若世之獨行君子矜矜自持不能逍遙自在者是乃天之小人則爲人中之君子人中之君子則爲天之小人第未能與天爲一耳

此一節言孔子方內之聖人亦能引進於方外之學意謂世之拘拘者亦可與造乎大道故以子貢之才智尚去道遠甚況其他乎

下明方外之道方內亦有能行者第俗人不識耳故借顏子發明孔子以開其迷意若顏子之好學誠可以深造而自得也

顏回問仲尼曰孟孫才其母死哭泣無涕無心於哭中心不感全無哀意居喪不哀無是三者以善處喪蓋魯國以善居喪之名以蓋魯國固有無其實而得其名者乎名不副實回壹怪之壹謂一常怪之仲尼曰夫孟

孫氏盡之言能極盡喪禮也進於知矣言世人但知世俗之禮而不知天今孟孫氏乃盡於知天故人之返本乃禮之實也唯簡之而不得夫已有所簡矣言孟孫知其本無生死又何假以哀爲禮哉但世人常情必以哀爲禮故欲簡之而不得故人哭亦哭乃不得已而從俗之情耳今哀而不感則已有所簡矣孟孫氏不知所以生不知所以死言孟孫子悟不生不死之道不知就先不知就後言以了悟不生不死故雖生而如不有生故云不就先雖死而知本不死故不就後坦然大化之中若化爲物言孟孫自視其形在大化之中若忽焉化爲一物耳以待其所不知之化已乎言不知其所以生故今雖處形骸但待其所不知之大化聽其盡之而已乎豈有情識哉且方將化惡知不化哉言方將化惡知有不化者有焉方將不化惡知已化哉言世人但知固守其形將謂不化彼惡知造化密移而念念已化哉吾特與汝其夢未始覺者邪言化而不化乃死生一貫唯大覺方知且吾與汝皆在夢中而未覺者也且彼有駭形而無損心到此方言孟孫之母雖死而不死者存但形死耳故曰有駭形如豚子之視死母而走也若其天真之性湛然不遷所謂死而不亡故曰無損

心有旦宅而無情死言其生如旦其形如宅謂假形雖化而真宰長存故曰有旦宅而無情死情實也孟孫氏特覺死而不死之理孟孫特悟於此人哭亦哭是自其所以乃孟孫已知其母不死但以世情不得不哭故其所以乃如此哭而不哀切也且也相與吾之耳矣言既知死而不死則視已死之孟母即未死之孟孫故相較之乃吾之耳相與謂一體而觀也庸詎知吾所謂吾之乎言死生一條之理若吾之之言此豈常人所能知之乎下以夢喻吾之之意且汝夢爲鳥而厲乎天厲猶戾也夢爲魚而沒於淵言吾之意女未及信我且問女且女夢爲鳥則飛戾于天夢爲魚則沒于淵然夢中之魚鳥即不夢之顏同是乃吾之之意也不識今之言者其覺者乎其夢者乎言女方今對我言者乃不夢之顏同耶乃夢中之魚鳥耶若言是顏同則女已化爲魚鳥矣若言是魚鳥不妨現是不化之顏同女試自看死生一條之理固如是耳此數語極奇最難理會造適不及笑適者稱意之極則笑亦不及獻笑不及排如人詼諧獻笑至發笑處則安排不及言死生一貫之理必須頓悟乃自知之非言可及也安排而化去乃入於寥天一寥天一乃大道寥廓冥一之天此由

初心造道功夫故如安排及夫純一到大化之境自然頓悟不假作爲而自證入也
此一節言方外之學方内亦有能之者第在世俗之中常情所不識必有眞人乃能知之故借重顏子與聖人開覺之此段最是惺悟世人眞切處
上言了無生死乃造道之極要在頓悟下言世人必欲學道須將仁義恭矜智能夙習之事一切屏絶乃可入道
意而子見許由許由曰堯何以資汝何以敎汝意而子曰堯謂我汝必躬服行也仁義而明言是非許由曰而奚來爲軹奚何軹助語辭言又何爲來耶意謂女已被堯敎壞了也夫堯既黥援其鬚則毀其面貌汝以仁義言以仁義僞行壞了本來面目而劓劓割其鼻也汝以是非矣汝將何以遊夫遙蕩逍遙之境恣睢縱橫也轉徙變化也之途乎言汝已被堯以仁是非壞了汝本來面目而拘於仁義是非之場又何能遊於逍遙大道之鄉乎

意而子曰雖然吾願遊其蕃言雖不能入大道之奧亦願遊其蕃籬許由曰不然夫盲者無以與夫眉目顏色之好瞽者無以與夫青黃黼黻之觀言汝心既盲鼓難以與大道也意而子曰夫無莊古之美貌者之失其美據梁古之有力者之失其力黃帝之忘其知言至人之善敎能使人人失其平昔之所自有皆在鑪錘之間耳言上三人頓失其固有是在夫子之陶鑄之中耳庸詎知夫造物者之不息我黥而補我劓使我乘成以隨先生耶言我今日幸得見先生豈非造物者補我之缺失乘其渾全之大道以隨先生耶許由曰噫未可知也言汝雖有志未知何如也我爲汝言其大略不敢盡其底蘊試爲汝言其大略吾師乎吾師乎吾師乃大宗師也非堯可比整萬物而不爲義澤及萬世而不爲仁言堯諄諄以仁義爲仁義以愛養萬物以爲功吾大宗師則整粉萬物而不以爲義縱澤及萬世而不以爲仁以大仁不仁大義不義即老子生而不有爲而不恃長而不宰之意長於上古而不爲老言未有天地先有此道覆

載天地刻雕衆形而不爲巧言大道生天生地化育萬物而無心故不有其巧此所遊已言韲物已下乃吾師之所遊者如此而已

此一節言欲學大道必須屏絶有心要爲仁義恭矜智能之事方可超玄入妙而逍遥乎大道之鄉蓋仁義智能乃功名之資世俗之所尚實爲大道之障礙故耳

顔回曰回益矣仲尼曰何謂也曰回忘仁義矣曰可矣猶未也言雖忘仁義則可許有入道之分然猶未也他日復見曰顔回他日又見夫子回益矣曰何謂也曰回忘禮樂矣言忘禮樂則不拘拘於世俗也曰可矣猶未也言雖忘人而同未忘已他日復見曰回益矣曰何謂也曰回坐忘矣仲尼蹵然改容也曰何謂坐忘顔回曰墮壞也支體言忘形也黜聰明泯知見也離形去知同於大通言身知俱泯物我兩忘浩然空洞内外一如曰大通此謂坐忘仲尼曰同則無好也言身世兩忘物我俱空則取捨情盡故無所好也化則無常也言物我兩忘則形神俱化化則無已則物無非已故不常執我爲我也而汝也果實也其賢乎言汝功夫到此實過於我多矣丘也請從而後也夫子自以爲不若亦願爲此也

此一節言方内曲學之士果能自損兼忘而與道大通雖聖智亦嘗讓之意謂此等功夫非智巧可入也故前以子貢之不知今以顔子乃可入也

子輿與子桑友而淋雨十日子輿曰子桑殆病矣知其絶食也裹飯而往食之至子桑之門則若歌若哭言歌之哀也鼓琴曰父耶母耶天乎人乎此鼓琴之曲也有不任其聲言餓而無力故不任共聲而趨舉其詩焉趨舉其詩言氣短促舉詩而氣不相接也子輿入曰子之歌詩何故若是言何故不成音韻也曰吾思夫使我至此極者而弗得也言且歌且思使我如此之貧至極者不可得不知其誰使也父母豈欲吾貧哉天無私覆地無私載

天地豈私貧我哉求其爲之者而弗可得也然而至此極者命也夫

此一節總結一篇之意然此篇所論乃大宗師而結歸於命者何也乃此老之生平心事有難於言語形容者意謂已乃是有大道之人可爲萬世之大宗師然生斯世也而不見知於人且以至貧極困以自處者豈天有意使我至此耶然而不見知於時者蓋命也夫即此一語涵滀無窮意思然此大宗師即逍遥遊中之至人神人聖人其不知爲知即齊物之因是眞知乃眞宰即養生之主其篇中諸人皆德充符者總上諸意而結歸於大宗師以全內聖之學也下應帝王即外王之意也

應帝王

莊子之學以內聖外王爲體用如前逍遥之至人神人聖人即此所謂大宗師也且云以塵垢粃糠猶能陶鑄堯舜故云道之眞以治身其緒餘土苴以爲天下國家所謂治天下者聖人之餘事也以前六篇發揮大道之妙而大宗師乃得道之人是聖人之全體已得乎已也有體必有用故此應帝王以顯大道之用若聖人時運將出迫不得已而應命則爲聖帝明王推其緒餘則無爲而化絶無有意而作爲也此顯無爲之大用故以名篇

齧缺問於王倪四問而四不知（此篇以無知二字作眼目此無知乃無心於世漠然而已）齧缺因躍而大喜行以告蒲衣子蒲衣子曰而（汝也）乃今知之乎（言汝今日乃知不知之妙乎）有虞氏不及泰氏（向來世人祇知有虞氏之爲聖人而不知

不及泰氏也有虞氏其猶藏善美也仁以要人此言有虞之不齊處蓋以仁爲善故有心以仁要結人心亦得人矣而未始出於非人言有虞氏以仁要人雖亦得人且不能忘其功名但是世俗之行而未能超出人世而悟眞人之道妙以造非人之境也泰氏其臥徐徐徐徐紆閒之意其覺于于自得之妙一以已爲馬一以已爲牛其知情信其德甚眞而未始入於非人此言泰氏超越有虞虛懷以遊世心閒而自得且物我兼忘人歎以爲牛則以牛應之人呼以爲馬則以馬應之未嘗堅執我見與物俱化其知則非妄知而悟其性眞然情信指道體而言前云有情有信是也此其體也至其德用甚真不以人爲即已超凡情安於大道非人之境而不墮於虛無且能和光同塵而未始拘拘自隘此泰氏之妙也蓋已得大宗師之體而應用世間特推緒餘以度世故云未始入於非人肩吾見狂接輿狂接輿曰日中始何以語汝日中始乃接輿所見之人曰告我君人者以已出經常法也式程準也義度人言人君治天下當以所出之常法爲程準以義制而度人以此乃治天下之常法孰敢不聽而化諸諸猶之也言人君以此治人則人孰敢不聽而從其化耶接輿曰是欺德也言若日中之說乃非眞實之德蓋欺德耳謂人若恃已之能治而欺其人將以不敢不聽從也其於治天下也猶涉海鑿河而使蚊負山也言大聖治天下以不治治之但以道在宥群生使各安其性各遂其生而已若以有心強治以爲功則捨道而任僞而猶越海之外鑿河則失其大而枉勞且如蚊負山必無此理也夫聖人之治也治外乎言聖人之治天下豈治外乎正而後行正即前云正生以正衆生謂使各正性命之意謂聖人但自正性命而施之百姓使各自正之老子云清淨爲天下正確乎能其事者而已矣確者眞確能事即孟子之良能言人人各稟大道以爲性命之正天然自足一毫人力不能與其間今但使人人各悟性眞則恬淡無爲目化矣又何假有心爲之哉且鳥高飛以避矰弋之害鼷鼠深穴乎神丘社壇也之下以避熏鑿之患而曾二蟲之無知言鳥鼠二蟲天性自得但人心以機械而欲取之故高飛深藏而避之而人曾謂二蟲之無知乎百姓天性猶鳥鼠也人君有心欲治之能不驚而避之乎外篇馬蹄痛發明此意此上二節言治天下不可以有心恃知好

爲以自居其功若任無爲而百姓自化老子曰我無爲而民自化清淨爲天下正若設法以制其民不但不從而且若鳥鼠而驚且避之也

天根遊於殷陽（地名）至蓼水（水名）之上適遭（遇也）無名人而問焉曰請問爲天下無名人曰去女鄙人也何問之不豫也（豫者從容安詳之意而問之太倉卒也）予方將與造物者爲人（言任造化而爲人非有心於世也）厭（厭不欲也）則又乘夫莽眇之鳥（乃道之取譬也）以出六極之外而遊無何有之鄉（大道之鄉）壙埌（壙埌謂無際也）之野又何帠（爲音）以治天下感（觸也）予之心爲（無名責天根問之倉卒而無禮也言我雖處世但順造化而爲人乘化而遊若厭而不欲爲人則乘大道而遊於廣大逍遙無爲之境又何以天下觸我之心而若此耶）又復問（天根）又問必願聞其說也）無名人曰（無名因求教之切故告之以正）汝遊心於淡（謂恬淡寂寞之境）合氣於漠（漠冲虛也言合氣於虛）順物自然（不可有心恃知妄爲）而無容私焉（會萬物以爲己大公均調而無庸私焉）而天下治矣（必如此而天下自治）

此一節直示無爲而化治天下之妙欲君人者取法返乎上古無爲之化也

陽子居見老聃曰有人（假若有人）於此嚮（向也）疾（捷也）（謂向道敏捷也）彊梁（勇爲也）物徹（事物透徹也）疏明（疏通明達也）學道不勧如是者可比（及也）明王乎老聃曰是於聖人也（言如此之人比於聖人者）胥（胥靡之罪役也）易（更番也）技（工技之人）係（羈係於市肆也）勞形怵心者也（言嚮疾彊梁之人亦似胥役之罪夫更番不暇工役之係肆勞苦形骸驚惕其心者也將此以比王自苦不暇安能治民乎）且也虎豹之文來田（言虎豹因皮有文故招來田獵之災）猨狙之便（捷也）執斄（音狸）之狗（言狗能執狸）來藉（藉以繩縈之也言猨狙因便捷故人得而縈之以教衣冠狗能執狸人得而縈之以克田獵）如是者可比明王乎（言若嚮疾之人可比明王則猨狙與執狸之狗亦可比明王矣）陽子居感然（改容也）曰敢問明王之治（言如

是之人不可比明王敢問如何是明王之治老聃曰明王之治功蓋天下而似不自已纔有功蓋天下而不自居其功化貸代者與人之意萬物萬物皆往資焉而不匱而民弗恃而民不知恃賴有莫舉名名不可得而舉稱使物自喜但使物物自遂自喜猶言帝力何有於我立乎不測不可測識而遊於無有者也不測無有通指大道之鄉也此全是老子爲而不長不宰之意

此一節發揮明王之治皆申明老子之意以示所宗立言之本極稱大宗師應世而爲聖帝明王以行無爲之化也

上言明王立乎不測而遊於無有如此乃可應世以治天下但不知不測是如何境界人亦有能可學而至者乎故下撰出壺子乃不測之人所示於神巫者乃不測之境界列子見之而願學即其人也

鄭有神巫曰季咸神巫乃善相者名季咸也知人之死生存亡禍福壽夭期以歲月旬日言相人最驗刻期不爽若神鄭人見之皆棄之而走言畏其靈驗恐說出不好之事故皆走不敢近也列子見之而心醉列子將以爲神故心醉服也歸以告壺子此乃列子之師也曰始吾以夫子之道爲至矣則又有至焉者矣意謂神巫起過壺丘子遠矣壺子曰吾與汝既其文言我之數汝者但外面皮毛耳既盡也未既其實其道之真實處全未示汝而汝也固將也謂得道歟汝將謂已得道歟衆雌而無雄而又奚卵焉言物有雌雄乃能生卵以此人有心對待而相者乃見其禍福若心能絕待又何從而相之如雌而無雄又何卵焉而汝也以道與世亢與人相比亢也必信夫以要人必信故相亢以示已之長故使人得而相汝以不能忘已要人知之故人亦因得而相之也嘗試與來以予示之若來以我示之看彼能測我乎明日列子與之見壺子出而謂列子曰嘻驚歎也子之先生死矣弗活矣不以旬數矣言不十數日即死矣吾見怪焉吾見怪之見濕灰焉言面如濕灰絕無生機也

列子入泣涕沾襟以聞先生必死以告壺子壺子曰嚮吾示之以地文此下三見壺子示之安心不測之境此即佛門之止觀乃安心之法也地文乃安心於至靜之地此止也萌草之未出芽曰萌乎不震動也不正猶顯示也謂我安心於至靜一念不生不動不顯之地即心念俱及泯絕故面如濕灰無生機也是殆見吾杜止也德機猶生機也也言彼殆見我止絕生機故將謂我必死也嘗又與來命明日再來看明日又與之見壺子出而謂列子曰幸矣子之先生遇我也有瘳矣言汝之先生幸遇我可以不死而疾有瘳矣全然有生矣吾見其杜絕也權活動也矣言我見其死而復活乃有生機也列子入以告壺子壺子曰鄉吾之以天壤天壤謂高明昭曠之地此即觀也名實不入言性地光明一切不存也而機發於踵踵最深深處也言自從至深靜之地而發起照用如所云即止之觀也是殆見吾善者機也言彼見吾善而不死者以我示之以天機也嘗又與來再命明日更來明日又與之見壺子出而謂列子曰子之先生不齊言精神恍惚顏色不一齊一也吾無得而相焉試齊且復相之言待精神一定而復相之也列子入以告壺子壺子曰吾鄉示之以太冲至虛之地莫勝言動靜不二也初偏於靜次偏於動今則安心於極虛動靜不二猶言止觀雙運不二之境也是殆見吾衡平也氣機也言平等持心動靜不二故氣機亦和融而不測也下壺子又講明前所示者乃三種觀法故彼莫測耳鯢鯢魚也桓盤桓言鯢魚盤於深泥也之審處也為淵淵湛淵乃止觀之名然鯢桓之所處於深泥以喻至靜即初之止也止水之審為淵此喻觀也止水澄清萬象斯鑑即次之天壤之觀也流水之審為淵流水雖動而水性湛然不動此喻即動而靜即靜而動動靜不二平等安心即末後太冲莫勝止觀不二也淵有九種言定有九種此處三焉言我示之者乃三種定法也嘗又與來明日又與之見壺子立未定自失而走壺子曰追列子追之不及返以報壺子曰已滅矣言去之已無蹤影矣已失矣言即尋之已不得見矣吾弗及矣言我追之已不及已壺子曰鄉吾示之以未始出吾宗宗者謂虛無大道之根宗安心於無有了無動

靜之相即佛氏之攝三觀於一心也吾與之虛而委蛇言我安心於至虛無有之地但以虛體而示狀貌委蛇隨順彼耳不知其誰何故彼不知其誰何也因以爲弟靡言物之顏靡難於收拾也因以爲波流言精神浩蕩捉摸不定也故逃也因此難測故逃走耳然後列子自以爲未始學初則列子未得壺子之眞實故以神巫爲至今見壺子所以示神巫者雖善相卒莫能測識其端倪到此方信壺子之道大難測而始知自己從來未有學也而歸辭壺子而歸立志造修也三年不出專一做工夫爲其妻爨言列子初恃自己有道以驕其妻今能忘身而爲妻爨食豕如食人初未入道而有人物分別之心今則分別情忘於事無與親言無心於事也雕琢復樸先以雕琢喪樸今則還純返樸矣塊然不識不知之貌獨以其形立紛而封哉封即齊物之有封之封謂受形骸是於大化之中乃立人我橫生是非固執而不化者猶有封之疆界也而今乃知此形爲紛擾而封畛之也一以是終言列子竟此學以終其身也

此一節因上言明王立乎不測以無爲而化莊子恐世人不知不測是何等境界爲何等人物故特撰出個壺子乃其人也即所示於神巫者乃不測之境界也如此等人安心如此乃可應世可稱明正方能無爲而化也其他豈可彷彿哉言此段學問亦可學而至只貴信得及做得出若列子即有志信道之人也此勵世之心難以名言矣

上言壺子但示其不測之境下文重發揮應世之用

無爲名尸尸主也言眞人先要忘名故戒其不可爲名尸無爲謀府智謀之所聚曰謀府言一任無心不可以智謀爲事也無爲事任言不可强行任事謂有擔當則爲累爲患但順事而應若非己出者也無爲知主知主以知巧爲主也言順物忘懷不可主於智巧也體盡無窮體言體會於大道應化無有窮盡也而遊無朕朕兆也謂遊於無物之初安心於一念不生之地也盡其所受乎天而無見得言但自盡其所受乎天者全體不失

而亦未見有得之心也亦虛而已如此亦歸於虛而已言一毫不可有加於其間也至人之用心若鏡不將不迎應而不藏故能勝物而不傷至人用心如明鏡當臺物來順照並不將心要應事之未至亦不以心先迎即物一至妍醜分明而不留藏妍醜之跡了無是非之心如此虛心應世故能勝物而物卒莫能傷之者虛之至也

已前說了眞人許多情狀許多工夫末後直結歸至人已下二十二字乃盡莊子之學問功夫效驗作用盡在此而已其餘種種撰出皆蔓衍之辭也内篇之意已盡此矣學者體認亦不必多只在此數語下手則應物忘懷一生受用不盡此所謂逍遙遊也

南海之帝爲儵北海之帝爲忽中央之帝爲渾沌儵與忽時相與遇於渾沌之地渾沌待之甚善儵與忽謀報渾沌之德曰人皆有七竅以視聽食息此獨無有嘗試鑿之日鑿一竅七日而渾沌死儵忽者無而忽有言人於大化最初受形之始也渾沌言雖俄爾有形尚無情識渾然沌然無知無識之時也及情竇日鑿知識一開則天眞盡喪所謂日鑿一竅七日而渾沌死也副墨以儵爲火以忽爲水渾沌爲土似有理太犯穿鑿只如此解則已

此儵忽一章不獨結應帝王一篇其實總結内七篇之大意前言逍遙則總歸大宗師前頻言小知傷生養形而忘生之主以物傷生種種不得逍遙皆知巧之過蓋都爲鑿破渾沌喪失天眞者即古今宇宙兩間之人自堯舜以來未有一人而不是鑿破渾沌之人也此特寓言大地皆凡夫愚迷之人槩若此耳以俗眼觀之似乎不經其實所言無一字不是救世慇迷之心也豈可以文字視之哉讀者當見其心可也

即予此解亦非牽强附合葢就其所宗以得其立言之旨但以佛法中人天止觀而參證之所謂天乘止觀即宗鏡亦云老莊所宗自然清淨無爲之道即初禪天通明禪也吾徒觀者幸無以佛法妄擬爲過也

莊子內篇註卷之四

音釋

獱皮變切音卞　豨許豈切希上聲　嬀居爲切音潙　跰躚跰也孟切音迸躋相然切音僊　畸居宜切音羈　儵式竹切音叔

龍池幻有禪師語錄

門人　圓悟圓修等編

清刻龍藏佛說法變相圖

龍池幻有禪師語錄序

荆溪安節居士吳達可題于長安擷芳亭

昔牛頭一派橫說竪說總未達向上關棙子古人云大唐國内不是無禪只是無師良有以也馬祖會下出八十四人善知識各化一方黄蘗際猶謂正法眼藏寥寥數人夫得髓傳心者兒孫猶若是而況得皮得肉得骨之儔乎然觀傳燈諸書所載一葦渡江以來赤縣神州衆生黑漆漆地者固多而具大根器知有向上一着者亦不少五宗之中惟臨濟尤峻絶痛快直下承當自臨濟玄九傳而至五祖演心心相印絶無烏焉成馬之弊何者凡印有形則有差殊無象則無分別故下者如印印泥上者如印印空虛空隨方圓以呈名然空豈自爲方圓乎大都五宗絶盛於唐

綿延於宋而凌替於元元其後如中峰諸大老雖推爲人天眼目未見嶄然截出也沿至于今此道如綫矣莊子云北溟有魚其名曰鯤化而爲鵬九萬里風斯在下然聽其自化也使之化則非能鵬也宗家似之正嘉間天奇笑巖一二尊宿挺生其際遠接曹源近承臨濟正宗之綱藉以激揚不墜以余所聞笑巖咳唾如貟虎踞地而吼百獸震慄以較裴旻之虎懸矣幻有禪師乃其的骨子也鍛鍊鉗錘可謂妙密倘所稱深山大澤必生龍蛇非耶每與余問答如聲呼谷應形著影出不留一絲意根樁立嗚呼是其所以紹笑巖而起臨濟也嘗一臠知鼎味叩其玄扉則全帙在焉大率如刀斫水不見痕縫名爲作家不虛耳夫今衲子輩影迹所及輙能累人自了者流往往沉埋絶壑結草孤峰不受塵世之譏嫌乃禪師獨遊五都朱扉間且以爲蓬户也者業遊燕矣而門庭蕭寂衆未嘗登十輩意泊如也石門誦翠巖芝云盧山殿閣如生成食堂處處禪床折我此三門如冷灰盡日長廊捲風葉禪師庶幾近之此其事業之見於細微者也猶不測乃爾況大焉者乎是刻也不謀而成葢有殊勝力焉無論牛頭以下非所擬倫即置之八十四人中應以正法眼藏相屬矣余聊引其端俾爲前茅若從禪師語錄中下一註脚是爲負禪師入地獄如箭射覽者倘作語言文字觀亦入地獄如箭射

龍池幻有禪師語録目次

龍池幻有禪師語錄目次終

龍池幻有禪師語錄卷之一

門人圓悟圓修等編

南錄

萬曆元歲爲樂庵和尚越世師因掩室守制以三載爲期毘陵悟玄白居士過訪於關前問曰昨聞禪師孝義特爲令師掩關守制堅確卓立脇不沾席可謂此心難得但未知此守制外別有所得否師曰別無所得曰得毋空過時光乎師曰亦未嘗空士欣然曰願聞不空所以師從容曰古語云自外入者名之爲得然此已躬之事人人本具個個不虧設爾發明只發明吾人人本有豈從外得耶吾謂別無所得者以此士領之有間復問曰禪師於六祖所悟應無所住而生其心有所契否師曰事雖不合其理冥符經中所謂諸菩薩應如是生清淨心不應住色生心不應住聲香味觸法生心應無所住而生其心但於六根門頭於色聲香味觸法當無所住著而清淨心自現前矣又奚假生哉然生字作醒字看最好師又曰六祖得此源頭其來久矣方聞市人誦此不覺冥契遂訪黃梅五祖求印豈六祖纔聞是語始得未聞之先不得耶故先輩謂得失較量皆爲餘論士曰是知禪師工夫入手久矣未必無首悟之緣可得聞乎師云吾聞先輩悟道者如麻明道者似粟未有能形容悟迹者如僧問仰山學人還假悟否山曰悟則不無恐落第二頭何若靈雲見桃香嚴擊竹皆云悟道但不識道者爲何唯一智通老宿忽從夜半叫喚云我大悟也我大悟也歸宗令人問伊悟個什麼乃曰尼

姑元來是女人做眞可謂奇特君且謂此老會悟否此便是古人呈悟样子悟本無迹亦不易言如圓覺云若言有證有悟即爲我相名未解脫四相未除便不能入清淨覺海吾將有悟迹呈之是剜肉作瘡藥過仍病也雖然但以始終緣會葛藤略呈所自可耳古云願聞師云余初身嬰勞疾百計求醫莫得少瘥先師初敎參父母未生前本來面目謂吾疾當自愈旣參日久轉加迷悶及閱諸禪宗語錄所覩種種差別公案皆瞢若面墻略無針劄可入延歷二年病亦不愈竊計死將在邇一日對觀音聖像燃香發願持菩薩名誓不倒臥以悟爲期夕死無憾由是尅勤精進歷二七日餘一夕經行方坐昏沉無奈忽聞琉璃燈花燀爆聲豁然有醒始知古人所謂直得虛空粉碎大地平沉十方無壁落四面亦無門若有一人發眞歸源十方世界悉皆消殞等說皆非虛語於是只覺得此身若一丸水晶珠内外瑩徹無礙渾如浸在碧波之内相似頓見十方世界湛然一切平等清淨不動始可謂溪聲便是廣長舌山色無非清淨身行亦禪坐亦禪語默動靜體安然矣又豈有去來得失之可語哉更覓此虛損勞疾則寂然不覺其有矣然後閱佛經并諸祖師語錄乃至今所問之言皆如舊習略不見其難耳語方及此忽寺長老送茶至師云且截斷葛藤喫茶

晚參據座曰老僧年邁不得如諸方依時及節與你們說佛法提得起便與你們說幾句淡話提不起便休從今向去與你們說得十

二分與佛法相應說得成言如雲門大師云乾坤之內宇宙之間中有一寶秘在形山如此說話切莫作佛法道理會從今向去十二分說得不成言與佛法不相應如雲門大師云拈燈籠來佛殿裏將山門來燈籠上如此說話切莫不作佛法道理會正恁麽時汝等作麽生會取咄直須中間截斷兩頭撒開始得只恁麽卜度去有甚了時雖然如是老僧今晚無可與你們商量得亦無可與你們說得若論教旨但汝等體解便知要會禪宗各自尋思悟去若只教老僧終日向你們碎叨叨說去正如春禽晝啼秋蟲夜鳴有何意味設有些些意味却又如臘月裏底扇子在你諸人分上總用不著且如即今向上一著子還有可商量處麽若道有可商量竪起左拳云也只是者個若道無可商量竪起右拳云也只是者個衆中有會得者麽會得即向前來與老僧通個消息一總不會老僧今晚失利了也休休多說不如少說少說不如不說珍重

室中一晚問知修二徒曰金剛經謂若以色見我以音聲求我是人行邪道不能見如來汝等信不知徒云怎麽不信師曰汝既信難道你我閉著眼塞著耳見如來耶知云何曾要閉眼塞耳師急索曰華嚴經又道佛身充滿於法界普現一切羣生前爲什麽汝等張著眼而不見耶知云據某見處是佛見無我是我見無佛師曰料掉沒交涉顧問修曰你如何會修云據某見處道得一字即不出師曰同坑無異土汝等且去異日再會來復召

曰殊不知是我見無佛并道得一字即不出道不得一字亦不出皆迷邊事又是佛見無我并道得一字即出道不得一字亦出皆悟邊事與汝等何預焉去

一晚同知修二徒至悟徒關房前竚立有間曰佛法二字雖不是偶然亦非特意會得但有個悟入處不妨信意拈來自然貼體隨分道出自然恰好所以大丈夫爲道迥別纔趍得源頭到手撩起便行不問如何若何老僧憶昔居臺山有一僧問三賢尚未明斯旨十聖那能達此宗未審如何是斯旨老僧即鳴指一下曰會麽僧云不會又鳴指一下曰知麽僧云不知老僧但向伊道具足凡夫法凡夫不知具足聖人法聖人不會聖人若會即同凡夫凡夫若知即是聖人其僧矍然致敬倒身三拜直趨而去更不回顧俊哉汝等且道這僧如此去還曾悟得也未若道未悟他却恁麽去道他悟又悟個什麽來汝等試道看悟即起身一拜曰夜深天寒請和尚歸方丈師曰不是這等儱侗推開去便了的師乃舒一手曰我手却不是驢蹄悟曰恁麽道又爭得乃亦竪一指師曰也當不得知徒曰還許某甲進語否師曰道來知云雪中看月色師曰依稀彷彿顧修曰你也道得麽修即曰滿室不聞香師即轉身曰來日再商量

次日晚衆師曰知徒第一座昨晚所進之語句意皆新大有來由甚愜老僧意即這一言可繼夾山船子之道所謂絲懸綠水浮定有無之意又語帶玄而無路舌頭談而不談者也雖然如是試更進一語始堪克紹洪規乃

召第一座來船子道直得藏身處沒蹤跡沒蹤跡處莫藏身又作麼生座曰去此二途恰好師曰恁麼則前言不應後語了也良久曰夜靜水寒魚不食滿船空載月明歸復曰有舊日葛藤與你們重理一遍古人云可言不可行不若不言可行不可言不若不行發言必慮其所終立行必稽其所弊其言即老僧前謂金剛華嚴二偈是也其行即此晚衆開示室中辨驗工夫是也言則爲始行則爲終所以道發言非苟顯其理將啟學者之未悟立行非獨贍其身將訓學者道業之未成耳且如金剛經不可以色見聲求畢竟如何可以見如來耶若曰凡所有相皆是虛妄若見諸相非相即見如來且如爾我瞞著眼現前無非色相又作麼生非得始可見如來耶旣不解非正如吾前所謂難道閉著眼塞住耳可以見得耶蓋金剛般若本是大乘終教一味談空與華嚴圓頓教相雖異究竟未始不同旣同矣爲什麼瞞著眼不見佛身充滿於法界普現一切羣生前耶不聞當初芙蓉訓師一日問歸宗和尚如何是佛宗曰我要向汝道汝還信否訓曰和尚誠言焉敢不信宗曰即汝便是訓曰如何保任宗曰一翳在眼空華亂墜你看這則因緣甚好消息汝等還曾體悉麼還曾悟得麼倘爾悟去即世間何法而不可通耶況大乘圓頓之不合哉所謂未有圓而不空空而不圓者也只如塵說剎說衆生說三世十方一切說可謂圓矣又我觀一切衆生具有如來智慧德相但以妄想執着而不證得旣無執着豈非空乎況身意

諸情根一切空無性耶如金剛曰衆生衆生者如來說非衆生是名衆生如來說世界非世界是名世界所以謂未有空而不圓者也爾我若不悟去華嚴元是華嚴般若還他般若佛元是佛衆生依舊衆生於爾我何預畢竟作麼生是你們底悟處故曰學道須當有悟由還如爭鬬快龍舟雖然舊閣閒田地一度贏來方始休

小衆師云今辰擊鼓召汝等來别無他語爲某闍黎新年特特遠來與老僧拜節今旣去當要大衆送一送伊我前晚爲伊舉一則古人因緣當面商量他又不會昨晚將如來兩段葛藤拈向伊又不肯理老僧今辰傚得個新鮮蔓子說與你們當初老釋迦和尚在靈鷲山中法華會上逞神通呈伎倆謂道我能促一劫爲若半日能延半日猶如一劫我當初只作尋常說話不知不覺看過去了而今始知不然適老僧獨于方丈坐方眨眼打個瞌睡便做了兩個大夢頭一個夢夢至當年三十日去往檀越家打葛藤至晚未歸被一個老婆子變著臉死死把老僧推出門來却道即今已是臘月三十日晚了只管扯葛藤到幾時住家家户户俱要打叠過歲怎生容得你在此宿歇幸與得一根連枷竹柄子在手裏天上雪又落地下路又滑直得虎狼無辯高下不分以至半夜時分走得來山第二個夢却似正月十五大雪瀰茫之際朦朧月色之時老僧旣出山打個之繞歸却從個板橋頭過見一隻虎張牙舞爪要過板橋不得皆著橋靶坐久了打頓老僧也要從這條路

歸只得輕輕走過板橋了撫掌呵呵大笑曰幸幸且道幸個什麽設若這虎歇却打頓掉轉頭來時老僧性命安有得到今日也然這兩夢未有人爲我原老僧試自原之頭一夢即前晚關房前所作者是第二個夢但未暇說得且送了你大師兄去後更原之

有徒圓因一日侵早至榻前謂某甲適有個會處說與和尚正念了功課坐火爐邊暗究不生不滅之理瞑眼忽見火星一亮頓忘前念覺得見色聞聲事事法法無不是某甲會處今正對和尚說時又覺得不是了師曰你且去把你是與不是都拈去了來再與我說至第三日又來座前告云某始知得本來沒有是與不是都是某自疑不了耳師曰你前見火底意思還在麽因云在師竪起拳云見麽因云見師曰見個什麽因云見和尚這是拳頭師曰恰又不是了禮拜着因拜至地被師一脚踏翻倒起來擬語師展兩手曰見個什麽因更擬竪拳師喝曰出去

上堂舉女子在佛前出定話畢乃曰者一則因縁諸方商略者極多判斷者恰少昨日見個俗漢子出來便要將黄帝於赤水求玄珠類女子出定以罔象爲罔明可發一笑老僧輕輕向他道還曾夢見釋迦老漢麽老僧今日爲伊判斷去也若謂罔明即女子女子即罔明或有一個半個信亦未可知若說女子從來未曾離佛佛亦未曾離女子一萬個却有九千九百九十九個信不及即今現前有信得者麽知徒出曰某甲數年前便會得則不見有女子亦不見有佛師咄曰出定話暫

曰尚無定入況有出乎師曰汝見處與老僧初見處甚同許你具一隻眼雖然如是若論佛魔齊掃迷悟兩空今時要實會到者田地不道全無只是罕有師顧視左右云還見麼不滯聖凡情卒易勸人除却是非難下座

上堂舉世尊敕阿難持鉢話師云當初世尊涅槃時至文殊勸請世尊再轉法輪世尊云文殊文殊汝將謂我四十年間曾爲說法耶何故又請我再轉法輪所謂始從鹿野苑終至跋提河於是二中間未嘗談一字衆兄弟阿難當初問七佛儀式世尊召阿難阿難應諾者是世尊爲阿難說了也未若道說了則曾說個什麼來若道不說又召阿難作麼今時有一等義學輩解道世尊不說處正是爲阿難說了也若然須信三藏十二部一切修多羅說亦不曾說矣雖然且道即世尊敕阿難曰持鉢去者三字是說也是不說也下座云參

上堂舉城東老母話師咄曰者臭騷老婆你看伊搽脂抹粉只顧裝模做樣作麼既與我佛同生而又同居一處却對人云不欲見佛正所謂疎來好相見數往令人猒乃是終日見之不耐見耳殊不知爾我而今要見如來百計千方覓伊弗獲一見他把我如來不耐見作賤以至如此老僧但回耐如來當時亦只是不曾見者婆子設見之決也放伊不下務要鞭伊八萬四千拄杖一下也饒不得因甚如此爲如來眼裏着不得者個設見之便成禍害也兄弟莫謂如來當時不耐見伊只如老僧眼裏亦着伊不得汝等知麼此事且

置兄弟汝等道者婆子眼裏見底如來是色質如來耶非色質如來耶較比爾我所見如來同耶異耶若道同則爾我皆已知如來當時在雙林滅度久矣若道異即同婆子回顧東西見底井十指中間見底又是那個如來況金剛般若云若以色見聲求又不能也然此見如來之方且有二道耶兄弟爾我到者裏須當各各俱要理會得分曉若不會終爲塞礙有問曰爲什麼老母不欲見如來如來亦不說見老母乎師因頌云我佛初無半點私秖緣諱得者些兒既同生也不同死不說於人人不知下座

晚衆潘淨月相訪師拈拄杖入堂召衆云今晚無他說潘淨月同二道友特特臨訪老僧彼善行醫治藥感彼遠來無可報伊老僧止檢得一個好藥方傳與他要汝等大家證明乃召淨月在否月云在師曰我要傳方子與你須也要你有藥始堪有用要藥也須預曾採備得始可臨時應用若謂採藥還要個法子樣子復召曰淨月月應諾師曰文殊當初喚善財採藥便是法子樣子文殊一日謂善財曰你既去採藥但是藥便採來善財纔出門便走回謂文殊曰我觀大地山林草木大小昆蟲金石等類無不是藥未審要採那個藥殊云是藥但採來善財就于地上拈一莖草度與文殊文殊接得拈起示衆云者一莖草也能殺人也能活人老僧始從過水拾得一根枯竹子在者裏也能殺人也能活人舉起云喚作拄杖子即觸不喚作拄杖子即背汝等衆中還有道得者麽良久云汝等既道

不得豈不是死了又召淨月曰你作文殊我且只做善財我把拄杖度與你月伸手擬接即被師攔頭着實打了一下月乃高叫曰阿耶阿耶者老和尚且耐且耐師呵呵笑曰且喜活也活也只消你一個活其他都死了也不妨你既活矣我却把藥方傳與你罷乃召淨月月應諾師曰通身是病通身藥咄一聲云者是方子遂舉拄杖曰只是不把金針度與人乃云者是我底本錢即轉身歸方丈

晚衆師曰昔有個道林禪師見秦望山長松盤曲如蓋遂棲止其上人皆謂之鳥窠禪師有一侍者名會通一日辭去林問曰你往何去者曰某甲自親和尚不蒙垂誨今往諸方學佛法去林曰若説佛法我者裏亦有少許曰那個是和尚佛法林於身上拈一莖布毛吹之者即頓悟玄旨歇却去心然鳥窠當初膽量雖小也怪伊不得秖者一個侍者若去了自要飯喫爬上爬下便有多少煩難豈不慌慞當時連忙拈起莖布毛來務要柬住伊不放伊去也老僧自揣膽量比鳥窠幸恢廓然者老山中不得幾個伴侶要且難住雖稍有幾個徒衆第恐相伴多日了也似伊要往諸方學佛法以故老僧新年頭將身子只得也抖擻一抖擻仔細檢點佛法則一毫無有如今若向老僧要布毛則現前徒衆且多一莖半莖也不濟事起身將右手往左臂上一摸又將左手往右臂上一摸乃曰汝等還曾悟得麼若恁麼悟去佛再出世喚你不回頭若不悟去汝等與木石何別還信麼眼見如盲口説如啞二一四三之乎者也喝曰衆

晚叅舉馬祖自南嶽印心闡化于江西一日遣僧去探伊囑云若見伊陞座但問云作麽待伊有話記將來其僧一依所囑問之讓和尚問衆云道一爲人說法也未衆答已爲人說法了讓云但未見人持個消息來一日祖云自從胡亂後三十年不曾少鹽醬僧歸舉似讓讓然之師謂衆曰馬大師三十年不曾少鹽醬方可聚徒說法老僧者裏少鹽沒醬聚什麽徒說什麽法乃喚化油鹽僧出來僧出復曰近前來僧近前師曰馬祖三十年不少鹽醬也只是一個化主老僧者裏也只是一個化主老僧說法未滿一個月便斷了鹽幸是笑巖老人過世了設在時遣僧來探吾吾將甚話打發伊速道速道道得即不打道不得即三十拄杖僧云道不得師舉杖曰者杖不堪打一下當十下遂打三下僧把拄杖一拽拽不去師云恰與你不得雖然爭之不足讓之有餘禮拜著僧禮拜起師曰是甚是淡僧擬開口師咄曰且如老僧與你們說幾句淺近底佛法似乎不解據你們底意思只要老僧說些深妙道理我又少鹽沒醬底幸記起訓蒙童語念與你們聽了各散去乃高聲唱云上大人丘乙已化三千七十士尒小生八九子佳作仁可知良久云去

壬寅二月二日有在家居士數輩送友入山祝髮晚叅師入堂據座舉拂子曰某等三人發大菩提心特特遠來欲皈依老僧薙染作個圓頂方袍僧相旣要離塵脫俗反邪歸正正是出類拔萃者也然此三人雖無妻室子女總是伊離恩割愛底時節即此一會諸上

善人大家結伴送伊來山亦要訪尋知識決擇各自有一着生死大事未爲分外乃召諸善人曰若說起各人生死大事不但汝等急切在古亦然不見當初唐貞觀年間曾有個居士特往山中訪石頭大師見即問云不與萬法爲侶是什麽人石頭驀舒手按却伊口伊即領悟不露一辭又去叅馬祖見即也問不與萬法爲侶是什麽人祖見伊已自務自任乃與進一步云待汝一口吸盡西江水即向你道士當下豁然乃曰從今後有男不婚有女不嫁大家團圞頭共說無生話去也且言馬大師與進一步更與伊進個什麽來蓋謂你雖然孤迥迥赤條條無依無倚固是個頂天立地底一個漢子不若口門再用放大些不大則西江水吸不及肚皮也再要放寛些不寛則西江水無以容你看馬大師形容得伊好個大人氣相汝等莫謂我們不能比得伊口門又窄肚皮也不甚寛豈似伊孤迥迥赤條條無依無倚去汝等果爾膽怯老僧如今與你們一丸安心藥喫汝等還曾聞毛呑巨海芥納須彌之說乎毛與芥是無情之物猶能呑能納又豈不聞心包太虛量周沙界之說乎昔李渤刺史曾問歸宗曰聞貴教須彌納芥子則不疑芥子納須彌莫是妄談否宗曰聞秀才讀萬卷書是否曰是宗曰觀公身量如椰子大萬卷書著在何處還知麽只這個肉團紋路所通六根門頭種種塵境無不貫徹這一點虛處猶能包太虛周沙界況此須彌巨海乎但這個肉團孔竅纔有些些粘痰遮蔽了即平日六根門頭所攬底一

切塵緣等事毫無知覺便是昏天黑地作顛作狂去也且止是事你看老龐參馬祖後再見石頭頭云你自見老僧以來日用事作麽生士云若問日用事即無開口處乃呈偈曰日用事無別唯吾自偶諧頭頭非取捨處處弗張乖朱紫誰爲號丘山絕點埃神通并妙用運水及搬柴若以傳大士夜夜抱佛眠之偈較之則天地懸殊反不如個在家居士也且問汝等總是在家居士作麽生是日用事莫是從早辰睡瞿了便要穿衣穿衣了便要喫飯喫飯了便要屙屎放尿屙屎放尿了便要迎賓送客迎賓送客了便要抱子引孫抱子引孫了或要燒火掃地從燒火掃地了或也要運水搬柴既在這行户且莫說是與不是可謂無別若要唯吾自偶諧須見天地與我同根萬物與我一體始相應耳頭頭非取舍只是見色聞聲處如水中鹽味色裏膠青水中月鏡中像取不得捨不得不可得中者麽得處處弗張乖舉拂子曰喚著拂子即觸不喚著拂子即背便是乖張底意思朱紫誰爲號葢言天地日月由人分別物物頭頭法爾如然丘山絕點埃若人識得心大地無寸土若論神通并妙用運水及搬柴你看這個老頭子得了他兩個悟頭便有多少自在多少受用賣弄道運水搬柴總是伊底神通妙用就如一百觔底擔子他擔了何等穩當第二個在家居士便不肯如此承當去如老僧這裏現前一衆道友個個俱是頂天立地底大丈夫漢口門又濶肚子也大只是不肯承當當初子湖大師從半夜時分驀叫云有賊

有賊驚得那叢林僧衆亂跳捉賊趕賊被子湖驀搊住一僧緊緊抱住叫云捉得也捉得也其僧被子湖抱住却慌憚了儘力急救云我不是賊我不是賊子湖輕輕托開云是則是個賊你只是不肯承當又不見芙蓉訓問歸宗某自出家尚未識佛宗曰我向汝說汝還信否曰和尚誠言何敢不信宗曰即汝便是曰如何保任宗曰一翳在目空華亂墜大衆若論這個把手勸人行不得唯人自肯乃方親下座

晚叅上堂今晚不拏得拄杖來老僧恐你這幾個一總嚇散了老僧便住不成山也且道今日托物爲由承機而去者一節怕老僧拄杖子二節又怕梆子響便躲閃開了又一則如閒神野鬼二則如五千退席五千退席且置昔汾州無德禪師一日入堂謂衆曰老僧昨夢祖禰與我索羹飯喫庫子爲我買些葷牲以了其事黃昏時祭畢令庫子散其餘盤俱無納者禪師就庫司飲噉自若即寢息明辰侵早禪和子束裝散去恁語曰酒肉和尚豈堪依住耶唯慈明泉大道等七八輩在焉禪師乃陞座曰不消老僧一陌紙錢幾塊肉把這一隊閒神野鬼斷送去了也遂指住衆云此衆無枝葉唯有諸眞實下座老僧如今不勞牽觔動骨傷神費力務去買紙錢刀肉來退伊只用得一根拄杖并木梆子足矣雖然老僧昨晚對伊道且將布袋口挽了趂你們氣力鑽來高高閣起罷如今又不然難道老僧說法也欺汝等不濟而不說耶古人有云皇天無二道聖人無兩心且如何是皇天

之道聖人之心不聞法華所謂密雲彌布一雨普潤斯非法喻齊彰佛天無二道乎葢聖與天只是一個無私而已豈有他乎老僧雖不敢擬聖與天且如前晚爲水雲等對衆說話雖年老多忘一篇語中說差了三個字既曰將錯就錯觀汝等恰似將個棗了渾吞在肚裏了只不曾咬嚼一咬嚼耳雖不能如古人青州布衫麻三斤栢樹子乾屎橛死猫兒頭金剛圈栗棘蓬等又若鐵釘飯木札羮嚼不爛咬不破雖淡無滋味吞又吞不得吐又吐不得底語相同但肯相體我這三個字差處雖不禁咬嚼輙不可輕放過去了這是老僧底意思兄弟你們還知麽中峰大師有個偈子念你們聽了去罷逆之則怒順之歡天下人情沒兩般肯信順窮還逆至眼開休把自心瞞去

上堂輙呼衆名畢曰俱在麽答在急索曰我屎急且去著

晚叅曰且如早辰老僧相喚底意思汝等會得也未且置是事我且問汝等連日作務勞苦不易汝等看做是自已底事耶別人底事耶衆俱答云是自已底事師曰幸爾你們不曾看做別人底事若看做別人底事老僧明日斷不要你們作務矣何故如此我葢知汝等一個個都是抛家棄業離恩割愛父母丟在荒草裏猶不暇顧既出家來將要隨老僧學道速圖發明生死一著大事詎有閒工夫爲他人著忙耶喫了自已底飯打野榸去耶汝等會得這兩轉語麽會得便請歸家穩坐自在安閒若爾不會未免終日奔波外邊走

且如何是自在安閒人更說個比喻如叢林堂中安了五百單厨下只有一個安閒自在底燒火做飯也是伊淘米擇菜也是伊運水搬柴也是伊刷鍋洗碗也是伊鋪堂搬運莫不總是這一箇安閒底如六祖在黃梅舂碓雪峰在德山充飯頭溈山在百丈作典座法演在白雲做磨主總是且如何是波波外邊走底人正是如今孤迥迥紐著鼻子將個蒲團在僧堂坐着不放豩底如牛頭未見四祖馬師未遇南嶽俱胝未逢天龍等總是且如何得兩般合轍相應去却不如個在家俗漢子道個日用事無別乃至運水及搬柴不妨便合轍了也而今人只言窮理汝等却不在日用頭頭事物上體認向什麽處摸索老僧只恐你們錯用工夫故此着急且日用事又如何體認雖總不離根塵對偶纔有認着便落緣塵分別影事上了楞嚴謂如第二個月雖不曾離了月體要且不是真月只如離了緣塵分別又向何處體認縱不緣塵了了分明又恐落在識神設不分明了了又恐落在無明大難大難却憶南陽忠國師一日喚侍者三侍者三應諾國師曰將謂吾辜負汝却是汝辜負吾且如老僧早辰相喚底意思與國師喚侍者底意思何如饒汝等從朝至暮波波汲汲做來只是辜負老僧還知麽頻呼小玉元無事只要檀郎認得聲咄一聲下座

上堂舉南泉一日同歸宗麻谷去禮忠國師泉於路上畫一圓相云道得即去宗往裏坐谷作女人拜泉云恁麽則不去也二人爲伊挽之而回更不復去歸宗當時頗奈繩頭在

南泉手裏只得隱忍而退但云是甚麽心行洎後南泉又同曾祖杉山歸宗四人辭馬祖各住庵去泉又於分袂處插下拄杖云道得也被這個礙道不得也被這個礙那時節却被歸宗拽起拄杖儘力著著實實打了一拄杖曰者王老師又說甚麽礙與不礙老僧今日暢快何似歸宗當時暢快若作歸宗只可盡法又留什麽人情縱無氣力底拄杖更打伊一兩下亦不爲分外者王老師慣得其便不打更待何時舉了云即今衆中還有王老師麽若有請來老僧今晚更要與伊一頓爲甚如此豈不聞東村頭人家失了火西村頭人家未免着忙雖然如是路逢劍客須呈劍不是詩人莫獻詩下座

看經次有慧侍者獻鮮笋茶師云此乃是天降下從地湧出耶者云偶爾烹得恭敬和尚問曰你早晚聽老僧說話曉得否者云不曉得師舉匙挑起笋牙云你如何却曉得這個者云現見師接曰旣曉得我要喫他即送入口云恁麽靈明又道不曉得者無語而退

晚叅師云兄弟事不如此古之住持爲衆說話直得哀請懇求不得已而應命又曰從來善知識亦無法與人說直要汝等自信自肯然後相應如今老僧恰似有佛法無着處要與你們則不待哀請懇求趕着你們來說也雖然爭奈老僧道心不能久遠不得長與你們說話不可輕忽不當做一件事且如我昨日偶問一泥水匠人曰你看者竹子如此擾亂爲當風搖竹子爲是竹子搖風彼云是風搖竹子予云若無竹子你又向何處見風乎

彼即笑云是亦有理兄弟彼是一個工作世諦中人見說得有個道理便亦肯信更說個竹子無知風本無我所知在我而不在風竹便躊躕信不及矣正六祖所謂非風動非旛動仁者心動不其然乎雖然這個說話亦是六祖當時應機建立之談未可以爲必然當知我心旣屬於動而知非風旛動者并知非非風旛動者又屬誰乎不然又豈有兩個耶古人謂此心尚不得以有無名之况可以動靜名跡局之者乎古人有言喚作一物即不中更曰不是心不是佛不是物良有以也今直不聽動靜爲非心但聽爲心之影響耳要識心體麽譬如一顆大清淨摩尼寶珠内外光明瑩徹淨無瑕纇無所不燭上至佛祖聖賢菩提涅槃眞如般若等云云下至天上人間地獄餓鬼等趣以至世出世間一切等法盡十方徧法界有情無情事事法法影子莫不都映在這寶珠中汝等還知麽還見麽除却内六根外六塵根塵不相偶時你又向何處見得這個影子乎縱饒外絶諸緣内守幽閒猶是法塵分别靈明影子若爾矇然不知又是一個無明塊子若於此有個入處即内六根外六塵中六識三六一十八更加地水火風空見識七大徧週總成了二十五個圓通法門一一法門皆有菩薩已證入矣惟楞嚴教主勑文殊選擇圓通娑婆世界衆生當機唯耳根爲最今日二月十九正是觀音大士放身命底時節汝等若也要悟圓通今正是時須從這裏入遂鳴指一下云聞麽良久自荅云聞又以指點空一下云不聞麽自荅

云不聞乃曰聞性空時妙無比思修頓入三摩地無緣慈力赴羣機明月影臨千澗水

四月八日上堂靈光耿耿智體如如今古洞然聖凡靡間向上一著由來千聖不傳放下便休是衲僧尋常本事遂舉拂子云汝等衆中還見這個麽若言不見除是汝等生來眼盲若言見山僧但向伊道個瞎若更有言除却這兩瞎請師别道山僧更還向伊道個瞎若於此未會須更聽山僧葛藤乃曰今辰四月八日正是我釋迦如來當時示生降誕之日捨身命處所以既從出家成道以來則有曰淨法界身本無出没大悲願力示有去來又言法身無相藉法界以爲身心智無依等太虚而爲量所言法界者即四聖六凡是也上至諸佛下至一切含靈莫不總是我如來一個根本法身更言法界有四所言事法界理法界事理無礙法界事事無礙法界該盡世間出世間法矣然總爾既是一個如來法身則何處更有個衆生可度也耶以有大悲願力故示同人生死同人壽命同人好惡同人取捨同人哀樂同人是非於是中間遂有佛道可成有衆生可度然有衆生即有佛有佛即有衆生皆不出我一念靈知之心所以一念悟去即佛一念迷即衆生又一念善即天堂一念惡即地獄所謂心佛衆生三無差别即心即佛不其然乎山僧今日忽想起世間前後不識有多少路見不平之輩務要别尋一個人要與我老釋迦比勝負較優劣殊不知我釋迦如來是何等一個面目還知我釋迦如來脚跟立地處麽還曾夢見我釋迦

如來頂相麽故云舉手攀南斗迴身倚北辰出頭天外看誰是我般人師言至此起身讚偈云天上天下無如佛十方世界亦無比世間所有我盡見一切無有如佛者遂急索曰雖然如是雲門大師來也乃擲拂子下座

晚叅靜虛王茂士從萬曆庚子冬渡江遠來訪老僧於荆溪龍池山中同衆藜羹藿飯不覩文字唯事蒲團竹椅以至廢寢忘餐期於徹證而後已一連住了八個月日乃因家間世故尋逼而去在山時每勸老僧爲衆開示并與徒輩說法當時老僧堅執不肯應命不是不肯應命但當時我思無可與伊說得雖然如今始有些些可說正要與伊說却又不在此矣兄弟你道老僧當時無得說是耶如今有得說是耶汝等試道看有云和尚當時畢竟該說師咄云還知如今說底即是當時不說底麽還知當時不說底即是如今說底麽曰恁麽則和尚有說無說俱不可思議耶師打一棒曰汝何著相見老僧嘴動便謂說法見嘴不動便謂不說法耶更打一棒曰珍重

六月六日師因施主入山請爲大衆陞座說法師強據座曰山僧從住持來半月一陞座五日一小叅今日施主勉令登座爲衆說法恰似節外生枝大不疾溜良久云咦尋常日午不打三更今日分明黑月當晝舉拂子召大衆云會麽猛虎不喫伏肉不憶獵人未及拔箭以割鮮正恁麽時當究不究烏又待夫嘔屍爛而齅臭咄一聲下座

僧問如何是佛祖奇特事師曰蝦蟇捕大蟲

僧云恁麽則不爲奇特也師曰猫兒捉老鼠僧禮拜起師振威一喝僧云和尚爲什麽放某甲不過師急索曰老僧有事你且去

一日侍者圓地跪榻前懇曰某甲從出家學道以來尚未有個入處望和尚方便使某日用如何用心師曰汝若不會着衣喫飯屙屎放尿須要老僧教汝老僧本分但只着衣喫飯屙屎放尿隨緣度時而已别無甚神通方便奇特巧妙處汝更有甚疑地曰只疑一句偈云正恁麽時誰會得師曰你且去待别時來與你説師一日見伊從方丈前過去遂呼某甲地即應諾走入門來師曰你去爲我喚圓地來地踟蹰曰某即是圓地師動容有間曰你即是圓地我如何不認得你地復踟蹰無語師喝曰且去

僧問如何是佛師云千峰雪色照人寒問如何是法師云春水平江匝匝波問如何是僧師云歸依似木人僧云學人不會師曰爭怪得老僧乃叱曰禮拜了叅堂去僧禮畢纔行師召曰闍黎僧回首師云虚生浪死漢去

持華嚴經僧至問學人久誦此經未諳四法界旨師曰汝但從頭問來僧云如何是事法界師竪起拳示之僧又問如何是理法界師亦竪拳示之并問理事無礙法界事事無礙法界俱以拳示之僧不省去問堂中第一座曰某甲久誦華嚴不明四法界旨來問堂頭和尚凡四問四以拳示之何耶座云會麽僧答不會座曰汝但從頭問來僧即問如何是事法界座云即拳頭豈不爲所舉乎又問如何是理法界座云即能舉又豈異於拳頭

乎又問如何是理事無礙法界座云即拳頭便是能所豈能所外別有一拳乎僧曰然則如何是事事無礙法界耶座云若言事事無礙豈輙竪拳竪指瞬目揚眉而已以至輥毬舞笏打地擎叉把釣呈橈張弓放箭畫圓相作女人拜而四法界旨莫不該通攝盡又豈止在僧在俗是女是男燒香禮佛擊磬敲魚打鼓搥鐘吹螺奏樂迎賓待客抱子引孫梳頭洗臉喫飯穿衣搖綿織布績苧撚麻點沸調羹攢花簇錦抗土掘地種穀栽禾寫字讀書操戈放彈莫不咸承此力深契斯旨也其僧再拜退復至堂頭和尚處禮謝懺悔師云你去見何人來僧云某甲於和尚前未有入處蒙堂中第一座爲某甲開通一線師令侍者喚首座至責云汝何多事爲伊饒舌座云和尚若嫌此等説以爲饒舌即華嚴楞嚴又何須讀師驀竪起拳云汝謂此是權耶實耶爲有耶爲無耶是多是少爲是爲非速道速道座擬議師即振威喝出

一日有客入山訪師從容語及禪門中事客因歎息師云何也曰弟子曾閲傳燈録當初大法鼎盛時前輩諸大老發明教外別傳之旨即激揚酬唱之語歷歷可觀洎至我明正德嘉靖間出個天奇老人并無聞笑巖二三老大似知有不肯草草只是未大發揚今時少室但存規模體式虛行故事正是業識茫茫無本可據者也近年來有個杜撰長老做效成風出自少室到處行棒行喝懸知少室今時無此機竅第恐是無根之草終成敗壞師云不然當初釋迦老子成道後號召弟子

人天百萬說法如雲如雨應機似電似雷你看伊幾十年中間曾見個什麽師法又遇那個作家來便乃如此汝豈不聞佛說諸經教中皆謂佛從無量劫來無一如來不從承事過乃至謂三千大千世界無有芥子許地不是伊捨身命處旣是積功累德宿乘願力而來方乃如是安知今日行棒行喝又非宿乘願力如此乎而今且不獨一人兩人到處要行棒行喝兼老僧雖居於深山窮谷週年以來也要行些棒喝且道老僧要行底棒喝是效伊杜撰長老行底是效吾師笑巖和尚行底是效德山黃檗臨濟大覺洎祖師如來行底若果從人學底即虛而不實終成敗壞所謂丈夫自有衝天志不向古人行處行然雖此事不可從人學亦須是棒頭有眼始堪行耳唯古人行喝喝須徹骨所以馬祖一喝直得百丈三日耳聾古人行棒須要棒棒見血所以黃檗打臨濟大覺打興化便是樣子客曰爲什麽古人行棒務要棒棒俾伊見血今時行棒棒棒都在空裏師曰你且道打在空裏底棒亦有眼麽若無眼一棒打不著所在即禍生所以今時行棒與古時行棒甚異彼此只虛行故事耳有個比喻比如官廳前皂隸私受了犯人財賄棒棒只打在地上但只聽得響何曾打著個人不信試看棒頭上曾有些血星見麽

龍池幻有禪師語録卷之一

音釋

瘥 楚懈切音衩疾愈也
爬 蒲巴切音琶搔也
椰 余遮切音耶作枒椰子木名出交州其葉背面相似
痰 徒監切音談病液
醯 奚夷切音醯酸也酢末也
賄 虎猥切音悔財也財帛總名

龍池幻有禪師語錄卷之二

門人圓悟圓修等編

北錄

萬曆甲申歲師演法華妙典於秘魔岩寺時有萬融首座病眼四十日既愈一日仍來座下展本聽講經師方陞座見之言曰且喜萬融首座病眼重開幻人有賴彼悚身起立云不敢師曰且問汝即今目前所覩境界與向未病眼時同耶異耶對曰無異師曰然正古人所謂三十年前見山是山見水是水及乎中間有個入處則見山不是山見水不是水老僧今日休歇得見山依舊是山見水依舊是水是也師乃說經不已及下座有空安禪者詣方丈叩曰前言古人見山是山云云之旨某甲實未明了願老師方便一指曰禮拜著者禮拜起師問曰會麼云不會師曰近前來安近前師竪起拂子云此是拂子打伊一下復竪起云此還是拂子會麼云不會師乃曰昔妙色國王欲求勝法恨不值佛帝釋遂現藥叉形而爲說法乃曰我肚饑不能爲汝說王遂呼厨吏作上膳奉之藥叉曰此非我食人新血肉是我常食王思他人身肉俱非我有遂將已所愛子及所愛妻皆與食之猶未克足欲捨已身願乞先爲說法帝釋見王爲法心切了無違拒遂捨藥叉形而現帝釋本形一手托妻一手托子了無遺損爾果學道欲圖個得力處亦須如此一迴始得者復問學道人病苦到來如何排遣師曰今見吾法門中人但得些些因緣福報便筭了一生修行事畢便爲止足更不圖進復不覺察是

之與非只兩昏昏把日子輥過去了殊不審一旦大限到來八苦交煎之際始悔之噬臍不及矣且爾我手足晏安之時平懷適意處得力不得力他人不知要在各各自已揣摸檢點昧心不得欺人不得休把光陰虛度了每見有登華座踞方丈曾作人天標榜者拈椎竪拂談禪論道説得如瓶瀉水相似大有可觀近似了了纔有些少病苦到來便見排遣不下以至臨危之際不言可知矣不知素日談禪論道種種好處向甚處去也蓋此等流出家未有原志復不曾遇得眞正明師點化所以不能到究竟徹頭處耳既未有工夫實驗而且無個把持處則憑何以排遣病苦乎故吾學道人先自要具眼具眼則易得其師得其師要求啟悟反掌無難矣所以古人

纔掉得個源頭到手便歸家穩坐自在安閒縱横無礙左右逢源所謂行亦禪坐亦禪語嘿動靜體安然矣縱有病苦到來只若無事人又奚假一毫之力用排遣哉故曰老僧自有安閒法八苦交煎總不妨是也者再拜曰某實同病苦但不解前謂源頭者何也師即召空安安應諾師曰爲我喚空安來安曰更喚某甲別無有也師云與汝説竟天晚珍重

萬曆甲申師在秘魔岩寺有王胡二善人入山設齋備禮勉師陞座師乃曰若教幻人説佛法無一字可語但問二善人每歲供送稻糧與我僧喫將何所圖善人同聲應曰久聞此山師德都是眞實辦道者某等俗緣忙迫未能學道唯減此口糧爲少助緣耳師回首顧衆曰正可謂施主一粒米重若須彌山若

然不辦道披毛帶角還信矣且如一粒米多許大古人謂重若須彌者何葢原蘇學士云鋤禾日當午汗滴禾下土誰知盤中餐粒粒皆辛苦也以今日觀之又翻成檀越信心膏血矣然吾惟患在今人不辦道耳且如我等今日爲是搥鐘撾鼓集衆陞堂是辦道歟爲是唱偈提科鋪文演義爲辦道歟又出口入耳數墨循行是辦道歟披衣坐立束整威儀爲辦道歟又敲魚擊磬諷呪誦經是辦道歟迎齋獻供作梵持鈴爲辦道歟又書符發牒掛榜揚旛是辦道歟醮星安土灑淨行香爲辦道歟乃至禪堂止靜放叅開單展鉢是辦道歟打坐經行看經念佛爲辦道歟乃至廚房炊齋備供煉醬調羮是辦道歟洗碗擇菜運水搬柴爲辦道歟乃至庫司注記劵疏因果分明是辦道歟出入金帛取與米麵爲辦道歟乃至方丈寢高堂居巨室是辦道歟登華座拈麈尾爲辦道歟撫養老病誘掖後昆是辦道歟量才授職察言辯色爲辦道歟姦佞必除賢善必舉是辦道歟賞罰中節號令容嚴爲辦道歟迎賓待客納衆招賢是辦道歟尅己惠物下心一切爲辦道歟乃至靜室穿破衲咬菜根是辦道歟打餓七喫水齋爲辦道歟閉門靜坐一物不爲是辦道歟墾土掘地攝散除昏爲辦道歟諸大德即爾我許多出家之流反不如古時一個俗漢子却謂道日用事無別唯吾自偶諧頭頭非取捨處處弗張乖朱紫誰爲號丘山絶點埃神通并妙用運水及搬柴且看這俗老漢得個什麽消息便敢開大口謂搬柴運水猶屬彼之神

通妙用而況於吾儕在袈裟下者反不及乎
雖然這老漢最善畫龍猶欠點眼幻人今日
試與揹破使汝等易會去日用事無別切忌
眼花唯吾自偶諧到此也未頭頭非取捨更
欠什麽處處弗張乖瞞吾不得朱紫誰爲號
只許你道丘山絶點埃自語相違神通并妙
用你是俗漢運水及搬柴合應如是且道這
個辦道說話在汝等諸人分上還曾有麽若
有須出來與幻人對衆通個消息若無切莫
因循造次各宜珍重尋思去乃下座
普照寺開示舉陶太史一日問師曰弟子未
有入處乞師指示淛音入與實同師以爲實
乃云檀越即今坐在虛空裏耶時靜虛居士
在傍以爲答錯了也師即曰將錯就錯何如
靜虛無語雖然據此一問無論錯與不錯良

喻如人浴於大海患渴求救相似殊未知老
僧今日覓個出處不可得又何用入良久乃
召曰兄弟欲會大道當會吾心唯吾心原同
太虛洞徹無礙左右逢源淨躶躶赤灑灑露
堂堂明歷歷無拘束莫可把又豈有内外中
間三處而俾之趨向背離容有出入之迹者
乎正所謂取不得捨不得不可得中者麽得
惟僧惟俗誰得誰失大約今時人學道有二
岐路是大病痛非此即彼不可不知第一路
不肯反躬扣已自信自悟只要向他善知識
口裏討分曉求解會病在依他作解障自悟
門第二路先任了自已一個見解確定以爲
主宰安頓在胸中了務要覓他善知識將個
圓木楔子恰好投入他者四方孔竅無論投
著投不著而不知正是個無明坑穽生死根

本蘊積日久永難拔除兄弟道無別體且覩此娑婆世上未悟之人純是一團情識意見所以同我者乃喜乃愛日親日近異我者乃違乃厭日遠日疎師復召曰兄弟果爾相信依教奉行將二岐路妄想境一一覷破迴光返照而無量法門莫不圓滿具足總是不思議境界又烏用別求知識開示種種方便然後悟哉唯患汝等從無始以來情塵意識積習濃厚了不能似大丈夫有決烈勇敢之志提得起放得下但只如半死不活底人提起來恰似都捨不得放不下惟恐斷了命根相似故大慧禪師曰大段今時學道人多怕落空且如怕落空底還曾空得麽我笑巖和尚亦云只這怕落空底也須空却始所謂鯨吞海水盡露出珊瑚枝耳非是前輩老和尚好專以空教人也秖緣學道人胷中一毫頭能所著不得一毫頭知見存不得不聞安楞嚴破句讀云知見立知即無明本知見無見斯即涅槃信夫纔有些些能所知見留於胷次便成膏肓之病終爲滯礙久之則不知不覺不可得而治矣但秖見得一切人說話不合我一切人行事不如我一切知識說話行事俱不合我矣如此則莫謂今時善知識一切人以至上古善知識聖人佛菩薩再出頭來亦有所不合矣汝等珍重

癸卯八月十五日普照寺開示陞座祝香云此一炷香不從天降豈逐地生雖假如來身分上藉來還向自巳信心中拈出爇向爐中端爲供養本師釋迦世尊文殊普賢二大菩薩觀音大士護法韋馱西天東土歷代祖師

一切聖賢均沾供養次一炷香天不能葢地不能載爇向爐中端爲祝延今上皇帝聖躬萬歲東宮後主國太夫人文武官僚功勲内宰以至十方檀越咸增壽筭又一炷香非金非木非自非他用山僧信手拈來端爲供養笑巖堂上傳曹溪正脈三十二世月心寳和尚用酬法乳之恩兼太平堂上資秉教授承亂雪峰宗祖二十七世樂安悦和尚乃至荊山珂夢塘覺二大和尚以及天下諸善知識并大法師一切高人普同供養就座云靈光耿耿智體如如今古洞然聖凡靡間向上一著由來千聖不傳放下便休是衲僧從初本分以拂子竪起問衆云汝等即今還見這箇麽若言不見除是汝等生來眼盲若言見又是知見立知即無明本還知麽還會麽倘爾

不會更聽山僧向下葛藤良乂云且言昔日我釋迦如來出世本懷葢爲一大事因緣唯開示悟入佛之知見而已無論佛語蠢動含靈皆有佛性即裴休丞相亦曰血氣之屬必有知凡有知者必同體所謂眞淨明妙虚徹靈通卓然而獨存者也始知者一點靈明不昧之知在爾我莫不均禀共有爲什麽却又有佛與衆生之分也葢有佛即有衆生有衆生便有佛既有衆生與佛之分所以便爲衆生識見了則不得謂之佛知見矣試看世尊初一日在尼拘律樹下打坐有二商客倩人推車過了來問世尊曰曾見車過不世尊曰不曾見曰還聞不云不曾聞曰曾别去不云不曾别去曰曾瞌睡不云不曾瞌睡於是商人作禮世尊讚歎願云當如世尊覺而不見

遂獻寶珠而去故古德云即此見聞非見聞無餘聲色可呈君個中若會些些意體用無妨分不分好箇分不分話汝等會得麽還聞世尊將說法華先從兩眉中間放一道白毫相光照見東方萬八千佛土靡不周徧於彼此國土衆生一切境界皆悉令見所謂一光東照智境全彰如永嘉大師曰境非智而不了智非境而不生智生則了境而生境了則智生而了智生而了了無所了了境而生生無能生生無能生塵遺非對了無所了念滅非知知滅對遺一向寘寂闃爾無寄妙性天然其曰今言知者不須知知但知而已如此則可謂佛之知見者亦不可謂佛之知見何也可謂佛之知見者知見立知也不謂佛之知見者儱侗眞如也到此之際各自著些精采討個分曉好正所謂具足凡夫法凡夫不知具足聖人法聖人不會聖人若會即同凡夫凡夫若知即是聖人耳忽憶當初有箇智通和尚在歸宗處從夜半驀叫喚驚衆曰我大悟也我大悟也歸宗令僧扯住問悟個什麽却答曰尼姑天然是女人做試問大衆且道這個是悟不是悟此事且置山僧今日陞座本爲大衆敷揚法化宜先舉三歸五戒大綱略增幾句註脚云汝等善信男女可當各各合掌胡跪分明諦聽師召云善男女等汝輩既已發心持齋決志修行冀脱生死苦輪必先歸依三寶佛法僧是也所謂佛者我所指歸清淨法身毘盧遮那佛身非指釋迦化身者也葢爾我雖在釋迦世尊教化中咸承彼力即未獲親證親悟終爲隔絶葢已知彼

當此周末時在西域雙林樹下涅槃久矣既已滅度屬人歸依者但教法存耳教法既存必有歸肯歸肯所在即如來法身亘古亘今未嘗生滅吾所指歸依者此耳汝等不聞遮那妙體徧法界以爲身乎蓋言法身無相藉法界以爲身者即四聖六凡皆合如來一體無二也夫四聖六凡爲十法界俱屬有情類中所攝然法身盡此則如來法又有不周徧處也須知更有無情四法界即華嚴説理法界事法界理事無礙法界事事無礙法界是也然情與無情總屬如來法身爲一體者即今在爾我分上當又作歷生會合耶且如永嘉大師曰智非境而不生境非智而不了作歷生不合又豈有二體耶到此之際始知情與無情總屬如來法身當知爾我則通身都在如來法身之中實無迴避處也則又當知離却如來法身即爾我這個身心且無棲泊處也信知是歸依佛即法即僧都在其間矣歸依法者即指心法非有别法可依歸也既知爾我這個身心在如來法身之中則又當知如來這箇法身又在爾我這一點靈竅心中矣所謂心包太虛量周沙界不其然乎又所謂心生則種種法生心滅則種種法滅除却心法則無別法可依歸也況慈悲喜捨等法又豈外是乎歸依僧者僧爲和合之義佛即法法即心心佛衆生三無差别又所謂即心即佛即境即心舉一而三言三即一者也如是則歸依佛竟歸依法竟歸依僧竟令屬八月十五日乃當今天下十三布政南北兩京選舉之辰如昔丹霞所謂即選舉亦何如

選佛耶所謂十方同聚會箇箇學無爲此是選佛塲心空及地歸擲拂子咄一聲下座

上堂師云鄙人將謂今時佛法門頭没有可商量人仔細檢㸃也有一箇半箇有僧出問誰是一個師曰即今如鬧市街頭十字路邊盤膝坐地哇哇叫化錢者是誰是半箇曰即今認住客塵煩惱確定以爲主宰者是或曰若説佛法原不曾許汝有商量處烏用汝顛言倒語有許多饒舌師曰我不恠你雖然説得儘是你儘做得個膾子手何也任他佛頭來魔頭來獅子頭象頭來牛頭馬頭人頭狗頭羊魚頭鵝頭鴨頭既到汝案頭上一一儘汝破除打發一邊去只恐汝把個死猫兒頭便不能破除得打發不開去於此打發得開去纔是好膾子手也或曰將那死猫兒頭來著師乃笑曰果然不識有人於斯一似個無尾巴底大蟲且道順毛還勒得伊麽有人於斯一似個生鐵搁子有力者還拗得折伊麽果乃順勒伊不得拗折伊不得只是有一人搖頭不肯何也第恐將個臭鶻突布衫做了貼體衣至死不肯脱總有青州布衫堆滿世界也没用處況今時善知識都只要抱不哭底孩兒不敢觸著伊動著伊只怕退了伊底道心又恐斷絶往來了不唯不我供養反被伊生謗毀作禍害便不奈何若是拚捨性命善知識則不然饒他是生鐵搁子須要誘引伊一舉舉到那半天裏没割殺處了始撒手待伊自放下來務要跌折了他底又饒他是箇無尾巴太蟲先須掘個坑子隱覆却候待伊來陷入内務要使伊跳不出去直待伊計

窮力盡時且問他你還要活麽待伊頷首時更曰且緩緩直須教伊命根斷如死灰了這臭鶻突布衫方得卸下始可謂我救得這死漢了也不然這畜生還跨跳在雖然説得也好只可惜今時末法世中無這等一個知識正所謂賢聖隱伏遇而不遇也恠伊説不得呵呵

李孟白大夫問老師修行多少年方纔得悟師云貧道修行未久亦無悟處雖然貧道自持齋出家學道以來不過四十餘年前二十年止入得個信位于晝夜十二時中猶不知其饑飽雖寒暑亦莫辨後二十年但醒得一一病痛不從外入俱是自已心中所發近日又增得箇歡喜處始知得人人肚饑都只是要飯喫然又恰如人從半夜睡醒了只顧東摸西摸信手摸著了自已底鼻孔不覺失聲呵呵一笑

士大夫有問云今日望師開示師云若説開示則現前種種物色原不曾有一毫遮蔽處若論佛法在老僧則一字也無不見當初老釋迦出廣長舌相徧覆三千大千世界談經不過三百餘會説法亦止得四十九年又誰知得是止啼黄葉及乎没後結殺於人天百萬衆前拈華時竟無一人會得獨有迦葉破顔微笑而已孰又知是空拳誑小兒哉而今衆大夫若要向貧道口裏討能有多少汁水請不如各各安分休去歇去倘休歇不下可將佛祖聖賢一則半則無義味底爛葛藤於晝夜十二時中咬嚼去叅悟去果能聽信拳拳依教奉行十年二十年若不悟去老僧替

你下地獄你若只似矮子看戲半信不信不肯扣巳而叅只要向他善知識口裏討生死求決擇又貪著那一等瞎宗師開口向你説些有滋味底説話并有義路底言句管直保你到彌勒下生第二箇彌勒下生恐亦不能悟得莫怪老僧性燥不能一一爲汝等備悉得

孫淇澳太史一日問及九峰勘石霜首座謂休去歇去云云首座謂明一色邊事九峰不肯何也師云欺他道眼不明耳公謂此可以説得否師云可與愚者道不可與智者傳公謂學生也不曉得師云貧道如今又不然止可與上上根人達而不可與中下之機言矣公頷之相與一笑

李對泉太宰六月六日辦齋請師至問云禪師今日有以教我否師云貧道教何敢當然有嗒焉放下一著可相勸耳何也葢爾我始由最初一念之欲未能放下所以攝入父母胞胎有此色質以來念念輪迴無有休息以至臨命終時依然不能放下儼如落湯螃蠏致手足顛倒忙亂無措噬臍不及矣果爾相信先須要自巳識得破決得斷頓把目前萬聚紛紛一切生滅之念嗒焉一齊放下便覺得於心無事於事無心自然了了分明當下豁達一無障礙矣

又問夢中不能作主者何也師曰設夢中果能作主得則又不得謂之夢矣昔所謂至人無夢者正以此有所檢耳又吾禪門下所謂打成一片寤寐一如者亦以此耳公曰何也師曰是吾叅禪人做工夫直須到這田地夢

中作得主正是打成一片寣寐一如之先驗也以至不二法門事理無礙惺寂雙流定慧等學是非一致物我同根萬物一體凡聖同源莫不一以貫之皆是打成一片事所謂若有一人發眞歸源十方世界悉皆消殞若人識得心大地無寸土三界無别法唯是一心作縱横無礙左右逢源且道又是第二著工夫實驗耶

又問古人因縁請示幾則令吾輩時時叅究得否師曰若論古人易會方便則無如趙州但觀伊作沙彌童稚時初見南泉泉因臥次問沙彌自何來答曰從瑞像來曰還見瑞像麽答瑞像未覩秖見個臥如來泉不覺涌身起坐問汝是有主沙彌是無主沙彌答是有主沙彌曰今主在何處云仲冬嚴寒和尚尊體萬福且看伊作沙彌時利辯如此以至年逾八十猶未罷叅故復庵和尚有頌云趙州八十猶行脚只爲心頭未悄然及至徧叅無一事始知虚費草鞋錢葢伊作善知識接物應機垂手處其圓徧之妙迥與他師不同故住院後凡有僧到便問曾到此間麽答曾到州即云喫茶去又僧到便問曾到此間麽答不曾到州即云喫茶去居士還知趙州未嘗草草麽曰不知師云此可叅

又僧叅問如何是祖師西來意州云庭前栢樹子僧云和尚莫將境示人州云吾不曾將境示人僧云既不曾將境示人畢竟如何是祖師西來意州云庭前栢樹子居士會否曰不會師曰此可叅

又僧叅問狗子有佛性否州云有僧云既有

佛性因甚又撞入這皮袋州云爲伊知而故犯又僧叅問狗子有佛性否州云無僧云蠢動含靈皆有佛性爲甚狗子獨無州云爲伊有業識在居士曉得麽曰不曉得師曰此可叅

又僧問趙州一物不將來時如何州云放下著僧云一物不曾將來更放下個什麽州云放不下則擔取去居士還曾放下麽太宰無語

有客問某等修行當何用工師提起數珠曰會麽客曰會得師反詰曰汝作麽生會客曰若恁掐著數珠念佛有什麽不會師曰未也客云若更有别説某便不會矣師舉數珠掐曰但恁麽一粒一粒撥過去

又有客如前問師曰但著衣喫飯是汝修行用工處客云某鈍根不會此理師曰即這著衣喫飯工夫亘古亘今未曾少變初無汝用意著力處無汝安排造作處無汝迴避處無汝轃泊處無汝思前算後處有什麽不會

又有客如前問師反詰曰汝擬修行圖個什麽客云冀會道耳師曰果欲會道直須放下這要會道底念頭便是眞用工處若此用工自當會道客云奈要會道這一念放不下何師曰去汝正開在

有客問某留心此道有年矣不悟何也師曰不然我有個比喻比如南北兩京之間有箇庶民發意擬詣北闕面君既自不識所由兼乏指引出門却往南都走逾走逾遠轉急轉遲然南都之景像無差原非異國但反初心則究竟不是葢爲打初發足處便背馳行錯

了而今請試檢點看果於世間功名富貴之念輕微利欲貪圖之情澹薄正所謂狂心歇處即菩提不然則如曰斑鳩樹上鳴意在麻地裏終日行路何曾踏著一步終日喫飯何曾咬著粒米是也然世出世間色空事理生死得失好惡長短是非彼我情與無情等法本是一貫行處雖如步步不同到後可言頭頭不異耳不見大通和尚一日上堂云老僧未行脚前見山是山見水是水中間得箇入處見山不是山見水不是水洎至今日老僧見山依舊是山見水依舊是水又僧問趙州如何是道州云墻外底僧云不問這箇道州曰你問那箇道僧云我問大道州曰大道透長安是也

屢有客問道於師師或答或不答問嘗聞有如來禪有祖師禪作麽生甄别師舒手班指數曰余今年五十六歲矣客曰老師耳背那傍有僧走過師驀扯住問今日是八月十五否僧答云今日是十四明日是也師撒手對客云唯這僧記得端的又有問祖意教意是同是别師忽云好打好打客作色曰何只言好打耶師竪起拳云不是拳頭定是巴掌客揖之而去客有再扣之畢竟何以爲道也師乃從容諭之曰道無方所無有形名指點伊不得取舍伊不得是非伊不得向背伊不得有無伊不得增減伊不得揀擇伊不得動静伊不得好惡伊不得逆順伊不得可否伊不得進退伊不得語默伊不得思議伊不得垢淨伊不得依倚伊不得營爲伊不得對待伊不得偏黨伊不得閒忙伊不得前後伊不得

難易伊不得始終伊不得人我伊不得親疎伊不得損益伊不得寤寐伊不得異同伊不得男女伊不得老少伊不得得失伊不得新故伊不得迷悟伊不得固必伊不得高低伊不得貴賤伊不得果如是信得會得則無往而非道也客又曰然則某意念不動時還是道否師驀以手插向腰間摸得箇虱子擲向地云阿啞阿啞跌殺我耶跌殺我耶便休

有客問西來大意師指古鏡云是這箇客曰奈某不會何師云爲汝未曾用工磨得客曰某作麼生用工即得師云即目前古鏡蹔復急索曰還我西來大意來客有省曰我會也我會也師云會即不無試說來客乃指古鏡曰某既會矣奚又止在是師頷之

客有問某心緒萬端不能歸一何也師曰不見永明壽禪師謂未達境唯心起種種分別達境唯心已分別即不生客曰我會也師曰怎生會客云三界無別法唯是一心作師曰又何曾會且問如何是汝心客云無心曰如何是境云無境師曰汝何不問我客即問如何是心師曰汝還見境麽問如何是境師曰汝還見心麽客歡喜禮拜起師但與振威一喝客不覺吐舌乃退

僧問九峰勸石霜首座云云而九峰不肯何也師舉拳示之曰爲伊不識這箇僧云識得後如何師云石霜住持有分僧又曰聞毘陵孫太史亦曾問此未知如何答伊師曰山僧但答爲伊道眼未明耳僧云即如道眼明後又作麽生師云則不見有休去歇去云云語矣僧再擬開口師叱曰去汝不會我語

有客問今此四大幻身從何而有耶師答曰從妄想有曰至百年後又從何去耶答如人夢醒所作之夢事又從何去乎問此妄想從何而生答從無有生曰無有妄想不得謂之無有矣答妄想不出於無有此身則應常有此身既非常有雖有而不爲有矣當知無有不復更無雖無而豈爲無歟般若所爲不有不無者以此也孰又知夫妄想不有無有亦不有矣

師一日過蔵席見學者看書看教者即從容諭之曰汝等看經書務先知其緩急道爲急務達者爲先第一須用銷磨無量劫來種種習氣對治一一病痛夫烘烘人我妄作毋使一毫芥蔕留於胷次是急又如喫飲食一一須是消化得便是爾我眞實受用其他資談柄長識見博學强記及無礙辨才皆爲末事可緩耳

師一日因諸士大夫請集於京西慈因談道罷師因出袖中扇展之舉起問諸大夫曰請問孔夫子當時還知有這箇麽衆俱默然唯槐庭蔡大夫聳身乂手云此學生不敢言師云這算不得務須說出乃云若謂孔夫子當時實不知有此師接曰以我爲隱乎吾無隱乎爾聳衆大夫咸舉首領之次日有湛然上座至師所復徵曰設昨日士夫中有道老和尚還知有這箇麽又作麽生師急索舉扇收之縮袖對上座展兩手睽目視之移時直使湛然無語臉上有熱色乃休

有謂官人祁奚度者日誦金剛般若最苦中有間斷爲告師云殊不知纔舉念要誦時便

間斷了也又云要得念念無有間斷直須是恒誦不已不欲滿耳可也
客有侍會禪會道者師一日忽邂逅途中因舉蘇學士考琴操善叅禪話詰之曰即如琴操所答湖中境云云且置之勿論如東坡云門前冷落車馬稀老大嫁作商人婦何謂也客曰好一箇光景師乃云若恁麽會禪會道較之琴操一觸便悟遂削髮爲尼去遠之遠矣客却問趙州當初勘破臺山婆子何者是趙州勘破處師呵呵大笑曰何與今日彷彿有如此耶遂不語掉頭别去
師一日對客語及曹操與楊修讀曹娥碑話師因嘆曰大叚今時人不及古人多矣即如這八箇字總是閒文没要緊事古人尚放伊不過務要明了纔休如曹操云有智無智較三十里便識得也昨鄙人亦有兩句没要緊說話凡對平常人則不敢舉但對具高明識見兼侍會禪會道者每舉東坡點琴操曰門前冷落車馬稀老大嫁作商人婦這兩語有甚藴奥一百箇便有九十九箇未知下落若曰即會得中什麽用都是閒言語葛藤會得會不得總與他没交涉鄙人且輕輕向伊道汝輩素日在背地裏窸窸底所做是什麽工夫也莫嫌不與汝說
王墨池員外請師至慈因寺齋畢乃問云昔有僧問巴陵如何是道陵云如有眼人墮井又僧問老宿如何是道宿云五鳳樓前又僧問老宿如何是道宿云脚下泥深三尺師云吾不恁麽乃提數珠繞佛堂供桌走一轉云大叚今時都要求會禪會道者多要求不要

會禪不要會道人似少然但不要會禪不要會道又烏用求雖然若論前輩明眼知識不同他要教人悟去恰似把得住底不見大慧令謙道者往張無垢處達書謙道者自謂我二十年來叅禪未有箇入處此行又當荒廢意欲無行友人宗元者叱曰你途中便叅不得禪耶你但去我與你同行至途中謙哀告曰我一生叅禪殊無得力處今又途路奔波如何得相應去元告之曰但把你從前往諸方學底會底禪并圓悟與你說底大慧與你說底總不要理論拈放一邊途中有難行底事我都替你止有五件事替你不得須你自巳擔當謙曰那五件元曰著衣喫飯屙屎放屎拖箇死屍在路上行謙遂豁然打破漆桶不覺手舞足蹈元曰你此番方可達書宜前矣吾且歸元即回徑山如何如何墨池頌之

師又云現前衆大夫素與貧道盤桓聞蘇雲浦居士識見高明久于此道多與作者游敢有少小葛藤請教往者蘇東坡令琴操叅禪語前段弗問即東坡道門前冷落車馬稀老大嫁作商人婦琴操何所感遂削髮爲尼士不契師又云大慧當初道我平生好罵人大喜玄沙勘靈雲道諦當甚諦當敢保老兄未徹在此言可謂壁立萬仭及後來與靈雲會話了却云你恁麽方始是徹他後頭却恁麽撒屎撒尿因請益圓悟悟云他後來恁麽地我也不理會得大慧歸到寮忽悟遂去告圓悟云大段玄沙作怪悟云且喜你知也云云居士以爲如何士云師道靈雲已徹否師云徹士云既徹得非有辜玄沙乎師云居士將

謂吾所云徹與不徹耶士無語遂問世尊救産難事曰吾從賢聖法來未曾殺生乃令人傳語至其婦當下便産何也師云是乃公私兩利何難會之有士云吾輩以此為難會久矣緣湛堂準曰設令人傳語未至先已産了又作麽生設令人傳語洎至不産又作麽生況雪竇又有頌云云師云此難乃湛堂雪竇公案非世尊公案也居士所以為難者葢緣多了這兩轉葛藤又要管伊生又要管伊不生所以難吾今但據世尊語以為憑準不用這兩段葛藤直管教伊生不管伊不生便了所以易然即使要用這兩段葛藤貧道判之亦易何也即使其婦緣人傳語至便生或傳語洎至不生莫不皆承世尊之力其或不然即使其婦便産也與世尊沒交涉便不産也與世尊沒交涉吾所以判云甚易甚易

上堂拈拂子示衆云今時初心晚學既在此門中又都要求箇入處何不且看保福問長慶云盤山道光境俱忘復是何物洞山道光境未忘復是何物據二老總未剿絕作麽生得剿絕去慶良久福云情知你向鬼窟裏作活計慶云汝作麽生保云兩手扶犂水過膝若於此會得許你有箇入處倘未會更看老僧這拂子逞神通去也一時踍跳上三十三天繞須彌山洎四天下走一轉下來依然還落在老僧手裏却曰土曠人稀相逢者少珍重

示衆先輩多謂我宗無語句亦無一法與人久在學地聞之脫有不信即如道信年十四禮僧璨曰願和尚慈悲乞與解脫法門璨云

誰縛汝曰無人縛璨曰何更求解脱乎信於言下大悟且看悟底是什麽别又與伊説個什麽法來而今還有一個半個牢拴腰帶緊帩草鞋忙忙底貴圖叅求知識尋訪明師固是好事總是無繩自縛之流

上堂師云大段吾輩既擔箇學道之名必先於叅訪遇得箇出格宗師明眼知識庶不辜我生平行脚又當要具叅方眼自解作活計始得即如當初德山上堂曰問即有過不問又乖有僧出禮拜山便打僧曰某甲始禮拜爲什麽便打山曰待汝開口堪作什麽還知麽既來到這所在了須自有大方便有大作用有出身底活路始越得伊這圈繢過去果無些些傷鋒犯手處便可謂跳得金剛圈呑得栗棘蓬過得荆棘林許汝天下横行去纔有些些沾粘犯手且漫漫張大口説大話在

上堂師云但凡叅方須具擇法眼目不要傳言送語問答之際須識來機出言務要斬截自然活鱍鱍地不見光孝慧覺至法眼處眼問近離甚處覺云趙州眼云曾聞趙州有栢樹子話是不覺云無眼云往來皆謂僧問如何是西來祖意州云庭前栢樹子上座何得道無覺云先師實無此語和尚莫謗先師好此是叅方作得主把得住者然法眼當時失却一隻眼我若做法眼纔見慧覺先道無處便云始知上座在趙州住日尚淺所以不知便了又烏用許多葛藤云云此喚作賓看主太原孚上座叅雪峰纔至法堂上顧視雪峰便下看知事至明日入方丈作禮云昨日觸忤和尚峰云知是般事便休此可謂主看賓

便是作得主把得住活鱍鱍地有決斷具大眼目堪爲人師範者珍重

潘澹游居士共師對坐言及東坡訪佛印借四大作禪床以致輸却腰間帶話師問居士當初若作東坡又作麽生士云我若在那一時自有方便師云連汝也不會士却問老師若作東坡又作麽生師曰汝道我如今坐在什麽處士無語

有僧問如何是西來意師云屋北鹿獨宿僧云不會師云溪西雞齊啼

龍池幻有禪師語録卷之二

音釋

撾張瓜切音撾擊也　券區願切音勸契也　掐乞洽切音洽爪刺也爪按曰掐　芥蔕上居拜切音戒下當蓋切音帶與慸同蔕芥小鯁也　勦子了切焦上聲絶也

龍池幻有禪師閒談晚話序

疑菴居士唐鶴徵撰

幻有禪師一日出閒談晚話相示問曰若何余答曰言言甘露字字醍醐也從前諸尊宿言句令人叅求未盡者一切拈出又益之以妙語諦義剖肝瀝膽滴滴見血昔人謂老婆心切信哉吾知徒衆中其多有憬然悟恍然覺如雷震而萬物皆蘇獅吼而百獸咸伏者矣然施教者譬之甘雨有應時不應時承教者辟之良藥有當機不當機不可强之齊也何者一雨也揷苗則甘登稼則苦矣一藥也熱病而宜寒病則否矣故有上等醍醐飲之翻爲毒藥者非醍醐之不佳也飲之者非所當飲也古之善于開示者每令各呈所見隨高下而指示之應時而雨沾之遂暢應病而藥服之斯行葢能審其時節因緣云爾諸徒衆中得無有聞之如人嚼蠟鑽之如鼠入角者乎安能與憬然悟恍然覺者同其饒益也然余聞佛以一音演說法衆生各各隨所解普得受行獲其利或有恐畏或歡喜或生猒離或斷疑禪師自有神力不共法余未之能知也禪師固曰禹門院裏禪大似他鄉村中箇太醫無多方藥頭止有一帖平胃散不管他風癆鼓膈四百四病一切雜症總與他這一味藥頭茶湯粥飯醬醋油鹽閒忙動靜行住坐卧到處着些直待他年深月久自然諸病悉瘥依還舊日無病之人葢人固有言下大悟者亦有久之始悟者志不隳而功不輟則今日沃石劄針之語安知非異日發扃啟緘之訣哉吾願諸徒衆慎毋深入寶山而空

手歸來又毋使老和尚啼得血流而不如緘
口可爾
萬曆壬子秋仲疑菴居士唐鶴徵書

幻有禪師閒談晚話二編序
予昔叅笑巖和尚於京師幻有兄侍焉無何
予以病附餉舶南還而幻有兄侍和尚最久
已而徧歷諸方歸老於龍池顧予衰耄臥疾
深谷沾沾自濡不足幻有兄方慨然以建法
幢立宗旨爲已任走使千里遺我閒談晚話
二編徵言以弁昔人謂驅除雜語言而此編
諄諄皆切要語閒談固如是耶得非因慈悲
故有落草之談耶又德山云今夜不答話問
話者三十棒玆乃終宵揮麈亹亹酬應忘倦
是且與德山相去多少即謂德山答話如雷
幻有不說一字亦可也巖師徃矣門庭有人
予何幸樂覩其盛
萬曆辛亥孟冬日古杭雲棲寺法弟袾宏和
南書

龍池幻有禪師語録卷之三

門人圓悟圓修等編

閒談

上堂師陞座祝香次乃云山僧今日强陞此座出乎不意蓋爲我笑巖和尚有未了底公案乃舉起拂子云此是我笑巖和尚使不了剩下底者箇夜來跨跳上非非想天然後從四大部洲走一轉穿却釋迦老子鼻孔今日既落在老僧手中不免舉似過也要與諸人共知見麽若唤作拂子即觸不唤作拂子即背今時有一等杜撰禪和便云唤作拂子山僧即豎兩指云恁麽則成兩箇又有等禪和不唤作拂子恁麽則心外還有剩法只如山僧前者拈出數珠向彼云還見者箇麽彼云是數珠山僧云還是麽彼云畢竟是數珠然而不惟我祖師門下有背觸俱非之旨即如教乘中亦未首肯在不聞金剛般若云衆生衆生者如來説非衆生是名衆生即謂數珠爲數珠者如來説非數珠是名字數珠耳數珠早晚向汝道是數珠來如山僧説即世間一切法離言説相離名字相離心緣相更唤作箇什麽如雲門大師云佛之一字吾不喜聞故不得已而强名之曰道曰心曰佛早是方便爲接引之辭即一大時教亦是止啼黄葉耳大衆今日既相從老僧在此同甘澹泊即古人云大家相聚喫莖虀若唤作一莖虀入地獄如箭射諸人若會得者一轉語即可㘞折拄杖高挂鉢囊歸家穩坐去又何用南天台北五臺横挑拄杖倒躧草鞋又要行甚麽驢脚馬脚去左右顧視云下間定磉上説

法各自奔忙也不差大有一件好笑事冬天著領夏袈裟下座

戊申臘八日上堂祝聖云此一炷香天不能葢地不能載爇向爐中端爲祝延今上皇帝聖躬萬歲仰藉現前大功德主太常唐公十八年來護法之念殊深爲道之心彌切兼之地隣遠近十方檀越均此報答就座云靈光不昧萬古徽猷本體洞然自他靡間向上一着由來千聖不傳若其曲順機宜未免入泥入水乃舉起拂子云汝等諸人還會得者個麽良久云本有之性要會有什麽難葢謂今時人好聞義理禪并老婆說想起當初忠國師好說老婆禪山僧今日也不免效伊去且如達磨大師自南天竺國特特航海而至此方只說直指人心見性成佛但未委指那個心見那箇性成什麽佛試看伊初遇梁武帝問如何是聖諦第一義磨云廓然無聖帝云對朕者誰磨云不識如此看來達磨大師大似善治眼底一箇太醫但能刮磨去人眼中底翳病外不能有光明與人可惜武帝護病不肯容達磨刮磨去得眼中翳病奈何使達磨未免一場懡㦬而退所以遂擲蘆過江至魏在熊耳山前面壁九年待得個慧可大師出來做了箇割煞且言慧可大師爲求法故立雪齊腰乃至斷臂托呈後云我心未安乞和尚安心磨云但將心來我爲汝安可云覔心了不可得磨云我與汝安心竟當恁麽時則未見更有箇指心說話兼有箇見性成佛底影子然而在明眼人亦自見得也止是與慧可大師印正得箇無所得心者裏便是直

指心體處葢言爾我人人本有底心本來沒有形相十方求之終不可得如人迷方謂東爲西方實不轉只是湛然不動原與太虛同體本來不曾生本來不曾滅無方無圓無大無小不垢不淨不增不減無在無不在無是無不是無欠無餘徧一切處而非一切處汝等還要見親切心體麼只是如今現在者裏歷歷孤明惺惺不昧聽老僧說法者是故楞嚴經云空生大覺中如海一漚發有漏微塵國皆依空所生可見十方一切微塵國土皆出在太虛空中者太虛又出在大覺海中止似一漚泡耳又云大圓滿覺應跡西乾心包太虛量週沙界大槩此心與大覺原同一體馬祖所謂卽心卽佛者此也如何見得葢謂認得此廣大心體了便是大覺世尊所謂心外無別佛佛外無別心古人謂心佛衆生三無差別何謂衆生葢謂迷此廣大心體了不能認得故謂之衆生楞嚴云爽却四大海水唯認者一浮漚四大之體爲自身相六塵緣影爲自心相甘作衆生只在四生六道之中出此入彼生生死死無有休息之時故此心佛衆生只是一體而有三名耳所以衆生在迷中此心不曾虧欠了些些卽在大覺分中也未曾有增添了些些只此大覺佛不是修成得的佛若是修成底還有壞日者是本源自性天眞佛卽是法身佛不是報化佛故云報化非眞佛亦非說法者有問但未委法身佛還會說法否師云卽溪聲山色水鳥樹林終日放光說法音吼動地自是汝未曾聞耳又問但未委性者爲何師云眞性心地藏無

頭亦無尾應緣而化物方便呼爲智所謂眞智無知無所不知所言法身者非單指太虛無物而言即三千大千十方諸國土總是一箇大法身耳何也以般若云色即是空空即是色故從本以來色心不二以色性即智故色體無形説名智身以智性即色故説名法身徧一切處所現之色無有分際故云色大法身大凡是見色便是見心故永明壽禪師所謂未達境唯心起種種分别達境唯心已分别即不生葢謂汝等平昔所見現前種種物景不是自已分内具底便有分别心起耳故云若人識得心大地無寸土然則難道大地之土無了不成葢即色即心故又若有一人發眞歸源十方世界悉皆消殞在老僧則不然若有一人發眞歸源築著磕著天地日月萬物性情森羅萬象草木昆蟲樓臺殿閣凡有色質形像無非是此心此心即佛耳故教中云若有一人成佛時普觀大地有情無情皆悉成佛信矣山僧如此説成佛但容易了只恐汝等信不及不肯承當耳汝等還知歷夜來釋迦佛成道天明箇箇食香糜眉毛生在眼額上試問諸人知不知下座

上堂師云古之天地日月猶今之天地日月古之萬物性情猶今之萬物性情天地日月固無變也萬物性情固無易也世既如此依然仍舊道至於今胡爲而獨變哉古人所謂人能弘道非道弘人操則存捨則亡然非道去人而人去道也正當恁麽時如何是道山僧所謂無心是道汝等人人在日用中但得於心無事於事無心自然頭頭上現物物上

彰左右逢源縱橫自在拈來無不是用處莫思議所謂著衣喫飯也是道屙屎放尿也是道一動一靜一語一默在忙在閒無非是道瞬目揚眉也是道竪拳竪指也是道行棒行喝也是道舉椎舉拂也是道擎叉打地也是道搖鈴杵輥木毬也是道呈橈舞棹也是道張弓架箭也是道隔江招手也是道吹布毛看桃花聞擊竹也是道有一婆子供養老僧三十年每令二八女子送飯伊喫婆子一日囑令女子抱住云正恁麼時如何老僧云枯木倚寒巖三冬無煖氣女子歸舉似婆子婆云三十年來秖供養得個俗漢遂放火燒却菴也是道東坡一日問道于子由子由報以佛語曰本覺必明無明明覺居士欣然有得於孔子之言曰詩三百一言以蔽之曰思無邪夫有思皆邪也無思則土木也吾何自得道其唯有思而無所思乎於是幅巾危坐終日不言明目直視而無所見攝心正念而無所覺於是得道也是道一日有尼問趙州如何是密密意州把尼臂捏一把尼云和尚還有者箇在州云你還有者箇在也是道又僧問趙州學人乍入叢林乞師指示州問你喫粥也未僧云已喫粥了州云洗鉢盂去也是道有問答云墻外底也是道透長安底也是道五鳳樓前底也是道乃至在家男女迎賓送客也是道抱子引孫也是道日應萬酬總是道績紵撚麻也是道紡紗織布也是道刷鍋洗碗也是道做飯燒茶也是道搬柴運水也是道凡有施爲動作不施爲動作總是道咳唾掉臂噹鼻子打噴嚏也是道東村頭張

婆婆與西村頭李阿媽倚門相罵也是道鄉裏小哇哇搓成泥彈子燒路頭也是道不聞法華經云乃至童子戲聚沙爲佛塔皆以成佛道古人以蛇虎爲鄰也是道鷗鳥見人飛去也是道不飛去也是道鵶子見人飛去不飛去總是道故龐居士云但自無心於萬物何妨萬物常圍繞鐵牛不怕獅子吼恰似木人見花鳥木人本體自無情花鳥逢人亦不驚心境如如只者是何處菩提道不成乆立珍重

小叅師云前者所言即心即佛非又云無心是道兩種説話較來雖是古人先道過底本無分別然在老僧分上不會體帖得明白則未敢向諸人面前道出來大槩汝等本來不曾苦心一廻雖爾聽得只作尋常容易放過去了也怪伊不得在他古人三二十年除二時粥飯是雜用心工夫方得打成一片既到者箇田地則觸處洞然頭頭是道非離眞別有立處以立處即眞故更説箇見性成佛且何者爲性即無分別智是非但智之一字即見聞覺知無非總是性體教中等閒説見性聞性覺性以見即性性即見耳不可以見更見於見故楞嚴經中佛告阿難云若見是物則汝亦可見吾之見若同見者名爲見吾吾不見時何不見吾不見之處若見不見自然非彼不見之相若不見吾不見之處自然非物云何非汝性見聞覺知之義亦復如是以性體周徧滿法界故凡有所見即見性故金剛般若云凡所有相皆是虛妄若見諸相非相即見如來如來者即眞如自性也汝等但

能於十二時中提得起放得下不作妄想之
見不起分別之心即華嚴經云佛身充滿於
法界普現一切群生前隨緣赴感靡不周而
恒處此菩提座耳即當初東坡居士尚得道
於子由云明目直視而無所見攝心正念而
無所覺於是得道況吾輩爲離塵脱俗之流
有何所爲而不會證得耶乆立珍重
小叅師云十方同聚會箇箇學無爲此是選
佛塲心空及第歸大衆汝等初未嘗辦得無
求之念兼未歇得妄想之心乍聞老僧説箇
無心是道即心即佛則不易便信需用老僧
重重勸誘方有入處所言學無爲者須是看
他從上古人學底樣子昔者藥山打坐石頭
見而問云你在者裏作麽山云一物也不爲
頭云恁麽則閒坐耶山云閒坐則爲也又嚴
陽尊者問雲門一念不起時如何門曰須彌
山又僧問趙州云一物不將來時如何州云
放下著云既一物不將來更放下個什麽州
云若放不下則擔取去又僧問雲門樹凋葉
落時如何門云體露金風又馬祖問藥山近
日見處如何山云皮膚脱落盡唯有一眞實
又見石頭頭云此之所見可謂協於心體布
於四支且將三條篾束取肚皮隨處住山去
山云某甲又是何人敢云住山頭云不然未
有長行而不住未有長住而不行欲益無所
益欲爲無所爲宜作舟航無乆住此又臨濟
問黄蘗三三遭痛棒後見大愚得悟乃云原
來黄蘗佛法無多子大愚云者尿床鬼子纔
問説有過無過又道佛法無多子見箇什麽
臨濟向大愚脇下築三拳大衆直待證到心

空及第處爲了首纔是到家時節所言無心者若不得六塵境界現前要見吾心終不可得故云心由境現境由心彰凡是見境即是見心金剛經云應如是生清淨心不應住色生心不應住聲香味觸法生心應無所住而生其心但於六塵境上無取著念無分別心則得無方清淨故云色清淨故般若清淨般若清淨故法身清淨即昨日云理事無礙法界借桌子爲說者正要喻明即心即佛易曉故耳且言舉起桌子全體是一塊木頭舉起木頭通身是一張桌子以桌子外無木頭以木頭外無桌子以木頭喻理桌子喻事即事理無礙不差當此心外無佛佛外無心亦爾不但外之見色便是見心即内之五陰色外無心心外無色亦爾又不但在我一人獨占了不成即而今現前人人各具一箇法界互攝互融俱不相妨礙又永明以一心爲宗萬法爲鏡以萬法照我一心以一心攝盡萬法信矣故永嘉大師云一月普現一切水一切水月一月攝是也珍重

小衆師云汝等但於十二時中第一要不起分別之念不作妄想執情則此心即是佛佛即是此心此心歷歷孤明惺惺不昧者是此心雖無形相亦不離形相即世間無一物不屬吾心以吾心之外無一物耳故謂此心即佛佛即此心故般若云一切智智清淨無二無二分無别無斷故即一切智一切種智在佛菩薩分上說唯佛能證一切種智故下一智字總在心分上說一云根本智一云無分别智一云眞智所言眞智者眞智無知無知

則無所不知以無知在心以無所不知在佛以無知故無所不知故云無二無二分無别無斷故昔日馬祖所謂即心即佛者此也南泉又謂不是心不是佛不是物者爲何以山僧今日所言但指目前事事法法離言説相離名字相離心緣相便休更不用説是心是佛亦不用説非心非佛不見楞嚴經中文殊所謂吾眞文殊無是文殊無非文殊中間實無是非二相若云是則有二文殊矣若言非則即此文殊亦非矣你看臨濟大師則不同他二者之言上堂則云汝等諸人赤肉團上有一無位眞人常從汝等面門出入初心未證據者切須看看有僧問如何是無位眞人臨濟下禪床擒住見此僧眼目定動遂托開云無位眞人是什麽是乾屎橛便休珍重

上堂師云當初臨濟大師晚叅示衆云老僧有時奪人不奪境有時奪境不奪人有時人境俱奪有時人境俱不奪當時有僧問如何是奪人不奪境大師便與伊下箇註脚云煦日發生鋪地錦葢謂日初出時朓見山青水緑柳暗花明朱紫玄黃森然滿目如成一片錦繡相似者是一團境像言嬰兒垂髮白如絲者者一句便是境勝奪人底説話又問如何是奪境不奪人大師云王令已行天下徧則率土之賓莫非王臣普天之下莫非王土使天下皆知有個王在則萬緣自然寢息將軍塞外絶煙塵者者一句見得有將軍一人威震塞外總有萬頃煙塵自然頓息無餘便是奪境不奪人也又問如何是人境俱奪大師云并汾絶信即并汾兩地覓音信尚不可

得要見其人豈可得乎即獨處一方落地亦不可得所以境界亦無又問如何是人境俱不奪大師云王登寶殿當恁麽時滿朝朱紫羅列現前人境俱完矣野老謳歌正是太平之世則其境像可知在老僧今日好説現成話如何是奪人不奪境即僧問趙州如何是西來意州云庭前栢樹子如何是奪境不奪人即趙州當初問臨濟如何是西來意濟云却值老僧洗脚趙州彖頭作聽勢濟云汝更要第二杓惡水潑那州休去如何是人境俱奪不見藥山當時叅石頭云三乘十二分教某甲已粗知其旨更聞南方説箇直指人心見性成佛實未明了望和尚指示石頭云恁麽也不得不恁麽也不得恁麽不恁麽總不得如何是人境俱不奪如藥山又如前問馬祖祖云我有時教伊揚眉瞬目有時不教伊揚眉瞬目有時教伊揚眉瞬目者是有時教伊揚眉瞬目者不是藥山即當下開悟遂禮拜祖云你見個什麽道理便禮拜山云某甲在石頭處如蚊子上鐵牛相似此即人境都在其中矣老僧末後更有一轉語在如何是奪人不奪境乃竪起拂子云汝等還見者個麽如何是奪境不奪人老僧當初不明得者箇拂子叅了三十年那時節止有老僧在如何是人境俱奪自擲下拂子七八年以來覓自已了不可得況有拂子如何是人境俱不奪舉起拂子云老僧今日方纔得伊力便是全體作用纔喚作拂子不妨又是老僧纔喚作老僧不妨又是拂子畢竟喚作老僧是喚作拂子是若道拂子畢竟還他是拂子老僧

畢竟還伊是老僧便成了凡夫着相之執分别妄想之見若道老僧即是拂子拂子便是老僧又成了儱侗眞如顢頇佛性青黃不辯黑白不分當此之際可謂一毫頭上現寶王刹坐微塵裏轉大法輪汝等衆中還有會得者麽若會得趂早出來與老僧通箇消息若一總不會得且喚侍者收起者拂子異日還可指示他人乆立珍重

晩衆師云金剛般若云應如是生清淨心不應住色生心不應住聲香味觸法生心應無所住而生其心然其心有眞如心有生滅心有清淨心有分别心雖有種種不同究竟總是一心原無二道只是所生處不同故有異耳且言世間一切萬法總不出色聲香味觸法上盡無餘矣果於此色聲香味觸法上無住着相無貪染念則所生乃是清淨心清淨心即眞如心倘於色相一法上有所住着則分别心不得不生一有分别便有美醜好惡即醜惡色相猒惡棄捨無所繫心若其美好色相上則起愛念一有愛念便有貪染取着繫念不忘若生滅念起眞如心隔絶清淨心則不現前矣聲香味觸法亦復如是汝等但於十二時中即色聲香味觸法上不起一毫住着念頭其清淨心自然發現以心清淨故則色聲香味觸法清淨以色聲香味觸法清淨故則般若清淨以般若清淨故則法身清淨一法身清淨故則多法身清淨以多法身清淨故恒河沙法身清淨一恒河沙法身清淨故百恒河沙法身清淨以百恒河沙法身清淨故則千恒河沙法身清淨以千恒河沙

法身清淨故則萬恒河沙法身清淨以萬恒河沙法身清淨故則億恒河沙法身清淨以億恒河沙法身清淨故則百千萬億恒河沙法身清淨以百千萬億恒河沙法身清淨故則不可說恒河沙法身清淨以不可說恒河沙法身清淨故則不可說不可說恒河沙法身清淨以不可說不可說恒河沙法身清淨故則無方恒河沙法身清淨以無方恒河沙法身清淨故則無邊剎海自他不隔於毫端十世古今始終不離於當念師竪起拳頭云還見者個麼智水湛然滿浴此無垢人汝等且住更有一篇散說話與你們說了去你們不論在家出家既然拋開了各自有箇家業來在者裏相從老僧坐禪聽法時光易過莫作等閒不覺又過了十日半月到來了我昨日雖與你們說個即心即佛無心是道見汝等似有如無全然不肯着一毫意念只教老僧終日與你們口吧吧底說也沒有了日也只要你們領會得體解得便不辜負老僧果然不着意不體會老僧總有佛法亦無心情說亦無一字可說矣若是汝等果然猛着精彩在蒲團上做一回工夫直得白醭出於口邊青草生於舌上千聖喚不回頭百鳥都無尋處形同枯木心若死灰智閑遠水孤峰性寂寒潭皎月然後眼如耳耳如鼻鼻如口口如心心如冷灰裏荳爆相似大死一回甦醒起方纔合得無心是道即心即佛體貼相應不會而自會不解而自解不假一毫勉強那時節使老僧說佛法愈說愈有佛法不知從何處來可惜汝等到那一時只是不要聽不欲

聞了故云丈夫自有冲天志不向古人行處行又肯向人口裏討分曉求決擇在老僧到那時方纔不怪得你不然不見當初石霜遷化後衆議舉堂中第一座接續住持獨有九峰虔侍者不肯云待某甲勘過會得先師意則可九峰對衆問云且如先師道休去歇去一念萬年去寒灰枯木去一條白練去古廟裏香爐去明什麼邊事首座云明一色邊事九峰云恁麼即未會先師意在首座云粧香來我若未會先師意香煙起處我脫去不得首座當時便坐脫九峰撫首座背云坐脫立亡即不無會先師意未在大槩斯事貴明道眼爲本十年前老僧有云首座當時見九峰問明什麼邊事只消輕輕竪起拳頭云止明得者個事任伊九峰有無窮伎倆也只得含胡而退少他住持不得汝等豈可飽食終日無所用心耶珍重

晚叅師舉昔日有僧問馬祖云離四句絶百非請師直指西來意四句者何是有句無句非有非無句非非有非非無句因者四句便生出種種百非句來了四句既離百非自絶大槩西來意總不出此四句外故僧以此來問祖祖云我今日無心情與汝說得但問取堂中智藏去藏云何不問和尚僧云和尚教我來問藏云我今日頭疼不能爲汝說問取海兄去海云我到者裏也不會僧回舉似馬祖祖云藏頭白海頭黑便了汝等還知西來意麼若道他答伊我見伊父子三人不曾承當答個什麼若道他不會答雁過久矣若老僧則不然何務要當當做成了箍兒賣鴨蛋

去我若做馬大師待者僧來問我但輕輕向他道汝見老僧眉毛還在眼上麽他若再道個什麽但召他近前來待來時與他驀臉一摑云我只道你是個人不料汝是個野狐精不唯使者僧别有個生機亦弗致令黑漆墨地去老僧如此判斷衆中有會得者麽良久云若有人會得點取一甌茶來與老僧喫了歇去

上堂師云靈光耿耿智體如如今古洞然聖凡靡間若論即心即佛更無少法曾逃化外玄機要知即事即理焉有一物度越環中妙旨若彼若此咸登般若慈航是實是權共到菩提覺岸何智愚之有隔奚纖悉之不周凡在法筵惟當領鑒良久云咦一聲將下座有問龐公云但願空諸所有愼勿實諸所無何耶師云以世人見有爲有故云但願空諸世人情執以有爲有耳不是併去其所有之物故若併去其所有之物則以無爲無矣既以無爲無遇緣則不應有若以有爲有離緣則不應無所以有既不有則無無也故云但願空諸所有愼勿實諸所無耳有問黄檗和尚云此心即法此法即心心外無法法外無心心自無心亦無無心者如何師云汝欲識心自合見法若能見法自合識心我故所謂無心是道者以此故也有問鱗甲羽毛普現色身三昧一切放下須知有向上一着子在師云汝還見老僧眉毛麽直饒汝見得老僧眉毛汝自已眉毛尚未照顧得在有問華嚴童子身中入正定壯年身中從定出壯年身中入正定老年身中從定出乃至東方世界入

正定西方世界從定出南方世界入正定北方世界從定出如何師云我故所謂汝等但於十二時中不生分别之念不作妄想之情盡虚空大地總是一眞法界既屬一眞法界世間更有何差别境現前爲對爲敵所謂法界一相便是如來平等法身依此法身說名本覺又云那伽常在定無有不定時纔見有對待境現前心生便是出定所在然方亦無定所故楞嚴云東看則西南觀成北所以云東方世界入正定西方世界從定出南方世界入正定北方世界從定出云云凡屬對待法中皆如此例即如善財繞妙高峰七日不得見德雲比丘忽一日向别峰相見亦是出定義下座云衆

有問華嚴偈云知世皆無生乃是見世間如何是世間無生師云以生即無生無生即生故如中論云世間眼見劫初穀不生何以故離劫初穀今穀不可得若離劫初穀有今穀者則應有生而實不爾是故曰不生又世間諸法原不從自性生亦不從他性生亦不從共性生亦不從無因性生是故云無生耳大槩本無今有祇可說生不可說不生本有今無祇可說滅不可說不滅若本有今亦有便可說不生亦可說不滅若本無今亦無亦可說不生亦可說不滅耳故云知世皆無生乃是見世間也

僧問文殊問庵提遮女曰生以何爲義女曰生以不生生爲生義殊曰如何是生以不生生爲生義女曰若能明知地水火風四緣未嘗自得有所和合而能隨其所宜是爲生義

殊曰死以何爲義女曰死以不死死爲死義殊曰如何是死以不死死爲死義女曰若能明知地水火風四緣未嘗自得有所離散而能隨其所宜是爲死義女曰明知生是不生之理爲什麽被生死之所流轉殊曰其力未克若問老僧但答生義死義二種如龍樹所謂諸法不自生亦不從他生不共不無因是故知無生又諸法不自死亦不從他死不共不無因是故知無死蕪如彼彼不相到各各不相知生不知死死不知生因不知果果不知因業不知報報不知業又如河中水湍流競奔逝各各不相知諸法亦如是前不知後後不知前而已亦如進山主答修山主云者個是監院房那箇是典座房同若曰明知生是不生之理爲什麽被生死之所流轉即如文殊云其力未克老僧實未知也

龍池幻有禪師語録卷之三

音釋

剩食證切音乘長也　刮古滑切音鴰刮削　撚乃殄切音忍以手撚物也　煦香句切音姁亦作昫日光也　顢頇上謨官切音瞞下許干切音鼾顢頇大面貌　概居代切音溉大概大率也